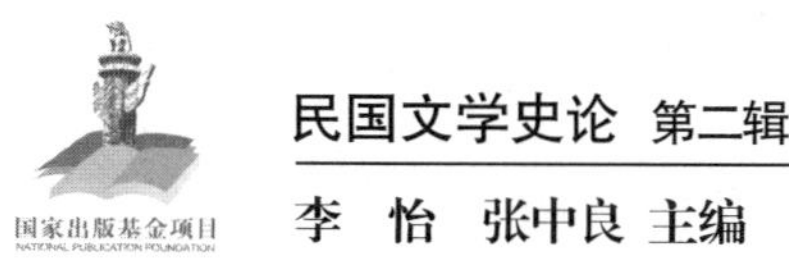

民国文学史论 第二辑

李 怡 张中良 主编

方言入诗的现代轨辙

颜同林 著

南方出版传媒
花 城 出 版 社
中国 · 广州

图书在版编目（CIP）数据

方言入诗的现代轨辙 / 颜同林著. -- 广州 : 花城出版社, 2019.6
（民国文学史论 / 李怡, 张中良主编. 第二辑）
ISBN 978-7-5360-8829-0

Ⅰ. ①方… Ⅱ. ①颜… Ⅲ. ①诗学—研究—中国 Ⅳ. ①I207.2

中国版本图书馆CIP数据核字(2018)第298100号

出 版 人：肖延兵
专业审读：罗执廷
特邀编辑：张灵舒
策划编辑：张　瑛
责任编辑：张　瑛
技术编辑：凌春梅
装帧设计：杨亚丽　贡日亮

书　　名	方言入诗的现代轨辙 FANGYAN RUSHI DE XIANDAI GUIZHE
出版发行	花城出版社 （广州市环市东路水荫路 11 号）
经　　销	全国新华书店
印　　刷	佛山市浩文彩色印刷有限公司 （广东省佛山市南海区狮山科技工业园 A 区）
开　　本	787 毫米×1092 毫米　16 开
印　　张	22.25　1 插页
字　　数	400,000 字
版　　次	2019 年 6 月第 1 版　2019 年 6 月第 1 次印刷
定　　价	85.00 元

如发现印装质量问题，请直接与印刷厂联系调换。
购书热线：020－37604658　37602954
花城出版社网站：http://www.fcph.com.cn

总序一：文学研究与历史意识

李怡

在相对平静的中国现代文学研究领域，最近几年出现的“民国文学”研究的设想似乎是值得注意的动向，面对这样一种动向，有人认为是打破某种学术停滞的契机，但也有人提出了自己的质疑，表达了自己的担忧，但无论如何，有关民国的话题已经成为我们无法绕开的存在，即使质疑，也有必要理解它生成的理由。

在我看来，借助“民国社会历史”这一视角研究中国现代文学，最重要的其实并不是提出了“民国”这一概念，更大的价值是它提示我们，文学的研究必须回到历史的语境之中。既然中国史已经可以清晰地划分为古代史与近现代史，又有什么必要独立出一个“民国史”呢？这当然是为了进一步关注和描述民国特有的社会、政治与文化情态。一般说来，古代、近现代，这都是世界通行的普泛性概念，这些概念的意义在于昭示了一种共同的人类历史进程，其意义自不待言。但是普泛性的概括并不能代替各个国家和民族的具体遭遇和问题，共同的历史进程之中，依然掺杂千差万别的“民族史”“区域史”，特别是像中国这样的独特的东方“现代”国家，许多历史的细节都不是西方话语体系的“近现代”所能够涵盖的，中国的“现代”就集中发展于“民国”，所以研讨“民国”也就是真正落实中国的“现代”历史是什么。近些年来，民国史研究是中国史学界取得显著成果的一个领域，可以说，在尊重、回到历史的取向上，历史学家已经走在了学术的前列。中国现代文学研究开始重视“民国”历史种种，从根本上讲就是得益于历史学界的启示。

因为这样的启示，我们的文学研究也才开始摆脱了“理论的焦虑”，在新的领域找到了自我充实的可能。中国现代文学研究其实一直存在着某种理论的焦虑症。先是有中国式的马克思主义理论“武装头脑”，继而又用西方的各种文学理论来框架我们的现象，到头来发现它们都难以准确描述现象的丰富和复杂，这才出现了几乎是众口一词的“回到历史现场”、体察具体历史情境之类的倡议。

当然，所谓“回到历史现场”也并不是一件那么容易的事情，它关乎我们对待历史的态度，也牵涉我们自己的思维能力，并且在某种意义上也不应当成为“非理论”“去理论”的简单借口，在更深的地方，“理论”依然有其不可替代的价值，并且将可能恰到好处地推进我们的认知。“回到现场”不是绝圣弃智，不是排斥理论思维能力，而是让我们的理性的能力更妥当地敞开事实呈现的广阔空间，或者说理性思辨的节奏和方向与丰富的历史事实两厢贴合。自然，这样的历史考察就不是那么容易的，至少不是我们表述学术态度时那么容易。文学研究最终依靠的不是一种“表态”而是更为深邃的能够破解精神秘密的“意识”，这就是我们所谓的“历史意识”。历史意识是在尊重历史现象中产生的，但又不是对历史现象的乱七八糟的堆砌，其中深含着我们自身思维能力的发展和成熟，所以，“回到历史现场”不会是一次性完成的，也不会只有哪一家的“现场”，它同样值得讨论、辨别、清理和驳诘。

这样，我们的“民国文学史论”就有了第二辑，也许还会有第三辑。连续性的发展表达的是不同认知的结果，重要的在于，随着我们对“民国”特定历史的逐步“返回”，我们对于文学的理解也逐步加深了，观点也日益丰富了。

感谢那些多年来一直关心我们研究的同行、朋友和广大的读者，我们都在不断充实着自己，在越来越深入的历史考察中解读现代的中国，在越来越广阔的视野中丰富我们的思想意识。当然，也要感谢花城出版社，这些有理想有坚守的优秀编辑，没有你们的策划、督促和鞭策，也绝不会有这连续数年的学术工程。

2018 年 8 月于成都江安花园

总序二：还原民国文学史

张中良

不止一次听到质疑：既然中国现代文学史的概念早已获得公认，20 世纪中国文学史的概念也逐渐为人们所接受，为什么还要另起炉灶提出民国文学史？

尽管存在着质疑，而且对民国文学史的理解也不尽相同，但这个概念总算引起了人们的注意，这就扩大了探讨的空间。

民国文学史的概念，1994 年见之于一套“中国全史”时，只是参照历代文学史的分法，标志着一个时段，并没有涉及多少民国赋予文学的意义。现在，仍有学者持同样的理解。2006 年，秦弓提出“从民国史视角看现代文学”，意在把现代文学还原到民国史的历史语境中去重新审视。2009 年，李怡阐述现代文学的“民国机制”，将问题的讨论向前推进了一步。几年来，民国文学乃至民国文学史的概念逐渐凸显出来，中国现代文学研究会、北京师范大学文学院等举办的学术会议都曾就民国文学问题展开过讨论，《文学评论》《中国现代文学研究丛刊》《学术月刊》《文艺争鸣》《广东社会科学》《湖南社会科学》《厦门大学学报》《湖南大学学报》《郑州大学学报》《重庆师范大学学报》《衡阳师范学院学报》《金陵科技学院学报》《兰州学刊》《当代文坛》《江汉学术》等刊物发表相关论文。从讨论来看，民国文学史确有新民主主义文学史、现代文学史、20 世纪文学史所不能表征的独特而丰富的意涵，既然如此，“民国文学史”的梳理、叙述与阐释又有何不可？

在相当长的时期，民国是一个禁忌。人们每每把民国简化为一个败亡的政府，如果作为一个历史时期来表述的话，通常是“解放前”“旧社会”。一个简单的逻辑就是：政府如果不腐败，怎么会被推翻？旧社会如果不黑暗，怎么会结束？在这样的背景下，有谁还敢“冒天下之大不韪”去探讨民国问题呢？

然而，问题在于：民国在推翻了清朝政权、结束了两千余年的封建帝制的基础上建成，是辛亥革命的胜利成果，而非历史的耻辱；民国作为亚洲第一个共和国，曾经寄托了中华民族走向现代化的希望；民国是一个国家实体，而国家从来就不等同于政府，民国有多种势力对峙、冲突、交错、并存的政治，有虽然地区之间并不平衡，但毕竟曾经几度繁荣的经济，有由弱到强的外交，有终于赶走侵略者的抗日战争胜利，有大踏步发展的新式教育，有束缚与自由交织的新闻出版，有丰富多彩的文学艺术，等等，怎么能够因为民国政府的最后败亡而抹杀民国的一切？民国是一个历史过程，从诞生到成长再到衰败，怎么可以由其结局否定此前的所有历史？

即使为了总结历史经验教训，也不能无视民国的存在。中国向来有后世修史的传统，1956 年，国家制定十二年科学发展规划时，中华民国史研究被列入其中，然而，1957 年的“反右”使规划搁浅，在接下来阶级斗争之弦越绷越紧的政治形势下，民国史研究没有人敢于问津。关于民国时期政治史、经济史、口述史等资料经过整理面世一批，但没有一种以“民国”冠名。1971 年 9 月 13 日三叉戟折戟温都尔汗之后，“文革”狂潮呈现衰势。1972 年，周恩来总理再次号召编写中华民国史，中国科学院近代史研究所成立了中华民国史研究室，开始启动研究与编写工作。但在“文革”后期，学术研究步履维艰。直到改革开放以来，才恢复了实事求是的优良传统，民国史研究逐渐步入正轨。[①] 史料的发

① 参照张宪文等：《中华民国史》第 1 卷，南京：南京大学出版社，2005 年，“导论”，第 2—5 页。

掘、整理与出版，敏感问题的探索，均有可喜的成绩。在此基础上，张宪文等著《中华民国史》（4卷本）、李新担任总编的《中华民国史》（12卷本）[①] 等代表性成果先后问世，引领读者走近民国史的真实。

比较而言，中国现代文学研究在民国文学的历史还原方面要落伍很远。人们已经习惯于在原来的思维框架中思考问题，怯于拓展新的学术视野。直到今天，还有人担心研究民国文学会不会有什么风险？历史已经走到21世纪，多少惨痛的教训才换来了新时期以来的改革开放，走回头路的可能固然并没有完全杜绝，但我们应该相信社会的进步、民族的良知、人民的觉醒，如果有谁再敢倒行逆施，很难得逞。民国文学史研究的指归，小则是要呈现真实的民国文学史风貌，丰富人们的历史认知，大则是要普及实事求是的历史主义精神，保障社会稳步前进。

以新民主主义观点、现代性或20世纪眼光来梳理与阐释文学史，自然各有所长，但是民国文学在民国的背景下诞生、成长，打上了深刻的民国烙印，表现了独特的民国风貌，而从20世纪50年代以来的学术史来看，从迄今出版的近600种现代文学史著作来看，回避民国文学概念，便无法揭示文学的民国基因，因而，很难准确地画出这一历史时期的中国文学全图，无法解释文学发展的复杂动因，也无法理解民国文学的多元内涵与艺术个性。

民国政治自始至终是一种多元化的政治。北洋政府时期，南北对峙自不必说，北洋政府内部派系林立，你方唱罢我登场，客观上给新文学提供了一个相当宽松的发展空间。1927年4月18日南京国民政府成立，到1937年卢沟桥事变，这期间不仅存在着尖锐的国共冲突，而且两党之外还有活跃的自由主义阵营、根基深广的民主主

① 李新总编：《中华民国史》（12卷16册），北京：中华书局，2011年。

义力量，国民党内部也有各种错综复杂的派系。全面抗战爆发之后，各派政治力量团结在民族统一战线的旗帜下共同抗日，但又各自保留着相对独立的空间，不仅有陕甘宁边区、新辟的敌后根据地与广义的国统区之别，而且在国统区内部，也有桂、粤、滇、晋等具有一定独立性的区域。这种多元化的政治是民国文学形成多样形态的重要原因。民国的法律，有其自身的缺陷，也存在着法律层面与实践层面的巨大反差，但作家的生活与创作还是有一定的法律保障。若不然，鲁迅怎么能够在对教育总长的诉讼中胜诉、恢复了被免去的教育部佥事职务？在他成为左翼作家之后，怎么能够躲得了牢狱之灾，继续他的著译事业？在“白色恐怖”之外，还有广阔的空间，于是，才会有色彩斑斓的民国文学。民国时期，尽管确有政治压迫与文化管制，但民国文学却能在错杂的空间中得以发展，不仅内蕴丰盈复杂，而且审美风格也是千姿百态。

民国文学应是民国时期文学的总称，就文体而言，不仅有五四文学革命开创的新文学，也有传统形式的旧体诗词、戏曲、文言小说、文言散文，还有介乎二者之间的改良体；就政治倾向而言，不仅有官方属意甚深而命途蹇涩的三民主义文学，官方倡导且得到广泛呼应的民族主义文学，也有左翼倡导的革命文学、左翼文学，还有“五四”以来脉息不绝的自由主义文学、民主主义文学；就创作方法而言，不仅有现实主义，也有浪漫主义、古典主义，还有形形色色的现代主义，以及各种方法的杂糅重构；就审美格调而言，有《凤凰涅槃》式的豪迈弘放，也有《义勇军进行曲》式的慷慨悲壮，还有《再别康桥》式的缠绵悱恻；从喜剧风格来看，有鲁迅浙东式的冷隽幽默，也有李劼人式的麻辣川味，有老舍杂糅着京味儿与英国风的月色幽默，还有张天翼式的湖南辛辣讽刺；就城乡文明倾向来看，有新感觉派式的斑驳陆离的都市色彩，也有沈从文式粗犷与清新交织的湘西风光，还有赵树理最为典型、叙事偏于传统的乡土通俗，等等。气象万千的文学风景，无论是其内蕴，还是其形式，都在民国的历史进程中形成，都与民国的机制息息相关，因而民国文学研究不是单纯的外部研究，而且含有审美机理的内部研究。

民国文学史研究还是刚刚起步，要做的工作有许多。我与李怡教授曾经交流过，我们都认为，一部成熟的文学史著作应该有扎实的研究作基础，与其现在匆匆忙忙地“凑”一部民国文学史，毋宁脚踏实地地考察民国文学与民国政治、经济、法律、战争、外交、民族、宗教、文化、教育、艺术、新闻出版、自然环境及灾变诸多方面的关联，考察文学所表现的民国风貌，考察民国文化生态对文学风格的影响（或曰民国文学审美建构不同于前后时代的特色），然后再进行民国文学史的整合性的叙述与分析。我们不去奢望将来关于20世纪上半叶的文学史叙述仅由民国文学史来承担，那样既无必要，也不可能，大一统式的构想本来就是与学术自由相背离的。但我们相信，民国文学史的叙述必定会在中国文学史的总体框架中占有不可或缺的一席之地。

我们的构想与努力有幸得到花城出版社乃至上级管理部门的认同与支持，“民国文学史论”第一辑六卷列入“‘十二五’国家重点图书出版规划项目”与“国家出版基金项目”，于2014年出版，并在“国家出版基金项目”2015年绩效考评中获得“优秀项目”。丛书问世以来，有学者在海内外发表评论，予以积极的肯定。这对我们来说，无疑是巨大的鼓舞。民国文学话题也遇到一些质疑，但探索并未中止，视野与深度反而不断拓展，曾经一度持有尖锐意见的学者也加入了推进民国文学研究的队伍，这正是我们所希冀的良性学术生态。花城出版社张瑛副编审在成功策划了“民国文学史论”丛书第一辑之后，又积极策划第二辑、第三辑。如果说第一辑主要是在观念与宏观方面打下基础的话，那么，第二辑则较多在语言、审美品格、文学教育、经典作家、形象和刊物等典型个案等方面做出新的拓展，第二辑的问世将会进一步丰富读者对民国文学的认识。第二辑11卷同样被列入国家出版基金项目，感激自在不言之中！这无疑也增强了我们将民国文学研究不断引向深入的信心。

2018年8月19日修订于上海

目 录

第三编　方言入诗的史料与编年

导　论　缘起、综述与视角

一、缘起

方言入诗的现代轨辙，研究对象即是20世纪中国新诗历史上方言与中国现代诗歌相关联的理论问题，核心内容围绕以下两个维度展开：一是站在母语方言一角，认真梳理、考察现代白话诗歌的发生、发展与演化等过程，厘清母语方言在其中演变的线索，以及所担当的历史任务。二是从中国现代诗歌一端，回过头来审察母语方言被融合到现代诗歌语言之后，两者之间所出现的张力状态、各种试验的反应，以及这一动态化律动过程。

以上内容，在时间段落上属于三个大的民族国家政体阶段，即大清王朝、中华民国与中华人民共和国，分别对应于三个历史阶段所分摊的若干年份，其中以中华民国时期为主体。众所周知，返回一个民族和国家的文学历史现场，离不开它所依赖的国家历史的种种具体情态。比如从清朝末年到中华民国的成立，在文学上属于近代文学，隶属于古代文学，这一阶段发生的各种转折，可谓多矣！后又汇聚于新文学的变革之上，这一点在语言变革上尤其明显。

就20世纪上半叶这一历史时段中的“现代文学”而言，现在学术界陆续有人试图以“民国文学”来指认，丰富人们对它的全面认识和深入了解。比如学者陈福康、张福贵、丁帆、张中良、汤溢泽、赵步阳等人在反思大陆既有的主流现代文学叙史模式时，呼吁创建民国文学史叙事框架；近年来大陆学界对“民国文学机制”新概念的进一步推进与提炼，对“国家历史情态”与文学史叙述的重大思考①，显然也吻合于民国时期的文学实际，有效地释放出新的学术生长能量。民国文学的概念与现代文学的概念在内涵与外延上均有差异，其研究的时间范围大致为1912年至1949年，其间的文学现象、作家作品或文体文类都会有所扩容，譬如旧体文学、通俗文学等便会自然吸纳进来。对中国传统文学而言，以断代为标识进行文学阶段的划分是治文学史的常态；重新采取断代叙史观念则是对常态的回归。新的思维带来新的转型，国家政治的情状、社会体制的细则、生存方式的细节、精神活动的详情，都被重新纳入民国现代学术的视野。跨学科的交叉发展得以加速，组成国家历史情态的结构性因素得以重组并焕然一新。其中，政党文化、经济方式、法律形态、教育体制、宗教形态、风俗民情、语言生活，乃至文学生产、流通、消费等等，都是最为生动而具体的内容。在民国文学时期，就语言生活而言，虽然有国语运动贯穿始终，但事实上它对普通国民的日常语言生活没有实质性影响，以不同方言为基础的“母舌”，天然地占据日常语言交际的要津，同时在书面语的书写中普遍而大量存在②。全国几大方言区以及各方言区内部错综复杂的次方言区背后，都生活着数以千万计的中国民众。来自不同母语方言区域的作家，带着各自的母舌乡音，生存于这样或那样的具体语言生活之中，母语生活是他们不可回避的精神领地。在“五四”初潮兴起之时，早期白话诗人俞平伯虽然古典文学修养异常深厚，对文言甚为熟稔，但他始终重视并张扬“活语”在文学创作中的价值：“我有一信念，凡真的文学，不但要使用活的话语来表现它，并应当采用真的活人的话语。……我觉得最便宜的工具毕竟是‘母舌’。”③ 新文学的先驱之一，刘半农则认为“国语与方言是并立的：方言是永远不能消灭的。方言既不能消灭，在方言中就有了语言的教育。”④ “我们要说谁某的话，就非用谁某的真实的语言与声调不可”。“我们所摆脱不了，而且是能于运用到最高最真

① 李怡：《民国机制：中国现代文学的一种阐释框架》，《广东社会科学》2010年6期；《辛亥革命与中国文学“民国机制”的国体承诺》，《郑州大学学报（哲学社会科学版）》2011年5期；《国家历史情态与文学史叙述》，《中国社会科学》2012年2期。

② 参看倪海曙：《推广普通话的历史发展》，《倪海曙语文论集》，上海：上海教育出版社，1991年；刘进才：《语言运动与中国现代文学》，北京：中华书局，2007年；黄晓蕾：《民国时期政府方言政策概述》，《中国社会科学院研究生院学报》2006年4期。

③ 俞平伯：《〈吴歌甲集〉序》，顾颉刚等辑、王煦华整理：《吴歌·吴歌小史》，南京：江苏古籍出版社，1999年，第16—17页。

④ 刘半农：《〈四声实验录〉序赘》，《半农杂文》，石家庄：河北教育出版社，1994年，第154页。

挚的一步的，便是我们抱在我们母亲膝上时所学的语言。”① 刘半农对母语方言与白话小说的关系也抱着类似的观点，譬如刘氏在《读〈海上花列传〉》一文中，发现了此小说的语言范式，《海上花列传》采取两种语言交叉进行，记叙与描写时用的是“普通的白话”，记录人物对话用的是“苏白”，而“苏白”生动、传神，包蕴着特殊的“地域的”神味。② 诸如此类表述，在民国文学时期屡见不鲜。换言之，在20世纪上半叶中华民国30多年的历史时段里，整个国家的语言生活基座是方言化，母语方言占据主体位置。诉诸诗歌与文学创作之中，俞平伯所言的母舌力量，刘半农所称道的地域的神味，普遍存在于民国文学之中则是不争的事实。对比来看，从晚清到民初既是历史的过渡，也是文学语言嬗变的过渡，虽然清末仍是文言一统江湖，但言文一致的呼声已是水涨船高，清末切音字运动也是有声有色地开展起来。出于历史的还原与接续，从黄遵宪、梁启超等人于1895年进行“新学诗”尝试开始，我们将这一诗歌语言变迁的动态过程截取下来加以剖析，也就是从开端来追根溯源，在整体性上有所突破。

对应于统一的主权国家，中华人民共和国的文学，在语言上是选择了“普通话”作为民族共同语。相比于国语而言，普通话的强制性、普适性更占先机，诗歌在这一方面所受影响也十分深远。这一点在被曾经称之为“十七年”文学的时期更加明显。因此，出于现象与本质的鲜明特征起见，方言入诗的现象与运动便自然而然地截止于此一短暂的时段。在十七年文学时期，方言入诗与普通话写作的张力十分饱满与复杂。譬如，1951年中共中央机关报《人民日报》发表了一篇《正确地使用祖国的语言，为语言的纯洁和健康而斗争!》③的社论，社论创造性地提出“滥用文言、土语和外来语”这一说法，由此而来的“滥用土语”成为方言文学头上的“紧箍咒”，这一“紧箍咒”的声音差不多在整个20世纪下半叶都会适时出现。4年之后，此类话题上的压力不断加码，提倡的调子也更高了:《人民日报》的社论在现代汉语规范问题学术会议甫一开始还没讨论便定下了基调：语言的规范，必须寄托于文学作品。“作家们和翻译工作者们重视或不重视语言的规范，影响所及是难以估计的”，不得

① 刘复：《瓦釜集代自序》，见《语丝》75期。

② 刘半农：《读〈海上花列传〉》，《半农杂文》，第243—246页。

③ 见《人民日报》1951年6月6日的社论。

不提出“严格的要求”①。文学语言成为严格管控的对象，为了语言的“纯洁和健康”，为了落实“严格的要求”，诗人与作家从此便忙碌起来，几乎遵命式地贯彻这一新的时代要求。

政治、经济与时局大体决定着诗人、作家的写作意识与行为方式，也大致规定了文学语言的取向、成色与地位。

不过，值得交代的是，在 20 世纪百年沧桑的大半时段中，在文学语言的园地里，不论是方言、土语，还是母语，我们对三者都几乎没有作现代语言学的辨析，在内涵上视为一样；虽然“方言”概念的使用更为广泛，但没有影响到它与“土语”“母语”彼此的替换，在笔者选择取用时仅仅顾及当时书写、讨论的不同语境与约定俗成而已。同样道理，现代诗、白话诗、新诗、现代汉诗等概念也会在本研究中不同语境下出现，均指向以白话为主要载体的现代诗歌本身，它仅仅与旧体诗词相对立，因此不同称谓之间没有实质性差异。

在此基础上，我们从方言的角度，切入这几个特定时空之下文学的发展与演变，特别是现代诗的语言流变与形态，就会看到不同政体、国体之下鲜活的历史情态和语言生活。方言在现代诗中存在的方式与形态各异，现代诗中的母语成分，或多或寡，杂色纷呈。在民国文学历史长河中，母语时刻在场，它以一种活在人们嘴唇上的口语被广泛地交流使用。不论是口头的还是书面的，母语这一流动不居的活语都是现代诗歌中不能回避的存在。然而，母语方言进入诗歌以及别的文学样式，却一直被主流正统文学圈子忽略乃至歧视。另一方面，则不断有名人大家为它“正名”，为它“撑场”，比如有语言学家建议把“国语的文学，文学的国语”调整一下，变为“方言的文学，文学的国语”②；比如郭沫若在 1940 年代末把方言文学划在“人民路线”的文学范围之内，在港粤方言文学身上看到先机，宣称方言文学能够健全地建立起来，达到和“国语文学平行”“丰富国语文学”③ 的目的；又比如茅盾曾指出“五四”以来白话文学，是以北方语写作的，实际也是“方言文学”④。类似的观点还很普遍，说明围绕方言入诗、方言入文的现象与思潮，一直没有断流过，也一直没有真正平静过。

---

① 《为促进汉字改革、推广普通话、实现汉语规范化而努力》，《人民日报》1955 年 12 月 26 日。

② 伯韩：《方言的使用和研究》，《文化杂志》2 卷 3 号。

③ 郭沫若：《当前的文艺诸问题》，王锦厚等编：《郭沫若佚文集》下册，成都：四川大学出版社，1988 年，第 211 页。

④ 茅盾：《再谈“方言文学”》，《大众文艺丛刊》第 1 辑。

自清末以来，不同方言纳入白话，便成为语言的一个整体，成为现代诗歌的语言源泉，成为诗歌语言流变源生性的推动力。作为活跃的语言元素，方言自有其不可代替的特色与地位。我们只要重审现代诗的创作与理论，梳理各个不同时期丰富而零碎的原始材料，便能发现不同时代语境下方言与现代诗歌相互生发、支撑等方面的复杂联结。遗憾的是，方言与现代诗歌所形成的张力以及所涵纳的许多诗学问题，在学术界还没有进行过深入而具体的探讨。

立足于搜集累积的资料与学术界的现状，本著作以此为研究对象，主要出于以下思考：第一，就现代诗歌研究而言，从语言学角度来专门研究的论著甚少，缺乏系统而深入的论述。这可以说是一个跨学科视野中的荒地，与母语方言融入诗歌本身的芜杂、繁复等特征大不相符。像任何研究领域都可能存在薄弱环节一样，对母语方言与现代诗这一联系的剖析，在诗歌研究中还相当薄弱。第二，母语方言融合化入现代诗歌本身，既有芜杂、零碎的各类史料可资利用，也有它在现代诗发展的十字路口所带来的反思可供吸纳。母语方言与地域、民谣等概念相勾连，“真诗乃在民间”也是一面唯我所用的旗帜，是贴近现实的文学理念。譬如，在白话诗发生的源头，便有晚清黄遵宪、梁启超等一班人提倡的“诗界革命”，如何“革”掉旧体诗词的命，当时推出了各种革新方案：“我手写我口，古岂能拘牵”①，“颇喜挦扯新名词以自表异”②，诸如此类主张，是代表性的意见，其中“不避俗语方言”隐含其中，以“活语”去冲刷、更新不断板结的诗歌语言，成为不二之选。通过母语方言融入诗歌，替诗歌发展担负着造血与输血的角色，在中国现代诗歌发展史上最普遍不过了。比如，初期白话诗作中，纷纷涌现出作者各自家乡母语的成分；刘半农的江阴方言诗歌，对当时诗坛影响颇大；闻一多、徐志摩等新月诗群则热衷于“土白入诗”的种种试验。又比如，《在延安文艺座谈会上的讲话》发表以后，民歌体诗歌的成就，达到了前所未有的高度；在1950年代的新民歌运动中，民歌与民间语言的联结，也十分丰富；在朦胧诗兴起时，在1990年代的口语写作中，活的语言都是诗人们不可缺少的语言资源。总之，在现代诗歌历史上，既有专门尝试方言诗的个体或流派，也有大量无意识中吸纳方言的诗人与诗歌群体。在民国文学不同时期，诗人们对国语、普通话本身还普遍陌生，他们或者借方言来试验新诗的音节，或者企图把诗歌反哺给底层民众，以便起到开启民

① 黄遵宪的诗《杂感》其2，见《人境庐诗草笺注》，钱仲联笺注，上海：上海古籍出版社，1981年，第42页。

② 梁启超：《饮冰室诗话》，舒芜校点，北京：人民文学出版社，1998年，第49页。

智、深入民间等作用。在共和国文学时期，方言又是防止语言僵化、板结的良方，成为一切标榜“口语化”写作诗潮的必然途径。

尽管“方言入诗”① 这一理论归纳由来已久，但实际上缺乏理论体系，实践应用层面也十分不够，本著作拈取“方言入诗”这一概念，意指不同母语方言如何被融化、整合到现代诗语言系统中去的诗学问题。综上所述，本著作以母语方言与现代诗歌的关联作为研究对象，大体上有特定的研究范围、内容与学术空间。

二、综述

从研究背景来清理，方言入诗的既有研究具有零散性、时事性、附带性等诸多特点。言其零散性，主要是针对论述的规模与深度而言，这一方面以时评性的单篇论文段落居多，常见方式是在跟踪式的诗人论或诗作评说中，以一、二段落匆匆一笔带过。譬如，初期白话诗兴起时，曾有对“土语”的聚焦，留美期间，胡适与数位诗友用“打油诗”对胡适尝试的韵文进行定位；沈从文、苏雪林对刘半农《瓦釜集》《扬鞭集》中方言诗作的评介，也突出方言的因素。对方言入诗的论述具有时事性，意指缺乏文体自觉意识。比如，在闻一多、徐志摩标举格律诗化与土白化期间，虽然有饶孟侃《新诗话 · 土白入诗》② 一文作为理论旗帜，但更多的是朱湘式的反对意见；1940 年代，当沙鸥、野谷、老粗等人在大后方专心创作四川方言诗时，重庆《新华日报》显然是以政治形态为口实进行肯定③。在 1940 年代后期的华南方言文艺运动中，方言诗始终有声有色，不过结果却是无疾而终。在共和国文学视野下，方言诗歌

① “方言入诗”作为一个诗学上的词条性术语，最早可见宋朝典籍，[宋] 费衮：《梁谿漫志 · 卷七》，钦定四库全书子部第 864 册，台北：商务印书馆，1983 年，第 741 页。

② 饶孟侃：《新诗话 · 土白入诗》，《晨报副刊 · 诗镌》1926 年 5 月 20 日。

③ 如叶逸民：《方言诗的创作问题》，《新华日报》1946 年 8 月 15 日，第 4 版；邵子南：《沙鸥的诗》，《新华日报》1946 年 8 月 19 日，第 4 版；沙鸥：《关于方言诗》，《新诗歌》第 2 号，1947 年 3 月 15 日；罗泅：《关于方言诗》，《艺风》创刊号，1946 年，《再谈方言诗——论方言诗的命题、方言、形式》，《时事新报 · 青光》1946 年 7 月 4 日、6 日，第 4 版；雪蕾：《谈谈方言诗歌》，《时事新报 · 青光》1946 年 6 月 29 日、7 月 2 日，第 4 版。

与理论则若隐或现，在强调群众语言时，有一席之地，但在语言规范化中，其身份又变得暧昧起来。至于它的附带性特征，往往指的是方言诗歌与民间文艺、民歌体作品、歌谣等等的依存关系。研究者在具体论述其他文学演变、思潮流派时，往往对方言入诗附带一笔加以论述，前后并不一致，处于依附性状态。如胡适在《吴歌甲集》序中，强调的是民间歌谣的价值，附带对徐志摩《一条金色的光痕》示好；在聚焦于现代诗的歌谣化或文学大众化道路时，附和政治意识形态，也就会附带对方言因素的积极评价：如对李季《王贵与李香香》的评论，对袁水拍《马凡陀山歌》的讨论，均是如此。至于新中国成立之后，方言入诗更是受时势与意识形态所左右，时隐时现、时进时退，成为一个复杂的现象。诸如此类的现象较为琐碎，这里就不一一罗列了。①

由时评到学术，出现的是新的学术景观，这一点自新时期以来最为明显。比较普遍的是从语言角度立论的著述陆续问世，如专著有张桃洲的《现代汉语的诗性空间——新诗话语研究》（北京大学出版社，2005 年），高玉的《现代汉语与中国现代文学》（中国社会科学出版社，2003 年），刘进才的《语言运动与中国现代文学》（中华书局，2007 年）较具代表性；如单篇论文有朱晓进的《从语言的角度谈新诗的评价问题》（《文学评论》1992 年 3 期）、郑敏的《世纪末的回顾：汉语语言变革与中国新诗创作》（《文学评论》1993 年 3 期）、何锡章和王中的《方言与中国现代文学初论》（《文学评论》2006 年 1 期）、刘进才的《从“文学的国语”到方言创作》（《文学评论》2006 年 4 期）等等，具有较高的学术性。此外如袁进、张卫中、郜元宝、赵黎明、邓伟等人的研究，多有触类旁通之处；一些以语言学家为研究对象的相关综述、评论、年谱、资料集，也散布着许多有价值的史料，这一点也是应该特别提出的。

针对目前研究的客观情况，笔者认为有以下几点值得进一步思考。首先，在方法上，需要充分吸纳当下学术界关于民国文学机制的最新成果，将民国文学作为一个自足的整体加以考察，还原民国文学的历史面貌与发展脉络，还原民国文学的社会文化背景。对 20 世纪下半叶初始阶段的共和国文学，也应从

---

① 因顾及整个方言文学的历史讨论，这里也列举笔者所见到且较为重要的若干代表性文献：（1）伯韩：《方言的使用和研究》，《文化杂志》2 卷 3 号；（2）黄楚青：《论文学上的语言运用》，《文化杂志》3 卷 2 号；（3）茅盾：《杂谈“方言文学”》，《群众》2 卷 3 期；（4）王了一：《漫谈方言文学》，《观察》5 卷 11 期；（5）田仲济：《关于方言文学》，《新中华》12 卷 15 期；（6）华嘉：《论方言文艺》，人间书屋，1949 年；（7）黄绳：《方言文艺运动几个论点的回顾》，《方言文学》第 1 辑，香港新民主出版社，1949 年；（8）静闻（钟敬文）：《方言文学运动的新阶段》，出处同（7）。

历史的复杂性出发，不作文学附属于政治的简单认知，相反是从语言本身的逻辑展开，从白话的生发与回归，以及再出发作为一个整体来对待。其次，注重从语言内部去把握现代诗歌发展的各种脉络，加大对现代诗歌语言本体研究的力度，探讨语言内部本身的特质。我们试图通过细化与具体化来进行微观层面的讨论，多层面反映出母语方言与现代诗歌之间的复杂联系。

三、视角

本著作在交代研究的缘由，梳理相关研究背景之后，下面再具体从理论视角的预设、史料的收集与整理，略作阐述。

母语、方言与现代诗歌的联系，一是指向母语、方言，一是指向中国现代诗歌。在“母语、方言”与“中国现代诗歌”这两端之间来回审察，便会发现不同的新问题。从“母语、方言”这一头来看，人们熟悉的是共和国文学视野下普通话语境中的概念，① 如果还原到中华民国语境下，其差异甚大；因为民族“共同语”在当时还处于模糊状态，学术界与全国各地民众对以北平话为基础来构建国语还普遍持怀疑态度。像普通话概念内涵需要增添一样，母语方言的内涵，以及人们对它的正确理解，具有差异性与变异性。② 重返历史现场，也就是必须面对真实，我们有必要对母语方言与中国现代诗歌的偏差应有历史之了解与同情。③ 曾有相当长的一段时间，人们认为方言具有本体论性质，它既是工具又构成人的行为本身；方言的诗歌“成了一种独特的文学形式”；“方言的运用表现出一种与诗中所写、所想息息相关的思维方式。”④ 从方言作为语言的独立性看，其语音、词汇、语法三个方面的特征，也是显著的

① “一种语言的地方变体。在语音、词汇、语法上各有其特点，是语言分化的结果。如汉语的北方话、吴语、粤语、闽南话等。方言在部落语和部族语里不断产生和发展，在一定条件下还可能发展成为独立的语言。在民族语言里，方言的作用逐渐缩小，随着共同语影响的扩大而趋向消失。”见辞海编辑委员会编：《辞海》，上海：上海辞书出版社，1979 年，第 3534 页。

② 譬如五四时期方言调查会对“方言”的界定主要是指声音、方音，参见董作宾：《为方言进一解》，《歌谣》周刊 49 号。

③ 参见高玉：《现代汉语与中国现代文学》，北京：中国社会科学出版社，2003 年。

④ ［美］苏珊·朗格：《情感与形式》，刘大基等译，北京：中国社会科学出版社，1986 年，第 251 页。

存在，拥有一定的独立地位与特征。

为“中国现代诗歌”这一头起见，本研究便把时间跨度大致按习见的文学教科书划分不同的阶段。同时，也出于以下考虑：“中国现代诗歌”中的“现代”概念，大致在晚清便开始出现，与目前大陆学界习见的现代文学之“现代”概念，有相当一部分的重叠。中国文学结束自己的古典文学机制，逐渐形成“民国文学机制”，走上现代化的过程，有两个重要的理论据点，一是1911年的辛亥革命，一是1917年开始的五四新文化运动。辛亥革命以民族国家体制为基础，为民国文学的发展作了坚实的铺垫；五四新文化运动，则是新的文化思想、结构与精神空间的开端。至于共和国文学时期，则截取“十七年”文学时期，因为有特定的含义与公信度，因此沿袭下来加以利用，这样构成一个历史的大时段，也是一种文学语言自律运动的历史周期。同时考虑历史的连续性，论述时有时也会适当超出这一范围。

第一编
方言入诗的书写与传统

方言入诗作为一种特殊的诗歌创作现象，与特定时代的政治、经济、文化等宏大主题息息相关。中华民国时期，在文学的语言形态领域，它主要在“母语”“国语”与“普通话”之间滑动，各种方言入诗的探索与尝试，就在这一个大格局中生存、发展与演变着。

白话新诗以“言文一致”为旗帜和目标，在诗歌领域最终完成了从古典形态向现代形态的历史转型，结果是旧体诗逐渐边缘化，屈居支流地位，而与现代口语大体一致的白话诗，迅速站稳脚跟后问鼎整个诗坛的正统之尊。白话诗——新诗，抑或现代汉诗，在新的主流中寻找包括语言方式在内的诗歌话语形式，塑造了各自在诗歌史上的历史形象。

因为以活的口语为资源，方言入诗在书写的工具层面，有利的一面是现有的方块汉字成为适当的工具，有丰富选择的余地；不利的一面是声音永远走在汉字的前面，方块汉字或者被期待改革成为拼音文字，或是源源不断地接受新的成员与符号。从文学传统的角度来看，这涉及中外诗学资源的利用与借鉴，同时也被要求在历史的流变中证明自身。把方言入诗与“文学传统”联系在一起加以考察，离不开对文学活动的连续性、多层面性，以及文学传统的定义、性质、显隐形态等进行综合的剖析与反思。

第一章　方言入诗的历史演变与多线发展

文学并不是一种完全能独立发展与流变的精神现象，而是与政治、经济、文化等时代宏大主题息息相关。百年中国新诗与20世纪中国的时局密切相关，倚仗于政治、国体、语言运动等因素，粗线条地勾勒出社会历史的情状，诗歌历史与文化特征的一角也就相应呈现出来。

20世纪前半叶，主要是清朝末年与中华民国两种政体的历史，而民国史若以政府为标志大体还可以划分为三个阶段，一是南京临时政府阶段，二是北洋政府阶段，三是南京政府阶段。特别是后者，在大陆的执政期间是1927年4月到1949年9月。在此期间，虽然派系斗争激烈，独裁统治严重，军事战争频繁，民主共和不断削弱，但基本上仍以民族国家统一、社会经济发展、民生有所改善而独立于亚洲东方。以上诸项之中，当以大规模战争辐射的影响最为深远，特别是中日两个国家之间的战争，以及卷入当时第二次世界大战，都是改写民族历史、情感与精神的历史大事件。日本军国主义集团1931年入侵并占领中国东北，但只是局部侵占，忙于国共内战的国民党南京政府，当时已无暇多顾。后来带有划时代标志的“七七事变”于1937年7月爆发，它给中华民族和中国人民造成了前所未有的灾难。在随后的十多年时间里，战争与和平、民主与自由等既是社会历史的伟大内容，也是诗歌艺术的永恒主题。从文学语言形态而论，对应的是“国语”概念的阶段，虽然因为政局不稳，战争不断，“国语”处于书斋状态而没有走向广阔社会，但“国语”以蓝青官话为范本，毕竟成了当时语言统一的标志。

在20世纪40年代后期，国共内战角逐以国民党蒋介石集团的失败而告终，中国共产党以胜利者的身份领导全中国人民建立了统一而集权的新生共和国——中华人民共和国。这样，经历战乱的中国，翻开了改天换地的历史新页。在这时代巨变中，也水到渠成地翻开了文学历史的新篇章，诗歌语言的面貌焕然一新。从1950年代开始，在中华人民共和国政体下党和国家领导人的统一筹划与顶层设计，包括文学界在内的官员文人积极参与，推出了以普通话为标准语的民族共同语，相应的是“普通话写作”成为时代的主流。普通话运动在1950年代中期开始发力，并一直强劲地延续到当下；普通话写作也基本上与此伴随始终，语言与文学处于一种休戚相关、唇亡齿寒的关系中。在中国大陆，助推普通话与普通话写作的势力，主要依靠行政力量予以推行，虽然时有反复与消长，但强化普通话写作这一总的趋势没有发生变化。从领土分割、政党分治角度而论，退守台湾一隅的国民党，去台后一直推行国语，直到1987年台湾解严，后来台湾国民党和民进党更替统治，民进党势力张扬台语写作，以台语为本，试图进行政治分裂，但一直得到了大多数台湾民众的抵制，“台语诗”成为一个摇摆不定的创作现象。至于香港、澳门，在20世纪90年代先后回归中国，语言多元化，成为主流。择其大略，中国新诗的语言维度，从中华民国到中华人民共和国的历史转变中，主要以20世纪上半叶与下半叶为基轴，上半叶推行国语，下半叶推行普通话。方言入诗的探索与尝试，就在这一个大格局中生存、发展与演变着。

方言入诗的发生与演变，在中国古典诗学时期即是一个不可忽略的存在。不同朝代的古典诗人在格律体为主的旧体诗歌创作中，总是断不了有诗人加以尝试，或以游戏态度出之，或以走向民间为旨归。中国诗歌以文言为语言正宗的主流观念，十分平稳而保守。以上两者并行不悖，可谓双线文学发展路向，构成中国诗史隐与显的复合形态。自清朝末年以来，随着世界格局的大变动，也随着清王朝的衰弱，中国作为世界中心的地位已被列强的船坚炮利所摧毁。相应的是意识形态、文化生态也急剧发生变化，得风气之先的是清朝派出的驻外使节，以及后来官派或自费的留学欧美、日本的中国留学生们，他们借助外来的政治意识形态与文化观念，以“言文一致”为旗帜，在诗歌领域开始试验从古典形态向现代形态的历史转向，结果是旧体诗逐渐边缘化，屈居支流地位，而与口语大体一致的白话诗，迅速站稳脚跟后问鼎整个诗坛的正统之尊。由此，不论其后来的局部退潮或各种诗学论争如何交错更迭，一切都无碍于这一宏大的历史格局。

在20世纪的中国，像晚清诗坛有“新学诗”“新派诗”“新体诗”等概念一样，白话诗先后有不同的称谓，如现代诗、民歌体诗、现代汉诗……以白话为语言形式的新诗，名称各有不同，语言的基质也有相当多的差异性。这一切既取决于政治时势的迥异，也与诗人们不同的尝试相关。白话诗——新诗，抑或现代汉诗，在新的主流中寻找包括语言方式在内的诗歌话语形式，塑造了各自在诗歌史上的历史形象。

一、从“诗界革命”到白话诗运动（1895—1925）

现代白话新诗的发生，莫不与徽语区出身的白话诗人胡适相关。1917 年 1 月，胡适在《新青年》刊出《文学改良刍议》，1918 年 1 月胡适又最先在《新青年》杂志发表四首白话诗。民国诗歌史上第一本个人白话诗集《尝试集》，被誉为“差不多成为诗的创作和批评金科玉律”① 的《谈新诗》之类论述，可以说不论是创作，还是理论，胡适都当仁不让地处于第一人的位置。

出于对历史真相的还原，新时期以来不少研究者越过胡适的戏台喝彩之声，越过前人累积的研究视野，把笔触延伸到了晚清“诗界革命”那儿。甲午海战的失败、戊戌维新的夭折，是清末的政治大事件，也是催生晚清诗界革命的土壤。来自粤语区的康有为、梁启超、夏曾佑、黄遵宪，来自湘语区的谭嗣同，来自吴语区的南社诗人如柳亚子等一大批诗坛精英，都以各自的方式催生了白话新诗这个新生命。19 世纪末，以维新为标准，不论是“新学诗”，还是“新派诗”之类的文艺新潮，都风起云涌，各领风骚三五年，与“白话诗”概念关连（联）起来②。倘若从语言角度来重审现代新诗的发生，从方言到白话，到底有多远的距离呢？方言入诗与新诗的发生如何评价呢？这些大大小小的疑问，我们认为至今仍有重新认识的必要。

（一）诗界革命的兴起

从历史流变来看，胡适并不是“发明”新诗的先驱③，虽然他立足于前人的基础，使白话新诗加速从旧形式中“脱胎”出来。白话新诗实际上是一个瓜

---

① 朱自清：《中国新文学大系·诗集·导言》，上海：上海良友图书印刷公司，1935 年，第 2 页。

② 典型的如龚喜平：《新学诗·新派诗·歌体诗·白话诗——论中国新诗的发生与发展》，《西北师院学报（社会科学版）》1988 年 3 期；郭延礼：《“诗界革命”的起点、发展及其评价》，《文史哲》2000 年 2 期。

③ 参见陆耀东：《中国新诗史（1916—1949）》第 1 卷，武汉：长江文艺出版社，2005 年，第 9—10 页。

熟蒂落的自然过程，语言变革与时代变革，都起到了关键性的催产作用。正视大清王朝的帝国权势沦落，正视清朝在世界格局这一去中心化的不可逆历史进程，我们才能看清楚这一根本性的大逆转。

19 世纪末，清朝国运在睁眼看世界中走向不可挽救的衰落境地。正如闻一多所言“自从与外人接触，在物质生活方面，发现事事不如人，这种发现所予民族精神生活的负担，实在太重了。”① “事事不如人”的耻辱与紧迫感，彻底改变了中华民族的文化与精神。目前学界对诗界革命的起点，较权威的判断是 1895 年的“新学诗”——这也是笔者所认同的。1894 年发生的甲午战争是重大的历史事件，构成了思想、文化发生巨变的分水岭。翌年秋冬，来自粤语、客语、湘语方言区的梁启超、夏曾佑、谭嗣同等在京城中经常聚在一起，唤醒了各自的母语方言意识，在诗歌创作上以“维新”为荣，“盖当时所谓新诗者，颇喜挦扯新名词以自表异”②，当时的新名词是什么呢？就是指佛、孔、耶三教经典中的外来语汇，相当多的是一些欧化词或日化词汇，以模糊化的音译为主，走的是陌生化的偏锋；有时也对方言土语入诗有所惊醒，对诗歌语言的多元化、本土化持宽容态度。如谭嗣同《金陵听说法诗》一诗中“喀斯德”“巴力门”等，既非古代汉语之中所有，也非百姓日常语汇中常见。中日甲午战争，以清朝失败而告终，担任驻日使节、驻欧洲多国使节多年的黄遵宪，自然有着不同于国内以往士人的人生体验③，以“新派诗”④ 命名自己的诗歌尝试，登高一呼，天下响应，国内维新之士，莫不欢欣鼓舞。“凡事名物名，切于今者，皆采取而假借之”。在述事时，“官书会典、方言俗谚，以及古人未有之物，未辟之境，耳目所历，皆笔而书之”⑤。黄遵宪在择取诗材时没有躲入故纸堆，而是摄取异邦所见之新鲜事物；在语言上，不唯文言至上，而是把“方言俗谚”纳入笔下，与他早在 1868 年就提出的“我手写我口”主张一脉相承，也与当时进化论思想的输入相合：“盖文学进化之轨道，必由古语之文

---

① 闻一多：《复古的空气》，《闻一多全集》第 3 卷，北京：生活·读书·新知三联书店，1982 年，第 457 页。

② 梁启超：《饮冰室诗话》，舒芜校点，第 49 页。

③ 参见李怡：《日本生存的实感与中国诗歌的近代变革》，《社会科学研究》2004 年 1 期。

④ 黄遵宪于 1897 年在《酬曾重伯编修》其 2 中提出，系对自己创作的称谓，第 762 页。

⑤ 黄遵宪：《人境庐诗草自序》，郭绍虞主编：《中国历代文论选》（1 卷本），上海：上海古籍出版社，2001 年，第 395 页。

学变而为俗语之文学。中国先秦之文多用俗语，观于楚辞、墨、庄，方言杂出，可为证也。自宋而后，文学界一大革命即俗话文学之崛然特起。”① “方言”“俗语”风生水起，像客家方言山歌民谣一样，进入最先走出国门的黄遵宪们的目光中，它们随着时代而变革，诗歌语言渗透口语化内质，对方言采取积极含纳与融合的策略。

1899 年，在日本等异邦出入频繁的“流亡者”梁启超，在《夏威夷游记》中以“诗界革命”相号召，主张西化，弃旧体诗而力求创新。“今欲易之，不可不求之于欧洲。欧洲之意境语句，甚繁富而玮异，得之可以凌轹千古，涵盖一切。今尚未有其人也。”西方世界是崭新的异域，向“他者”靠拢，自然为创新之捷径，比如“不可不备三长，第一要新意境，第二要新语句，而又须以古人之风格入之，然后成其为诗。”② 梁启超的“新语句”，开始发力，虽然当时还目标欠明，胆略也不够大，局限也甚多，但毕竟有了新的不满，有了新的左右突围的勇气与方向。到了“歌体诗”阶段，果然有质的飞跃。梁启超听从同乡黄遵宪的建议，在自己主编的《清议报》《新民丛报》上，开辟“诗文辞随录”“诗界潮音集”等专栏，具体做法是：一、继续大量使用日化的新名词，如自由、主权、文明、进化等等；二、强化杂言体诗歌，打破格律，在字数不等、长短不一中尝试求新求变；三、走向通俗化，寻找新的声音艺术，或取道歌谣，或借助音乐，追求明白易懂。当时梁启超所编报刊发表的诗歌，注明“俚词”“俗调”者十分普遍，在标题上也以“歌”字样加以注明。黄遵宪作为梁启超的前辈兼同乡，同处一个方言区域，可谓心有灵犀一点通，认为创作的韵文“当斟酌于弹词粤讴之间”③，诗句可长可短，需杂取歌谣，汲取广粤大地民间歌谣资源来滋长自己。黄遵宪、梁启超等人掀起的诗歌变革，源自于南方文学的语言和思想，具有颠覆的革命性意义；胡适后来在美国留学与数位诗友切磋诗艺，进行白话诗尝试，也对他们的试验有所借鉴与仿效。更重要的是，黄遵宪身体力行，创作了一批诸如《军歌》《幼稚园上学歌》的诗作，以及仿广东梅县的客家山歌等作品，偏离旧体诗词的既有轨道，确实可以称得上是“全新”的“诗”与“歌”。

---

① 包天笑：《小说画报·短引》，《小说画报》创刊号。

② 梁启超：《夏威夷游记》，《梁启超全集》（第 2 册），北京：北京出版社，1999 年，第 1219 页。

③ 黄遵宪：《致梁启超函》，陈铮编：《黄遵宪全集》，北京：中华书局，2005 年，第 432 页。

（二）白话新诗的最初阵营

晚清的诗界革命思潮，始于甲午战争之后，延续到辛亥革命。资产阶级维新派的代表人物，由维新派而成为革命派的南社诗人们，都是当时创新与变革诗体的主力。“诗界革命”倾泻着对旧体诗词的不满，革掉了旧体诗词的尊严与趣味，削弱了它的地盘与势力。至于题材、辞藻、句式等诸方面，均不同程度地弃之而不顾。在这一过程中，“语言”环节处于核心位置。从文言为诗，到以方言、活语为基础的白话为诗，也就是经历了从潜流到激流的革命。历史的接力棒，最终传递到了胡适以及他的追随者们手里。

胡适出生于安徽绩溪，是典型的徽语方言区。他在家乡度过童年和少年阶段，后去上海读中学，1910 年去美国留学，居留美国的时间长达 7 年。从母语方言来说，胡适的母语根底是徽语，在上海接触的是吴语，在国外则是双语混杂。从知识结构而言，胡适做白话文，是在民国纪元前 6 年于上海读中学时便起步了。据胡适自述，因幼嗜白话小说，少时不曾学做对对子；喜古体诗而不近律诗，初学诗近白居易一派。① 在上海求学时，多看《新民丛报》、梁启超的“新文体”。在美国 7 年，接受的是美式教育，因学习英文、德文、拉丁文等诸多外语，时间与精力分割得很厉害，日记中曾有“数月以来之光阴大半耗于英文也”② 之叹，以至“且看浅易文言，久成习惯，今日看高等之艰深国文，辄不能卒读”③。

在美国留学的胡适，自然对异域言文一致的语言耳濡目染，这既是英文之所长，也是世界强国的正常语言生态。在白话与诗之间，胡适尝试白话新诗的落脚点在“白话”上而不仅仅依附在“诗”上，这种“白话”为重的语言取向，使晚清以来“新学诗”“新派诗”“新体诗”等概念，突然坚定地移换到了“白话诗”这一概念上，带来的影响是：一、目标与内容十分具体、清晰；二、集中于“白话”，角度有所校正，变革点大为扩张。从梁启超等人的“新语句”开始，途径黄遵宪的“杂谣体”，再到胡适的“白话体”，已构成一个三级跳，跨度越来越大，最后“一跳”尤其让世人炫目。

---

① 胡适：《尝试集·自序》，北京：人民文学出版社，1984 年，第 135—136 页。

② 胡适：《留学日记卷一》，季羡林主编：《胡适全集》第 27 卷，合肥：安徽教育出版社，2003 年，第 145 页。

③ 胡适：《澄衷日记》，第 24 页。

白话为诗，白话已由潜流而变为激流。胡适之后，陈独秀、刘半农、沈尹默、周作人、钱玄同等人，差不多均视文言为死语，白话为活语，文白之争变成了死活之争，白话的地位已如日中天。不但如此，“五四”前后的这批先驱，还激进式地提出以白话为惟一之利器，为惟一之正宗的“说法”。“今后当以‘白话诗’为正体”，旧体诗、词、曲，“不可以为韵文正宗也”①。——富有戏剧性的是，原先以为白话写诗只是一种尝试，到最后却变成非白话不能作诗，非白话不能为诗歌用语之正宗，真可谓三十年河东三十年河西。以前用白话写诗，引白话入诗或入文，是带有笔墨游戏的旁门左道，自娱自乐而已，白话诗革命之后变成诗的正宗，具有排他性，将文言的长桌砸碎，扔到垃圾堆里去了。这一切让固守文言为正宗的守旧者极为不满，是一种失去安身立命之本的不满与绝望②。譬如，最先出来反弹的是林纾，林氏坚持“从未闻尽弃古文行以白话者”，“即谓古文者白话之根柢，无古文安有白话”③ 的主张，至死坚持认为“以说文为客，以白话为主，不可也”④。与胡适同是留学美国并获得博士学位的胡先骕也说“诗家必不能尽用白话，征诸中外皆然”⑤。事实上，这样的言论于情于理都可以理解，在逻辑上也没有问题。纵览 20 世纪诗史，热衷于文言诗词创作的也大有人在，包括创作新诗又“改行”去创作旧体诗词的诗人⑥，但是，以文言、格律为正宗的诗坛，失去之后则一去不复返，成为 20 世纪旧体诗词创作者们最大的历史悲剧。

回过头来反观白话诗的“白话”本身，到底是什么样的语言呢？答案是一种以活语为基调的地方性方言罢了，当时蓝青官话、北平话因地域优势，它们

---

① 钱玄同：《致胡适》，钱玄同著，沈永宝编：《钱玄同五四时期言论集》，上海：东方出版中心，1998 年，第 55 页。

② 在五四新文学发难时，先驱者并未全盘否定古典，并未斩断与既往文学历史的联系，他们所要决绝地斩断的是与今日文坛的联系。参见刘纳：《嬗变——辛亥革命时期至五四时期的中国文学》一书，北京：中国社会科学出版社，1998 年，第 231 页。又如黄遵宪以“我手写我口，古岂能拘牵”的决绝姿态也主要是反感当时“俗儒好尊古”的倾向。

③ 林纾：《论古文白话之相消长》，郑振铎选编：《中国新文学大系·文学论争集》，上海：上海良友图书印刷公司，1935 年，第 80、81 页。

④ 林琴南：《附林琴南原书·致蔡鹤卿书》，胡适选编：《中国新文学大系·建设理论集》，上海：上海良友图书印刷公司，1935 年版，第 173 页。

⑤ 胡先骕：《中国文学改良论（上）》，郑振铎选编：《中国新文学大系·文学论争集》，第 104 页。

⑥ 参见陈友康：《二十世纪中国旧体诗词的合法性和现代性》，《中国社会科学》2005 年 6 期。

所占的份额较多，便当仁不让穿上了白话的漂亮外衣，并且一旦穿上就不再脱下来。这一策略在提倡白话文运动的风云人物笔下云遮雾掩，胡适也是直到白话文学站稳脚后才大力张扬方言文学。不过，白话的尝试仍然被守旧派敌手所洞悉，将白话与土话联系起来予以攻击。譬如来自福建闽语方言区的林纾就指出白话“行用土语为文字”，是“引车卖浆之徒，所操之语”①。林纾还进一步按土语类别将白话分拆，“今使尽以白话道之，吾恐浙江安徽之白话，固不如直隶之佳也”。② ——来自闽语方言的林纾彰显“土语”的招牌，明显有影射之意，即倡议白话文运动的胡适不要忘记自己来自徽语方言区，支持白话文的蔡元培、钱玄同、刘半农等人来自江浙吴语区，即使是提倡白话，其南方方言与北方方言相比还相差很远呢。由此推之，白话文运动，以及历史上类似的文化革新运动，大多由来自南方方言区的杰出文化人物首倡，这难道不是一个奇特的现象么？似乎南方方言区的人，比北方方言区的人更加具有语言的敏感性，能感受到母语方言的力量与价值。至于林纾关于语言的等级观念与奴性意识，试一比较便可一览无余：如晚清韩邦庆著小说《海上花列传》，通体皆用吴语，理由是“曹雪芹撰《石头记》皆操京语，我书安见不可操吴语”③。刘半农附和之，认为不同方言不比香烟，鉴赏的人少，是全不要紧的。④

与白话新诗的生发比较漫长相比，白话新诗的确立倒比较顺利，花费的时间也较短。从胡适的诗歌到郭沫若的诗歌，再到初期白话新诗的群体队伍，差不多也就是几年的时间，作品与诗人都如雨后春笋一样冒出来。

从语言角度来看，胡适白话诗所凭借的白话，是一种不带文言词语、以蓝青官话为主的活语，具有明白易懂、流畅洗练的特点。它扬弃了口语交际时琐细、啰唆的毛病，经历过初步的筛选与提炼，贴近原生态的口话，虽然诗化处理方面还不够细腻、丰富与生动。白话新诗另一分支的代表郭沫若则来自川语区，郭氏祖籍为客家方言区的福建宁化，客家方言在移民四川乐山的郭氏家庭生活中仍有不少遗留。郭沫若成年后东渡日本留学，在日本创作出了自认为是“语体诗”“口语形态的诗”，后收录进入诗集《女神》。相比之下，《女神》

① 林琴南：《附林琴南原书·致蔡鹤卿书》，第 172 页。

② 林纾：《论古文白话之相消长》，第 81 页。

③ 据海上漱石生（孙玉声）《退醒庐笔记》，这里引自韩邦庆：《海上花列传》中《〈海上花列传〉作者作品资料》，典耀整理，北京：人民文学出版社，1982 年，第 614 页。此外韩邦庆在例言中说：“苏州土白，弹词中所载多系俗字，便通行已久，人所共知，故仍用之，盖演义小说不必沾沾于考据也。”见《海上花列传·例言》，第 1 页。

④ 刘半农：《读〈海上花列传〉》，《半农杂文》，第 245 页。

的语汇较为芜杂、丰富，与胡适的《尝试集》相比已有跨越式的质变。比如杂语的呈现，比如大量口语虚词的调用，比如方言中独特的构词方式与插入语成分，包括俯拾即是的“儿”化词、以“在”结尾的方言句式等等，都是白话化之后不断推崇方言所带来的新语言现象。

与胡适、郭沫若同时代的白话诗人以及稍后的诗坛新人，如周作人、俞平伯、刘半农、刘大白、朱自清、沈玄庐、刘延陵、王统照、徐雉、蹇先艾、闻一多、徐志摩等一大批诗人，不无巧合的是大多数来自南方方言区，或者来自北方方言区内部较具边缘性质的次一级分区。他们在新诗创作中对活的方言这一母舌较为自觉，对方言的容纳与汲取也较为充分。譬如，湖畔诗人群作品的吴语特色较为鲜明，如汪静之除了普遍押方言音韵外，在《西湖杂诗》《园外》等诸多诗作中捎带着“姆妈、闹热、勿”之类的吴语语汇。刘半农的江阴方言诗歌与京语土白诗构成两大系列，前者如《一个小农家的暮》《沸热》《拟儿歌》以及诗集《瓦釜集》中的作品，后者如《面包与盐》《拟拟曲》等诗作，方言语汇如“阿姐、洗格啥、心浪、隔仔”与“甭活、老哥、俩子儿”等分别在两类方言诗作中集中出现过。

（三）口语与白话新诗的源泉

在由文言而白话，由潜流而激流的过程中，方言入诗与中国新诗的发生与推进密不可分，这既取决于白话本身的方言底色与活力，也与当时整个白话文运动背景与时代相关。在晚清诗界革命时，“杂以俚语”仅是其中单薄的一环，但也是逐渐发力的开始。诗歌语言由文言而白话，以“口语”相号召，不避流俗语、不避方言，再到不写活语不能为诗，这样终于使新诗与白话的结合呈现出通俗化、口语化、方言化的趋势。

语言复归于活人的唇舌，敏感于口语的存在，诗歌语言便“向死而生”了；在“死”而“活”的博弈过程中，结果是架空了文言。白话为常，方言就有出场的机会；活在唇舌上的语言，就有了相应的地位与尊严。总之，从晚清到“五四”，白话诗的发生与确立，借助于历史的合力予以完成，语言的变革始终处于核心位置。在诗歌变革从潜流到激流这一由隐到显的过程中，语言的方言化、口语化最具活力。方言入诗导致、加速并实现了白话新诗的发生与成立。

二、白话为诗与土白入诗的再出发（1926—1937）

自晚清到“五四”，白话新诗经过各种不同方式的酝酿与尝试，终于成为新文学史上诗歌的正统。白话诗成立之后，白话诗的合法性与命名不再时时成为一个争论的话题，但何谓白话，什么样的白话可以入诗，却成了一个必须不断面对的新问题。

五四时期，胡适断言文言是死文字，而“白话是活文字”，“活文字者，日用语言之文字”[①]。胡适还对“白话”作了更准确的解释，释白话之义，约有三端，其中第一条便是白话的“白”，是戏台上“说白”的白，是俗语“土白”的白。“故白话即是俗话”。真正的白话诗需要活的语言去写。后来胡适也适时地提出方言文学的问题，但“方言”与“白话”并不是同一的，相反，通过方言为白话输血，是胡适一个没有明说但没有走样的观点。潜伏的问题却提出来了，在白话为常之后，白话与土白的内涵经历了一次刷新。白话成为诗歌的正宗语言之后，土白则成为附属性的语言；由白话而国语，其统治地位日益得到巩固，于是白话入诗与土白入诗，逐渐分道扬镳，昔日的同盟者变成了现在的博弈者。白话与土白，不断凸现分裂的程度，形成了新诗语言上的新一轮对峙，开始了并不对称的新的语言歧途。

“五四”以后，经过短暂几年时间的停滞与反思[②]，白话诗继续向前推进；在1926年至1937年之间，各种诗体、诗派共生共荣的局面逐渐成形。来自全国不同地域的年轻诗人们不断加入诗歌圈子，散布各地的诗歌报纸杂志等阵地便自然分化开来，又重新集结成小群体散落在各地。这样，不同阵营的新诗流派在竞争、更替、消长中，形成了一幅此起彼伏的诗歌史图景。而在这图景背

① 分别见胡适：《四十自述·逼上梁山》，胡适选编：《中国新文学大系·建设理论集》，第6页；《〈尝试集〉自序》，《尝试集》，第137页。

② 大概自五四运动后，白话新诗的高潮便退潮了，白话诗运动整体显得比较沉寂，时间从1921年至1924年前后不等，具体记载的可参见以下数文：周作人：《新诗》（1921年），见杨扬编：《周作人批评文集》，珠海：珠海出版社，1998年，第99页；俞平伯：《诗底新律》（1924年作），《俞平伯全集》第3卷，石家庄：花山文艺出版社，1997年，第582—584页；朱自清：《新诗》（1927年作），《朱自清全集》第四卷，南京：江苏教育出版社，1996年，第208—219页。

后，土白入诗的再出发，显得有些醒目了。限于篇幅，本节这里以 4 个诗歌流派为例予以讨论，分别是象征派、新月诗派、现代派和中国诗歌会，通过他们不同路向的尝试与探索，粗线条地呈现出土白入诗在这一时期的走向。

（一）早期象征诗派的尝试

20 世纪 20—30 年代，象征主义诗歌的发展十分迅猛，总体上有两个大的分支，一个以留学法国的李金发为首，带回国内的是早期法国象征主义潮流，一个是属于后期创造社的同仁们，比如王独清、穆木天、冯乃超等人，也以象征主义为旗帜。两者之间有异同，相同之处是都尊崇法国象征主义诗歌，讲究暗示、反对直白；不同之处是前者重视暗示、含蓄，后者对诗的音节、节奏兴趣浓厚。

出身于广东客家语区的李金发，在家乡度过童年，后来在香港、法国求学长大。他错过了国内早期新诗的机会，直到 1925 年 11 月之后，才在周作人的帮助下，陆续出版已经推迟数年了的诗歌集子，有《微雨》《为幸福而歌》《食客与凶年》等。李金发的这批作品，基本上是他在法国留学所写，受国内白话新诗影响甚微。保留文言，用词冷僻，诗句拗口，是其表征，当时便有“诗怪”① 之称。沿此一途，诗坛精英对他的评价也一路走低，比如指责他“母舌太生疏”②；比如不大会说中国话，失去了“语言的纯洁性”③ ……综观这些评论，都对李氏口语表达能力心存疑惑。似乎胡适提倡白话入诗的主张，到李金发手中堵塞与断流了。不过，李金发不文不白、似通非通的诗歌语言风格，却引来国内一大批模仿者，如在诗坛开始起步的青年诗人胡也频、沈从文、石民、张家骥、林松青、林英强、侯汝华等人便具有代表性。宗法法国象征主义的另一分支，如穆木天、冯乃超等人，则倡导“纯诗”观念，痴迷诗的音乐性。如穆木天就宣称“诗越不明白越好。明白是概念的世界，诗是最忌概念的”④，王独清也有类似的主张：“不但诗是最忌说明，诗人也是最忌求人了解！”否则“不能算是纯粹的诗人！”⑤ 可以说，象征主义诗歌游离于白话诗歌

① 黄参岛：《〈微雨〉及其作者》，《美育杂志》第 2 期。

② 朱自清：《中国新文学大系·诗集·导言》。

③ 孙席珍语：见卞之琳《新诗与西方诗》一文中，《人与诗：忆旧说新》，北京：生活·读书·新知三联书店，1984 年，第 190 页。

④ 穆木天：《谭诗——寄沫若的一封信》，《创造月刊》1 卷 1 期，1926 年 3 月 16 日。

⑤ 王独清：《再谭诗——寄给木天伯奇》，《创造月刊》1 卷 1 期。

在语言上要明白清晰的基本要求，给看似平静的诗坛投下了石子，引发了新的涟漪。

象征主义诗歌的神秘、晦涩与音乐化倾向，与他们的语言风格相关。如李金发当时的策略是摈弃胡适式的白话，以文言、外来词、方言语汇为常用语汇，当中杂糅欧化的语法，既与古典诗词不同，又与“五四”前后流行的白话诗主潮不同。综观其诗，不但大量夹杂“之、欲、惟、若、亦、遂”等文言单字，也大量摄取“羞恶、烦闷、枯骨、哀戚、丘墓、蜷伏”等书面化的词汇；不但有对固有语汇、句式的扭曲，而且还启用独有的方言语汇，如“游蜂”“翼”“羽”[①] 之类。王独清、穆木天等诗人则呈现出另一景观，文言语汇不多，但外文单词掺杂甚多，欧化句法较多，复杂的长句较普遍。

在胡适式白话诗风流行之时，白话愈多而诗味愈少，引起了诗坛的不满与反动，其中文言“回潮”，恰好弥补了这一缺陷；旧体诗词的语汇并没有像胡适预言的那样是“死去”的东西。“文言”再度入诗与密集的欧化语法，带给白话诗一种含蓄的诗风。独特的方言语汇，有些也是文言古语的残存，则增添了语汇的歧义，带来了某种丰富性。

值得追问的是，为什么中国早期象征主义的诗歌会被李金发歪打正着赶上了呢？要回答这一点，便不得不梳理李金发的出身教育与语言环境。李金发出生于广东梅县，属于典型的客语区域；小学毕业后移居香港，属于粤语区；后来长期居留国外，对“五四”倡导的白话新诗所知甚少，因此他对北方话为主体的白话很陌生。其次，以白话为主体，调用文言辞藻或古语式方言语汇，以及一些地域方言的语法句式，也是文学传统与地域传统之力在起作用。重复文言，会成为一种套语、滥调；同样，局限白话，单一的文腔也会不可避免，正如周作人所言，因为太透明，便“缺少了一种余香和回味”[②]。所以，白话为诗成为正统之后，“必当弃模拟古文而用独创的白话，但同时也不能不承认这

① 对于北方方言语汇“翅膀”，梅县方言称“翼”，此外福州、厦门、潮州也是如此。参见袁家骅等著：《汉语方言概要》（第 2 版），北京：文字改革出版社，1989 年，第 313—319 页。

② 周作人：《〈扬鞭集〉序》，《语丝》第 82 期。

个事实，把古文请进国语文学里来”①，这样才有国语的成长与壮大，文言、冷僻方言也是国语的有效资源。

宏观上打量，中国诗歌史上至少存在一种二元对立的格局，一类偏于含蓄多解，如诗无达诂的“温李”一派；一类则以明白易懂为尊，如“元白”传统一派。两种“原型”算得上是诗歌趣味与风格的分化。因此，李金发等早期象征主义的跟进，促使胡适式的明白易懂的诗风，并不能一统诗歌江湖。象征主义多解、含蓄、内敛式诗歌艺术的出现，有助于中国诗史上双线结构互通有无，继续向前推进，是十分有益而必要的。

（二）新月派与土白入诗

早期象征诗派，着力于文言语汇的复活与欧化语法的引进。紧随其后的新月诗派，则以新诗的格律化为突破口，将旧体诗词的形式复活了。从语言到形式，看似不相关联的两环，其实在语言层面也有相通之处，传统诗词的影响凸现得更加明显。

与早期象征诗派的认同度较低不同的是，以闻一多、徐志摩、朱湘、陈梦家等为代表的新月诗派，却赢得了相当高的赞赏，为白话诗搭建了一个具有人气的审美空间，成为一时之风气。“那时候大家都做格律诗；有些从前极不顾形式的，也上起规矩了。”②

闻一多、徐志摩等人留学欧美，深受欧风美雨的影响，与世界诗坛的发展有同步之处。譬如闻一多留美回来，以“径直要领袖一种之文学潮流或派别”③ 相标榜，主攻的方向是要在新诗与旧诗之间建立多重联系，重心是从关注白话开始转向关注“诗歌”本身，诗是什么？诗何以为诗？这样的诗学思考没有停止过。白话诗既是用白话书写，又能做到“诗是诗”，书写工具要变，

---

① 周作人：《国语文学谈》，杨扬编：《周作人批评文集》，第 212 页。此外，周作人在此文中对国语文学的认识也很有建设性意义，他认为“一国里当然只应有一种国语，但可以也是应当有两种语体，一是口语，一是文章语，口语是普通说话用的，为一般人民所共喻：文章语是写文章专用的，须得有相当教养的人才能了解，这当然全以口语为基本，……两者的发达是平行并进，文章语虽含有不少的古文或外来语转来的文句，但根本的结构是跟着口语的发展而定，故能长保其生命与活力。”出处同上，第 211 页。

② 朱自清：《中国新文学大系·诗集·导言》，第 6 页。

③ 闻一多：1922 年 9 月 29 日《致梁实秋、吴景超信》，《闻一多书信选集》，北京：人民文学出版社，1986 年，第 64 页。

诗的内容与趣味也要与时俱进。从那以后，中国新诗开始进入另一个文体自觉的时期，具体途径如下：一是在诗歌的形式上尝试“格律化”，不论是诗的形体，还是语言形式本身，都套上有形或无形的“镣铐”。这样在诗的形式与语言之间构成一种张力，现代白话需要进一步提纯。在闻一多《诗的格律》这一纲领性诗论中，提出诗的音乐美、绘画美、建筑美主张，“三美”之中都有对诗歌语言的思考，如“音乐美”重视音节，字的声韵调之配合与和谐；“绘画美”强调辞藻、语汇的凝练与美感，“建筑美”中包含单字与双字的配合，讲究句子与诗节之间对称、均匀等。“三美”主张中，既包括激活古典诗词中有生命力的语汇，也包括吸纳方言土语中的词汇。不管是闻一多、徐志摩、朱湘、陈梦家，还是像卞之琳、沈从文等新月诗派的后来者，都程度不一地存在相似现象。闻一多的《红烛》、徐志摩《志摩的诗》、陈梦家编的《新月诗选》，相当一部分作品中融化文言、口语的功夫大为增强，形成以口语为主的典雅诗语风格。

具体而言，新月派诗人在诗语层面采取的是多元化、技巧化举措。比如抒情与叙事相结合，或专事叙事诗的创作，或立足于人物对白，其中调用或复原唇舌上的土话较为典范。——“土白入诗”的试验，带有文体自觉性，团体化倾向贯穿始终。如闻一多的《罪过》《春光》《欺负着了》《天安门》与《飞毛腿》，徐志摩的《大帅》《谁知道》《残诗》《一条金色的光痕》，蹇先艾的《回去！》，饶孟侃的《“三月十八”》，沈从文的“镇筸土话”诗系列与歌谣体作品，等等，均拾取北平或诗人家乡的土白方言，或模拟声口，或描述环境，或塑造人物，都是很成功的尝试。诗中的人物，集中于车夫、村妇、小贩等底层民众，在当时具有民本主义思想，其“土白入诗”的思想，也有更厚实的立足之处。

新月派诗人，不但在实践中勇于尝试，而且在理论上也善于总结，典型的如饶孟侃的《新诗话·土白入诗》①，对土白入诗持积极和乐观态度。此文认为“土白诗”在新诗里占位十分重要，“土白诗”可以全部用土白写，也可夹杂土白来写；有些特殊的情绪，或者特殊的音节，“非土白诗不能表现”，而“土白诗最难做”。

新月派诗人运用土白作诗，已归纳为“土白入诗”理论，在类型上一是纯粹借用或夹杂诗人家乡土白词汇、句式来写，二是利用北平土话来写诗，前者更为复杂，因为诗人来自不同方言区，土白资源更为丰富。现举两个土白辞藻

---

① 饶孟侃：《新诗话·土白入诗》，《晨报副刊·诗镌》1926年5月20日。

为例子来加以说明，一个是写“大雁”飞鸟时，启用土白词汇“雁子”，如陈梦家的《雁子》、沈祖牟的《孤零的歌》便是，闻一多的《“你指着太阳起誓”》中则为“皂雁”，后改为“寒雁”；其次凡是说到“星星”时，用“星子”土语词汇的多，如沈从文的《我欢喜你》、方玮德的《微弱》、陈梦家的《寄万里洞的亲人》，这都是南方方言中的习惯称谓。用北平土话写的新诗，相对而言还要多见一些，共性也好把握一点。北平土白当时有“京语”之称，如徐志摩的《残诗》，纯用京语写成，甫一发表，就得到了语言学家黎锦熙的肯定，认为是以“活的方言作根据”，令他“拍案叫绝”，“推为新诗第一”。①

总之，新月派诗人，立足于现实生活，一方面在口语的基础上，趋向于雅言化；另一方面，特别重视土白的语言，视为不可缺少的语言资源。也许到了此一阶段，白话本身随着生活需要丰富与发展，需要镕铸欧化语与口语，把一切既有的语言，充分吸收到现代白话中来。如何糅合语言，在圈内人卞之琳所说的“化古”与“化欧”之间，“土白入诗”基础之上“化土”的问题，也提到了议事日程之上。在我们看来，“化土”“化古”“化欧”三者的结合，才是新诗语言长远发展的主要框架。

（三）现代派的口语化探索

1930年代的现代派由后期新月派与象征诗派演变而来②，在全面抗日战争爆发前几年，现代诗派被誉为“新诗自‘五四’以来一个不再的黄金时代”③。现代诗派的新诗，不但内容、题材得到进一步的拓展，艺术技巧、手法也臻于成熟，可谓一个诗质与诗形都均匀发展的流派。

这一流派的刊物有《现代》《新诗》《水星》等，代表人物除戴望舒之外，还有施蛰存、卞之琳、何其芳以及废名、林庚与金克木等。④ 现代派出现了一批个性鲜明的诗人与诗作，比如戴望舒诗歌以典雅细腻取胜，施蛰存诗歌以意

---

① 黎锦熙：《建设的大众语文学——新诗例》，《社会月报》1卷6期，1934年。

② 艾青：《中国新诗六十年》，海涛等编：《艾青专集》，南京：江苏人民出版社，1982年，第293页。

③ 路易士：《三十自述》，《三十前集》，诗领土出版社，1945年。

④ 据蓝棣之编《现代派诗选》（北京：人民文学出版社，2002年）一书，除以上提及的外，还有曹葆华、常白、陈江帆、陈时、番草、禾金、侯汝华、李白凤、李健吾、李心若、玲君、刘振典、路易士、吕亮耕、罗莫辰、南星、钱君匋、史卫斯、孙毓棠、吴奔星、辛笛、徐迟、赵萝蕤等人。

象繁复见长；何其芳诗歌的婉转深情，卞之琳诗歌的含蓄亲切，废名诗作的艰涩歧义……都具有代表性。

诗人兼小说家施蛰存，是《现代》的主编，对《现代》刊物上经手发表的诗歌，十分得意，还归纳了一下诗风①，《现代》杂志上发表的是“纯然的现代诗。”“它们是现代人在现代生活中所感受的现代的情绪，用现代的词藻排列成的现代的诗形”②。在“现代”的名义下，生疏的古字、文言中的实词或虚字，都可容纳进来，因为白话居多，自然稀释了文言古字汇的艰涩。引文言的语汇有限性地进入新诗，只要把握好“度”也不成问题。再说，文言语汇经过李金发等人调用，已有一段相当长的历史，争议也逐渐淡化。相比之下，现代派诗人调用文言语汇等资源时，祛除了李金发式的拗口、不妥、生硬等毛病，从先行者到后来者，这也很自然；文言融入现代汉语中去，经历了幼稚与粗疏，从“白话入诗”已过渡到“散文入诗”阶段③，这是时代的进步。

试以戴望舒为例：戴望舒在1922年至1924年之间，开始写诗，开始探索，对当时流行的诗风不满，认为只是通行狂叫，直说，私心里反叛着这一倾向。④ 反叛的方式之一便是将传统旧诗词的辞藻，像星辰一样镶嵌在自己的诗行中，一直等到《我的记忆》阶段，戴望舒抓住了“口语”概念，“为自己制最合自己的脚的鞋子”⑤。这样，才有“亲切的日常调子”⑥，日常语言具有韧性，表达力大大增强。提倡诗的“散文美”的著名诗人艾青认为戴氏“较多地采有现代的日常口语，给人带来了清新的感觉。”“都是现代人的日常口语，而这些口语之作为诗的语言，在当时，是一大胆的尝试”⑦。可见，说话的调子，流动的口语，便于诗人表达与记录精微、繁复的现代生活之感受，自由诗体与生长的“口语”相协调，进入新的轨道快速运行。

在句式结构上，现代诗派的作品具有较大的弹性，与主情诗歌不同，主知性质的诗歌使现代诗更加经得住咀嚼，有哲理的回味，如“绛色的沉哀”“灵

---

① 施氏后来总结称：“它们的共同特点是：(1) 不用韵。(2) 句子、段落的形式不整齐。(3) 混入一些古字或外语。(4) 诗意不能一读即了解。这些特征，显然是和当时流行的‘新月派’诗完全相反。”见施蛰存：《〈现代〉琐忆》，《沙上的脚迹》，沈阳：辽宁教育出版社，1995年，第35页。

② 施蛰存：《又关于本刊中的诗》，《现代》4卷1期。

③ 番草（钟鼎文）语，转引自蓝棣之：《现代派诗选·前言》，第19页。

④ 杜衡：《望舒草·序》，上海：上海复兴书局，1932年。

⑤ 戴望舒：《望舒诗论》，《现代》2卷1期。

⑥ 卞之琳：《〈戴望舒诗集〉序》，《人与诗：忆旧说新》，第65—66页。

⑦ 艾青：《望舒的诗》，海涛等编：《艾青专集》，第262、264页。

魂之吐沫”“友人带来了雪意和五点钟”这样的诗句，大面积地出现，可见现代诗人们精通修辞，对通感、暗喻运用娴熟，语言的弹性十足，同时亲切、含蓄也没有丢掉，可见诗歌语言的长足发展。

（四）中国诗歌会的大众歌调

中国诗歌会是1930年代具有现实主义诗风的诗歌代表性团体，它于1932年在上海成立，活跃在全国的诗坛上。中国诗歌会后来在全面抗战前自动解散，但其成员在抗战期间乃至以后的不同阶段中，仍然个人性地继承了现实主义、大众化的诗歌风格。

“左联”于1930年在上海成立后，在左联执委会决议中便明确指出“文学的大众化”方向。为了新诗领域的“大众化”，随后成立的中国诗歌会肩负起了这一历史的责任。在本节所述的四个流派中，它的规模最大，组织性最强。比如，它属于左联领导，有组织、有刊物、有固定的队伍：《新诗歌》与《中国诗坛》等阵地，刊发会员们此类作品较为集中。

中国诗歌会走现实主义道路，现实针对性强。在现实与审美的关系上，确实需要这样特定的诗歌流派来担当这一任务：即新诗除了面向知识分子外，如何面对底层现实发言，如何面向广大农民与农村，始终是一个艰难的任务。从白话诗平民化过渡到农民化、大众化、革命化，蒋光慈、殷夫的诗是典型的例证。中国诗歌会之所以成立并迅速壮大，其原因之一是接受“五四”以来的现实主义诗歌传统，另一个原因则是由于前述诗歌流派“严重脱离现实，甚或有意无意地歪曲现实!”① 依此逻辑，到中国诗歌会手里，就理直气壮地恢复了被“歪曲”的现实图景，回到脚下这片土地之上，回到血与火的现实中来了。

中国诗歌会的骨干，大部分是南方方言区出身，以客语、闽语和粤语区诗人居多，比如蒲风、杨骚、任钧，比如温流、林林、杜谈等人便是。“用俗言俚语”、“民谣小调鼓词儿歌”② 来写大众歌调，成为一种独特而熟悉的宣言。

---

① 任钧：《略谈一个诗歌流派——中国诗歌会》，《社会科学》1984年3期。

② 穆木天：《〈新诗歌〉发刊词》，《新诗歌》创刊号。

为了这一目的，中国诗歌会企图把新诗从阅览文字的艺术，变成声音的艺术①，断定这是一条可以走得通、越走越平坦的路。在中国诗歌会诗人这里，就是用声音的艺术，贴近农村的读者，为底层民众服务；从内容到形式，强化新诗的大众化，让诗歌回到广大民众中去。

正是在这一维度上，以底层劳动群众为对象的说唱体新诗大量涌现，全方位地反映了广大农村的阶级斗争。如蒲风的《茫茫夜》、杨骚的《乡曲》，或集中揭露农民的苦难，或为农民的暴动喝彩，口号化、谣曲化倾向明显。在语言上贴近群众口语，大量含纳地方性的方言，并通过音乐化等形式化为民众歌唱。诗人们还专门创作了一批歌词，被谱曲后广为传唱，如蒲风的《摇篮歌》、百灵的《码头工人歌》、任钧的《妇女进行曲》等便是。——这也是上述流派所没有的特有现象。

因为要考虑广大农村群众的接受力，中国诗歌会诗人采取“向下看”的策略。譬如，回避文言词汇与外来语辞藻，方言土语普遍得到采用；各种民谣体式得到挖掘与利用，如民歌、民谣、小调、大鼓书等形式便借鉴较多。来自福建的诗人蒲风，独自尝试过大众合唱诗、童谣、寓言诗、歌词、明信片诗等体式，后来专门发展方言诗运动。比较典型的措施是在所办诗刊上开辟方言诗歌的特辑，鼓励会员写作与出版方言诗作，《林肯·被压迫民族的救星》与《鲁西北的太阳》便是蒲风身先士卒创作出的客语诗集。②

结　语

在20世纪20至30年代，白话新诗整个发展较为均衡，不同诗歌流派均有生存的空间，它们在竞争中发展，在有序中繁荣。诗歌的语言维度是多元化的，或洋或土，均有所提炼，朝“活的语言”走去的总趋势没有改变，甚至是

---

① 鲁迅曾给中国诗歌会当时成员窦隐夫（即杜谈）回复论诗的一封信里（1934年11月1日）指出：“我只有一个私见，以为剧本虽有放在书桌上的和演在舞台上的两种，但究以后一种为好；诗歌虽有眼看的和嘴唱的两种，也究以后一种为好；可惜中国的新诗大概是前一种。没有节调，没有韵，它唱不来；唱不来，就记不住，就不能在人们的脑子里将旧诗挤出，占了它的地位。”随后主张：“我以为内容且不说，新诗先要有节调，押大致相近的韵，给大家容易记，又顺口，唱得出来。但白话要押韵而又自然，是颇不容易的”，引自鲁迅：《341101致窦隐夫》，《鲁迅全集》第13卷，北京：人民文学出版社，2005年，第249页。

② 两本方言诗集在报刊发表后，均以诗歌出版社名义于1939年在广东梅县出版。

提速了。不过，诗人们大多实际上身处书斋之中，直面现实、融入民间还没有真正做到，题材、语句的雷同与陈旧也在所难免。

诗歌语言内部的变革是缓慢的，因不幸遇到全面抗战的爆发，在诗歌流派的分化与重组中，诗人们在流亡中或消失，或复出，辗转经受着战争中血与火的考验，旧的一页被翻过去，新的一页则被翻开了。

三、启蒙与救亡语境下的方言入诗轨辙（1937—1949）

20 世纪上半叶的民国历史阶段，发生的时政大事莫过于 1937 年至 1949 年之间的两次大规模战争，从抗日战争到解放战争，从国际矛盾到国共之争，中华民族被深度卷入并延续 10 多年，造成了政党与政体的统治更替，也改写了新文学的历史。正是这样残酷血腥的战争考验，正是这样烽火遍地的乱世体验，新文学发生了历史性巨变。具体到中国现代诗歌这一文体，经受住了战争的考验；在抗战与解放、启蒙与救亡相挤兑的驱动下，不同流派的诗人都投入到“烽火连三月”的现实中去。诗歌的大众化、功利化，诗歌的民族形式诉求，诸如此类主张都得到前所未有的重视与实践。在如何面对需要启蒙宣传、以农人兵士等为主体的广大受众这一问题时，现代诗歌的语言呈散文化、母语化与口语化形态，这是战争语境下诗歌语言的常态。

正是这一背景，带给诗人们的除了来自于书面文字的深刻记忆之外，最摆脱不了的是政治对文艺的制衡，以及诗歌艺术如何面对底层庞大读者群的反思。比如中国共产党在延安时期所颁布的许多政策，重新认识了文艺的性质与地位。受战火影响而不断逃亡的经历与体验，让他们远离了象牙塔；诗人们由中心城镇向广大乡村逃亡，一切均是为了生存，文艺大多时候成了糊口的营生。诗人们在辗转逃亡中，真正接触到了以农民为主体的底层乡村社会，在与各地不同方言区域的民众交流、相处中，空间上的撤退与延续，带来了现代诗歌语言的泥土气息，现代诗歌的地域置换与空间性也由此敞开。

（一）战争与现代诗歌语言的变革

战争、政治与现代诗歌关系的勾连，给现代诗歌的惯性运行加入了时代的新元素。典型的是前期缤纷五彩的诗歌流派，向现实主义诗风汇流。中国诗歌会虽然分化、解散了，但它所倡导的时代感与战斗性相结合的大众化写实诗风，成为不同流派诗人共同的追求。战争逼退了抒情，也炸毁了纯艺术的象牙之塔。

诗人桂冠的光环正在褪色，诗人生命个体与流亡者的身份重叠。诗人们随着军队、难民等人流退守到了大西南、大西北等地，并融入战时生活之中。除了撤退到大后方之外，许多诗人亲历战火的考验：或参加战地服务团，或隐匿于沦陷区，或活跃在游击区，或成长于根据地。比如臧克家、邹荻帆等人，在第九战区呆过较长一段时间；比如何其芳、卞之琳等人，辗转走进了延安，走进了共产党领导的武装；比如王亚平、柳倩等人，编入了国军的序列，把双脚踏在燃烧的火线上；比如老舍、姚蓬子、杨骚等人，从陪都重庆先后到达国民党军队各战区进行巡检……这一切，充分说明诗人们在体验战争中的变化，在适应战争带来的文艺变迁。在“看看报纸，研究着地图，谈论着战事和各种问题”① 的过程中，不论是大后方还是前沿火线，不论是身处文化机关的诗人还是随军队流动的诗人，都会真切、具体而全面地体验战争带来的一切变革。

在被驱赶与逃亡中，此一阶段取得最高成就的莫过于艾青与穆旦，下面分别论述一二。艾青在“七七事变”前夕到1941年初这一时段中，他从杭州到金华，从武汉到山西临汾，折返武汉后又被迫去湖南衡山，经常处于找一份“所得能维持生活就好”② 的工作便满足的状态之中。艾青在桂林安顿半年多又重返湖南新宁，再经长沙、宜昌坐船前往重庆，在重庆滞留不久又奔赴延安……以他的话说“完全是逃难性的”③。即使在较安全的大后方，也面临敌人轰炸，筹划出处的焦虑之中。④ 诗人渴望能拥有一张平静的书桌，但哪里会有呢？

与艾青相比，穆旦也有两次传奇的经历。一次是作为西南联大流亡学生，

---

① 闻一多：《八年的回忆与感想》，《闻一多全集》（3），第545页。

② 艾青给S（即胡明树）的信：“你能否为我在贵校设法一下？或者别的学校？望你能帮助我，所得能维持生活就好了。”转引自周红兴：《艾青研究与访问记》，北京：文化艺术出版社，1991年，第272页。

③ 周红兴：《艾青的跋涉》，北京：文化艺术出版社，1988年，第120页。

④ 如艾青好不容易到了重庆，刚刚在“文协”宿舍安顿下来，在一次日机对重庆的大轰炸中，人是躲藏在防空洞里安然无恙，但回到住地已是一堆废墟，不得不从瓦砾堆里挖出被褥、衣服、书籍等用品，迁到远离市区的北碚居住。

在从北平到长沙、从长沙步行到昆明的迁徙中，真正接触了湘黔滇的民间社会[1]。另有一次，穆旦投笔从戎，以随军翻译身份加入中国远征军，辗转于缅甸等抗日新战场，在大撤退中差一点命丧疆场[2]。正是类似的生与死的搏击，让诗人思考了活着的生命意义。于是，熟悉诗人这一经历的朋友，发现他的诗风变了，其诗作的字里行间“有了一点泥土气，语言也硬朗起来”[3]。可以说，亲历战争与逃亡的残酷，中国新诗才可能诞生出具有一流水平的优秀诗人，在一流诗人手中才可能涌现出一批不朽的力作。比如艾青，在抗战开始前后，进入了创作的高峰期，比如《复活的土地》，比如《乞丐》，以及像《雪落在中国的土地上》《北方》《手推车》等诗作，便是经典之作；穆旦的《出发》,《赞美》以及《在寒冷的腊月的夜里》也是诗人的巅峰之作。

直面现实，重审生存，诗人们开拓和深化了诗歌的题材，纯粹属于个人式的为赋新诗强说愁的诗作，失去了市场。随着题材的变化，艺术手法也有相应的变迁。纯诗的写法被抛弃，抽象、象征、意识流等手法，没有以前耀眼夺目了；直抒胸臆、白描叙述、呐喊宣泄的艺术技巧得到了重视，诗歌的民族化、群众化、大众化等口号，提倡得更为有力了。小调、山歌、皮簧、大鼓词等民间艺术形式得以新生，按当时流行的话来说，便是各种拙朴的“旧瓶”装上了各色“新酒”。擅长顺口溜式的诗人，有冯玉祥、陶行知为代表；大鼓书的客串者，王亚平、老舍可堪为代表；专供大会朗诵的诗人，高兰、柯仲平则是其中的佼佼者。现代作家老舍随国军在前线走一趟之后，以大鼓调形式，一气呵成了长诗《剑北篇》，他是这样总结的：“大体上，我是用我所惯用的白话，但在不得已时也借用旧体诗或通俗文艺中的词汇，句法长短不定，但句句要有韵，句句要好听，希望通体都能朗诵。”[4] 现代诗歌能“朗诵”，在新的语境下不断激发出来，使诗歌艺术从看的艺术变成听的艺术，诗歌与“听觉艺术”结缘，是战时语境的历史所赐。又比如在武汉三镇，高兰、光未然、冯乃超、徐

---

① 因资料原因，这里以闻一多参加三千多里的另类“长征”为参照，因为穆旦当时也是其中成员之一，经历有类似之处。参见刘烜：《闻一多评传》，北京：北京大学出版社，1983 年，第 197—204 页；陈登忆：《回忆闻一多师在湘黔滇路上》，三联书店编辑部编：《闻一多纪念文集》，北京：生活·读书·新知三联书店，1980 年，第 275—280 页。

② 参见王佐良：《一个中国诗人》，穆旦：《穆旦诗集 1939—1945》，北京：人民文学出版社，2000 年，第 117—119 页。

③ 王佐良：《穆旦：由来与归宿》，杜运燮等编：《一个民族已经过来——怀念诗人、翻译家穆旦》，南京：江苏人民出版社，1987 年，第 1 页。

④ 老舍：《三年写作自述》，《老舍生活与创作自述》，北京：人民文学出版社，1982 年，第 68 页。

迟等人开展了形式多样的诗朗诵运动，武汉失守之后朗诵诗运动在重庆、成都、昆明、桂林等大后方，以及以延安为代表的解放区，都此起彼伏地努力开展过，并取得了不可代替的宣传效果。[①] 另外，像街头诗、传单诗、枪杆诗等新形式也涌现出来，一起朝“广场”“民间”的地盘渗透与扩张，而诗歌本身则必须通俗、易懂、明白，哪怕不成熟也会受到欢迎。

诗人的地域流动，还带来新的时空视野之下诗歌流派的分化与重新集结，如七月诗派、中国新诗派、延安民谣体诗派等便是。七月派诗人们张扬主观战斗精神，正视现实而突入生活，开掘历史社会的内容，创造出一批开阔而厚重的诗作；以陕甘宁边区为中心的延安诗群、晋察冀诗群，涌现出了一批借鉴民间文艺资源的诗人，田间、李季、阮章竞、张志民等堪称代表。

（二）抗战诗歌的两类诗歌语言

抗战诗歌成为战时文化的一部分，其用语一方面是日常语言的复活，另一方面是民众口语的新发展与大跨越。其中我们大体可以分出两类诗歌语言：一是知识分子的口语观念；一是解放区诗人的群众口语观念。

知识分子诗人可以举艾青、穆旦为代表。艾青在 1940 年代提出“诗的散文美”主张，追求诗语的朴素、形象、简约、明朗。例如他在《诗论》中认为“最富于自然性的语言是口语。尽可能地用口语写，尽可能地做到‘深入浅出’。”[②]“口语是美的，它存在于人的日常生活里。……口语是最散文的。”[③]“口语”概念在艾青那里，是一个富于包容性的概念，大体相当于白话基础上最接近嘴巴上活语的东西。艾青的诗歌语言，讲究口语基础上的洗练、纯化，北方方言意味较浓。与南方人们真正嘴巴上活着的语言，是有距离的一种语言。穆旦诗歌的语言表面来看也是以“口语”相称，但实际上离口语也有距离，书卷气重、欧化也较明显。可见艾青、穆旦所称许的“口语”，并不纯粹，相反是对口语与书面语的双重矫正，在口头语与书面语之间，存在某种妥协的

---

① 可举一例，据徐迟回忆：“1944 年秋天起雾时，国民党的贪污腐化已经发展到了极度。……马凡陀写了一首《责问他》的诗，我们在上清寺广播大厦的朗诵会上朗诵了：‘责问他！责问他！……揭发他！揭发他！国民党受不住了，下了一道禁令：从此以后，不准举行朗诵会。”见《重庆回忆（三）》，韩丽梅编著：《袁水拍研究资料》，北京：中国国际广播出版社，2003 年，第 174—175 页。

② 艾青：《诗论》，海涛等编：《艾青专集》，第 133 页。

③ 艾青：《诗的散文美》，《艾青专集》，第 154 页。

倾向。

解放区诗人的群众口语观，方言成分则十分突出。以西北方言为诗语基础的延安新诗，后来扩散到以四川方言、粤语、客语为基础的原国统区诗人圈。以陕北延安为中心的诗人群，追求诗语的朴实、易懂，不避土语、方言，以民众“听得懂”为准绳；诗风上接近当地民谣，押方言音韵。艾青的《吴满有》、李季的《王贵与李香香》具有代表性。艾青接受任务写作叙事诗《吴满有》，运用舒展的口语，中间较多地掺杂陕北方言语汇。当时艾青写完后念给农民吴满有本人以及他堡子上的邻居们听，以“听得懂”为取舍与修改标准，艾青事后总结像吴满有一样的陕北农民“欢喜明快简短的句子”①。李季最初创作《王贵与李香香》，以原生态语言见长，在语汇上尽显陕北方言特色，在句式上也是如此。在1940年代中后期，四川方言之于沙鸥与野谷②，粤语之于符公望、黄宁婴，客语之于楼栖、金帆、黄雨，闽语之于林林、犁青、丹木，均是以地域方言母语为原则，坚守方言诗的广阔阵地，创作出了大量具有方言味的诗作。在文体上则以讽刺诗、叙事诗、说唱诗为主。③ 解放区诗人不但提倡“口语”，而且进一步重点提倡群众语言，直截了当地大力提倡方言，这一群体的语言策略显然也是成功之举。到了1940年代后期，还在港粤等地引发了持续多年的方言文学、方言诗的论争。其中的代表性意见是冯乃超、邵荃麟等人的总结报告④和郭沫若、茅盾等人的意见，总结报告以延安文艺理论为旨归，搬用之处甚多，比如方言文学的目的是为了文艺普及，方言文学服务的对象是广大工农兵。在方式上，即可以纯粹用方言写，也可以“用普通话夹杂一些方言写作”。郭沫若、茅盾、钟敬文等名流，几乎一边倒地赞成方言文学的

---

① 艾青：《吴满有·附记》，《解放日报》1943年3月9日。

② 当时诗刊所载“诗简讯”中有“野谷在渝写方言诗甚勤”之语，见《新诗歌》第5号。

③ 《新诗歌》，沙鸥、李凌、薛汕编辑，1947年2月创刊，1948年转移到香港重新出版。与稍后在广州出版的《中国诗坛》在诗歌主张、诗人队伍上有直接关联，他们对华南诗歌运动影响甚大。参见薛汕：《四十年代的〈新诗歌〉》，《新文学史料》1988年1期；陈颂声、邓国伟：《中国诗坛社与华南的新诗歌运动》，《学术研究》1984年3期；犁青：《从“南来作家”到“香港作家”》，《新文学史料》1996年1期；犁青：《四十年代后期的香港诗歌》，《新文学史料》2005年3期。

④ 冯乃超 荃麟执笔：《方言文艺问题论争总结》，见华嘉：《论方言文艺》，第46—58页。

发展与壮大，譬如郭沫若“举起双手来赞成无条件地支持”①；茅盾多次强调方言文学的合法性，宣称“白话文学就是方言文学”②；曾担当过广东方言研究会会长的钟敬文，相关著述较为集中，直言“我们大力提倡方言文学运动，就是要把毛泽东同志‘文艺大众化’的主张应用到南中国的特殊方言区（广东），从而教育、鼓舞更多人民为当时的解放战争而奋力”③。

结 语

从全面抗战开始到1940年代末，中国现代诗歌走完了一段曲折起伏的历史进程。不同阵营的诗人们对于战争年代的社会现实和人的处境，有着大体相同的人生与艺术感悟，对应着大体相同的诗艺探索，整体上是面向民众、服务战时与政治需要的。

---

① 郭沫若：《当前的文艺诸问题》，王锦厚等编：《郭沫若佚文集》（下册），第211页。

② 茅盾：《再谈“方言文学”》，《大众文艺丛刊》第1辑。

③ 钟敬文：《我与散文》，《芸香楼文艺论集》，北京：中国文联出版公司，1996年，第223页。

第二章　方言入诗的书写形式与音韵特征

文字是声音与意义的统一体。方块汉字作为汉语文学书写的历史工具，既是中华文明固定的物质形态载体，也在历史的长河中经过了诸多变革。具体落实到方言入诗领域，在书写的工具层面，有利的一面是现有的方块汉字成为适当的工具，有丰富选择的余地；不利的一面是声音永远走在汉字的前面，方块汉字或者被期待改革成为拼音文字，或是源源不断地接受新的成员与符号。

可以说，不论是书写的文字本身，还是文字所含纳的声音，都与方言入诗在这两方面的探索密切相关，从符号书写的角度，抑或从声音的角度，方言入诗作用于读者的视觉或听觉，都值得做出深入而具体的研究。

一、方言入诗书写的两难与应对

方言入诗的理论问题之一，便是书写问题。如何忠实、准确与传神地记录各地方言的发音，一一用通俗易懂的方块汉字符号相对应，并在新诗的具体书写中比如字与语汇、句式的选择中有力地体现出来，是一个一直让新诗书写者头痛的大事。这里面涉及方言学的一个根本问题，因为在不同方言中有声无字的记录，一直是方言学的难题；同时也涉及诗歌与文学领域的一个根本问题，即如何甄选最合适与简洁易懂的汉字记录民众口语，一直没有最佳的范例可以遵循，这一书写道路上的探索漫无止境，虽然有各种方案可以选择，但一直没有得到最优化的答案。

（一）口语的书写

从方言学的角度来看，如何解决用汉字去书写民众口语，一直没有妥善解决。把各地民众的语汇记录下来，难题之一是民众口语中的字或语汇，用方块汉字写不出来，有些勉强写得出来，可是不通俗、十分生僻，不好写也不好认，通行的地域有限。语言学家们试验过不同的方案，但几乎没有一种方案是尽善尽美的，且能得到全社会的一致公认。即使是1950年代推行的汉语拼音方案，或是囿于人们书写的习惯，或是方块汉字本身的生命力，都不能代替或取代汉字的地位。

从中华民族书写工具——方块文字的起源与历史来看，这是一个老问题了。汉字最先是从象形入手，慢慢发展到指事与会意，逐渐形成具象的符号系统，后来为了记录抽象字汇，又增添了转注与假借，以及大量使用形声来造字。这是中华民族几千年来在文字方面的智慧，同时也存在一些不足，比如在用转注、假借等造字法时，便会在丰富中产生混乱，记录语音的文字脱离于声音本身，文字与声音并不是一一对应的关系；又由于各地方音的迥异，给正确记音增添了不少分歧。因此，文字与语音之间不一致的现象是一个历史遗留问题，文言以不变应万变，离言文一致的距离越走越远，也更多地积累了这一方面不可调和的矛盾。为了缓解这一冲突，与文言文相伴而成的白话文，在土字俗语的创制方面则有所突破：不同方言区的人们，试图生造新的字汇来记录声口，典型的如粤语、吴语、闽南语等方言区，不但有共通的白话文字，还有自身特殊的记字符号。随着社会的进步，经过大浪淘沙式的淘汰过程，有些生造字、方言用字得到了社会认可，一直沿用至今，后来收入规范化的字典或词典，验明自身后成为规范语言的有机部分。民间底层的简化字、别字，甚至是错写的字汇，也是其中不可缺乏的一环，中国各方言区人们一直没有中断过生造新字或语汇的努力。总之，因为方块汉字不是拼音文字体系，存在的问题是历史的问题。老调重弹似乎没有多少价值，但实际上又不得不直面相对。

“文字必须在一定条件下加以改革，言语必须接近民众”。① “中国文字应

① 毛泽东：《新民主主义论》，《毛泽东选集》第2卷，北京：人民出版社，1966年，第668页。

走拼音化道路"①。在党和国家领袖这一思想的指导下，以拉丁字母为符号的汉语拼音方案得以诞生，当初想取代汉字，但事与愿违，方块汉字目前仍然是现代汉语的最佳工具。用汉字来记录与书写声音，还是主流正统的思想。现代汉语离不开方块汉字，不管怎样改革，都要遵循这一基本前提。

各地方言记录语音相应采取了以下办法：一是创造新字，有些是形声字，有些是会意字，有些是切音字，其中不少新造的字汇得到了承认，生命力顽强的成果存活下来便流通开来，如搞、峁、孬、旮旯之类便是。二是考本字，从历代典籍或是《五方元音》之类的书中找到本字或准本字，加以归纳、总结、引申。三是普遍采用同音字或同义字来代替的方法，相比之下，这一方法应用最广，同音或同义代替，适当加以解释，让人明白其意思，如韩邦庆的《海上花列传》、周立波的《山乡巨变》，在记录吴方言或湘方言语汇时，都是采取同音字词的方法来解决记录方音的符号问题。除此之外，走得最远的方案便是夹杂用字母来记录，其中有注音字母，拼音字母（其中有拉丁拼音与罗马拼音之别）。在具体运用过程中，较多地保留汉字，少量夹杂字母符号。汉字是书写符号主体，字母是辅助文字，弥补汉字不足之处。比如在台语诗中，"关于台语不确定汉字的表达方式，目前有本字派、假借派、拼音字派之争，拼音字派又有罗马拼音派、方声拼音派之争"②。中国台湾地区语言的多元化，背后有多种政治力量在推动它向前；反之，在中国大陆没有这么纷纭复杂，基本上是圈在简化过的汉字身上。

记录声口的文字，在语言学上是一个理论问题，但在文学创作上，则成为必须面对的难题，特别是喜欢方言化或泛方言化写作的作家们。

（二）声音如何记录

方言本身强化的是声音，而不是文字③。声音的丰富与复杂使声音永远走在文字的前面，难以笔录、存真，声音不能落实到具体的字词上，屡屡为人所

---

① 1949 年 8 月 25 日，吴玉章给毛泽东写信提出这一观点，毛泽东转信给郭沫若、茅盾、马叙伦征求意见，得到三人赞同，同时毛泽东也支持"拼音化道路"。

② 洪惟仁：《访许成章教授谈台语字源研究》，《台语文学与台语文字》，台北：前卫出版社，1992 年，第 196 页。

③ 比较典型的说法如"用生活的语言写，用方言写，大家一致承认；可是用什么样文字写下这样的语言，却还是一个等待解决的问题。"见《新华日报》关于《怎样写出生活的语言》的"新华信箱"内容，1944 年 7 月 5 日。

诟病。像任何理论与方案还需从实践中得到验证一样，文学书写者如何面对，发出了什么样的声音呢？在晚清诗界革命时期，来自粤东客语区的黄遵宪，留心于家乡土语，以及以土语方言为基础的客家山歌，或仿或作，叹为“天籁”，“山歌每以方言设喻，或以作韵，苟不谙土俗，即不知其妙。笔之于书，殊不易耳”①。相似的看法很普遍，比如鲁迅认为“若用方言，许多字是写不出的，即使用别的字代出，也只为一处地方人所懂”②；茅盾相当长一段时间都是赞成大力发展土语文学，但土语文学“最大的困难是没有记录土话的符号——正确而又简便的符号”③。——如何用方块汉字忠实记录方言化的文学作品，成为一种有难度的写作。比如流行较广的京语、吴语、粤语、闽南语等诗文作品中，通行夹杂该方言的特殊字符，一方面能带给特定地域的读者亲切、熟悉的感觉，另一方面却带给非本地域的读者一种难以接纳的隔膜之感。在方言入诗的实践中类似的情况都是大量存在的，运用不同的字汇来记录之，都有各种尝试，下面先看一些具体的诗行或诗节：

老哥今天吃的什么饭？/吓！还不是老样子！——/俩子儿的面，/一个锄子的盐，/搁上半喇子儿的大葱。/这就很好啦！/……（刘半农京语诗：《面包和盐》）

河边浪阿姐你洗格啥衣裳？/你一泊一泊泊出情波万丈长。/我隔仔绿沉沉格杨柳听你一记一记捣，/一记一记一齐捣勒笃我心浪。（刘半农吴语诗：《河边浪阿姐你洗格啥衣裳?》）

有班先生佢水汪汪，/专车大炮兼夹凶狼，/话左胜利就减租，/点知佢照样要征粮！/讲过军人准复员，/点解佢一个都冇返乡？/又话真心来开谈判呀，/为乜野重要打内仗！（符公望粤语诗：《亚聋送殡》）

除了阮阿公汝是我第一个认捌的台湾古典作家/佇我上纯真热情的中学时代/我有读国文课本内底汝写的《台湾通史序》/我才知也/台湾毋是无历史的/台湾毋是无文化的/汝讲台湾是汉人历代祖先开基的/汝拍开我

---

① 黄遵宪：《山歌题记》，陈铮编：《黄遵宪全集》，第275页。

② 鲁迅：《集外集拾遗·文艺的大众化》，《鲁迅全集》第7卷，第367—368页。

③ 茅盾：《问题中的大众文艺》，《茅盾全集》第19卷，第329页。

的正蕾目睭。(方耀乾台语诗:《连雅堂打开我的目睭》)

以上四段节录下来的四类方言诗作，均有不少特定方言的字或语汇。比如《面包和盐》中的“老哥”“吓”“俩子儿”“半喇子儿”;《河边浪阿姐你洗格啥衣裳?》中的“浪”“阿姐”“洗格啥”“一泊一泊”“隔仔”“绿沉沉格”“一记一记”“勒笃”“心浪”;《亚聋送殡》中的“有班先生”“佢”“水汪汪”“点解”“车大炮”“话左”“为乜野”;《连雅堂打开我的目睭》中的“阮阿公”“伫”“目睭”。这些地域方言的字或语汇，或是该方言中流通的特殊字汇，或是借同音字来记音代替，或是臆造的新字(有些是沿袭所造的新字),都可以看出方言区诗人借用前人在记录方言方面的努力，综合已有的试验结果，大胆地拿来应对，这既是解决的途径，也是方言诗之所以成立的标志。

至于夹杂注音字母或各类拼音符号的，在大陆的方言入诗作品中几乎看不到实例，但在1980年代以后的台语诗创作中，台语诗人们逐渐试验夹杂用罗马字母来拼写，越到后来字母所占的份额似乎越大。虽然在拼写方面趋于言文一致了，但也增加了语言的陌生化，去汉字化也带来了更多的风险，遭到了台湾本土很大的反弹，当然更加遭到大陆读者与诗论家顽强而持久的抵制。比如“勇敢去做ê梦/有革命精神ê梦/总有一工/雄雄醒起来/发现M-nā是梦/是勇勇健健ê现实”,(李勤岸:《勇健ê梦——写hō庄秋雄》)生造的语汇不少，罗马字母的夹杂混合也用上了，诗句的拗口一读可知。相比于一半以上是由罗马字母组成的诗行，李勤岸的这一试验形式还是比较易懂的。用汉字代替，可以辨认，容易纳入既有的知识与文字体系，而采取外来符号，反而不纯粹了。在政治意识形态处于两岸对峙的情况下，这一去汉字化明显助长了分裂的趋势，绝对是我们不允许的。

(三)另一种副文本:说明与注解

方言入诗的书写也罢，方言小说的书写也罢，一切方言文艺的书写都是同样的道理:书写处于两难之境，如要传神、准确，必须用拼音或字母，或是拼音与汉字并用;如果做到这一步，则影响了汉字的纯粹，影响了汉语的健康。也许没有真正两全其美的事情，试以汉语拼音方案为例，事实上也是有一些局限的，其所包含的声母与韵母，以及声韵配合的可选性，就不能涵盖所有的方言，特别是粤语、吴语等，都存在汉语拼音方案拼写不出字词的短处。

困难虽然存在，但并不能挡住先驱者们探索的脚步。纵观方言入诗的写法，在书写上可以接受的办法主要有以下数类：一是有所造字、借字，或是同音代替，大量的谐音的字，可以为我所用。特别在语汇上，方言表达句式上。二是控制比例，冲淡生僻字汇的比重，加强上下文的简介，这样易于在语境中加以辨认。比如，刘半农对方言入诗的前景充满信心，源自他对方言与小说的关系，他在《读〈海上花列传〉》中认为此小说记事用“普通的白话”，记言用“苏白”，就显得通俗易懂些，作者声称土白中包蕴着“地域的”神味，“方言文学作品不能博得多数人的了解与赏鉴”也“无须顾虑”。① 三是加强说明与注释工作，或者为了引起读者的辨析，以“某某土白”、“某某方言诗”直言相告；或是添加方言词语的注释，通过较多的明白易懂的规范注释，帮助读者了解字面意义，给自己的方言入诗寻找可懂性、合法性。

不同时期的方言诗人，在这一方面有较多共同语言：明白易懂一类的不加注明，生硬冷僻一类的，则在诗尾或字里行间加注，试图标注之后令人接受，扩大流通领域。比如，刘半农整理的江阴船歌第二首是这样四句：“栀子花开十六瓣，/洋纱厂里姐倪捏只讨饭篮！/情阿哥哥问我“吃格啥个菜?”/“我末吃格油氽黄豆茶淘饭。”诗人在《瓦釜集》诗集中有这样的自注：阿，助语词，无所取义。氽，俗字，浮也，读如吞上声；此言炸。淘，浇也。抛开这些已加注的方言字词，像“姐倪”“吃格啥个”“末”，或者包含有吴语中的词汇，或者是特有的衬字，诗人就省略了没有作多余的注释。在新月诗派的土白入诗试验中，《晨报副刊·诗镌》发表蹇先艾的《回去!》，诗题之下注明“贵州遵义土白”，在报纸发表时后面还有方言词汇的“注”，一共八个，即“年生：年头；稿些啥子：做些什么；麻俐点儿：快些；一帕啦：一群人；亥：还；兜：都；争回：这次；不欠：不惦记”。当然，仔细推敲，还有一些土白词语未曾作注，如“想计设方”“滋牙瓣齿”等，据我们看来大概属于生造字词一类，不过意思也还大体领会得出。1940 年代臧克家在《十年诗选》的编排设计中，采取两种方法，一是对方言词汇用“引号”标示出来，如《寒冷的花》中便有“地屋子”“挡子”“灯笼裤子”等语汇是这样处理的；二是以“作注”的方式，用明白易懂的共通语加以解释，如《温柔的逆旅》共有七个“注脚”，只有一个注脚不是针对方言词汇。不过，也有一些方言语汇没有“作注”解释，比如“一煞黑”、“干天”、“话头”等，原因可能是以为读者会一看就明白吧！尽管臧克家做了如此努力，但其朋友还是没有放过，把方言语汇的作注与不作注视为缺点，“太生僻的土语，采用了，再加注子，在读者

① 刘半农：《读〈海上花列传〉》，《半农杂文》，第 243—246 页。

眼中即隔了一层，实是遗憾。”① 类似于父子俩赶着驴上街，到底谁骑驴，要不要骑驴，都很为难。

以陕北方言为基础的《王贵与李香香》，在 1940 年代的初刊本、初版本中，都有若干针对陕北方言的注解，如“牛不老”是“牛犊”之意，“牲灵”是“牲畜”的意思，“胡日弄”是“胡作非为”的意思，“粪爬牛”是“屎蚵螂”这一动物。到了 1950 年代的版本，或是增加方言语汇的注释，或是减少，在注释的多寡、去留之间进行周旋，均是为了读者的易懂与流通的扩大起见。

横向比较，在方言入诗中采取多加方言语汇的注解，似乎与方言文艺中流行的模式有关。在小说方面，肯定有方言的引入与采用，老舍、周立波等作家的小说最为典型，他们采取的方式是毫不犹豫地加上注解，在话剧等文体中也是如此。不改动正文的语言，添加注解，达到消解方言的生僻性，似乎是约定俗成的办法。不过，小说、话剧等因为篇幅大多较长，适中“加注”并不惹眼，但诗歌往往十分短小、精炼，稍一“加注”便比较醒目，特别是加注过多，容易惹人争议，算得上是一种等而次之的办法。为了照顾可能“不懂”的读者，方言诗人们自告奋勇地加上注解以达到“懂”的程度，这样在方言入诗的文本中，“注释”便成为一种特殊的副文本。

结　语

方言入诗不同范式的书写，是方言诗人在两难处境中的坚持与探索，其中有经验可以总结，也有教训留给后人。在这条崎岖的小道上，起伏着的是黑黑点点的背影，留下的是深深浅浅的脚印。

二、从语汇到句式：方言入诗的语言基座

方言本质上是具有本体论的语言，人类思维的过程也就是语言运思的过程，人类精神世界也即是语言的世界，方言也就有了这样的隐喻——存在之家。“方言的运用表现出一种与诗中所写、所想息息相关的思维方式。”② 因

---

① 吴组缃：《读〈十年诗选〉》，《文哨》1 卷 1 期。

② ［美］苏珊·朗格：《情感与形式》，刘大基等译，第 251 页。

此，方言具有语言的独立性，自成系统。从技术层面来看，方言也是语音、语汇、语法三位一体。至于语音，主要是发声器官的反映与表现，作用于人的听觉系统，相对而言不好进行静态分析，本节拟从语汇、语法层面，对方言入诗的书写进行具体剖析。在语汇方面，主要是辨析方言语汇的构成、形式、组合以及语义场等方面的情形；语法方面则就构词、成句以及特殊句式等方面进行分析。

（一）方言语汇：实词与虚词

方块汉字是象形文字，不论是追踪与实录底层“引车卖浆者言”，还是模仿各类阶层人物的口吻，其实都有很大的差距。言文一致，从古至今都不能在实践层面始终贯彻下去，只是两者的距离有近有远罢了。

以中国七大方言区而言，吴语、粤语、闽南语有一些极具特征的单字，其他则不明显；在语汇方面则是各个方言都有一些不同于普通话的特殊语汇。比如吴语，常见吴语的特殊方言字有“呒”“吤”“搿”“咾”“唻”“吁”“唧”“侪”“齣”“覅”“汏”“瀊”“困”“园”等等；方言语汇则有今朝、明朝、落雨、记认、颈项、弄堂、里向、适意、时巧、日脚、欢喜、钟头、关事、墨漆黑、物事、事体、辰光、亲眷、热昏、便当、邋里邋遢、乃末、作兴、推扳、连牵、做手脚、一塌刮子、滚圆、笔挺、坍台、细相、翻骚、软塌塌、贼忑兮兮、内劲、学堂、收作、相骂、发嘑、肉痛、调羹、做人家、像煞、天日、人来疯、憎厌、难为情、搭界、吃生活……又如粤语的特殊字，则有乜、咩、冇、掂、氹、奀、呃、睇、咁、咗、系、俾、念、佢、唔、嚟、睇、咗、揾、嗰、咪、嘢等等一大批，语汇方面随便拈来一些，如几多、咁好、点解、谂住、唔使、揾笨、得闲、抑或、好似、吹水、扮嘢、咪咁啦、揾食、搞掂、捱夜、做嘢、轮更、熟行、搏命、撞板、走人、手信、俾面、唔觉意、拍拖、讲笑、二五仔、横掂……

将方言中现有特殊的字与语汇，纳入到诗歌的写作中，便是方言入诗的主要标志之一，也是寻找属于哪一类方言诗的具体门径。在“五四”之前，胡适与朋友们以打油诗的形式写白话诗，便认为文言字词为死文字，白话与方言的字词为活文字，提出一手打倒死文字与死文学，一手提倡活文字与活文学。诗友胡明复于1916年10月寄打油诗二首给胡适，因有方言语汇夹杂，引起胡适的兴趣，也用方言入诗的方式回复。胡明复的诗中有“勿读书”，胡适诗中有“胡格哩”“覅我做诗”等说法，皆系吴语方言的字汇与句式。

又如粤语方言诗，一般也吸纳特殊字词作为标志，如符公望的《古怪歌》，一共三十余行，方言特征字词每句都有，诗人在诗后还加以注解，如呢个（这个）、唔（不）、时派（时髦）、嚟（来）、着晒（全都穿着）、含巴烂（通通）等便是。

以上是例举式的论证，大体反映了方言入诗书写的字词特色与面貌。下面从虚词与实词两个角度，结合有代表性的方言诗人之尝试来略加剖析。以虚词系统为对象来看，虚词陆续在白话诗中进行渗透，便有方言化的苗头。在清末民初最早的白话诗中，虚词大范围的掺杂进入白话诗中，使白话诗作显得婉转、曲折，以至反对者直言“于尝试集中求诗歌律令。目无旁骛。笔不暂停。以致酿成今日的底他它吗呢吧咧之文变。”① 看来白话诗的论敌对“底他它吗呢吧咧”的介入十分敏感。除这些之外还有语气词“了”，在胡适、康白情、汪静之等人的诗作中十分普遍。② 受四川方言的影响，《女神》中的语气词，如“吧、么、哦、吗、啊、呀、喔呀、哈哈、哟、咳、嗳”也大面积出现，以至于被人追认“一口一个‘哟’一口一个‘呀’，这是郭氏最基本的抒情语式”。③ 其实，“哟”“呀”等语气词，是乐山方言中特殊的语气词，与普通话用法并不雷同。④

来自吴语方言的徐志摩，在《一条金光的光痕》《“拿回吧，劳驾，先生”》等方言诗作中，“欧”“嗳”“喔唷”“那介”“呒不”等语助词也频频出现，底层人物的口气、神态、声貌，都跃然纸上。吴语诗人刘半农整理或创作的船歌，“格”“末”等吴方言衬字使用普遍，以对歌方式纪录口头语言，中间加添各类语气衬字来模仿吴语区民众的声腔，带有吴地歌谣婉转、温软的底色。

中国古典诗词由《诗经》到《楚辞》，主要是带“兮”字语助词与长短句式的广泛运用，带来了革命性的蜕变；白话诗史上的方言入诗则走得更远一

---

① 章士钊：《评新文化运动》，郑振铎选编：《中国新文学大系·文学论争集》，第 197 页。

② 如朱湘在《〈尝试集〉》中不但认为“了”字与另一字合成的组与另一组协韵时刺耳，而且次数多，可知作者艺术力薄弱。见蒲花塘、晓非编：《朱湘散文》（上集），北京：中国广播电视出版社，1994 年，第 184 页。又如周策纵《论胡适的诗——论诗小札之一》一文也认为“他最大一个毛病或瘤疾，就是用‘了’字结句的停身韵太多了。”见唐德刚：《胡适杂忆》，桂林：广西师范大学出版社，2005 年，第 226 页。

③ 伊沙：《抛开历史我不读——郭沫若批判》，伊沙等：《十诗人批判书》，长春：时代文艺出版社，2001 年，第 27 页。

④ 赖先刚：《郭沫若早期诗作“阴气过重”吗?》，《郭沫若学刊》2002 年 3 期。

些，大量虚词进入诗作之中，既与口语相一致，又把不同地域的唇舌之音，原汁原味地呈现出来，这是带有革命性意义的。

其次，与虚词相比，方言语汇在实词系统上更为明显，不论是各类名词、动词，还是形容词等等，都数量更大、代表性更强。在白话新诗早期，相比于胡适的《尝试集》，郭沫若的《女神》推进到了众语共生的境地，音译词（包括欧化词、日化词，自己所译的词）、生造的个人化口语词、方言语汇一齐汇聚于诗人笔下，成为一时之大观。如揎倒（《光海》），斩齐、将就你看（《金字塔》），凌冰（《新月与白云》），横顺、疯癫识倒（《湘累》），怕读得（《胜利之死·其二》），欲圆未圆（《棠棣之花》），檐溜（《雪朝》），筋脉（《雷峰塔下·其一》），无有（《海舟中望日出》）……此外，如表脸部“面皮”（《辍了课的第一点钟里》《巨炮之教训》）、“瘟颈子”（《火葬场》），都是方言语汇。诗人在运用时，或是为了对称，或是为了避免重复，或是为了语境的需要，或是为了地域特色的凸现，都融汇了不同语汇，在语言层面显得更为丰富，诗句也错落有致。

同样是运用四川方言，到了1940年代的沙鸥诗作中，方言词汇更是地道得多。人称方面如称小孩子为“细人”“娃娃”“奶毛头”；排行最小的冠以“幺”字，如“幺麻子、幺娃子、幺嫂子”；以“头、子”作为名词后缀的构词方式甚多，如“茶馆头、提兜头”之类。此类以词素重叠构成的名词也很普遍，如“兜兜（袋子）、白壳壳（秕谷）”之类。像“朗个办”“脑壳”“啥子”“笑扯扯的”“摆龙门阵”“晓不得”“硬是”等四川方言特征语汇用得频繁的，还有以下一些：“箩兜（箩筐）”“年辰”“二指姆（食指）”“堰塘（池塘）”“颈项（脖子）”“闹热（热闹）”“跑脱（跑掉）”“仗火（战争）”“眼睛水（眼泪）”“刀头（敬神的猪肉）”“心子（心脏，良心）”“今朝子（今日）”“老鸡婆（老母鸡）”“捞柴”“宵夜”……总而言之，沙鸥的四川方言诗，几乎纯用原生态的四川乡间方言语汇，采自四川僻远农村普通百姓唇舌上的土话、说法，大胆地密植于诗行之中。

李季的《王贵与李香香》，采用的是陕北方言，方言语汇在当时称为“民间语汇”，如称牛犊为“牛不老”，父亲为“大”，年轻小伙子为“后生”，牲畜为“牲灵”，井边为“井畔”，角落为“圪崂”，山岭为“崄畔”等等；动词、形容词等语汇则有称作活为“揽工”，欠钱为“短钱”，说话为“拉话”，谈恋爱为“交好”，胡作非为为“胡日弄”，那时为“那达”，放心为“安生”……这些尽显地域特征的语汇，方言味道十足。

以上所述是属于官话区的方言，或是西南官话，或是北方官话。以下再来看吴语方言的诗作。刘半农的吴语诗作，以私情歌与劳动谣曲为主，吴语词汇如姐倪、淘饭、阿姐、勿晓得、麲面孔、勒笃之类遍布他的方言诗集。卞之琳的诗作，因作者喜欢沙里淘金，方言化不太明显，但仍然有不少此类语汇，像"淘气""住家""话匣""小妮子""胡闹""比劲""乘风凉""欢喜""满不在乎""开心"是十分常见的。到了马凡陀那里，吴语语汇借用更普遍化了，吴语在马凡陀的山歌中，到了召之即来的程度，其中有掺杂在诗行中如"勿""纸头""猪猡""垃圾""尴尬""白相""豁虎跳""打中觉""不坍班""事体""娘姨""弄堂""柴爿""今朝""朝晨""拆滥污""睏扁头"（即"太糊涂"）等吴语方言特征词，也有《大胆老面皮》《拆洋烂污》《活弗起》等直接用来作标题的方言词汇。有时在一首短诗中，几乎调遣纯粹的吴语词汇："学费，学费，/贵勒邪气！/阿拉缴弗起，/侬亦缴弗起。/卖脱狄件袍子，/卖脱侬格大衣，/还差十七万七千几。"（《学费》）通过词汇、句式的方言化，模拟当地市民发牢骚的言语，暗示了靠工薪过活的市民们的生活苦况。

1940 年代后，随着延安文艺思想的扩散，广东、香港等地兴起了粤语诗、客语诗的高潮，楼栖的客语诗，符公望的粤语诗，都颇为知名，下面是符公望的一些诗作摘录："佢重口口声声，/讲民主，其实佢独裁，专制，/重惨过秦始皇！"（《亚聋送殡》），"你地睇，/国币关金又试低，/又试低，/又试低，/好似矮仔呀落楼梯"（《矮仔落楼梯》），"十个行埋九个穷"（《幡杆灯笼》），"大钞/碎纸/咸巴烂都扒清"（《检查》），"今日拉丁真倒运/我冚左成日未拉过/你卖呢个勤务兵/一定分番一份我"（《个柳手》）……映入读者眼帘的尽是典型的粤语语汇，不过作者在发表时"对一些过于生僻的方言，作了注释。"① 对诗歌语汇需要作注释，顾名思义是为了好懂，是为了消除方言语汇的偏僻性而所做的努力。至于没有做出注释，但仍是方言语汇的，则需要读者们仔细地去揣摩，甚至需要借助粤语方言词典之类的工具书。

（二）方言诗作中的语法问题

在语法层面，方言诗作虽然经过诗人们不同程度的提纯、精炼，方言语法的句子掩蔽得较为严实一些，但仔细一推敲，也是能及时发现的。

《女神》的作者郭沫若是四川乐山人，诗中体现乐山方言语法的地方有以

---

① 李门、梵杨：《符合公众愿望的作家》，《符公望作品集》，广州：花城出版社，1997 年，第 7 页。

下几点：一是构词方式与插入语；二是个别方言表达法。《女神》中有方言意味的构词方式，如把“儿”字作为后缀，和湘方言后缀“子”一样，构词能力强，如“月儿、心脏儿、泪珠儿、人儿、山泉儿、血潮儿、灵魂儿、形骸儿、轻轻儿、今儿”等便是。二是重叠式合成词多见，主要是名词、动词和形容词，如看看（《女神之再生》）、叫叫（《巨炮之教训》）之类。至于插入语，有插入“得”“个”的，这很特殊。个别方言意味浓郁的表达方式也有一些，如以“在”结尾的句子，“你自从哪儿来？/你坐在哪儿在？”（《凤凰涅槃》），“你囚在剥里克士通监狱中可还活着在吗？”（《胜利的死》），“我的身心/好像是——融化着在。”（《岸上》）都是以“V＋着＋在”为结构，这一句型，在乐山方言中起着强调行为动作正在进行，便于对方听得清楚。另外如“硬要生出一些差别起”（《夜》）这样的诗句，也是方言句式。

在沙鸥的诗作中，“V＋起”的方言句式较多，在语言学家那里，它有四种作用。① 比如“就指望这些菜呀！/把一家人的命从饿死中捞起。”（《偷菜》），“这场，赌摊有八处了，/像蚂蚁子搬蛆一样的挤起。”（《赌摊》）这样的特殊句式，是表示动作、性质处于某种状态，或表示动作正在进行，在普通话中没有类似的说法，其结构和形式与普通话有差异性。

在《王贵与李香香》中，西北三边地区的许多方言习惯说法，得以保留，如“瞎子摸黑路难上难”“打听谁个随了共产党”“狗咬巴屎你不是人敬的”“不见我妹妹在那里盛（‘住、闲呆着’之意）”② ……这些以方言语法为原则的成句较多，散布全诗，贯穿首尾，方言因素保存颇为丰富。

在《马凡陀的山歌》中，掺杂粤语方言句式的诗句“方桌改成圆台面，/稀饭吃在干饭先”（《改革歌》）就很醒目。同样如此，以土白入诗作为尝试方向的新月诗派，也有不少诗句在语法层面均是方言句式：“管包是拉了半天得半天歇着”，（闻一多《飞毛腿》），“我知道今日个不早了”，（闻一多《罪过》），“我说拉车的，这道儿哪儿能这么的黑！”（徐志摩《谁知道》）“听炮声，这半天又该是我们的毁！”（徐志摩《大帅》），“怨谁？怨谁？这不是青天

① 参见喻遂生：《重庆方言的“倒”和“起”》，《方言》1990年3期；参见张一舟等：《成都方言语法研究》，成都：巴蜀书社，2001年，398—410页。

② “盛”在介绍陕西方言的有些书里记作“幸”。当时关中方言这种京畿之地的语言，在中国很长一段历史时期，作为中国的官方语言存在。“幸”字在人们印象中用于宫廷之中，会不会是天子所用的词流传到了民间，还是民间的语汇进入宫中，已不可考，不过这也是周朝“雅言”的活化石见证。见田长山、连曾秀：《方言误读》，西安：陕西人民出版社，2003年，第101—102页。

里打雷？/关着，锁上；赶明儿瓷花砖上堆灰！/别瞧这白石台阶儿光润，赶明儿，唉，”（徐志摩《残诗》），“吓！你大襟上是血，可不？”（饶孟侃《“三月十八”》）“这乱糟糟的年生做人才难！/想计设方跑起来搞些啥子？”（蹇先艾《回去！》）“我卷起一个包袱走，/过一个山坡子松”（林徽因《旅途中》），“在那时你会将平日的端重减了一半，/亲嘴上我能恣肆不拘。”（沈从文《悔》），“你镇日歌舞着无昼无夜！”（朱大枏《逐客》）……这些具有方言习惯的诗句，初读起来有点拗口，但是却没有语病，是当时土白入诗的有机组成部分。类似的诗句，翻开《新月诗选》之类的诗选，仔细一挑，定能挑出更多。可见，方言句子也容易在诗句中普遍存在。这一点是普通话句式所没法全部收编的，也是普通话语法之外的空隙之地。

结　语

方言入诗的文字书写是一种文本形态，在不同地域方言诗人的笔下，或是大面积地集中呈现，方言化特征十分明显，或是夹杂个别方言语汇与句式，成为方言融入新诗的有力证明。其中，大多数方言入诗的语汇与句子，没有摘录与论述，但并不等于不具有代表性。可以说，方言入诗因为方言与普通话本身的界限并不太清楚，两者之间的交叉地带较为辽阔，所以显得普遍而醒目。

三、土音入韵：音韵试验的现代特质

“音韵”与诗歌文体天然是盟友，有韵为诗①，几乎成为定论。通过韵的安排，加强诗的音节和谐，可谓“放之四海而皆准”。押韵的有无、方式、位置，韵母的选择，既是诗艺技巧，也是影响诗质的因素。在从晚清到“五四”以来的诗歌革命中，文言作为诗歌工具都被“革”了命，“韵”也就朝不保夕。在“立韵”与“废韵”之间，在“官韵”与“土韵”之间，便面临艰难的选择与转变。

在此逻辑链接中，“土韵”成为一个绕不过去的现象。“土音入韵”这一

---

① 譬如章太炎就认为“诗之有韵，古无所变”，并承认押韵的《百家姓》《医方歌诀》为诗，而坚决不承认无韵的新诗为诗，见《答曹聚仁论白话诗》，《华国月刊》1卷4期。

诗学现象，但有了新的体温、新的生命。

（一）土音入韵的发生

“韵”的起源与诗歌的起源一样古老，是原始艺术的遗留。按句内押韵与句尾押韵两类来分析，后者比重多占据垄断地位。国内较为一致的意见是这样的：朱光潜认为“韵”通过音节呼应，强化节奏，将声音连成一体，达到和谐之美。[①] 朱自清认为“韵是一种复沓”[②]，强调情感，使意义易于集中。外国诗歌也有相似之处，譬如西文符号多复音，音的轻重产生节奏，押韵也在整体上强化诗的节奏，有助于诗的音乐性建构。

在中国诗史上，在押韵时一般押标准音，偶尔押土音韵，押土音韵时用通押、出韵来圆场。考查韵书历史，最早成书于魏晋南北朝，隋朝陆法言编的《切韵》影响深远。唐代科举考试重诗赋，改《切韵》为《唐韵》；宋朝时修订为《广韵》，分为206个韵部；宋金之际，改为“平水韵”，韵部为106个。据前人研究，历代韵书均有对“土韵”的记录，“《广韵》虽以长安音为主，亦兼各地方音”[③]。“方音”“方言韵”“土韵”之类的说法，实际上所指为一。为什么“土韵”有一席之地而不可忽略呢？原因之一便是官方韵书与“活语”的实际不相吻合，有些严重脱节于口语。旧韵与口头语之间的矛盾，便只能通过土韵来调和。比如，从诗到词到曲的文体变迁中，韵的通押也越来越明显；与诗韵比较，词、曲的押韵便接近口语许多。最大的刺激是，在民间诗歌与白话韵文之中，官方韵书的力量大为减弱，“土音入韵”倒是成为常态。[④] 遵照当地方言押“方言韵”，底层百姓认为是天经地义之事。比如徽语中，“丹”

---

① 更多论述参见朱光潜：《诗论》，上海：上海古籍出版社，2001年，第159—168页。

② 朱自清：《诗韵》，《新诗杂话》，北京：生活·读书·新知三联书店，1984年，第106页。

③ 章太炎：《小学略说》，洪治纲主编：《章太炎经典文存》，上海：上海大学出版社，2003年，第19页。此外章氏认为“白乐天用当时方音入诗”，见同书，第21页。

④ 譬如冯梦龙在《山歌》开卷《笑》的评注中就苏州方言押韵作了总的评析：“凡‘生’字、‘声’字、‘争’字，俱从俗谈，叶入江阳韵。此类甚多，不能备载。吴人歌吴，譬诸‘打瓦’、‘抛钱’，一方之戏。正不必如钦降文规，须行天下也。”冯氏所言，指以这几字为例而已，它们在全国通语范围内韵母为“eng”，为庚耕韵。而在苏州方言中实际读音均为“ang”，系江阳韵。见冯梦龙编纂，刘瑞明注解：《冯梦龙民歌集三种注解》，北京：中华书局，2005年，第320—321页。

与“来”同韵，都是押“ε”的韵脚；“巾、婚、门、盆”的韵脚是“a”韵①；湘语中，“飞”与“亏”同样是押“ei”韵，“肩”与“里”同是“i”韵②。至于明清之际形成的“十三辙”，则在北方方言区有广泛的影响力。在“十三辙”基础上，中华民国时期推出的《中华新韵》，便是以北方方言为基础。同时因为白话诗提倡“废韵”，实际上《中华新韵》所起的作用并不明显，更不用说以前的官方韵书了。押韵的方式、标准、地位起了革命性的变化，这是时代的变化，没有人能挡得住。

白话新诗以现代口语为基础，诗歌界对“韵”重新有了不同以往的认识，结果之一便是“土韵”现象大为增多，地位也水涨船高。在方言中，方音的差异最大，其次才是词汇与语法，方音影响韵的纯粹性，“土音入韵”变得更为普遍，也更加尖锐了。

（二）土音入韵种种

“土音入韵”与现代新诗结缘，成为白话诗史上一个若隐若现的诗学现象。胡适在草创白话诗时，便主张“用现代的韵，不拘古韵”，“平仄可以互相押韵”。③ 刘半农在韵文改良主张中，提出破坏旧韵、重造新韵，或以土音押韵，或以京音为标准。④ 白话诗的先行者或者否定旧韵的正统性，或借用土韵，与通过白话入诗来推倒旧体诗的正统在方法上相一致。于是，土音入韵的合法性无形中建立起来了。

白话本身是方言，在押韵上就出现两种倾向：一是无意识地押韵，二是有目的地提倡。1920 年代赵景深曾留意过这一现象，发现河南诗人于庚虞的诗，

---

① 孟庆惠：《徽州民间歌谣的押韵特征》，《安徽师范大学学报》2003 年 1 期。

② 甘于恩主编：《七彩方言·方言与文化趣谈》，广州：华南理工大学出版社，2005 年。

③ 胡适：《谈新诗——八年来一件大事》，姜义华主编、沈寂编：《胡适学术文集·新文学运动》，北京：中华书局，1993 年，第 395 页。此外，与胡适对音韵的陌生也有关系，“丁未正月（一九〇七）我游苏州，三月与中国公学全体同学旅行到杭州，我都有诗纪游。我那时全不知道‘诗韵’是什么，只依家乡的方音，念起来同韵便算同韵。在西湖上写了一首绝句，只押了两个韵脚，杨千里先生看了大笑，说，一个字在‘尤’韵，一个字在‘萧’韵。他替我改了两句，意思全不是我的了。我才知道做诗要硬记诗韵，并且不妨牺牲诗的意思来迁就诗的韵脚”。见《胡适文集》（第 2 卷），北京：人民文学出版社，1998 年，第 431 页。

④ 刘半农：《我之文学改良观》，《新青年》3 卷 3 号。

韵脚“on”“en”与“ing”是不分的，陕西籍诗人王独清“恩”“音”与“翁”字同韵。[①] 赵景深所说的，是前鼻音与后鼻音分不清楚，这是不自觉的行为；于庚虞和王独清是北方方言区的人，没有刻意去重视押韵。至于有目的地提倡土音入韵的，则相对多一些。出身吴语区的陆志韦，是“五四”以后注重格律化的诗人，在1923年出版的《渡河》中大多数是有韵的诗作。其押韵的方法之一是押活韵不押死韵：“用国语或一种方言为标准，不检韵书。”“我是浙人，必要时押浙江的土韵，否则尽我之能押北京韵。此后我用浙韵时，注明浙韵。”[②] 新月诗派的诗人们重视土白诗尝试，对土白入韵也是如此。闻一多的《红烛》、徐志摩的《志摩的诗》，因为是格律化的诗歌，双句押韵普遍，土白入韵也就十分常见了。对他们的尝试，自然有称赞的，也有持保留意见的。比如陈源就认为徐志摩的土白诗“音节就很悦耳”[③]。朱湘则颇为反感，评价徐志摩诗中“土音的韵教人家看来很不畅快”[④]；叶公超认为《火车擒住轨》一诗中，“用上海口音押韵是一个小小的缺憾”[⑤]。

另外，土音为韵还有一个读者因素需要考虑。作者在写诗时，本身没有方言韵，但不同地方的读者却能读出方言韵味来。如北方方言区在朗诵时喜欢在结尾处人为增添“啊”“呀”“哦”之类的语气助词，有些是作为韵脚来哼唱的；有些方言区喜欢带儿化的尾音，也作韵脚来用。

押土音韵，外国诗作中也是如此，比如苏联诗人罗蒙诺索夫、叶赛宁、普希金、莱蒙托夫，使用土音入韵的居多，莫斯科口音与圣彼得堡的口音，南北俄罗斯的口音，不同处居多，因此俄罗斯诗人押方言韵就难以避免。[⑥] ——白话诗与土音入韵，既有历史的渊源可以回溯，也有域外的经验可以参照，这样就显得理直气壮起来。

---

① 赵景深：《圣母像前的韵脚》，《一般》3卷3期。

② 陆志韦：《我的诗的躯壳》，邹建军选编：《20世纪中国文学史文论精华·新诗卷》，石家庄：河北教育出版社，2000年，第85—89页。

③ 陈源：《西滢闲话》，北京：中国文联出版公司，1993年，第211页。

④ 朱湘：《评徐君〈志摩的诗〉》，《小说月报》第17卷1号。

⑤ 叶公超：《音节与意义》，陈子善编：《叶公超批评文集》，珠海：珠海出版社，1998年，第69页。叶氏这里所指的是“鼓”与“火”两字押韵。

⑥ 参见郭天相：《关于叶赛宁诗歌中的方音韵脚问题》，《外语学刊》1989年2期。作者郭天相则认为叶赛宁押方言韵是极有可能是有意识的，主要出于对自己故乡的忠诚与坚贞，使作品具有浓厚的乡土气息和民族特点。

（三）土音入韵的意义

可是，土音入韵到底该如何评价呢？它在白话诗的理论框架下，具有哪样的地位呢？

首先，诗学界往往对于土音入韵没有定评，毁誉参半，呈对立化趋势。但是，又都不能限制土音入韵的生存与演变。像朱湘这样的抵触者，也不能杜绝自己的诗作中出现同样现象，如朱湘的《猫诰》中，“神”与“经”“累”与“睡”都分别是押韵的，都是押土韵。① 素以严谨著称的冯至、卞之琳等，在各自的格律化诗作中，也是如此。② 看来这是一个自然的语言现象，土音的生命力顽强，不是人为力量所能绝迹的。

其次，土音入韵的出现与转折，与国语、普通话的发展和状态相关。在民国时期，推行国语不甚畅通，方言有生存的广阔空间，在此大背景下，土音入韵的生存空间相应呈扩大之势。同时，有不少诗人也倒愿意偶尔借用土韵，达到特殊的声音效果。加之现代诗的音韵已不甚重要，关注韵的力量减弱，社会上对土韵的评价自然模糊化了。比如，胡适断言白话诗“不拘格律”③，现代派诗“不乞灵于音律，所以不重韵脚”④，都是类似带有评价性的声音。

土音入韵的意义一直飘忽不定，它有时随着土白入诗一起浮沉，有时随着政治时势一起浮沉。但不管怎样，土音韵伴随现代口语的发展而发展，既不会消失，也不会成为热点。也许，只要也能达到音节的和谐，也就不必苛求，应以宽容心态来对待之。⑤

土音入韵在白话新诗的身后，或紧或松地跟随着，成为现代白话诗史上的诗学现象之一；它是一种声音的存在，在等待着倾听者。

---

① 王力：《汉语诗律学》（增订本），上海：上海教育出版社，1979 年，第 894 页。

② 同上，第 870—880 页。

③ 胡适：《谈新诗——八年来一件大事》，沈寂编：《胡适学术文集·新文学运动》，姜义华主编，第 385 页。

④ 孙作云：《论“现代派”诗》，杨匡汉、刘福春编：《中国现代诗论》（上编），广州：花城出版社，1985 年，第 226 页。

⑤ 梁实秋根据日常通用的白话音韵，曾认为郭沫若一诗中“生”与“中”是极谐和的韵脚，显然其出发点还是他当时与郭沫若关系较为亲近而已。见梁实秋：《诗的音韵》，见徐静波编：《梁实秋批评文集》，珠海：珠海出版社，1998 年，第 2 页。

四、“读诗会”与方言入诗的声腔革命

在新诗的创作过程中，伴随着一系列读诗的活动，或者是作者本人在哼哼念念中独自进行，或者是作者读给身边的“第三者”听，或者是作品已成为公共空间的产品，由他人诵读与评价①，这一切都会让诗歌作品从文字的物化形态过渡到具有不同声腔的声音形态。新诗以声音的方式，作用于人的听觉，自然与文字所构成的文本形态迥然不同。

从历史渊源来看，旧体诗的吟唱一直伴随旧体诗本身，表面来看似乎是一个历史的延续。但问题是，与旧诗相比白话诗在声音层面已有诸多变化，譬如吟唱的方式已不合适白话诗，默读或小声念读则较为常见，因此从声腔革命，从声音与音节等层面分析新诗，成为饶有兴趣的课题。在此过程中，形形色色的“读诗会”，或类似的活动，便显得十分重要了。在“读诗”时，诵读者声音的大小、急缓、轻重，语气的停顿、过渡，以及场合的布置、听众的范围、现场感等便不可忽视；用蓝青官话还是母语方言去读，也有必要细加考察。

（一）诗的朗诵

顾名思义，“读诗会”强调的是“读”，是一种有声音的活动，重点落在诗的“读”之上。“读诗会”的“读”，一般与“诵读”“朗读”“念读”相关。诗作在写作中或完成后，诗人一般会像“新诗改罢自长吟”一样，在念

---

① 如俞平伯回忆在北京大学和康白情读诗时高兴的情景：“有时白情念着，我听着；有时我念着，他也听着。这样谈笑的生涯，自然地过去，很迅速地过去。……我们俩一年多没见，我做诗真寂寞极了；念尽念着，写尽写着，总没有谁来分我诗中底情感。”俞平伯：《〈草儿〉序》，诸孝正、陈卓团编：《康白情新诗全编》，广州：花城出版社，1990年，第246页。又如郭沫若修改《女神》时也是“总要一面改，一面念，一再推敲，力求字句妥贴，音节和谐。”郑伯奇：《忆创造社》，饶鸿竸等编：《创造社资料》，福州：福建人民出版社，1985年，第849—850页。关于郭沫若读诗情况，还有以下他自己的口述“至于朗读，那是常事。大概每一诗作成后三个月内还可以暗诵，比较适意的直到现在都还记得。”见郭沫若讲，蒲风记：《郭沫若创作谈》，《中国当代文学研究资料郭沫若专集（1）》，成都：四川人民出版社，1984年，第39页。

诵中不断推敲，一旦发现不妥之处，再细加修改使之完善。有些诗人还会将满意的作品，念给熟悉的诗友或家人听，听众有反馈意见，作者也会认真对待，或删或留，以便精益求精。在白话新诗史上，这样的“读诗”活动络绎不绝。

“读”诗活动，重视听觉的感受与各种心理反应，诗的“声音”凸现出来。新诗以白话为载体，虽然不能像旧体诗词一样拿来“吟”“歌”或“唱”，如果不能配上曲子，也很少用乐器来伴奏，但是用各种方式检验白话诗是否顺耳，是否上口，是否音节和谐，其实际目的仍然相仿。白话诗在音节层面如何，“读”诗、“诵”诗发出的声腔效果如何判断，就不是一件简单的事。比如有人说“诵是介于读和唱的声音的艺术。”① 这一“声音的艺术”便与复杂多变的不同声腔多有关联。

“关于新诗运动，企图在诵读上将个人视觉欣赏转而为多数人听觉的欣赏，这种努力随新诗运动而发展，已有了许多年。这种诵读试验的集会，和中国新诗运动极有关系，与诗的朗诵更有关系”。② 此言不虚。依此线索，考辨不同时期诗人的声腔特征、口语性质，既是水到渠成之事，也是事关新诗音节的关键环节。

20 世纪上半叶，方言化的声腔特征是不容否定的事实，诗人们的唇舌之上，流行的或是纯粹的土腔土调，或是混合腔的蓝青官话，或是京片子腔。即使是 20 世纪 80 年代，在大力推广普通话的背景下，说得标准的也还携带外地的腔调，更多的是方言腔或过渡语腔。③ 据资料显示，在“五四”时期，除胡适等个别人蓝青官话说得较娴熟外，大多数是以母语方言为主。又因为诗人队伍来自南方的居多，方言化也就相当普遍了。比如，20 世纪初的上海，完全是“上海

---

① 锡金：《朗诵的诗与诗的朗诵》，《战地》1 卷 1 期。

② 沈从文：《谈朗诵诗》，《昆明冬景》，文化生活出版社，1941 年，第 9—29 页。此文是关于朗诵诗方面论述得最为深入、全面的论文，提供了很多珍贵史料。1949 年后的沈从文集子一般收录此文，但修改较大，这里以当时原版为准，原版直接录自最初发表、连载处——香港《星岛日报·星座》（1938 年 10 月 1 日至 10 月 5 日）。

③ 李如龙：《论方言和普通话之间的过渡语》，《福建师范大学学报（哲学社会科学版）》1988 年 2 期。

话”的世界①，1930年代的广州，粤语一统江湖②，1940年代的上海，市民听不懂普通话。③ 即使是研究语言为业的刘半农，也是一副蓝青官话腔。——这样的“口舌”功底，肯定在“读”白话诗时，原有的声腔特征会流露出来。

胡适对土话比较敏感，模仿能力强，他读诗时主要用安徽乡音或京语声腔来试验，有时也用其他方言的声腔来模仿。据沈从文记载，“由胡适自己读来，轻重缓急之间见出情感，自然很好听”，大声地读，效果却大打折扣。徐志摩轻声念自己的诗，声音清而轻，效果也很出色。抗战时期，朱自清读老舍的《剑北篇》，总是感觉不带劲，一次听老舍自己朗读《剑北篇》，声腔效果便不一样，原来老舍“只按语气的自然节奏读下去，并不重读韵脚”④。这样一来便连贯一气，声腔效果就比较理想。

以上所述的是有零星文字记录的诗人们的尝试，下面将梳理别的“读诗会”，借此审察白话诗的声腔效果。

（二）不同的“读诗会”

受欧美“读诗会”的影响，专门以“读诗会”名义进行尝试的，是新月派的诗人与三十年代的京派诗人群体。

徐志摩主编《晨报副刊·诗镌》时期，土白入诗是其尝试途径之一，在音韵与声腔上也同步进行。在闻一多、徐志摩、刘梦苇、朱湘家里，类似的诵诗活动此起彼伏，好不热闹⑤。朱湘还在晨报副刊上刊过《我的读诗会》一文⑥，

---

① “我初到上海的时候，全不懂得上海话。……完全是个乡下人。”“我们现在看见上海各学校都用国语讲授，决不能想象二十年前的上海还完全是上海话的世界，各学校全用上海话教书，学生全得学上海话。中国公学是第一个用‘普通话’教授的学校。”据胡适：《四十自述》，北京：人民文学出版社，1998年，第408、421页。

② 据温梓川记载：鲁迅从厦门到广东中山大学任职，在中大并不怎样顺畅，其语言障碍是主要原因之一：“他担任的功课是中国小说史。起初选课的同学相当多，甚至旁听的也不少。可是鲁迅的口才和他那口满口绍兴口音的普通话，实在不是只懂方言的广东学生所能听懂的。起初大概是好奇，后来是因为听不懂，于是听众也就渐渐地少了下来。”“当年的广东学生是没有几个会说会听普通话也是事实，外江籍的教授在广州之不会被热烈欢迎，自然是顺理成章的事。”［马来西亚］温梓川：《文人的另一面》，铁鸿编，桂林：广西师范大学出版社，2004年，第240—241页。

③ 见叶籁士：《倪海曙年谱》，《倪海曙语文论集》，第516页。

④ 朱自清：《抗战与诗》，《新诗杂话》，第41页。

⑤ 蹇先艾：《〈晨报诗刊〉的始终》，《新文学史料》1979年3期。

⑥ 朱湘：《我的读诗会》，《晨报·诗镌》1926年4月26日。

宣称自登报之日起一星期左右在家里举行个人诗作朗诵会，告知时间、地点，以诗会友，切磋交流诗艺。编者徐志摩以“附识”方式，肯定朱湘之最不苟且与用心深刻。朱湘举办“读诗会”，是抱着试验“音节”的目的而来。新诗音节上的成功与否，需要“读诗会”来检验。但从结查来看，朱湘“读诗会”并没有成功，因为听众的意见并不统一。① 闻一多的“三美”主张，以两个字或三个字为基础的音尺理论，估计都是此类读诗活动的试验品。

1930年代的京派诗人，接过了声腔试验的接力棒。据沈从文印象，当时京城中有两个“读诗会”十分醒目，一个在朱光潜家里定期进行，一个系中国风谣学会所办，它们同时并存，人员略有交叉，差不多集中了京城诗坛的精英。不论是旧诗，新诗，还是外国诗，都拿来以各种方式发出声音，试图在比较中证明新诗诵读之可行性！其中，朱光潜、周煦良用安徽土腔吟诵过；俞平伯操浙江土腔，林徽因操福建土腔，李广田操山东胶东腔，都试验过同一诗歌作品，察看不同声腔在音韵调上的具体表现。风谣学会的读诗会，侧重于民歌诵读，结合各种乐器，还去天桥考察口技艺人的表演，走的是民谣化的路子。

抗战爆发后，北平的此类试验便停了下来，其中原有的参与者流落在大后方，个别人在西南大后方延续了这一活动。据周煦良回忆，抗战时期他在成都参加过类似的“读诗”活动②。据罗念生回忆，他在“成都时常到刘开渠家里开读诗会。”③ 至于没有冠名“读诗会”而进行类似活动的，则断断续续在全国各地进行着。比如四十年代，方言诗人沙鸥在川东农民家里读诗，用四川方言朗读，诗歌也是四川方言诗。沙鸥的方言诗，在当时很红火，在题材、语言上都有本地特色。据沙鸥回忆，一次一位佃农家死了牛，全家十分伤心，沙鸥以此为题材写了一首方言诗，就在他家进行朗读，效果甚佳，“我用着他们的语言慢慢的朗诵，……他们听得懂，因为是他们的话”④，把方言诗带到乡下，诵读给农民听，真实、生动、有现场感，主要目的是“懂”与“不懂”，农民

---

① 朱湘的读诗会没举行，但有人记载过他读诗的腔调与方法：“他是用旧戏里丑角的某种道白的调子（我说不清这种调子什么戏里有）读的；那是一种很爽脆的然而很短促的调子。他读了自己的两首诗，都用的这种调子。我想利用这种调子，或旧戏里，大鼓书里其他调子，倒都可行。只是一件，若仅用一种调子去读一切的新诗，怕总是不合式的。”见朱自清：《唱新诗等等》，《朱自清全集》第4卷，第223页。

② 据罗念生介绍，抗战初期在成都，刘开渠家里时常开读诗会。见罗念生：《朱湘·序》，孙玉石编：《朱湘》，北京：人民文学出版社，1985年，第10页。

③ 同上。

④ 失名（沙鸥）：《关于诗歌下乡》，《新华日报》1945年4月14日。

喜不喜欢听，而不像以前是关注诗的音节与声腔了。

比如，据一份读者调查表性质的报告所记载①，在四川渠河一个小县城里，曾有一个数十人的文艺团体，聚在一起读过当时流行的大众诗，《马凡陀的山歌》《化雪夜》《吴满有》《王贵与李香香》等作品读的次数最多，《王贵与李香香》尤其受到欢迎。他们中还有人将这些诗朗诵给当地农民听，农民对马凡陀的山歌、沙鸥的方言诗、艾青的《吴满有》，都不太满意，却对《王贵与李香香》十分欢迎。一首西北方言的诗到西南乡间朗诵，居然能产生如此效果。据记录，朗诵者先把故事叙述一遍，对少数方言语汇略加解释，便能让四川农民听得津津有味。听众对故事本身，两个人物的命运，最为关心，听完一次还要求再朗诵一遍。

总之，“读诗会”不管名实是否相符，也不管是在客厅还是乡间农舍举行，试验的目的大相径庭，或以音节为归宿，或以意义为重，但声腔特征的关注倒是一以贯之。

（三）诗歌与声腔

接下来的问题是，用方言的声腔诵读新诗，有什么样的价值呢？

众所周知，方言是自足的语言，不论是语音还是词汇和语法，都有独立性，不同方言声、韵、调的配合也是自成体系。而且方言还有自己的优势：一是方言的声、韵、调比北方话（后来以此为基础建构共同语）丰富，相互配合更加复杂。相比于北方方言，我国南方的六大方言，在声腔特征上更有吸引力，声、韵、调本身，如声音的清浊、塞擦、开合、变调、转化等一样，使人在听觉上更加难懂，声腔更多样化、精细化。正如闻一多所言，方言“自有一种‘天赋的’（inherent）的音节”，② 便是这一道理。

不同声腔对双声、叠韵会起变化，比如，在湘方言中，［x］与［f］、［n］与［l］分辨不清，前鼻音与后鼻音混淆，音节和谐就不同。换言之，某些音节不和谐，不押韵的诗句，在某一声腔下可能恰恰相反。“看他们三三两两，/回环来往，夷犹如意！”是胡适白话诗《鸽子》中的两句诗，胡适强调过“如

① 庄稼：《人民喜见乐闻的诗（报告）》，《诗创造》总14辑，1948年8期。

② 闻一多：《〈冬夜〉评论》，引自蓝棣之编：《闻一多诗全编》，杭州：浙江文艺出版社，1995年，第361页。

字读我们徽州音，也与夷，犹，意，为双声”①。这样的例子，不是某一方言区的作者是读不出这一声腔效果的，可见受方音影响下的声腔，自有其独特的双声和叠韵效果。

汉字符号的字调和一句诗的句调，在不同的声腔下也是如此，加上语气、语调的辅助，声音的高低、轻重、清浊便在音高、音色、音值上体现出来。这一点像戏曲声腔与方言的关系，“方言的重要特点之一是四声的高低抑扬各自不同，为了适应各地语言的观众的耳朵，同一剧种到了不同的地方就派生出不同的声腔来”②。将这一判断挪移到诗的土腔诵读上，“派生出不同的声腔”难道不是现成的么？“声腔可以随方言变，方言却不肯随声音改”③。便是这一道理的归纳。——多元声腔的价值，肯定超过单一的声腔，这是毫无疑问的。

相同的诗歌作品，使用不同方言来读，声腔效果会相差很大。音节是否和谐、是否顺耳，也就只有习惯自己方言的人才能冷暖自知。某一方言的声腔效果，对于该方言区的耳朵而言是亲切的、温暖的，产生的美感、乐感也就有了地域的界限。在声音的世界里，我们都可能听到这样的判断，一种方言于别的地方的人来说很难听懂，但可以听到像音乐的感觉；在该方言区的人听来则是十分好听、有味道，具有难以言说的韵味。这是地域艺术的生命力之所在，对应着人们脚下的土地，以及这片土地上人的精神视域。

可见，白话诗对应于方音诵读，不亚于一次声腔革命。这是回归母语声音的努力，不应该得到歧视而被遮蔽。粤语、吴语、湘语、闽语、客语、赣语区的南方人试验用各自土音去诵读古诗，有时会发现比用北方话（普通话）去读会更和谐，道理便在这里。我们需要正视有差异的声腔，不能在声腔的正确与错误、高级与低级之间加以判断。

结　语

总之，“读诗会”是试验新诗的音节或意义，反映在不同的声腔上。鼓励尝试、勇于突破，方音诵读才会带来声音的诗学这一听觉艺术。贴近大地、贴近民众，不同声腔之间相互发展，自然会让听觉的艺术真正有长远的发展。

---

① 胡适：《〈尝试集〉再版自序》，《尝试集》，第188页。

② 张庚：《戏曲艺术论》，北京：中国戏剧出版社，1980年，第91页。

③ 游汝杰主编的《地方戏曲音韵研究》，北京：商务印书馆，2006年，第1页。另外本节个别地方参考了此书，特此说明。

第三章　方言入诗作为文学传统

把方言入诗与“文学传统”联系在一起加以考察，首先便离不开对文学活动的连续性、多层面性，文学传统的定义、性质、显隐形态等进行综合的思考与分析。

文学作为人类反映社会生活的精神活动，它有自己独特的生成方式、过程与规律。文学来源于人类对世界与自我的认识，带有累积性特征。正如马克思主义所说，历史是各个时代“依次交替”；① 人类创造新的历史是“从过去继承下来的条件下创造”。② ——由此可见，人的创造是历史条件的产物，新与旧互为辩证存在。其中，人类的历史是无数个体生命的延续与链接，文学积淀的历史与个体生命的有限便构成内在的矛盾，产生了如何延伸、承袭的问题。像自然物种一代接一代地繁衍一样，文学这一精神产品因人类的世代相传而薪火相传，两者具有同构性。

对于传统具有承袭的这一特征，我们一般熟悉如下论述：“我们必须继承一切优秀的文学艺术遗产，批判地吸收一切有益的东西，……但是继承和借鉴决不可以变成替代自己的创造。”③ 这一观点由伟大政治人物加以论证已成为定论。问题是，继承传统是在什么层面上进行才成为可能？传统能否依靠继承而全部得到？对传统的继承与创造，到底是哪一方面占优势呢？

——在此，我们乐意借用美国社会学家爱德华·希尔斯（Edward Shils）的

---

① 马克思、恩格斯：《德意志意识形态》，北京：人民出版社，1961 年版，第 41 页。

② 马克思、恩格斯：《马克思恩格斯选集》第 1 卷，北京：人民出版社，1995 年，第 584 页。

③ 毛泽东：《在延安文艺座谈会上的讲话》，《毛泽东选集》第 3 卷，北京：人民出版社，1991 年，第 860 页。

观点。[①] 作为在“传统”议题上颇具权威性的论著，希尔斯的《论传统》一书是整个西方世界第一部全面、系统地探讨传统的力作。作者立足于社会科学，全面、深入地探讨了传统的含义、形成、变迁、传统与现代化、传统与创造性、启蒙运动以来的反传统主义、社会体制、宗教、科学、文学作品中的不同传统，以及传统不可缺失等等诸多问题。“传统是围绕人类的不同活动领域而形成的代代相传的行事方式，是一种对社会行为具有规范作用和道德感召力的文化力量，同时也是人类在历史长河中的创造性想象的沉淀。”[②] 整体而言，希尔斯关于传统的理论与思考，足以构成一个理想化的思想对话平台。方言入诗与文学传统的关系，也奠基于此。

在中国文学史上，正统的文学是文言诗词，古典的文言诗词与传统的关系既与古典文学相关，也与传统本身相关。根据西方人类学家雷德斐的观点，文学乃至文化的传统，可以划分成为大与小两个独立又有联系的传统。[③] “大传统”所指的是精英、上层知识分子的精神创造，上层精英依附政权并化身为权力，从官方的渠道来实践文学；而“小传统”则是指与官方相对立的“民间”，有泛指性，比如草根文化、民间文学，“小传统”的文化之根扎在广大底层民众中间，习惯在文化的边缘地带生长，如歌谣、小调、传说、故事等。“大传统”与“小传统”之间既有过渡地带，两者又互相渗透、纠结乃至部分更迭。从语言角度来看，“大传统”以文言作为工具，“小传统”则以“俗口”为语言源泉，各地土话方言这一地域性口头语言作为媒介在支撑着小传统的传承。

一、方言入诗与中外诗学传统的交汇

方言入诗是一种历史的存在，首先，它鲜活在传统与创造的张力之间，既与“传统”本身有勾连，也离不开一代又一代诗人们的独特“创造”；其次，它既在中国古典诗学中隐伏地存在着，也在外国诗学中有类似的现象，其中一

---

① ［美］E. 希尔斯：《论传统》，傅铿、吕乐译，上海：上海人民出版社，1991 年。

② 傅铿：《传统、克里斯玛和理性化——译序》，见《论传统》，第 2 页。

③ 雷德斐（Robert Redfield）的观点，转引自余英时：《中国文化的大传统与小传统》，《内在超越之路》一书，北京：中国广播电视出版社，1992 年，第 192—193 页。

些中国现代诗人还主动去寻找西方诗学的资源，凸现它在中国方言入诗尝试上的贡献。可以说，20 世纪中国新诗史上的方言入诗，既是尝试此一诗歌艺术形式的诗人们创造性劳动的结晶，也是中国诗人们站在中外诗学传统的交汇点上融会而成的智慧之果。

（一）文学传统概述

在希尔斯的著作中，作为一个与历史感密切相关的概念，“传统”最基本的含义是从过去延传到现在的事物，择其大略有以下数端：一是延传三代以上的、被人类赋予价值和意义的事物；二是传统的特殊内涵指的是一条世代相传的事物之变体链。希尔斯的传统观念是大文化层面上的，立足点是时间意识与变体链，——这也是我们所能想象到的。事实上，传统内涵中最为核心的是历史意识，下面，我们不妨拈取几点与文学领域习见的“继承”传统论述有关的表述：

> 在文学中，传统如果要开花结果，而不是走向末路，那它必须是另一部作品的出发点，而这部作品虽然在形式上，甚至内容上与其它作品有某些相同之处，但是它必须包含重大创新。①

> 在文学创作领域中存在着一种反传统的传统；同时人们努力寻求着独创性，并且偶然也成功地创作出一些具有独创性的作品。②

> 传统并不是自己改变的。它内含着接受变化的潜力；并促发人们去改变它。某些传统变迁是内在的，就是说，这些变迁起源于传统内部，并且是由接受它的人所加以改变的。③

与英国社会学家 E. 霍布斯鲍姆所主张的传统是“发明”的观点相比，希尔斯的观点还是比较温和而客观的。“传统的发明”论者认为传统不是陈迹，

---

① ［美］E. 希尔斯：《论传统》，傅铿、吕乐译，第 61 页。
② 同上，第 215 页。
③ 同上，第 285—286 页。

而是当代人“活生生的创造”①。对照这些传统并不依靠继承的论述，我们便不难发现“继承”传统的说法是有片面性的。一方面，传统不是一成不变的，也没有一个本质的东西存在；它不是一潭死水，相反，流动不居、变化万端是它的常态。另一方面，传统与创新、创造之间存在更多的亲缘联系。人的不朽创造力，是推动传统前行、变化的主要动因。

传统不但是向前流动、永无止境的，而且也是异质与多元并存、精华与糟粕共存。通常，人们比较容易将传统视为所有过去的总和，而传统一旦成了一个包罗万象、僵化不变的事物的代名词之后，它既失去了自己的本来面目，也淹没了传统芜杂、多元的事实。

对于传统的流动性，在时下的论著中，我们时常看到论者将文学传统比作一条河流，每个时代的作家、诗人自然汇入这条河，本身也就成了传统的一部分。持循环文学史观的周作人曾对中国文学流变发表了一个有趣的看法：“中国的文学一向并没有一定的目标和方向，有如一条河，只要遇到阻力，其水流的方向却起变化，再遇到即再变。”② 同样以河流为譬比，这样的河流显得特别；对河流的审视因视角不同，看到的内容也是迥异的。与此类同的是，对于新文学的新诗流变，陈梦家曾说过，“新诗在这十多年来，正像一支没有定向的风，在阴晦的气候中吹，谁也不知道它要往那一边走”③。诗歌传统似乎也一直是如此，河流的形态全凭地貌与河水的流动，地心的引力在背后推动它前行，它没有目的却有目的性。诗歌传统不会一成不变地保持原貌，也不会停留在原地，它常常是由诸多变异的形态首尾相连所构成的链条式结构，在这些传统的变体之间有某种共同的主题，相近的表现方式以及共同的渊源关系，但是它的基本方面却因“人”的差异性，创造发生了不可捉摸的变异，诗人“创造”之于诗歌传统，犹如地心引力之于河流。

（二）作为民间小传统的方言入诗

在中国古典诗学中，方言入诗是一个极具历史渊源的诗学现象。与文人化

---

① ［英］霍布斯鲍姆，兰格编：《传统的发明》，顾杭，庞冠群译，北京：译林出版社，2004 年。

② 周作人：《新文学的源流》，周作人：《儿童文学小论：中国新文学的源流》，止庵校订，石家庄：河北教育出版社，2001 年，第 54 页。

③ 陈梦家：《新月诗选·序言》，上海：新月书店，1931 年，第 1 页。

的古典诗词等诗学大传统不同，方言入诗是民间的小传统。在中国的《诗经》之前，具有方言性的民间歌谣、民间韵文等艺术形式普遍存在。《诗经》《楚辞》本身是方言化的作品，但在树立为儒家经典之后，经过文人不断润饰，或者学者反复阐释，语言的方言性质被改写了。方言入诗又得寻找新的轨道，开辟新的生长空间。这样两重文学空间逐渐成形，文言为工具的古典诗词、儒家经典，不断坐大成为大传统的核心，具有正统性；民间的韵文则走向民间，走向民众，走向底层，形成文学小传统成为自足的存在。

对比诗歌的大传统与小传统，我们不难发现大传统的传承以文言为纽带，小传统的传承则是方言，主要以口耳相传的方式延续着。五四时期，胡适为了证明白话诗的合法性，曾追溯白话文历史，这段历史便逐渐清晰起来。以《楚辞》为例，生活在南方的屈原，汲取与融化了南方的口语，比如“兮”字方言句式，比如较普遍的“也”“虽”“夫”“乎”等虚词，比如方言语汇的运用，在语言面貌上《楚辞》与《诗经》已是二重天。“楚词是民间诗体的扩大”，是当时的大白话。① 再以诗歌史上的著名诗人为例，如唐朝的李白、杜甫，宋朝的苏东坡，因为阅历丰富，在不同方言区或短暂游历或被贬寓居，所以在诗歌创作中对地域方言适当有所含纳。这既是文言表现力之不足的症候，也是方言生命力旺盛的表现。在语言选择与推敲的背后，则是创造力高低的晴雨表。至于正统文学边缘的王梵志、寒山、拾得之类的白话诗人，则是反其道而行之，专以白话、俗语作诗。多少世纪过去，一直默默无闻，因为 20 世纪文学历史观的逆转，他们的作品才会被后人推为另类经典。

中国古典诗人“创造”了古典传统，对于现代诗人而言亦然，正是现代诗人的“创造”，使新诗形成了自身的传统。“新诗的精神端在创造。因袭的，摹仿的，便失掉他底本色了。”② 新诗传统之于古典诗歌传统，是创造精神的接力，是不断生成的文学传统的变迁，亦是传统创造性的转化。两者有同质的成分，也更多异质的基因。

在特定的历史条件下，现代诗人在传统的重重压力面前，左冲右突，或直接袭用古代的“翻新”模式，或从传统的边缘突围，以图创造性转化，但因方式、途径各异，所得的结果也是迥然不同的。当然，不同时期的这些诗派“翻

① 郭沫若：《新诗的语言问题》，王锦厚编：《郭沫若佚文集》（上册），成都：四川大学出版社，1988 年，第 405 页。

② 康白情：《新诗底我见》，杨匡汉、刘福春编：《中国现代诗论》（上编），广州：花城出版社，1985 年，第 42 页。

新”的模式有异，多少反映出诗人们创造的能力与手腕。比较一下晚清的“宋诗运动”与受“宋诗”原型影响的白话新诗，便可略知一二。“宋诗”是中国古典诗歌传统中自我否认的“反传统”文化原型，在现代诗歌中，这一原型广泛而又深入地对各种诗潮有过潜移默化的影响。[①] 晚清的“宋诗运动”，五四初期的白话新诗，以至白话新诗之后的不同诗派如九叶诗派之类都有“宋诗”原型的历史影子。下面主要通过比较不同时期诗歌里的“反传统”来展开论述。

“宋诗运动”是清末同治、光绪年间诗歌创作界里的一股潮流，主要诗人有陈三立、郑孝胥等人，影响甚大，曾有“同光体”之称。这一诗派没有以唐诗为摹本，而以宋诗为宗。他们作诗素有多“苦语”“不肯作一习见语”，强调“涩硬”的诗风等特征。在异常强大的古典传统面前，“同光体”诗人面临创新的巨大压力，其创新的途径是回溯历史虚拟“宋诗”的时代，模仿江西诗派企图化腐朽为神奇，进而寻找自己在诗史上的位置。但遗憾的是，晚清宋诗运动的诗人们，不幸为古典诗歌的殿后，无意中充当了尾巴上的一个休止符。与晚清宋诗运动起点类似的是胡适等人发起的白话诗运动。持诗体解放论的胡适，寻找历史的依据，到头来是为了证明白话诗的合法性，“作诗更近于作文！更近于说话”[②]，是胡适的结论。在艺术手法上，初期白话新诗主要汲取了宋诗“以文为诗”的传统，胡适曾有自述：“这个时代之中，大多数的诗人都属于‘宋诗运动’。宋诗的特别性质，不在用典，不在做拗句，乃在做诗如说话。”[③]“最近几十年来，大家都爱谈宋诗，爱学宋诗”，“宋诗的特别性质全在他的白话化。”[④] 胡适在对同时代人打量后认为“我所知道的‘新诗人’，除了会稽周氏兄弟之外，大都是从旧式诗，词，曲里脱胎出来的。沈尹默君初作的新诗是从古乐府化出来的。”[⑤] 如果按这一逻辑，似乎白话诗走的也是宋诗的老路子，也会难免遭遇晚清宋诗运动的厄运。不过，胡适等白话诗人最大的创新之处在于他们是从传统的边缘出发，往外走。与陈三立又一个不同的是，胡适的幸运还在于西方诗歌的样式成为他新的选择，外来诗歌传统介入本土诗歌

① 参见李怡：《中国现代新诗与古典诗歌传统》（增订版）中第 2 章第 3 节：“宋诗与中国现代新诗的反传统趋向”，北京：北京大学出版社，2008 年。

② 胡适：《逼上梁山》，《胡适学术文集·新文学运动》，姜义华主编，第 198 页。

③ 胡适：《五十年来中国之文学》，《胡适学术文集·新文学运动》，姜义华主编，第 123 页。

④ 胡适：《国语文学史》，合肥：安徽教育出版社，1999 年，第 96 页。

⑤ 胡适：《谈新诗》，《胡适学术文集·新文学运动》，姜义华主编，第 390 页。

传统的运行，成为一个新的孵化机。正是在异质性、对等化的外来传统影响下，文言为正宗的语言等级观念被颠覆。留学异域并深受世界性前沿诗潮影响的胡适们，其语言观念得到换代更新，白话自然成为他们突破的最佳入口。

五四时期的文白之争中，最有能量的导火线不是白话能成为作诗的工具，而是白话为唯一工具这一说法，即钱玄同所说的白话诗是“正体”“韵文正宗”。① 这一点正是白话诗运动的最大突破，也是直到当下以现代口语为语言的新诗能俯视旧体诗创作的底气之所在。从无意的做法到有意的提倡，从小传统到大传统的扭转，诗歌出现了完全不同的面貌，创新的意义也非同凡响。“做诗如说话”，白话正是说话最为普遍的语言载体，这样理解宋诗，是对宋诗的另类式阐释。本来，以白话作诗，在中国诗史上也不足怪，杜甫、白居易、寒山、拾得、王安石、陆游的白话诗都可以举来作证，词曲里的则更多了。但这些传统，是从边缘出发，在边缘生长的，长期处于被压制状态。当陈三立当年还沉溺于以换字秘本的老法脱胎换骨、点石成金时，胡适则从边缘赶来，以独特的诗风搅乱了整个诗坛。诗歌传统也在处在变与不变之中。

现代诗人的创造性愈强，变异就越显著。“反传统”作为一种创新的范式，在白话新诗之后无疑如鱼得水，加快了游动的脚步，诗歌代际更迭加快也促成了此一现象。以李金发等为代表的象征诗派之于初期白话诗，新月诗派之于自由诗派，新民歌运动之于民歌体诗，都可以归纳为“反传统”的个案。同样，新诗中浪漫主义、现代主义诗风的更迭，都得力于这一反叛的方式。比如中国共产党在延安提倡的民族形式，采取面对并尊崇农村底层韵文的艺术政策，更加使得新诗向民间、大众靠拢。民间形式如小调、山歌、顺天游、大鼓词、皮簧、金钱板、缩脚诗等传统，得到了新的挖掘与大力肯定。

又比如以诗人个体的努力姿态而言，搜集江阴山歌、船歌而以瓦釜声音自许的刘半农，以四川方言诗为突破口而力求摆脱艾青影响自创风格的沙鸥，走底层市民路线的马凡陀，汲取西北民歌母乳的李季、阮章竞，以快板风格著称的毕革飞等一大批诗人，无一不是在古典诗学与现代诗学的边缘与交叉地带突围，通过各自创造性的劳动，把方言入诗推进到一个新的发展阶段。

（三）西方诗学传统的方言入诗

西方诗学传统在中国现代诗歌史上的影响，同样是不可忽视的。在西方哲

---

① 钱玄同：《致胡适》，沈永宝编：《钱玄同五四时期言论集》，第55页。

人的视野中，“传统是具有广泛得多的意义的东西。它不是继承得到的，你如要得到它，你必须用很大的劳力”①。解构主义大师德里达，在解构一切时，对传统与创新倒有不少真知灼见。在《书写与歧异》的一章中，他以“出走/回归”模式来阐释两者的关系，创新的过程必然是从传统出走，但也必然又对传统多次回归，这样就形成不完整的圆的轨迹运动，经过省略的传统之圆，被突破而又增添新质的圆的轨迹，有破裂、删除、有变形，因而不再是初始状态的传统。但创新的回归只是片刻的轨迹运动，很快又会离开传统，再度自由地进行无形的踪迹运动。所以传统与创新之间存在分合不断的关系，传统因创新处于永远的变化之中。②

利用外国诗学传统的资源，受外来诗学传统的影响，这样强势地改换旧传统发生作用的渠道，达到一种异质性因素的稀释。换一种全球化、世界化的眼光来看，这也是人类的某些精华因素，得到了一次空间的跨越。外来诗歌传统并不与民族传统水火不容，正如鲁迅所主张的“拿来主义”：“没有拿来的，人不能自成为新人；没有拿来的，文艺不能自成为新文艺。”对这一命题的理解，关键是如何去拿、谁去拿，而不是到哪里去拿、拿来什么。这样才能够理解发挥人的主观能动性，创造性地达到创造新文艺的目的。

试以早期白话新诗为例，白话诗发生之时，胡适当时在美国留学，受到美国诗歌“意象派”的影响，也受到美国诗歌语言与口语相一致的影响。另一源头则是郭沫若，当时郭沫若写《女神》之时则在日本留学，处于日本这个“欧化”兼“日化”的陌生语言环境之下，同样受日本诗歌言文一致的内在规约。还有一个源头是在法国留学的李金发，受法国象征主义诗学的影响，在语言上追求音乐化，强调音韵效果。也正因如此，不少经典性论述对此有清楚的认识。比如，梁实秋就曾断言“新文学运动的最大的成因，便是外国文学的影响；新诗，实际就是中文写的外国诗”③；卞之琳认为中国新诗颇受翻译诗影响，新诗走的是欧化一路④；朱自清则认为：“新诗不取法于歌谣，最主要的原因还是外国的影响；别的原因都只在这一个影响之下发生作用。外国的影响使我国文学向一条新路发展，诗也不能够是例外。”⑤

---

① ［英］艾略特：《传统与个人才能》，王恩衷编译：《艾略特诗学文集》，北京：国际文化出版公司，1989 年，第 2 页。

② 参见郑敏：《解构思维与文化传统》，《文学评论》1997 年 2 期。

③ 梁实秋：《新诗的格调及其他》，《诗刊》创刊号。

④ 参见卞之琳：《新诗与西方诗》，《人与诗：忆旧说新》，第 186—193 页。

⑤ 朱自清：《真诗》，《新诗杂话》，第 86—87 页。

具体细分并落实到土白入诗尝试，就借鉴与参考了西方诗学中的此类小传统。西方诗学传统也是分层化的，并不是一个不能拆分的整体。在正统、主流的诗人队伍中，西方诗人中也有与众不同者，他们或是以乡土诗人著称，或是以地域歌手自比，或是以民本主义者相标榜。在他们的诗歌作品中，土白化的倾向，口语化的努力都有一些典型的表现。世界不同国家的诗歌语言，因语言的分化与我国汉语的分化一样，也就有了相似的情形，方言入诗是一个中西诗学中共同的诗学现象。

意大利诗人但丁，英国乡土诗人彭斯，俄罗斯诗人叶赛宁、涅克拉索夫，都有方言入诗的做法，或是受当地民谣影响追求民歌风范，或是底层书写，是民本主义的先行者。朱光潜在《诗论》中曾以但丁为例，引述但丁主张对土语进行提炼，“精炼的土语”① 才是做诗的好工具。可见，杂取土语，去芜存精，在西方诗学中有很深的历史渊源。同样，刘半农是五四时期对方言入诗颇为积极的尝试者，先后有《瓦釜集》《扬鞭集》等诗集问世，师法的对象之一便是英国诗人彭斯，他本人因为此类方言诗创作，则被誉之为“第一个用方言来写新诗的中国 Robert Burns”②。

闻一多、徐志摩关于车夫题材的诗，以及以模拟底层百姓声口的诗作，诸如闻一多《天安门》《飞毛腿》，徐志摩的《太平景象》《一条金色的光痕》之类，都受到英国诗人丁尼生、美国诗人布朗宁（也译“白朗宁”）“戏剧独白”风格的影响。③ 以戏剧独白来完成诗作，是 19 世纪美国诗人布朗宁的首创，也是诗人酷爱的技巧，其名篇有《颇菲利亚的情人》（Porphyria’sLover）、《亡妻公爵夫人》（My Last Duchess）。这些诗作通过口语独白的方式，营造戏剧性场面，使读者如临其境，感觉特别真实。徐志摩、闻一多都精通英文，都喜爱布朗宁的作品，闻一多还要偏爱一些，因此他们借用这些（戏剧）独白诗艺，写中国的老百姓生活，泥土味十足。所以当时有一个奇怪的现象，新月诗派的土白入诗尝试，表面看上去很土气，其实是很洋气的，只是中国读者对布朗宁此类诗作不熟悉，也就辨别不出其中的洋味罢了。新月派诗人采取戏拟、“独白”方式进行语言的记录与还原，刻画人物性格，按卞之琳的说法

---

① 朱光潜：《诗论》，第 82 页。

② 赵景深：《刘复诗歌三种》，《我与文坛》，上海：上海古籍出版社，1999 年，第 27 页。

③ 蓝棣之：《闻一多：走进去，再走出来》，曾小逸主编《走向世界文学——中国现代作家与外国文学》，长沙：湖南人民出版社，1985 年，第 371 页。

是营造“戏剧性处境”去“戏拟”，“以口语为主”。① 从语言形态看，或是北平土白诗，或是诗人家乡的方言土语。诗人们通过一个个不同地域的底层劳动者的声口模拟，塑造人物，展现真实情境，这样来寄寓诗人民本主义的关怀。换一个角度，诗人民本主义思想的凸现，向底层民众看齐的倾向，在西方文艺复兴之后的人文主义诗学观中较为常见。

以抗战时期到1940年代，袁水拍不但以马凡陀的山歌著称，还以译诗享誉诗坛。《我的心呀在高原》《五十朵番红花》《聂鲁达诗文集》等译诗便是其中的佳作。袁水拍特别喜欢苏格兰诗人罗伯特·彭斯，这是一位将苏格兰方言运用得特别娴熟的诗人，其代表作便是《我的心呀在高原》，可见其民谣风格、方言化取向也影响了袁水拍的山歌创作。至于四川方言诗人沙鸥，在不同年代著文说他喜欢俄罗斯诗人涅克拉索夫，自己的方言诗创作受涅克拉索夫影响。涅克拉索夫是俄罗斯的“人民诗人”，代表诗作有《货郎》《俄罗斯妇女》《严寒、通红的鼻子》《谁在俄罗斯能过好日子》等，其诗篇忠实而全面地描绘了俄罗斯贫苦下层人民的生活与情感，尤其以俄罗斯农民题材最为著名。在语言风格上，则是以口语入诗为主。“他的诗歌抒发了对农奴和劳动人民苦难生活的深切同情，表达了对沙皇俄国反动统治的强烈憎恨，体现了平民知识分子的革命民主主义思想”。② 比较沙鸥当时用农民口语写西南农民苦难生活的诗篇，实在是异曲同工。

另外，民谣的大量存在，在世界各国诗歌与民谣的关系中是最普遍的现象。“五四”前后由北京大学新文学运动领袖发起的歌谣运动，其源头之一便是19世纪意大利的卫太尔在北平所收集的当地民谣，成为胡适刘半农们的范本，也成为新诗借鉴歌谣的理论资源之始。因为是民谣，语言的原生态化、方言化，便显得尤其重要与显豁。中国民谣体诗歌，既有中国古典诗歌传统的小传统在起作用，也有外国民谣体诗歌的潜在影响。可以说，在中外诗学交汇点上，20世纪的中国现代诗人都有所借鉴、有所模拟，加上个人的独特性创造，捧出了各自的精品力作。

结　语

相对于中国新诗而言，唐诗宋词是传统，民间文学也是传统，它们对正处

① 卞之琳：《雕虫纪历·自序》，北京：人民文学出版社，1984年，第3页。
② 丁鲁：《涅克拉索夫诗选·译后记》，长沙：湖南人民出版社，1985年，第318页。

创作之前的新诗作者都能产生或显或隐的影响。同样，西方诗学中的某一部分，也有可能成为中国诗人在进行口语写作、方言入诗尝试时的理论资源，中外诗学传统的融会，在传统的承续与诗人的创造性精神活动中，或移植或嫁接，总会有一部分自然复活，参与到中国新诗的建构与发展中来。中外诗学传统是一种多元化、多层化的复杂审美存在，它的生命力既在艺术心理、审美习惯、语言等层面得以凸现，也在流变的变异中得以延传。

二、歌谣：现代诗的传统民间资源与语言观念

歌谣与新诗的关系由来已久，早在晚清诗界革命伊始便有相关的论述，或着力于歌谣与古典诗词的渊源，或借力于民俗文艺与歌谣相处的经验。现代新诗历史发展中，歌谣与新诗之间的依存与纠结不可忽视。

下面试以《歌谣》周刊为例，略作论述①。《歌谣》周刊创刊于“五四”以后，终刊于抗日战争全面爆发之前，停刊过一段时间，横跨了二三十年代。《歌谣》对全国各地歌谣作品与理论的搜集、整理与流布，以及像胡适、周作人、朱自清、梁实秋、钟敬文等新文学作家的介入，是其中突出而鲜明的内容。《歌谣》搜集歌谣，着眼点有两处，一是学术，二是文艺，两者试图沟通，以产生“民族的诗”②，因此除了在民俗学上富有价值之外，歌谣与新诗以及延伸到新文学的关系上，便在“民族的诗”这一层面予以落实。携带地域文化，在民众之间口耳相传的歌谣，对新诗有至为重要的影响。胡适曾断言“我们的韵文史上，一切新的花样都是从民间来的。”“中国新诗的范本，有两个来源：一是外国的文学，一个是我们自己的民间歌唱。20 年来的新诗运动，似乎是太偏重了前者而太忽略了后者”。③ 便是类似论点的代表。由“民间歌谣”

① 为便于集中论述，本文较多地涉及《歌谣》周刊上的原始性论文与歌谣作品。《歌谣》周刊，1922 年 12 月 17 日创刊，北京大学研究所国学门歌谣研究会出版，北京大学日刊课发行，前后由常惠、顾颉刚、魏建功、董作宾等主编，是当时刊载歌谣作品和发表研究歌谣的文章及介绍各地风俗、方言等的主要刊物。它一共出 150 期，自创刊始到 1925 年 6 月 28 日，出至第 97 号以后停刊；1936 年 4 月 4 日复刊，复刊后改称第 2 卷，第 2 卷有 1 至 40 期，第 3 卷有 1—13 期，终刊日期为 1937 年 6 月 26 日。

② 《发刊词》，见《歌谣》周刊创刊号。

③ 胡适：《复刊词》，《歌谣》2 卷 1 期。

的生发到“民族的诗”的确立，歌谣的传统民间资源之意义与价值，便立足于此。

值得追问的是，为什么歌谣对新诗的生成与影响没有像历史上的惯例一样处于支配地位呢？歌谣是对白话新诗的矫正与补充，其牵引力到底有多大呢？把歌谣与新诗置放在一个较长的历史时段，参照民间歌谣的历史与传统，便会寻找到理想的答案。

（一）民间歌谣与新诗的流变

白话诗的发生，一个主流的看法是受域外诗歌的影响。梁实秋认为“新文学运动的最大的成因，便是外国文学的影响；新诗，实际就是中文写的外国诗”①；卞之琳也认为新诗颇受翻译诗影响，走的是欧化一路②；朱自清则认为新诗取法歌谣之不足，“最主要的原因还是外国的影响”③。可见，诗歌学界对歌谣影响新诗的价值，评价有高有低，“取法于歌谣”与否，都可以说得过去。

民间歌谣资源与新诗的关系纠缠难分，在20世纪大半时段方言入诗的历史上，现代新诗史上大致涌起过四次较大的波峰。第一次自黄遵宪、梁启超等人的“诗界革命”开始，在五四时期形成第一股波峰。吸取歌谣资源，是“诗界革命”的理论内容之一，如黄遵宪提倡“我手写我口”，含纳客家山歌，或改作或模仿，捧出了“新体诗”“新学诗”等。到了五四时期的初期白话诗那里，疏通歌谣这一源头活水，成为胡适们立论的历史据点，如胡适的《白话文学史》便把白话诗的源头追踪到古代白话文学历史里去，断言“一切新文学的来源都在民间。民间的小儿女，农夫村妇，痴男怨女，歌童舞妓，弹唱的，说书的，都是文学上的新形式与新风格的创造者。这是文学史上的通例，古今中外都逃不了这个通例”④。此外如刘半农、沈尹默、钱玄同、周作人等人，此起彼伏地唱和着：如周作人围绕民间文学资源，持论甚多；“征集歌谣”的创立者刘半农，在歌谣与新诗之间往返，或采集江阴船歌，或仿制“四句头山歌”，以便“把数千年来受尽侮辱与蔑视，打在地域底里而没有呻吟的机会的

---

① 梁实秋：《新诗的格调及其他》，《诗刊》创刊号，1931年1月。

② 参见卞之琳：《新诗与西方诗》，《人与诗：忆旧说新》，第186—193页。

③ 朱自清：《真诗》，《新诗杂话》，第86—87页。

④ 胡适：《白话文学史（上）》，合肥：安徽教育出版社，1999年，第20页。

瓦釜的声音，表现出一部分来”①。受此影响，其他白话诗人也有诸多试验，如刘大白的《卖布谣》《田主来》，模仿民间歌谣的体式；俞平伯仿其家乡情歌作《吴声恋歌十解》……

第二次较大规模的新诗歌谣化运动，大致在1930年代前后。鲁迅、瞿秋白等人偶尔戏作或尝试的民歌体诗作，成为一时之风气。如鲁迅用吴语创作的《公民科歌》，瞿秋白用北平话与吴语写的《东洋人出兵》《上海打仗景致》等便是。以中国诗歌会诸诗人为主力的左翼诗歌，宣称用民谣体创作新诗，引领一时之潮流②。追求语言浅显与俚俗，呈现大众化诗风，是其高举的诗学目标。穆木天、蒲风、王亚平等人，从理论与创作两个维度，对流行于民间的歌谣、时调、弹词、鼓词等旧形式，试图加以利用与改造，积累了丰富的经验。比如来自福建客语区的蒲风，既在大众合唱诗、朗诵诗等方面用力，又对纯方言诗创作颇为青睐，《鲁西北个太阳》《林肯·被压迫民族的救星》便是用客语书写的方言诗集。可惜的是，这一努力还缺乏经典力作，虽然蒲风还曾获得茅盾等人的肯定③。在提倡大众语运动、通俗读物编刊运动中，“旧瓶装新酒”，歌谣便是其中的“旧瓶”之一，到于这个旧瓶如何，看法自然是有出入的。

第三次新诗歌谣化高潮处于抗日战争和解放战争时期，在战争语境下，出身于农村的兵士与广大农民一样，赤裸裸地遭遇冷酷无情的生死之战。视新诗为宣传品，为启蒙与救亡的工具，成为时代的选择。可是，全国大多数底层民众却不识字，愚昧落后，他们习惯的是歌谣等传统的民间韵文与说唱文艺。于是，诗歌这一文体向民众靠拢成为必经的第一关，文人化的新文艺依赖于歌谣等民间旧形式已不陌生了。借鉴歌谣、大鼓词、时调等说唱文艺，嫁接到新诗之上显得很合时势。诸如传单诗、街头诗、口号诗、方言诗、诗标语、大众合唱诗等等，如雨后春笋般生长出来。诗人们注重借鉴民谣的形式、语言与精神，新诗谣曲化倾向明显。40年代后期，解放区诗人借鉴“信天游”，一边整

---

① 刘复：《瓦釜集代自叙》，见《语丝》75期。

② 他们在机关刊物《新诗歌》的《发刊诗》中就宣称：“我们要用俗言俚语，/把这种矛盾写成民谣小调鼓词儿歌，/我们要我们的诗歌成为大众歌调，/我们自己也成为大众中的一个。”

③ 茅盾称之为向民谣学习“尝试成功的第一人”，见茅盾：《文艺杂谈》，1943年刊于《文艺先锋》；在另一文中称“抗战以前，我们的优秀诗人已经吸取了歌谣的特点，使新诗歌放一异彩。在这上面，蒲风的成就，我们尤其不要忘记。”见茅盾：《民间、民主诗人》，《茅盾全集》第23卷，第374页。

理，一边创作，成绩斐然。国统区的诗人，或者“胎息于‘吴歌’”①，或者径取民间韵文资源，在大众化诗歌方面有口皆碑。

第四次是1958年左右的新民歌运动，在毛泽东“古典+民歌”的文艺思想领导下，以民歌为师，创作的新诗也具有民歌体风格。在当时，由于组织得力、宣传得力，不但不同民族的大量原生态的民歌手焕发了诗的青春，而且全国工农兵劳动者队伍中也有不少人出口成章、下笔有神，数以亿计的新民歌得以诞生。

纵观这四次歌谣化诗歌潮流，呈递升趋势。当然，在隆起的浪峰外还散布着大量不同倾向的歌谣化新诗，虽然没有形成规模，但也是显著的存在。由此可见，在新诗史上，诗歌与民歌谣曲为邻并不稀奇。在“向下看”“走向民间”“民众启蒙”等思想观念引导下，知识分子有自己的岗位意识与语言意识，寻找诗歌艺术变迁的规律，歌谣作为传统民间资源与语言观念，便成了新诗语言与形式发展中最有活力的源泉。

（二）歌谣的影响：从语言到精神

不同诗人与学者如何看待新诗“取法于歌谣”这一理论呢？下面主要从语言、精神角度来略作梳理。

歌谣的语言载体，基本上是以各地民众嘴上流动的方言为主体，是活的语言，虽然在不同时期也有诸如“大众语”“群众语言”之类名异而实同的称呼。早在1920年代，周作人就宣称“歌谣原是方言的诗”；② 胡适则称之为“地道的白话诗”、“刮刮叫的大众语的诗。”③ 类似意见还有不少，如“山歌是民俗的诗，方言的诗。要很好地记录它，就必须通过这种关隘（民俗、方言等），才能体会到它的妙处”④。“歌谣是现成的有节奏有音韵的白话诗”。⑤ 可想而知，歌谣与活的方言相辅相成几乎成为共识。比如《歌谣》周刊，当时在

---

①《茅盾全集》第23卷，第374页。此外，茅盾在谈到这一情况时还说：“一些青年诗人的‘方言诗’亦往往有佳制；‘方言诗’的格调也和民间歌谣有血脉相通之处。这一趋势，显示了我们的新诗歌正在大众化的路上快步前进。”

② 周作人：《歌谣与方言调查》，《歌谣》第31号。

③ 胡适：《复刊词》，《歌谣》2卷1期。

④ 钟敬文：《晚清改良派学者的民间文学见解》，《钟敬文文集·民间文艺学卷》，合肥：安徽教育出版社，2002年，第325—326页。

⑤ 梁实秋：《歌谣与新诗》，《歌谣》2卷9期。

征集时就强调“方言成语，当加以解释；歌辞文俗，一仍其真，不可加以润饰；俗字俗语，亦不可改为官话”①。编者沈兼士的理由是“歌谣是一种方言的文学”②。研究方言是基础，与研究歌谣同等重要。不过，因为如何记录方音存在困难，所以在《歌谣》周刊上来自广东、福建、湖南、江西等方言区的歌谣就很少，而绝大多数都源自北方方言区，北方歌谣是用北方语记录的，蓝青官话色彩浓郁。

在精神层面，新诗如何借鉴歌谣、如何“取法于歌谣”呢？第一，崇尚口语是第一义。歌谣的口语观念，突出的是一个“真”字。自从明朝李梦阳发出“真诗乃在民间”的感叹后，这一“真诗”观念时时会以不同方式出现。这种“真”，既包括语言上的“真”，也包括精神上的“真”。歌谣记录真实的心声，不做作，不虚伪，虽然粗粝、质朴、浅显，但生命力内核饱满，与一般文人之间的文字笔墨不可同日而语。第二，歌谣语言的地域母语化倾向明显。地域语言，往往是大白话，民众听得懂、念得上口，流动不居而生生不息。这样，从源头上摒弃了雕琢式的陈言滥调。比如，每当争论到新诗词汇的贫瘠与单调时，便想到需要从活语中去寻找、提炼与充实；在语法与句式上，也有借鉴之处，活语中饶有意味的说法，是有益于共同语的发展与壮大的。第三，在歌谣技巧层面，布局之灵巧、音节之和谐，也是少见的。歌谣以音节见长，是新诗“参考的一个榜样”③。至于歌谣在技巧上追求故事性、以叙事见长，偏于具体、客观呈现，都会不同程度影响新诗作者的创作。比如胡适一生强调具体、明白、清楚的写法；比如诗坛上不时流行的“白描”手法，呼吁现实主义的诗风；比如刻画下层民众主题的诗歌之累积，都是很好的佐证。在1930—1940年代，长篇叙事诗成为一时之现象，铺垫甚多、情节曲折，便有“取法于歌谣”的痕迹。

总之，在模仿与独创之间，在抒情与叙事之间，歌谣的语言观念与本真精神渗透进新诗的历史之中，像输血一样给新诗以营养，并最终加强了新诗本身

---

① 《本会征集全国近世歌谣简章》，刊于创刊后的《歌谣》周刊各期。类似的征集函后来在四十年代的《新华日报》、《华商报》等共产党主持的党报上也刊登过，譬如中华全国文协香港分会方言创作组，为收集研究方言文艺资料在《华商报》上公开向社会发出《征求》：“一、广州话、客家话，和潮州话的方言辞汇，或成语俗谚。（最好能加以解释。）二、各地的方言山歌及民谣，能连曲谱一齐寄来最好。三、各地民间故事，手抄本或木刻印本都可以。……”见《华商报》1948年4月22日。

② 沈兼士：《今后研究方言新趋势》，《歌谣》第35期。

③ 梁实秋：《歌谣与新诗》，上引报刊。

的造血机制和功能。

（三）诗人个体的不同尝试

新诗与歌谣是近邻，具体是如何互相生发的呢？下面依次以不同时期的诗人刘半农、瞿秋白、李季为例加以论证。

在五四时期，刘半农出于“我们要说谁某的话，就非用谁某的真实的语言与声调不可；不然，终于是我们的话”① 的诗学与语言观念，既用江阴方言配合“四句头山歌”的形式创作出《瓦釜集》等诗，还袭取歌谣“复沓”的诗思方式，营造回环往复的氛围。具体写诗中，刘半农喜欢重复的诗节，在重复中略有变化，推动诗思的进展。刘半农另一个用力的地方是口拟，强调仿效与模仿的意义，特别是人物口吻大多出于底层民众之口，或是船夫，或是车夫，都以模拟声口见长。

瞿秋白重视歌谣的宣传性与抵达民间的力量，像“诗歌应当与音乐结合在一起，而成为民众歌唱的东西”② 一样，瞿秋白追求可诵性与可唱性，这样把文艺与政治联结起来，把新诗艺术向听觉艺术引导，便于在文盲占多数的民众中普及。另一方面，他拒斥文人传统，对“五四”以后的新文学评价很低，特别是在语言上。代之以向民间歌谣看齐，或是缘于资源，或是源于话语，这样有破有立，吻合瞿秋白的文艺思想与政治理念。关注民生疾苦、凸现阶级冲突、煽动民众不满，这是政治人物重视歌谣化的背景与动力。

1940 年代的李季，以《王贵与李香香》得名。在创作之前，诗人曾收集信天游三千余首，分别属于情歌类与战歌类，暗合《王贵与李香香》“革命与恋爱”的主题。李季在现成的“顺天游”中或袭用或改造，或甄别或提炼，或糅合或创新，也是挖空心思、执意创新。如第一部《掏苦菜》，第三部《羊肚子手巾》，前者是两人用小曲互诉私情，后者是李香香盼望夫归，大片段地调用了民间私情歌谣的优势。

以上所述个案，是不同诗学路向的诗人从不同的侧面对歌谣传统历史资源的借用，他们或出于艺术模仿，或缘于政治功效，或强化语言音韵，对方言化的歌谣没有回避，而是大胆“拿来”，为我所用；在内容与形式之间，均有取舍与创新。歌谣与新诗在不同方向运行的圈子里，始终有重叠，建构新诗歌谣

---

① 刘半农：《寄〈瓦釜集〉稿与周启明》，《半农杂文》，第 136 页。

② 穆木天：《关于歌谣之制作》，《新诗歌》2 卷 1 期。

传统的诗人们，从歌谣里汲取营养，推动新诗的发展与演变，正如有学者所言“歌谣不但是诗的母体，而且永远是它的乳娘”①。

结　语

新诗从歌谣资源上获得的艺术原质十分丰富，不论是顺耳与和谐的文字，复沓与比兴的手法，还是素朴与明朗的风格，真挚与纯正的精神。在两者没有障碍的通道上，或从方言语汇、句式，或从文本结构、布局上，歌谣均向新诗无私地敞开着。

三、打油诗：作为诗歌小传统的侧翼

打油诗是中国古典诗词中以俗为上的诗歌品种之一，其存在有上千年的历史。相传唐代有张打油所写咏雪一诗为此类诗作之源，诗云：“江山一笼统，井上黑窟窿。黄狗身上白，白狗身上肿。”明代学者杨慎在诗话体著述《升庵诗话》中曾记录此诗，辟为“覆窠、俳体、打油、钉铰”词条，并有相应解释：“江南呼浅俗之词曰‘覆窠’，犹今之打油也。杜公谓之俳谐体。”② 由此可见，浅俗、俳谐是打油诗的特征。正因为浅俗而俳谐，在民间文学的大本营中历朝历代不乏打油诗的踪影；不少以典雅、纯正为旨归的古典诗人，也在正统古典诗歌创作之余偶尔涂鸦，留下一些流传于民间的优秀作品。

如果翻阅中国诗学史上的诗话、文人笔记，则零散地保存着此类诗作，如北宋欧阳修的《六一诗话》、南宋计有功的《唐诗纪事》、清初王士祯的《古夫于亭杂录》等书中，或是其他野史笔记中均有只言片语，零散地保存着此类不见于正统诗史上的资料。虽然有人呼之鄙俗浅陋，有人视为游戏笔墨，但由于打油诗历史十分悠久，不同朝代均有诗人不断介入，已不自觉地形成了诗歌小传统的分支与侧翼。无心插柳柳成荫，打油诗成为诗坛一道特殊的风景，成为一种诗歌艺术自足的存在。

---

① 钟敬文：《诗与歌谣》，《芸香楼文艺论集》，第 170 页。

② 转引自王鹤龄《打油诗初探》，吴同瑞等编：《中国俗文学七十年》，北京：北京大学出版社，1994 年，第 227 页。

诗歌传统与其说是继承，不如说是创造。只有诗人们立足于自己的条件，不停地进行艺术的创造，才会形成一连串的脚印，后人可以沿着这些脚印再继续向前走，开辟出一条诗歌创作的小径。从这个角度看来，我们发现打油诗与方言入诗之间存在传统的联系。打油诗的文体特征，白话诗的兴起与立足，现代打油诗的发展与演变，都可以看出打油诗作为传统的活力与介入白话新诗所做的种种贡献。

（一）为打油诗正名

打油诗在中国古典诗歌阵列中属于俗文学，一般而言，它不登大雅之堂，自娱自乐可以，作得好也会流传于世，但正统的诗人不会跟得太紧、视之为正宗。民间有诗才的普通百姓，受到诗文化与传统的熏陶，则管不了那么多，偶有创制便会视为至宝；流落于民间的落魄文人，也管不了这么多，自会敝帚自珍。因此，打油诗是民间在诗歌方面的特产，在民间生长、流通，民间是其主要地盘。

中国古典诗或是五言或是七言，或是绝句或是律诗，古典诗人遵守此一规则，不敢越雷池半步。打油诗也受到这一诗歌正宗的潜在影响，在形式上仍是五七言居多，大多数押韵；在语言上，崇尚俚俗化、口语化。从诗歌传统与历史的角度来看，以下几个方面值得关注。

首先，打油诗作为诗歌传统的分支，不可忽视它是在特殊的环境下生存与发展着的。可以从以下几个方面进行立体考察：第一，中国是一个古典诗歌传统深厚的文化古国，格律诗居于正统地位，在形式上讲求对仗、平仄、用典，但这只是主流，并不是铁板一块，是不可分割的整体。平民百姓生活在诗歌大传统的阴影之下，与正统诗歌也会保持一定的联系与距离。比如唐朝是古典诗歌的繁荣时期，不论是庙堂之上，还是僻远乡间，不论是士大夫一族，还是尼姑和尚草民，都受到诗歌大传统的制约。在一个全民诗化的国土上，诗歌大传统虽然能保持着固有的影响力，但不可能在不同层次的作者那儿保持艺术的一致性。第二，中国以诗取士成为科举制度的基石，崇尚的是功成名就。但不可忽视科举制度毕竟是一条独木桥，挤上去一直顺利地走到头的比例甚少，掉下来的占多数。相当一部分科举制度的失败者中，也不乏才子神童，他们在仕途不得志这一现实面前，或者在郁郁寡欢中越陷越深，或者正视人生失意，另外寻找出路。在格律中寻求语言的反抗，也就见怪不怪了。第三，居庙堂之高的正统文人中间，许多诗人仕途顺利，一路高歌猛进，风光无限。但并不能保证一辈子都这样扶摇直上，在官场游戏规则中败下阵来者比比皆是。比如历朝历代中被贬黜的诗人，在远离政治、文化中心的地方外放，心态自然也是复杂的。正视被贬黜遭打压的人生命运，在诗文创作中以俚俗之语出之，也是最正常不过的。游戏人生之余，以笔墨游戏之，可以一举多得。所以从创作主体一方面来看，由于有了这样庞大而复杂的创作者队伍，诗歌大传统的纯粹、净化就会受到影响。

其次，从读者接受的角度来审察，打油诗也是有广大市场的，当然最大的读者群是在民间。文人雅士的唱和，村夫渔妇的传情，节日农余的空闲，诸如此类都需要这种文艺来点缀、映衬。中国是一个农耕文化异常深厚的国家，农耕知识通过口耳相传便能传承，农民大多失去了读书识字的机会，精神生活比较单一。这样，这一读者群体对古典诗歌中的“温李”传统自然是用不上劲，相反对“元白”新乐府式的传统是能接受的。追求老妪能解的诗歌，虽然并不占优势，但毕竟有这一传统的分支存在，能满足这一读者群的需要。与“元白”传统接近的，便是口语化的打油诗。它没有那么显得正襟危坐的样子，而是具嬉笑怒骂、插科打诨的特点。打油诗的读者群，决定了打油诗的生命空间。

再次，打油诗的文体风格值得关注。在思想倾向上，讽刺与诙谐是打油诗比较重要的文体特征。不论是文人之作还是平民所为，打油诗有一定的诗文化基因，偏于民间韵文与自我娱乐。在日常生活中，能使人读后一笑，有幽默、取笑、嘲侃的意味。打油诗或是针对社会现实中同类现象，或是自我虚构进行解脱，其对象既可以是各种社会现象，也可以是凭空想象，借以讽喻，能及时地反映社会生活。在语言方面，打油诗采取浅俗化、口语化的策略，中国旧白话发挥了它应有的作用。

最后一点，打油诗的历史局限也不是能否认的。打油诗由来已久，不管是作品还是冠名，它厕身于诗歌小传统之内，与大传统沾不上边，一贯被视为文人雅士的游戏笔墨。历史的包袱也积累下来，不太可能咸鱼翻身，从维“新”的角度上看，也不具有足够的冲击力。从艺术气质看，打油诗夸张、讽刺、以俗为美，只能说是聊备一格，难以堪当重任。所以，打油诗有优势也有劣势，不能贬低也不可拔高。

（二）胡适的打油诗尝试

从白话新诗的兴起与立足而言，打油诗功不可没，也不可替代，这一方面尤其以胡适最为典型。胡适在1920年《尝试集》初版自序中曾不无自豪地说："我的《尝试集》起于民国五年七月，到民国六年九月我到北京时，已成一小册子了。这一年之中，白话诗的试验室里只有我一人。"其实胡适最初的白话诗试验，在他后来迟迟公开的留学日记及相关私人信件中，都与"打油诗"概念相关。最早的一批白话诗试验品，许多时候冠之以"打油诗"之称，不论是胡适本人，还是与他争论的留美学友们，比如梅光迪、任叔永、杨杏佛诸人，都有此共识。《尝试集》的集子在当时也以"一集打油诗百首，'先生'合受'榨机'名"① 的诗句来形容。

胡适在1910年到1917年这一留美时期，记有留学日记17卷，其中记有他读书治学和朋友交往的札记、创作的诗文和往来书信的存稿与摘要等内容。胡氏日记与书信十分丰富、驳杂，在白话诗的发生学上具有独特的价值。胡适做白话文字与论文，早在1905年他在上海读中学时便已开始。少年胡适喜古体诗而不近律诗，初学诗近白居易一派，读杜诗也是只拣《石壕吏》《自京赴奉先咏怀》一类的诗②；在上海求学及在海外读书期间，多看《新民丛报》、梁启超的"新文体"，记日记与写文章，皆用比较浅显的文言，"余幼时初学为诗，颇学香山。"③ 1906年的澄衷日记中，也曾记录"且看浅易文言，久成习惯，今日看高等之艰深国文，辄不能卒读。"④

1915年8月，胡适决定去哥伦比亚大学留学，在离绮色佳前夕，胡适写诗作别经常在一起吟诗唱和的数位好友，其中包括《送梅觐庄往哈佛大学诗》及依韵和叔永戏赠诗等，在这些诗作中胡适掺杂了自译的英语新名词，与诗界革命中的黄遵宪、梁启超等人提倡"新派诗"时所用的处理方式类似。同时，也创造性地提出了新见：一是文字的死活概念，一是对作诗如说话的某种腔调的好奇，以及在此基础上总结的"作诗如作文"主张。"近来作诗颇同说话，自谓为进境，而张先生甚不喜之，以为'不像诗'。适虽不谓然，而未能有以折服其心，奈何?"⑤ 出于历史的癖好，胡适在日记中追溯诗歌传统中的类似作品，如陆放翁、杜甫、苏东坡诗中的浅俗之作与打油诗之类，如山谷、稼轩、柳永词中浅俗的具有打油诗风味的作品。

---

① 任叔永语，见胡适：《留学日记卷十五》，季羡林主编：《胡适全集》第28卷，第488页。

② 胡适：《尝试集·自序》，第135—136页。

③ 胡适：《留学日记卷六》，季羡林主编：《胡适全集》第27卷，第473页。

④ 胡适：《澄衷日记》，季羡林主编：《胡适全集》第27卷，第24页。

⑤ 胡适：《留学日记卷十二》，季羡林主编：《胡适全集》第28卷，第313页。

因是朋友之间唱和，分别具有文字游戏性质。或是嘲弄，或是挖苦，能博对方一笑。胡适面对此类打油诗，一半是游戏，一半倒是认真。胡适选择的方式或是沿韵作答，或是另辟蹊径，有歪打正着之意。比如1916年所创作的白话诗样本——《答梅觐庄——白话诗》，在当时被诗友称为“打油诗”，梅觐庄大骂为“莲花落”，任叔永直指为“完全失败”之作。

由此发端，在诗友圈子内视为“打油诗”的此类韵文，后来陆续在胡适等人手中涂鸦过不少。这既是诗友之间的游戏文字，也是一种域外留学生活中的趣闻佚事。在打油诗中夹杂“土语”，虽然没有多少深意，但无形中消解了旧体诗词的正统性。比如胡适的《打油诗寄元任》《打油诗戏柬经农、杏佛》等，均是如此。

翻检胡适留学日记，这一阶段类似的“打油诗”还有不少，或以“打油诗一束”放在一起，或以《打油诗答某某》为名在诗友间传来传去。在诗歌的语言上主要以土语、白话为主，形式上则颇多创意与变化，或“宝塔格”体，或借古诗体。胡适还发挥其考据之长，考据出唐人张打油的《雪诗》，并作《“打油诗”解》短论，释为“诗之俚俗者”。

可惜的是，“打油诗”这一名字在白话诗草创之初频频出现，但在白话新诗史上却退隐了，这缘于胡适收入《尝试集》时的趋时观念。出于对打油诗缺乏自信，胡适一改调侃的风格，用打油诗式的白话，写了若干严肃、雅正的诗作，这些作品中曾有少部分收入《尝试集》，如《黄蝴蝶》之类。胡适改变创新方式，竟意外地获得了成功，先前反对甚力的诗友也嘉许有加，譬如朱经农“不但不反对白话，且竟作白话之诗，欲再挂‘白话’招牌”①。同样是用白话，提炼与否、写法变幻与否，严肃与游戏与否，都不可同日而语。可见，除诗歌语言之外，诗歌的写法、风格、立意也能起到意想不到的反作用。

（三）打油诗与方言入诗

在胡适之后，以打油诗名号进行创作的诗人大有人在。有些诗人是以此为荣，着力不少；有些是偶尔为之，具有游戏、诙谐性质，但也乐此不疲。

比如周作人、林语堂的打油诗，在唱和方面运用最多，以旧体诗为主，借旧体诗的形式来调侃，诙谐的意味很浓，典型的是周作人五十自寿诗事件，卷入的名人达十多个。刘半农在五四时期以各种诗体创新著称，方言化路子走得

---

① 胡适：《留学日记卷十四》，季羡林主编：《胡适全集》第28卷，第463页。

最早。在1930年代因《论语》半月刊杂志约请，连续在上面发表一系列打油诗60余首，刘半农自题为《自批自注桐花芝豆堂诗集》。作者在释题时称“桐者，梧桐子；花者，落花生；芝者，芝麻；豆者，大豆。此四物均可以打油，而本堂主人喜为打油之诗，诗又杂而不一，凡所见闻，几无不可入诗，故遂以四物者名其堂。”刘半农此批打油诗，油滑成分甚多，或讽刺或挖苦，或夸饰或写实，良莠不齐，读者的态度也毁誉不一。如《后煤山》一诗“故宫空空已如也，秽土堆积没遮拦。莫若故宫堆秽土，千秋歌咏‘后煤山’”。全诗讽喻文物不再的现实，字词虽然俚俗，但油而不腻，俗而不鄙。刘氏还有一些趣味不高的，如“我扑了她个满怀，她扑了我个满胸。我的胸前平塌塌，她的怀里高隆隆”之类，自然引来一些人的反感，比如鲁迅便看到他“不断的做打油诗”，回想先前的交情，难免长叹。从中可见，打油诗写出精品力作十分困难，油滑成分如何控制，也不仅只是一个诗学技巧问题。

虽然鲁迅对刘半农的一些打油诗有所非议，但鲁迅一生所作并不太多的旧体与新体诗中，其中也有一些是打油诗。比如鲁迅在饭局中与柳亚子、郁达夫等人唱和，曾有《自嘲》一诗，他在书赠柳亚子的说明中以“打油”自认。《自嘲》诗虽然也冠名“打油诗”，其实格律甚严，实为旧体诗阵营中的杰作。1930年代初，鲁迅有感于时事，用歌谣体式写出了几首诙谐之作，可谓嬉笑怒骂皆称文章。当时“左联”机关刊物《十字街头》在上海创刊，由冯雪峰协助鲁迅编辑，主要发表通俗短文和歌谣，重视文艺的大众化，其创刊号刊出鲁迅的《好东西歌》，全诗开头几句便是：“南边整天开大会，北边忽地起烽烟，北人逃难南人嚷，请愿打电闹连天。还有你骂我来我骂你，说得自己蜜样甜。……”另有一首《公民科歌》，全诗较长，掺杂吴语甚多，讽刺军阀何键捏刀管教育的丑态，可谓入木三分。《十字街头》第2期又刊出鲁迅的《南京民谣》，诗云：“大家去谒灵，强盗装正经。静默十分钟，各自想拳经。”诗作讽喻国民党高层在中山陵谒灵之际，各怀心事，私心甚重，毫不以国家民族为重。另外鲁迅的一些杂咏诗、讽喻诗、感怀诗，或是刺之以匕首，或是对之以冷面，皆寓庄于谐，富有战斗性。在形式上大体匀称，或是爱用反语，或是不避方言，“阔人”“南无阿弥陀”“相骂”之类语汇杂陈其间，通俗顺口。可见，以旧瓶装新酒，以打油诗出之，能翻出新意，表达效果也自有其意想不到的功用。

打油诗与白话入诗、方言入诗有密切的联系，在白话诗史上，对打油诗情有独钟者有之，偶尔写作打油诗者有之。刘大白的民歌体诗，冯玉祥的丘八诗，马凡陀的山歌，陶行知的大众教育诗，新中国成立之后数量庞大的民歌与新民歌，被错误地定为右派等名号的一批诗人的调侃寄情之作，以及讽刺诗队伍中的一部分诗作，都有此类“打油诗”的踪迹。从新旧文体来看，不论是旧体还是新体，都可以用来创作打油诗。比如冯玉祥戎马生涯之余，创作出版了数本通俗诗集，自称“丘八诗人”，大体押韵，语言浅俗，介于打油诗与大白话诗之间。马凡陀的山歌，也是以平民化路子取胜，如有一首讽刺国民党货币贬值的诗是这样的：“踏进茅房去拉屎，忽然忘记带草纸。袋里摸出百元钞，擦擦屁股满合式。”钞票只能当草纸，实乃一语惊人；“茅房”“草纸”“合式”等方言语汇随手拈来，特别吻合南方市民声口，可谓一针见血。新中国成立后，在五十年代被错划为右派的一批诗人，如黄苗子、邵燕祥、张中行、聂绀弩、荒芜、胡风、夏衍、启功、杨宪益等一大批人，都在牢狱之灾或劳改之余，大量写作了此类打油诗。他们当时没有刊发，新时期以后则发表了不少，有些人还以此为正业，继续写作打油诗。正如邵燕祥所言“我把自己的诗叫打油诗，主要是源于对中国源远流长的诗歌传统的敬畏。”① 在20世纪白话诗史上，“敬畏”诗歌传统，出之以打油诗，彰显了诗歌小传统的潜在影响。

不过，总的来看，用旧体诗格式写作打油诗，比用新体作打油诗的似乎更多一些。至于在公开发表时，有些诗作没有标示是打油诗，但仔细研读可以发现其实质有打油诗的特质；部分打油诗在写作与发表时，则明明白白地加注为打油诗，以示区别，这样更容易辨识。可见，打油诗的身份与认同，一直存在某种合法性危机，也一直在争议中前行。

结　语

梳理打油诗的渊源，打油诗与白话诗的关系，以及相关诗人的创作，我们发现打油诗作为诗歌小传统的侧翼，既有传承也有创新，成为现代诗史上不可忽视的支流。打油诗作为诗歌小传统的侧翼，与方言入诗相互生发，构成了诗歌传统的有机部分；诗歌传统的分层，以及分化出来的部分，勾画出了一次由隐而显的变迁过程。现代诗人们一方面接续打油诗千百年来的传统，一方面集中于白话方言这一活语本身，通过打油诗一途来试探诗体的解放，将打油诗的小传统，放在一个适当的位置，其意义是不可忽视的。

---

① 邵燕祥：《自序》，《邵燕祥诗抄·打油诗》，桂林：广西师大出版社，2005年，第1页。

四、地域文化与方言入诗的传统承袭

华南地区是粤语方言的核心区域，其语言与文化传统的传承，自然以粤语为主要载体。从粤语入诗的传统来看，这一地区有相当长的历史。

清末的诗界革命队伍中，华南的黄遵宪、丘逢甲等诗人是客籍，喜欢以客家方言写诗。差不多同时，以粤语为母语的方言诗人，则以清末的何淡如为代表，他首开风气，比较喜欢用粤语来写旧体诗词。清末民初之际，紧随其后的则有廖恩焘，曾以《嬉笑集》存世。此两位都以粤语入诗为主业，留下的方言诗作甚多。到于业余的粤语诗作者则有何又雄、胡汉民、梁寒操等人，另外以粤语为母语的民国政界与文化圈内的广东人，也有零散的粤语诗歌存世。文人以粤语作诗，像华南的粤讴一样，在这片土地上生长着，多半是自娱自乐，也注定是处于自生自灭的状态。在民国诗坛，有学者总结曾有廖恩焘和邓尔雅为代表的两种以广州方言入诗的尝试，“广州方言在此时能够被较高调地融入诗坛，至少为地方文化增重不少。”① 这一概括是准确的，反映了地域诗歌的一种精神走向。

除了这种自发的以粤语入诗的实践之外，华南地区自觉调遣粤语来写诗的黄金时期则要到1940年代。这既是地域文化的接续，也是政治意识形态的产物。1940年代初，在延安整风运动中，毛泽东在文艺领域也发表了许多纲领性的政论文章，其中包括诞生于延水河畔的《在延安文艺座谈会上的讲话》之类经典之作。源自延安的文艺思想除了大面积地在解放区快速传播与得到接受之外，在国统区也陆续得到了同样的传播与接受，只是在时间段落上稍为延后一些，主要集中于抗日战争后期和解放战争时期。具体到方言入诗领域，延安文艺思想的散播与国统区方言诗潮的勃兴，具有密切的关系。抗日战争胜利之后，随着人流的再次涌动，原来的中心城市又恢复了既有的地位，譬如北平、上海，譬如战争之后的香港、广州，都将作如此观。具体以港粤为例，在1940年代后期，便成为中国战后重要的政治、经济与文化中心。“从1946至1949年的南来作家在香港的第二次大聚会，使香港成为中国国统区文学的中心地，

① 吴海丰：《民国诗坛以广州方言为诗的两种尝试》，《岭南文史》2010年4期。

也造成香港文学的第二次的兴盛时期。”① 当时，在国共内战中暂时处于弱势地位的中国共产党，高屋建瓴地领导了港粤这一前沿阵地的文艺运动。《正报》《华商报》《群众》《文艺丛刊》《文艺生活》《新诗歌》等大量进步报刊的创办或复刊，新民主出版社等机构的创立，成为一时之显。更为重要的是，港粤文艺运动风起云涌，既接纳时代政局变革的风云之气，也含纳华南地域的文化地气，不断推出文坛新人，不断推出粤语诗人群体。在我看来，其中便包括符公望这样的粤语代表诗人。在1940年代一大批粤语诗人如黄宁婴、楼栖、三流等人之中，符公望是其中的佼佼者。通过一个诗人个案的剖析，我们可以观察地域文化与方言入诗的传承流变。

（一）港粤方言诗潮的兴起

符公望原名庞岳，生于1911年11月，其祖籍是广东省南海县石湾镇。符公望出身于一个普通的教师家庭，童年时期曾在广西柳州生活过，后因读书、工作之故，在广州、桂林、香港等地生活与工作。抗日战争期间，他投身于文艺抗日的队伍，在抗敌演剧队第四队，在国统区进行抗日宣传工作。抗日战争胜利后，符公望到了香港，担任中原剧艺社的秘书。中原剧艺社在中共香港分局文委直接领导下，以歌、舞、剧等多种地方文艺形式，配合政治形势展开宣传工作。符公望的粤语方言诗歌创作，主要集中于1940年代中后期与新中国成立之后的50年代初，后来因各种原因放弃了这一颇具特色的创作。符公望在诗坛的起步与成长，毫无疑问的是与延安文艺思想在港粤的散播密切相关。

抗日战争胜利之后，大批左翼与进步文化人避难香港。中国共产党在香港临时设立的大量文化机构与相关文艺团体，则以各种方式进行全面组织与引导，其中包括引领港粤方言文艺运动。运用港粤当地方言，向工农大众普及文艺，并服务于政治的需要，便显得尤其重要。譬如，邵荃麟、冯乃超执笔写出了《方言文学问题论争总结》，郭沫若的《当前的文艺诸问题》，茅盾的《杂谈“方言文学”》等论著，都是支持方言文学的理论支柱。为了开辟文艺领域的新战线，共产党领导的文艺队伍，用当地绝大多数人们的群众语言，也就是粤语、客语等方言俚语进行创作，成为一种风气。正如沙鸥所说：“什么叫大众化呢？就是我们的文艺工作者自己的思想情绪，与工农兵大众的思想情绪打成一片。应从学习群众的言语开始……方言诗正是用群众的语言，使诗歌从知

① 犁青：《四十年代后期的香港诗歌》，《新文学史料》2005年3期。

识分子的手中，还给广大的群众、与群众取得结合的开始。”① 就题材而论，反对国统区的黑暗、反对打内战，在国共内战中站在进步与自由一边进行文化宣言，差不多也是主潮。其中便包括港粤方言诗潮的兴起与发展。

“从‘通俗文艺座谈会’这一个自由的组合，发展到‘广东方言文艺研究组’这一个隶属于文协分会研究部之下的有组织的团体；从少数文艺工作者的尝试，扩大到文艺圈外的工人、店员、公务员、教师等的积极参与；使这个运动如火如荼，在文艺领域里起了相当的作用。特别是在36年的年底到37年的春天，方言歌曲被广大的工人群及学生群歌唱着，《正报》和《华商报》的副刊上经常发表了方言的创作，就是其他的报章也常有讨论方言文艺问题的文章。”② 也就在这一篇文章中，作者黄宁婴所搜集的94篇作品中，方言诗歌占有半数以上；其中这一个队伍中的开路先锋，也是作品最多的一个诗人则是符公望。曾有身历者在回忆文章中这样写道：“香港诗人符公望、黄宁婴等写了粤语方言诗，楼栖写了客家方言诗，丹木、萧野写了潮州方言诗，沙鸥、野谷、野蕻写了四川方言诗，黎青写了闽南方言诗等。”③

以上所引述的，一是1940年代的诗坛记录，一是21世纪初的回忆性文字，作者都是当时诗坛的见证者与参与者，可见符公望的名字在港粤诗坛是十分响亮的。像1940年代中期重庆《新华日报》扶持沙鸥的四川方言诗一样，符公望则是港粤方言诗坛推出的代表性诗人。符公望不但写了大量方言诗，而且还有相当多的诗作被谱成曲，变成方言歌曲，这样把诗歌从文字艺术变成声音的艺术，成为当时港粤方言诗歌运动中的一个响亮音符。当时在中国共产党指导下的进步报刊，确实也不遗余力地提供了发表此类作品的园地。比如《华商报》，符公望在上面发表的方言诗作有《古怪歌》《矮仔落楼梯》《亚聋送殡》《黄肿脚》《抗议》《幡杆灯笼》《中国第二大堤》《青年，祖国解放需要你》《咪上当》《兜督将》《捉乌龟》；在《正报》上发表的则有《二婶绝粮》《太婆上祠堂》《检查》《个柳手》《八月桂花满树黄》《表兄哥》。此外在《新音乐》（华南版）发表的有《家乡月》《一只豺狼一只羊》《分别进行曲》；在《新歌》上发表的则有《唔好做飞鲚》《冇屋住自己起》。

港粤诗人群体，不论是本土的，还是外来的，都团结在一起，关心政治与

---

① 沙鸥：《关于方言诗》，《新诗歌》第2号。

② 黄宁婴：《谈广东方言的韵文创作》，《方言文学》第1辑，香港：新民主出版社，1949年，第33页。

③ 犁青：《四十年代后期的香港诗歌》，上引报刊。

时事，关心国共两党的政治主张。诗人们以实际行动配合和支持国内的政治斗争，成为一股不可忽视的力量。比如1947年6月23日，香港诗人们联合发表了《诗人节宣言》，宣称“今天我们有比屈原更为惨痛的遭遇，被迫害，被侮辱，行吟海滨，有国无投。但心神是明朗的，在这方生未死之间，那劳动人民的战斗是一个英雄的榜样。我们表示，要和劳动人民一起，去推翻三座大山的压迫，为人民解放事业奋斗。”签名者有吕剑、黄宁婴、华嘉、符公望等21人。1948年6月11日，香港诗人们在诗人节再次发表宣言《我们的话》：“旧中国在灭亡，新中国在前进。在这大风暴的日子，大解放的黎明，作为一个诗人，他不仅要带着他的歌唱来到人民革命的行列，而且更要带着他的为人民服务的点滴实际工作，来共同创造人民大解放的史诗。”签名者有郭沫若等39人，其中也有符公望。——可以说，共产党领导下的进步报刊在寻找合适的诗人，诗人也在此类媒介上集中亮相，助推了港粤诗坛方言诗潮的良性发展。

（二）符公望的粤语诗

符公望在新中国成立以后，继续过一段时间的粤语诗创作，也试图用普通话写过剧本、小说，但已没有40年代那么大的社会影响。《符公望作品集》（花城出版社，1997年版）中把诗人的粤语诗与歌词放在第一辑，名为“歌词·唱书·诗”。此书由符公望亲友编辑，在成集过程中，编者考虑过语言的问题：“开头，我曾经想把广州方言译成普通话，但在编辑过程中，当年一起战斗、工作的许多同志都认为，不要翻译，应该保持原样，原汁原味，否则就不成符公望的作品了。我觉得有道理，也就没有作任何的改动。”① 但据前言所记，“对一些过于生僻的方言，作了注释。”② 其实，当初发表粤语诗时也有一些诗作有长短不一的注释。这里则以《符公望作品集》为主，结合原始报刊发表情况进行论述。

《符公望作品集》开篇第一首是《古怪歌》，原刊1946年8月26日的《华商报》。大体上从这个时候开始，符公望的粤语方言诗便开始频繁地得到发表，在社会流行较广。因为是用粤语书写，一些生僻的粤语语汇便加上了注释，最多的一首诗有二三十个。《古怪歌》一共5个诗节共34行，总共有18个注释。下面不妨引录两段：

---

① 徐楚：《符公望作品集·后记》，广州：花城出版社，1997年，第256页。

② 李门、梵杨：《符合公众愿望的作家》，《符公望作品集》，第7页。

呢个世界，/你话古怪唔古怪？/古怪，古怪，/真正古怪，/美国烟仔，罐头随街卖，/重有透明牙刷，底衫，裤头带，/襟使，抵买，夹时派。//买呀，买呀，/大家都嚟买！/女仔着晒玻璃裤，/男仔揽起透明裤头带。/牙刷平过梁新记，/摩利士抵食过农夫牌；/罐头，面包，悭过煮饭，/买柴籴米，含巴烂都悭埋。//

这两节诗中一共有方言注解 9 个，分别是①呢个：这个。②唔：不。③襟使：耐用；抵买：便宜，值得买；夹：而且，时派：时髦。全句是：耐用便宜且时髦。④嚟：来。⑤着晒：全都穿着。⑥平：便宜。⑦抵：便宜。⑧含巴烂：通通。⑨悭埋：节省掉。方言诗作需要辅以注释，成为一种副文本。表面来看，似乎是有助于读者明了，但实际上也存在如何挑选方言语汇的问题。比如以上两节诗，也还有一些就没有注释，比如：揽起（系着）、梁新记（即梁生记，是广州著名的牙刷店。从前牙刷是用猪鬃毛制造的，梁生记制的牙刷耐用，有"一毛不拔"之誉）、摩利士（一种美国香烟。农夫牌：是当时广州的一种贱价香烟）。诸如此类，都针对粤语中的一些特色语汇。此诗以生活现实为根据，既揭露美国货充斥我国市场，在经济上侵略我国，而且在军事上派飞机大炮等"帮手打内战"，表现了诗人直面现实勇于批判的胆识。全诗风格是嬉笑怒骂，有大快人心之感。值得强调的是，《古怪歌》发表后由草田配上曲谱，不久便在港、粤等地传唱开来，成为大街小巷的市民心声。

符公望开唱《古怪歌》之后，可谓一发而不可收。"佢重口口声声，/讲民主，其实佢独裁，专制，/重惨过秦始皇！"（《亚聋送殡》），"你地睇，/国币关金又试低，/又试低，/又试低，/好似矮仔呀落楼梯，"（《矮仔落楼梯》）。在"十个行埋九个穷"（《幡杆灯笼》）的时代里，一边是"大钞/碎纸/咸巴烂都扒清"（《检查》），一边则是"今日拉丁真倒运/我吼左成日未拉过/你卖呢个勤务兵/一定分番一份我"（《个柳手》）……至于因国共内战、美国货与东洋货泛滥成灾而陷普通百姓于困顿境地的《家乡月》《抗议》，因战事影响而无粮、征粮所发生伤亡事件的《二婶绝粮》《太婆上祠堂》，国民党当局以各种名目搜刮民脂的《中国第二大堤》《咪上当》，等等，都能及时地反映社会现实。正应了"天灾人祸、祸不单行"那句老话，作品较为典型地反映了在战争、饥饿、瘟疫、赤贫线下挣扎的农民或市民的生活，其程度显然不能以"悲惨"两字来全部归纳。

在这一大批粤语诗歌创作中，符公望褒贬分明，"歌颂"与"暴露"都指向特定的对象，吻合当时共产党领导的文艺运动之指导思想。符公望在诗作中称国民党政权为蒋贼、“刮民党”，或是以农夫与蛇的故事作为譬喻，或是以豺狼与羊的寓言加以无情的讽刺。国民党政府抓丁、征粮、假和平等时事，都是符公望粤语诗的讽喻题材，诗人俨然一个时事评论员，指点江山，成为冲锋陷阵的文艺战士。在暴露“黑暗”的同时，符公望对中国共产党领导的民主政权与中国人民解放军，则尽了讴歌的责任。如《唔好做飞鲚》讲的是人心齐、泰山移的道理；《二婶绝粮》写的是人吃人，只有造反才有饭吃的哲理；《八月桂花满树黄》叙述的是农民听到解放军反攻，老百姓乐意出丁出粮；《胜保初到香港》一诗中，胜保初为了避开国民党征兵，远走香港却吃尽苦头，最后参加共产党的游击队；《表兄哥》一诗以年轻女子的口吻，告诉喜欢自己的小伙子，只有去当人民解放军才能长久恋爱、有权力恋爱；《青年，祖国需要你》以祖国的名义，呼吁青年参军入伍……不反抗，穷人走投无路，受尽凌辱，逃来逃去都不可避免地走上了一条不归路；一旦参加人民解放军，或是武装造反，却是一条光明的正路。可见，在当时国共博弈的时代背景下，诗人最倾心的是民心所向的政权。粤语诗作像一个晴雨表一样，写的都是当时老百姓最关心的事。诗人这样在方生未死之间，做出了自己正确的选择。

符公望的粤语诗，在艺术手法上有两个鲜明的特征：一是叙事性与故事性结合。通俗文学带有说唱文学的色彩，在形式上偏向于格律化。当时符公望对流传于港粤地区的龙舟与木鱼、南音，均有所研究，大量借鉴其中的艺术元素。“在广州话区域，最普遍深入的民间文艺，要算唱书龙舟和南音了。普遍的程度，凡是属于广州语系的各地区都有流传，深入的程度，真是家喻户晓，人人懂唱，不识字的老太婆都可以随便唱几句”①。写人叙事上带有叙事特点，也带有故事性，比较典型的如《二婶绝粮》《中国第二大堤》《胜保初到香港》等诗，既有叙事性质的过渡段落，也有交错进行的韵文，情节比较集中，人物性格灵活，形象十分鲜明。二是音乐性的强化。符公望的粤语诗有些单纯是诗作，有些则是与作曲家合作，当时是以词的形式来创作的。符公望工作的中原剧艺社，主要是做文艺大众化的工作，剧艺社里的团员中就有一批音乐工作者，他们对方言化的歌曲十分推崇，词曲作者合作催生了粤语歌的流行。在1940年代末，符公望在香港和粤中游击区期间，写了大量的广州方言诗与词，被其同伴胡均、苏克、郭杰、草田等作曲家谱成歌曲，传唱于港、粤等地，是当时民众喜闻乐唱的“流行”歌曲。这些歌曲除上述提到的外，还有《检查》

① 符公望：《龙舟和南音》，《方言文学》第1辑，第42页。

《幡杆灯笼》《火烧灯芯》《太婆上祠堂》《个柳手》《八月桂花满树黄》《表兄哥》《一只豺狼一只羊》《分别进行曲》《二婶绝粮》《唔好做飞鲚》《青年，祖国解放需要你》《咪上当》《有田有地大家分》《我地嘅队伍好似一条龙》《月光光》《兜督将》《中国第二大堤》《中国人民翻身大合唱》……其中《中国人民翻身大合唱》后来还在新中国群众歌曲评奖中获奖。

新中国成立后，符公望在广东文化机关工作，并担任文艺界的领导职务。在此期间，诗人仍在公务繁忙的情况下，努力抽空进行方言诗歌创作，如《跟实毛泽东》《有条花靓仔》《工人大佬有衰仔》《打倒美国鬼》《防袭防钻》《增产献机》等等便是。在1949年后的广州方言诗歌中，影响最大而又传唱最广的是《打倒美国鬼》：

美国鬼，
打横嚟
想亡中国
要我地做奴隶

新中国
冇咁衰仔
嗨，
齐心合力嚟，
打倒美国鬼

根据作曲家苏克的回忆，这首方言歌词的写作时间是抗美援朝开始不久，是在文艺界抗美援朝示威游行之前写的。方言歌曲流行很快，短短几天时间内便在广州全市传唱开了，游行队伍唱得最多的便是这一首方言歌。

时事性特征明显的粤语诗写作，到了1950年代已落入一个尴尬的创作境地。在题材上，固有的题材已消失了，除了讽刺美帝国主义以及它扶持日本之外，在国内已没有相当的题材。在语言方面，现代汉语规范化提上议事日程，普通话写作开始起步，也就没有方言文艺可以栖身的领地了。这既是当时华南方言文艺运动遇阻的症结之所在，也是全国范围内方言文艺消歇的内在原因。在1957年左右，反右运动等开始，符公望写了几首讽刺意味的表态诗歌，便放下了诗歌创作。

结　语

总而言之，符公望是特定历史阶段推出的粤语诗人，特色鲜明，影响颇大。诗人运用当地百姓最熟悉的粤语方言，用老百姓活生生的语言，书写底层百姓的“悲”与“苦”，带有代言的性质；它们既是刺向黑暗政府与统治者的匕首，也是无声的中国所发出的声音的艺术。

第二编
方言入诗的张力与建构

方言入诗在发生与演变中存在着多重张力结构。一方面因为受到外国诗歌的译介和引入的影响，在语言领域“欧化”成为一个不可避免的现象；另一方面则对应着新诗语言的本土化与民族化，即诗歌语言的“土化”。“欧化”与“土化”处于对立与统一之中，它们你中有我、我中有你，构成互为依存的关系。

中国新诗不论是新诗作品的草稿形态，初次发表版本，还是收入诗集的版本形态与后续流变，都存在许多变化与不同之处。仔细比较不同版本形态下的同一首诗，其修改过程与异同之处，都涉及作品背后的语言观念与语言思想。通过版本形态的校验，可以在方言入诗与现代诗的去方言化之间找到某种张力与内在规律，其中既关系到方言因素在现代诗中的去与留，也牵涉到现代诗语言价值取向和风格方面的雅与俗。

不同的张力结构背后，其发展与演变的最大推动力并不单纯是诗人们为了语言的多元化、音乐性等试验而形成的；语言政策、政党角逐、国体变革、意识形态歧异等均是影响方言入诗向前推进的主要原因。特别在共产党领导的文艺思想指导下，方言文学的合法性不言自明，方言入诗也随之被捆绑在一起。特定历史时期，中国共产党领导下的权威党报，成为方言入诗生存与发展的重要媒体，典型的有《新华日报》《解放日报》和《华商报》等副刊。

第四章　“欧化”与本土化：白话诗语言的歧途和新路

白话新诗的发生与多元发展，与外国诗歌的译介和引入有密切的联系。在语言领域“欧化”成为一个不可避免的现象。新诗创作与评论界对语言“欧化”的评介与接受，也参差错落着，成为一个具有多重争议的对象。在新诗的语言演变上，不论是“欧化”，还是“化欧”，都走过了一段崎岖的历程。

新诗语言“欧化”，自然有一面是对应于新诗语言的本土化与民族化而言。换言之，“欧化”与“土化”处于对立与统一之中，它们你中有我、我中有你，构成互为依存的关系。

一、“欧化”与学生腔：诗歌语言的疏离和生长

“欧化”是中国新文学发生以来的一个重要语言现象，一直贯通 20 世纪并且延续至今。百事不如人的晚清末期，一切向西方看齐，在当时引发了“西化”的狂潮。在语言领域也是如此，外来语汇的涌入、受翻译影响的句式覆盖最为突出。在言文一致的总体目标下，一切向西方语言学习成为一种内在的要求。如翻译领域的直译，引进西语（特别是欧洲国家语言）的用语与语法结构，作为“他者”身份侵袭到现代汉语之中，并成为现代汉语的一部分。新文学作家的创作实践一边受其输入后的影响，一边也在融通中予以创造，成为“欧化”与“本土化”相互并存的现象，这也是“欧化”在中国站稳脚跟之所在。与对外来语汇的关注较早相比，语言学界对欧化语法的注意直到 1945 年语言学家王力在《中国语法理论》中才辟有专章，以“欧化的语法”相称。

后来陆续有不少文章讨论这一问题，“欧化”的语法也看得更清晰了。从现代汉语到文学语言，再到新诗的语言，“欧化”的程度有差异，但实质是相同的。语言的“欧化”作为方言入诗的一个语言参照系，显然有助于我们对方言入诗历史过程的了解与体认。

（一）欧化与现代汉语变革

“欧化”是中欧（中西）文化交流的产物。“兹不论其高下，与夫结果之善恶，但凡欧洲人所创造，直接或间接传来，使中国人学之，除旧布新，在将来历史上留有纪念痕迹者，皆谓之欧化。”① 早在中国接触欧洲语言与文化之时，就已存在，只不过到了新文学发生之初，更加醒目些罢了。与统一的“欧化”相比，学界也曾予以分类细化分析，比如“英化”“法化”“俄化”“意化”……这是以国家的简略称谓方式对“欧化”进行细分与辨析。其中，在1950 年代似乎谈论新诗语言的“俄化”就比较现实，虽然当时讨论这一话题的并不太多。

在中国新文学史上，“欧化”一词含纳了思想、观念、习俗、语言形态等多方面的内容，但落实在语言层面的居多。白话文是借助“欧化”而实现其革命，五四时期的胡适、傅斯年大体上持同样的说法。在他们的论述中，指出了欧化的必要与好处。欧化的国语，更能适应于现代化的社会，是一种与世界语言保持同步的先进语言，难道还不能优胜劣汰么？中国既有的语言，在容纳欧化的成分后有了崭新的血液，在疏离中变得更加生机勃勃。当然，新的观念与语言的输入，自然有利有弊，关键是审视的角度与着重点。汉语由古代汉语到现代汉语的转型中，与西方语言的差别有所缩小，西语作为他者植入汉语后改变了汉语固有的结构、成分、形态，加之良莠不齐的翻译者译介后的语言形态呈现出佶屈聱牙、消化不良、违背中文表达等现象，以至欧化本身也背上了不该负重的包袱。

新中国成立之后，与欧美国家交恶的政治冲突，使共和国视野下的文学与语言，都因为政治上的“恐欧症”而殃及池鱼，使得排拒欧化成为一种时代的必然选择，语言欧化便成为一个不必要的牺牲品。在语言策略上继承大众化和民族化，恰好与欧化背道而驰。譬如，毛泽东对欧化句子曾以句法有长到四五十字一句的口实进行过斥责；主流文艺界不断有人批评胡风、路翎等七月派文

① 张星烺：《欧化东渐史》，北京：商务印书馆，2000 年，第 4 页。

人的语言，是翻译体，欧化厉害，晦涩难懂，别扭。① 许多作家在回顾各自创作历程时，提到“欧化”时的基调也颇类似：资格较老的丁玲1950年代在回顾创作时承认受翻译小说的影响，“开始写的作品是很欧化的，有很多欧化的句子”②。新中国成立后以《红旗谱》著名的梁斌则承认受了翻译作品的坏影响，还受了“‘五四’时期的新文学”③ 的影响，因此走了弯路。《红日》的作者则承认小说“语法不通，辞藻陈旧、冗长，倒装的欧化句子也很多。”④ 与他们形成对比的是，赵树理从欧化到民族化，转型很快也十分成功，自然成为一个可资借鉴的现实榜样；欧阳山是一个在1940—1950年代中创作实绩突出的作家，“文革”结束以后，他给邵子南的作品选集作序时，回忆了邵子南当时给自己的影响，钦佩邵子南所采取的群众语言，不论在对话还是叙述中。⑤

在新诗语言上，也大体如此。以民歌顺天游起家的诗人李季，发现自己诗歌语言“太洋气了”“简直已经忘了本”；⑥ 在延安生活多年，经过1942年整风运动洗礼的蔡其矫、朱子奇等诗人，以欧化长句著称，“诗句的冗长和欧化使人头痛，因而不受人欢迎”。⑦ 诸如此类现象，稍一翻阅1950年代的原始报刊，便可发现遍地皆是。

不过需要指出的是，进入新的时代的文人在讨伐欧化的种种不是时，其实他们对欧化究竟为何物并不一定全部清楚，略知一二、知其然而不知其所以然的居多。比如修饰性语言成分较多的长句容易判断，逸出这一直观范围，则分辨起来就十分困难了。“‘然而’听不惯，咱就写成‘可是’；‘所以’生一点，咱就写成‘因此’……字眼儿这样，句子也是同样的道理”，“‘鸡叫’‘狗咬’本来很习惯，何必写成‘鸡在叫’‘狗在咬’呢”。⑧ 以赵树理这一标准来衡量，如能做到这样彻底，欧化的语汇与句式也就失去了藏身之地了。但实

---

① 辛生：《胡风的语言及其他》，《剧本》1955年4月号。

② 丁玲：《跨到新的时代来——谈知识分子的旧兴趣与工农兵文艺》，《文艺报》2卷11期。

③ 梁斌：《谈创作准备》，《创作经验漫谈》，北京：人民文学出版社，1979年，第286页。

④ 吴强：《写作〈红日〉的几点感受》，《创作经验漫谈》，第88页。

⑤ 欧阳山：《邵子南选集·序》，成都：四川人民出版社，1980年，第10页。

⑥ 李季：《要为更广大的人民群众所接受》，《人民日报》1957年5月23日。

⑦ 丁风：《欢迎朱子奇改变诗风》，《诗刊》1958年9月号。

⑧ 赵树理：《也算经验》，《中华全国文学艺术工作者代表大会纪念文集》，北京：新华书店，1950年，第412页。

际上，限于当时的认识，欧化的保留与大面积存在已是不争的事实。比如1950年代起步的青年诗人，或者读翻译诗歌较多，或者受五四新诗影响较深，接受的各种欧化影响也就不是三五句批评便能摆脱掉的。

尽管人们普遍对欧化颇不耐烦，似乎有怨声载道的味道，但欧化已全面进入汉语，对汉语欧化完全抵制更不可能。于是与欧化相关的文学翻译成为重灾区，固有的欧化是以前的翻译造成的，包括鲁迅的译风也是以直译为主，虽然鲁迅时代认为欧化体可以丰富现代汉语的生长这一观念占据主流，但随着时间的流逝，已没有当初的好名声了。在1950年代，新的翻译作品必须最大限度地克服欧化的毛病。比如在现代汉语规范会议前后，翻译界也行动起来，参加到普通话写作的阵营中去。“凡是写出来给大家看的东西都要做到口语化和规范化。翻译也不能例外。”① 许多读者翻阅最近出版的比较流行的翻译书刊，发现不合规范的译语有“硬搬”外国的词汇和语法之毛病。“不健康、不纯洁、不合规范的译语的流行，固然是由于目前汉语本身的缺点，但是，我们不能不承认，其中有一大部分是由于翻译工作者和编辑工作未能尽到应尽的责任。要改善这种情形，就不能不加强翻译界的批评和自我批评。”②

可见，同样是语言的欧化，不同时代有不同的评价。1950年代反对语言欧化、提倡群众语言是主流思想，语言欧化成为一个贬义词。至于如何有限地消除语言欧化，最直接的做法是将夹杂欧美的外语单词、句子，全部进行删、改、换，句子较长者截取成几句，控制住明显的翻译腔调。我们只要翻阅1950年代重新获准出版的现代文学名著，这一方面的欧化“清污”现象便相当典型。在具体“去欧化”过程中，也有个别资格老的作家采取在页下加注解的方式予以解决，这样既有限地保持了历史原貌，也让工农兵读者容易明白，在“易懂”方面轻松过关。——当然这些都是一些涉及欧化的表面现象，适当清除一些，只能做到程度上稍为缓和而已。

（二）学生腔：变味的名词

与“欧化”有密切关联的恐怕还有“学生腔”这一术语，如果说“欧化”是中西文化交流的产物的话，那么“学生腔”则是依附于欧化的副产品。何为学生腔，没有学者作过详细的探究，直观性的说法倒有不少。“什么叫学生腔？

---

① 董秋斯：《改进译风的一点感想》，《语文学习》1956年6月号。

② 敬业：《翻译工作与汉语规范化》，《译文》1956年3月号。

我还弄不大清楚。也许是自古有之吧。看，戏曲里，旧小说里，往往讽刺秀才爱说‘之乎者也’。秀才口中爱转文，这恐怕就是古代的学生腔吧。现代学生腔里，恐怕也有爱转文的毛病，话说得不通俗，不现成。”① 此外还有“松懈、幼稚、冗长”等毛病，这是老舍简单的归纳，受政治领袖人物言论影响甚深。赵树理在谈自己的创作经验时还透露出一点，他和农民说话只要带点“学生腔”，就会立刻遭到非议，不得不“设法把知识分子的话翻译成他们的话来说”②。学生腔和欧化一样，以前作为一个中性词仅仅指的是一种现象，在1950年代却陷它们于不义的处境之下，它们逐渐沦落成了一个贬义词。与中国新文学一路相伴的这一重要语言现象，其合理性与积极意义，也就没有多少人予以鼓励，甚至理直气壮地提及的勇气都失去了。与学生腔搭界的还有广受批评的“干部腔”，有地方宣传工作的干部，从数十篇群众文艺作品中看到语言上的干部腔。③ 这种干部腔实际上也是知识分子腔、学生腔，有些场合还和洋腔洋调混在一处。

这些以“某某腔”为说辞的说法，带有明显的排他性，可是它到底从哪里来的呢？在我们看来，也许与毛泽东的论说有内在联系。毛泽东在《反对党八股》一文中提出“学生腔”，指出那些一直待在学校而和群众没有接触之人，语言不丰富。④ 因为主要在学校接受教育，没有社会经验，与群众语言是隔膜的。学生腔并不一定仅仅只与年龄相关，并不是学生写的文艺作品就有学生腔，有的中学生能够写出很好的文章，而有些40、50岁的人拿起笔来，也会写出学生腔来。“知识分子极大多数没有跟人民群众接触过，生活圈子小得很。他们的词汇、句法主要的是从书本儿上学来的，所以语言不生动，干瘪无味，是一种‘学生腔’”。⑤

指责“学生腔”的短处，很大程度上是“学生腔”背后站着的主体与广大群众没有接触，沉浸于书斋与书本世界，在1950年代思想与语言改造运动中成为反对的对象。反对学生腔，也就意味着反对知识分子腔，剥夺知识分子老是想去启蒙民众的心理优势。遵循毛泽东讲话中关于此一语言思想的指示，与东北农民打成一片的作家周立波，在著述《暴风骤雨》中介绍语言经验时认

---

① 老舍：《怎样去掉学生腔》，《中国青年报》1962年8月18日。

② 赵树理：《也算经验》，《中华全国文学艺术工作者代表大会纪念文集》，第412页。

③ 石家庄地委宣传部：《从四十四篇群众文艺作品中看到了什么》，《文艺报》1卷6期。

④ 毛泽东：《反对党八股》，《毛泽东选集》第3卷，第858页。

⑤ 陈治文：《谈写作的语言》，《中国语文》创刊号。

为，农民说话形象、生动、活泼。他举了许多具体的例子，这里仅引用一例：

学生腔："看那朵云飞过来了，非下雨不可。"

农民说："瞧那块云，我说那家伙是龙王爷的小舅子，非得下不结。"

照周立波这一例子看来，此处农民的语言已是诗歌的语言，比如隐喻化，有含蓄、亲切的特征。这些从生产知识和斗争知识里头提炼出来的语言，是诗化的语言。与这种诗化的农民语言相比，工人、士兵的群众语言很少得到关注，不过他们与农民比较接近，其中不少也来自于各地农民群众之中。这样农民语言比知识分子语言要具有先天的优势，成为当时文学语言看齐的标杆。当时的大多数作家眼光向下，注视脚下的土地与民众，在向农民群众学习的过程中，大量记录、采纳群众语言，并适当提炼，便成为一切文学语言的源泉。

李季在 1940 年代，便是这样根据群众口语对诗作进行改动和润色的。去欧化，去学生腔，不避方言土语，达到尽量符合群众口语的原生态境地。如把"安息"改为"睡下"，"掉队"改为"失群"；"王贵痛昏了，啥也不知道"改为"把王贵痛得直昏过"，"又有吃穿，又有喝"改为"有吃有穿真受活"。将"闹革命的情绪一满高"改为"闹革命的心劲一满高"，李季在原稿上留有旁注："'情绪'这不是群众的话"。以群众口语的"筛子"过一遍，凡是有欧化腔、学生腔的就被过滤掉，尽量让它消失得干净彻底。

（三）正名的艰难

从现代诗歌到当代诗歌，语言欧化与学生腔像过山车一样经历了大起大落。不过即使在受到非议的时代，诗歌语言的欧化，撇开它的艰涩与生硬，实际上它的可取之处大大超过其不足之处。如果拿翻译的文章来说，在 20 世纪翻译界有一个共识，其积极作用大大超过消极作用。如果只单纯抓住某一点而不顾其余，肯定不能轻松地趟过去这一条河。没有诗歌翻译这一桥梁，中国现代诗歌就不能这样迅速发生变革，与世界诗歌语言言文一致的大趋势，就缺乏接轨的自信与能力；扩大开来，汉语语系从古代汉语到现代白话的转型，能否成功都是一个大问题。欧化的语汇、句式输入汉语，大量存留在现代汉语之中，既不能有效剥离，也不能分拆清洗干净，因为两者已经融化成为一个有机整体了。

在语言的融化事实面前，周扬后来曾反思过："新的字汇和语法，新的技巧和体裁之输入，并不是‘欧化主义’的多事，而正是中国实际生活中的需要。”① 像杂交水稻一样，语言的杂交有助于改良品种，异质语言的汇入，有助于汉语的壮大与生长，实是有益的营养。即使像“学生腔”，往往也是知识分子的身份象征，没有臆想中的那么糟糕与可怕。

总之，诗歌语言与文学语言一样，受到语言“欧化”的侵袭与影响，是一种时代与历史的必然。自晚清以来，中国在文化、语言上是输入的目的地，处于弱者的地位，在欧美语言的冲刷下，或利用或借鉴，都是顺应时代潮流的事情。诗歌语言有“欧化”的内质，意味着具有语言杂交后新的优势，这是不容否定的，因为利大于弊。

二、新诗“欧化”的语言参照

“欧化”与新诗语言的复杂关系，自新诗诞生之初便已显露端倪，不但在诗人手里经常提及，而且在诗论家那儿也是普遍加以运用和调适。从晚清的诗歌变革开始，中国诗歌不再在一个封闭的文学轨道里运行，西学东渐不只是从器物到制度的输入，而是思想、文化、语言的渗透与输入。从“他者”输入到自我创造，一批本土诗论家在耳濡目染中逐渐成长，参照口语理论、“欧化”观念，为新诗的语言提供了新的视野。

在这样一批现代诗论家队伍中，来自江苏扬州的朱自清堪称代表。朱自清的母语是吴语，青年时在北京求学，熟悉京语。在口语运用上，朱自清带有吴语方音，以蓝青官话为主。因此他在现代新诗、散文、诗论等方面的写作，具有其口语基础所带来的先天性语言特征。方言、口语、欧化的调适与综合，可归结为“语文现代化”。朱自清一生不遗余力地推进现代诗语的发展，对语言“欧化”问题也有自己独特的思考。与朱自清相识一生的老友叶圣陶，曾在朱自清去世后即以“国文月刊社”的名义写了一篇纪念文章，大力褒奖朱自清的国文功夫与修养。② 同辈的朱光潜也断言朱自清“摸上了真正语体文的大路”，

---

① 周扬：《对旧形式利用在文学上的一个看法》，《周扬文集》第1卷，北京：人民文学出版社，1984年，第298页。

② 国文月刊社：《悼念朱自清先生》，《国文月刊》71期。

“这方面的成就要和语体文共垂久远的。”① 显然这些论调都是有针对性、有具体内容的客观陈述，也很有启发性。

（一）朱自清对欧化的阶段性认识

在20世纪，文学大家对待现代汉语“欧化”问题时，大体有三种意见：一种是非议，反对欧化，老是挑剔欧化的缺陷，如梁实秋、废名、余光中等便持这种反对态度；一种是主张欧化，如胡适、鲁迅、赵元任、郭沫若等人便是。还有一种意见是介于两者之间，基本肯定欧化，既追踪欧化的渊源与进展，又对欧化的不足持积极乐观态度，可以说是深知其利弊，尽量扬长避短，造福于汉语的健康发展，典型的如王力、朱自清等人便是。

朱自清对诗语欧化的论述，既有整体的认识，也有阶段性的变化。首先来看总的评述，1946年，朱自清集书评、序跋、短论、笔记之类文字的《语文零拾》出版，作者在作序时称：“我是研究文学的，这些文字讨论的不外乎文学与语言，尤其是中国文学与中国语言。……因为研究批评和诗，我就注意到语言文字的达意和表情的作用。……中国语达意表情的方式在变化中，新的国语在创造中。这种变化的趋势，这种创造的历程，可以概括为‘欧化’或‘现代化’。”② 在给王力《中国现代语法》作序时，朱自清则缩小了目标，显得更加具体：“本书所为现代语，以《红楼梦》为标准，而辅以《儿女英雄传》。这两部小说所用的纯粹北平话。虽然前者离现在已经二百多年，后者也有六七十年，可是现代北平语法还跟这两部书差不多，只是词汇变换得厉害罢了。这两部书是写的语言，同时也差不多是说的语言。”在语法方面则是“新文学运动和新文化运动以来，中国语在加速的变化。这种变化，一般称为欧化，但称为现代化也许更确切些。这种变化虽然还只多见于写的语言——白话文，少见于说话的语言，但日子久了，说的语言自然会跟上来的。王先生在本书里特立专章讨论‘欧化的语法’，可见眼光远大。……中国语的欧化或现代化已经26年了，该有人清算一番，指出这条路子那些地方走通了，那些地方走不通，好教写作的人知道努力的方向，大家共同创造‘文学的国语’。”③ 从

① 朱光潜：《回忆朱佩弦先生》，《文学杂志》3卷5期。

② 朱自清：《语文零拾·序》，长沙：岳麓书社，2011年，第1页。

③ 朱自清：《中国语的特征在那里——序王力〈中国现代语法〉》，《语文零拾》，第50—55页。

这些论述上看，朱自清关注诗语欧化的心情是殷切的，目光亦放之长远。不论是口头语还是书面语，都在文学的层面展开，与朱自清本质上作为一名语体文作家身份是吻合的。

其次是追溯欧化的渊源与阶段性特质，这一方面大体上以抗战前后为标准。朱自清 1920 年从北京大学哲学系毕业，在江浙各地中学或师范教书 5 年，在吴语的方言环境下从事基础国文教学；1925 年去清华就职并终身服务于它，职业所系乃是国文系相关课程的教学、研究，另外主要从事文学创作。朱自清本人自大学开始，便有创作新诗、写作散文的经验，对于文学语言十分讲究，有自己的语言天赋。带着这一优势再来关注文学语言的欧化，白话文的成色与成长过程，以及诵读、口语等因素在语言训练中的效果，就有一种有的放矢的气度。比如 1920 年代中，他在《写作杂谈》中说过去的散文大多是“试用不欧化的口语”；在清华时经常参加朱光潜家的读诗会，主要是从声音、诵读的角度来为新诗语言发展寻找生长点。1930 年代，则有《文言白话杂论》《论白话》《新文学大系·诗集·导言》《论中国诗的出路》等文章，均涉及诗语欧化。譬如在《文言白话杂论》中认为“白话照现行的样子，也还不能做应用的利器，因为欧化过甚。近年来大家渐渐觉悟，反对欧化，议论纷纷。所谓欧化，最重要的是连串的形容词副词，被动句法，还有复牒形容句等。”①《论白话》一文梳理了白话文运动以来的变迁，从胡适提倡白话文学开始清理，宣称欧化的出现是由于翻译的原因，文章称“周作人先生的‘直译’，实在创造了一种新白话，也可以说新文体。翻译方面学他的极多，象样的却极少；‘直译’到一点不能懂的有的是。其实这些只能叫做‘硬译’‘死译’，不是‘直译’。写作方面周先生的新白话可大大地流行，所谓‘欧化’的白话文的便是。这是在中文里掺进西文的语法；在相当的限度内，确能一新语言的面目。……流行既久，有些句法也就跑进口语里，但不多。周先生自己的散文不用说用这种新白话写；可是他不但欧化，还有点儿日化，象那些长长的软软的形容句子。学这种的人就几乎没有。因为欧化文的流行一半也靠着懂英文的多，容易得窍儿；懂日文的却太少了。”② 在此文中，朱自清还凸显出北平话的优点与地位，包括徐志摩用北平话写散文，用硖石活语言写诗做文，以及他经常提到的一位署名“蜂子”先生写的真正的白话诗，即用北平话写的“民间写真”。《新文学大系·诗集·导言》是朱自清 1930 年代的一篇宏文，在诗论界影响深远，

① 朱自清：《文言白话杂论》，《朱自清全集》第 4 卷，第 351 页。

② 朱自清：《论白话》，《朱自清全集》第 1 卷，第 267—268 页。

其中许多观点也几乎成为定论。譬如，朱氏认为新诗的发生与溯源中最大的影响是外国的影响，从引用梁实秋的论点为出发点，涉及新式标点和诗的分段分行；在论述到具体的诗人诗作时，朱自清认为徐志摩因为诗风活泼、鲜明，而不是平常的欧化，李金发的诗则是“句法过分欧化，教人像读着翻译；又夹杂着些文言里的叹词语助词，更加不像”①。在针对具体的诗群与诗人论时，朱自清以语言欧化为落脚点，在新月诗派、周氏兄弟身上都能用上。《论中国诗的出路》篇幅甚长，将新诗出路分为三期，诗体之变没有出自民间，而是外国影响；翻译在其中起了相当大的作用。中国语言受外国影响有三次，第一次是佛经的翻译；第二次是日本名辞的输入，日本句法的采用，因为报章文学的应用而传播甚快；第三次则是新文学运动中白话文欧化的事。“这回的欧化起初是在句法上多，后来是在表现（怎样措辞）上多。无论如何，这回传播的快的广，比佛经翻译文体强多了”②。包括新诗在内的新文学发展到1930年代，朱自清注意到欧化的进步，比如他将白话文的欧化分为两个阶段，第一阶段是模仿欧化语法，一般人行文时，往往牵强附会，读起来感觉别扭；第二阶段注意到欧化的方法，以及欧化与熟语化的过程。

抗日战争爆发之后，朱自清在位于昆明的西南联大任教，也与叶圣陶合编国文方面的教材，作为兼职者他还被推为教育部国语推行委员会委员。经过1930年代末的民族形式问题讨论，朱自清对欧化问题有所清算，谈的缺点也多一些。以瞿秋白为代表的政治人物对欧化进行反驳与责难，文艺的大众化与民族化，成为如何抵消欧化的不二法门。朱自清受此影响，其相关思考主要体现在以下三个方面：一是为友人作序，王力在《中国现代语法》一书，专章讨论“欧化的语法”。朱自清在此书的序里感同身受，认识到王力著述的真正价值之所在，对欧化的说法也就与王力所论大体相同了。二是继续在诗论中发表意见，《新诗杂话》《雅俗共赏》等著述中便较为集中。有些观点是重复，当然重复之中也有补充与推进，比如在《真诗》一文中，指出新诗“不取法于歌谣”③ 的原因，分析十分中肯。三是继续执笔带有梳理、总结的文章，经过深思熟虑之后更加理性化了。譬如《新语言》一文便回顾了“五四”以来中国语言现代化的历史进程，指出只有通过继续努力，使文言现代化，白话现代化，才能实现“文学的国语”；《鲁迅先生的中国语文观》一文则归纳了鲁迅

---

① 朱自清：《中国新文学大系·诗集·导言》，第8页。
② 朱自清：《论中国诗的出路》，《朱自清全集》第4卷，第289—290页。
③ 朱自清：《真诗》，《新文学》1卷2期。

著述的语言特点，以及对白话现代化进程的独特贡献。

抗日战争胜利后，朱自清出版了《语文零拾》一书，在自序中说“中国语达意表情的方式在变化中，新的国语在创造中。……可以概括的称为‘欧化’或‘现代化’。书中各篇都围绕中国语言现代化的历程而展开。”《国语与普通话》一文高屋建瓴地剖析了国语的发展，国语的优劣，普通话的长处。在朱自清的眼里，“普通话本来叫做官语，原义该就是做官的和他们的幕僚和随从说的话。这些人知识比较高，接触的人比较多，走的地方比较多，说的话里方言的成分比较少，语汇比较丰富，语式比较复杂，因此应用的范围比较宽。”一连串的“比较”，是程度限制上的，不是严格意义上的概念。在南腔北调之间，朱自清还注意到了语言的融合，北平话流行最广，抗战期间西南官话也有很大的发展，北平话，上海话都有影响与渗透，所以作者看重活的语言。在朱自清去世之前不久，他还在《国语和普通话》一文中关注国语的废立、标准的有无：“官话也罢，普通话也罢，大概都参杂了一些文言成分和各种方言成分。方言成分理论上自然该拿北平话或是别支官话的中心城市的话做主体，事实上却因人而不同。”“语言是活的，在成长的，不自然往往会变成自然；至于纯粹的语言，大概是没有的，并且也是不必要的。现在时代在急剧的变化，生活也在急剧的变化，不但各地的方言会解放和融合，各阶层的语言也会如此的。将来还该有种种的普通话，还该有国语，北平话还可以定做标准国语，不过要让它活泼的发展，发表到达意表情都够用的地步。”① ——朱氏在语言发展策略上偏向于语言融合论，而不是先确定一通行较广的方言为标准语，是当时语言发展与白话、国语方面多重纠葛的主流意见。这也是欧化的一种结果，欧化是融合的一种手段与目的。

在以上不同阶段的论述中，朱自清的文论与诗论都会涉及白话诗，比如在新诗语言中，“文言腔”“欧化调”“纯粹口语”之消长”②；比如会提及白话诗的诵读、声音效果，以方言（一般以口语、活的语言相称）为工具的诗作之特殊韵味。总之，在语言欧化的参照下，朱自清持论稳妥、文风朴实，给人娓娓而谈、有理有据而又不紧不慢的印象。

---

① 朱自清：《国语和普通话》，《朱自清全集》第4卷，第530—533页。

② 朱自清：《论朗读》，中央教育科学研究所编：《朱自清论语文教育》，郑州：河南教育出版社，1985年，第101页。

（二）朱自清的诗歌语言观念

语言欧化本身已汇入到诗歌语言的发展中，与它相对应的是歌谣语言，歌谣语言的基础是方言，朱自清又是如何看待欧化与方言化的歌谣对新诗的作用呢？

歌谣研究一直贯通于朱自清的生命历程，在清华学校时还专门开设歌谣学的课程。对歌谣的关注，自然与新诗的体式、语言、韵律等相关。在这一点上朱自清继承了民国以来新文学先驱的思考。早在民国6年，北京大学就征集过全国各地歌谣。周作人、刘半农、梁实秋等人便认为歌谣在文艺、民俗、语言、教育与音乐各方面都有不同凡响的意义。朱自清承其衣钵，持论相仿，比如1928年在给罗香林《粤东之风》客家歌谣作序时，就对这一段歌谣与新诗的历史进行了清理，断言在念过的歌谣里，北京的和客家的，艺术上比较要精美些，“分地之中，京语，吴语，粤语的最为重要，因为这三种方言，各有其特异之处，而产生的文学也很多”①。

在中国诗史上，诗歌的每一次变革都有歌谣力量的推动，白话诗脱离了这一轨迹，走上了欧化的小路，对此朱自清认为“新诗的语言不是民间的语言，而是欧化或现代化的语言，因此朗读起来不容易顺口顺耳。固然白话文也有同样情形，但是文的篇幅大，不顺的地方容易掩藏，诗的篇幅小，和谐的朗读更是困难”②。

也许是受歌谣研究影响很深之故，在抗日战争期间，朱自清主要在大后方的西南联大任教，比较关注较多的是朗诵诗的发展，朗诵诗与声音的传播、艺术形式相关，朱自清的《论朗读》《朗读与诗》《诵读教学》《诵读教学与“文学的国语”》《论诵读》《美国的朗诵诗》等文章，都反复申说过自己的诗学判断。譬如《诵读教学》便是对黎锦熙时评的回应，针对黎氏“作文与说话失去了联系，文字和语言脱了节”，补求办法是“诵读教学”的意见，朱自清认为“失去联系”似乎指作文过分欧化，或者夹杂方言。过分欧化自然和语言脱节，夹杂方言是拿“纷歧的个别的语言”来搅动统一的国语，也就是和国语脱节。欧化是中国现代文化的一般动向，写作的欧化是跟一般文化配合着的。欧化自然难免有时候过分，但是这八九年来在写作方面的欧化似乎已经能

① 朱自清《〈粤东之风〉序》，《朱自清全集》第1卷，第242页。

② 朱自清：《朗读与诗》，《当代评论》4卷3期。

够适可而止了。至于夹杂方言却和欧化问题不一样，从写作的本人看无论是否中学生，他的文字里夹些方言，恐怕倒觉得合拍些。在读者一面，只要方言用得适当，也会觉得新鲜或别致。这不能算脱节。我虽然赞成以北平话为标准语，却也欣赏纯方言或夹方言的写作。近些年来用四川话写作的颇有几位作家，夹杂四川话或西南官话的写作更多，有些很不错。这个丰富了我们的写的语言，国语似乎该来个门户开放政策，才能成其为国语。①

新诗语言欧化严重的，在诵读上比较拗口，但诗语方言化严重的，倒出奇不意地有让人“侧耳”的声音效果。当时报刊上的一些论述和创作现象，进入朱自清的视野后得到了及时的响应与支持。比如蜂子先生的《民间写真》等诗便在朱自清诗论中屡屡被提及。“前《大公报》上有一位蜂子先生写了好些真正白话的诗，记载被人忘却的农村里小民的生活。那些诗有些像歌谣，又有些像大鼓调，充满了中国的而且乡土的气息。有人嫌它俗，但却不缺少诗味。”（《论中国诗的出路》）抗战时期，朱自清还记起已死了十多年的蜂子先生，全部抄录了他的诗作《赵老伯出口》，以“真诗”相称。“其中四个‘把’字句和一些七字句大概是唱本的影响，但全篇还是一般白话的成分多。本篇描写农民的生活具体而贴切；虽然无所谓农民大众的意识，却不愧‘民间写真’的名目。作为通俗的白话诗，这是出色当行之作”。（《真诗》）

沿此一途，朱自清往往以口语、活的语言的方式嘉许方言入诗的意义。比如北平话，朱自清认为国语运动与白话文运动密切相关，国语的标准要定为活的方言，“总是有个活方言作标准的好”，赞成将北平话作为标准语；另一方面又想到北平话有一些缺陷，主张以北平话作底子而不全用北平话，出于一种活的方言，又吸收其他方言术语、语汇，形成一种熔化式的新式语言。比如方言入诗的尝试中，朱自清注意到了“有些诗纯用口语，可以得着活泼亲切的效果；徐志摩先生的无韵体就能做到这地步”②。“作方言诗自然可用方音押韵，也很新鲜别致的”③。“至于用口语写的白话诗，大家最容易想起的该是徐志摩先生的那些‘无韵体’的诗。作者觉得那些诗用的可以算是纯粹口语。作者曾在清华的诵读会里试说过他的《卡尔佛里》一首。一面是说不好，一面也许因为题材太生疏罢，失败了。但是还值得试别首，作者想。还有赵元任先生贺胡

① 参见朱自清：《诵读教学》，中央教育科学研究所编：《朱自清论语文教育》，第104—105页。

② 朱自清：《诗的形式》，《新诗杂话》，第105页。

③ 朱自清：《诗韵》，《新诗杂话》，第113页。

适之先生四十生日的诗，用的地道的北平话，很幽默的，说起来该很好。徐先生还写过一首他的方言（硖石）诗，《一条金色的光痕》，是一个穷老婆子给另一个死了的穷老婆子向一位太太求帮衬的一番话。作者听过他的小同乡蒋慰堂先生说这首诗，觉得亲切有味。因此想起康白情先生的《一封未写完的信》那首诗，信文大部分用的是口语，有些是四川话，作者想若用四川腔去说，该很好"①。

在方言入诗的实践中，方言是一种活的口语，顺耳、上口的问题也并不能一劳永逸地予以解决。朱自清经常在诗论中提及的，是他在朱光潜家差不多定期参加读诗会经历的实践，以"听得懂""好听"为直观的标准，重视口语的训练。"我们的白话文，就是国语文学用的文字，夹杂着一些文言和更多的欧化语式。文言本可上口，不成大问题；成问题的是欧化语式，一般人总觉得不能上口，加以非难，他们要的是顺：看起来顺眼，听起来顺耳，读起来顺口"②。"现在的白话文是欧化了的，诵读起来也还不能很象说话。相信诵读教学切实施行若干时后，诵读可以帮助变化说话的调子；那时白话文的诵读虽然还是不能等于说话，总该并不离儿了"③。

作为带有扬州口音的外省人，朱自清在西南、北平各地生活，在对待语言的现代化时，大的方面如国语的形成，小的方面如方言口语在诗中的地位，都一直在进行试探性的诗学建构，在诗论与时评中尝试的精神是明显的，也是颇有成效的。

结　语

在白话诗文的创作与理论中，朱自清对语言的欧化、口语化、民族化等都一视同仁，既有大体一致的立场也有无伤大局的矫正，背后可见诗论家的情感与温度。朱自清或变通，或坚持，"复古也罢，求新也罢，'变'的总是新的，""变则通，通则久，变是可喜的"④。对于诗语的现代化，也就有了生命个体的立足点与精神据点。

---

① 朱自清：《论朗读》，中央教育科学研究所编：《朱自清论语文教育》，第 102 页。

② 朱自清：《诵读教学与"文学的国语"》，中央教育科学研究所编：《朱自清论语文教育》，第 108 页。

③ 朱自清：《论诵读》，中央教育科学研究所编：《朱自清论语文教育》，第 113 页。

④ 朱自清：《正变》，《诗言志辨》，上海：开明书店，1947 年，第 125 页。

三、“欧化”与新诗的创作和批评

在19世纪末与20世纪初的晚清，随着保守而沉重的国门渐渐被打开，以欧美、日俄等为代表的东西方文化纷纷登陆我国，促使清朝各个领域都发生着或缓或急的变革。从科技、军事等硬实力到制度、思想等软实力均是如此。在语言文化领域，当古代汉语——文言一旦与印欧语发生遭遇、碰撞之后，古代汉语已很难保住自己既有的正统地位。从晚清文界革命、诗界革命，到五四新文化运动的发生与推进，结果是古代汉语逐渐向现代汉语转型，由此也贴上了“欧化”的标签，语言“欧化”便成为随处可见、不可忽视的现象。

与文言相比，古代的白话也一直存在与发展着，现代汉语与古代白话关系也很密切，以西方沿袭过来的语法角度来审察，古代汉语不太受语法的约束，无冠词、无形态变化、无格位变化，可少用甚至于不用连接词，语言的组合存在较大的自由灵活性。这一语言形态与逻辑性强、完全受语法牢牢控制的印欧语形成了较为鲜明的对照。直到今天，这一过程仍在继续，在过去的一百多年的时间里，由于西方语言特别是英语的引进与传播，汉语发生了巨大的变化：在句法上，判断词（是）、被动语态的大面积使用，连接词、代词、主语的增加，插入语、补足语的频繁使用，打破了汉语的固有形态，改变了汉语的既有规则。

这一变化，在每个具体的现代诗人或诗论家那里，表现出来的内容并不相同，有些人相当典型也有些人则没有那么明显。从诗歌语言“欧化”这一视角，观察何其芳的诗歌创作与理论批评，是否能得到有益的启示呢？我们不妨以此为个案，也做一个全面的剖析与回答。

（一）欧化与何其芳的诗歌语言

欧化的语法观念，来源于与印欧语的语言接触、翻译与套用。承袭或模仿印欧语的表达形式、语言习惯，或把汉语句子挪入其语言表达的固有结构模式中，自然形成了类似的表达风格。王力说：“欧化的来源就是翻译，译品最容易欧化”，“现在中年以上的人做起文章总不免或多或少地采用些欧化的词和语法。”① 说的便是这一层意思。

具体落实到何其芳诗歌创作活动中，这位活跃于1930—1940年代的“汉园”诗人，其身上所呈现的语言特征是典型的。出生于1912年的何其芳在家乡四川万县读过几年私塾，后又在重庆短暂读中学，再远赴上海念高中，高中只念了一年便没有再读中学了。何其芳以不完整的高中学历，考上了北京大学哲学系。由于哲学课的单调、枯燥与乏味，使他对哲学的兴趣消磨殆尽，转而一个人完全沉浸在新文学的书籍里。在1950年代何其芳是这样回忆自己的大学生活的，到了晚上便一个人到北京图书馆阅览室去读书：“差不多把北京图书馆当时所有的外国文学作品的中译本都读完了。……在大学四年中，我主要是读了许多外国文学作品。”② 在回忆自己的诗歌创作时则宣称：“《夜歌》中的许多诗，在语言上也是有缺点的。我尽量要写得符合口头语言，而又采用了自由诗体，这样就使许多部分写得不够精练，有些散文化。有些句子太长，或者句法过于复杂，这也是一个缺点。我当学生的时候没有学过汉语语法，有很长一个时期，我不大了然汉语的句法的一些特点，常常以外国语的语法的某些观念来讲求汉语的句法的完整和变化，这样就产生了语言上有些不适当的欧化。”③

《夜歌》主要是在延安时期写的，至于在北平读大学时所写的诗则以“燕泥集”为名，被卞之琳收入《汉园集》，其余大多收录在《预言》诗集里，这些诗作差不多都具有浓郁的欧化味道与风格。“外国语的语法”“不适当的欧化”则更普遍，“由于思想和感情的变化，《预言》与《夜歌》反映出诗人前后两个不同时期的不同境界”④。《预言》诗集的成集，虽然与《夜歌》差不多同时，但诗作的写作与单独刊发相对较早，带有明显的阶段性，主要在北平读大学期间带有青春期写作性质的作品。这一时期，何其芳回避现实，脱离政治与民众生活，奉行着个人主义的艺术趣味；狭小的生活圈子与自吟自唱也阻碍了艺术视野的开阔。因此整体上呈现出形式主义的倾向，以绮丽的辞藻、隐喻式思维、温婉的抒情见长，充满小知识分子的“学生腔”与欧化气息。何其

① 王力：《中国语法学理论》，第349、306页。

② 何其芳：《写诗的经过》，《何其芳文集》（第5卷），北京：人民文学出版社，1983年，第135—136页。

③ 何其芳：《写诗的经过》，第157页。

④ 方敬：《缅怀其人 珍视其诗文》，《何其芳选集》第1卷，成都：四川人民出版社，1979年，第11页。

芳在字词上十分讲究："用我们的口语去表现那些颜色，那些图案，真费了我不少苦涩的推敲。我从陈旧的诗文里选择着一些可以重新燃烧的字。使用着一些可以引起新的联想的典故。一个小小苦工的完成是我仅有的愉快。"① 诗人这种"苦涩的推敲"，具体表现在以下几个方面：

首先，在语汇上修饰的定语一般有两个或两个以上，句子是隐喻式、内敛型的。比如"这一个心跳的日子终于来临，/你夜的叹息似的渐近的足音"（《预言》），"向江面的冷雾撒下圆圆的网，/收起青鳊鱼似的枫叶的影"（《秋天》）。试着诵读这些纤美的诗行，书卷气很重，一般在口语中不这样表达。修饰的定语较多，使句子成分之间有曲折、婉转的气韵，内容带有伤感性，诗思很轻盈。

其次，在句式上，断句、跨行、倒装等诗句普遍化，这些都是受翻译体的潜在影响。这里分开论述如下：一、受英语"when"句式影响，有翻译腔的痕迹。比如："你将怯怯地不敢放下第二步，/当你听见了第一步空寥的回声"（《预言》），"眉眉，当秋天暖暖的阳光照进你房里，/你不打开衣箱检点你昔日的衣裳吗?"（《罗衫怨》）。《岁暮怀人（二）》更是以三个"当什么什么"句式排列，造成一种排比句阵，起到充分假设的效果。二、以判断词"是"为标志的句式十分普遍，何其芳还进行了个人式的改装，主语与宾语冗长，"是"在中间起一种桥墩作用，因为跨得远，在诗句上似乎与隐喻表达有些相仿。比如"我将忘记快来的是冰与雪的冬天，/永远不信你甜蜜的声音是欺骗"（《罗衫怨》）。三、跨行上的断裂，也与中国传统白话语言不同。"驴子的鸣声/吐出，又和泪吞下喉头，/若破敝的木门的呜泣/在我的窗子下"（《岁暮怀人（一）》），"大街上沙土旋转着/像轮子，远远地郊外/一乘古式骡车在半途/停顿，四野没有人家…"（《风沙日》）。四、句子呈倒装式，带有补入语成分，以插入式为主。"谁的流盼的黑睛像牧女的铃声/呼唤着驯服的羊群，我可怜的心？/不，我在梦着，忆着，怀想着秋天！/九月的晴空是多么高，多么圆，/我的灵魂将多么轻轻地举起，飞翔，/穿过白露的空气，如我叹息的目光"（《季候病》）。这一段摘引的诗句中，就有两处这样的句子结构。

再次，在形式建构上欧化的现象也较多，如《失眠夜》《夜景》《古城》，或是句子参差特别厉害，或是诗节的布局悬殊，有的是一行一节，有的是十多行诗构成一节。何其芳作为20多岁的年轻人，熟悉的是外国文学的参差不齐的中译本，相对而言，在潜移默化中进行有意或无意的模仿是情理之中的事。

---

① 何其芳：《梦中道路》，《何其芳文集》第2卷，第66页。

又由于诗人早年在家乡受过私塾教育，对中国古典诗词较为熟悉，融合了两者的长处。比如其诗作中弥漫着古典诗歌中含蓄、内敛的风格，注重词语的提炼与打磨，在句式、结构上受的影响相对少一些。

何其芳早年诗歌创作，也有一段时间“古化”或“化古”的痕迹较为明显，一些带有文言意味的句子，散落在诗行之中。譬如“如不胜你低抑之脚步”（《脚步》），“逐巨大的圆环归来，/始知时间静止”（《柏林》），其中就有文言词语的遗留与残存。“欲”“杵”“且”“之”“若”等副词也掺杂在何其芳诗作中，单音字如“目”“足”“褥”“星”“睛”“频”“昔”等也使用较多，呈现出文言语汇的适度复活状态。只不过不太集中，而且有些语汇已逐渐融入现代诗的语言之流中，显得不太醒目罢了。

青春与爱的感伤，回忆与想象的梦幻，使何其芳早年诗作呈现出冷艳、纤弱、精致的风格，其中既有古典诗歌的影子，更有欧化诗的影响。诗人化抽象为具象，可以触摸、可以感知、可以体味；他的诗歌，充分调动读者的多种感官，但又不是各种官能的刺激，而是细腻、温情与柔媚并重。

（二）欧化与何其芳的语言自觉

1930年代在北平求学、生活的何其芳，对《预言》式诗歌的写法是无意识的，几乎成了一种习惯使然。其中对于诸多欧化的元素，他并没有什么抗拒或排斥，相反而是杂糅其中，写得十分顺手，感觉这样的书写十分符合自己的个性。经常处于诗语的欧化之中，而缺乏自觉的界定与分析，这一局面要到延安道路的选择，以及1950年代对过去诗歌道路的回顾，才让何其芳有所警觉和反思。何其芳经过延安生活的锻炼与改造，以及化身为马克思主义的理论家之后，对诗歌语言欧化不断有所矫正与规避。

走出目迷五色的“汉园”，走出平静单纯的大学校园的何其芳，睁开眼睛看见了过多的人世不平与社会不公，开始在《醉》《云》等诗里生长出了阶级觉醒的萌芽，否定了过去为个人而艺术的倾向，抛弃了消极颓废的个人主义思想，摆脱了雕饰华丽的古化与欧化形式。总体上，何其芳对早期具有“欧化”风格的诗歌艺术，进行了自我改造与扬弃。这里主要从以下方面进行重新打量。首当其冲的是小资产阶级思想的扬弃，主要在后来思想改造运动中完成。何其芳到延安之后，开始了自己的延安道路，这是一条与过去告别的道路。他在延安与毛泽东等革命领袖有过较多的联系，所受影响十分深远；同时亲历了1942年的延安整风运动，聆听了毛泽东在延安文艺座谈会上的讲话，因此诗人想到改造自己思想的可能。1943 年何其芳曾作《改造自己，改造艺术》一文，并在下乡、劳动、组织工作等实践活动中进行思想改造，伴随这一过程的便是艺术改造和语言改造。谈到这一过程时，何其芳是这样认为的："文艺工作者在今天还有一重改造艺术的责任。过去的文艺作品的毛病，一般地可以概括为两点：内容上的小资产阶级的思想情感与形式上的欧化。"文艺的形式问题是从属性质的，相对比较容易解决，"比如我们的语言文字之如此贫乏，如此知识分子气，也就是由于我们读书本多于与活人谈话，与知识分子在一起多于与工农兵接触的缘故。"① 当然，这一过程并不顺利与彻底，也不可能被彻底改造掉。何其芳思想的改造过程与结果，在艺术载体上主要体现在第二本诗集《夜歌》之中。《夜歌》初版本（诗文学社，1945 年）收录诗作共 26 首，除《成都，让我把你摇醒》之外，其余作品均写于延安时期（1939 年至 1942 年）。《夜歌》再版本（文化生活出版社，1950 年）增添了延安时期所写的佚诗八首，补写思想变革过程的后记一篇。至于第二版的增删本，则改为《夜歌和白天的歌》（人民文学出版社，1952 年），在融入新社会的颂歌声中，诗人再次删去 10 首思想较为颓废的诗作，另外增添三首：《重庆街头所见》（1949 年）、《新中国的梦想》（1946 年）和《我们最伟大的节日》（1949 年）。诗人这样感觉稍微放心一些，也好作交代了，"《夜歌》反映了一个走到革命队伍中的小资产阶级知识分子、带着唯美主义倾向的诗人的思想感情转变的历程"②。

诗人不但在篇目调整上如此颇费心思，而且在诗作的具体修改中也如此郑重其事。每一次重新印刷出版，诗人都会动一些小手术，尽量去掉诗作里面原有的那些消极的不健康的成分，包括知识分子腔调、欧化腔调。第一版在编辑过程中何其芳就有所洞察，发现自己写作短诗的中间构思一篇较长的叙事的诗，即《北中国在燃烧》时感觉写不下去，后来便停下来了，理由曾在后记中有所记录："因为不满意于其内容上旧知识分子气太浓厚，而且在形式上也发生了疑惑与动摇。我担心那种欧化的形式无法达到比较广大的读者中间去。但用一种什么样的形式来代替它，则到现在这还是一个未能很好地解决的问题。"③ 在语言上，"直到近来，我才对新诗的形式问题有了一个初步的确定看法。……象这个集子里面的写法，运用欧化的句法过多，有些片段还写得有些

---

① 何其芳：《改造自己，改造艺术》，《何其芳文集》第 4 卷，第 39—40 页。

② 周扬：《何其芳文集・序》，《何其芳文集》第 1 卷，第 2—3 页。

③ 何其芳：《〈夜歌和白天的歌〉初版后记》，《何其芳文集》第 2 卷，第 256 页。

松散，不精炼，都是缺点。但运用现代的口语来作新诗，语言还比较自然，这一点，恐怕还是应该肯定的。写得句子更中国化一些，更精炼一些，节奏更鲜明一些，更有规律一些，同时仍然保持口语的自然，我想这就是比较可以行得通的写法”①。

形式问题的困惑也纠缠着作者，联系到何其芳对“形式”问题的系列思考，以及后来广为人知的现代格律诗主张，便可以看到欧化与新诗形式的内在联系。新诗的形式问题，差不多是何其芳到延安后一直久拖不决的新问题。在何其芳以上的论述中，曾程度不一地涉及这一问题，只是有时谈得深，有时谈得浅一些罢了。作为欧化诗的代表，自由诗也是何其芳否定的对象。比如诗节的构成，到底以多少诗行为好，能否出现以前或是一句诗构成一个诗节，或是十多二十多行构成一个诗节，都是必须面临的重大问题。同时，形式问题中，也有诗句的跨行、跨节、断句如何安排等技巧性因素需要解决。

另外，欧化与民族形式、群众化、大众化的矛盾与对峙，也由来已久。何其芳 1944 年前后在延安时，经过整风运动的他，就反复提到这一现象，认定中国的新诗还有一个“形式问题尚未解决”。② 为什么“尚未解决”，便是两者之间不能协调与妥协。中国诗歌在民族形式方面的要素，能否在欧化的形式中予以容纳，能否在战争语境下被调适去进行民众启蒙，都有待于各种尝试。只有慢慢在两者之间建立起良性互动，这一问题才有解决之可能。在 1950 年代何其芳提出的现代格律诗便是他认可的一种结果。在这一议题上，何其芳还有搜集与整理民歌的经验，对民歌体诗歌的肯定，反映了何其芳的民间立场。在语言与形式上，民歌体诗具有原汁原味的本土特征，自然能对欧化的新诗及其形式构成一种反动。

总而言之，从自己的新诗创作经验与得失出发，何其芳对“五四”以来的“欧化”的新诗，以及自己在这一方面的具体承袭与仿效，都认为有问题亟须解决，甚至到了不解决就不能再动笔写诗的地步。与“欧化”大体相对的是新诗的民族形式，在这一方面，也可以看出何其芳对新诗的历史与自身形成的传统持一种积极的立场。1950 年代初，何其芳进而归纳旧诗是一个应该重视的传统，“五四”以来的新诗本身也已经是一个传统，在中国旧诗的传统和五四以来的新诗的传统之外，还有一个民间韵文的传统。在这三足鼎立的局面中，“五四”以来包括新诗在内的新文学便有一个可以缓冲而广阔

① 何其芳：《〈夜歌和白天的歌〉重印题记》，《何其芳文集》第 3 卷，第 35 页。

② 何其芳：《谈写诗》，《何其芳文集》第 4 卷，第 62 页。

的空间。

（三）何其芳对欧化的疏离

从新诗的创作而论，从《预言》到《夜歌》是一种十分显豁的变革，分析两部诗集中诗作的欧化现象，便可以发现这一特点。整体而言，从《预言》到《夜歌》，欧化的元素大大减少，诗风也出现了向大众化、民族化与民歌化转变的迹象。这是作者自觉的追求，也是诗歌批评的力量所导致的。

比如，1942 年何其芳在延安《解放日报》发表《叹息三章》和《诗三首》，尽管诗风已向大众化、民族化方向迈进，但仍得到不少批评的声音。有些诗句是“虚伪的滥调”①，“那些旧的感伤的、寂寞的残渣，沉淀在作者的心怀深处，给予侵入来的新的生活以顽强的抗拒力，并在无意间混在新的生活内，使它蒙上了一层悒郁的暗影”②。质疑何其芳没有能力“写他自身以外的大众所熟悉的题材”③。类似的诗歌批评很粗暴，对何其芳的刺激是比较大的，何其芳在四十年代中后期创作甚少，不能不说与这些评论有一定关联。

同时，何其芳自己也能够写出高质量的诗论文章。在对待诗歌语言方面，也有自己的价值判断。这里不妨先从一个案例出发进行分析。何其芳于 1944 年上半年到重庆去调查重庆的文艺思潮与运动，对《新华日报》上的二首诗进行了对比性的评说，分别是《厌恶与诅咒》与《该遭劫》。《该遭劫》当时在《新华日报》副刊上未能登出，内容是写探哨队到乡下敲竹杠，上粮不公平，与拉壮丁等民间疾苦方面的，全用四川口语写成。这里所言的“四川口语”实际上是四川方言。这一立场与当时《新华日报》倡导的四川方言诗运动一脉相承。何其芳认为应该适当地使用地方语言，地方语言可以丰富诗歌的语言，而反过来，文学作品又可以使地方语言普遍化。作为四川籍诗人，何其芳对川语还是有感情，对川语入诗没有持异议。相反，南陵的《厌恶与诅咒》，开头一段是这样的：

---

① 吴时韵：《何其芳的〈叹息三章〉和〈诗三首〉读后》，《解放日报》1942 年 6 月 19 日。

② 金灿然：《间隔——何诗与吴评》，《解放日报》1942 年 7 月 2 日。

③ 贾芝：《略谈何其芳同志的六首诗——由吴时韵同志的批评谈起》，《解放日报》1942 年 7 月 18 日。

为你所蹂躏过的，
为你所践踏过的，
它披着现代化外衣，
而不是中世纪底城市。

这里
道路上急驶着
马匹拖着的沉重的车辆。
皮鞭在马匹底饥瘦的背脊上用力地急速地抽打，
轮子不断地在转动，前进，
灰尘象刮飓风似地
在后面飞扬。

凝视着这情景，
唱出我厌恶的
诅咒的诗句，你这文明底讽刺品，
死灭吧。

何其芳在评论这首诗时也是立足于语言，断言这首诗“就是那种相当欧化的，便于知识分子用来表达其曲折与错综的思想情感的自由诗。一个最显著的缺点是它和一般群众的语言实在距离得太远。”① 两首诗作，分别用四川方言和欧化的知识分子腔调写成，在何其芳眼里便有显著的高低之别。——这当然与何其芳此时的语言观念、文艺思想相关。何其芳在延安经受了整风运动的熏陶，亲历了毛泽东在延安文艺座谈会上的讲话，毛泽东思想中的群众观念、反对党八股等经典言论与观点，成为左右何其芳的理论资源。譬如重视劳动群众的语言，便是其中的内容之一。何其芳之所以能被派到重庆宣讲延安文艺思想，就是因为他在这一方面是过关了的。

在重庆期间，何其芳开始编撰自己的诗集，重新认识了诗作的语言，即企图以方言、口语来对抗和拆解欧化的翻译体语言。诗歌语言是白话，是方言，还是口语，都是一个诗语方面的形式问题。在《预言》阶段，它是雕琢、人为的，有一些古语的词汇，也有一些新的语汇。后来到了延安，完成的诗歌中个

① 何其芳：《谈写诗》，《何其芳文集》第4卷，第64页。

人化的语汇与句子逐渐减少了，比较通俗化一些的句子则有所增加。按诗人的说法是嗓音突然变粗了，从一个小资产阶级的知识分子的尖音变成劳动人民的土腔土调。在诗歌语言语汇的选择上，《夜歌》基本上没有《预言》时期的细腻与丰富，缺乏推敲的工夫，但好处是直白、平实，十分明白，大多数一听就能听懂。《夜歌》实际上是作者个人生活的改变，是融入大众的书写。一切都在改变，诸如抒情的句子变为议论的句子，意象的提炼变成场面的铺垫，含蓄的诗风也被明白清楚的诗风所取代。在句型上，诗人更愿意选择排比句，一般在三句到七八句之间展开、重复，其中多数排列句句子简单，诗意稀释了，变得相当平淡。明白如话也就不需要回味，火热的生活没有回味的时间，譬如《夜歌》系列七首，《我为少男少女们歌唱》《生活是多么广阔》等都是如此。诗的结构，通过排比的、有气势的语言之流来完成，而不是通过意象、隐喻、多重修饰语来完成。

在形式上也是这样，对欧化的诗形、诗句的跨句与断行等形式进行改变。欧化的形式在何其芳的整个新诗论述框架下，它是狭窄化的，并不具有普适性。诸如诗歌的体式，包容性较大，后来则主要指语言的字数。在《夜歌》中，几乎没有句子断裂的现象，诗句是一句话一句话地写出来，每句话的主语、谓语、宾语等成分都大体齐备，这样每句诗都通俗易懂。在句子的组合上，诗人驱逐了隐喻性的表述，增加议论性的句子，诗句的弹性减弱，在“易懂”方面就自然容易过关。这些变化都集中于思想、语言观念等层面。至于内容方面，也会相应做出调整。诗作写什么样的内容，自然会去寻找匹配性的形式来配合。青春的伤感，爱情的滋味，童年的怀旧，诸如此类，已被代之为革命的豪情，集体的劳动，阶级的对抗……

不断追求和运用毛泽东文艺思想，不断以马克思主义的文艺思想武装自己，何其芳越来越有自信，也越走越远离了曾经的自己。比如在语言资源上便是如此。1940 年代的何其芳，对口语、方言入诗有兴趣，举起双手表示赞同。但到了 1950 年代，他便推翻了自己的语言观念。比如 1951 年，与时俱进的何其芳，给好友艾芜写了一封信，这封信是他读完艾芜的《文学手册》之后写给作者的。从中可以看出经过马克思主义文艺理论、毛泽东文艺思想的改造，何其芳的精神所发生的巨大蜕变。何其芳在书信中要求艾芜的《文学手册》需要改头换面，以便于在 1950 年代重新出版。在语言观念上，大量列举的理由是新的时代要求，马列著作、毛泽东著作等革命领袖的著述。譬如讲文字的优缺点，“可参考人民日报六月六日关于语言的社论”；同样是方言，何其芳就认为“为了促进全国汉族语言的走向统一，以全国读者为对象的作品不宜过分强调用土语。"[①] 类似的论述很多，可以反映出两位文友的变化，既彰显出艾芜作为时代"落伍者"的落寞，也凸现出何其芳作为文艺理论家的进步。到了1953 年，何其芳在中国文学艺术工作者第二次代表大会上的发言时便宣称"在我们的作品中，曾经有过滥用土语方言、忽视民族共同语言的倾向。"[②] 这样的表述，则差不多是重复性的声音了。

结 语

何其芳从苦读外国文学的翻译本起步，在诗歌的创作与批评中受欧化的影响十分深远，这在他的第一部诗集《预言》中十分明显。后来，何其芳人生道路开始变革，经过延安时期的锻炼、熏陶与改造，诗歌语言的"欧化"则淡化得多，民族化、大众化与口语化的旗帜则举得越来越高了。

四、语言的困惑和读者的力量

时代与读者在寻找诗人，诗人也在为时代和读者而选择语言。对于来自吴语方言区的诗人卞之琳而言，其创作起步于 1930 年代初，在 1930 年代中期便达到了创作的巅峰，后来一路磕磕碰碰，创作成绩一直差强人意。新中国成立后，诗人又想在 1950 年代的诗坛大展手脚，不过，遗憾的是在诗歌语言、风格上遭遇的困境更为明显，在不断受到读者非议之后不得不搁笔。

综观这一过程，卞之琳在生活地理坐标上，20 世纪前半叶主要以上海、北平、昆明等地为生活据点，1950 年代则定居北京；从语言来看，都是运用现代日常口语，卞之琳还有一个特别的说法，即语言取向在"欧化"与"古化"之间，"问题是看写诗能否'化古'，'化欧'"[③]。其实，在"化古"与"化欧"之间还存在一个"化土"的诗学现象[④]。这一观念始终没有变化，但时代

① 何其芳:《致艾芜》,《何其芳文集》第 4 卷，第 377 页。

② 何其芳:《更多的作品，更高的思想艺术水平》,《何其芳文集》第 4 卷，第 445 页。

③ 卞之琳:《雕虫纪历·自序》(增订版)，第 15 页。

④ 参见颜同林:《"化土"：在"化古"与"化欧"之间——以卞之林为例》,《三峡论坛》2010 年 6 期，人大复印资料《中国现代、当代文学研究》2011 年 4 期全文转载。

与读者变了，语言的困惑也油然而生。比较 1949 年前后两个大的历史阶段，可以发现同样是欧化，古化或土化，取得的结果却大相径庭，可见并不完全是语言本身的问题，语言问题说到底只是其内核之一，而并不是全部。

（一）口语诗风的坚守

卞之琳 1910 年出生于江苏海门，自幼在乡间长大，小学、初中在家乡就读，家学以古典诗词为主。高中学业则在上海颇有名气的私立中学完成，就读的私立高中所有授课课程，除国文外一律全用英文课本，卞之琳对英语诗歌的兴趣像英文基础一样突飞猛进。中学毕业后他顺利地考入北京大学英文系，继续在英语文学特别是英语诗歌的世界里畅想，一边创作一边翻译，为以后从事英语文学翻译及研究打下了坚实的基础。同时因为他修读的第二外语是法语，对法国象征主义诗歌也十分入迷，日后的收获也很可观。

面对故都的“断垣废井”，从课堂或图书馆走出来的卞之琳“总会起一种惘然的无可奈何的感受。我想写诗……动起笔来就是白话新诗了”①。诗歌创作与翻译，也就基本融合成了卞之琳精神世界的寄托了。正如有外国学者所言“在白话诗和外国文学中，他已经找到两条一生都会循着前行的路径”②。

通过以上简要的归纳，可以发现，在语言方面诗人的口语底色是方言化的。卞之琳在上大学之前一直在家乡长大，母舌受吴方言影响，“缓缓的语调是浓浓的吴音”③，“由于声调轻细，他那口乡音特重的江苏官话，大概可听懂十之六七”④。相比之下，北平话则因学习与工作地点的缘故，是诗人的第二种语言资源，他熟悉包括北平土话在内的北方话，在写作中加以运用，两种方言土语在诗人作品中都有化用、留存，只是由于提炼与择取之故，并且吴语与

---

① 卞之琳：《开讲英国诗想到的一些体验》，《文艺报》1 卷 4 期。

② ［美］汉乐逸：《发现卞之琳：一位西方学者的探索之旅》，李永毅译，北京：外国教学与研究出版社，2010 年，第 9 页。

③ 江弱水：《圈子外的圈子外》，《收获》1994 年 2 期。

④ 洛夫：《诗人卞之琳初晤记》，《卞之琳与诗艺术》，石家庄：河北教育出版社，1990 年，第 143 页。

京语化入普通话时占有优势①，显得不着痕迹而已。

卞之琳研习英语诗歌与法语诗歌，也略有古文基础，因此对中西诗歌都有所借鉴，善于融会贯通；留心口语，注意当地语言，因此古化、欧化、土化也在所难免。就我国古典诗歌传统而言，表现在诗人对李商隐、姜白石诗词的偏爱，“我前期诗作里好象也一度冒出过李商隐、姜白石诗词以至《花间》词风味的形迹”②。李商隐和姜白石诗歌风格是崇尚曲折、歧义与冷峻。卞之琳对西方诗歌的借鉴，偏向于象征主义，比如叶芝、里尔克，比如瓦雷里、艾略特，都是其心仪对象，这些诗人在西方文学中属于现代主义文学流派，主张对感情进行冷处理，力求自我的消隐。

“我写新体诗，基本上用口语，但是我也常常吸收文言词汇、文言句法（前期有一个阶段最多），解放后新时期也一度试引进个别方言，同时也常用大家也逐渐习惯了的欧化句法。”③ ——卞之琳用“口语”来归纳自己的语言风格，其实含纳了以上不同的语言资源；这一说法贯彻诗人一生的创作，说法一致，但“所指”却并不完全相同。

在1930年代这一早期阶段，卞之琳在诗的题材上主要以家乡或北平街头小景、社会底层小人物为对象。在诗作中采录其口白，有吴语与京白杂糅的味道；卞之琳诗歌或者记录底层老百姓的声口，或是在诗句中适当镶嵌吴语与京白中的词汇，甚至是调用方言句法，逐渐成为其创作的底色。比如《记录》《道旁》《奈何（黄昏和一个人的对话）》《春城》《酸梅汤》等作品便是。比如诗句：“想在天井里盛一只玻璃杯，/明朝看天下雨今夜落几寸。”（《雨同我》），“哪儿是暂时的住家呢。拍拍！/什么？枪声！打哪儿来的？”（《西长安

---

① 汉语普通话是以北方方言为基础方言，由于北京一地特殊的地位，北京土话进入普通话的机会最大。这一论断几成共识。仅举一例，在编纂《现代汉语词典》时选词原则可见一斑，“北京话是北方话的代表。由于文化上和政治上的长期影响，它逐渐取得普通话的领导地位。除了……已经缩小到只有北京少数人还在使用的土话以外，现代汉语词典对于在北京话里习见于书面的方言词应该从宽收入，在比例上要比任何其他地区方言词多收一些。”孙德宣：《中型现代汉语词典的选词》，韩敬体编：《〈现代汉语词典〉编纂学术论文集》，北京：商务印书馆，2004年，第101页。此外，吴方言是汉语最重要的方言之一，用吴方言写作的作品相当丰富。吴方言词语进入普通话的机会仅次于北方方言，对于汉民族共同语的发展有较大影响。这一看法可参见闵家骥等编：《简明吴方言词典·后记》，上海：上海辞书出版社，1986年，第466页。此外，本文据此辞典来参照、辨别吴语方言词汇，特此说明。

② 卞之琳：《雕虫纪历·自序》（增订版），第16页。

③ 同上，第15页。

街》）“叫卖的喊一声‘冰糖胡芦’，/吃了一口灰象满不在乎”（《几个人》）……所引诗句中既有方言语汇，也有方言句式。此外，卞之琳诗作押方言韵的也比较多，王力在《汉语诗律学》中举例较多，涉及《望》《淘气》《无题》等诗作。①

不论是欧化的语汇，古化的语汇，还是土化的语汇，卞之琳在融化方面下足了功夫，化得自然、巧妙。具体办法如挑选流行范围较广，容易一看便明白易懂的语汇，像“铺子”“灰土澡”“瓦片儿”“话匣”“信面”“胡闹”“比劲”“欢喜”“象满不在乎”“怕莫”之类，基本上不存在生僻的毛病了。

知识分子自由写作的时间，随着时间的流逝与政权的更替，慢慢在发生变化。到了20世纪四五十年代之交，已是新旧两种社会制度的对峙，倾向性十分明显。在诗人看来，中国土地上新与旧已是“两种文化的消长”②，“口语”诗风的面貌也变得模糊甚至丑恶起来。相应于20世纪30年代卞之琳所创作的诗作，“口语”化诗风是十分贴切的概括。到了共和国文学视野下的1950年代，虽然同样是运用口语，同样是化欧、化古与化土，卞之琳却遇到了意外的麻烦。形象地说，整个1950年代恰好是诗人从40岁到50岁的黄金十年，是从不惑之年到半百之寿的一段重要时期。从生理年龄到文学年龄，这一阶段却并没有达到“四十而不惑”的状态，相反倒是包括语言在内的各种困惑越来越多、越来越深，卞之琳显出有点招架不住的样子。

（二）新的语言困惑

1949年年初，旅居英伦的卞之琳赶在淮海战役结束之际，到达香港，同年3月中旬抵达北平，随即应聘到北京大学西语系任教。7月即参加全国文学艺术工作者代表大会，分配在南方第一代表团，被选为中国文学工作者协会（后改为作家协会）理事。中华人民共和国开国大典之际，卞之琳获得邀请，在天安门广场见证了这一时刻。经过一年的热闹围观与自我适应阶段，卞之琳开始以北平为中心，频繁参加各种文学活动，创作与翻译并重，表现出参与新中国文化与文学重建的热情和自信。在整个1950年代，以下两个方面是很有代表性的事件，一次是关于诗歌创作的三回批评，一次是关于新诗格律化方面的持续非议。卞之琳的每一次关于创作与理论的出场，都得到了全面的阻击。在反

---

① 王力：《汉语诗律学》（增订本），第873页。

② 卞之琳：《土地改革展示了两种文化的消长》，《文艺报》3卷12期。

弹与沉默之间，卞之琳开始了新的困惑之旅。

新诗创作方面的批评有以下三回。第一回是1950年6月朝鲜战争爆发后，卞之琳及时发表了短文《帝国主义的如意算盘》，短诗《战斗与和平》。是年年末全国热烈开展抗美援朝宣传运动，卞之琳在短短不到1个月时间内，写了20多首诗在各报刊发表，后马不停蹄地编成《翻一个浪头》诗集出版。翌年之后，《天安门四重奏》在《新观察》上发表。正当卞之琳高兴自己创作力不减当年之际，权威报刊《文艺报》发表了对《天安门四重奏》以及其他诗作的两篇“读者意见”，分别是李赐的《不要把诗变成难懂的谜语》和承伟等三人的《我们首先要求看得懂》；《文艺报》在发表批评文章时还加了商榷的“编者按”①。这些读者的意见是集中批评卞之琳这些诗是“读不懂的”。这一首诗整体而言，与卞之琳以前的作品在格调、思想、语言等层面变化较大，本身质量也不高，个别语言也很混乱，但在群众读者“不懂”的理由下，卞之琳不得不做出了深刻的反思。作者后来在《关于〈天安门四重奏〉的检讨》中承认“主观上觉得又是响应号召又是自发，又当政治任务又当艺术工作，又是言志又是载道，用形式就内容也没有困难。”② 与此相连的是《翻一个浪头》由上海平明出版社出版后，诗人柳倩在《人民诗歌》上发表长文加以严厉批评③，批评的标准也是不懂、观念“不明确”“模糊”。相对而言，卞之琳创作这批作品时出发点是健康、明朗、大众化的。与他1930年代的诗作相比，已经借鉴了古风和歌谣，往明白易懂的诗风上向前推进了一大步。但读者的判断却仍是充斥非诗的语言，现在的诗歌需要一句一句都直白、浅显，不能有一丝含蓄、蕴涵，因此，两者之间的矛盾便不可避免，加之1950年代重视工农兵普通读者的力量，卞之琳在争议中便处守势而不得不弯腰妥协了。第二回是卞之琳参加农业合作化运动期间在农村写的诗。1952年年底开始卞之琳到上海、江浙等地农村参加整社、合作化工作，在吴县逗留期间曾写《秋收》五首，其中《搓稻绳》《收稻》发表在《人民文学》1954年1月号上，《采菱》《采桂花》《叠稻罗》发表在《文艺月报》1954年2月号。这五首诗带有一点田园诗风味，都渗透了水乡景色，多数是试用一点江南民歌的调子，这些诗还试图汲取了一些吴方言、吴农谚，作者也没有多加注释。发表之后也有读者提出批评，如文外生的《读诗人卞之琳的五首近作》发表在《人民文学》杂志上，

---

① 《文艺报》3卷8期。

② 《文艺报》3卷12期。

③ 柳倩：《评〈翻一个浪头〉》，《人民诗歌》2卷4期。

结论是仍让读者失望，和《天安门四重奏》一样，诗人还是没有很好满足读者“首先看得懂”的要求。文外生一一分析了诗句与段落，指出许多语法问题、句子病句问题、诗句意义不通现象，这自然也伤及诗人火热的创作欲望。第三回是1958年初春，卞之琳参加十三陵水库工地劳动，写成《十三陵水库工地杂诗》发表在《诗刊》1958年3月号上。卞之琳是创刊已有一年的《诗刊》的编委，《诗刊》迅速发表了他这一作品，但随即也得到了严厉的批评。如刘浪的《我们不喜欢这种诗风》、徐桑榆的《奥秘越少越好》便是。综合以上所述，可见卞之琳在50年代的三次诗歌尝试，都被读者否定了，每一次写作与发表，都非常迅速地被否认掉，这在当时显得比较突出，耐人寻味。卞之琳虽然“坚信要为社会主义服务”①，但诗风不彻底改变看来是行不通的。诗友何其芳说自己到延安之后，感情粗起来了，诗歌调子粗起来，也是指这么一回事。

在新诗理论批评上也是如此。1958年卞之琳应沈阳《处女地》杂志之约，为“新诗发展问题讨论”特辑写出短文《对于新诗发展问题的几点看法》，刊登于该杂志7月号，同期刊登的还有何其芳《关于新诗的“百花齐放”问题》一文。《诗刊》10月号上发表宋垒的《与何其芳、卞之琳同志商榷》，指责何、卞两文都“流露出轻视民歌的观点”。卞之琳在《诗刊》11月号上发表《分歧在哪里?》进行辩护，宋垒亦在《诗刊》12月号上答以《分歧在这里》一文。最后以卞之琳沉默下来了结此事。在关于新诗格律化的争议中，同时参与的诗人与评论家还比较多，回到历史的语境，这里有几个因素值得重新梳理与关注。一是格律化诗歌理论，其前提格律诗在与自由诗的对峙中，已不占优势。自由诗的创作与理论，自然占据主流，卞之琳肯定何其芳的格律诗主张，某种程度上处于少数派的地位，孤掌难鸣。二是中间还夹杂1958年的新民歌运动，卞之琳与何其芳的观点接近，对新民歌持一分为二的态度，对五四以来的新诗也有较好的评价。比如卞之琳认为“我们学习新民歌，除了通过它在劳动人民的（思想）感情里受教育以外，主要是学习它的风格，它的表现方式，它的语言，以便拿它们作为基础，结合旧诗词的优良传统，‘五四’以来的新诗的优良传统以至外国诗歌的可吸取的长处，来创造更新的更丰富多彩的诗篇”。② 当时由中共中央党政最高领袖自上而下发起的炙手可热的新民歌运动，正处于狂热状态，而卞之琳反倒持一种理性而客观的态度，反对拔苗助长，反

---

① 卞之琳：《雕虫纪历·自序》（增订版），第9页。

② 卞之琳：《对于新诗发展问题的几点看法》，《处女地》1958年7月号。

对“机械模仿新民歌最表面的形式，只是套写五七言句子”，“依样画葫芦去写民歌。”这一保留立场反映了卞之琳企图站在汲取古今中外诗歌多元文化的基础上来开辟新诗的发展道路，他一边承认新诗的传统与取得的成绩，一边也对新民歌持有利有弊的诗学观。在今天看来，这一立场无疑更有说服力，但在当时与宋垒、张光年等对立者对阵而言，在政治立场上就败下阵来，自然不能得出出之于公心的结论。

结　语

由卞之琳在两个不同时代的创作实践与理论建构来看，我们可以发现诗风晦涩与易懂，都只是相对的标准。同样的概念，内涵却并不一致。

卞之琳新时期在回顾一生的创作时，编选了《雕虫纪历》这一经典化诗集，诗集按不同阶段分为多辑，其中第五辑收录1951—1958年的14首诗，分别对应上述这三次受到批评的作品。对比着看，这一辑的诗作在卞之琳一生中是最明朗化的大白话诗歌，虽然也有格律体的尝试，但选录语汇、句子结构都发生了巨变，语汇与句子之间的张力大大减少了。但是，这一口语化诗风仍是自己的口语化延续，没有代之以特定时代的群众性的口语化风格。

卞之琳1940年代到延安生活了一段时间，写出了《慰劳信集》，自认为从此开始“主观上是向好懂这个方向走。”但“好懂”是一个言人人殊的标准，底层读者与精英知识分子之间，存在一个鸿沟。这一鸿沟处处存在，并不是想跨过去就能跨过去的。

第五章　版本批评：在方言入诗与去方言化之间

中国新诗不论是新诗作品的草稿样态、初次发表版本，还是收入诗集的各种版本形态，都有许多变化与不同之处。仔细比较不同版本形态下的同一首诗，其修改缘由、过程、异同之处，都涉及作品背后的语言观念与社会思想。通过版本形态的比对与校验，可以在方言入诗与现代诗的去方言化之间找到某种张力与规律，其中既关系到方言因素在现代诗中的去与留，也牵涉到现代诗语言价值取向上的雅与俗。同时，这一过程既是其合法性论争的主要导火线，还是现代诗中方言入诗何去何从与如何面对自身的重要环节。

白话诗作为诗歌正统之后，它的历史形象并不是一成不变的，相反，它是通过不同时期作品的修改获得诗歌史形象的重新塑造。在二元对立与更迭之中，现代诗歌的方言化与去方言化，不失为一个有趣而复杂的现象。

一、现代诗集版本与方言入诗的表征

像古典诗歌存在版本批评一样，白话诗歌也存在版本批评。白话诗在写作、发表、结集的过程中，也程度不一地存在这样一种现象：一方面，即作品面世过程中出于各种原因而有所删削与校改，以致出现了不得不重视的版本问题。另一方面，诗学研究界对现代诗歌版本问题，却并不重视，比如论述中所引的诗句便歧异甚多，有些甚至到了相互对立的程度。因为方言入诗而导致的版本变迁，便自然有了丰富而错综的内容，值得认真剖析与解读。

比较而言，在现代小说领域，曾有学者以若干长篇小说为个案，进行了深入的版本校评。[①] 版本校评，在现代诗歌领域同样重要，在某些作品或集子中一点也不亚于现代小说。本节以“方言入诗”为维度，就方言化与去方言化为二元对立的两面，对方言在新诗版本变迁中的去与留略作论述。

（一）语言修改与现代诗集版本

在现代诗歌创作中，诗作的刊登与传播并不始终如一。作品一旦在公共传播空间传播，各种读者因素便会彰显出来，需要诗人们做出某种调整来配合。在这一动态性变迁中，诗人们考虑到不同时代、社会的复杂原因，在作品重新刊布时加以删削修改，轻则剪枝除叶，重则施以斧锯，结果较为严重的现象是同一文本不但题目有异，内容也面目全非了。

把最初在报纸杂志上发表过的诗篇，收集起来作为诗集出版，诗人们往往会添加、调整与斧削。试以沙鸥的四川方言诗《手指》为例，便可知其中变化之巨。这首诗是写壮丁题材的，叙述了一个农民砍掉自己的手指变成一个残疾人而试图逃避去当壮丁。此诗在《新华日报》发表时，题目是《手指》；后来此诗收入1945年的方言诗集《农村的歌》，1955年沙鸥出版新诗选集《红花》又把它收录了。但是，题目、诗行都面目全非，出现这样一种结果：同样的题材、内容，语言表达却大相径庭。

诗集的修改与重版，自胡适《尝试集》开始便成为新的传统了。胡适于1920年3月出版诗集《尝试集》，同年9月重版，1922年10月经胡适增删后出版增订四版，其后以此版为主，又印刷多次，其中仍有小范围的变动[②]。仿效的风习，也由此发端，在再次出版时删减诗作已成为惯例。譬如郭沫若的《女神》，初版后作者则本着“作一自我清算”[③] 的精神，多次加以修改，或整首整首地删除诗作，或整节整节地改动诗行，前后版本达七八种；版本较少者如康白情的《草儿》（1922年版），两年后改为《草儿在前集》，篇目、文字上都有不少变动。总之，诗人们一旦有机会出版代表性诗集，往往会在单行本中去芜存精，精心加以删削、编排，如卞之琳的《十年诗草》，臧克家的《十

① 参见金宏宇：《中国现代长篇小说名著版本校评》，北京：人民文学出版社，2004年。

② 胡适：《尝试集·四版自序》，《尝试集》，第5—7页。

③ 郭沫若：《离沪之前》，引自郭沫若：《〈女神〉汇校本》，桑逢康校，长沙：湖南人民出版社，1983年，第198页。

年诗选》便是。

相对而言，坊间刊行的汇校本一类，就著名诗人的代表性诗集，进行了校对，其异文情况得到了梳理，如郭沫若的《女神》，其中《凤凰涅槃》原发表在《时事新报·学灯》上面，在结集时改动甚多。① 又如沙鸥的四川方言诗，最先在重庆等地报纸杂志如《新华日报》副刊发表，结集过数本四川方言诗集，改变面貌相当突出。值得强调的是，如果诗集的出版与重版跨越了1949年，分别处于20世纪上半叶与下半叶，则修改的情况更加严重，异文情况更为突出。

问题是，诗人们改来改去是否符合越改越好，越改越精的进化论观念呢？具体到“方言”的去留，是否会让诗歌语言越来越精炼与传神呢？白话诗版本中的方言化与去方言化，相互交织而不断纠缠，充满着语言的张力，它有时偏向于方言化，借以凸显诗集的特色或地位；有时偏向于通过去方言化，来迎合政治、时代与环境，自觉与当下意识形态保持一致。想要回答以上问题，看来是貌似简单实际上十分复杂而难以从容地下结论的。现代诗歌版本中刻意凸显方言化的举措，有以下途径：一、在诗集修订中适当换上方言语汇，通过地域语汇来展示地域文化底蕴，有时干脆以“某某土白”、“某某方言诗”加以标记。二、在修订时对方言词语添加注释，帮助读者了解字面意义。三、在自己的朋友圈子内标举方言诗的特色，通过营造一种氛围来暗示，昭示世人。一旦当某一方言诗在社会上引起强烈反响与争论后，作者本人或其朋友圈子中人便通过各种方式参与进去，加以阐释辨析，引起更大的争论，在产生深远社会影响后以这种造成既成的事实为依托，借此强化现代诗的方言化思潮。

相反，现代诗歌集子在去方言化后的过程中，其作者采取的手法也有相仿之处，只是背道而驰而已。一、最直接的手段是对诗作中的方言词语加以删减，留下较通俗或读者大体可以接受的词语与句式。二、将发表过的方言诗作，部分或整体排除在后出的集子中，初版收入后马上再版把初版本中的方言诗删除干净，也较为多见。不过，因现代汉语的混融性，在整个民国文学的时代语境没有严格地框定“去方言化”，国语运动的倡导限于学术性小圈子；十七年文学时期则管控较严，在源头上就扼制住了诗集的出版，因此两个大的历史时段之间的诗集版本区别较大，在方言入诗与去方言化之间，出现不平衡状态。个别诗集反复多变，呈现出十分复杂的状况。下面，我们将借助具体的个案来略作剖析。

---

① 参见郭沫若：《〈女神〉汇校本》，桑逢康校，第33—53页。

（二）代表诗集的语言修改举隅

这里特意选取几本带有“完成与开端”① 性质的诗集，来作为研究对象予以剖析：一是 1920 年代初的《尝试集》，一是 1920 年代末的《志摩的诗》，一是臧克家 1940 年代的《十年诗选》。

现代诗集的编排、装订、版式，是诗歌物态化的具体表现，与作品本身的思想与艺术一样同样重要。胡适的《尝试集》作为新诗史上第一部个人白话诗集，它在很多方面首开风气，其中便包括方言入诗与去方言化方面。《尝试集》初版在出版过程中，首先是请钱玄同作序，加上胡适本人的自序，担负着为白话诗作合法性辩护和历史描述等使命；其次是讲究诗作的编排次序与整体格局，一编、二编以及作为附录的《去国集》，与胡适自认不多的真正白话诗夹杂在一起，对照起来更能看清白话诗发生与成长的轨迹，保留了从旧诗到白话诗的痕迹；再次是《尝试集》出版之后，胡适遍求身边的新文化运动的先驱们，如任叔永、陈莎菲、鲁迅、周作人、俞平伯、康白情等人，请求为之删诗，进行合适的微调或修正②；最后，是在保留全诗的同时，对诗句中的个别地方略加改动，或删，或添，都尽量朝语汇优化组合的境界努力，如为了语气的舒缓，添加“了”字等虚词，因为“这种地方，虽然微细的很，但也有很可研究之点。……做白话的人，若不讲究这种似微细而实重要的地方，便不配做白话，更不配做白话诗。”③

除了这些，早在《尝试集》成集之先，胡适对以方言形式出现的打油诗，予以排斥，达到纯化的效果；又如出于诗体进化的逻辑，对留美期间所作的律诗不予选录；出于公共空间的考虑，许多私人生活题材的作品也被淘汰了。可以说，胡适为了与文言相对的“白话”入诗能被广泛认可，通过暂时的去方言化来寻求合法性。一旦白话诗站稳脚跟，倡导方言文学，鼓吹方言诗是地道的口语诗，值得大书特书的言行又成了胡适的标新之举。

如果说《尝试集》的初版与重版反映了白话诗方言化与去方言化和文化语

---

① 卞之琳：《完成与开端：纪念诗人闻一多八十生辰》，《人与诗：忆旧说新》，这里有扩大之意。

② 陈平原：《经典是怎样形成的——周氏兄弟等为胡适删诗考》，《鲁迅研究月刊》2001 年 4、5 期合刊。

③ 胡适：《尝试集·四版自序》，《尝试集》，第 6—7 页。

境的关系的话，那么徐志摩的《志摩的诗》则反映了批评的力量。《志摩的诗》初版本收录诗作55首，因为是处女诗集，徐志摩精心编辑，自费出版，印刷精美。事过3年之后，《志摩的诗》再版本由新月书店出版①，从初版本到再版本，徐志摩自己亲力亲为，一共删掉诗作15首，增添1首，带有组诗性质的《沙扬娜拉十八首》，只留下最后一节独立成短诗1首。此外保留的诗作也在文字层面作了调整与改动。从初版本来考察，55首诗中大部分都在报刊发表过，在搜集成集时主要以初次发表文本为主，但也有稍作修改的诗作以至于初刊时与初版本中的文本偶有差异。

对照《志摩的诗》所出的初版本与再版本②，我们就会发现版本变化的一些方面：一、再版本受到了朱湘诗评的影响，按批评作了修改。朱湘发表在《小说月报》上的诗评《评徐君〈志摩的诗〉》③，得到了徐志摩的认可。朱湘在诗评中对徐志摩土音入韵有所非议，对诗作的优劣与排名也有独特的看法，徐志摩吸取了这些意见。二、徐志摩还从新月诗派同仁的试验中，得到了正反各方面的意见，既部分坚持了土白入诗的立场，对土音入韵略作调整外，基本没有大删大改。其信心可能来自其余诗友的喝彩，比如闻一多、饶孟侃、陈源等新月同仁的尝试与赞赏，譬如白话新诗的开创者胡适久已不作新诗，一看到徐志摩的土白诗，就持毫无保留的高度赞赏态度④；与徐志摩只有一面之缘的语言学家黎锦熙，也高调称赞徐志摩的北平土白话《残诗》“推为新诗第一”。⑤ 这样，使得徐志摩对包括“土音入韵”在内的土白诗十分看重，不是弱化土白化，而是强化了这一倾向。

志摩对闻一多的“三美”主张，有坚守也有突破，对“土白入诗”更是

---

① 当时新月广告如此说：“初版《志摩的诗》是作者自己印的，现在已经卖完了，这部书的影响大家都知道，作者奠定了文坛的基础。然而作者自己还是不满意，拿起笔来，删去了几首，改正了许许多多的字句，修订先后的次序：这本书的内容焕然一新，与旧本绝不相同。读过《志摩的诗》《翡冷翠的一夜》的人不可不读，没有读过的人更不可不读。”见《新月》1卷4号。

② 这里参照徐志摩：《志摩的诗》（系中国现代文学作品原本选印，校勘甚详），北京：人民文学出版社，1983年；顾永棣编：《徐志摩诗全编》，杭州：浙江文艺出版社，1987年。

③ 朱湘：《评徐君〈志摩的诗〉》，《小说月报》17卷1号。

④ 最近徐志摩先生的诗集里有一篇《一条金色的光痕》，是用硖石的土白作的，在今日的活文学中，要算是最成功的尝试。胡适：《〈吴歌甲集〉序》，姜义华主编、沈寂编：《胡适学术文集·新文学运动》，第498页。

⑤ 黎锦熙：《建设的“大众语”文学》，上海：商务印书馆，1936年，第100页。

有诸多偏爱。客观地说，土音入韵在徐志摩诗作中实在太普遍了，不好动大手术。如《多谢天！我的心又一度的跳荡》中“迹”与“结”“晨”与“存”“勤”与“冥”“净”与“欣”“尘”与“行”都是不押韵，但作为同韵来处理；《我有一个恋爱》中“晶”与“勤”“忍”与“吟”；《去罢》中“埋”与“鸦”“破”与“贺”“峰”与“穷”，也是如此。在这些不规则的押韵中，有几点共同的规律是“n”与“ng”不分，“ai”与“a”通押，“u”和“o”也混为一样，实际这是徐志摩的母语方言在暗中起作用，从侧面反映出当时方言的音韵特点。同时，土白诗全部得以保留，如《残诗》、《卡尔佛里》等诗。在徐志摩眼里，不但要追求诗歌的方言化，而且还要强调土白诗的独立性，具体如《一条金色的光痕》，在再版本中既在原题下增添“硖石土白”字样，又把全诗前一节介绍性文字完全删除，原因是它系用国语写成，在全诗中带有陈述、设境的过渡性质；① 此诗一共36行，模拟一老妪口吻，惟妙惟肖。

《尝试集》与《志摩的诗》都是个人诗集的再版，重版时取精去芜，仍然保留了诗集名称。下面以臧克家的《十年诗选》选本为个案，探讨诗歌选本在方言化与去方言化上的思考。

《十年诗选》是臧克家新诗创作十年后的自选集子，一共收录现代诗70首，由现代书店出版，出版时间是1944年。臧克家以十年磨一剑的态度，自认为只有70首诗可以存世，再一次见证了作者选诗态度之严谨与精粹。臧克家青年时期师从闻一多，在诗坛素以苦吟与推敲著称，他自1933年自印出版诗集《烙印》以来，10年间共出诗集十余本，到了该总结的时候，对自己仍十分苛刻，不但自己精挑细拣，还请数位诗友帮助进行选诗与删诗。其中包括臧克家自称“一双宠爱”的《烙印》与《泥土的歌》选得最多，事后来看，这两本诗集成为臧克家力作最为集中的诗集。

从单行本到选本，臧克家诗作中的方言语汇仍然保留着。臧克家的老家是山东诸城的农村，诗人19岁之前没有离开过家乡，山东诸城方言一路携带，如影随形。如“日头坠在鸟巢里。/黄昏还没有溶尽归鸦的翅膀”（《难民》），这二句诗一般被认为是经过精心推敲的，不过，“日头”却是方言语汇。此外如“明朝”“场园”“生怕”“正晌”“年头”“巴豆”“生生地”“心下”（心里）之类的方言语汇，在选本中较为常见。在某些诗作中，臧克家对个别方言

---

① 所删的诗节如下：来了一个妇人，一个乡里来的妇人，穿着一件粗布棉袄，一条紫绵绸的裙，一双发肿的脚，一头花白的头发，慢慢的走上了我们前厅的石阶：手扶着一扇堂窗，她抬起了她的头，望著厅堂上的陈设，颤动着她的牙齿脱尽了的口。

语汇用“引号”圈出来，以示区别。个别较难理解的方言语汇或句式，臧克家则以“作注”的方式标注，便于读者理解。

换一个角度，这一诗学现象也反映了当时对方言入诗的宽容，没有过多的去方言化的时代压力。诗人运用最为熟悉的母语，刻画与描摹最为熟悉的生活，在当时带有普遍性，是“放之诗坛而皆准的”。一旦整个社会都沉浸在一种自然语言为主的诗歌艺术自觉中，诗歌艺术就会处于自为而自足的状态，语言的自然、率真也就被视为最为典型的特征。现代诗集中作品的方言化与去方言化，在20世纪上半叶是自然的消长，不是外界力量的强制与胁迫；在诗歌创作中，纯方言化或者带有方言化，是语言习得与母语综合影响之故，并不影响作品的艺术性。臧克家曾被誉为“农村诗人”，写出了农村生活的真实，是合理的存在。母语方言是精神的外壳，仍是不同异乡人交流的工具，并不是拙劣而低等级的。

结　语

现代诗歌的方言化与去方言化，是现代诗歌版本中普遍化的现象，两者并没有优劣、高下之分。假如想驱逐方言，去方言化，也不能全部剔除干净。土音入韵、方言语汇以及方言句式，本身还有特殊的韵味与表现力，在诱惑着一代又一代诗人，在一部又一部诗集中汇集着。从若干现代诗歌版本的变迁，可以一窥方言入诗的去留与浮沉，关于这一角度的更多探索，值得我们以后再作艰难的努力。

二、《女神》版本校释与普通话写作

共和国文学视野下的文学体制，创建初始便显示出不同凡响的独特威力，对中华人民共和国成立以来的文学生态起到了不可忽视的宰制作用。作为文学体制的一部分，普通话写作成为1950年代文学并一直延伸到今的不争事实与主流范式。1950年代中期召开的文字改革会议、现代汉语规范会议，重新定义了普通话概念，约束作家创作去服务于普通话写作大局。不论是新的创作，还是对现代文学历史时段中诞生的旧作的修改重版，都离不开这一写作范式的有力牵引。具体到郭沫若《女神》的修改与再版，同样体现了普通话写作的意图与规约。作为一本诞生于1920年代，标志着新诗创作成立纪元的经典诗集，《女神》又是在哪些层面适应并呈现20世纪50年代的文学风貌与规范呢？《女神》校释与版本变迁，与普通话写作又有哪些内在联系呢？在笔者看来，对这些问题答案的追寻，将不能不引起郭沫若研究学界的重新关注与思考。

（一）《女神》的版本变迁

《女神》自1921年初版以来，版本较多，作者的改动也较大①。整个20世纪上半叶，1928年由上海创造社出版部出版的《沫若诗集》，是《女神》与《星空》的合集，作者根据“作一自我清算”的精神，对《女神》诗作作了比较大的修改。在20世纪下半叶，特别是在整个50年代，则主要有以下两种版本。一是1953年1月，经作者修订，并加上若干注释后，由人民文学出版社重新出版，在具体篇目上则被删去了《夜》《死》《死的诱惑》三首；二是《女神》被收入1957年2月出版的《沫若文集》第一卷中（以下简称文集本），作者重新作了修订，并补充、调整与完善了一些注释。1953年版的《女神》，与初版类似，都是《女神》单独的集子，与诗人其他新诗集截然分开了。文集本的《女神》，虽然与《星空》《瓶》《前茅》《恢复》等诗集混编在一起，但篇目上保持了原貌，基本上可以视之为独立的部分。

从1953年到1957年，短短的几年之间，新中国作家的思想改造、普通话写作的兴盛，是其中的主要事件，无疑也大大影响了《女神》的版本变迁，其校释及其版本文化，与1950年代社会思潮与政治思想文化的嬗变也密切相关。尤其是新中国成立开始的随后几年之中，思想改造成为一种社会运动，席卷全国，久久不肯停息。“思想改造”意谓思想的洗澡，它作为当时最为流通的中性词，随后却变成了一个让人退避三舍的贬义词。1950年代中期现代汉语规范化运动，促使现代作家进一步对自己过去的创作进行一番清理。“五四”以后的现代作家，不同程度存在语言混杂、不甚规范的问题，与普通话写作要求相距甚远。定义普通话时有语音、语汇和语法三条标准，其中语音以北京音为基准，分歧不大；而语汇方面则以北方话为基础方言，语法则是“以典范的现代白话文著作为语法规范”，这两点模糊得很。譬如北方话方言语汇，虽然现

① 在版本方面主要参考了以下书籍：桑逢康校：《〈女神〉汇校本》；陈永志校释：《〈女神〉校释》，上海：华东师范大学出版社，2008年；蔡震编辑：《〈女神〉及佚诗》，北京：人民文学出版社，2008年。

代汉语规范问题学术会议后，当局责成中国科学院语言研究所进行现代汉语语典编纂，但滞后多年，导向作用比较单薄。“以典范的现代白话文著作为语法规范”也是如此。在1950年代的现代汉语语法书稿中，往往选入的作家是左翼作家，比如语言研究所语法小组在《中国语文》月刊连载的《语法讲话》，典范的现代白话文著作是老舍、赵树理、毛泽东、杨朔、袁静、鲁迅、曹禺、杜鹏程、周立波、丁西林、欧阳山、巴金、叶圣陶等60多名作家。1953年张志公出版的《修辞概要》一书例句涉及的现代作家有30多名，其中引用鲁迅、老舍、丁玲、赵树理、周立波、毛泽东等人文章作为例句的最多。引用频次最多的作品是《暴风骤雨》《太阳照在桑乾河上》《新儿女英雄传》。这些作品的语法是否是汉语规范化的最佳代表，暂且不论，但涉及所选作家的政治立场超过语言“规范化”却是无疑的，它与民族标准语也有内在关联。这两个主观性的要求与普通话写作有千丝万缕的联系。在以上历史大事件中，都离不开郭沫若的身影，譬如在思想改造的运动中，他身先士卒，不断反省、修正自己过去的言行，努力打造又红又专的文化领导人形象；1950年代初接受毛泽东交代的任务，为文字的拼音化道路定调；在1955年中国科学院主办的现代汉语规范会议上致开幕词，参与普通话写作的建构。不过，奇怪的是著作等身的郭沫若，其作品与典范的现代白话文著作似乎有点错位，他的著作几乎很少进入语法学家取证的视野之中，原因之一也许在于他不是以小说创作著称，而主要是以诗歌、政论、传记等文体著称。

另外值得一提的是，在新的文学体制内修改旧作，往往是作者和编辑共同完成的。对执笔为文的作家们来说，社会约束其文学创作实践是第一步工作，紧随其后的是对作品的整理、打磨、加工、编辑工作。按流通方式来说，在变成铅字印刷出厂前，编辑工作是关键的环节。研究1950年代的版本变迁，不可忽视编辑工作所起的核心作用。在1950年代，编辑工作者被推到了前台，处于监管、把关的重要岗位。不论作家成名先后长久，也不管作家名声大小优劣，普通编辑似乎都有一种特殊的权力能凌驾其上。处于思想被改造的作家个体，几乎都是小心谨慎，绝大多数不敢越雷池半步，也不敢对编辑工作有什么激进的反弹行为。

作为1950年代的亲历者与人民文学出版社领导，楼适夷就直言不讳地承认“作为一个编辑，在工作上，自己所发挥的权力，也是有点可怕的。我们好象一个外科大夫，一枝笔象一把手术刀，喜欢在作家的作品上动刀子，仿佛不给文章割出一点血来，就算没有尽到自己的责任。这把厉害的刀，一直动到既成老大作家，甚至已故作家的身上。”除被誉为民族魂的鲁迅之外，“其他作家的作品几乎全动过一些手术。”[①] 如郭沫若1953年版的《女神》，被删去的三首诗，便是编辑越俎代庖的结果；或者也有可能是编辑提出处理意见后，郭沫若无奈接受的结果。楼适夷还说，“后来，到1956年，我们为郭老编辑多卷本的《沫若文集》，郭老就向我吐苦水了。说这首被删去的《死的诱惑》，正是他生平写白话诗的处女作，可见当时头生儿子一刀被砍，作者是怎样的心痛了。”郭沫若之所以有机会能向出版社同志“吐苦水”，也还是时代政治风气有所改变，不然也只能是哑巴吃黄连，有苦说不出。

为了与时代精神合拍，或者为了表明自己阶级思想的纯粹性，郭沫若与时俱进，对自己的作品有过新的思考。《女神》中一些在初版后陆续被删除的诗作，一些在1940年代不合时宜的诗作，在50年代中又被作者安插进来，如《序诗》《三个泛神论者》《匪徒颂》《辍了课的第一点钟里》便是。与整首诗作的增删不同，一些诗句的改删、润饰，也可以看出思想改造的印痕。以反讽手法一气呵成的《匪徒颂》，在涉及马克思时，1953年的《女神》中把“发现阶级斗争的谬论，穷而无赖的马克思呀!”修改为“鼓动阶级斗争的谬论，饿不死的马克思呀!”也就是说，对马克思形象的重塑，也是一种思想进步的呈现。

从1953年到1957年，大致经过了从思想改造到普通话写作的变迁，相对而言，思想控制稍微要宽松一些。这一点，在两种版本的《女神》中也体现出来了，一些改删过的地方也恢复了原状，被删去的三首诗全部回到了原有的位置。以自杀为主题、通过我与刀的对话来构思的《死的诱惑》一诗，在1957年文集本中有这样的一句说明：“［附白］这是我最早的诗，大概是一九一八年初夏作的。”也许作者想向编辑、社会曲折地加以说明，请宽容并保留这首处女作，哪怕其主题思想有一些可指摘的地方。

对于文学青年，或者入行不久的作者，编辑动笔修改的幅度相对较大。而对于在20世纪上半叶成名的作家，或资格较老的作家，自我编辑的分量更大一些。像郭沫若这样一批作家有不少曾在编辑岗位上长期耕种过，编辑出版过的报纸杂志图书也有口皆碑。相比之下，编辑工作者对他们的作品要省心一些。“他者”的力量削弱了，自我修改的分量却加重了，特别是在重新出版过去的作品时，郭沫若们在不断地反复修改、自我编辑，试图通过修改旧作重新发表来脱胎换骨，这一过程中也混杂着编辑们的工作。因此，从1950年代最

---

① 楼适夷：《零零碎碎的记忆——我在人民文学出版社》，《新文学史料》1991年1期。

主要的《女神》两种版本来说，现在似乎缺乏证据辨别作者编辑与编辑代劳的地方。从郭沫若当时的地位来看，估计作者编辑、修订的居多。以人民文学出版社为例，白皮书、绿皮书是20世纪50年代所出版的现代文学名著重版，数量较多，几乎没有一本没有类似“经作者修订、重排出版”的字样。——这样带来一个潜在的问题，是改好了还是改错了呢？是改多了还是改少了呢？另外就是到底该谁来负责呢？也许从版本学考察，仅仅是版本本性发生了变化而已。但是，这一变化的背后，我们不能不深思其中潜伏的思想根源。每一次改动都残留着思想的痕迹，正确与错误、前进与后退，都掺和在文本之中。

（二）思想改造与郭沫若的应对

作家改造思想的主要方式，仍然是通过作品来呈现。其中涉及作品人物形象、性格，甚至语言层面。思想改造抵达语言这一层面，不可谓不深入；改变并接受一种语言，就意味着改变并接受一种生活与生存的方式，当然这一改变的过程也体现一种适者生存的智慧。这一方式，在1950年代初期和中期，又与普通话写作的倡导、兴盛紧密绾结在一起。

1940年代后期，远在国统区的郭沫若看完被誉为解放区文学方向的赵树理小说之后，认为其语言“全体的叙述文都是平明简洁的口头语，脱尽了五四以来欧化体的新文言臭味”①，这表面是郭沫若对赵树理小说语言的褒奖，实质是对知识分子腔调的无情嘲讽。在1940年代的港粤地区，正当方言文学如火如荼开展之际，郭沫若提出了“方言文学的建立，的确可以和国语文学平行，而丰富国语文学”② 的主张，郭氏认为发展方言文学不会破坏言语的统一，也不会因为提倡方言文学而推翻普通话，而只能使普通话更丰富。方言文学是文学的正途，是合法、正统的。但到了1950年代初，压制知识分子语言，提升劳动群众语言成为时尚；时代变化太快了，过不了几年，群众语言也慢慢变得灰不溜秋了，标准而规划的民族共同语——普通话成为全国性的文学语言样本。大面积的语言规训，我们通过现代作家忙着修改旧作，以便改头换面重新面世便可看得清楚明白。“语言的规范必须寄托在有形的东西上。这首先是一切作品，特别重要的是文学作品，因为语言的规范主要是通过作品传播开来

---

① 郭沫若：《读了〈李家庄的变迁〉》，《北方杂志》1、2期。

② 郭沫若：《当前的文艺诸问题》，王锦厚等编：《郭沫若佚文集》（下册），第212页。

的。作家们和翻译工作者们重视或不重视语言的规范，影响所及是难以估计的，我们不能不对他们提出特别严格的要求。”①

1950 年代出版旧作最多的郭沫若，改动的作品很多，但没有留下相关的理论性佐证文字。这里，我们不妨录引冯至的一段自述，冯至在 1950 年代中期编选出版过《冯至诗文选集》，这位低调的诗人有机会编选自己的诗文时，同样免不了做些删改与自我编辑工作，在改动字词与句子时，他当时定了三条，其中两条是这样的：“第一，20 年代有人写作，有时在文句间掺入不必要的外国字，这样就破坏了语言的纯洁性，我当时也沾染了这种不良的习气。如今我读到这类的文句，很感到可厌。因此我把不必要的外国字都删去了，用汉字代替。”“第三，文字冗沓，或是不甚通顺的地方，我改得简练一些，舒畅一些，但是另作修饰。还有古代的用词，必要时我改为今语”。② 虽然郭沫若没有像冯至这样在事后阐释个中缘由，但冯至所做的这一切，其实在郭氏重新出版自己的旧作时早已流行，修订出版《女神》便是如此。从普通话写作的角度来看，对欧化的清理、对文言的规避，以及对方言的限制，是其中的关键环节。郭沫若通过修改旧作企求达到思想改造与普通话写作的目的，对于《女神》而言，“语言的修改与润色，比之内容变化、结构更改，数量多得多，从首刊到《女神》1957 年本，《女神》的 57 篇作品中，找不到多少在语言上一点儿没改润过的。这些改动，有的是改掉使用不当的，有的是将生僻的改换成通俗易懂的，还有将不流畅的语句改得流畅”。③ 当然，也有一些没有察觉出来的，仍旧保留了旧的不合规范的语汇，个别拗口的句子也还存在。这一种自我修改的过程，表面看是语言的改动，实际也可以看作思想改造的凭条。

首先，《女神》1950 年代重版本中启动了对欧化的清理与整顿。在反欧化的旗帜下，在欧化语言中寻找欧化本身的缺点成为一种思维定式。消除欧化的直接手段，是将夹杂外文单词、句子的现象进行删改，将翻译者随意性的外国地名、人名、术语等的翻译腔进行校正。在 1950 年代重版的《女神》中，这一方面的“清污”手段比较典型。在具体处理过程中，郭沫若采取以下几种方式进行：一是对外文单词进行删除淘汰，对引用较长的外文诗节进行汉译处

① 《为促进汉字改革、推广普通话、实现汉语规范化而努力》，《人民日报》1955 年 12 月 26 日。

② 冯至：《诗文自选琐记》（代序），《冯至选集》（第 1 卷），成都：四川文艺出版社，1985 年，第 4—5 页。

③ 陈永志：《〈女神〉校勘记略》，《〈女神〉校释》，第 225 页。

理；二是在适当保持个别外文单词时采取注释方式；三是将一些比较拗口的欧化长句改短，调整句序，努力使语言表述规范化与本土化。譬如，《女神之再生》便对引用歌德的《浮士德》结尾诗句进行中文翻译，《天狗》一诗中对“我是X光线底光，/我是全宇宙底Energy底总量！”中“Energy”进行注释，1953年版标注为“能”，1957年文集本则标注为“物理学所研究的‘能’”。在《女神》中外文单词主要有英文、德文、日文等，1950年代全部进行了中文释义处理，外文单词仍然夹杂在汉字之中。整体而言，《女神》中对外文的释义，特别是人名的辅助解释最为多见，减少了读者的猜测与不解之处，节约了读者检阅工具书的时间。

其次，对文言与方言的扬弃，也在《女神》中有所体现。文言词汇的调整与删除，主要是变单音字为双音字，方言语汇则是调换为主。《女神之再生》中“奏起”改为“吹奏起”，“相埒”改为“对抗”，“侬们”改为“我们”，“乾休”改为“甘休”，表助词“之”也删掉了。《湘累》中“横顺”改为“总是”，“酸苦”改为“痛苦”，“儿女子”改为“女儿”，“羁延”改为“拖延”，“不看见”改为“看不见”。《棠棣之花》中“丰稔”改为“丰收”，“消殂”改为“消逝”。《天狗》中“我嚼我的血”改为“我吸我的血”，“脑经”改为“脑筋”。《日出》中“运转手”改为“司机”，“尽”改为“干净”，“飞纷”改变“飞腾”。《巨炮之教训》中“酣叫”改为“喊叫”。《海舟中望日出》中“船围”改为“船栏”。……类似的语汇改动，颇为多见。到了1950年代，“那儿”与“哪儿”“底”与“的”“吗”与“么”也分辨得比较清楚，两者互换改动也较多。

在普通话写作的建构与实践中，要算普通话与方言的关系更为复杂，在语汇与语法方面，则是语法最难处理。《女神》中改动最多的是第一辑中的三篇剧诗，第二辑与第三辑主要是自由诗，其中的改动则相对少一些。这是一种收缩式的处理方式，并不完全是语言的自律运动在起作用，而是与1950年代的时代氛围与特殊要求合拍的。

（三）《女神》的注解与释义

思想改造也好，普通话写作也好，具体落实到版本变迁上，驻足于文学语言上，实际是将“懂/不懂”作为一种直观的、普遍化的标准来衡量，也是“普及”大于“提高”的文艺理论在创作上的具体表现。从“不懂”到“懂”，从费解到通俗，一切便交给作家、出版部门来重新回答。这个时候，注解的方式流行起来。“有生动的方言，也可以用。如果怕读者不懂，可以加一个注解。”这是老舍1950年代的回答。“使用方言土语时，为了使读者能懂，我采用了三种办法：一是节约使用过于冷僻的字眼；二是必须使用估计读者不懂的字眼时，就加注解；三是反复运用，使用读者一回生，二回熟，见面几次，就理解了。”这是周立波1950年代调遣方言的方式。不只是方言语汇如此加注，外文、中外名人、历史典故、习俗等也是这样处理。依赖大量“注解”的辅助，帮助读者理解、消化，在1950年代中期的文学出版中较为普遍。通过“加注”给“不懂”的读者阅读，达到“懂”的程度，达到一目了然的程度。尽管作家并不承认自己的作品让人不懂，“不懂”这顶帽子也并不完全合适自己，但妥协也是一条出路。在文学作品的文本中，注释成为一个特殊的副文本。

注释，也就是释义，强调知识的普及性与易懂性。譬如1950年代初期，鲁研界收集鲁迅生平史料的活动，增补佚文、交代背景、介绍典故，人际交往等，都离不开详尽的注释，在版本、校勘方面留下了口碑。1980年代像《鲁迅全集》、《郭沫若全集》、《茅盾全集》等都是将注释列为重要任务，详略不等的注释，遍布全书。和古代文学的注释几乎集中于词义的解释和典故的考察不同，现当代文学作品除了增添外国人名、翻译、地名、书名等译介外，大多属于社会历史事实和文坛掌故的说明，有些风土人情、方言、地名、时令也包括进来，无形中扩大了注释的范围，强化了注释的功效。加注的目的是让读者容易懂，但难点在于这一切要根据作者的常识与想象去断定哪是读者所不了解的，应该怎样释义才比较稳妥。郭沫若在新中国成立后，位居中央政府的高级官员之席，在语言规范化的运动中，自觉进行普通话写作的转变，注释工作也就派上了用场，中外历史的良好功底，博古通今的通才式视野，使郭沫若游刃有余。注释作为一种普及知识与文化的手段，知识型注释在1950年代新版的《女神》中大量出现。人民文学出版社在《女神》出版说明的文字中也强调“并加上必要的注释”来予以辩护。从数量上看，1953年版的《女神》一共有注释43个；1957年文集本有注释39个。两种版本的注释大多雷同，也有个别有调整修订的。1957年的文集本，是郭沫若生前最后编定的一个本子，明显借鉴了1953年的版本。在出版说明中有这样的文字：“文集的全部作品，在此次编定时，都根据初版本或其他版本校勘，并增加一些必要的简注。有些作品曾由作者亲自校阅、修订。”因此可以猜测，除作者亲力亲为外，为郭沫若著作充任责任编辑的编辑们也进行了必要的编辑和校勘工作，由作者与编者合力完成。

相关的情况也可能出现，即这种释义并不准确，可能还有因政治气候而变动，也有可能个别注解是画蛇添足之举。同时，哪些应该做注解，哪些可以忽略，都有值得挖掘的空间。以 1953 年版《女神》与 1957 年文集本《女神》相比，针对同一对象的注解有较大的修改，譬如《电火光中》中这样给《牧羊少女》画作的作者 Millet 作注。1953 年版为“弥勒（Millet，1814—1875），法国名画家。作品大半描写农民生活。”1957 年文集本为“弥勒（Millet，1814—1875），法国名画家。大部分作品描写农民生活，充满对劳动的赞美。”《地球，我的母亲》一诗中对“普罗美修士”的注解，1957 年版增加了“因而触怒天帝”的内容。《匪徒颂》对“死有余辜的黎塞尔”注解变化较大，1953 年版为“菲律宾的志士，菲律宾被美国占领，曾发动抗美斗争，失败被杀。”1957 年版为“菲律宾的爱国诗人，曾发动反抗当时的菲律宾统治者西班牙的斗争，失败被杀。”不论是对劳动的赞颂，还是反抗当局的肯定，以及改错，都可隐约感觉特定时代的精神需要，感觉到隐形之手对注释的牵引。

总而言之，通过 1950 年代《女神》的版本校释，可以以管窥豹地瞥见普通话写作思潮的渊源与兴起、普及与深入等方面的轨迹。篇目的增删与诗句的修饰、注解的内容与方式，都形成特定时代的版本注释文化。如果从 1950 年代扩大开去，追踪研究 20 世纪《女神》在这一方面的版本校释，还将更为丰富芜杂。在 1950 年代，不论是我注六经，还是六经注我，都意味着一种经典的沉淀与形成；作为一部不可多得的新诗经典，《女神》版本校释传递并负载着这样丰富的时代信息，是郭沫若之幸，也是《女神》之幸。

三、《蕙的风》版本校释与普通话写作

汪静之的诗集《蕙的风》，是中国白话新诗史上较早的个人诗集之一。诗集于 1922 年 8 月初版，出版、发行均是上海的亚东图书馆。汪静之在出版个人诗集之前，还作为湖畔诗派主要成员之一，与冯雪峰、应修人、潘漠华合出《湖畔》诗集。作为当时师范学校的学生，汪静之是当时白话新诗最早的跟进者。在《蕙的风》初版时，当时新文学的领军人物胡适、周作人、鲁迅，以及其老师叶圣陶、朱自清、刘延陵等或作序鼓励，或书信往来肯定，或在汪氏受攻击时施以援手，展现出新文学的青春活力与温情画面。——这一切都较为少见，现象背后的原因似乎是多样的，譬如汪静之是胡适的小同乡，同是安徽绩

溪人氏，汪静之写作白话诗之初就与他有较多的书信往来；汪静之与朱自清、叶圣陶、刘延陵有师生之缘，同处得风气之先的浙江第一师范，切磋诗艺，相处十分融洽；主动大胆写信给支持新文学的周氏兄弟，均能得到他们的道义支持。

汪静之出版《蕙的风》之后声名鹊起，新诗创作给他造成的影响甚大，也成为汪静之数十年不断的精神财富。在浙江一师毕业后就工作的他，在民国时期大部分是靠教书度过的。辗转求职与不断跳槽，不少机会都得益于《蕙的风》的诗名。① 新中国成立之后，《蕙的风》也曾修订再版，成为汪静之一生当中最有代表性的诗集。如果从版本的角度来考察，《蕙的风》则是一个突出醒目的个案。近一个世纪以来，《蕙的风》有数个版本，虽然诗名是保留住了，但名同而实异，特别是20世纪50年代被诗人自己改削重版以来，重版之举与普通话写作有勾连相通之处②，而且一直延续到1990年代初的增订重版，在汪静之生前，改动之后的《蕙的风》一直没有恢复过原来的历史面貌，直到21世纪初，其子飞白编辑《汪静之文集》时，才将《蕙的风》大体上恢复原貌。可以说，《蕙的风》在修改类型上是“跨时代或跨时段修改”③ 的个案，不同时代的诗集版本构成一个历史的圆圈，留下了诸多言说的空间，以及历史的教训与经验。

（一）《蕙的风》的4个版本

《蕙的风》的版本，择其要则一共有4个，4个在同一名字的诗集，其斧削之剧烈、异动之悬殊，在白话新诗史上并不多见。

初版本的《蕙的风》，系经胡适推荐，于1922年8月在上海亚东图书馆出版，收诗170余首（以下称为亚东版）。封面上“蕙的风，汪静之作”系周作人的手迹，文字之上有一个长着翅膀的丘比特，持箭射中人心之图案。扉页的题词“放情的唱呵”系诗人的女朋友符竹因（又名菉漪或绿漪）所书写。诗前依次有朱自清、胡适、刘延陵作的序和作者的自序。全部诗作一共分为4辑

---

① 参见汪晴记录整理：《汪静之自述生平》，上海鲁迅纪念馆编：《汪静之先生纪念集》，上海：上海书画出版社，2002年，第221—307页。

② 参见拙文：《普通话写作的倡导与方言文学的退场》，《广播电视大学学报》2011年4期；《苏联经验与普通话写作——以郭沫若为中心的考察》，《福建论坛（人文社会科学版）》2013年12期。

③ 金宏宇：《新文学的版本批评》，武汉：武汉大学出版社，2007年，第25页。

呈现。《蕙的风》初版印刷3000册，随后在近10年时间内重印5次，印数达40000余册，主要有1923年9月的再版，1928年10月印行第4版，1931年7月印行第6版。后续各版都是翻版重印。此外，汪静之在1927年9月由开明书店印行《寂寞的国》，诗作共分两辑，分别是“听泪”与“寂寞的国”。

第二个版本是1957年9月由人民文学出版社新出的版本（以下称为人文版）。1952年10月，汪静之辞去复旦大学中文系国文教授之职，应老朋友冯雪峰之邀北上，成为新成立不久的国家权威出版社——人民文学出版社古典文学编辑室的一名编辑，主要工作是校刊古籍，因编辑思想迥异，与直接领导聂绀弩关系不洽，几年之间闹得很不愉快，甚至一度被停发工资，被对方宣称是开除工作。在冯雪峰周旋下，化解的方式是在1955年将汪静之转调中国作家协会任专职作家。这一时段，汪静之写了较多的政治抒情诗，也写了一些假大空的颂歌。在此期间，经冯雪峰提议重新出版《蕙的风》。在新的时代面前，汪静之对初版本进行了极大的斧削。人文版《蕙的风》取消了亚东版中朱自清、胡适、刘延陵的序和自己的自序，代之以新版之序。对诗集中全部诗作也进行了大量的删除与改削，并增添了1922年到1925年所写的诗作，也就是纳入《寂寞的国》的诗作。亚东版《蕙的风》经过这样一番去掉三分之二的删节处理，仅仅剩余51首，与删节幅度少许多的开明书店版《寂寞的国》合为一册，仍冠名《蕙的风》面世。在人文版中，原剩余的《蕙的风》部分作为第1辑，大体上按写作顺序排列，《寂寞的国》则成为第二辑。——作为诗人思想改造与普通话写作的重要见证，本文将重点校释亚东版的《蕙的风》与人文版的《蕙的风》。

第三个版本的《蕙的风》，是1992年3月由漓江出版社出版的增订本《蕙的风》（以下称为增订本），增订本书前附有影印的亚东版的封面与扉页，人文版的序，作者另写有短短的增订本序，书后则有附录二个：一是“五四”以来对本书的评论（摘），一是“五四”以来“湖畔诗社”的评论（摘）。整个诗作仍分为两辑，第一辑是《蕙的风》（1920—1922），第二辑是《寂寞的国》（1922—1925）。就第一辑而言，一共收录八十二首。据增订本序交代：“增订本仍旧遵守‘只剪枝，不接木’的规定，但有几首诗各增加了一二句。”① 在排列上也像人文版一样按照写作初稿的先后次序排列。从人文版到增订本，变化也甚大，同样体现了诗人的编辑理念与本人意志，出现了新的情况与特征，下面也将略为展开论述。

---

① 汪静之：《增订本序》，《蕙的风》，桂林：漓江出版社，1992年，第7页。

第四个版本是1996年4月由浙江文艺出版社出版的《蕙的风》，系中国新诗经典系列丛书之一。从篇目与内容看，这一版本仍与增订本相同，估计是按增订本重排出版。此外，新世纪问世的《汪静之文集》，其中文集本诗歌卷上，收入《蕙的风》。因“编辑方针是尽量找到和保存作品的历史原貌”①，所以，亚东版的原样在经过近一个世纪的改变后，又大体恢复了原样，还录了此一时期的佚诗20首诗，其中白话新诗10首。一些修改过的诗作，也用小号字体附录了一部分，以资比对。后面这两个版本或沿袭了增订本的优劣，或是亚东版的重排组合，在此不准备多涉及。由此可见，对于《蕙的风》而言，真正具有版本价值的是亚东版、人文版与增订本。这是新旧不同时代的鲜明对照，既彰显了对应于不同时代的白话式口语写作与普通话写作的内容，也反映了19世纪20年代初与50年代初、90年代初这些阶段中，中国社会历史三十年河东与三十年河西式的沧桑巨变。是焉非焉，均引人深思。

（二）汪静之的努力与前行

对于《蕙的风》而言，亚东初版本与人文版的差异甚大。在新的时代背景下，政治、文化与文艺的规则都发生了明显的变迁。大体而言，自毛泽东在延安文艺座谈会的讲话发表以后，以毛泽东文艺思想武装的延安文艺，逐渐成为当代文艺的主流与范式，正如周扬所说，解放区的文艺是真正新的人民的文艺，它有新的主题，新的人物，新的语言、形式。② 至于1950年代的文学，也差不多笼罩在这一文艺思想与形态、范式的影响之下。在共和国文学的新语境下，出于对过去历史时间的追讨与旧我形象的修正，诗人对1949年前出版的诗集，在获准重新出版时往往改头换面，修正自己在诗歌史上的文学形象，已成为常态。凡是在新中国成立前已经成名，并且在1950年代有诗集重版的，都难逃此律。如郭沫若、冯至、臧克家、何其芳、李季等，都是如此。汪静之也一样，在对人民文艺的向往与想象中，他对《蕙的风》从头到尾进行了大量修改，至于改得如何，则自有其短长。

汪静之在新版序文中把自己打扮成一个“不识人情世故的青年”，《蕙的

① 飞白、方素平：《总序·汪静之文集（诗歌卷上）》，杭州：西泠印社出版社，2006年，第9页。

② 周扬：《新的人民的文艺》，《周扬文集》第1卷，第513页。

风》则是“思想浅薄，技巧拙劣”①。在具体操作中，汪氏则以“园丁整枝的办法，只剪枝，不接木”② 的修改原则作理论支撑，但实际情况远非如此，从亚东版到人文版，实际上连主干都剪得七零八落了。试以诗作题目而论，题目上改动的就相当多，有些是截取一诗首尾变为二首分别命名的，有的是改变原有标题换成新名的。似乎可以断定，30 多年过去了，新文学之初一些评论者的意见，仍留在汪静之的脑海中。典型的是采纳了东南大学学生胡梦华的“不道德的批评”意见，比如，像字眼上“娇波”改为“眼波”，“情爱”改为“爱情”一样，“亲吻”、“接吻”之类的字眼删掉不少，描写身体亲热行为的诗句被大量淘汰了，一些写得比较暴露的诗行也大大改削掉。这一举动似乎暗示胡梦华的批评是正确的，鲁迅、周作人等人当年的辩护，也就成为一种无谓的摆设！据此，曾有论者就认为“汪静之的这一修改，从整个社会历史的发展进程来看，不能不说是对当年争论的一个莫大的讽刺；就诗人本人来说则是一个莫大的悲哀”③。也有年轻的学人不无反讽地认为：“‘修改’实际上是承认了当年攻击的合理性”。④ 估计 1950 年代仍健在的胡梦华看到新出的《蕙的风》之后也会暗自高兴吧！又例如把亚东版开卷第二首《定情花》后的自注“在一师校第二厕所”删除，原因之一便是闻一多的讽刺，当时这句话引起了在美国留学的青年诗人闻一多的借题发挥：“《蕙底风》只可以挂在‘一师校第二厕所’底墙上给没带草纸的人救急，……便是我也要骂他诲淫”⑤。

下面不妨引录一些诗作来对比一下前后之别吧：

伊底眼是温暖的太阳；/不然，何以伊一望着我，/我受了冻的心就热了呢？//伊底眼是解结的剪刀；/不然，何以伊一瞧着我，/我被镣铐的灵魂就自由了呢？//伊底眼是快乐的钥匙；/不然，何以伊一瞅着我，/我就住在乐园里了呢？//伊底眼变成忧愁的引火线了；/不然，何以伊一盯着我，/我就沉溺在愁海里了呢？——《伊底眼》（亚东版）

---

① 汪静之：《蕙的风·自序》，《蕙的风》，北京：人民文学出版社，1957 年版，第 3 页。

② 同上，第 3 页。

③ 雁雁：《〈蕙的风〉及其引起的争论》，汪静之：《六美缘》，北京：北京十月文艺出版社，1996 年，第 289 页。

④ 姜涛：《“新诗集”与中国新诗的发生》，北京：北京大学出版社，2005 年，第 196—197 页。

⑤ 闻一多：《致梁实秋》，《闻一多全集》3，第 609—610 页。

她底眼睛是温暖的太阳；/不然，何以她一望着我，/我受了冻的心就会暖洋洋？//她底眼睛是解结的剪刀；/不然，何以她一瞧着我，/我的灵魂就解除了镣铐？//她底眼睛是快乐的钥匙；/不然，何以她一瞅着我，我就过着乐园里的日子？//她底眼睛已变成忧愁的引火线；/不然，何以她一盯着我，/我就沉溺在忧愁的深渊？——《她底眼睛》（人文版）

我冒犯了人们的指谪，/一步一回头地瞟我意中人；/我怎样欣慰而胆寒呵。——《过伊家门外》（亚东版）

我冒犯了人们的指谪非难，/一步一回头地瞟我意中人，/我多么欣慰而胆寒。——《一步一回头》（人文版）

上述两处引用的诗均是完整的诗作——《伊底眼》与《过伊家门外》，它们是流传甚广的。从亚东版到人文版，这两首诗均有字面上的改动，如改“伊”为“她”，去掉了民国五四时期的旧时气息；在句尾增添字眼或改变词序，以便诗行押韵；删掉语气词，冲淡白话口语之风。诗集中宛若唱片主打歌式的名作《蕙的风》，原诗共四节，修改后则合并为一节，试比较原作的前二节：“是那里吹来/这蕙花的风——/温馨的蕙花的风？//蕙花深锁在园里，/伊满怀着幽怨。/伊底幽香潜出园外，/去招伊所爱的蝶儿。”修改后成了三句“蕙花深锁在花园，/满怀着幽怨。/幽香潜出了园外。”带口语性质的曲折、舒缓性质的语气词、虚词在修改中大多数被删除，诗意浓郁、摇曳多姿的句子变成较为呆板、理性的陈述句，给人一副板着面孔说话的样子，早期胡适、朱自清所说的稚气、天真的品格也就荡然无存了。

沿着这一思路对比校释这两个版本，不难发现这样的修改贯穿始终。具体到每一个被动了手术的文本来看，剪枝除叶的居多，主干被挪移或削掉的也很普遍：譬如《天亮之前》，原来有4节一共40行，被修改成为仅仅1节一共24行；《悲哀的青年》原来有5节一共31行，被削正为仅仅1节一共4行，题目则被改为《寻遍人间》。类似的改法，如《我俩》《孤苦的小和尚》《醒后》多首均是。

人文版的《蕙的风》出版于1957年，当时全国正在热火朝天地大力推广普通话，进行思想改造斗争。当时被称之为有思想污点的汪静之，好不容易得到重版以前诗集的机会，因此借此修正自己在文学历史上的形象，显得十分清楚。在诗集出版中“去方言化”缩小与普通话写作之间的距离，提高思想的认识以符合政权统治阶级的要求也是题中应有之义。至于如何“去方言化”主要有以下诸端：一是废弃“土音入韵”，汪静之称之为“方言韵”；二是将模糊中的口语化诗句，或是带有方言语汇的诗句，大体改成毛泽东政论式的语言，冠之为规范化的“普通话”。

“因不懂国语，押了很多方言韵。……把方言韵改正了。”① 但仔细校读，事实上不像汪静之本人所论述的那样简单，也没有他所说的那样成功。汪静之对普通话知之不多，当时普通话写作也没有明确的规范可以仿效，一切都是摸着石头过河，有些诗人泅水能力强些，呛水的机会就少。汪静之则相反，呛水就频繁得多。比如哪是方音哪是标准音，便分辨不清，哪是方言语汇，哪是方言与普通话的过渡语汇，也把握不定。为了保险过关起见，低级的方法是“的”“了”等诗尾结束字简单重复；或者调换押韵的字汇，甚至不惜伤及诗句的完整，但因诗人对普通话本身的知识欠缺，反而改错换上了别的土音韵。如人文版中《礼教》这一首诗，偶句押韵，押韵的字是“紧”“捆”；《七月的风》中，押韵的韵脚字在“灵”与“纹”上；代表性诗作《蕙的风》中，韵脚落在“醉”“蕙”与“飞”三个字上；此外如“迹”与“去”协韵、“嘴”与“许”协韵、“个”与“我”协韵、“睛”与“饮”协韵……改来改去，仍没有逃掉土音入韵的魔圈。为了押韵，甚至不得不将诗句扭曲，将通顺的句子变成拗口的句子，比如在《谢绝》一诗中，为了与“苦恼”相称押“ao”的韵，将后续以“幕了”结尾的诗句，削改为“帐幕一套”，留下了刀斧的痕迹。

汪静之除了大力矫正“土音入韵”之外，另一个着力之处是删除方言语汇，以及对暗含方言的口语化诗句大动手术。比如方言语汇“姆妈”“勿”“烈热”“勦”之类的吴语语汇，就一一被删除淘汰。一些生造字汇，或者也是吴语方言中的不规范的说法，也悉数被砍掉，如“飞红着脸”“蹈舞”“绿浓浓的”便是。在改动口语化的句子方面，伤筋动骨最多的是删除语气词、情态词，将疑问句、倒装句、不完整的句子，基本上改为句子成分齐备、意思明白而简单的政论文式的语句，生硬的陈述句成为青睐的对象。像“北高峰给我登上了”之类的吴语句式，也一齐失踪了。能在筛子眼里留下的诗，有好有坏，但整体上诗歌的生气与内在韵律所受的内伤最重。许多诗作从鲜花变成了纸花，像“敏慧的鸟儿，/宛转地歌唱在树上”改为“鸟儿在树上宛转地歌

---

① 汪静之：《蕙的风·自序》，《蕙的风》，第1页。

唱”一样，很少能达到后出转精的效果。总体而言，在新的时代背景下，对过去的旧作进行修订，有得有失，从亚东版到人文版，失大于得。它既破坏了原版的完整与形象，也没有站在真、善、美的高度提升旧我。其次，从版本学考量，对后来的研究者，不能看到初版者的读者或研究者，增加了新的困惑与矛盾，也增加了不必要的人为困难。因此，从亚东版到人文版，《蕙的风》曾经给汪静之带来了相当的声誉，可是时过境迁，30多年后在向普通话写作与人民文艺的过渡中，几乎每一首诗却逃不掉刀斧相加于身的命运。

（三）最后的增订本

1992年漓江出版社的增订本，应该说是诗人生前最后修改的定本。首先，在增订本的短序中，汪静之补充交代了在亚东版基础上所做的两次大的修改的缘起与理由。1956年鲁迅逝世20周年纪念日，冯雪峰因为鲁迅先生对《蕙的风》的赏识而决定重新出版。1956年修改《蕙的风》时，自己决定“只剪枝，不接木”，只删不增；只在字句上修改，决不提高原诗的思想水平。似乎这一策略在诗人看来是可取而有益的，因此增订本仍然沿袭这一方法，仍旧“只剪枝，不接木”。其次，据作者交代，人文版因读者责怪诗人把初版本删汰太多，现增选41首。这样增订本与亚东版比较，几乎在篇数上达到了亚东版的一半左右。但因为文字删削过多，在诗行上仍只占四分之一左右。再次，据诗人介绍，“增订本注明赠某人忆某人的名字，作为纪念。”因此出现了三个人的名字，一是符竹因（以菉漪为其别名，有时也写作绿漪），二是曹珮声，三是曹珮声的丈夫胡家。

从实际情况来看，诗人在《增订本序》中的说法并不准确：一是诗集的作品数量，实际上包含了人文版删去3首之后的48首，这次从亚东版中重新遴选了34首进行补充，一共82首；二是恢复真名实姓也没有完全做到，有4首诗是题赠或回忆H所作，“H”没有标明是谁，据考证，应是在杭州与诗人谈过恋爱的湖南籍女学生傅慧贞；三是修订标准也大大突破了作者的原则，增添诗行的情况较多，诗句内容已发生较大变更的则相当普遍。

从人文版到增订本，兼顾亚东版到增订本，这次修订具有以下几个特点：增订本与人文版相比，有三种改动：一是从标题来看，一共有37首没有改动，只是排列顺序发生了变化。原先在“小诗几首”名义下的也放到了单独的位置上。二是有10首改动了标题，分别是《题B底小影》改为《题珮声小影》，《眼睛》改为《含情的眼睛》，《恋爱底甜蜜》改为《恋爱的甜蜜》，《愿望》

改为《薇娜丝》（现在通译维纳斯），《她底眼睛》改为《漪的眼睛》（正文中为《菉漪底眼睛》，《心上人底家乡》改为《心上人的家乡》，《西湖杂诗》（五首）分别取名为《月亮与西湖》《山和水的亲昵》《上等人》《我是鱼儿你是鸟》《荷花》。三是删掉3首，分别是《白岳纪游（之二）》《寻遍人间》《伴侣》；前面二首被删主要是艺术上比较差，后一首则是内容上的。《伴侣》在亚东版上原是《情侣》，是记叙作者与冯雪峰、潘漠华、应修人同游西湖雷峰之景所写，从字里行间来看，则是写"我"与应修人挽手共上雷峰塔之事，改《情侣》为《伴侣》自然很合适。但从增订本来看，诗人主要倾向于他与几个异性之间的爱情书写，因此删除了这一首。

增订本的《蕙的风》，在思想内容方面滑向个人生活，有从公共空间不断退缩的趋势。在诗集目录的标题中，这一点看不出来，但在正文中，标题变化较大——都标明赠某人或忆某人，这样坐实了诗的内容与对象，明显是回退到个人私密性的生活中去。1990年代汪静之出版《六美缘》，曾明确指向与自己恋爱和交往过的6个女性，这一方面没有忌讳，反映了诗人汪静之坦荡与纯真的本色，也可见汪静之的情诗，都是诗人自己的情事，真名实姓而有案可查的。因此，增订本正文的具体标题下，汪静之以"忆某某"、"赠某某"附录的诗比比皆是，统计结果是这样的：与菉漪相关的有28首，与曹珮声相关的有9首，与H（即谈过恋爱的傅慧贞）相关的有4首，此外偕珮声、菉漪同游西湖所作的《西湖小诗》六首。如流传甚广的《伊底眼》（人文版改为《她底眼睛》，此时改为《菉漪底眼睛（赠菉漪）》，主打诗歌《蕙的风》改为《蕙的风（回忆H）》，推测起来是"蕙"与"慧"谐音之故。

以上所述是相关性的背景资料，下面再来看具体诗作的文本异同情况。首先，从亚东版到人文版的诗作修改，在增订本中绝大多数仍沿用了。当中也有例外，如人文版的《愿望》改为《薇娜丝（赠菉漪）》后，诗句也有大的变动：原诗2节8行，改为3节12行，采用的是加法，诗句修改之处达10余行。其次，这次增加的34首，或是改变标题，或是摘取亚东版原作的开头或结尾之诗节，略作修订重新取名。试以亚东版与增订本校释，其中有12首保持原有题目，22首是从原有组诗或诗行中摘录出来并重新命名的。亚东版的原有的诗，有的一首诗变成了若干首，如从《别情》中析出了《水一样温柔》《处处都有你》《梦中相会》三首；《只得》改为《胡家的鬼》，《互赠》改为《最美满的情缘》，《遣忧》改为《牧童与樵女》。在内容上，七成以上的诗作在诗行上改动甚大，既体现在趋向格律体与民歌体等形式上，也体现在诗行的字词句上，或押韵，或协调，或去口语化。因为这一方面的修改十分普遍，这里便不一一列举详述了。

结　语

通过《蕙的风》诗集主要版本的考察，可以发现，新中国成立之后作家思想改造与文艺思潮领域推行普通话写作的时代语境，深浅不一地持续影响了诗人对诗集的删节与斧削。正如一位年轻学者所言，“五十年代作家对旧作的修改可分为语言和内容两个层面”，“作家对语言的修改体现了五十年代汉语规范化的时代要求。”① 在新诗领域，新诗白话化（某种程度上是方言化）、口语化，与现代汉语的规范化之间，存在某种难以调和的张力结构。同时，语言的稳定性与基础性，语言风格的持续性又暗中反弹，限制了语言的同一化进程。比如，方言也不能全部剔除净尽，方言身份的复杂、表现力与诗人语言资源等原因，以及题材上的限制也保护了这一点。所以，在诗歌中语言的变动应是比较缓和的，不那么容易做到脱胎换骨。但是，汪静之在《蕙的风》里，基本否定了《蕙的风》的过去，语言形态已是今非昔比。“50 年代‘绿皮书工程’的大修改，已经偏离了正常状态的修改，是常态与异态并存，甚至常常是异态压倒了常态。”② 作为“绿皮书工程”中的一本，《蕙的风》也可以说是偏离了“常态”的修改。

像重新学会怎样说话一样，背弃固有的口语，投入到宏大而陌生的共同语规范化汪洋中，也是一个重新开始、适应的过程。在这写作范式的背后，则存在作家思想改造的有力支撑，对于汪静之而言，他在国民党中央军校任教的那段历史，时时成为他试图重新融入新中国的阻碍。因此对于自称一生不问政治的汪静之而言，也难逃此律。《蕙的风》从亚东版，到人文版再到增订本，则是殃及池鱼的副产品，不同版本的《蕙的风》，大体是倒着走路的退步之举，留下的是一声沉重的历史叹息。

---

① 陈改玲：《重建新文学史秩序：1950—1957 年现代作家选集的出版研究》，北京：人民文学出版社，2006 年，第 200 页。

② 杨义：《五十年代作家对旧作的修改》，《中国现代文学研究丛刊》2003 年 2 期。

四、《王贵与李香香》版本校释与普通话写作

李季的叙事长诗《王贵与李香香》，1945 年年底完成于陕甘宁边区的三边地区，1946 年夏曾部分刊载于李季任社长的油印小报《三边报》，原题为《红旗插在死羊湾》，文体为说唱体，说唱与道白夹杂。后来在《解放日报》副刊编辑黎辛与冯牧等帮助下，删去叙事性道白部分，改为纯顺天游形式的长篇叙事诗，并易名为《王贵与李香香》，副标题是“三边民间革命历史故事”，在延安的权威党报《解放日报》副刊连载三天刊完，时间为1946 年9 月22 至24 日。发表当天即9 月22 日，同一版面还搭配了责任编辑黎辛以“解清”笔名的短评《从〈王贵与李香香〉谈起》。不久，此诗又意外地得到了共产党中央宣传高层部门及时的肯定，同时以中英文两种文字由新华社第一次用电讯形式向国内外全文广播。沿此一途，《王贵与李香香》由报纸印刷品，到不同形式的单行本，印刷版次甚多，发行量逾十万册，跨越了不同的时代。

《王贵与李香香》自公开完整地发表以来，影响逐渐扩大，修改次数频繁，版本颇为复杂，实在有仔细剖析之价值与必要。按其时间背景与文学思潮而论，其修改较大的几次，落脚于 20 世纪 40 年代中后期与新中国成立之后的 1950 年代，差不多是提倡群众口语转变到提倡现代汉语规范化的黄金时期，《王贵与李香香》版本校释与普通话写作之关系，也自然水到渠成，成为窥视 20 世纪四五十年代文学经典与文艺创作潮流的一个切入口。

（一）不同版本概述

《王贵与李香香》变成铅字出版之前的手稿尚存留于世，现作为“二级文抗”文物，收藏于延安革命纪念馆。① 据看到手稿的研究者宫苏艺称，原诗手稿为 32 开，上方用铁丝装订成册。正文加上封面和封底，共计 70 页。封面竖写“太阳会从西边出来吗？——三边民间革命历史故事（顺天游）初稿”。据宫苏艺的研究成果，《王贵与李香香》原手稿完整、洁净，是一气呵成的，估

① 因未见手稿本，此处论述参见了宫苏艺：《〈王贵与李香香〉的手稿和版本》（上、下），《延安文艺研究》1987 年 1、2 期。

计是草稿整理后较为成熟与完整的抄件。手稿完成后，李季曾拿着它在三边地区的盐池区乡干部或底层民众等不同层次的读者群中念诵与传阅，广泛征求意见。在这份手稿上的修改大约有150多处，笔迹不同，其中绝大部分是李季自己的修改，个别地方为他人代笔所做出的修改，两者在发表时均得到了吸纳。

以此为蓝本，《王贵与李香香》在《解放日报》副刊初次完整发表，发表时编辑对李季拿不准的地方有所选择，个别文字也有代劳之处。据查实，此诗还在不同解放区的地方党报中转载过，并应读者的强烈要求及时印行单行本。为了在解放区、国统区进行文艺普及与宣传传播起见，第一时间响应出版单行本的主要是当时各个解放区的出版机关——新华书店系统。1946年11月，太岳新华书店印行单行本，到1949年10月新中国成立之前短短几年之间，东北书店、华北新华书店、冀南书店、（大连）大众书店、晋察冀新华书店、陕甘宁边区新华书店、吕梁文化教育出版社、（山东渤海）新华书店、北京新华书店等都印行或出版过这本薄薄的叙事诗。据不完全统计，除此之外全国各地也曾翻印过，譬如不同军区政治部文化部、大小不同的解放区文化单位等。相比之下，由周扬主持、北京新华书店出版的"中国人民文艺丛书"版质量甚高，分别有1949年5月和10月两个出版时间，印刷册数分别是5000册和10000册。同是共产党开辟的香港文艺战线领导下的香港海洋书店也出版过一次，即作为周而复主编的"北方文丛"丛书之一种在国统区出版，发行地是上海。从解放区到国统区，虽然大多数都是翻印，但无形中扩大了《王贵与李香香》的影响，使此诗真正具备了走向全国的有利条件。

新中国成立以后，《王贵与李香香》代表着解放区诗歌的光辉成就，成为大书特书的对象，紧随其后的往往会提到阮章竞的《漳河水》等作品。因此，《王贵与李香香》的出版与发行便相当重要了，作者李季将《王贵与李香香》的版权顺理成章地给予了人民文学出版社。出版情况如下：1952年3月人民文学出版社根据"中国人民文艺丛书"版，重排出版；1956年9月，经过作者做过修订后出版北京第2版，1958年12月又重排出版过一次。1959年5月由人民文学出版社以"文学小丛书"之一种编辑出版；1961年10月，人民文学出版社出版插图本；1963年10月由作家出版社出版新一版；1977年8月，人民文学出版社再版。1980年李季去世之后，人民文学出版社于1985年3月再版"文学小丛书"，《王贵与李香香》是其中一种；人民文学出版社2000年7月出版"百年百种优秀中国文学图书"，《王贵与李香香》跻身其中；人民文学出版社2001年1月出版"新文学碑林"系列，《王贵与李香香》和《漳河水》合刊成一本，成为其中一块重要的碑石。另外，1982年4月上海文艺出版社出版的《李季文集》（第1卷）收录了《王贵与李香香》一诗，个别李季的诗集本也偶尔收录了此诗。

从求精求善的版本学角度来审视，初刊、初版，以及诗人自己在不同阶段修订过的较为完善的版本，具有相互校释的较高价值。本文的立足点主要是版本变迁中的语言修改与形态，虽然并不纯粹是从版本学角度考虑，但与版本比较密切相关。在以上林林总总的不同版次的出版物方阵之中，特选取以下不同版次进行比较，并为了论述的方便分别以简化的形式相称呼。除“手稿本”之外，以下诸种版本纳入了考察范围：《解放日报》的初刊本（全文以初刊本相称）；1949年10月由周扬等主持编辑、北京新华书店出版的“中国人民文艺丛书”版①（全文以新华书店本相称）；1952年9月经过李季做过大幅度的修订，人民文学出版社出版的修订本是1949年后的精校本（全文以人文本相称）；整个1950年代人民文学出版社累计印刷数万册，或重排出版，或重印发行，版本情况比较复杂，其中1956年出版的北京第二版，修订幅度较大，据出版说明：“这次重排出版，作者又作了一些重要的修改。”其中相当一部分是语言调整，自然纳入重点考察范围（全文以人文二版本相称）；1982年《李季文集》第1卷，也是李季去世后的大型选集，带有定本性质（本文称之为文集本）。这5个版本，在《王贵与李香香》所有的出版物中相对而言修改幅度甚大，语言变动较多，带有阶段性特征，比较起来明显可以看出不同之处，由此校释出版本变迁与文本异动背后的诸多因素，实足可取。

（二）语言形式：在方言与口语之间

尽量采纳陕甘宁边区三边地方上的群众语言，无限贴近当地原生态的民歌顺天游，是《王贵与李香香》最先的语言策略。最先几个重要版本的《王贵与李香香》都较为类似，据统计，从初刊本到初版本，文字方面的修改之处有近60处，标点符号的修改则有210多处。从初版本到人文本，文字方面的修改有20多处，标点符号则只有20处。可以说，从1946年到1952年，语言形态较为接近。不同版本虽然在这方面有所游离，但语言形态仍是以民歌化、方言化抑或口语化为主。此诗的语言形态归属于大范围的北方方言区，也保证了

---

① 据《李季文集·第一卷说明》，“《王贵与李香香》，1946年发表于延安《解放日报》、初版于1949年”。因为1949年8月出版的“中国人民文艺丛书”系作者修改，具有权威性，指的可能是此版。《李季文集》，上海：上海文艺出版社，1982年。

它的普遍性与流通性。

试以初刊本与初版本为例略作校释。标点符号的变动，是作者在初刊本与初版本之间所做的重点修改，其次才是文字方面的。改动之处有以下几个方面：一是修订初刊本的误植误排，约有10来处，如改“二崔爷”为“崔二爷”“暗黑”改为“暗里”等便是。二是标点符号方面的，第一种情况是改动标点符号，如句号改为分号，分号改为感叹号，去掉破折号，引号在两句中只标开首一处的情况较为常见；第二种情况是把在一句话中断句的逗号去掉。三是语言的变动，这一方面较为复杂，也可细分为以下几种情况：第一种情况是去掉复数，如改“穷汉们”为“穷汉”，“狗腿子”为“狗腿”；第二种情况是改正错别字，如“混身”改为“浑身”（一共多处，逐一改过），“化钱”改为“花钱”，“冬里”改为“冬天”，“害骚”改为“害躁”；第三种情况是为了押韵，改动了句尾之词，如改“鲜黄”为“鲜”（以便于与上句结束时的字“软”押韵），改“三次”为“三遍”（以便于与“庄稼汉”押韵）。四是增加了几处注释，分别是“大”（陕北农村称父亲作大），“牲灵”（即牲口），“快里马撒”（就是很快很快的意思），“黑里”（即夜里），“胡日弄”（意即胡作乱为），“粪爬牛”（初刊本唯一注释，原系诗行中用括号形式作注，现统一改为页后注，即屎壳郎），“胡日鬼”（意即胡来、胡搞）。五是有两个句子方面的修改：在第二部“太阳会从西边出来吗？”一节中，王贵被崔二爷吊在梁上拷打，当王贵软硬不吃时，有这样的诗句“崔二爷又羞又气恼，/撕破了老脸，一跳三尺高。”初版本则改为“崔二爷气的像疯狗，/撕破了老脸一跳三尺高。”这一改动把崔二爷的窘态形容得更为逼真，可惜的是反而不押韵了。在第三部“团圆”一节中，叙述到崔二爷逼迫香香与他结婚的部分，初刊本是“红绸子袄来绿缎子裤，/两三个老婆来强固。”改为“红绸子袄来绿缎子裤，/两三个女人来强固，”崔二爷的老婆不会积极参与到给丈夫娶小的活动中，这样相对而言更合理一些。但也埋下了隐患，即来帮忙的是些什么样的女人呢，是崔二爷的亲戚还是邻居呢？显然，后者的嫌疑是有的！

又比如以初版本与人文本作校释，虽然改动幅度较小，仍有一些值得关注之处。除了排版上由竖排改为横排之外，修改之处主要体现在以下诸方面：一是尽量符合新中国的政治与时代语境，比如将“中华民国”纪年取消，所涉三处都改为公历纪年；将“老狗入”改为“老狗”之类，保证语言的纯洁与健康，从侧面拔高文化程度不高的两位主角形象；二是改正错别字或修饰性字词，如“要杀要刮”改为“要杀要剐”，“白灵蛋”改为“白灵子蛋”，“光蹋蹋”改为“光塌塌”，“糜米牙”改为“糯米牙”，“干什吗”改为“干什么”，

“年青”改为“年轻”，“没树”改为“没有树”，“满天韶”改为“满天烧”，“软不踏踏”改为“软不塌塌”。

总而言之，以群众口语为旨归，《王贵与李香香》的确做到了这一点。从文本来看，更是如此。“满口浓重的河南乡音”[①] 的诗人李季，在当时陕北三边地区生活不到四五年，既能大范围地搜集记录原生态的顺天游，又能较为纯熟地编唱陕北民歌，反映出他良好的语言天赋。1940 年代中后期，围绕《王贵与李香香》的语言形态，多数以“群众语言”、“民间词汇”相称许，由此也可见一斑。诗作在《解放日报》初刊时，编辑黎辛便指出此诗最大的特征之一是运用“民间的口语”，采用了民间“顺天游”；[②] 中共中央宣传部部长陆定一则以“民间语汇”的“丰富”来表彰。[③]“民间的口语”、“民间语汇”等字眼，折射了当时语境下向人民群众学习，包括学习他们的语言成为一种普遍的现象。在共产党的文艺思想里，以延安为中心的解放区统治，重视的是“民间”、“群众”的价值与立场，在此基础上的口语化，本质上是要把包括诗歌在内的文艺还给广大群众。因此，与“民间词汇”相联系的是“群众语言”，群众口头流行的口语化的作品，才是群众所需要的精神食粮。广大群众听得懂，看得懂，喜欢听，喜欢看，这样的文艺作品并不容易完成。李季后来在写作经验一类的论文中说到了这一点，即从诗人自身找原因，而不在群众身上找原因；为了适应群众的文艺接受水平和兴趣，诗人要放低身段，前提是“学习用群众语言来写诗。”[④] 正是在“民间口语”与“群众语言”两者之间来回调适，诗的语言问题就不是一个单纯的语言技巧问题，而是涉及诗人思想立场、文艺方向等重大问题。

这一思路在写作中也有鲜明的体现。从当时的手稿本来看，在反复修改与斟酌过程中，就是根据群众口语对文字进行改削与润色。譬如在第一部第一章“崔二爷收租”中，原有这样的句子“孤雁掉队落沙窝，/邻居们看着不好过。”李季在旁边记下了群众的意见：“因为群众很少说‘掉队’。”于是这两句改为“孤雁失群落沙窝，/邻居们看着也难过。”又如“闹革命的情绪一满高。”李季留有旁注：“‘情绪’这不是群众的话。”改写后变成“闹革命的心

① 李季：《乡音》，《李季文集》（第 4 卷），上海：上海文艺出版社，1986 年，第 369—374 页。

② 解清：《从〈王贵与李香香〉谈起》，《解放日报》1946 年 9 月 22 日。

③ 陆定一：《读了一首诗》，《解放日报》1946 年 9 月 28 日。

④ 李季：《兰州诗话》，《李季文集》第 4 卷，第 432 页。

劲一满高。”又如“安息”改为“睡下”，“月亮出来”改为“月亮上来”，“胡骚情”改为“胡日弄”，“连声不着”改为“连声不断”，都是独尊群众口语的类似情况的具体呈现。

至于原作手稿中不作改动的地方，则基本上是群众口语，其中主要是实词为主。如名词类：牛犊（牛不老）（括号内为诗作中的语汇，下同）、小孩（娃娃）、牲畜（牲灵）、父亲（大）、年轻小伙子（后生）；动词类：做活（揽工）、欠钱（短钱）、说话（拉话）；形容词与副词类：胡作非为（胡日弄）、那时（那达）……类似群众口语语汇遍地皆是，尽显地域特色。

从方言语法层面来看也是如此。比如构词的结构上，以词头“老”、词尾“子”“儿”或衬字“格”“圪”等较普遍；叠字迭词之类十分常见。此外，还有不少方言习惯句式，如“打听谁个随了共产党”“狗咬巴屎你不是人敬的”可作代表。以“哩”作为句尾的特殊句法，或表肯定，或表疑问，在诗中一共有十余处。如“绣花手磨坏怎个哩?”这句子里的“哩”在语气上表疑问，同时与起兴的第一句最末一字“提”押韵。——这当然是方言入诗的独特之处。可以说，这些方言句子或说法，均是来自大地原生态的声音，耐人寻味。

（三）在现代汉语规划思潮中

如果说追求语言的群众口语化、原生态化、方言化，是《王贵与李香香》初刊本、初版本等的主要语言取向的话。那么随着新中国对现代汉语规范化的推进，以去群众口语化、去方言化的形式进行全国范围内的普通话写作的努力，则成为显著的存在。这是一次从上而下的语言运动，从国家党政领导人到文化官员，从作家诗人到业余习作者，都难逃此律。因此，李季对《王贵与李香香》的修改便大体落实在这一语言转型之中，从初版本到人文本还不明显，从人文本到人文二版本，就相当典型了。尽管陕北方言也属于北方方言区，但与普通话还是有很大区别。诗人李季在新中国之后，除用盘歌和五句体湖南民歌形式写了不甚成功的《菊花石》后（其失败原因之一便是对湖南方言太隔膜），便逐渐减少了土气与方言气息，增添了不识字的农民看不懂的洋气，以致在50年代中期连自己都感到这七八年的诗作“太洋气了”①。至于《王贵与李香香》的不断修订，也就是不断从“土气”到“洋气”转变，不断向规范

① 李季：《要为更广大的人民群众所接受》，《李季文集》第4卷，第547页。

中的普通话靠拢。

从方言语汇、句法及使用规范的修订来看，这一方面较为典型。1951 年，《人民日报》发表了一篇《正确地使用祖国的语言，为语言的纯洁和健康而斗争!》① 的社论，社论创造了一个说法——“滥用土语”，后来这一说法在 1950 年代出现的频率很高，成为方言文学头上的紧箍咒。4 年之后，党报社论上提的调子更高了，《人民日报》的社论在现代汉语规范问题学术会议甫一开始还没讨论便定下了基调：“语言的规范必须寄托在有形的东西上”，“作家们和翻译工作者们重视或不重视语言的规范，影响所及是难以估计的，我们不能不对他们提出特别严格的要求。”② 为了诗歌语言的“纯洁和健康”，为了执行“严格的要求”，李季在《王贵与李香香》的修订重版中，便忙碌起来，完全贯彻这一新的时代要求。

试以 1952 年的人文本与 1956 年的人文二版本为例来校释，据统计，从人文本到人文二版本，不包括标点符号在内，一共修改 40 多处。情况是这样的，为论述方便细分为以下三种情况：第一种情况是替换比较生僻的语汇，改头换面后显得更通用一些。比如“到黑里”改为“黑夜里”。动词之后附加的助词“的”改为“得”“地”（这一工作一直贯穿始终，但遗憾的是一直没有全部改完），“那里”改为“哪里”（类似的“那”改为“哪”一直到文集本才彻底清除，可能是编辑所为）。其中有一些是整句的修改，如“老牛死了换上牛不老，/杀父深仇要子报”改为“老牛死了换牛犊，/王贵要报杀父仇”，“太阳没出满天韶”改为“朝霞满天似火烧”，“两三个女人来强固”改为“死拉硬扯穿上身”……当然更多的是去掉陕北方言特色词汇，改为普通话的语汇，使全国读者都能读懂，如“满地红”改为“遍地红”，“牲灵”改为“牲畜”，“迩刻”改为“而今”，“化钱”改为“花钱”，“一满高”改为“高又高”，“活人托”改为“活人脱”，“五更半夜”改为“三更半夜”，“粪爬牛”改为“屎蚵螂”，“那达”改为“那里（哪里）”，“那里盛”改为“那里”，“崄畔”改为“山畔”，“裂着嘴”改为“咧着嘴”，“要穷汉”改为“爱穷汉”，“肉丝丝”改为“血丝丝”，“不是人敬的”改为“不识抬举”。可见，随着《王贵与李香香》不断重排再版，总体趋势是从群众口语到普通话化，虽然替换起来并不完全干净，但至少表明的姿态是走向普通话。第二种情况是为了语言的健

① 见《人民日报》1951 年 6 月 6 日社论。

② 《为促进汉字改革、推广普通话、实现汉语规范化而努力》，《人民日报》1955 年 12 月 26 日。

康与清洁，对一些不那么“纯洁与健康”的语汇也删除了。为了凸现王贵与李香香的形象，一些带有性隐喻的粗话或脏话，就悉数删除了。在作品中，李香香与王贵对阵崔二爷时，就含有一些地方性的骂人的粗鄙的说法，比如“老狗日”曾改为“老狗入”，到这里则改为“老狗”，比喻穷汉们的“丧家狗”也换掉了，以免抹黑了劳动人民形象。第三种情况是语法方面的，句子往往能完整地反映作者的语言立场。比如，“崔二爷叫抓了两个血疤疤”改为“狗脸上留下了两个血疤疤”，“手指头五个不一般长”改为“五个手指头不一般长”，“快里马撒红了个遍”改为“陕北红了半个天”。一些带有地域方言意味的衬字去掉了一些，如“个”“的”等便是代表，如“五个瓣瓣”改为“五瓣瓣”。一些句子也涉及思想倾向，将一些夸张、不合理的，以及涉及政治因素不宜的或是调整，或是删除了，如“坟堆里挖骨磨面面，/娘煮儿肉当好饭”改为“百草吃尽吃树杆，/捣碎树杆磨面面”；“头名老刘二名高岗”改为“领头的名叫刘志丹”。“分的东西赶快往出交，/你们的红军老子靠不住了”就删掉了。至于“老狗入你不要耍威风，/不过三天要你狗命”改为“老狗你不要耍威风，/大风要吹灭你这盏破油灯”则是涉及军事机密，这样将王贵的形象设计得更为高大、显得有勇有谋了一些。因为王贵在腊月二十一参加了游击队的军事计划，商量在腊月二十三晚攻打死羊湾，而王贵参加会议后当天回去便被崔二爷命令狗腿子捆起来毒打。

从语言到思想，李季把自己的成名作改来改去，每一次改动都符合时代的需求，也更合理一些，有利于正反人物的鲜明对比，有利于语言的规范化推进。

从人文本到人文二版本，因为恰好跨在现代汉语规范化思潮之中，语言的改动最为明显。延续到后来，比如1958年的新版本，以及1961年的插图本之类，语言的改动就很少见了，主要是修改个别错误的词汇，如“五更半夜”改为“三更半夜”，“裂着嘴”改为“咧着嘴”，“毬眉鼠眼”改为“贼眉鼠眼”。另一方面，估计作者与编辑不是沿用最新的版本来做底本，所以有极个别已改过的句子或语汇，也错误地恢复了，成为一碗十分复杂的夹生饭，令人感慨不已。这一情况也体现在文集本中，一些地方性的语汇又批量地恢复了，如“牲畜”改为“牲灵”，“牛犊”改为“牛不老”，“三更半夜”改为“五更半夜”；同时，已有的方言词汇的注释却减少了，像“三边”“大”“巴屎”便没有注释。这样看来，此诗在1980年代的修订与现代汉语规范化思潮又有所疏离。

总而言之，从1950年代中后期开始，《王贵与李香香》修改的重心是推翻以前以陕北群众口语为上的观念，把陕北方言改正过来；从词汇到句子，作者与编辑们都进行了一次次的重审与筛选，太土了的当然毫无顾虑地抛弃了，在当时作品走向全国化的语境下，这也是顺其自然、权作表态之事。但是，由于此诗充分调用三边地区的群众语言，无论怎样改削，也不能全部改正过来，像“短钱”“穷汉”“光塌塌”“揽工”“巧口口”之类的语汇，“算个儿子掌柜的不是大”“烟锅锅点灯半炕炕明”之类的句法一样，都大量保留了。——可见在现代汉语规范化思潮中，尽管有去方言化，去群众口语化的倾向，但是在地域方言与全国性普通话之间的过渡词语仍然保留甚多；两者之间模糊地带甚广，也加大了作者修订的难度与复杂性。细察《王贵与李香香》不同版本中语言的变迁史，似乎可以感受或触摸到纠缠其中的时代背景与创作环境，在诗歌创作与修订中，方言化与去方言化的张力仍然存在，群众语言的命运仍然十分难以估计。

结　语

《王贵与李香香》是毛泽东在延安文艺座谈会上的讲话发表以来，在新诗的民族化、群众化方面所出现的代表性作品。因为时代的要求不同，在语言维度上经历了充分群众口语化，适度群众口语化，以及尽量做到与现代汉语写作规范化相一致的不断变革。当然这不是直线型修订，而是一步一个脚印地摸索着进行的，每次重要时刻的编辑出版，作者都有所修改，也有所妥协；同时也因所据底本不一，语言观念并没有与时俱进，或者作者语言能力有所不逮，因此每一次推敲与修订时均有犹疑、反复与焦灼。《王贵与李香香》自发表以来，在不同的年代改来改去，其中既要考虑作者的因素，也要认识到编辑的代劳之处，特别是标点符号与个别语汇，便显示出种种复杂的情形。

总之，《王贵与李香香》版本变迁与提倡普通话写作的强弱十分密切，反映了20世纪40—50年代普通话写作思潮的要求与特点。

第六章　语言运动与社会变革

——方言入诗的生存策略与“副刊”品格

方言入诗在从清朝末年到共和国文学“十七年”时期，其发展与演变的最大推动力并不是诗人们为了语言的多元化、音乐性等试验而形成的；相反，语言政策、政党角逐、国体变革、意识形态歧异等是推动方言入诗演变的主要原因。其中，中国共产党领导的解放区政权，在 1940 年代便以毛泽东的《反对党八股》《在延安文艺座谈会上的讲话》等著述为标志，奠定了文艺为政治服务，文艺为工农兵服务的方针。在此文艺思想指导下，方言文学的合法性不言自明，方言入诗也就随之捆绑在一起。中国共产党领导下的权威党报，成为特定时代方言入诗生存与发展的重要载体。其中，横跨 1930 年代和 1940 年代的《新华日报》，以及 1940 年代的《解放日报》和《华商报》的副刊具有代表性，可以称之为方言入诗的“副刊”品格。

一、政体变革：语言运动与普通话建构

20 世纪前半叶，分别是清末、北洋军阀与国民党统治时期，在语言形态上则主要是国语独尊、一统江湖的时期。国语的文学成为文学的目标。1949 年以后，现代汉语规范得到积极倡导，“普通话写作”受到重视。择其大端，从中华民国时期到中华人民共和国成立这一社会变革中，不同历史时期有不同的语境，社会变革构成了语言形态更替的基础。大体而言，从中华民国时期到中华人民共和国成立，不同时期有不同的语境，即社会变革构成了语言形态更替的时代大语境。

普通话写作的内核是普通话，审视普通话写作，离不开对普通话本身的反观与凝思。普通话是怎样形成的，它与方言处于什么关系，它与所有的文学语言的悖异与偶合呈现出什么样的历史图景，虽然从事国语运动的语言学家与从事历史研究的学者们有所梳理，但立足于文学语言层面进行钩稽清理并标举其意义的还暂付阙如。进一步说，在方言的参照下，普通话是一个属于在能指的稳固中不断滑动其所指的术语，这一切都必然涉及它的渊源以及相关理论的辨析。

普通话写作的基础是普通话本身的建构，梳理"普通话"与白话、方言的关系，"普通话"自身的渊源、发生、发展与历史变迁，普通话内涵的时代变迁，则是审视普通话写作的逻辑起点。

（一）普通话溯源

普通话的出现，是统一语言问题所面临的一个首要问题。在清末倡导切音字运动中，出于言文合一的考虑，语言界的先行者试验性地提出了各种方案，也产生了许多新的名词术语，普通话是其中之一。"普通话"本身是一个偏正结构的短语，即"普通"的"话"，而"普通"则是一个来自现代日语的外来语汇，它由汉字构成，是由日语使用汉字来翻译欧美词语所创造的新词。换言之，它是当时自铸新词的结果，因为日本既是当时睁大眼睛看世界的中国人的桥头堡，又是东亚向欧美学习的中转站，很多经日语翻译的欧化语汇经过日本文化输送到了中国国内。朱文熊于1906年最早提出了"普通话"并给它下了定义。他认为汉语可分三类：一类是"国文"（文言），一类是"普通话"（各省通行之话），还有一类是"俗语"（方言）①。从当初所界定的含义来分析，"国文"（文言）"通行"了近二千年，主要限于特定人群；"俗语"（方言）仅在特定地域"通行"。而与这两者不同，又能"通行"于各省，可以说是一种崭新的统一的语言，虽然在当时仅仅是一种建构中的乌托邦式的语言。联想起来"普通话"与当时的"蓝青官话"有更多的相似之处。这是一种民族、国家共同语的语言雏形，虽然有一个简短的限定但缺乏实质性的内容。考虑到用什么话来统一全国的语言，怎样来统一全国语言，在清末汉语拼音运动中还刚刚开始草创，其幼稚与空疏也是情理之中的事。

随着对此陌生概念与话题的关注，言文一致渐渐有了清晰而具体的轮廓。

---

① 倪海曙：《推广普通话的历史发展》，《倪海曙语文论集》，第166页。

从中国语言的演变史来看，明清以来的北方官话其实是最有资格的。从清末到民国初年，新的术语“国语”这一概念一经提出便广为流行，即为有力的佐证。“普通话”英雄气短，似乎昙花一现，被扔在一边无人问津。对“国语”的概念、标准进行限定的莫过于江谦，因为方音不致，全国语言各地差异大，如果谋求国语统一，“是否用标准京音?”“是否兼为规定语法?”“国语辞典，是否亦为应编之一?”① 以上所议，虽是江谦议员向清廷奏报的质询，但国语之名中的内容如语音、语法、语汇三要素已大体提及。正如国民一词立足于一国之民的阐释，国语也是立足于一国之语的释义。从语音、语汇、语法角度充实这一概念，是走上正途的标志。随后陆续有语言学者提及施行国语的措施、机构、进程等诸事，不断增补、丰富这一概念。从民国初年到新中国成立这一历史时期，“国语”基本上是一个得到大面积广泛认同的概念，具体如“读音统一会”所讨论的“注音字母”，“国语研究会”对方言调查、编辑国语辞典等方面的工作……都留下了不少历史先驱者的足迹。

与“国语”相比照，朱文熊提出的“普通话”概念仅是一个空壳，缺乏最起码的内容。与文言、方言土语不同，又能“各省通行”，设想带有乌托邦色彩，也由此可见一斑。不过，从以上粗线条的梳理中，我们大体可以明晓，虽然中国古书中缺乏更为详备的记载，但语言的分歧是客观存在的。“中国的言文，一向就并不一致的，大原因便是字难写，只好节省些。”② 在差异中寻找相同，求同的思维是自古皆然的。譬如，春秋战国时期的“雅言”，汉唐的“通语”，明清的“官话”，中华民国的“国语”，城头变幻大王旗，名称不同，但大体充当了言文合一这一语言统一的重要角色。这些民族共同语性质的规范语言术语的先后出现，说明了一个事实：从古至今，不论是口语还是书面语，一种基于人员流动后能相互交流的共同语言，一种适应社会上这一庞大群体并且为他们所遵循的语言，是整个社会的需要，是语言发展的必然结果。根据语言自身特点，这种民族的共同语背后必然要有一种具有地域性、权威性的代表性母语方言作为基础。照例只有处于全国政治中心的都城方言才有可能。公元1000年之前，诸如中原地区的长安和洛阳等地的地域语言独领了千百年的风骚；地处北方的北京自元代以后，逐渐取代了前者，直到目前为止北京话仍在享受这一殊荣。南京也曾经担当过几朝古都的历史任务，于是旁逸斜出了几出南京话与北京话之间反复博弈的“闹剧”。

---

① 参见倪海曙：《推广普通话的历史发展》，《倪海曙语文论集》，第168—169页。

② 鲁迅：《门外文谈》，《鲁迅全集》第6卷，第93页。

（二）国语的内涵变迁

“国语”在中华民国的30多年间，一直作为口号与目标而存在着，但它的发展并不顺畅，加之战火频繁，给人生不逢时之叹，其缺点也不可避免地存在，来自各方面的有形或无形的阻力也是显而易见的。由白话包装的“国语”，在20世纪20、30年代发展成了不文不白的语言，是一种“近文之雅语”，远远没有达到共同语规范化的标准。于是朱文熊提出过的“普通话”这一名词又被提出来了，鼓吹最力者为瞿秋白。时代在变，这一语汇的内涵也在变化。作为一个政治人物，瞿秋白于1930年代在《大众文艺的问题》《普洛大众文艺的现实问题》《鬼门关以外的战争》《新中国的文字革命》《罗马字的中国文还是肉麻字中国文》等数篇文章中一边抨击白话文（国语）是一种非驴非马的“骡子话”，“鬼话”，“半死半活的语言”，“活死人的腔调”等，一边马不停蹄地进行想象中的普通话建构。在他的论述中，语言是有阶级性、等级性的，五四以来半文半白的白话，属于资产阶级的私产，将随着资产阶级民主革命的失败而被扔到历史的垃圾桶。从资产阶级革命过渡到无产阶级革命，必然还需要一次新的文字革命，即“俗话文学革命运动”。他所指的“俗话”，也就是“现代人的普通话”。对于普通话，他在1930年与止敬（即茅盾）关于大众文艺“用什么话写”的问题讨论中便旗帜鲜明地提了出来，后来也反复论证过。新的文学革命在肃清新旧文言的同时，取而代之的“就要一切都用现代中国活人的白话来写，尤其是新兴阶级的话来写。”这种“话”即是五方杂处的都市中形成的“普通话”①。普洛大众文艺也好，非普洛大众文艺也好，都要用“普通话”来写，特别必要时用“土话来写（方言文学）”，“统一言语的任务也落到无产阶级身上”②。瞿秋白的其他大量文章中还有一些类似的语言混融形成普通话的说法。

据瞿氏所言普通话是一种与新兴的无产阶级，包括以工人农民为主的民众密切相关的语言，它来自活人嘴唇的话，最核心的是底层民众读出来可以听得懂。这种“听得懂”，以“懂”作为标尺，是直观的也是具体的。尽管瞿秋白当时的普通话主张遭到质疑，后来的研究者也认为他的主张有历史的局限，但

---

① 宋阳（瞿秋白）：《大众文艺的问题》，《文艺月刊》创刊号。

② 瞿秋白：《普洛大众文艺的现实问题》，《瞿秋白文集·文学编》第1卷，北京：人民文学出版社，1985年，第468页。

他当时确实在有破有立中大刀阔斧地为普通话杀出了一条血路，坚持中国社会需要新的文学革命这一既有主张，描绘了掺杂地方方言的普通话在全国范围内形成的过程，只是发展到当时才到一个初步的阶段而已。通过他的鼓吹与描述，这种普通话是在逐步壮大、完善的。结合瞿氏其他论述，我们从中可以看出他的另一设想，即普通话建构走的是从土语，到方言普通话（即通行大的方言区），再到全国普通话这样一个“之”字形过程；普通话之“普通”程度是要普及到每一个劳苦大众口中。这一过程是漫长的，带有革命性的，而方言化的普通话则是不可缺少而且非常重要的阶段，这种立足于城市的大方言逐渐取得领导地位，互相竞争，排除人为干扰，最终适应全国社会经济统一化的语言才有可能成为全国的普通话。① ——这与他反对以北京语音为标准音与以北方话为基础方言也是相一致的；远一点说也与他在城市里成就革命伟业的政治思想相吻合。

从作为一个概念来看，普通话在瞿秋白论述中也还缺乏具体、明白、清晰的界定，相反他选择的是模糊、笼统的说法，譬如它是共通的，习惯上中国各地共同使用；是大众的，包括底层民众在内，也就是活的俗话，不是雅语；是现代的、崭新的，适应社会发展需要的。比较之下，他最关心的是普通话的形成过程、阶级属性、用途目的等方面。如果说历史的局限，这似乎是一种。值得补充的是，附带查阅当时争论者的文章，从中可见从朱文熊到瞿秋白，普通话这一概念在20多年中，发展特别迅猛，在社会上的使用频率也相当高，不论是反对者还是支持者，都随手拈来这一概念在使用，证明它还是很有影响力与生命力的。

遗憾的是，这一多少带有语言乌托邦色彩的普通话概念，没有经过充分的讨论就告一段落，直到随后不久出现的大众语讨论，普通话再一次大面积地卷入进来。1934年，为反对“文言复兴运动”，上海等地又掀起“大众语”运动，提倡“大众说得出、听得懂、写得顺手、看得明白的语言”。这一讨论仍在普通话、白话、文言、方言等几项术语中间周旋，“大众语”也是从底层普通民众实用、方便、容易的角度提出的概念，与瞿秋白关于普通话的主张有部分相同之处，后来的争执可以证明这一点，也类似于鲁迅所说的“专化”与“普遍化”。②“大众语”与“普通话”两个概念之间触类旁通，是这一讨论中

---

① 瞿秋白：《新中国的文字革命》，《瞿秋白文集·文学编》第3卷，北京：人民文学出版社，1989年，第284—295页。

② 鲁迅：《门外文谈》，《鲁迅全集》第6卷，第100—101页。

最有意味的地方。“普通话”这一词汇出现的频率很高，虽然每一个论述者对概念的内涵与外延理解不同，但重叠之中无形中扩大了普通话的影响。譬如魏猛克、耳耶（即聂绀弩）等人有较系统的论述，陈望道也有精辟的意见。对于普通话的内容，则主要包括含纳各种土话方言，流行最广的土话方言不断充实，最终成为普通话的实体。“它的底子本来是土话方言，不过是一种带着普遍性的土话方言罢了”。① 陈望道一边对普通话的内涵进行填补，一面对“国语”进行重审。他认为国语是北平话运动，是促进充实普通话的一个重要方法，而不是“标准语运动”。

抗日战争爆发后，“国语”推行工作由于时局的大变动，停滞不前；但在战争时期人员大迁徙的过程中，特别是乡村农民的语言在这一迁徙中声势渐大，一种类似于五方杂处的混杂着各地乡音的“普通话”广为流行；追求语言的普通、普遍大行其时，“普通话”深入民间的趋势如火如荼。譬如，在论述如何解决方言与普通话之间的矛盾问题，1939 年黄药眠曾提出一个解决的方法：“就是以目前所流行的普通话为骨干，而不断的补充以各地的方言，使到它一天天的丰富起来。虽在最初的时候，看起来未免有点生硬，或甚至还要加以注释，但习惯久了，它也就自然的构成为语言的构成部分。”② 普通话的“流行”，方言起到了丰富普通话的作用，这一思维在不同的论述中是有代表性的。容纳方言而又超越方言，来自活人的唇舌而又有所提炼，大致确定的途径，在后来的普通话发展中得到了历史的机遇，也得到了历史的检验。

这一机遇与检验的过程随着“民族形式”的论争提速了。20 世纪 40 年代前后，“民族形式”的讨论成为一个炙手可热的新话题。在涉及文艺的民族形式、民间形式、大众化等议题时，语言问题再次凸现出来成为一个不能回避的重要问题。联系到当时由于战争原因所造成的文人由城市进入乡村这一事实，地方语言与书面语的统一性再次对立起来。一方面接受语言的地方化，被迫面对各地的方言土语与民间文艺形式，一方面借助某种普遍化的语言工具来适应语言交际。——群众语言历史性地成为一个必须面对的事实，这一事实在解放区得到完满解决，也只有在依靠广大民众进行抗日战争的解放区才能真正得到解决。这是毛泽东在延安文艺座谈会上“讲话”中的一个重要话题，也是他在延安整风中的一个重要环节。群众口语，成为解放区文学面对天时与地利的最

① 陈望道：《大众语论》，《文学》3 卷 2 期；50 年代陈望道推敲普通话定义，有所校正。

② 黄药眠：《中国化和大众化》，《大公报·文艺副刊》1939 年 12 月 10 日。

佳选择，在这个意义上，赵树理式的作家语言，以群众口语，提炼了西北方言土语的新的语言占据要冲。华南方言文学也受到影响。“其实华南方言文学的提出，反映此时此地口号的提出，主要在华北解放区作品的被介绍到华南以后，赵树理的《李有才板话》，受了普遍欢迎，特别是它的浓烈的地方色彩，地方语言的运用，给华南文艺工作者以很大的启示。”①“群众口语”、“地方语言”占了普通话的风头，也让后者真正得到了发展。与瞿秋白立足于城市不同，毛泽东把思想之根扎在乡村，保持去芜存精之同。虽然当时没有提及普通话这一名称，但所指的事物也有不少类似之处。与瞿秋白盯住大都市五方杂处所形成的现代中国普通话不同，乡村的群众语言，成为另一端口上的类似语言。在延安文学、解放区文学代表性作家的自述，以及权威批评的论述中，几乎很难找到普通话这样的词汇，而代之以“口语”、“群众语言”等名词术语。这是内容大于形式的一种文学语言，静悄悄地进行着语言的革命。

（三）普通话的重构

中华民国随着国民党在国共之争中败北而在大陆终结，和它休戚与共的“国语”这一概念也随之而变。中华人民共和国成立之后，在梳理党的革命历史的过程中，自然而然追溯到了瞿秋白，以及他倡导的“普通话”。在普通话与国语之间，自然选择了普通话。普通话概念得到重新清理、挖掘，发扬光大，并赋予了它以前所没有的历史地位。

新中国成立伊始，政治的统一内在而强烈地呼唤语言的统一。新生的中国，是一个统一的多民族的国家，而共同的语言是巩固现代民族国家的基石。在1950年代之初，陆续便有各种包括扬弃方言土语、文言、放逐欧化语等规范语言的声音出现。在短短几年之间，一种与大一统的政治局面相适应的规范性的民族共同语，呼之欲出，正可谓万事俱备，只欠东风。冬天已经过去了，春天还会远吗？这东风果然如期而至，普通话的提炼、充实与定型，便是1955年10月全国文字改革会议与现代汉语规范问题学术会议的主要议题。全国文字改革会议虽然立足的是文字拼音化，但在这一趋势不证自明时，提出的过渡形式与现实基础是推广以北京音的普通话；后者则不是一次普通的学术会议，而是学术与政治的联姻。会议召开前夕，创刊不久的《中国语文》杂志刊登预告消息，时间定在八月中旬，后来推迟到十月底，与文字改革会议相衔接。当

① 司马文森：《我从南方来》，《文艺报》1卷2期。

时传媒对此事有集中的报道，事后又出版论文集——《现代汉语规范问题学术会议文件汇编》。据报道参加会议的有北京和国内各地的语言研究工作者、语文教育工作者以及文学、翻译、戏剧、电影、曲艺、新闻、广播、速记等方面的代表120多人，其中包括数位来自苏联、罗马尼亚、波兰等兄弟国家的语言学家。中国科学院院长郭沫若致开幕词，国务院副总理陈毅做了重要指示，闭幕后胡乔木作了总结性谈话。其中最为活跃的是语言学家，罗常培、吕叔湘、陆志韦、陆宗达、丁声树、胡裕树、陈望道等一大批语言学家开始了新的学术生命。与会代表中有作家之名分的，除前面提及的郭沫若外，还有叶圣陶以及当时归属于中国作家协会的五位代表：老舍、欧阳予倩、曹禺、董秋斯、陈翔鹤。此外，1949年后基本不从事写作的剧作家丁西林，人民文学出版社的楼适夷也在名单之列。这些作家中，除叶圣陶外，老舍最为积极，1956年他还被任命为中央推广普通话工作委员会的7个副主任之一，可谓有名有实。

这两次会议就现代汉语规范议题，视其大略有以下诸端：一是明确提出汉语规范的目标、标准；二是以国务院指示推广普通话，为普通话合法化，包括新时期以来的写入宪法与国家通用语言文字法等铺平道路；三是完成汉语拼音方案，为走拼音文字立基，同时审音异读词清理；四是编辑出版以词汇规范为目的的《现代汉语词典》；五是完成全国汉语方言普查。可以看出在当时这是一次最高规格的带有政治意义的大型学术会议，其影响似乎不亚于之前召开过的两次全国"文代会"。会议讨论的分议题主要有汉语规范化的重要性，语音、词汇、语法以及词典编纂、翻译方面的问题，此外还包括普通话与方言、文学风格与语言规范化的关系等方面的内容。至于基本词汇和语法，当时根据毛泽东、鲁迅、赵树理和老舍四家作品来研究现代汉语的基本词汇和基本语法结构。大会由科学院语言所正副所长罗常培、吕叔湘联袂所做的报告中，深入探讨了现代汉语规范的迫切性，所要解决的原则问题，怎样进行规范化工作等指导意见，带有定调性质。"在汉语近几百年的发展中，已经逐渐形成一种民族共同语，这就是以北方话为基础方言的'普通话'。这种普通话最近几十年得到广泛的传播"①。民族共同语与普通话之间画上等号，焦点集中在普通话的建构上，整个会议可以说议题具体、讨论深入，收到了大大超过预期的效果。换一个角度来看，这次会议内容集中落实于民族共同语与普通话的合二为一，可以互相替换。而且，普通话既是汉民族的共同语、标准语，也是中华民族的

① 罗常培、吕叔湘：《现代汉语规范问题》，《现代汉语规范问题学术会议文件汇编》，北京：科学出版社，1956年，第5页。

共同语，后来全国各少数民族地区也通行普通话。普通话以北方话为基础方言，以北京语音为标准音，是符合汉语的实际情况和历史发展的。在这次会议上，对普通话的定义还不全面。据倪海曙回忆还是陈望道在刚刚闭幕的全国文字改革会议上提出校正、后来在国务院通知中最终完善。全国文字改革会议主要讨论修改《汉字简化方案（草案）》和决定推广普通话，会议规定普通话以“北京话为标准”。陈望道发现这一定义不妥当，有逻辑错误，普通话也就是北京话，等于取消了普通话。由此可见，当时对普通话的定义是粗陋的、不成熟的，形象地说是摸着石头过河。1956 年 2 月 6 日，在《国务院关于推广普通话的指示》中，第一次完整表述了普通话的定义并沿用至今：“以北京语音为标准音、以北方话为基础方言、以典范的现代白话文著作为语法规范”。这一定义从语音、词汇、语法三个方面进行了明确的限定。虽然这一定义也有值得反思的地方，譬如北京语音与普通话语音的界限，北方话的范围也十分广泛，内部并不是描述的那样一致，典范的白话文著作也难以厘清，标准难以把握，操作性不强，等等，但毕竟有了金字招牌。

金光闪闪的普通话是经过规范和加工的民族共同语，它是中华民族这一大家庭中所有人民的交际用语。就普通话与方言的关系而言，推广普通话也不是要取代地方方言，而是要求在使用家乡话的同时，学会一种可以通行各省各地区的共同语，但是这一点在后来的执行中屡有偏失，直到今天仍在复发这一毛病。两次会议之后，教育界、出版界、文化界、军队、党政机关、各类学校、总工会，共青团，交通部门等，都有通知下发全国各自系统，华夏大地掀起了一个又一个推广普通话的高潮，普通话的重要性不证自明。“1955 年到 1957 年形成了推广普通话的高潮。当时学校教学使用普通话，各行各业使用普通话。”“在 1956 年到 1958 年那段时间里，我经常出差，无论在饭店、宾馆，或者在公共汽车上，听见大部分工作人员讲普通话。大家以讲普通话为乐，以讲普通话为荣。”① 短短三四年时间，普通话不胫而走，在全社会妇孺皆知。

经过新中国成立后四五年的酝酿、收缩与突围，到全国文字改革会议与现代汉语规范问题学术会议的正式亮相，普通话在 1950 年代中期爆发式地迎来了它最好的历史时期，一直延续到今。其间虽有反复与退却，但总的趋势是强化了普通话的合法性，譬如新时期以来把推广普通话写入宪法，制订专门的语言文字法等等。普通话融入社会，逐渐坐大，语言生态趋于一元化，则是普通

---

① 张志公：《普通话和语文教育》，《张志公自选集》（下册），北京：北京大学出版社，1998 年，第 707 页。

话归宿的最好注脚。另一个副产品，即是方言的退缩与地位的尴尬。普通话具有合法性，也就意味着方言的被放逐。我们讨论方言文学、方言入诗，便是在普通话作为合法语言的现实面前，重新所做出的思考。

由国语而普通话，两者不可同日而语，其关键是后者有强大而有力的政治行政力量的持续推动。普通话渗透进整个国家与人民的生活之中，主要依靠政治行政力量，辅之以学术之力，全速推进了“普通话”这一民族共同语的历史进程。“多作或一程度的大众化的文艺，也固然是现今的急务。若是大规模的设施，就必须政治之力的帮助，一条腿是走不成路的，许多动听的话，不过文人的聊以自慰罢了。”① 1930 年鲁迅的预言，20 多年后开始落到实处，成为当时狂热国土之上的一种现实图景。同时，我们也不要忘记方言也在某一特定阶段，借“政治之力的帮助”，在文学语言的发展史上占了靠前的位置，披着漂亮的外衣，被推到了前台亮相。

二、“讲话”散播与国统区方言诗潮的勃兴

全面抗日的民族战争打响以后，国共两党处于合作阶段。中国共产党所领导的武装，以西北腹地的延安为中心，大力发展解放区的各项事业。在政治、军事、经济、民生上，都取得了一次又一次的胜利。为了政治、军事等方面迅猛发展的需要，共产党的主要领导人物，在文艺领域里提出了不少创见，其中有代表性的是毛泽东的文艺理论。比如《反对党八股》，比如《在延安文艺座谈会上的讲话》（以下简称“讲话”），都是毛泽东文艺思想的重要组成部分。

以“讲话”等为代表的毛泽东文艺思想，除了在解放区广泛传播之外，在国统区也同样如此。来自延安的文艺政策或是通过文艺界人士在国统区宣讲而得以口头传达，或是通过在国统区的报纸宣传而广为人知。具体到方言入诗领域，“讲话”传播与国统区方言诗潮的勃兴，具有十分密切的关系。

（一）沙鸥与四川方言诗

1944 年 1 月 1 日，受共产党控制的重庆《新华日报》，首次以《毛泽东同

① 鲁迅：《文艺的大众化》，《鲁迅全集》第 7 卷，第 368 页。

志对文艺问题的意见》为题，发表了“讲话”的摘要，后来其内容又以座谈等各种形式在陪都进行广泛传播，引起了进步文艺界强烈而持久的反响。同年4月，延安还派共产党员作家何其芳、刘白羽到重庆进行宣讲与文艺调查，扩大了“讲话”在重庆文艺界的影响力。其结果之一，便是引发了陪都方言诗潮，“讲话”由延安而重庆，在地理位置上可谓是一次不同寻常的“南迁”。

在陪都方言诗潮的生发中，主要以重庆籍本土青年诗人沙鸥、野谷，外来山歌作者袁水拍等人为主。沙鸥的四川方言诗在重庆的文学期刊与报纸刊载以后，引起了激烈的争论，雪中送炭的是共产党在重庆地区的进步文艺力量，共产党文艺界的肯定与赞赏可谓不遗余力，于是“在沙鸥的带动与影响下，一批更年轻的四川诗人也写起四川方言诗来。一时间掀起了四川方言诗的热潮。沙鸥——方言诗；方言诗——沙鸥，几乎成为同义词”①。

1940年代的重庆本地青年沙鸥，能以方言诗称著一时，离不开他作品在意识形态上的选择性与倾向性。16岁就加入共产党的沙鸥，把方言诗作为投枪射向国民党反动政府时，恰好和当时你死我活的国共政党之争合拍，与当时的舆论与人心向背相关。虽然沙鸥的四川方言诗，在较多报刊发表，但支持力度最大的是重庆《新华日报》副刊。沙鸥此类诗作在主题上尖锐揭露国统区农村的黑暗、残败，或是抓壮丁，或是征粮，都关乎民心。写什么，怎样写，本来是一个普通的问题，散播到重庆的“讲话”，则提供了新的答案，沙鸥认定方言诗“是一个大众化的问题”，“方言诗正是用群众的语言，使诗歌从知识分子的手中，还给广大的群众、与群众取得结合的开始”②。和群众结合的方式是向农民的一切学习，首先是学习农民的语言。沙鸥先后下乡搜集当地农民方言，将自己的方言诗朗诵给农民听，打开了一个别样的世界。比如，他在川东农村调查佃农、贫农的生活时，农人们非人的遭遇，特别是繁重的征租、送粮、抽丁、拉夫、贫富分化，等等，都具有普遍性和代表性，是直面惨淡人生的血泪之作。

整个1940年代，沙鸥一共出版个人诗集5部，分别是《烧村》《农村的歌》《化雪夜》《林桂清》《百丑图》，几乎都是纯粹的四川方言诗集。诗人是这样描述与回忆的：“我开始用四川农民的语言来写农民的苦难。……这些诗最初是在《新华日报》发表，并引起广泛注意。四川方言诗在当时可以说是一

---

① 晏明：《飘飘何所似　天地一沙鸥（上）》，《新文学史料》2001年2期。

② 沙鸥：《关于方言诗》，《新诗歌》第2号，1947年3月15日。

种创新。”[①] 仔细看来，四川方言只是诗的外表，内容最为重要。纵观沙鸥的四川方言诗作，在题材上有以下特点：反映农忙、抢收、砍柴、烧饭、看牛、恋爱、算命、调解纠纷等日常农事的，约占总数的二成。反映天灾人祸、在赤贫线下挣扎，甚至陷入绝境的约占三成。将近一半方言诗作，便是以下题材，有地主老爷在荒年的加租退佃、奸淫民妇、残害农人的；有地主、统治阶级荒淫、无聊、空虚的；有当地保甲力量滥捕壮丁的，有农人无路可走被逼卖身、自杀的……可以说，国民党统治的西南大后方农村是真正的人间地狱。《逼债上吊》《大户的子女》《又在拉人了》《他自己宰错了手》《母子遭殃》《这里的日子莫有亮》，等等，都是代表性的方言诗作。沙鸥的这些集束式的方言诗，像炸弹一样一齐投向了国民党统治阶级，杀伤力很强。“写得最动人的有农民与牛的关系”，“拉壮丁的悲剧，也写得最动人”[②]，可见当时的主题导向性。

（二）袁水拍的山歌

袁水拍（笔名马凡陀）带有方言韵味的山歌，则在抗日战争胜利前后的重庆开始起步，后来在上海得以成熟，马凡陀山歌一度曾被进步文艺界指认为是“诗歌深入人民，和人民结合”的“山歌的方向”[③]，“新诗歌创作的一个新方向”[④]。由此可见其当时影响之大。

袁水拍出生于江苏吴县（今苏州市）远郊，吴语这一母舌因素，对诗人的创作有着不可忽视的影响。沙鸥以写农村著称，马凡陀则以都市小市民为对象，运用吴语方言，写出了特色，诗作风格鲜明。“马凡陀”是袁水拍写讽刺诗时的笔名，是方言乡音苏州话“麻烦多”的谐音。诗人的山歌集共出版了3本，大多数作于重庆与上海，“在某种意义上，这实在是两个具有代表性的重要地方，因为表现这两个地方，也就把中国的事情表现出大半了。”[⑤] 但比较之下，上海时期的山歌，艺术质量最高。“讲话”散播到国统区上海，也是一

---

① 沙鸥：《关于我写诗》，《沙鸥谈诗》，止庵编，北京：首都师范大学出版社，1996年，第92页。

② 邵子南：《沙鸥的诗》，《新华日报》1946年8月19日，第4版。

③ 默涵：《关于马凡陀的山歌》，韩丽梅编著：《袁水拍研究资料》，北京：中国国际广播出版社，2003年，第254页。

④ 劳辛：《〈马凡陀的山歌〉和臧克家的〈宝贝儿〉》，韩丽梅编著：《袁水拍研究资料》，第263页。

⑤ 李广田：《马凡陀的山歌》，韩丽梅编著：《袁水拍研究资料》，第237页。

次饶有意味的理论旅行。

从语言资源上看，上海话与苏州话相近，同属吴语区，与马凡陀从小熟稔的吴侬软语相近。“马凡陀山歌到了上海，回到诗人自己的家乡吴语地区，语言的运用更加自由了”①。从马凡陀山歌创作的数量与质量看，诗人自回到上海的1946年始，山歌确实唱得更为地道，达到了写山歌的巅峰状态。自然这是有渊源可以追溯的：诗人青少年时期特别喜好苏州评弹，对吴地民谣、山歌有着深厚的感情，比较“偏心”；马凡陀还翻译过霍斯曼、彭斯的民谣体诗歌，称1940年代为“这是民谣复兴的时代”②。当然，最关键的是受“讲话”的牵引：1944年胡乔木从延安到重庆，向共产党员作家袁水拍介绍“讲话”；诗人周围的文友，也大多是共产党员作家或进步诗人，在诗与政治、文艺如何为人民服务等方向上，可谓“春江水暖鸭先知”。

都市下层市民在现实生活中“麻烦多”，需要一种情感的宣泄来疏通。举凡内战、通货膨胀、选举、税收、就业、工资、购物、上学难等社会现象，都是讽刺山歌的绝佳素材。正如马凡陀的《感谢读者》一诗所说：“大家想说就说出来。/如果藏在肚子里，/天下无话只有屁！”避雅就俗，以俗取胜，马凡陀的山歌唱出了底层市民们“麻烦多”的时代心声，构建了都市民间文化的一部分。——至于马凡陀在题材、思想上“偏心”，集中于暴露黑暗，则是他的党性立场所决定的。在评论方面“现实的体温表”③ 之类的认同性意见，则是政治立场相似之后的相近结论。相关的论述也还有一些，比如在认定马凡陀的山歌“是诗还是非诗”④ 时，“山歌即诗”是其中的主流观点。方远的《怎样看马凡陀》、李广田的《马凡陀的山歌》便可作为代表。又比如马凡陀山歌大量调用下层民众熟悉的歌谣小调，在语汇上大量活用上海方言时，林默涵、冯乃超等人的评论一致认为是马凡陀山歌与人民的结合⑤，其中的政治隐喻显而易见。

总之，袁水拍这一时期是“沸腾的岁月”，方言化的山歌应声而起，代表

---

① 徐迟：《重庆回忆（三）》，韩丽梅编著：《袁水拍研究资料》，第176—177页。

② 袁水拍：《祝福诗歌前程》，转引自游友基：《中国现代诗潮与诗派》，桂林：广西师范大学出版社，1993年，第185页。

③ 李广田：《马凡陀的山歌》，韩丽梅编著：《袁水拍研究资料》，第237页。

④ 韩丽梅：《一位山歌作者的足迹》，韩丽梅编著：《袁水拍研究资料》，第26—31页。此外可参考潘颂德一书的相关章节，潘颂德：《中国现代新诗理论批评史》，上海：学林出版社，2002年，第680—683页。

⑤ 冯乃超：《战斗的诗歌方向》，《大众文艺丛刊》第1辑。

着政治意识形态上的民意，是特定时代的产物。

（三）港粤方言文艺运动

抗日战争胜利之后，北平、上海、香港、广州等大城市，又逐渐恢复了昔日的繁华。比如港粤，在1940年代中后期便再次耸立成为战后的中心地区，在文学上也是如此。“从1946至1949年的南来作家在香港的第二次大聚会，使香港成为中国国统区文学的中心地，也造成香港文学的第二次的兴盛时期”①。

在国共内战中暂时处于弱势地位的共产党，主动出击，领导了港粤地区的文艺运动。1945年9月，中共中央已致电中共广东区委，指示立即派遣干部前往香港与广州，占领宣传阵地。原东江纵队《前进报》社长杨奇率人赶赴香港，不久创刊《正报》，出版周期则不断缩短；日本投降后中共中央、南方局决定在香港复刊《华商报》，派出章汉夫、胡绳等人从重庆赶赴香港，会同广东区委饶彰枫等人，终于在1946年复刊，办报之余又创办新民主出版社等出版机构。延伸到文艺领域，出版周期不一的文艺期刊、报纸副刊、作品丛书等遍地开花，成一时之显。除报纸副刊之外，《文艺丛刊》（周钢鸣主编）、《野草》（夏衍等主编）、《文艺通讯》（文协香港分会主编）、《文艺生活》（司马文森等主编）、《新诗歌》（沙鸥主编）、《中国诗坛》（黄宁婴主编）、《小说月刊》（茅盾主编）等等，都是此一时段陆续复刊或创办的，虽然存在的时间大多不太长久，但是其意义不容忽视。以郭沫若、茅盾等为代表的著名左翼文化人士，随着战时时局的变化，或是为了生存，或是中共的安排，都纷纷前来香港或广州，这一方面可以列出一串长长的名单，足以可见当时共产党在这一方面的战略眼光。比如，1947年6月，香港诗人联合发表《诗人节宣言》，著名诗人的签名达21人；1948年6月的诗人节宣言，签名者达39人。

在文学掺杂政治的背景下，共产党的文艺政策则是以“讲话”为主，“讲话”精神成为港粤文艺运动的思想指针。除了在《正报》《华商报》等党领导下的报纸进行宣传之外，“讲话”精神还在香港文委负责下进行传播、执行，邵荃麟、冯乃超、周而复等拥有中共党员身份的文化官员，以及像郭沫若、茅盾等留在党外工作的著名左翼文人，也加入到了宣传贯彻共产党文艺政策的潮流中。文艺为政治服务，为政策服务；文艺为什么人服务，如何服务；文艺的

① 犁青：《四十年代后期的香港诗歌》，《新文学史料》2005年3期。

普及与提高，民族化与大众化……类似的议题便成为港粤文坛的主要话题。具体而言，1947 年香港曾成立通俗文艺座谈会，中华全国文艺协会香港分会，也开展文艺通俗化的正常活动。当时在研究部之下曾设置“广东方言文艺研究组”，分为广州话、客家话和潮州话等小组。1948 年夏天，这个研究组改名为“方言文学研究会”，钟敬文（笔名静闻）任会长，分成创作、研究、资料、出版等小部门。来自粤语区的作家如钟敬文、华嘉、周钢鸣、薛汕、陈残云、黄宁婴等一大批人都积极参与进来，像沙鸥、袁水拍等曾在重庆进行方言文学运动的作家，也加入进去，形成了一场在文学创作与文艺理论两个方面均有建树的文艺思潮。1948 年至 1949 年之间，香港方言文学运动发展最为迅速，“方言文学研究会”开展的活动也更多，在一些刊物、报纸上甚至开设了众多方言文学的栏目，比如以文协方言文学研究会编辑的名义，在《大公报》开辟“方言文学”双周刊，在《华商报》茶亭上出过“方言文学专号”，《新诗歌》《中国诗坛》也开辟有类似的专栏或专刊。又比如，郭沫若、茅盾等文坛领袖，也都专门先后著文，引为同调。

港粤方言文艺运动是理论先行，相关的作品跟进，其中有分歧冲突，也有创见。从理论方面入手，当时讨论是相当热烈而持久的。讨论文艺，着力点却在政治之上。为了在政治上的宣传、动员起见，重视群众的参与、启蒙有很大的市场。通俗化、大众化、群众化，成为当时文艺发展的时代背景。1947 年 10 月，由共产党控制的《正报》在香港创办，曾发表了林洛《普及工作的几点意见》，林洛在文中谈到了文艺的地方化，由地方化引申到方言文学运动、文艺大众化与通俗化，普及与提高的关系等问题，这些问题既是老问题，也是在特定方言区域的新问题。从立场来看，这一文章起初谈通俗写作，作者主张以浅近的文字夹杂着提炼过的方言去写，力求让识字不多的读者接受。紧接着，蓝玲、孺子牛、琳清、阿尺诸君继续在此一刊物上抒发了各自的意见，于是讨论就展开了。《正报》之外，《华侨日报》《群众周刊》等专栏或副刊也有讨论或建设性的文章发表。择其实质，最大的争议之处是用纯方言写作即纯粤语写作，还是用浅显白话夹杂提炼过的粤语来写作。与共产党关系密切，充任当时报纸杂志编者身份居多的论者大多数主张前者，譬如华嘉一开始主张纯粹采用方言，并直接提出“方言文学”口号，静闻、林林、楼栖、薛汕等人以及郭沫若、茅盾等人都表支持。引起这一争议的范例是解放区文艺的影响，当时赵树理的小说，李季的《王贵与李香香》都是供模仿的典范，其语言形态是西北方言。不过，当时没有细究的是，西北方言属于北方方言，而粤语是一种与北方方言相并列的方言，成分更复杂、地域性也更强。由于论者的身份与认识的局限，1948 年 1 月《正报》刊出冯乃超、荃麟联合署名文章《方言问题论争总结》，其结论是大力肯定方言文学的价值、意义，地位。这是带有总结性的文章，代表共产党在华南文艺领域的权威解释。具体看法如“方言文学的提出，首先是为了文艺普及的需要”，“各地老百姓有各地老百姓的语言，所以就不能不有各地的方言文学”。并且明确指出“提倡方言文学而并非主张破坏普通话”。类似的论述甚多，如“方言文艺的创作运动，是为了文艺的普及，也是为了文艺的大众化”，“今天方言文艺创作运动的基本方向，是‘面向农村’，写农民，为农民写，和反映农村的生活与斗争，这大概是没有问题的了”①。

值得琢磨的是郭沫若、茅盾等人的态度。当时，避居香港的郭沫若就对赵树理小说等解放区文艺评价甚高，后来发表有《当前的文艺诸问题》等文章，在文中表示对方言文学“举起双手来赞成，无条件的支持。”茅盾则发表《杂谈方言文学》《再谈方言文学》等两篇，论题集中，梳理了 1930 年代以来的大众语、大众化文艺运动，认为 40 年代后期港粤方言文艺是一次自然的延续。茅盾在《杂谈“方言文学”》一文中说，他是把方言问题当作华南文艺工作者如何实践大众化来理解的，而大众化“在形式问题上，‘语言’是一个重要构成部分”。他还说：“人民胜利进军的步伐愈来愈近了，作家们的责任感空前地加强了，如何有效地配合人民的胜利进军而发挥文艺的威力，今天凡是站在人民这边的作家们正是人同此心，心同此志……如果要使作品能为人民所接受，最低限度得用他们的口语——方言。”在称谓上，茅盾当时建议取消方言文艺的称号，因为白话文学就是方言文学。其实这一说法并不是他的首创，有一个叫严肃之的也早就有这样的看法，他认为取消方言文艺的这一称谓，理由有三：一是没有与方言文艺相对的“正言的文艺”，二是其他地方的语言也是同样的方言，三是方言的作品均是正统文艺。② 这显然是给方言文艺争取合法的身份。

除了一些新文学大家、共产党员身份的文艺工作者之外，当时结集有《方言文学》第一辑，以及华嘉的《论方言文艺》两本理论与作品兼收的书籍。前者理论性文字包括静闻的《方言文学运动的新阶段》、黄绳的《方言文艺动动几个论点的回顾》、黄宁婴的《谈广东的韵文创作》、符公望的《龙舟和南音》、林林的《闽南歌谣的艺术性》、叶圣陶的《谈谈写口语》、楼栖的《我怎

① 华嘉：《方言文艺创作实践的几个问题》，《论方言文艺》，第 34 页。

② 严肃之：《取消“方言文艺”的称谓》，《华侨日报》1948 年 5 月 22 日。

样写〈鸳鸯子〉的》等等；后者上篇是理论类，下篇是作品类，理论类论文包括《论普及的方言文艺二三问题》《旧的终结，新的开始》《向前跨进了一步》《关于广方言文艺运动》《方言文艺创作实践的几个问题》《关于方言文艺的创作方向》，还将冯乃超、荃麟执笔的《方言文艺问题论争总结》作为附录收入。在这些论文身上，主要是集中于语言的形态，到底是采取杂糅式的，还是纯方言写作，虽然主张纯方言写作的多，但实际情形仍是以杂语写作为主，成绩也大一些。同时一直为践行纯方言写作而以粤语为语言形式的作品，所占比例并不太高。当时也普遍认为纯方言写作不易掌握，特别是粤语复杂、自造字词较难，写作难度极大。当时作为方言小说代表作品的《虾球传》，在语言层面就不太显得方言化，基本方案是夹杂方言适用于对白部分，叙述语言是向普通话接近的。

（四）港粤方言诗的创作潮流

在港粤方言文艺运动蓬勃发展之际，方言诗最先大范围流行，方言小说则产生了代表作，方言短剧、方言故事也多起来，可惜这两者没有什么杰作。以方言小说为例，主要是长篇为主。1947 年 11 月《华商报》副刊“热风”就开始连载黄谷柳的《虾球传》第一部《春风秋雨》，一直分 3 个时段刊完，历时 1 年多。1947 年年底，此报又刊出江萍的方言小说《马骝精与朱八戒》，这两部连载小说，都是写当地人与事的小说，人物对话具有粤语底色。

下面我们集中笔墨讨论当时的方言入诗问题。当时的方言诗歌，虽然集中在港粤，但语言形态并不限于粤语。有亲历者是这样回忆的：“香港《新诗歌》第 7 辑发了方言诗专页，及怀叔的论文‘广泛开展方言诗运动’。香港诗人符公望、黄宁婴等写了粤语方言诗，楼栖写了客家方言诗，丹木、萧野写了潮州方言诗，沙鸥、野谷、野蕻写了四川方言诗，黎青写了闽南方言诗等。”①可见，各种方言诗都大体具备了。除此之外，《华侨日报》的“文史”周刊，《星岛日报》的“民风”周刊，在香港复刊的《文艺生活》《中国诗坛》也有倾斜性的扶持。以至出现这样的声音：“许多搞文艺的朋友们都说：今年该是方言文艺的创作年。所以，近来讨论方言文艺，就来得特别热烈。”②“以新的

---

① 犁青：《四十年代后期的香港诗歌》，《新文学史料》2005 年 3 期。

② 琳清：《我也来谈方言诗》，《华侨日报》1948 年 5 月 22 日。

姿态写成的方言诗，这一年多来常常见到。但方言小说却很少见过。”① 值得补充的是，除了用粤语、客语与潮语、川语、吴语等写各种方言诗之外，方言诗歌与音乐结合以供吟唱的方言歌曲也流行开来。音乐工作者参与到诗人的创作之中，将方言诗谱成曲，在港粤地区流行开来，其原因也是由于容易听得懂与听得进，能很快被底层群众所接受，进而达到开展群众性新音乐运动的地步，这在1947年是一件大事。另外，从产生的作品来看，叙事诗与抒情诗相比，叙事诗占上风；从内容来看，反映农村民生疾苦的占多数，或是针砭时事的方言诗很风行。语言是外在的，当时关注的是内容重于形式，争取底层读者，将他们争取过来是方言文学的重要任务。

调用当地语言资源进行写作，是特点之一。譬如楼栖的方言诗，全诗主要用客家话写成。诗人在自述性的文章《我怎样写〈鸳鸯子〉的》中，自以为“我虽然生长在农村，但我现在却分明是一个知识分子。要用农村里的语言来写诗，只好向记忆里去搜寻，向平日收集起来的词头，谚语和山歌里去找寻。”在谈到如何运用山歌的“比兴”手法时，举《王贵与李香香》为例。《鸳鸯子》一诗2000多行，4行为1节，每1节后面有若干方言语汇的注释。譬如，长诗之一部分为《复仇的火焰》，共有宣传队、复仇的火焰、慌了手脚、妙计捉三爷、民众夜审等五个部分，每个部分或长或短，大概有十多节，每节有方言语汇五六个之多。此诗开头便是“县里有电报来有命令/急过阎王索老命/要补丁来要补粮/么丁么粮把人绑”。“么”是“没有”之意，写的是鸳鸯子这一农妇宣传动员抵抗政府滥征壮丁与钱粮一事，写到了与当地地主李三爷的对垒，最先是鸳鸯子被李三爷毒打示众，后来民众起来，捉住李三爷游乡。在这一部分中，有作注释之用的方言语汇若干。

粤语诗人符公望，在当时颇为活跃，发表了大量粤语诗歌，相当一部分还被谱成曲成为流行歌曲。黄雨的《潮州有个许亚标》是用潮州方言写成的，当时被评论者认为“是我所看到的潮语文学创造中最好的一篇，他就是仿潮州唱本的形式写的”。② 以上诗人，在词汇上，主要择取方言语汇，在形式上，则借鉴旧的形式。在新与旧之间的融汇方面，是下过一番功夫的。

① 司马文森：《谈方言小说》，《星岛日报》1949年3月28日。

② 秦牧：《读〈方言文学〉》，《大公报》1949年6月15日。

结 语

总而言之，不论是重庆的四川方言诗，上海的马凡陀吴语山歌，还是港粤的方言诗潮，都受到“讲话”的有力指引。大面积地运用当地农民或小市民日常母语方言，作为诗歌创作的语言，是“讲话”的内容与精神所要求的。

深入民间、直面惨淡的人生，体察民情、为民生多艰代言，方言诗作完成了一次次新的突围，这既是新诗与方言如何结合的积极尝试，也是文艺从属于政治的时代使然。

三、方言入诗与《新华日报》副刊

从文艺与传媒的关系这一角度来打量，一个具有坚定不移党派色彩、党性立场与党化文艺的报刊，往往能深入而持久地成为推动某种文艺思潮、文艺运动的最佳平台。整体而言，在宣传意识形态领域，在争取统一战线方面，代表南京政府的国民党与中国共产党相比，后者明显占据优势。在大敌当前的特殊时期，国共合作的形式之一，便是执政的南京政府允许共产党在国统区适当存在。南京政府迁都重庆之后，地处西南腹地的重庆成为陪都，成为全国抗日斗争的大后方中心之地。在国共合作的新形势下，中国共产党利用新的历史机遇，推动全国抗日统一战线走向深入。中国共产党当时重要的举措之一，便是在国统区合法地创办了一份重要报纸——《新华日报》，这份报纸由武汉而重庆，其中在重庆的出版时间最长，影响也最为深远。《新华日报》创刊于1938年1月11日，地点在武汉，甫一创办宣称“本报愿将自己变成一切抗日的个人、集团、团体、党派的共同的喉舌；本报力求成为全国民众共同的呼声”①。不到半年之久，《新华日报》因武汉告急而迁移到重庆，后于1947年2月28日被国民党封禁停办，从创办到查封，此报总共出版有9年多时间，共计出版了3231号。具体缩小到文艺领域，作为共产党在国统区领导的文艺界抗日民族统一战线的机关报，它既历经了抗日战争的不同政治较量的阶段，也在文学、文化领域曲曲折折地一路走过来，充当了抗战文艺、大后方文艺的左翼权

① 《发刊词》，《新华日报》1938年1月11日。

威传媒，发出了独特而有力的声音。

（一）《新华日报》副刊溯源

《新华日报》自武汉创办以来，就差不多给予了文艺副刊一种特殊而重要的地位。其副刊以不同名义在不同阶段存在，尽管编辑人员经常变更，编辑观念与指导思想不断调整，但始终曲折而顽强地传递出了现实与时代的丰富信息，各类文艺思潮的浪花，都能在上面有所反映。在副刊上露面的作家写手，刊发的文艺作品与各类其他文字，均与中国共产党的文艺思想有紧密的联系。具有共产党员身份的作家与编辑工作者，在约稿、组稿、选稿、编发等办报流程中，贯彻执行的是共产党的指导思想与方针，譬如在与国民党当局反复不断的博弈中，联结着当时的对日抗战、军事与外交、统一战线等重大主题。副刊版与时政、军事、外交、新闻、民生等版面不同，具有自己特殊的意识形态性质，历来是办报的重点之一。正如当事者后来的回忆所说，“副刊”是《新华日报》的一个特色。①

根据国共合作、团结抗日的目的，《新华日报》在“保卫大武汉”的时代怒吼中火速创办，创刊时没有专门的文艺副刊，辟有《团结》副刊，寓意为中华民族团结起来，共同御侮之意。②《团结》副刊于同年 6 月 9 日终刊，虽然不到半年时间，但仍发表了不少诗歌、评论、报告等文艺作品，以文艺的力量来推动团结抗战。

由于时局的变化，迁移到陪都重庆继续出版的《新华日报》，第四版仍是以副刊为主，但没有副刊之名。1940 年 2 月 10 日，《文艺之页》《工人园地》等分工明确、各具特色的专刊不断设立，《新华日报》的副刊以分工明细化、栏目板块化的方式得到了长足的发展。作为文艺的阵地，《文艺之页》后来开辟有“文坛漫步”“文艺短论”“国内外文坛”等不固定的栏目，主要发表与抗战相关的文艺作品。这一状况直到 1942 年 9 月 18 日停办此专刊为止。以上时期，仍然是继续以前的办法，小说、诗歌、评论、散文等不同文体均有，知识分子气息较浓，呐喊式的口号多，经典性的作品少；欧化腔多，接地气的少。但在当时是国共两党合作的纽带，团结了一大批进步与爱国的作家，是当时政治与文艺大气候的产物。

---

① 熊复：《对于重庆新华日报的回忆》，《新闻战线》1959 年 3 期。

② 编者：《开场白》，《新华日报》1938 年 1 月 11 日。

取代《文艺之页》的是《新华副刊》。《新华副刊》以新的面貌面世，带来了新的气象。《新华日报》在副刊的定位上重视现实主义文风的回归，以战斗性、批判性、综合性见长。《新华副刊》在篇幅上大为扩充，于报纸而言显示出某种独立的品格。这一副刊自 1942 年 9 月 18 日始，一直延续到《新华日报》结束，差不多有四年半的时间，可以说是维持时间最长的副刊栏目。在《新华副刊》上发表的各类文艺作品也最为丰富，针对性、现实性、倾向性也更为明显，譬如对民族形式与民间文艺的重视，对农民、小市民、店员等底层百姓题材的倚重，对各类民间文艺形式的借鉴与民间语汇的采撷，也都是努力坚持、不断开掘，期望开花结果。正因如此，与此相关联的是方言入诗潮流，曾经在《新华副刊》上持久地热闹过，开过花，结过果。

大体而言，这一潮流在《新华副刊》前期，还不太明显，但在 1944 年下半年开始，则开始集中刊载：或不惜篇幅刊发方言文艺作品，或著文进行鼓励、肯定与支持，或在征稿征文启事中明确提出此类要求，可以说是有声有色，一直到《新华日报》在重庆停办为止。1945 年春，重庆左翼文化界提出“文艺面向农村”的口号与主张，文化下乡，诗歌下乡成为一种潮流。1946 年，新华副刊的老作者王亚平则提出“以大众化的形式，创造人民大众所喜欢的诗，该是今日新诗的主要的也可以说是唯一的方向。”① 有研究者曾统计，《新华副刊》共计发表文艺理论与批评 304 篇，诗歌 642 首，小说 347 篇，报告和速写 81 篇。② 在《新华副刊》发表诗作较多的诗人有何其芳、鲁藜、王亚平、艾青、力扬、戈茅、冯玉祥、臧克家、田间、臧云远、铁马、袁勃、公木、于加、柳倩、长虹、马凡陀（袁水拍）、失名（沙鸥）、野谷、老粗等。在这些诗人当中，就有专门以方言诗歌为创作特色的若干诗人，刊发的此类作品达百首以上，因为政治地缘与本土化的考虑，这一类诗的主体是四川方言诗。方言诗歌的提倡与鼓吹，是《新华副刊》上最有成绩的一块，与《新华日报》及其副刊的引导与重视密不可分。

（二）《新华日报》副刊的转型

纵览《新华副刊》，大概在改版后的《新华副刊》开始，便陆续出现对民

---

① 王亚平：《新诗的创作及其发展方向》，《新华日报》1946 年 6 月 4 日。

② 熊辉：《中国共产党对抗战大后方文艺的引导——以〈新华日报〉副刊为例》，《重庆师范大学学报（哲学社会科学版）》2012 年 1 期。

间语汇、向大众化口语写作靠拢的趋势，这一趋势与毛泽东在延安文艺座谈会上的讲话有内在的关系，但因为国民党当局对《新华日报》的管制与防范，也因为“讲话”精神传播的延后性，这一趋势是十分缓慢的。1943 年底到 1944 年初之间，这一变化则略为明显一点。1944 年 1 月 1 日的《新华副刊》，以一整版的篇幅推出《毛泽东同志对文艺问题的意见》，分别摘录成三篇文章：即《文艺上的为群众和如何为群众的问题》《文艺的普及与提高》《文艺与政治》，并附有编者按语；此后几个月内则零星刊载有毛泽东关于文艺指导思想的几句语录。与此相应的是，来自延安文艺政策的声音，在地处大后方陪都的《新华副刊》上，陆续得到了深浅不一的呈现，譬如在“读者与编者”一栏引导读者关注农村题材，或者在“新华信箱”一栏回复“怎样写出生活的语言”时，明确答复要用老百姓的话来写，或是副刊编辑以笔名形式开辟有《新路》这一关于写作指导的专栏。举一个例子，比如 1946 年 8 月 16 日“读者与编者”一栏曾这样表述：“我们也欢迎旧形式的诗、词，但必须通俗化——尽量用口头语，内容必须对现实具有尖锐的讽刺性。”至于新诗人的挖掘与包装，文艺作品内容与形式的更迭，都逐渐起了新的变化，有新的气象出现。

虽然《新华副刊》有上述这样的变化，最先从各种渠道得到延安解放区文艺政策的文艺工作者，也组织起来进行学习和领会，但是略为遗憾的是，在文学创作上的预期效果还比较模糊。这一形势的继续好转，我们认为与何其芳和刘白羽从延安到重庆调研国统区的文艺运动密切相关。何其芳与刘白羽两位作家亲身经历了在延安文艺座谈会上的讲话，本身在创作方面也有突出的艺术成就，他们俩到达重庆后或是组织笔谈，或是从事评论，或是参与左翼阵营的报刊编辑工作，这样就有力地推动了进步文艺工作的发展。其中，便包括两人主编与负责过一段时间的《新华副刊》，包括在副刊上发表较多的诗文与评论。比如，1944 年 8 月 2 日和 3 日，何其芳发表《谈写诗》的论文，在文章中旗帜鲜明地反对《厌恶与咀咒》这一首诗中知识分子式的语言，赞赏用四川口语写的《该遭劫》（这首诗因为内容是揭露农村抓壮丁的黑幕而最后被送检时扣检了，没有来得及在《新华副刊》刊出），随后十来天，在刘白羽任《新华副刊》主编的版面上，登载了失名（即沙鸥）的《农村的歌》组诗，一共由 6 首四川方言诗组成；9 月 8 日又登出了失名的《收获期》组诗，也是 6 首方言诗作。《收获期》后有作者“附记”，自称“这些诗是不成熟的，不过，我正在收集农民的语言，想法子找出抗战以来四川农民的语言的改变与发展。”自此之后，沙鸥主要以“失名”的笔名，在《新华副刊》上经常露面，或是方言诗，或是方言散文与相关短论。据统计，沙鸥在《新华副刊》发表方言诗四五十首、论文或散文近10篇，持续时间一直到它终刊为止。

1944年10月3日，《新华副刊》登出姚雪垠的《北方生活与北方语言》一文，是读了华君对骆宾基的长篇小说《姜步畏家史》第一部的评论而发表的反批评，姚氏认为此小说"'特殊的土语'，更不能轻视反对。""倘若我们写北方一般知识分子的生活，我们的普通话大体上是够用的；倘若写农民生活，我们的普通话就绝对不够用，勉强写也是只能写一些非驴非马的东西。"类似的小文章还有不少，都表明立场，端正态度，引导文艺思潮与创作倾向的改变。

沿着这一线索，我们可以找出《新华副刊》相当多的此类作品与文艺小评论。择其代表性，1944年的《新华副刊》上有旅剑的《拟民歌》，白薇的《抬轿歌》，柯蓝的《农户计划歌》，高俊的敌后小民谣《"伪"与"真"》，公木的《风箱谣》，工声的《号子词》，火焰的《讨厌的领工》等。1945年的《新华副刊》上，有火焰的《摆啥臭加子》，白薇的《桐家谣》《农家苦》，田间的《假如我们不去打仗》，绿蕾的《视福你们》《完全是两只手》《花枝是为了开花》，敬唐的《打油诗二首》，小农的《童谣》等。1946年，则有野谷的《河边》（3首），《家蓄》（2首），《狗》《重征》《雨天》《拷行李的人》等诗作，老粗用金钱板形式创作的《血案一件又一件》《我们反对打内战》《稀奇古怪多得很》《我们不能打了》等，余帆的《伤心事》，树青的《诗二首》《粮官麻雀和耗子》《李挖匠》，柳一株的《庄稼汉》，扶摇的《集训颂》《南京的演习》，庄稼的《走着吧，我就要来的》《我为背时的人民而痛哭》，南泉的《买枪费》等方言韵味十足的诗作。此外还刊发过较多的论文，比如田苗的《方言诗与朗诵》，叶逸民的《方言诗的创作问题——评沙鸥著〈化雪夜〉》，邵子南的《沙鸥的诗》（附编者按），沙鸥的《关于方言诗》，燕君的《关于诗》，克劳德的书评《马凡陀的山歌》，小亚的《对于诗的要求》。1947年，在诗作方面则有老粗的《兽行记》（唱词），《新女儿经》，《十八怪》（连筲词），柳一株的《十二月望郎》（寄调孟姜女哭长城），《大家干》（快板唱词），寒松的《怪新闻》（金钱板），南泉的《小莲花》（民间小调），秋汀的《郝鹏举被擒》（劝世文），金帆的《国币不像国币》，金文的《拉丁怨》（调寄凤阳花鼓），《油菜黄》，马凡陀的《关金票》，与小丁作画相配且连载的十二首时事山歌（总题为《送旧迎新》）。论文方面则有顾回的《论农民的诗〈吴满有〉》，默涵的《关于马凡陀的山歌》（附编者按），沙鸥的《诗的一个走向——试论〈李有才板话〉中的诗》。诸如此类，都是较为典型的诗文。

以上的诗作与论文，都与方言诗歌有关，其中马凡陀、绿蕾、野谷、老粗、柳一株等诗人创作的数量较多。他们的诗笔主要是写农村、农民题材的，或是反对打内仗、抓壮丁，或是揭露底层百姓的生活困苦，或是书写征粮、缺粮而走上歧途的，均是反映火与血的现实生活，一切都显得那么充满泥土味和生活气息。

（三）《新华日报》副刊与诗坛新人

1944年下半年，在何其芳、刘白羽等人的帮助与引导下，《新华副刊》推出了失名（即沙鸥）关于四川农村的诗作，主要是四川方言诗。推出的重点人物是沙鸥，后来还有野谷、老粗等几个诗人。事过几十年后，当事人之一沙鸥认定“四川方言诗在当时可以说是一种创新”①。当时也在重庆从事新诗创作与活动的晏明，在回忆中也印证了这样的事情，“一时间掀起了四川方言诗的热潮。沙鸥——方言诗；方言诗——沙鸥，几乎成为同义词”②。这是事实，只不过叙述中略有夸大的成分。

对于创作而言，四川农村题材与四川方言的结合，是沙鸥等诗人紧紧抓牢的两个基本点。四川农民的语言即四川方言，几乎在四川方言诗人笔下倾巢而出。另外沙鸥把四川方言诗作为诗歌下乡的方式，在四川不同乡下的农民中间开始诗朗诵，将四川方言诗变成听觉的艺术，因为农民95%不识字。③

对于此类诗作的选择与刊发、倡导与推进而言，《新华副刊》则是积极的推动力量。当时此类诗作除了在《新华副刊》集中刊发之外，在重庆的进步文学期刊与报纸也刊载过一些，引起了异乎寻常的关注，包括一些激烈的争论，结果是因为《新华副刊》的肯定与赞赏而得到了正面的扶持与倡导。包括《新华副刊》在内，对于推动进步文艺在陪都的发展是注意讲究论争策略的，在不同的阶段，采取有针对性的策略推动革命文艺思潮向前发展。相比之下，沙鸥直面四川农民苦难的方言诗作能集中刊发，其中一个原因则是国民党的思想统治也有空隙存在，在抗战胜利前后，争取民主与自由的力量又不断升起，为此类方言诗作的刊发起到了有益的助推作用；另一方面，文艺作品与政论、新闻、时政相比，毕竟还隐晦一些，没有那么充满短兵相接的火药意味。“副刊《战时农村面面观》及《糜烂的生活》二稿，前者描写佃农困苦状况，后

---

① 沙鸥：《关于我写诗》，《沙鸥谈诗》，止庵编，第92页。

② 晏明：《飘飘何所似　天地一沙鸥（上）》，《新文学史料》2001年2期。

③ 失名（即沙鸥）：《关于诗歌下乡》，《新华日报》1945年4月14日。

者叙述公务员腐化情形，亦属不妥。嗣后关于上述文字，务仰注意检扣为要”①。比如毛泽东对文艺问题的意见，就是化整为零处理、躲过检扣而发表的。当然，有时对于检扣的稿件，《新华日报》也有拒绝执行的情况。同时，《新华日报》与其副刊，经常刊登“编者按”或是相关的评论文章，凸现报纸的立场，在争执中是选择站在某一立场上，有共产党所办报纸所特有的大是大非，事实上《新华日报》与国民党当局一直斗智斗勇不曾断过，有人生智慧也有政治经验。因此，对于沙鸥、野谷、老粗这样的年轻诗人与有本土化色彩的四川方言诗，出于自己的考虑进行提倡与保护，也就成了顺理成章的分内之事。

沙鸥的四川方言诗，在《新华副刊》上能不断推出，与天时、地利、人和等因素相关。从当时的时代背景而言，来自解放区的文艺思想在《新华日报》时有刊发，引入、介绍了延安文艺乃至解放区文艺的宝贵经验，也为国统区文艺的发展、演变作了历史的参照物。沙鸥在川东农村访贫问苦时，他自述主要从学习农民的语言着手，这似乎是贯彻毛泽东同志在延安文艺座谈会上讲话的精神，是“一个大众化的问题”②，“大众化”首先是把自己化身为“大众”中的一员，和大众融为一个整体，语言的相通是基础。譬如沙鸥记录川东农民的口语，既是体验生活，也是炼话，借此考验自己与民众的关系。从地利因素来看，刘白羽、何其芳自延安带着宣讲“讲话”精神的目的来重庆后，就不谋而合地像伯乐一样培植了四川方言诗这一株幼苗。这里有发现，也有铺垫。比如，在《新华副刊》前面一两年里，就有一些类似的文艺活动，譬如朗诵诗运动、歌谣体创作等，向下看，向民间看齐，向底层民众寻找文艺资源，一直是《新华副刊》也想突破的出口。对于沙鸥而言，还有地利与人和之便，刘白羽、何其芳等主管《新华副刊》的编辑，与沙鸥建立了密切而互信的编读关系，如及时而又大量的通信、发稿等等。这两位编辑都与沙鸥关系较好，何其芳是四川万县人，是沙鸥的老乡，当时还是大学生的沙鸥，在写作与发表此类诗作之前，就与何其芳、刘白羽有直接交往，得到了他们的认可与鼓励，在编发稿件的方便之余，在其他文论中进行评说、肯定，也是自然不过的事了。

据知情者所言，现代派诗人徐迟还将沙鸥的四川方言诗，推荐给其他的报

---

① 《战时新闻检查局关于十月七日报刊登“不妥”言论训令稿》（1940 年 10 月 9 日），见重庆市档案馆、中国第二历史档案馆编：《白色恐怖下的新华日报》，重庆：重庆出版社，1987 年，第 111 页。

② 沙鸥：《关于方言诗》，《新诗歌》第 2 号，1947 年 3 月 15 日。

纸杂志发表，比如将长诗《化雪夜》推荐给叶以群主编的《文哨》发表。这样，也扩大了此类诗作散布的范围，不只是《新华日报》的提倡与鼓励，而是变成了当时大后方文学的一个潮流，一个值得肯定的文艺方向，从而提高了方言诗歌的社会影响力。

（四）四川方言诗的思想内涵

以方言、口语来写诗，在白话新诗史上的不同阶段上都有发表，只是没有多少机会像在《新华副刊》上那么集中，那么能形成一个较大规模的文艺思潮。

在《新华副刊》上发表的方言诗，主要是四川方言诗，此外也有零星的外地方言诗。比如马凡陀的山歌，主要以小市民为对象，吴语、粤语、川语都有一些，“用了通俗的民间的语汇和歌谣的形式，来表现人民（在他主要是市民）所最关心的事物，来歌唱广大人民的思想和情绪。这是使诗歌深入人民，和人民团结的方向”①。野谷也是重庆人，是后起的四川方言诗的尝试者，算得上是第二个“沙鸥”。老粗、金帆、柳一株等诗人，也是以四川方言为诗语工具，都是比较用心而专注于方言入诗的探索者。

当然，方言诗只是一种诗歌艺术的形式，更为重要的仍是它的内容与主题。四川方言诗，关注点是国统区西南农村中农人们的悲惨命运与非人遭遇，特别是与当地农民密切相关的繁重的征租、送粮，草菅人命式的抽丁、拉夫，尖锐对峙的阶级冲突、贫富分化，诸如此类内容更能吸引《新华副刊》的注意。与此相关或延伸的有反对内战、希望家人平安的心声，有对民主自由正义诉求的呼吁，有对专制、丑恶统治的谴责，有对美军退出中国的呐喊……正如《新华日报》给沙鸥的方言诗集《化雪夜》所做的销售广告所言：“西南农村中之一切悲惨，榨取，与不合理，诗人用熟稔的方言暴露无遗，其中有农人对牛的情爱，有农人被地主及保甲逼死的惨景，有农人求生的求解放的苦斗。”②不妨试读这样的诗句：“他哭横了心一下冲出了房门，/他是向堰塘摸起去，/他用眼睛水淋着田坎”。（失名《是谁逼死了他们》），“我们老百姓，/就像癞子头上的几根毛：/土匪用梳子梳，/驻军用篦子篦，/保甲长拿刀子来剃/——这个国民党统治的世道啊，/硬是把老百姓整得一干二净!”（树青

① 林默涵：《关于马凡陀的山歌》，《新华日报》1947年1月25日。

② 《新华日报》1946年10月2日、3日。

《刮》）……

值得强调的是，反对拉壮丁、打内战的方言诗最多，估计也是当时社会农民最为关心的议题。特别在抗日战争胜利之后，在数量上曾一度跃居第一的位置。对于这一题材，有不同的写法，如调用民谣、金钱板、唱词、顺口溜、打油诗等民间艺术形式；切入的角度也翻新花样，层出不穷。白克明的《船夫的歌》、余帆的《伤心事》、野谷《重征》、王二黑的《四川农民对口曲》、南泉的《买枪费》、LA 的《不宁的村夜》、田家的《张二嫂搬家》、柳一株的《十二月望郎》、斗方的《竹枝词》、金文的《拉丁怨》，都是直接反对保甲长拉丁诈财的；旷野的《伤兵》、野谷的《拷行李的人》侧写军人伤退后谋生之艰难，质问政府不闻不问的行为，暗示当兵打内仗的后果；旭处的《阿歌，回来呀!》、野谷的《战士的信》、伍萤的《老兄，请想想》、吕剑的《快回去，回到家乡去》、老粗的《我们反对打内战》与《我们不能打了》、柳一株的《庄稼汉》、川话的《望郎》则主要以后方亲属身份规劝青年不要去当兵，当兵不是一条正确的人生之路；常枫的《我回来了》主要歌颂个别国军不愿当炮灰，而是当了逃兵回来的人；金戈的《提防“国军”来抢粮》、沙鸥的《积谷》、晓帆的《划押》、克私的《东北民谣》等凸显国军的负面形象。类似这样的例子还相当多，可见方言诗歌的作者们也是努力创新、有所作为的。

至于师劳的《炭渣堆上》、野谷的《狗》、泥泞的《挞谷》、漆土的《难民调》等是描摹民众生活陷入赤贫的惨景。单是写饿肚子的诗，就有布洛的《肚皮饿了要吃饭》、匀土的《山城的滑杆夫》、树青的《李挖匠》、沙鸥的《饿》等十余首。也正因为这样，因穷迫而卖淫的便有沙鸥的《土娼赵美珍》、萧索的《陪都夜景》；因穷而饿，铤而走险当匪、为贼的则有沙鸥的《偷谷》《空屋》等。总之，借助方言入诗的形式，直面现实，强调通过诗歌创作去暴露黑暗的现实，是方言诗歌背后的力量之源。

结　语

总而言之，在整个抗日战争期间，一直到第三次国共内战的初期，《新华日报》一直在国统区合法地公开出版发行，以《新华副刊》为代表的文艺副刊一直是文艺斗争与文艺生产的有机部分，不论是文艺作品的数量，还是质量，在整个大后方抗战文学的版图中具有深远的影响与独特的地位。共产党的文艺思想与文艺方针，在副刊上也体现得十分丰富而鲜明；《新华副刊》对抗战文艺思潮与运动的推动，对大后方文学的建构，都可以称得上是值得回溯的研究个案。

四、方言入诗与《解放日报》副刊

延安《解放日报》① 是中国共产党中央在革命根据地全力主办的第一张大型日报，它于1941年5月16日创办，系由延安的《新中华报》与《今日新闻》合并而成，既是中共中央的机关报，也是西北局的机关报。经达6年多时间的出版，在第3次国内解放战争时期，因胡宗南部队侵占延安而转移出版，并最终于1947年3月27日停刊。《解放日报》横跨抗日战争和解放战争时期，在宣传我党的抗日主张、团结全国各族人民共同抗日，以及围绕这一大政所展开的路线方针等诸方面都是不可代替的阵地。《解放日报》既然是中共中央的机关报，便打上了全党办报的烙印；作为机关报的典范，充当了以延安为中心的党中央的喉舌。

《解放日报》自创刊伊始，一直便有副刊的存在，或是没有名义，或是以"文艺"为名，或是综合性副刊，在解放区文学圈子里是不可代替的媒介。"《解放日报》的副刊，是在当时全国报纸中发表文艺作品数量最多、规模最大、持续时间最长的文艺阵地。无论就其形式，还是就其内容，也无论就其地位，还是就其作用，都是中国党报史上光辉灿烂的篇章"②。这是名副其实的一个评价。以陕西延安为中心的西北，西北农民的生活，语言，在这份副刊的文学作品中有丰富而具体的体现。为便于论述与集中，这里拟从方言入诗的角度来审视其副刊作品与办刊风格。

（一）《解放日报》副刊溯源

延安作为红军长征之后抵达的革命圣地，有十多年时间是党中央所在地。作为革命文学的重要组成部分，在延安这一边区政府的地域中，曾先后创办了10多种刊物，但存在时间均不长，发稿量也有限，像《文艺月报》《谷雨》和

---

① 1950年代，人民出版社将《解放日报》影印出版，一共装订成12大本，共2130号。

② 王敬主编：《延安〈解放日报〉史》，北京：新华出版社，1998年，第312页。

《草叶》等便是。没有一份像样的报纸，《解放日报》应运而生，弥补了这一空档。在延安的各种文化人士，也需要一个较大的平台发表文学作品，进行文艺建设。因此，《解放日报》的副刊最先一版能容纳3000字左右，到后来一版稳定刊出12000字左右，大致全面地反映了解放区文学的现状、性质、队伍、特色与成就。

副刊编辑力量也由最先的3人左右，发展到10人左右，在当时都由相当有威信的作家担任。天时地利人和的因素，让《解放日报》副刊具有十分突出的文学史地位。作为解放区文学的最佳窗口，《解放日报》副刊既与当时的政治、军事与经济等因素相关，也与自己的编辑思想相关。就其演变与源流而言，大概有以下几个阶段。

第一个阶段是从丁玲挂帅主编的时期，大体有10个月之久。在报纸创办伊始，有将近四个月没有专门的副刊，当时报社的社长是博古，文艺副刊的主编者是丁玲。据丁玲回忆，博古主张文艺稿件不辟专栏，好的文艺作品可以放在报纸的第二版、三版，甚至头版。按照这个意见，发表的文艺稿件都不辟专栏。创刊号上刊登过征稿启事："本报竭诚欢迎一切政论、译著、文艺作品、诗歌、短篇小说……等等之稿件，一经揭载，当奉薄酬。"经过短暂的4个月左右，于1941年9月16日到1942年3月31日改版之前，这一时期副刊命名为"文艺"，是当时"八大专栏"之一。这一阶段是《解放日报》副刊的草创时期，作者队伍庞杂，优秀作品较多；作品种类多，知识分子气息浓。主编《解放日报·文艺》的是丁玲，编辑有陈企霞、黎辛等。"文艺栏担负着这几层任务：一、团结边区所有成名作家，二、尽量培养提拔新作家，三、反映边区各根据地生活及八路军新四军英勇战斗，四、提高边区文艺水平。"① 在当时的语境下，说是不能把副刊办成报屁股，甜点心。在这十个多月的时间中，文艺副刊发表了一百多位作家的作品，诗歌方面则发表了将近四十首诗，此外还有旧体诗十多首。发表诗作较多的有艾青、何其芳、萧三，厂民（严辰），以及钟静、贺敬之等当时的诗坛新人。

第二个阶段是综合副刊阶段。大体可以分为2个小的时期，一是从1942年4月1日到1944年2月16日，这是改版的过渡与成形时期，《解放日报》成为一张完全的党中央机关报，至此，报纸也恰好出到第1000期。其副刊则被改造成为一个综合性副刊，占第四版一整版的篇幅。接替丁玲出任主编的是舒群，编辑仍为陈企霞、黎辛等。1943年初，艾思奇、陈学昭、白朗、林默

① 丁玲：《编者的话》，《解放日报》1942年3月12日。

涵、温济泽、庄栋、周立波等人陆续调入，文艺栏正式改为副刊部，后来美术科也划归副刊部。第二个时期是从1944年2月17日到1946年11月19日，最终随着国民党军队攻占延安，报社大部分人员撤离延安为止。这一阶段继续第一个时期综合性的特征，整个比较稳定。同时也有一些创新，在作品的刊发模式上也有新的发展，取得的成绩也比较多。编辑人员仍如第一个阶段。这一阶段发表诗作一百多首，作者队伍有所扩大。

最后一个阶段是从1946年11月20日到终刊为止，当时中共中央已从革命圣地延安撤离出来，内战的烽火也烧到了延安这片土地上。受战争扩大的牵连，《解放日报》开始收缩出版发行，每天由四版改为两版，副刊由独立的4版合并到了第2版，同时开辟了“星期日增刊”，在每周星期天扩为四版，明显压缩了版面。

（二）《解放日报》副刊改版

论述到方言入诗与《解放日报》副刊的关系，离不开对当时副刊作品与理论上的语言演变。大体以毛泽东在延安文艺座谈会上的讲话为界，可以分为前后两个有差异性的阶段。即在“讲话”发表之前，大体是洋气息为主，知识分子气较浓，在语言上八股腔、学生腔、洋腔洋调居多。1942年在延安文艺座谈会上的讲话发表后，语言问题得到普遍重视。毛泽东在《反对党八股》《在延安文艺座谈会上的讲话》等著述中，指出文艺脱离实际，脱离工农兵的现象，主是体现在不熟、不懂两个方面。不熟悉、不懂得工农兵的生活与语言，“语言不懂，就是对于人民群众的丰富的生动的语言，缺乏充分的认识。”在谈到语言与文艺大众化的关系时也是脱离群众，不熟悉、不懂“群众的语言”①，这样也就谈不上文艺的本土化。

这一问题由来已久，在《解放日报》副刊编辑过程中，都始终不同程度地存在着。譬如，在延安文艺座谈会召开之前，《解放日报》进行了整顿改版，以便适应文艺工作的新形势。在1942年4月1日改版之前，报社曾广泛向各界征求读者意见，读者意见指出报纸上很少有群众性的作品，很少能反映普通工农兵的生活。针对报纸文字特点，有读者指出“文字要简洁明快，不要欧化，生字少用……报馆工作者要了解看报的对象，特别是要了解县区干部的文

① 毛泽东：《在延安文艺座谈会上的讲话》，《解放日报》1943年10月19日。

化水平及其生活，然后才能使报纸在精神上接近他们”。[①] 后来经过整风，经过学习，经过文艺下乡，这一情形有所改变，但仍有相当多的文章没有改造成功。比如直到1946年，一直在《解放日报》副刊当编辑的黎辛，发表过《谈学习民间语言》的文章，指出这样仍有差距的事实，其中有两类作者：一类是基本上用书本上的语言写作，夹杂个别群众口语；一类是生硬地拼凑群众语汇，句子结构仍是欧化的，显得表面化。[②]

在丁玲主编文艺的时期，基本上是刊发这样的诗作，比如艾青的《哭泣的老妇》，萧三的《反法西斯蒂小诗》，周立波的《一个早晨的歌者的希望》，钟静的《敌人的飞机任意的在我的故乡的天空里飞》，抽象语汇多，带修饰性的定语的欧化长句多。

随着毛泽东在延安文艺座谈会上的讲话发表，促进了延安文艺界的反思与变革，这一状况有所好转。厂民最先提出诗歌大众化的口号，“诗歌大众化，必须我们先被大众所化”[③]。熟悉大众语言则是基本环节。1942年10月22日，边区文协、延安诗会、新诗歌会等团体在文化俱乐部召开诗歌大众化座谈会，艾青、长虹、公木、胡采、萧三、郭小川、鲁藜等40余人到会，提出诗人应该怎样和大众结合，大众化诗歌的内容、形式、语言以及如何开展诗歌大众化运动等议题。

除了知识分子诗人要向民间学习之外，搜集民间诗人的作品或是搜集民间歌谣，也成为诗歌大众化的一个方向。首先，搜集整理是一个方面，借鉴模仿是另一个方面。在搜集整理方面，何其芳等人主持的《陕北民歌选》便是典型的例子。其次，是发动民众，在农民中间发现诗人，《解放日报》副刊扶持过任老婆、李老婆婆、李增正、李有源、孙万福等创作的顺口溜式的诗作或打油诗式的韵语。这些作品表达了民间艺人对边区生活的幸福感，以及对党和革命领袖的歌颂之情。如《顽固分子起奸心，边区老小一个心》《移民歌》《“心里的实在话”》《边区变得没穷人》等，便较为典型。一批具有文学潜力与气质的民间说唱艺人，得到了充分的肯定和扶持，如周扬的《一位不识字的劳动诗人——孙万福》，艾青的《汪庭有和他的歌》，丁玲的《民间艺人李卜》，萧三与安波合写的《练子嘴英雄拓老汉》等等便是。又如，1946年6月25日，在河北邯郸举行了一次群众翻身诗歌座谈会，会议记录认为“不仅对于群众翻身

① 莫艾：《本报革新前夜访询各界意见》，《解放日报》1942年4月2日。
② 解清：《谈学习民间的语言》，《解放日报》1946年6月18日。
③ 厂民（严辰）：《关于诗歌大众化》，《解放日报》1942年11月1日。

诗歌作了热诚的介绍，并且对于诗歌创作的方向提供了宝贵确切的意见"①。《解放日报》8 月 19 日进行全文转载，并于第二天以《人民的诗歌》为题，转载了翻身诗歌四首，即《佃户话》《和债主沈善思讲理》《翻身谣》和《翻身四字经》。

《解放日报》副刊上的诗歌，是当时文艺思潮的产物。副刊上的文艺作品在保持自身艺术性的同时，还需要配合时政，文艺从属于政治的表征得以凸现。毛泽东等直接关注《解放日报》的改版，也关注文艺副刊的改革。1942 年 9 月 15 日，他给当时中央宣传部部长何凯丰写信，要求支持副刊的稿件，并亲拟《解放日报第四版征稿办法》，确定 16 人负责征稿，指出党报是党的整个事业的一部分，办好党报是全党的事，不是哪一个人的事，全党的事要全党来办。

（三）艾青与李季

在《解放日报》副刊上，既有成名的诗人，也有新培养出来的诗人。

作为精英知识分子代表，艾青算得上是一个。与何其芳、萧三、贾芝等早已成名的诗人相比，艾青的成就还要高些。艾青在延安文艺座谈会上的讲话发表之后，有一个很大的变化。向大众化转变，向农民语言学习，成为艾青诗歌写作的一个显著变化。

艾青在《解放日报》副刊上十分活跃：在丁玲主编"文艺"栏目期间，他曾发表了《哭泣的老妇》《希特勒》《古石器吟》《敬礼啊——苏维埃联邦》《坪上散步》《我的职业》《给姐妹们》《河》等诗作；在改版不久，还继续发表了《秋天的早晨》《罪人的画像》《土伦的反抗》《献给乡村的诗》《向世界宣布吧》等诗作。后来在诗歌下乡过程中，艾青变了，主要是与吴满有相关。先是发表《欢迎三位劳动英雄》，后是发表《吴满有》叙事长诗一首。前者是以读诗的形式，表述了自己种地的真实感受。在下乡过程中，艾青采访陕甘宁边区劳动模范吴满有，与吴满有交上了朋友。艾青为了完成党交给他写吴满有的写作任务，除了阅读《解放日报》的宣传材料，详细了解情况外，诗人还步行到吴满有的吴家枣园，在吴满有家住了两天，与吴满有在炕头拉话，记录吴满有讲述自己的身世故事和大生产中的种种英雄事迹。艾青回到延安后便按捺

---

① 《群众翻身诗歌座谈》，《解放日报》1946 年 8 月 19 日。这是边区文联干部荒煤的原话。

不住激情，写了叙事长诗《吴满有》，写完后又赴吴家枣园，朗读给吴满有与他的邻居们听，听取意见之后再进行修改。1943 年 3 月 9 日，在《解放日报》副刊以一整版的篇幅发表。全诗分为 9 个大节，分别是："写你在文化界的欢迎会上"，"写你受苦的日子"，"写你翻身"，"写你勤耕种"，"写你发起来了"，"写你爱边区"，"写你当了劳动英雄"，"写你叫大家多生产"，"写你的欢喜"。此诗叙述了吴满有的身世与成长经历，力求语言通俗、易懂，标准是吴满有能听懂为止。艾青写《吴满有》时主要还是知识分子浅显的口语，中间掺杂陕北方言，譬如吴满有不高兴称他为"老来红"（当地土话"暴发户"之意），高兴人们称他"劳动英雄"，诗人总结的经验是农民"欢喜明快简短的句子"①。

第二个典型个案是李季的《王贵与李香香》。此诗共分 3 部，于 1946 年 9 月 22 日至 24 日在《解放日报》副刊发表，编辑黎辛、中宣部部长陆定一先后著文，分别对诗作"民间的口语""丰富的民间语汇"大感兴趣，极力进行提倡。"民间的口语""民间语汇"等说法，意味着诗人们需要向劳动群众学习，包括学习他们的语言。显然，这一提法与"方言"这一说法接近，它重视的是"民间""群众"的价值、立场，在此基础上的口语化，本质上是要把包括诗歌在内的文艺还给广大群众。因此，与"民间词汇"相联系的是"群众语言"，解放区的文艺作品就要用群众语言来写。②

从陕北方言角度进行静态语言分析，《王贵与李香香》既有土音入韵的现象，也有方言语汇集中呈现的场面，还有方言语法的普遍化用。像称呼小羊为"羊羔子"、白毛巾为"羊肚子手巾"十分普遍一样，"不见我妹妹在那里盛（'住、闲呆着'之意）"③ 之类的句子也随处可见。

结　语

在延安出版的《解放日报》，立足于陕北，主要辐射到陕甘宁边区这一片

---

① 艾青：《吴满有·附记》，《解放日报》1943 年 3 月 9 日。

② 李季：《兰州诗话》，《李季文集》第 4 卷，第 432 页。

③ "盛"在介绍陕西方言的有些书里记作"幸"。当时关中方言这种京畿之地的语言，在中国很长一段历史时期，作为中国的官方语言存在。"幸"字在人们印象中用于宫廷之中，会不会是天子所用的词流传到了民间，还是民间的语汇进入宫中，已不可考，不过这也是周朝"雅言"的活化石见证。见田长山、连曾秀：《方言误读》，西安：陕西人民出版社，2003 年，第 101—102 页。

土地。《解放日报》副刊配合了当时的政治时事，以文艺为武器，在文艺大众化、方言化与争取底层民众上，不断有所作为。其中方言入诗是解放区诗人们接地气的诗歌方式：运用陕北农民的口语，创作出相应的方言诗作，是文艺附属于政治的需要之后产生的文艺现象之一。

五、方言入诗与《华商报》副刊

1940 年代初，因为特殊的政治形势，以及地理位置与环境，香港成为国共冲突与交锋的新阵地之一。在中共中央南方局的全盘重新考虑下，除重庆的《新华日报》之外，又在香港出版日报《华商报》，这是共产党所创办的以统一战线形式出版的报纸。当时在解放区之外，便是这两个公开而合法的阵地了。《华商报》表面来看是以华侨商人办报的名义而问世，实际充当的是共产党宣传的喉舌。特别是《新华日报》在解放战争时期被国民党勒令停刊以来，《华商报》已是解放区之外唯一的日报，在宣传共产党的路线方针、对海内外统战工作方面，起到了不可代替的作用。

《华商报》每天出版于香港，是共产党在解放区之外的宣传舆论阵地。《华商报》副刊，则从文学的角度发挥了许多意想不到的作用。它也曾是方言文艺运动的前哨，既刊发有大量的方言诗作品，也有方言入诗的相关理论文章。在粤语、客语、潮汕语作为母语的方言地区，《华商报》副刊向下接通地气，向上接通党的文艺方针政策，实在是正常得很的事情。

（一）《华商报》副刊溯源

皖南事变后，根据共产党的指示，在廖承志同志的领导下，由桂林、重庆等地撤退到香港的同志在香港创办《华商报》，时间为 1941 年 4 月 8 日。这是一份晚报，每日四版；副刊栏目取名《灯塔》，编辑先后有廖沫沙、陆浮、郁风等人。此外也有一些短暂的周刊、专页之类。在夏衍执笔的《未能免俗的介绍——算是发刊词》中，其副刊定位为“文艺化的综合副刊”，“是读者大众的园地”。可惜好景不长，《华商报》因太平洋战争的爆发而停刊，时间是当年 12 月 12 日，大概生存了半年多的时间。

日本投降后，中共中央以及南方局决定派员在香港复刊《华商报》，时间为1946年1月4日，副刊栏目为《热风》，一年半后又改名《茶亭》，编辑先后是吕剑、黄文俞、华嘉、杜埃、吴荻舟等人。夏衍等人也参与其事，当时是以共事为原则，没有明确的分工。《华商报》后于1949年10月15日停刊，历时三年零十个月左右，副刊则提前一天终止。

复刊后的《华商报》副刊《热风》，以鲁迅的书名取名，寓意为“敢说，敢笑，敢怒，敢骂，敢打”，“正视和针对着社会现实，有力地表示其爱恨，爱人民所爱的，恨人民所恨的”①。在吕剑主编期间，连载了萨空了的《两年的政治犯生活》、茅盾的《苏联游记》、爱伦堡的《美国印象》、章泯的五幕剧《恶梦》、东方未白的《无所不谈》、少史公的《俯拾即是》、申公的《和平楼谈屑》、三流的《心照不宣》等作品，可以说是个人的文艺专栏。

华嘉接手吕剑编辑副刊《热风》约有一年，后改由杜埃负责，同时改《热风》为《茶亭》。期间夏衍也参与过一些工作，据他回忆“当时分管文艺工作的是邵荃麟和冯乃超。《华商报》副刊《热风》主编是华嘉，到1947年我从新加坡回到香港，华嘉一定要我替《热风》出主意，写文章，这样我就分出一点时间，到编辑部参加一点工作”②。1949年8月下旬，为了迎接广州解放，党中央决定《华商报》停刊，以原班人马为基础创刊《南方日报》。作为过渡，9月1日起《华商报》取消增刊，《茶亭》和一切周刊全部停刊，改为一个综合性的《副刊》，由吴荻舟负责主编，这样一直到停刊。

大体而言，副刊编辑屡经变更副刊在中途也曾短暂停办，但一直坚持了下来，成为《华商报》的一大亮点。副刊的定位是通俗性的综合副刊，以香港普通读者为服务对象，既不迎合小市民的低级趣味，也兼顾大多数人的品位。如香港本土作家侣伦的长篇小说《穷巷》，郭沫若的回忆录《抗战回忆录》，都是流传甚广之作。为了地域读者的需求，《华商报》副刊还连载一些粤语作品，如方言故事小炒家的《炒家散记》，方言小说班龙的《忙人世界》，方言小说黄谷柳的《虾球传》三部曲，郑江萍的方言小说《马骝精与朱八戒》，均是典型的方言作品，有深远的社会影响。此外，也有许多较短的方言入诗作品，马凡陀、三流、符公望、黄河流、丹木、黄雨、华嘉、萧野、白明明、李逢三、司马玉裳等一大批有名或无名的诗作者，都在方言入诗的园地里耕耘过。

从文艺指导思想来看，毛泽东在延安文艺座谈会上的讲话发表之后，其精神已追随着一大批有共产党员身份的进步文化人来到了香港，在编报、办报、

① 吕剑：《香港〈华商报〉副刊琐忆》，《新文学史料》2000年2期。

② 夏衍：《白头记者话当年——记香港〈华商报〉》，《新闻研究资料》1982年2期。

写稿、编稿的过程中融会贯通进来。譬如当时共产党在香港的文委负责人邵荃麟、冯乃超，便是方言文艺的积极提倡者，编辑吕剑、华嘉、杜埃等也是方言文学的支持者。华嘉亲自参加方言文学的争论，1949年将自己近三年来有关此类文章辑为《论方言文艺》出版，还写了《算死草》等粤语作品。在《华商报》副刊《热风》或《茶亭》上，方言诗作的大量涌现，是具备了各种有利条件的结果。

（二）《华商报》副刊与港粤诗坛

方言入诗的尝试在《华商报》副刊上，既有时间的长短，也有集中与零散的区别。从零散上看，这是毫无疑问的，自从1946年初在香港复刊以来，零散性的方言类作品一直断续存在，但并不扎眼，仅仅是一种点缀，直到后来方言文学勃兴以来，方言诗歌像方言文艺一样得到了重新关注。从集中的角度来谈，则是到1947年以后的事，一直以方言文艺运动为主轴。亲历者后来回忆道："马凡陀山歌的讨论、关于粗野和通俗的高低之争，后来发展成为方言地区是否需要方言文艺的论争。中国文协港粤分会随后发起了方言文艺运动，出版了《方言文学》周刊和附在几家大报的《方言文艺》周刊，方言歌也流行起来了。所有这些都在《华商报》副刊上得到广泛的反映。"①

这是符合事实的，如果要细分之，则可以在以下几个方面展开。通过《华商报》副刊这一阵地，可以看出方言入诗与港粤文学思潮之间的内在联系。首先，从西北到华南的理论输出，以在延安文艺座谈会上的讲话精神为引导，在华南这一特定方言区倡导方言文艺，成为一时之选。为了寻找方言诗歌的精神资源，港粤诗坛圈内人都尊奉延安文艺思想。比如，对李季用陕北方言写的《王贵与李香香》，评价甚高，《华商报》曾有这样的报道：港粤文协研究部主持的"'通俗文艺座谈会'第3次会，二十日假中原剧社举行，到了20多人。这次主要为研究北方李季作的长诗《王贵与李香香》。首由吕剑朗诵《红旗插到死羊湾》和《自由结婚》两段，韩北屏朗诵《自由结婚》和《崔二爷又回来了》两段。继由周钢鸣作研究报告，然后展开讨论。荃麟、华嘉、黄宁婴，洪遒、庞岳、楼栖等10余人均热烈发言，对主题、结构、表现方法、语言等均有所检讨。最后由周而复报告北方人民对该诗的评价和爱好，一致赞为卓越的人民大众的革命斗争的诗歌。而怎样运用，改造民歌以创造新诗歌，就成了

---

① 华嘉：《忆记香港〈华商报〉及其副刊》，《新文学史料》1986年1期。

当前诗歌工作者的讨论与实践的课题。”① 在三大战役以后，《华商报》副刊及时宣传解放区文学，对解放区文学的方言化诗歌，也尽可能加以介绍与积极评价，后又开辟新中国文艺的栏目，尽了开路先锋的作用。在港粤这一南方方言区，加强自己与解放区文艺运动的联系，可见延安文艺理论的输出路线。

其次，在诗作与理论之间均衡发展。方言诗不是一种时尚的点缀，而是一种文艺品。无论是打油诗，还是方言诗，不论是署名类似字样还是没有标明而实际是此类作品的，都以方言化见长。方言诗能够让讲粤语的普通读者接受，这一点大家感同身受。方言诗歌的内容则与时代保持同步，一般是社会敏感、流行而底层市民所关注的话题。比如 1947 年，主要是写农民、工人与底层市民较为困苦的生活，有数首关于壮丁、农忙的方言诗。捞唔化的《骑墙派》、白云《农歌》、符公望的《中国第二大堤》、张革的《鬼叫你穷》等方言诗反映的是民生疾苦；高基的《叹壮丁》、黄河流的《榕树上》等方言诗是反映壮丁题材。1948 年则有以下趋势，一是以山歌、民歌的采录与改写为流向，民曼的《客家山歌》、老赖的《海丰民歌》、春草的《渔家叹》，或加注解，或标示何地民歌，呈现原生态的群众生活。二是以方言歌曲的写作与演唱为核心，如《这年头》的歌，用浙江土话写成，歌曲《官谣》，用粤语写成，配上曲子，易于传唱。三是关于时政热点问题，江劲的《过年诗》二首，方麦的《长工行》，黄雨的《咒骂》《贫农泪》，白明明的《走！走到了一九四九》，黄河流的《听吓，佢地倾嘅计》，陈皮的《的士工潮》《献金像》，符公望的《买颗子弹打自己》，在形式上或是缩脚诗，或是金钱板，或是木鱼书；在内容上或者反映征丁，或是征粮，尽是当时老百姓最关心的家事与国事。至于以金圆券的滥发为题材，则直接源自 1948 年下半年国民党政府发行“金圆券”一事，当时政府以金圆券收兑民间黄金、白银等硬通货，引起民间怨声一片。方言诗人胡希明写了一首诗《闻道》：“闻道金圆券，无端要救穷，依然公仔纸，难换半分铜。骗子翻新样，湿柴认旧踪，这真天晓得，垂死摆乌龙”。“公仔、湿柴、摆乌龙”等，都是粤语语汇，大量掺杂在诗中，写出群众的不满。1949 年，一类是杂咏时事的，如华嘉的《杂咏广东集团》六首，白焰的《揭破花旗佬嘅阴谋》，符公望的《咪上当》，田桥的《王老四》，丹木的《看紧坏东西》等，都涉及当时敏感话题；第二类是关于工潮、战争主题的，江芷的《穷人叹》，萧野的《一对蚊帐钩》，谷柳的《主人係我地》，卓华的《金光眼遇着磨目石》，羊诸的《下江南》，司马玉裳的《么儿啦，你莫消哭啊！》等，最具

---

① 记者：《人民之歌》，《华商报》1947 年 3 月 24 日。

代表性；第三类是民歌风诗作的继续，海兵的《今年真正大团圆》，张殊明的《解放军过长江》，李逢三的《红旗插上龙津桥》，都是用当地民歌的格式写出。1949 年，《华商报》副刊还集中推出作品与理论并重的方言文学专号。比如 7 月 9 日的专号上，有关于闽南方言文学的讨论，计有卓华的《答张岱先生》，吴楚的《对闽南方言用字的意见》（请教张殊明先生），老赖的《对方言文学专号的意见》，海兵的《渔民十叹》（新咸水歌），其他民歌若干。这一年度整个副刊，共计推出专号八期，以整体性的力量呈现方言入诗的创作实绩。方言诗歌作品如此丰富，力作不少，关于方言诗歌理论方面也是可圈可点之处甚多。较有代表性的比如朱自清的《论通俗化》，符公望《消灭广东文腔盲》，沙鸥《方言诗应该有韵》《方言诗的朗诵》，华嘉的《我对广东方言创作组的意见》，姚理的《方言文学的实质：方言文学问题管见之一》《防止形式主义的偏向：方言文学问题管见之二》《"新文艺"与方言文学：方言文学问题管见之三》，石余的《我的浅见：关于方言文艺运动》，王亚平《再跨进一步——关于诗、快板、歌词的写作》，丹木的《写乜个?》，杜埃的《方言文艺的实践》，晓山的《粤曲有没有健康的前途》，石渔火的《谈写诗》，以及诗评类短论如王玫的《读〈沸腾的岁月〉》，姚理的《读〈女工阿兰〉》，公刘的《读黄雨的诗——评〈残夜集〉》，薛汕的《表现了血泪的潮州》，洛黎扬的《谈民歌的鉴定·歌谣体创作——从〈愤怒的谣〉谈起》，群方的《读〈旗下高歌〉》，王辛儿的《读〈鸳鸯子〉》，都可以说是理论性强的论述，不断建构方言入诗的理论大厦。集中于方言诗歌语言的还有丹木的《潮州方言诗和潮州腔》，BOXAN 的《文学与语文问题》，一行的《方言文学的语言》，吴楚的《对闽南方言用字的意见》，黄阳的《"注脚"在方言诗上的用处》等诸文，直接面对方言文字的记录、如何书写等核心问题。

再次，在南来作家与本土作家之间，尽到团结之职。在《华商报》副刊的发展中，围绕共产党的政治、军事等主题，在文艺方面尽力配合，这样既能宣传共产党的文艺路线，又能被香港当地社会所接受。在团结的那批诗人当中，一批是外省诗人，如沙鸥、王亚平、马凡陀等曾短暂居留香港，参与港粤方言诗运动；一批人是港粤诗人，人数最多，在方言类别上主要是客语、潮汕方言以及粤语。标明是粤语诗，或是海丰民歌、陆丰民歌之类的最为丰富。比如以潮汕诗人为例，这支队伍活跃在潮汕、香港一带，主要是用潮汕方言进行创作，薛汕、黄雨、丹木、萧野等人是代表。他们的诗作较为集中，大多注明是潮州方言诗。1947 年中华全国文学界协会成立方言文学创作组，他们便是主力之一。又如广东的符公望，既写粤语诗，也写粤语流行歌曲，在《华商报》

副刊就发表有《古怪歌》《矮仔落楼梯》《亚聋送殡》《黄肿脚》《抗议》《幡杆灯笼》《中国第二大堤》《青年，祖国解放需要你》《咪上当》等大量粤语诗。

（三）港粤方言诗的勃兴

《华商报》副刊参与并推动了华南方言文艺运动，这是一个不争的事实。同时，在当时的作品刊发中，方言化成为主潮，粤语诗是其中的主菜，因此粤语语汇、句式，韵味都很明显。下面不妨举一些例子，看一看当时的写法。

太婆睇完大声讲：/“旧时呢个王保长，/迫我交饷催攞粮，/乱拉‘挂红’嘅子孙，/还硬要拆祠堂墙，/而家睇佢变咗乜嘢样，/边个有柴唔想佢一大场？”//有个睇牛亚狗仔，/指住死尸对佢讲：/“而家我地翻身变晒样，/任你旧时眯样凶夹狼，/睇吓有田你耕定我耕，/睇吓有福你享定我享！”——黄河流《榕树上》

“走！走！走到一九四九！/打倒‘蒋光头’。/打倒独裁‘疯狗’，/将个班‘花旗鬼，’/通通赶走，/送晒佢归‘衰神’到/‘亚进处攞豆’”——白明明《走！走到了一九四九》

反动军正衰仔，/冇左江山，/重想做皇帝，/嗨，重想做皇帝。/见左老百姓，/奸淫、抢掠、乜都齐；/指见我地解放军，/佢就缩头缩颈，好似一只大乌龟。/我地嚟嚟嚟，我地嚟嚟嚟，/同宽大政策嘅大锁匙，/大家呀一齐嚟捉乌龟。——符公望《捉乌龟》

以上3首诗，除第一首是节选之外，其他都是完整的方言诗作或歌词。3首诗的主题，都是尖锐地面对黑暗现实进行讽刺，国民党政权的反动本质，无疑是批判的对象。这是一个小小的窗口，大体可以反映当时以粤语方言为语言工具的方言诗的面貌。至于“国币不像国币，/大家拿来抹屁”（金帆《国币不像国币》），“官字两个口，/喂来喂去喂唔饱，/不如揾碌木塞住佢，/送佢棺材等佢攞豆”（华嘉《官谣》），“利是仔，鬼咁红，/封完一封又一封。/人地过年我过日，/做左咕哩世世穷”（江劲《利是仔》），“好人没饭吃，/聊鬼背皮带，/这个年头头真呀真古怪”（《这年头》），“银纸仔都冇一张/整个头发长过鬼/话名三餐都唔饱/你叫我呢个病点样抵”（黄河流《听吓，佢地倾嘅计》），“我系精仔一名，/死左老豆出世，/做事决唔上当，/看风将轻来驶”

（捞唔化《骑墙派》）……又有哪首不是这样以泥土气息与港粤特色著称呢？港粤方言诗人尽量吸收港粤地区在广大群众中流行的民间文学形式，尽可能运用群众日常生活的口头用语，写出了通俗易懂、生动形象的方言诗作，受到了普通店员、工人，小市民和学生群众的欢迎，产生了针砭时弊的良好功效。

如果挑出方言语汇来看，类似的特色字与语汇十分普遍；如果是挑出方言句式，也同样如此。此外，港粤方言诗人还广泛参与方言诗歌理论建设，比如方言文艺方面，为“似乎沉寂了一些”① 而跺脚，急于拿出各种方案；比如方言文腔的问题，有人注意到方言诗歌仍与民众喜闻乐见有一定的距离，其原因是不顺口，“没有潮州的诗腔，更没有潮州民间歌曲那种韵脚和谐的旋律”②；比如方言诗歌的注脚问题上，“注脚的用意，当然是‘看对象弹琴’的办法，……是为了各种不同语系的广大读者，这个便成了唯一的对象，而这些对象对于用文字写成的新诗歌，仍未有普遍养成一个爱好的习惯，因此注脚的用处问题，便显得更重要了！”③ 可见，不论是创作，还是理论，港粤方言诗人群体已全面铺开，方言入诗进入了良性发展阶段。

结　语

在香港出版的《华商报》副刊，在抗日战争期间和国共内战时期配合着军事、外交、统战等方面的需要，以方言文艺为内容，走文艺大众化、方言化道路，彰显出了独特而深远的影响。在诗歌的大众化、方言化运动中，以粤语区粤方言为主体，夹杂客家话、潮汕话、四川话、闽南话来写作，在民生与疾苦、专制与自由、文艺与政策之间呼吁呐喊，发出了独特的声音。

① 华嘉：《我对广东方言文学创作的意见》，《华商报》1948 年 5 月 4 日。

② 丹木《潮州方言诗和潮州腔》，《华商报》1948 年 7 月 5 日。

③ 黄阳：《“注脚”在方言诗上的用处》，《华商报》1949 年 8 月 23 日。

结语　方言入诗：没有结束的语言旅行

从 19 世纪末的晚清开始到 20 世纪 50 年代，母语方言与中国现代诗歌的关系是十分复杂而富有张力的。其中既有现代汉语自身的生长，也有诗人们对诗歌语言的试验与追求。一方面，从白话到方言，口语、方言的推动，使现代新诗向前流动有了依靠的力量；另一方面，语言的提炼、纯化，像古典诗词传统“雅正”的机制在起作用一样，去方言化也时时存在。

语言学家张志公在描述语言的变化时，要处理好“不乱”与“不停”[①] 的关系。“不乱”指要有一定规律可以寻找，“不停”是语言总会变化，“不乱”与“不停”的矛盾以及两者之间的张力，螺旋形地推动语言之流向前。但是不可否认，人为力量所产生的硬性规矩，在处理两者关系方面成为一个不断产生新问题的暗箱。像河流改变自己的方向一样，在语言领域也是如此。

因此，母语方言与民族共同语，如同一个不会停止的钟摆：或偏于前者，或偏于后者，不会真正静止下来。在语言的维度上，白话为诗成为诗歌的正统以后，这一钟摆现象的摆向，则依赖于历史时期各种差异性因素的角力与竞争。

反观语言本身，母语、方言自有其缺陷。首先，作为地域性语言，方言流通的地域相对狭小，即使在文学方面有影响力的吴语、粤语与闽语，也局限于

① 张志公：《语法学习讲话》，上海：上海教育出版社，1962 年，第 8 页。

东南一地。[1] 地方文艺，总会通过去地方化而融入整体中去。其次，方言缺乏文字符号的记录，难以笔录、难以统一，一直是一个老问题，学界对此束手无策。刘半农所说的地域神味，为非本地民众所不察，也就无形中消解了它的积极意义。再次，在政治意识形态高涨的现实面前，政治之力的左右，最为关键，是胳膊扭不过大腿的时势，因此，政治力量可以随着自己的时势褒贬与抑扬方言入诗，政体变革成为方言入诗思潮最大的变数，方言入诗的高潮与低潮，亦大部分系于此，成为一种宿命。

正如硬币有两面一样，方言入诗也有独特的优势，它是语言之流，也是精神记忆之流。首先方言入诗是一种传统，不会被任何力量截流。方言是一种语言存在，“因地而异的说话方式”[2]，像大地一样本真存在着。“乡音无改鬓毛衰”，方言是不会消失的声音与生命之树。差异美学的存在，地域文学的存在，便是大地母体上不同生命体的存在。其次，现代汉语不是完成式，而是进行时，语言的这一特质，注定方言的发展，注定方言与文艺的共生与共荣。最根本的是，母语方言总是鲜活在人们的唇舌之上，是活的语言，放眼时间的长河，作为存在的方言，总是不断地改变语言的历史，或从蛰伏中醒来，或从边缘归来。

方言入诗以其独特而顽强的艺术生命力，渗透进来，在诗歌创作中生根、发芽，旧树新枝，自成风景。“在若干年之后，中国的国语可能是要统一的，但必然是多样的统一，而决不是单元的划一。因为多种方言是在相互影响，相

---

① 汪晖在其论文中曾总结这一现象：“从新文学发展的历史来看，对于民族性与地方性的关系的关注，可能导向两个方面的结论。一个方向是站在五四新文学的立场，即‘国语的文学、文学的国语’的立场，批判和改造方言和地方形式，进而形成普遍的民族形式；另一方面则站在地方形式的立场或乡村文艺的立场批评五四新文学的都市化或欧化倾向。其中最为敏感和重要的问题是方言与普通话的关系。但是，直到‘民族形式’讨论兴起之前，对‘五四’文化运动的批评主要是从阶级论的立场出发的，几乎从未将‘地方性’或‘方言土语’作为批判的出发点。离开都市、进入特定区域（地方）的文学家的活动不太可能完全回避该地区的政治军事和文化的现实。如果地方形式和方言土语问题与地方政治认同发生直接的联系，那么，对于统一的民族国家的形成而言则是重要的威胁。因此，在不得不使用方言的情境中，不断地强调地方性与全国性的辩证统一关系便是非常自然的了。”见汪晖：《地方形式、方言土语与抗日战争时期“民族形式”的论争》，《汪晖自选集》，桂林：广西师范大学出版社，1997 年，第 353 页。

② ［德］海德格尔：《在通向语言的途中》，孙周兴译，北京：商务印书馆，2004 年，第 199 页。

互吸收之下而形成辩证的综合。这样，方言文学的建立在另一方面正是促进国语的统一化，而非分裂化。语的统一才是真的统一，人民的统一。”① 我们拿这段话来结束本文，也就显得意味深长了！

① 郭沫若：《当前的文艺诸问题》，王锦厚等编：《郭沫若佚文集》（下册），第212页。

第三编
方言入诗的史料与编年

方言入诗的史料与编年，主要围绕新诗在语言维度上的方言化、口语化而展开，其撰述的时间范围为 1895 年到 1966 年，大体作为一个宏观而典型的历史时段来处理。

不论是国语运动与语文教育的背景，还是新诗创作与批评方面的文学语言变迁，相关领域的原始史料，以及由此错综生发的其他材料，均在收集、整理与编撰之列。参照坊间的流行写作范式，力图呈现这一复杂而动态的历史过程。

编写说明

一、史料篇撰述的时间范围为1895年1月至1948年12月，主要以方言入诗为原点，涉及四个大的层面内容：一是白话、方言等文学语言变迁方面，主要从创作与批评两个维度入手；二是国语运动与语文教育方面，以及在此两方面的生发与延伸；三是与新诗相关的大而化之的语言批评，相关语言学研究方面；四是普通话建构，汉语拼音方案等方面。这四个相关领域的原始史料，以及由此生发的部分第二手材料，均在收集、整理与编撰之列。

二、地域空间范围，以中国大陆为主，酌收中国台湾、香港、澳门在内的相关史料。在史料撰述时加以说明与介绍。

三、所述诗歌史事主要有新诗作品和时评的发表、新诗结集的出版和诗坛的活动、事件、论争及重要诗人的行踪等，作品的内容简介、当时评论、作者或参与者的叙述，以及当时的报道等文字，都有所采录与摘引。首先，原始材料与第二手材料并重，比较之下则力求采录当时的原始文献，并于文后注明出处；以笔者名义进行的解释与相关论述，以“按”字样开始标识，内容侧重相关知识的解释、议论，或前后知识点的贯通，互文性处理等；扩展性的史料以“［扩展］”标注附于条目之后，并用引文字体字号，方便与正文叙述相区别，以资参考。限于条件和时间，部分篇目尚未见到发表的原刊，其出处则从其他可信度较好的材料中择优转录，一般将出处标注于后。其次，力求客观叙述，搜罗不遗，不做主观评价；记述均依照当时用字用语，较难辨认的古字、异体字、错别字，一般都改为通用字体；原无标点者，按照目前格式加以标点，原件字迹无法辨认者，查阅后出资料进行校阅取舍，个别则以“□”表示。再次，因各种主客观原因所致，一时无法查阅的原始资料，则采取参考利用已出版的有关资料成果，包括作家与诗人的年谱、研究资料、相关学者的研究论文、年表撰述之类进行补充，同一问题的矛盾之处则调阅坊间学术质量较高的同类著述加以分辨、考证，择其善者而从之。

四、本史料篇按论著正式刊发的时间先后为序，日不详编入当月，月不详编入当年，均以“同月”、“本年”字眼进行标识。统一用公元纪年，清朝、中华民国则加示年号。这里有几个方面的例外，说明如下：（一）在清末民初，胡适与友人讨论、尝试白话新诗的留学日记与书信，因为是延后数十年才出版面世，这里采录的策略是以当时写作的时间为准，以凸现与复原白话诗诞生的历程。（二）个别作家诗人的作品与著述，也因为各种原因延后数年出版，也采取以上方法，如周作人的歌谣、李金发的诗歌，20 世纪前半叶解放区、沦陷区诗歌史料，台湾、香港等地的诗歌史料等。

五、史料取舍的原则有以下几点：（一）突出问题意识，追踪方言与白话、国语的生发、进展、演化与分合，尽可能展现方言入诗的历史状况与演变情形，还原其丰富与复杂的历史过程；（二）摘录材料详略程度以材料性质的重要与否、有无代表性而定，未发表过的诗文等材料，也一视同仁，酌情加以节选。（三）一部分史料系某一领域学者已作鉴别，则不重复去再做类似工作，径取为用。

六、史料篇内容以年度为界，若干年则以性质、阶段为特征进行整体化处理，这样一共划分为五个大的时间段落，分别是 1895 年至 1916 年阶段、1917 年至 1927 年阶段、1928 年至 1936 年阶段、1937 年至 1948 年阶段。考虑到本著为“民国文学史论”丛书其中一本，时间限定民国时期，出版前，编辑建议 1949—1966 年的史料研究不录。

七、在编写的目的、体例、内容、形式等方面，笔者均较为广泛地参考了同类著述，在此一并说明。

八、方言入诗的史料与编年，涉及的内容广泛，时间段落也跨越不同时代，笔者限于知识视野、思想水平、时间精力，以及资料查找诸多条件的不够成熟等原因，因此肯定有许多错误与遗漏之处，希望专家们与不同读者批评指正，以便今后补充修正，有所完善。

一、史料与编年（1895—1916）

前引

清光绪二十年，即 1894 年，是年为中国农历甲午之年，中日战争爆发，史称“甲午战争”。9 月，中日舰队激战于黄海，清朝政府处于劣势，次年 2 月北洋海军覆灭，中日甲午战争以中国清朝政府失败而失终。日本挟胜利之威，侵占中国大片领土，索取巨额战争赔款，进一步加深了中国的历史灾难，中国进一步殖民化或半殖民化。

按：本史料以甲午战争之年作为史料的开端，最明显的目的是突出政治军事历史大事的巨大变革意义。正如梁启超在《戊戌政变记》中所载“唤起吾国四千年之大梦，实自甲午一役始也。”战争结束后，因和议已定，引发公车上书，“实为清朝二百余年未有之大举也。”① 在文学方面，周作人在《中国新文学的源流》曾有这样一个说法：“自甲午战后，不但中国的政治上发生了极大的变动，即在文学方面，也正在时时动摇，处处变化，正好像是上一个时代的结尾，下一个时代的开端。”② 周作人作为较早一批留学日本的学生，其妻室又是日本女子，对日本政治、经济、文化各方面都是体验甚深，有这样的观念是十分深刻的，在我们看来也具有代表性。正因为有了这样的“结尾”与“开端”，西洋的科学、哲学和文学一起，携带着异国思想与观念的火花，源源不断输入中国，“文学革命”之类的主张便有正式提出并广为传播之可能。在此基点上，随之而来的“新学诗”之类的主张，也就水到渠成，相应赋予了历史之同情与了解。

---

① 丁文江、赵丰田编《梁启超年谱长编》，上海：上海人民出版社，2008 年，第 27 页。

② 周作人：《中国新文学的源流》，北平：人文书店，1932 年，第 99 页。

1895 年（清光绪二十一年）

2 月，孙中山领导的兴中会香港总会，在入会誓词中提出“驱除鞑虏，恢复中华，创立联合政府”的民主革命口号。

4 月，清朝政府在甲午战争中战败，被迫与日本签订丧权辱国的《马关条约》，赔偿巨款，割让台湾等地。

5 月，在京会试的康有为联合全国十八省举人一千三百多人，上书光绪皇帝请求拒和、迁都、变法，史称“公车上书”。

11 月，上海强学会成立，次年 1 月创刊《强学报》。

1895 年前后，梁启超、夏曾佑、谭嗣同等人尝试创作一种“新学诗”，其特点是“颇喜挦扯新名词以自表异”。

按：据《梁启超年谱长编》记录，1894 年梁启超与夏穗卿（即夏曾佑（1863—1924），浙江杭州人）、谭复生（即谭嗣同（1865—1898），湖南浏阳人）交往甚勤。这一年他们在北京研究学问，讨论问题上提倡新学，非常有精神。据梁启超在《亡友夏穗卿先生》一文和《清代学术概论》里，有这样的一段话。“我十九始认得穗卿——我的‘外江佬’朋友里头，他算是第一个。……我当时说的纯是广东官话，他的杭州腔又是终身不肯改的，我们交换谈话很困难，但不久都互相了解了。”“后来又加入一位谭复生，他住在北半截胡同浏阳馆。‘衡宇望尺咫’，我们几乎没有一天不见面，见面就谈学问，常常对吵，每天总大吵一两场，但吵的结果十次有九次我被穗卿屈服，我们大概总得到意见一致。”另外，梁启超在给南海的私信中对谭嗣同有以下评价：“谭复生才识明达，魄力绝伦，所见未有其比，惜佞西学太甚，伯理玺之选也。”①

同是广东人的黄遵宪，与梁启超交往亦频。黄遵宪是客家人，在突破旧体诗词的束缚方面其实尝试最早，走得更远，也最具代表性。黄遵宪在同治七年（1868 年）21 岁时便写出《杂感》一诗，其中有以下“我手写我口，古岂能拘牵？即今流俗语，我若登简编，五千年后人，惊为古斓斑。”这段话在诗歌界引用甚多，知之甚广，可以视为黄遵宪在诗歌创作方面倡导言文一致的先声。后来黄遵宪在光绪十七年（1891 年）整理家乡客家山歌若干，并在《山

① 丁文江、赵丰田编《梁启超年谱长编》，上海：上海人民出版社，2008 年，第 24 页、32 页。

歌题记》中记录用方言口语写诗歌之不易，把十五国风喻为“天籁”，“以妇人女子矢口而成”，“学士大夫反而不能为之”。“山歌每以方言设喻，或以作韵，苟不谙土俗，即不知其妙。笔之于书，殊不易耳。”从中道出了用方言土话设喻取譬的艰辛过程。1891 年，黄遵宪在任驻英使馆参赞期间，“愤时势之不可为，感身世之不遇”，利用闲暇重新整理其早年诗作，编成《人境庐诗草》初稿，并作自序阐述自己的诗歌理论与创作主张：“其述事也，举今日之官书会典方言俗谚，以及古人未有之物，未辟之境，耳目所历，皆笔而书之。”

据郑海麟考察，走得最早的黄遵宪，早年文学思想受到清初顾炎武、黄宗羲、王船山等人影响甚大，特别是顾炎武的著述，对黄遵宪影响深远，这也可以说是学术渊源的追溯。“例如，顾炎武反对当时文人的信古非今的摹仿陋习，提倡学贵独创。……顾氏还认为，随着历史的发展，文体也在不断演变，故文不必法古，应以当代活的语言为贵。……

黄遵宪早年写的《杂感》诗，正是继承了顾炎武以上的思想观念。黄氏反对‘六经字所无，不敢入诗篇’的腐儒，正是反对他们摹仿前人和信古非今的陋习。他提出‘我手写吾口’，是顾炎武学贵独创的思想的进一步发挥。黄氏还主张用流俗语入诗，认为作诗最宝贵的是用当代活的语言，这也是与顾氏的思想一脉相承的”①

再按：就方言入诗而言，粤语入诗在清朝中期便有一些尝试。屈向邦《粤东诗话》谈到方言入诗，广东惠阳廖恩焘早年作粤讴比较多见，也有诗名。在咸、同年间，以粤语诗得名者，还有何淡如。黄遵宪、梁启超等人的粤语诗，以及方言、口语入诗观念，似乎也会受到一些影响。可惜的是，相关研究还很少见。

1895 年，康有为著《新学伪经考》一书，认为“凡文字之先必繁，其变也必简，故篆繁而隶简，楷正繁而行草简，人事趋于巧变，此天理之自然也。”此外，康有为还提出世界语文大同的设想：“全地语言文字皆当同，不得有异言异文。”“附以中国名物而以字母取音，以简易之新文写之，则至简速矣。”

本年，《杭州白话报》在杭州创刊，林白水主持。

按：据 1990 年代的研究统计，清末最后约十年时间，出现过 140 份白话报和杂志，是五四白话文运动的前驱。“晚清白话报的出现及其发展，与近代中国政治、社会运动的发展脉络，极其一致，有着血肉般不可分割的关系。”“1897、1904 年两年及其前后的二段时间，白话报刊骤盛，尤足以说明白话报

① 郑海麟：《黄遵宪传》，北京：中华书局，2006 年，第 13—14 页。

的刊行与时代的关系。因这二个时期，正分别是维新运动和革命运动的进行，在舆论上作准备的上扬时期，白话报配合了这一历史进程而蓬勃起来。”① 另据最新研究成果显示，晚清白话报的总量还不止这一数字。“仅直接标明或声明为‘白话（京话、官话、俚语、通俗）报’的，清末十余年间就达 270 种以上，而‘清末民初’（1897—1918）存世的白话报刊，总数在 370 种以上”。加上大报另出的白话附张，一些类似的女报、浅说报之类，总数在 600 来种。②

1896 年（**清光绪二十二年**）

8 月，黄遵宪、汪康年等在上海创办《时务报》（旬刊），梁启超为主笔，积极宣传变法图强，推动维新运动。

本年，胡璋在上海创办《苏报》，后成为革命派的重要宣传阵地。

本年，两江总督兼南洋通产大臣张之洞奏请派两人去日本留学，此为中国向日本派遣留学生的开端。

9 月，意大利威大列作《〈北京的歌谣〉序》，认为从《北京的歌谣》中可以得到别处不易见的字或短语，明白懂得中国人日常生活的状况和详情，真的诗歌可以从中国平民的歌中找出。“我也要引读者的注意于这些歌谣所用的诗法。因为他们乃是不懂文言的不学的人所作的，现出一种与欧洲诸国相类的诗法，与意大利的诗规几乎完全相合。根于这种歌谣和民族的感情，新的一种民族的诗或者可以发生出来。”③

1896 年，蔡锡勇的《传音快字》在武昌出版。蔡锡勇认为汉字难学，从繁到简是汉字发展的一种规律。《传音快字》是拼北方语音的，同时又是拼写北方话的，这是清末切音字方案中的第一例。

［**扩展**］泰西承用罗马字母，虽各过音读互殊，要皆以切音为主。寻常语言，加以配合贯串之法，即为文字。……加以快字，一人可兼数人之

---

① 参见陈万雄：《五四新文化的源流》，北京：生活·读书·新知三联书店，1997 年，第 131—164 页。

② 参见胡全章：《清末民初白话报刊研究》，北京：中国社会科学出版社，2011 年。

③ 原文载《北京歌谣》卷首，1896 年刊行，译文载《歌谣》第 20 号。

功，一日可并数日之功，其为用不益宏哉！①

按：在光绪十八年（1892 年），卢戆章所著的《一目了然初阶（中国切音新字厦腔）》由五崎顶倍斋在厦门出版，这是第一个由中国人自己创制的字母式汉语拼音文字方案。在此书中，作者主张采用汉语拼音，认为汉语拼音是普及教育的最有效办法；主张切音字与汉字并列，两者有同等地位；主张把南京语音作为各省之正音，把拼写南京话的切音字作为全国通行之正字。“窃谓国之富强，基于格致；格致之兴，基于男妇老幼皆好学识理。其所以能好学识理者，基于切音文字。则字母与切法习完，凡字无师能自读，基于字话一律，则读于口遂即达于心。又基于字话简易，则易于习认，亦即易于捉笔。省费十余载之光阴。将此光阴专供于算学、格致、化学，以及种种之实学，何患国不富强也哉。”“19 省之中，除广、福、台而外，其余 16 省，大概属官话。而官话之最通行者，莫如南腔。若以南京话为通行之正字，为各省之正音，则 19 省语言文字，既从一律，文话皆相通。中国虽大，犹如一家，非如向者之各守疆界，各操土音之对面无言也”②。

本年，谭嗣同著《仁学》一书，书中谈论到文字改革的意见，提出“各用土语，互译其意”的主张。

1897 年（清光绪二十三年）

2 月，夏瑞芳、鲍咸恩、鲍咸昌、高凤池等在上海创办商务印书馆。

10 月，严复、夏曾佑等在天津创办《国闻报》。后增出旬报《国闻汇编》，从第 2 期起，陆续登载严复翻译英国赫胥黎的《天演论》。

本年，各地维新人物纷纷开办学堂，兴办报纸，创设学会，出版变法自强之书籍。

1897 年，王炳耀《拼音字谱》在香港出版。这是速记式切音字方案，该方案用于拼写土音，系根据粤东音拟制，目的是统一于北音。

---

① 蔡锡勇：《传音快字·自序》，《清末文字改革文集》，北京：文字改革出版社，1958 年，第 4 页。

② 引自卢戆章：《〈中国第一快切音新字〉原序》，《清末文字改革文集》，北京：文字改革出版社，1958 年，第 2—3 页。

［**扩展**］惜今日鄙俗语，弄文字，玩月吟风，胸无实际。何如于文字之外复加拼音文字，拼切方言，便男女易习，立强国无形之实基。日本重我国之文，并用本国方言之字……泰西之文，初或起于象形，终则归于拼音……仆抱杞人之忧，设精卫之想，妄拟新字，拼切方言。①

按：晚清所出现的拼音方案，都是否定汉字而褒扬西方拼音字母，同时也对记录中国方言出之以各种方案。类似方案还有不少，但核心思想大体一致。

本年，黄遵宪在襄助湖南新政期间，在《酬曾重伯编修》一诗中第一次提出"新派诗"的口号："废君一月君书力，读我连篇新派诗。风雅不亡由善作，光丰之后益矜奇。文章巨蟹横行日，世变群龙见首时。手撷芙蓉策虬驷，出门惘惘更寻谁?"在这首诗的序中，诗人说道："重伯序余诗，谓古今以诗名家者，无不变体；而称余善变，故诗意及之。"

［**扩展**］谭嗣同受黄遵宪"我手写我口"与"新派诗"的影响，在自己的诗作中也有诗形体的解放，"在旧的形式里也掺杂了一些资产阶级民主思想和一些方言、外国语，成为其表达哲学观念，阐述科学知识，宣传民主思想的工具"，适应谭氏"所表现的启蒙民主主义的内容"。②

本年，《俗话报》创刊，陈荣衮主持。

1898 年（清光绪二十四年）

2 月至 4 月，清政府承认长江沿岸以及山东、东北、两广和福建等省的沿海一带分别为英、德、俄、法、日的势力范围。

5 月，张之洞发表《劝学篇》，鼓吹洋务派"中学为体，西学为用"，反对革命思想。

6 月，光绪皇帝颁布"明定国是"诏书，任用维新派康有为、梁启超等推行新法，改革科举制度，裁汰冗员，奖励著书、制器、办学堂等，前行推行新法 103 天，史称"百日维新"。

7 月，清政府在北京创办京师大学堂。

---

① 引自王炳耀：《拼音字谱·自序》，《清末文字改革文集》，第 12—13 页。

② 杨廷福：《谭嗣同年谱》，北京：人民出版社，1957 年，第 36—37 页。

9 月，慈禧太后发动政变，幽禁光绪，废止新政，恢复旧制，逮捕维新派人物。康有为、梁启超等逃往日本，谭嗣同等 6 人被杀。史称“戊戌政变”。资产阶级改良派自上而下的维新运动以失败告终。

12 月，流亡日本的梁启超在日本横滨创办旬刊《清议报》，鼓吹保皇立宪。

本年，浙江书局刊行黄遵宪《日本国志》。

5 月，《无锡白话报》创刊，由“白话学会”会员裘廷梁、汪康年、裘毓芬等人在无锡创办，为广开民智之助。

6 月，黄遵宪《日本杂事诗》在长沙富文堂重刊，是为定本。

按：《日本杂事诗》曾于 1879 年由北京同文馆以聚珍版初刻，后在中日两国书肆中争行翻刻。据定本后记所载，诗集面世后，“继而香港循环报馆、日本凤文书坊，又复印行。继而中华印务局，日本东、西、京书肆，复争行翻刻……乙酉之秋，余归自美国，家大人方榷税梧州，同僚索取者多，又重刻焉。丁酉八月，余权臬长沙，见有悬标卖诗者，询之，又一刻本，今此本为第九次刊印矣。”“此乃定稿，有续刻者当依此为据，其他皆拉杂摧烧之可也。”

本年，第一份白话文报纸《无锡白话报》在无锡创刊，目的是为了“普及教育”。主编裘廷梁在《论白话为维新之本》鼓吹“崇白话而废文言”的口号，认为“白话之益”有八：一曰省日力，二曰除骄气，三曰免枉读，四曰保圣教，五曰便幼学，六曰炼心力，七曰少弃才，八曰便贫民。

本年，黄遵宪在《日本国志》中提出“盖语言与文字离，则通文者少，语言与文字合，则通文者多。”“若小说家言，更有直用方言以笔之于书者，则语言文字几乎复合矣。余又乌知夫他日者，不更变一文体为适用于今、通行于俗者乎？嗟乎！欲令天下之农、工、商、贾、妇女、幼稚，皆能通文字之用，其不得不于此求一简易之法哉！”

本年，马建忠的《文通》由商务印书馆出版，全书以典范的文言文为研究对象，移植西方传统语法，同时注重汉语实际。此书奠定了汉语语法研究的基础，标志着中国文法研究进入一个新阶段。

1899 年（清光绪二十五年）

3 月，山东义和团朱红灯部起义，随后打出“扶清灭洋”口号，掀起反帝爱国运动。

7 月，康有为在加拿大建立保皇会，后又在海外华侨居留地建立分会 100 多个。

9 月，美国致各国关于中国“门户开放”照会，要求“利益均沾”，由各列强共同分割中国。

12 月，袁世凯任山东巡抚，武力镇压义和团。

12 月，梁启超应美洲华侨之邀游历美洲，经檀香山时为瘟疫所阻，滞留半年之久。梁启超赴檀香山之海船中有诗文之创作，整理为《汗漫录》（后改为《夏威夷游记》），正式提出“诗界革命”的口号，落实在三个方面：第一，要有新意境；第二，要有新语句；第三，须以古人之风格入之。在梁启超眼里，国内这一方面的诗人则有黄公度、夏穗卿、谭复生等。“夏穗卿、谭复生皆善选新语句，其语句则经子生涩语、佛典语、欧洲语杂用，颇错落可喜，然已不具诗家之资格。”“吾虽不能诗，惟将竭力输入欧洲之精神思想，以供来者之诗料可乎？”①

按：梁启超后来在饮冰室诗话中大体重复这一观点。“吾尝推公度、穗卿、观云为近世诗家三杰，此言其理想之深邃宏远也。若以诗人之诗论，则丘仓海（逢甲）其亦天下健者矣。盖以民间流行最俗最不经之语入诗，而能雅驯温厚乃尔，得不谓诗界一巨子耶？仓海诗行于世者极多，余于前后《秋感》各八首外，酷爱其《东山感秋》诗六首。”归纳起来，梁启超诗界革命中提及并重视的诗人，均来自粤语、吴语、湘语、客语区的诗人，这似乎也不是一个偶然的现象，值得诗坛总结。

本年，陈荣衮发表《论报章宜改用浅说》，提倡白话，讨伐文言。“大抵今日变法，以开民智为先。开民智莫如改文言。”

1900 年（清光绪二十六年）

1 月，兴中会机关报《中国日报》于香港创办。

是年春天至夏天，义和团自山东进入河北，京津等地；6 月，英、美、法、德、俄、日、意、奥等组成八国联军，侵略中国，由天津向北京进犯，对抗义和团武装。7 月，八国联军攻陷天津，8 月，攻陷北京。

---

① 参见丁文江、赵丰田编《梁启超年谱长编》，上海：上海人民出版社，2008 年，第 124 页。

8月，八国联军攻陷北京后，慈禧偕光绪仓皇逃往西安。9月，慈禧下令剿除义和团。10月，清政府与侵略军各国议和。

9月，俄国出兵侵占我国东北三省。

10月，在孙中山的筹划下，郑士良以会党为主力，在惠州三洲田起义，后起义失败。

1900年，王照的《官话合声字母》在天津初成，署名芦中穷士。后于1901年在日本东京出版。王照在书中强调“言文合一”，反对“以摩古为高，文字不随语言而变”的文言文。其官话字母为京语为标准音，主张“语言必归画一”，强调拼写“北人俗话”，反对拼写“文话”。

［**扩展**］语言必归画一，宜取京话。因北至黑龙江，西逾太行宛洛，南距扬子江，东传于海；纵横数千里之土语，与京语略通；外此诸省之语，则各不相通。是以京语推广最便，故曰“官话”。余谓官者公也，官话者共用之语，自宜择其占幅员人数多者。①

本年，章太炎在《訄书》中最早给汉语方言分区，他把汉语方言分为十类：一、自河朔至塞北包括直隶山东、山西及河南之彰德、卫辉、怀庆为一种（“纽切不具”）；二、陕西自为一种（甘肃略与不同，并附于此）；三、河南自开封以西、汝宁、南防等处，及湖北沿江而下至于镇江为一种；四、湖南自为一种；五、六、福建、广东各为一种（浙江之温处台三州并属福建）；七、开封而东，山东曹沂至江淮间为一种（“具四声”）；八、江南、苏州、松江、常州、太仓及浙江湖州、嘉兴、杭州、宁波、绍兴为一种；九、徽州、宁国为一种（浙江之衢州、金华、严州及江西之广信、饶州附此）；十、四川、云南、贵州、广西合为一种（音类湖北，湖南之沅州并属此）。

1901年（清光绪二十七年）

1月，慈禧太后在西安发布“变法上谕”。

8月，慈禧太后陆续颁布一系列新法令，试图稳定清政府统治。

9月，清政府派李鸿章与俄、英、美、日、德、法、意、奥、西、比、荷

① 引自王照：《官话合声字母》，《清末文字改革文集》，第43页。

11 国签订不平等的《辛丑条约》。

11 月，李鸿章病故，清政府任命袁世凯接任直隶总督兼北洋通商大臣。

1901 年，《杭州白话报》、《苏州白话报》、《京话报》相继创刊。

[**扩展**] 在这时候，曾有一种白话文字出现，如《白话报》，《白话丛书》等，不过和现在的白话文不同，那不是白话文学，只是因为想要变法，要使一般国民都认些文字，看看报纸，对国家政治都可明了一点，所以认为用白话写文章可得到较大的效力。因此我以为那时候的白话和现在的白话文有两点不相同，第一，现在白话文，是“话怎么说便怎么写”。那时候却是由八股翻白话；第二，是态度的不同——现在我们作文的态度是一元的，就是：无论对什么人，作什么事，无论是著书或随便地写一张字条儿，一律都用白话。而以前的态度则是二元的：不是凡文字都用白话写，只是为一般没有学识的平民和工人才写白话的。……古文是为“老爷”用的，白话是为“听差”用的。①

1902 年（清光绪二十八年）

2 月，梁启超在日本横滨创办《新民丛报》，诋毁革命，鼓吹君主立宪。

2 月，驻日公使蔡钧在东京召集留日学生举行新年会，成立中国留学生会，蔡钧为会长，并于 3 月成立中国留学生会馆。

4 月，蔡元培、章太炎等在上海发起成立“中国教育会”。

6 月，天津《大公报》刊办。

10 月，梁启超在日本创办《新小说》，宣传小说界革命。梁启超撰发刊词《论小说与群治之关系》。

12 月，孙中山在日本建立“兴中会分会”，宣传民主革命。

本年，商务印书馆设立编译所、发行所。

9 月 23 日，梁启超在日本提出“诗界革命”的口号后，黄遵宪积极响应，致函梁启超，倡议创作一种叫“杂歌谣”的新体诗。黄遵宪在信中说，报中有

① 周作人：《中国新文学的源流》，北平：人文书店，1932 年，第 96—98 页。

韵之文“当斟酌于弹词、粤讴之间，或三或九，或七或五，或长短句”，“易乐府之名而曰‘杂歌谣’，弃史籍而采近事”。

按：后来，梁启超接受了这一建议，在其创办的《新小说》、《新民丛报》上专门辟出“杂歌谣”一栏，成为诗界革命之后作品刊发的阵地。

1903 **年（清光绪二十九年）**

1 月，留日学生在东京创办《湖北学生界》；次月，留日浙江同乡会在东京创办《浙江潮》月刊，鼓吹革命；《江苏》《四川》等各省留学生刊物相继出版，成为宣传反清、鼓吹革命的阵地。

4 月，邹容所著《革命军》一书，在上海出版，章太炎作序。此书颂扬革命排满，声讨清政府罪行，影响甚大。

7 月，上海《苏报》因刊载章太炎等革命排满文章被查封，章太炎、邹容被捕入狱，被称为“苏报案”。后邹容死于狱中，章太炎出狱后逃亡日本。

10 月，孙中山抵美国檀香山，重建革命组织“中华革命军”，其誓词为：“驱除鞑虏，恢复中华，创立民国，平均地权。”

12 月，蔡元培等主编的《俄事警闻》在上海创办。

1903 年，王照在北京设立官话字母义塾，这是最早的民间推行汉语拼音的学堂。在重印《官话合声字母》凡例中，王照给“官话”下的定义是：“余谓‘官’者，公也，‘官话’者公用之话”，它与“北京土话”不同：“殊不知京中市井小有土语，与京中通用之官话自有不同，不得借此黜彼也。”凡例中还出现了“国语”一词。

本年，京师大学堂总教习吴汝纶去日本考察国情，受日本言文一致语言思想的影响，接受了这一思想。后来吴汝纶给张百熙的书信中提出了这一主张，即定北京音为标准，首先实现国语的统一，并拟用王照的“官话字母”作为统一国语的工具。

本年，张之洞、张百熙、荣庆、张之洞合订的《奏定学堂章程》得到清朝政府的批准，该学制经颁布后在全国推行，因为是年为农历“癸卯年”，所以通常称之为“癸卯学制”。“癸卯学制”的颁布，使现代学校系统和教育制度有了法律保证，为国文单独设科奠定了基础，标志着具有现代学科意义的语文教育的开始。它包括《学务纲要》等文件 17 通。其中，把“官话”列入师范及高等小学课程，《学堂章程·学务纲要》第 24 条规定：“各国言语，全国皆归一致；故同国之人，其情易洽，实由小学堂教字母拼音开始。中国民间各操土音，致一省之人彼此不能通语，办事多扞格。兹以官音统一天下之语言，故自师范以及高等小学堂，均于国文一科内，附入‘官话’一门……”

1904 年（清光绪三十年）

2 月，日俄战争爆发，交战区为我国东北，清政府宣布“局外中立”。

同月，黄兴、陈天华等在长沙成立“华兴会”，会长为黄兴。

11 月，蔡元培、陶成章等在上海正式成立“光复会”，会长为蔡元培，该会誓词为“光复汉族，还我山河，以身许国，功能身退”。

3 月 31 日，《安徽俗话报》在安徽芜湖创刊，由陈独秀等人借用汪孟邹在芜湖的“科学图书社”场所而创办。陈独秀在办报“缘故”中宣布办报“两个主义”。“第一是要把各处的事体，说给我们安徽人听听，……大家也好有个防备”；“第二是要把各项浅近的学问，用通行的俗话演出来”①。

3 月，《东方杂志》在上海创刊，由商务印书馆出版，初为月刊，后为半月刊，从创刊到 1949 年终刊，中间除“一·二八”事变、“八·一三”事变曾有两度短时间休刊外，历时达四十多年之久，是我国自有杂志以来持续时间最长之一种。内容分为论说、译件、调查、大事记等，凡社会生活的重大方面，几乎都包罗无遗。

本年，袁世凯命令保定蒙养学堂、半日学堂、驻保定各军营试教王照的官话字母。同时，王照的《对兵说话》在保定出版，并在保定创办拼音官话书报社。

本年，直隶学务处对推行《官话字母》拟复袁世凯，复文认为官话字母：“一则可为教育普及之基，一则可为语言统一之助”，批评了反对推行官话字母的各种意见，并提出推行官话字母的具体办法：“一、专设义塾；二、专员办理；三、须给资本；四、设法鼓励。”

1905 年（清光绪三十一年）

5 月，清政府查禁《浙江潮》《新民丛报》《新小说》等报刊。

---

① 唐宝林、林茂生：《陈独秀年谱》，上海：上海人民出版社，1988 年版，第 31 页。

8 月，孙中山联合兴中会、华兴会、光复会在日本东京成立“中国同盟会”。“中国同盟会”成立后以“驱除鞑虏，恢复中华，创立民国，平均地权”为宗旨，并于 11 月创办机关报《民报》，宣传革命，指导全国推进民主革命运动。

9 月，清政府下诏废止科举，推广学堂。

本年，劳乃宣著述《增订合声简字谱》（宁音谱）和《重订合声简字谱》（吴音谱），两书均于次年出版。劳乃宣在官话字母方案的基础上，增加方言的声韵母，增加到 56 个声母，15 个韵母，5 个声调，拟成宁音（南京音）；又再增加 7 个声母、3 个韵母、1 个声调，拟成吴音（苏州）音。

> ［**扩展**］我国言与文相离，故教育不能普及，而国不能强盛。泰西各国，言文相合，故其文化之发达也易。……余受此刺激，不觉将数年来国文改良之思想，复萌于今日矣。①

本年，南京“简字半日学堂”师范班设立。经两江总督、江苏巡抚、安徽巡抚等奏准后，南京创设此师范班。该机构“以方音为阶梯，以官音为归宿”，先请南京当地人授以“江宁土音”，然后请京都人士，教以“官话”，通过方音与“官话”语音的对应规律来学习“国语”。

本年，清政府学部第一次编纂各种小学教科书一套，计有《初等小学国文教科书》、《高等小学国文教科书》、《女子初等小学国文教科书》数种，因错误较多，引起地方上诸多不满，当时《南方报》做出尖锐批评，有以下一条：“间有局于一隅之处不合普及之义。原书有方言避于一隅者，有地名局于一隅者。”

1906 年（清光绪三十二年）

4 月，革命派以《民报》为阵地，保皇派以《新民丛报》为阵地，双方在日本展开革命与立宪的激烈论战。

6 月，章太炎在上海出狱，中国同盟会派员到沪迎章太炎赴日本，受到留日学界的热烈欢迎。后章太炎在日本主编《民报》。

---

① 引自劳乃宣：《〈简字全谱〉自序》，《清末文字改革文集》，第 77 页。

7 月，清政府学部以留日学生达 12000 余人为由，通电各省停止派遣留日学生。

9 月，清政府颁布预备立宪的诏书，康有为于次年二月将保皇会改为“国民宪政会”，准备与清朝政府一起推行宪政。

12 月，《民报》在东京举行创刊周年庆祝大会，孙中山，章太炎等发表演说。到会者达数千人，实为当时留学界空前之盛会。

本年，留学生在东京创办革命刊物《云南》《鹃声》，柳亚子创办《复报》，大力宣传民主革命思想；商务印书馆先后于天津、奉天、福州、开封、安庆、重庆等开设分馆，大力拓展中小学国文教科书业务。

本年，朱文熊的《江苏新字母》在日本出版。他的《江苏新字母》用来拼苏州话，一共 32 个字母，还有 9 个双字母做声母，11 个双字母做韵母。方案用字母标调，另外还定有 7 种标点符号。朱文熊把汉语分为“国文”（文言文）、“普通话”（“各省通行之话”）和“俗语”（方言）三类。他是最早提出“普通话”概念并下定义的人。

按：朱文熊最早提出“普通话”概念一说，源于倪海曙的意见。①

本年前后，上海先后出版五十多种用白话写的教学用书，如《绘图识字实在易》《速通虚字法》《白话字汇》《绘图蒙学造句实在易》《论说入门》《四经新体速成读本》《绘图中国白话地理》《绘图中国白话史》《绘图幼学白话句解》等。

1907 年（清光绪三十三年）

3 月，日本政府应清政府要求，胁迫孙中山离境；孙中山转赴越南、香港等地，继续从事革命活动。

4 月，清政府学部规定官费留学生毕业回国后均须担任专门教员 5 年。

6 月，刘师培、何震等在东京创办半月刊《天义报》，宣传无政府主义思想。

7 月，光复会领导人之一徐锡麟在安庆起义，刺杀安徽巡抚恩铭后被捕，惨遭杀害；秋瑾准备响应，事泄被捕亦被害。

---

① 倪海曙：《推广普通话的历史发展》，《倪海曙语文论集》，上海：上海教育出版社，1991 年，第 166 页。

10 月，梁启超、蒋智由等在东京组织《政闻社》，鼓吹预备立宪。

12 月，清政府严令查禁学生干预国政、立会、演说等事；严禁在京师聚众开会、演说等。

本年，同盟会相继在潮州、惠州、钦州、廉州、防城、镇南关等地持续起义，不断打击并动摇了清朝政府的统治。商务印书馆于广州、长沙、成都、济南、太原、潮州等地开设分馆。

本年，教授官话字母的学堂继续在全国各地开展。南京简字半日学堂两年毕业共十三批；热河官话字母学堂和官话字母师范学堂开学；重庆简字官话学堂成立。

本年，章士钊的《中等国文典》由商务印书馆出版，该书以古代汉语为研究对象，以西洋语法为研究方法。

1908 年（清光绪三十四年）

8 月，清政府颁布《钦定宪法大纲》及《议院选举法要领》等，定预备立宪期限为 9 年，9 年之后召开国会，推行宪法。

10 月，日本政府应清政府之请，下令封禁《民报》。

11 月，光绪皇帝、慈禧太后相继去世，爱新觉罗・溥仪被立为皇帝，其父载沣以摄政王监国。

12 月，爱新觉罗・溥仪即位，钦定第二年为宣统元年。

本年，章炳麟在《国粹学报》第 41 期、42 期发表《驳中国改用万国新语说》，批判巴黎中国无政府主义者废除汉字汉语，改用万国新语（即世界语）的主张。章炳麟反对采用拼音文字，理由是：一、文化发达不发达与文字拼音不拼音没有关系；二、教育普及不普及与文字拼音不拼音没有关系；三、汉字与拼音文字各有优劣；四、汉语是单音节语，只能使用汉字；五、汉语方言分歧，要用拼音文字也不可能。

1909 年（清宣统元年）

1 月，清政府改年号为宣统，令各省成立咨议局；罢免袁世凯，集权于皇室。

2 月，《教育杂志》在上海创刊，商务印书馆出版，陆费逵主编。杂志内容有二十门，包括图画、主张、社说、学术、教授管理、教授资料、史传、教育人物、教育法令、章程文牍、纪事、调查、评论、文艺、谈话、杂纂、质疑答问、绍介批评新出之书、名家著述、附录等。此刊为月刊，两度停刊，最终于 1948 年终刊，是中国近现代历史最久、影响最大的教育刊物。

8 月，沪杭铁路全线通车。

10 月，资政院和各省谘议局成立，立宪派攫取了谘议局各级权力。

11 月，革命文学团体“南社”成立于苏州，发起人为同盟会会员柳亚子、陈去病、高旭等。

本年，清政府同英、法、德三国订立《湖广铁路借款合同》。美国又与以上三国联合组成“四国银行团”，签订借款协定及粤汉、川汉铁路借款合同，进行经济侵略。

2 月，陆费逵在《教育杂志》创刊号上发表《普通教育应当采用俗体字》，主张简体字运动。文章称：“最便而最易行者，莫如采用俗体字。此种字笔画简单……易习易记，其便利一也。此各字除公牍考试外，无不用之。……若采用于普通教育，事顺而易行，其便利二也。余素主张此议，以为有利无害，不惟省学者脑力，添识字之人数，即写字刻字，亦便了。”

1910 年（清宣统二年）

2 月，光复会总部在东京成立，章太炎、陶成章被选为正副会长。

5 月，清政府命资政院于 9 月开院，公布议员 88 人。颁布《币制则律》，暂以银为本位，以圆为单位。

8 月，日本并吞朝鲜。商务印书馆创办《小说月报》，由恽铁樵主编。

11 月，清政府宣布缩短立宪期限，将于宣统五年召开国会。

同月，孙中山在马来西亚槟榔屿召开同盟会骨干会议，决定筹集资金，准备在广州武装起义。

1910 年，官话字母推行约有十年，在十年之间已传习到 13 省，“编印之初学修身、伦理、历史、地理、地文、植物、动物、外交等拼音官话书，销至六万余部。”

1911 年（清宣统三年）

4 月，同盟会黄兴等发动广州起义，起义失败，死难烈士 72 人合葬于市郊黄花岗。

5 月，清政府取消粤汉、川汉铁路民办的成案，收归国有。同时向英、法、德、美四国银行借款，出卖路权而引发全国保路风潮。

6 月，四川保路同志会成立，四川人民纷纷起义，遭清政府镇压。

10 月，辛亥革命爆发，武昌新军举行起义，占领武昌城，成立湖北军政府；各省响应，不到两个月各省纷纷独立，清王朝被彻底推翻。

12 月，清政府的全权大臣袁世凯派全权代表唐绍仪南下和革命军代表伍廷芳议和。同月孙中山回国抵沪；宣布独立的 17 个省代表大会在南京举行，孙中山被选为中华民国临时大总统。

农历 6 月，清政府学部召开教育会议，学部大臣交议的各案中，有“国语音韵例释”一案，会上议而未决。会员王劭廉等提出《统一国语办法案》，于闰 6 月 16 日第 16 次会上通过。该提案主要有以下内容：一、调查：由学部设立国语调查总会，各省提学司设分会，对语词、语法、音韵及其余关涉语言之事项，进行调查。二、选择及编纂：根据调查结果，制定标准，据以编纂国语课本及语典、方言对照表等。三、审定音声话之标准。四、定音标。五、传习：由学部设立国语传习所，各省会也随之设立。“凡各学堂之职教员不能官话者，应一律轮替入所学习，以毕业为限。各学堂学生，除酌添专授国语时刻外，其余各科亦须逐渐改用官话讲授。”

1912 年（中华民国元年）

1 月，孙中山在南京就任临时大总统，宣告中华民国成立，定都南京。定本年为中华民国元年，通电各省改用阳历。举黎元洪为副总统。

同月，陆费逵等在上海创办中华书局。

2 月，清朝皇帝溥仪宣布退位，授权袁世凯组织临时共和政府。孙中山辞职。

3 月，袁世凯在北京就任临时大总统。孙中山公布《中华民国临时约法》。

5 月，京师大学堂改名为北京大学，严复任第一任校长。

8月，同盟会联合统一共和党、国民共进会、共和实进会、国民公党等组成国民党，孙中山被选为理事长，宋教仁为代理理事长。梁启超等组成民主党。

10月，孔教会在上海成立，陈焕章、沈曾植、梁鼎芬等为发起人。该会以“昌明孔教，救济社会”为宗旨。

12月，教育部筹开读音统一会，延请专员，并通告次年二月开会。同月，梁启超在天津创办半月刊（后改为月刊）《庸言报》。

12月，北洋军阀教育部筹备召开读音统一会，制定公布《读音统一会章程》。据章程所载，读音统一会的任务主要有以下几个方面：第一，审定国音；第二，核定音素；第三，采定字母。

本年，教育部在北京召开临时教育会议，通过了《采用注音字母案》，决议首先统一汉字的读音，在读音统一之后再实施国语教育。

1913年（**中华民国二年**）

3月，宋教仁在上海被刺身亡，孙中山由日本回国，主张国民党五省都督起兵讨袁。

6月，袁世凯通令各省“尊崇孔圣”“举行祀孔典礼”。

7月，江西都督李烈钧兴兵讨袁，“二次革命”爆发。

10月，袁世凯派兵包围国会，胁迫国会投票选举他为正式大总统。俄、法、日、英等十三国承认袁世凯政府。

11月，袁世凯下令解散国民党，并撤销国民党党籍的国会议员，以致国会工作停顿。

同月，康有为被拥为孔教会会长，袁世凯再次下令尊孔。

本年，商务印书馆出版容闳《西学东渐记》。

5月，读音统一会正式召开会议。会议根据清末李光地等的《音韵阐微》，把经过修改的章太炎的纽韵文作为记音字母，审定了6500多个汉字的标准国音，每字下注母（声母）、等（四呼）、声（四声）、韵（韵母）；还审定了600多个俚俗及外来学术新字的国音。后来以此为蓝本编辑出版了《国音字典》。其次，会议正式通过把“记音字母”作为拼写国音的字母，定其名为“注音字母”。再次，会议议定七条推行国音的办法，包括：由教育部设立

“国音字母传习所”；核定公布注音字母；把初等小学“国文”课改为“国语”；中等师范国文教员及小学教学必须用国音授课；小学课本、通告等一律标注国音等。

1914 年（**中华民国三年**）

1 月，中华书局编辑的《中华小说界》在上海创刊；《礼拜六》周刊在上海出版。

5 月，袁世凯废除《临时约法》，公布《中华民国约法》。

同月，章士钊主编的《甲寅》杂志在东京创刊，于上海发行。

6 月，奥国对塞尔维亚宣战，第一次世界大战爆发。

8 月，蔡元培等组织勤工俭学会，提倡赴法留学，半工半读。

9 月，日本借口对德宣战，派兵夺取德国在我国山东的一切权益。

12 月，教育部拟定《整理教育方案草案》，大力提倡尊孔读经。

5 月，胡适作《论英国诗人卜郎吟之乐观主义》，得“卜郎吟征文奖金”。

6 月 17 日，胡适从美国康乃尔大学毕业，获文学学士学位，继续留校研究哲学。

6 月，胡适参加赵元任、杨杏佛等发起的“中国科学社”，一度参加《科学》杂志的编辑工作。

同月，《礼拜六》周刊刊出叶圣陶短篇文言小说《穷愁》。

7 月，郭沫若在大哥的资助下，东渡日本留学，并考入东京第一高等学校预科。陈独秀东渡日本，协助章士钊编辑《甲寅》杂志。

12 月，《马君武诗稿》由文明书局出版，收录旧体诗作 97 首，外文译诗 38 首。

本年，王国维撰《人间词话》。

本年，《雅言》第 1 卷 7 期刊出梦生的《小说丛话》，文章高度肯定白话写小说的好处，“小说最好用白话体，以用白话方才能描写得尽情尽致……小说难做处，全在白话。白话小说作得佳者，便是小说中圣手。”

1915 年（**中华民国四年**）

1 月，日本政府向袁世凯提出二十一条要求，企图独占中国，引起全国人民反对，掀起抵制日货运动。

5 月，袁世凯正式承认“二十一条”修正案，在北京签字换文。

8 月，杨度、严复、刘师培等组织“筹安会”，请求君主立宪，为袁世凯称帝造势。

9 月，《青年杂志》在上海创办，陈独秀主编。

12 月，袁世凯宣布承受帝位，下令改明年为中华帝国洪宪元年。蔡锷通电宣布云南独立，组织护国军讨袁，护国战争爆发。

本年，《民国日报》在上海创刊，为孙中山所组中华革命党的报纸。

是年春，周作人从日本回到绍兴后，将所搜集到的绍兴儿歌，整理出初稿。

9 月 5 日，陈独秀在上海创办《青年杂志》，主张民主政治、提倡人权、反抗君主、反对强权，宣传资产阶级民主主义政治主张。

按：1916 年 9 月，《青年杂志》自第二卷起改名为《新青年》。1917 年 1 月，蔡元培聘任陈独秀为北京大学文科学长，《新青年》编辑部也搬至北京，并成立新的编辑委员会，编委六人，分别是陈独秀、钱玄同、高一涵、胡适、李大钊、沈尹默。《新青年》杂志推进了白话文运动的进展，对当时的国语运动国、国文教学带去了文化革新的新思潮。《新青年》与五四新文化运动之关系，已为学界所公认。

9 月 21 日，胡适在日记中记录在美国留学情形，“此五年之岁月，在吾生为最有关系之时代。其间所交朋友，所受待遇，所结人士，所得感遇，所得阅历，所求学问，皆吾所自为，与自外来之梓桑观念不可同日而语。其影响于将来之行实，亦当较儿时阅历更大。”并且在日记中记录昨夜车中戏和任叔永再赠诗，却寄绮城诸友：“诗国革命何自始？要须作诗如作文。琢镂粉饰丧元气，貌似未必诗之纯。小人行文颇大胆，诸公一一皆人英。愿共僇力莫相笑，我辈不作腐儒生。”

10 月 6 日，汪孟邹致信留学美国的胡适，介绍陈独秀与《青年杂志》：“今日邮呈群益出版青年杂志一册，乃炼（指汪自己——引者）友人皖城陈独秀君主撰，与秋桐亦是深交，曾为文载于甲寅者也；拟请吾兄于校课之暇担任青年撰述，或论文，或小说戏曲均所欢迎。每期多固更佳，至少亦有一种。炼亦知兄校课甚忙，但陈君之意甚诚，务希拨冗为之所感幸。”

按：此为胡适、陈独秀从文字相识的开始，安徽绩溪同乡汪孟邹从中牵线，当时汪孟邹已在上海创办亚东图书馆。汪孟邹（1878—1953），安徽绩溪人，曾在芜湖创办科学图书社，支持陈独秀出版《安徽俗话报》，1913 年到上海创办亚东图书馆，系五四时代最有影响力的出版社之一。

12 月 13 日，汪孟邹再一次致信胡适，谈到《青年杂志》二、三期亦已寄呈，并说“陈君望吾兄来文甚于望岁，见面时即问吾兄有文来否，故不得不为再三转达，每期不过一篇，且短篇亦无不可，务求拨冗为之，以增该杂志光宠，至祷，至祷。否则陈君见面必问，炼将穷于应付也。”①

1916 年（**中华民国五年**）

1 月，全国各地护国军讨袁，反对帝制。革命风起云涌。

3 月，袁世凯被迫取消“承认帝制案”，恢复责任内阁制。

5 月，孙中山在上海第二次发表讨袁宣言。

6 月，袁世凯在北京病逝，黎元洪代理大总统。

8 月，《晨钟报》创刊，系以梁启超、汤化龙为代表的研究系的机关报。1918 年改名《晨报》出版，出至 1928 年 6 月终刊。

12 月，黎元洪任命蔡元培为北京大学校长。同月，经沈尹默推荐，蔡元培邀请陈独秀到北京大学任文科学长，答允陈独秀将《新青年》带来北京大学出版。

本年，由英、美主办的基督教会学校燕京大学在北京创立。

2 月 2 日，胡适致任叔永私信，并在 2 月 3 日日记中记载今日文学之大病：“在于徒有形式而无精神，徒有文而无质，徒有铿锵之韵貌似之辞而已。今欲救此文胜之弊，宜从三事入手：第一，须言之有物；第二，须讲文法；第三，当用‘文之文字。”胡适日记中还记录了他与留美同学梅觐庄就诗界革命之争辩：觐庄尝以书来，论“文之文字”与“诗之文字”截然为两途。“若仅移‘文之文字’于诗即谓革命，则不可，以其太易也’。此未达吾诗界革命之意也。吾所持论固不徒以‘文之文字’入诗而已。然不避文之文字，自是吾论诗之一法。”

［**扩展**］从 2 月到 3 月，我的思想上起了一个根本的新觉悟。我曾彻底想过：一部中国文学史只是一部文字形式（工具）新陈代谢的历史，只

① 唐宝林、林茂生：《陈独秀年谱》，第 69—70 页。

是“活文学”随时起来替代了“死文学”的历史。文学的生命全靠能用一个时代的活的工具来表现一个时代的情感与思想。工具僵化了，必须另换新的，活的，这就是“文学革命”。①

按：1916 年是胡适与留美同学切磋诗艺、交流思想的重要一年，也是胡适尝试白话诗的起点。

2 月 3 日，据胡适留学日记，在美留学的胡适写信给陈独秀，信中称：“今日欲为祖国造新文学，宜从输入欧西名著入手，使国中人士有所取法，有所观摩，然后乃有自己创造之新文学可言也。”

4 月 5 日，胡适在日记中记载有关文学革命的思考，提出韵文在中国诗史上的变革，共有“六大革命”。“文学革命，至元代而登峰造极。……第一流之文学，而皆以俚语为之。其时吾国真可谓有一种‘活文学’出世。”

6 月，教育界又不断有人鼓吹文字改革，主张“言文一致”和“国语统一”，吁请教育部下令改“国文”科为“国语”科。

7 月 6 日，胡适在日记中记录自己在绮色佳与任叔永、杨杏佛、唐钺三人谈文学改良之法，胡适主张以白话作文作诗作戏曲小说，核心观念是“文言是半死的文字”，“白话是一种活的语言”，“白话可产生第一流文学”。

7 月 13 日，胡适在日记中记载他与梅觐庄讨论“造新文学”一事。梅觐庄攻击胡适关于文言与白话是死语与活语的说法，胡适则认为梅觐庄的观念是喜读文学批评家之言，而未能多读所批评之文学家原著之故。

7 月 22 日，胡适在留学日记中笔录写给《答梅觐庄——白话诗》一诗，全诗一共 5 节，100 多行。

按：《答梅觐庄——白话诗》这一诗作，在胡适与梅觐庄以及胡适留美诗友圈子中，曾有“打油诗”之称，香港文学史家司马长风《中国新文学史》认为此诗是“第一首白话新诗”。②

7 月 26 日，胡适致任叔永私信，反驳任叔永对自己尝试白话诗几条非难。“足下谓吾白话长诗为‘完全失败’。此亦未必然。”针对任叔永“白话自有白话用处（如作小说演说等），然却不能用之于诗”一条，胡适认为此大谬也。“白话入诗，古人用之者多矣。至于词曲，则尤举不胜举”。“总之，白话未尝不可以入诗，但白话诗尚不多见耳。白话之能不能作诗，此一问题全待吾辈解

---

① 胡适：《逼上梁山——文学革命的开始》，《东方杂志》第 31 卷 1 期，1934 年 1 月。

② 司马长风：《中国新文学史》（上卷），香港：昭明出版社，1980 年，第 34—36 页。

决。解决之法不在乞怜古人，谓古之所无今必不可有，而在吾辈实地实验。”

8月1日，胡适在日记中这样记载：“我主张用白话作诗，友朋中很多反对的。其实人各有志，不必强同。我亦不必因有人反对遂不主张白话。他人亦不必都用白话作诗。白话作诗不过是我所主张‘新文学’的一部分。”“白话乃是我一人所要办的实地试验。倘有愿从我者，无不欢迎，却不必强拉人到我的实验室中来，他人也不必定要捣毁我的实验室。”

8月2日，朱经农在致胡适的私信中说，“弟意白话诗无甚可取。吾兄所作《孔丘诗》乃极古雅之作，非白话也。古诗本不事雕琢。六朝以后，始重修饰字句。……兄之诗谓之返古则可，谓之白话则不可。盖白话诗即打油诗。”8月4日，胡适回朱经农私信，称“足下谓吾诗‘谓之返古则可，谓之白话则不可’。实则适极反对返古之说，宁受‘打油’之号，不欲剧‘返古’之名也。”

8月20日，胡适在日记中记录他与任叔永、杨杏佛、朱经农等的和诗，其中有《打油诗戏柬经农、杏佛》一首：老朱寄一诗，自称“仿适之”。老杨寄一诗，自称“白话诗”。请问朱与杨，什么叫白话？货色不地道，招牌莫乱挂。

8月21日，胡适致陈独秀一信，信中说：“综观文学堕落之因，盖可以‘文胜质’一语包之。”胡适提出的解决方法是需“八事”入手。所谓“八事”，分别是不用典、不用陈套语、不讲对仗、不避俗字俗语、须讲求文法之结构、不作无病之呻吟、不摹仿古人、须言之有物。

按：此信后来刊发于《新青年》第2卷第2号，时间为1916年10月1日。这里所说的“八事”，与胡适发表在《新青年》第2卷第5号上的《文学改良刍议》中提出的“八事”在顺序上不同，内容也略有差异。又据胡适日记，1916年7月底他写信给朱经农，也曾提出“八事”之说，大体是重复言说，略有变化而已。

8月23日，胡适在日记中记录他于窗子里向外眺望时写的一首诗，隐喻了自己孤独尝试白话诗的心境。诗歌题为《蝴蝶》，在自跋中胡适说“这首诗可算得一种有成效了的实地试验。”

按：《蝴蝶》一诗后来收入《尝试集》时，是该诗集的第一首诗。

9月3日，胡适在留学日记中笔录下了《尝试歌》，“尝试”一说缘于宋朝诗人陆放翁的《能仁院》一诗，其中有“尝试成功自古无”一句诗。胡适对“尝试”有所阐释：“此与吾主张之实地试验主义正相反背，不可不一论之。‘尝试’之成功与否，不在此一‘尝试’，而在所为尝试之事。”

按：有历史的癖好，是胡适喜欢说的一句口头禅。《尝试歌》的写作，以及后来《尝试集》诗集的命名，均来源于此。从古典诗歌的传统中寻求资源，也是胡适一以贯之的方法。

10月，中华民国国语研究会在北京成立，其宗旨是“研究本国语言，选定标准，以备教育界之采用。”

12月20日，胡适在日记中摘录12月19日任叔永写给他的一封信，言欲以一诗题吾白话之集。“文章革命标题大，白话工夫试验精。一集打油诗百首，‘先生’合受‘榨机’名。”

按：“榨机”两字是任叔永的女友陈衡哲第一次使用，深受胡适诗友圈认同。当时的白话诗，类似于中国古典诗歌中的“打油诗”一脉。

12月21日，胡适在日记中记录“打油诗”来历。唐人张打油《雪诗》曰：江上一笼统，井上黑窟窿。黄狗身上白，白狗身上肿。故谓诗之俚俗者曰“打油诗”。（见《升庵外集》）

二、史料与编年（1917—1927）

1917年（中华民国六年）

1月，胡适在《新青年》发表《文学改良刍议》，被视为新文学运动的开端。

同月，章士钊在北京创办《甲寅》日刊，后改周刊。京师图书馆开馆。

2月，陈独秀在《新青年》发表《文学革命论》，推进新文学运动。

3月，《太平洋》杂志在上海创刊，李剑农主编，后该刊主要撰稿人另创《现代评论》周刊。

7月，张勋拥溥仪复辟，旋被讨伐以至失败。

9月，非常国会第四次会议选举孙中山为中华民国军政府大元帅，军政府在广州成立，与北京段祺瑞政府对立。

11月，俄国十月革命成功。

12月，《申报》副刊编辑，鸳鸯蝴蝶派文人王晦钝为《中国黑幕大观》作序，提倡社会上大为流行的黑幕小说。

1月1日，胡适在《新青年》第2卷5号上发表《文学改良刍议》，明确主张以白话文代替文言文，提出“白话文学为中国文学之正宗”主张；同时提出改良“须从八事入手”：“一曰，须言之有物。二曰，不摹仿古人。三曰，须讲求文法。四曰，不作无病之呻吟。五曰，务去滥调套语。六曰，不用典。七日，不讲对仗。八曰，不避俗字俗语。”在论述第八条时，胡适提出“吾惟以施耐庵、曹雪芹、吴研人为文学正宗，故有‘不避俗字俗语’之论也”。“今日作文作诗，宜采用俗语俗字。与其用三千年前死文字，不如用二十世纪活文字。与其作不能行远不能普及之秦汉六朝文字，不如作家喻户晓之《水浒》《西游》文字也。”

2月1日，陈独秀在《新青年》第2卷6号上发表《文学革命论》，呼应胡适的主张，力倡白话文学。陈独秀主张：一、建设平易的抒情的国民文学；二、建设新鲜的立诚的写实文学；三、建设明了的通俗的社会文学。同期《新青年》，发表了胡适的《白话诗八首》，即《朋友》《赠朱经农》《月》三首、《他》《江上》《孔丘》等。

4月9日，胡适致陈独秀一信，后刊于《新青年》，信中说：“适去秋因与友人讨论文学，颇受攻击，一时感奋，自誓三年内专作白话诗词。”“今惟有韵文一类，尚待吾人之实地试验耳……自立此誓以来，才六七月，课余所作，居然成集。因取放翁诗‘尝试成功自古无’之语，名之曰《尝试集》。”

4月，林纾《论古文白话之相消长》刊于《文艺丛刊》，文章称：“古文者白话之根柢，无古文安有白话。近人创为白话一门自衒其特见，不知林万里汪叔明固已先汝而为矣。即《红楼》一书，口吻之犀利，闻之忏然，而近人学之，所作之文字，乃又癯惙乃欲死。……今使尽以白话道之，吾恐浙江安徽之白话，固不如直隶之佳也。实则此种教法，万无能成之理，吾辈已老，不能为正其非，悠悠百年，自有能辩之者。”

5月1日，《新青年》第3卷3号刊出刘半农《我之文学改良观》、陈独秀《答胡适之》、胡适《历史的文学观念论》等文。刘半农《我之文学改良观》一文同意胡适、陈独秀、钱玄同等人倡导新文化运动的观点，并从“文学之界说如何乎”“文学与文字”“散文之当改良者二”“韵文之当改良者三”“形式上的事项”“结语”六个部分来结构全文。在“韵文之当改良者三”这一部分中，就如何“破坏旧韵重造新韵”提出了三条意见：第一，就土音押韵；第二，以京音为标准，造一新谱；第三，以国语为标准，以调查所得，撰一定谱。同时，刘半农逐一分析以上三点，最后一条最为可取，但“语音时有变迁”，到后来也会有被淘汰的一天。

［**扩展**］胡适在留学日记中记录他回国归途中看到此文的反映："此外有刘半农君《我之文学改良观》，其论韵文三事：（一）改用新韵，（二）增多诗体，（三）提高戏曲之位置，皆可采。第三条之细目稍多可议处。其前二条，则吾绝对赞成者也。"

另，陈独秀《答胡适之》一文宣称："改良文字之声，已起于国中，赞成反对者各居其半。鄙意容纳异议，自由讨论，固为学术发达之原则；独至改良中国文学，当以白话为文学正宗之说，其是非甚明，必不容反对者有讨论之余地，必以吾辈所主张者为绝对之是，而不容他人之匡正也。"

《新青年》同期刊出的胡适《历史的文学观念论》一文则提出"注重'历史的文学观念'"一说，强调"今日之文学，当以白话文学为正宗"，鼓励文学家之实地证明，也就是需要大家勇于尝试。

5 月 16、17 日《民国日报》刊出吴虞《与柳亚子论文学书》，信中称胡适的白话诗"不免如杨升庵所举的张打油"。

6 月 1 日，胡适在留学日记中记录自己将归国时与众位诗友作诗赠别之情。"将归国，叔永作诗赠别，有'君归何人劝我诗'之句。因念吾数年来之文学的兴趣，多出于吾友之助。若无叔永、杏佛，定无《去国集》。若无叔永、觐庄定无《尝试集》。"

7 月 1 日，《新青年》第 3 卷 5 号刊出刘半农（署名刘半侬）《诗与小说精神上之革新》，文章指出："作诗本意，只须将思想中最真的一点，用自然音响节奏写将出来，便算了事，便算极好。……《国风》是中国最真的诗"，"陶渊明白香山二人，可算真正诗家。以老陶能于自然界中见到真处，老白能于社会现象中见到真处。均有绝大本领，决非他人所及。然而三千篇'诗'被孔丘删剩了三百十一篇。其余二千六百八十九篇中，尽有绝妙的《国风》，这老头儿糊糊涂涂，用了极不确当的'思无邪'的眼光，将他一概抹杀，简直是中国文学上最大的罪人了。"

10 月，第三届全国教育会联合会议，议决了《推行国语以期言文一致案》，主张"莫如改国民学校之国文科为国语科"，并要求教育部速定国语标准。

11 月 20 日，胡适在《答钱玄同》一信中对"白话"做出三条解释，除了第二条和第三条说是要说话明白、干净外，强调是像戏台上的"说白"、俗语中的"土白"一样，认定白话即是俗语。

本年，中华民国国语研究会召开第一次大会，选举蔡元培为会长，张一麐为副会长。该会拟定的主要任务是：一、调查各省方言；二、选定标准语；三、编辑语法、辞典等书籍；四、用标准语编辑国民学校教科书及参考书；五、编辑国语杂志。此外还委托黎锦熙拟定《国语研究调查之进行计划书》。

1918 年（**中华民国七年**）

1 月，《新青年》四卷一号出版，改用白话文；编辑部改组扩大，李大钊、胡适、周氏兄弟、钱玄同、刘半农等陆续加入。

3 月，上海《时事新报》副刊《学灯》创刊，每周出一至三期，第二年改为日刊。

同月，段祺瑞重任国务总理，并组成新阁。皖系安福俱乐部成立。

8 月，章锡琛等在上海创办开明书店。

10 月，《京报》在北京创刊，邵飘萍任主编。

11 月，第一次世界大战结束，中国作为协约国之成员取得战争的胜利。美、英、法等战胜国宣布次年一月在巴黎举行和平会议。

12 月，李大钊、胡适等主编的《每周评论》在北京创刊。

1 月 15 日，《新青年》第 4 卷第 1 号刊出胡适的《鸽子》《人力车夫》《一念》《景不徙》，沈尹默的《鸽子》《人力车夫》《月夜》，刘半农的《相隔一层纸》《题女儿小蕙周岁生日造象》等诗九首，论文有胡适的《答钱玄同》、刘半农的《新文学与今韵问题——复玄同》等。

> ［**扩展**］“我的《尝试集》起于民国五年七月，到民国六年九月我到北京时，已成一小册子了。这一年之中，白话诗的试验室里只有我一个人。因为没有积极的帮助，故这一年的诗，无论怎样大胆，终不能跳出旧诗的范围。”“我初回国时，我的朋友钱玄同说我的诗词‘未能脱尽文言窠臼’，又说‘嫌太文了’。美洲的朋友嫌‘太俗’的诗，北京的朋友嫌‘太文’了！这话我初听了很觉得奇怪。后来平心一想，这话真是不错。”①

① 胡适：《我为什么要做白话诗——〈尝试集〉自序》，《新青年》第 6 卷 5 号，1919 年 5 月。

按：胡适这一说法，后来成为白话新诗史的史论来源。比如编选第一个十年新文学大系诗集的朱自清，几乎是沿袭此说。“胡适之氏是第一个‘尝试’新诗的人，起手是民国五年七月。新诗第一次出现在《新青年》四卷一号上，作者三人，胡氏之外，有沈尹默、刘半农二氏；诗九首，胡氏作四首，第一首便是他的《鸽子》。这时是七年正月。”①

同期《新青年》刊出钱玄同为《尝试集》写的序言，在《〈尝试集〉序》一文中，钱玄同说：“适之是中国现代第一个提倡白话文学—新文学—的人。我以前看见适之作的一篇《文学改良刍议》，主张作诗文不避俗语俗字；现在又看见这本《尝试集》，居然就实行用白话来作诗。我对于适之这样‘知’了就‘行’的举动，是非常佩服的。”作者追根溯源，称中国古人造字的时候，语言和文字必定完全一致，为什么二千年来，语言和文字又相去这样远呢？有两个缘故，第一，给那些民贼弄坏的。第二，是给那些文妖弄坏的。作者还断言中国的白话诗，自从《诗经》起就没有间断过。

2 月 15 日，《新青年》第 4 卷 2 号刊出沈尹默的《宰羊》《落叶》《大雪》，刘半农的《车毯》《游香山纪事诗》，胡适的《老鸦》等诗六首。刘半农《车毯（拟车夫语）》一诗，是京语诗，全诗一共五行，最后三行是“老爷们坐车，看这毯子好，亦许多花两三铜子。/有时车儿拉罢汗儿流，北风吹来，冻得要死。/自己想把毯子披一披，却恐身上衣服脏，保了身子，坏了毯子。”这里作者模拟北平人力车夫的话语描写他们的心理活动，以及车夫们的生存状况，表现出诗人对下层老百姓的同情之心；在形式上，为后来的拟拟曲埋下了伏笔。

2 月，北京大学歌谣研究会成立，甫一成立便发起征集全国民间歌谣等活动，并于《新青年》第 4 卷 3 号上刊出《北京大学征集全国近世歌谣简章》，宣布歌谣研究会将进一步编印《中国近世歌谣汇编》《中国近世歌谣选粹》。承担此次歌谣征集工作的人员有沈尹默、刘复、周作人、沈兼士、钱玄同等，均是北京大学教授。

［**扩展**］这已是九年以前的事了。那天，正是大雪之后，我与尹默在北河沿闲走着，我忽然说：“歌谣中也有很好的文章，我们何妨征集一下呢？”尹默说：“你这个意思很好。你去拟个办法，我们请蔡先生用北大的

① 朱自清：《中国新文学大系·诗集·导言》，上海：上海良友图书印刷公司，1935 年，第 1 页。

名义征集就是了。”第二天我将章程拟好，蔡先生看了一看，随即批交文牍处印刷五千份，分寄各省官厅学校。中国征集歌谣的事业，就从此开场了。

此后几年中，不但北大方面所得的成绩很可观，便是一般的报章杂志上，也渐渐的注意到了这一件事；单行的歌谣集，也已出了好多种。现在若把这些已得的成绩归并起来，和别种学科的已得的成绩相比较，诚然还是渺小到万分。但是，它还只有了八九年的生命；它在这八九中已能在科学中争得了一个地位，能使一般人注意它，不再象从前一样的蔑视它，这也就可以算是一件值得庆幸的事了。①

［**扩展**］从七年起，半农常常做白话新诗，后来他自己编为《扬鞭集》上中册，至十四年所作止。这些白话诗，多数是用国语作的，但也有用他的江阴方言做的。此外还有《瓦釜集》一册，则全是拟江阴的民歌。七年二月，半农在北大发起征集全国近世歌谣，数年之中，收到了好几千首。后来北大成立歌谣研究会，特编《歌谣》周刊，多数都被刊登了。②

3 月 15 日，《新青年》第 4 卷 3 号刊出刘半农《复王敬轩书》，其中有以下论述：“承先生不弃，拟将胡适之先生《朋友》一诗，代为删改；果然改得好，胡先生一定投过门生帖子来。无如‘双蝶’‘凌霄’，恐怕有些接不上；便算接得上了，把那首神极活泼的原诗，改成了‘双蝶凌霄，底事……’的‘乌龟大翻身’模样，也未必是‘青出于兰’罢！又胡先生之《他》，均以‘他’字上一字押韵；沈尹默先生之《月夜》，均以‘着’字上一字押韵；先生误以为以‘他’‘着’押韵，不知是粗心浮气，没有看出来呢？还是从前没有见识过这种诗体呢？——‘二者必居其一’，还请先生自己回答。至于半农的《相隔一层纸》，以‘老爷’二字入诗，先生骂为‘异想天开，取旧文学中绝无者而强以凑入’，不知中国古代韵文，如《三百篇》，如《离骚》，如汉魏《古诗》，如宋元《词曲》，所用方言白话，触目皆是；先生既然研究旧文学，难道平时读书，竟没有留意及此么？且就‘老爷’二字本身而论，元史上有过‘我董老爷也’一句话；宋徐梦莘所做的《三朝北盟会编》，也有‘鱼磨山寨

① 刘半农：《国外民歌译自序》，《半农杂文二集》，上海：上海良友图书印刷公司，1935 年，第 9—10 页。

② 钱玄同：《亡友刘半农先生》，《世界日报 · 国语周报》1934 年 7 月 21 日。

军乱，杀其统领官马老爷’两句话。——这一部正史一部在历史上极有价值的私家著作，尚把‘老爷’二字用入，半农岂有不能用入诗中之理，半农要说句俏皮话：先生说半农是‘前无古人’；半农要说先生是‘前不见古人’；所谓‘不见古人’者，未见古人之书也!”

4月15日，《新青年》第4卷第4号刊出胡适的论文《建设的文学革命论》，胡适的诗《新婚杂诗》，沈尹默的《雪》，林损的《苦—乐—美—丑》，刘半农的《灵魂》与《学徒苦》。胡适在《建设的文学革命论》一文中提出“国语的文学，文学的国语”口号，中心论点是“有了国语的文学，方才可有文学的国语。有了文学的国语，我们的国语才可算得真正国语”。

5月15日，《新青年》从第4卷5号起完全改用白话文，白话诗、白话小说、白话散文等大量出现，国语统一运动与白话运动逐渐呈合流之势。

5月，《学艺》第1卷3期上刊出陈望道《标点之革新》一文，文章指出：“中文标点颇嫌太少，不足以尽明文句之关系，其形亦嫌太拙。当此斯文日就繁密之时，更复无足应用无碍也。则革新标点，其事又重且要于革新文字矣”。此文所定标点符号有九种，即逗点（,）、辍点（;）、住点（.）、疑问标（?）、惊叹标（!）、夹注标（（）［］）、摘引标（‘’“”）、摇曳标（……）、破折标（——）。

按：后来，陈望道又根据我国文字和使用习惯并综合采纳他人意见，吸收西标行之有效的成果，制作出我国的新式标点方案。除陈望道之外，胡适也曾有类似的创见，但比较而言，学界对陈望道的贡献似乎看重一些。

6月15日，《新青年》第4卷6号“通信”栏刊出张厚载来信《新文学及中国旧戏》，此信称“仆尤有怀疑者一事，即最近贵志所登之诗是也。贵志第四卷第二号登沈尹默先生《宰羊》一诗，纯粹白话，固可一洗旧诗之陋习，而免窒碍性灵之虞。但此诗从形式上观之，竟完全似从西诗翻译而成；至其精神，果能及西诗否，尚属疑问。中国旧诗虽有窒碍性灵之处，然亦可以自由变化于一定范围之中，何必定欲作此西洋式的诗，始得为进化耶?”胡适则这样答复此信：“长短句不必即为西洋式也。中国旧诗中长短句多矣。”“沈君生平未读西洋诗，吾稍读西洋诗而自信无摹仿西洋诗体之处。”在论及胡适自己的尝试之举时，则回答说“来书谓吾之《尝试集》为‘轻于尝试’，此误会吾尝试之旨也。《尝试集》之作，但欲实地试验白话是否可以作诗，及白话入诗有何效果，此外别无他种奢望。试之而验，不妨多作；试之而不验，吾亦将自戒不复作。吾意甚望国中文学家都来尝试尝试，庶几可见白话韵文是否有成立之价值。今尝试之期仅及年余，尝试之人仅有二三；吾辈放以‘轻于尝试’自豪，而笑旁观者之不敢‘轻于一试’耳!”

7月14日，胡适给朱经农一信，提到白话诗的规则问题。朱经农提议白话诗应该立几条规则，胡适没有赞成。理由是：第一，中国古典诗除“近体”诗外，就没有什么规则。第二，白话诗还在尝试的阶段，白话诗人自己也还不知什么叫做白话诗的规则。

按：胡适持“诗体的解放”观点，反对对诗歌进行束缚，从这一回信中也知道初期白话诗人对诗的规则之反感。

7月15日，胡适答汪懋祖一信：“本书又说本报‘雅俗参半’，而北语吴音（如‘像煞有介事’），‘格磔其间’。此是‘过渡进代’不能免的现象。现在做文章，没有标准的国语，但有能达意的词句，都可选用。如‘像煞有介事’的意思，除了吴语，别无他种说法。正如‘袈裟’，‘刹那’，‘辟克匿克’等外国名词，没有别种说法，也不妨选用，何况本国的方言呢?”

9月15日，《新青年》第5卷第3号刊出胡适《答黄觉僧〈折衷的文学革命论〉》，就黄觉僧“不主张纯用白话”的主张，胡适认为方言不同，方言文学对国语文学是有益的。“将来国语文学兴起之后，尽可以有‘方言的文学’”，国语的文学“还要倚靠各地方言供给他的新材料，新血脉。”

11月23日，教育部正式公布“注音字母”，注音字母共39个，其中声母24个，介母3个，韵母12个。这是第一次以国家专门机构名义正式公布的汉语拼音方案。

12月15日，《新青年》第5卷第6号刊出周作人《人的文学》，文章开门见山指出“我们现在应该提倡的新文学，简单的说一句，是‘人的文学’。应该排斥的，便是反对的非人的文学。”在中国“人的问题，从来未经解决”，所以“如今第一步先从人说起”，“从新要发见‘人’，去‘辟人荒’”，“希望从文学上起首，提倡一点人道主义思想”。

按：周作人所提出的“人的文学”观念，当时影响十分深远。比如在胡适的论著中，就把它与“活的文学”相提并论，称之为中国新文学运动的两个中心理论。“活的文学”是文字工具的革新，“人的文学”是文学内容的革新。①

---

① 胡适：《中国新文学大系·建设理论集·导言》，上海：上海良友图书印刷公司，1935年，第18页。

1919 年（**中华民国八年**）

1 月，巴黎和会开幕。中国作为战胜国之一派出代表参加，各项要求在巴黎和会上均不获支持，中国在外交上的失败成为五四运动爆发的导火线。

同月，《新潮》月刊在北京创刊，北京大学学生傅斯年、罗家伦等编辑。

3 月，国故社《国故》月刊在北京创办，刘师培、黄侃担任总编辑。

5 月，五四运动爆发。次月，全国各地工人罢工、商人罢市、学生罢课，支持北京学生运动。

6 月，上海《民国日报》增添《觉悟》副刊。

7 月，少年中国学会在北京成立，创办《少年中国》杂志。毛泽东在长沙创办《湘江评论》。

10 月，孙中山在上海宣布将中华革命党改组为中国国民党。

12 月，由于受北洋军阀迫害，《新青年》决定将杂志迁回上海出版，仍由陈独秀编辑。

本年，商务印书馆出版《国音字典》、《国音学生字汇》等工具书。

1 月 19 日，《每周评论》第 5 号刊出周作人的《平民文学》，文章认为："平民的文学正与贵族的文学相反。但这两样名词，也不可十分拘泥，我们说贵族的平民的，并非说这种文学是专做给贵族，或平民看，专讲贵族或平民的生活，或是贵族或平民自己做的。""平民文学应该著重与贵族文学相反的地方，是内容充实，就是普遍与真挚两件事"。同时指出"平民文学并不单是通俗文学"，"平民文学决不是慈善主义的文学"。

2 月 15 日，《新青年》第 6 卷 2 号刊出周作人的小诗《小河》。诗前有序："内容大致仿那欧洲的俗歌；俗歌本来最要叶韵，现在却无韵。"

> ［**扩展**］鲁迅氏兄弟全然摆脱了旧镣铐，周启明氏简直不大用韵。他们另走上欧化一路。走欧化一路的后来越过越多。——这说的欧化，是在文法上。①

2 月，《新潮》第 1 卷 2 期刊出傅斯年《怎样做白话文》，文章称白话文的

① 朱自清：《中国新文学大系·诗集·导言》，第 3 页。

凭籍一是“留心说话”，一是“直用西洋词法”；“直用西洋词法”则造成欧化的国语文学。

3月15日，《新青年》第6卷3号刊出周作人的诗《两个扫雪的人》《微明》《路上所见》《北风》，俞平伯的书信《白话诗的三大条件》。俞平伯在信中认为白话诗：“（1）用字要精当，造句要雅洁，安章要完密”；“（2）音节务求谐适，却不限定句末用韵”；“（3）说理要深透，表情要切至，叙事要灵活”。俞平伯认为白话入诗不能随说话来做诗，要有限制。

按：胡适提倡白话诗写作时，有什么话就说什么话，写什么话。显然，俞平伯对此已有反对意见。胡适后来的这一观点，也受到广泛质疑。包括二三十年代的象征诗派人王独清、穆木天，九十年代的郑敏等诗论家。

3月18日，北京《公言报》刊出林琴南的《致蔡鹤卿书》，公开信指责新文化运动“必覆孔孟、铲伦常为快。”新文化运动反对文言，提倡白话尤为荒谬，“若尽废古书，行用土语为文字，则都下引车卖浆之徒，所操之语，按之皆有文法，不类闽广人为无文法之啁啾，据此则凡京津之稗贩，均可用为教授矣。”“非读破万卷，不能为古文，亦不能为白话。”

4月1日，北京《公言报》刊出蔡元培《答林君琴南函》，指出“原公之所责备者，不外两点：一曰‘覆孔孟，铲伦常。’二曰‘尽废古书文字，行用土语为文字。’请分别论之。”对于第二点是这样答复的，北京大学并没有“尽废古书而专用白话”，白话可以“达古书之义”，在讲授古书时，有时使用白话也是必需的。况且“大学少数教员所提倡之白话的文字”，并不与“引车卖浆者所操之语相等”，“白话与文言，形式不同而已，内容一也。”

按：蔡元培在此公开信中，还提出了一个学术交锋的准则，影响深远。后来也差不多成了北京大学的校训，即“循‘思想自由’原则，取兼容并包主义”。

4月15日《新青年》第6卷第4号刊出周作人（署名仲密）的《思想革命》，文章指出“文学革命的文字改革是第一步，思想改革是第二步，却比第一步更为重要”，“如果是单变文字不变思想的改革”“怎能算是文学革命的完全胜利呢？”

4月19日，由北洋政府和国民党时期教育部附设的国语统一的国语统一筹备会成立，简称“国语统一会”。会长为张一麐，副会长为袁希涛、吴稚晖，会员有黎锦熙、钱玄同、胡适、刘复、周作人、马裕藻、赵元任、汪怡、蔡元培、沈兼士、林语堂、王璞等，全体会员先后共计172人。

按：1928年南京国民政府成立，“国语统一会”改名为国语统一筹备委员会，主席为吴敬恒。其主要任务有：一、编辑国语书刊；二、撰拟和刊布国语宣传品；三、征集和审查国语读物；四、编制关于国语的各项统计；五、调查国语教育状况；六、视察学校国语教学；七、计划各种促进国语统一的办法。后来，该会修订了注音字母方案，修改了国音标准，制订了《国语罗马字拼音法式》，编辑出版了《国音常用字汇》，成立了中国大辞典编纂处，进行大规模的辞典编辑工作等。

5 月，《新潮》第 1 卷第 5 期刊出傅斯年《白话文学与心理的改革》一文，主张把“新思想夹在新文学里，刺激大家，感动大家，因而使大家恍然大悟”。

本月，《新青年》第 6 卷第 5 号刊出胡适《我为什么要做白话诗?》，此文系《尝试集》自序。

7 月 15 日，《少年中国》第 1 卷第 1 期刊出田汉的《平民诗人惠特曼的百年祭》，文章详细介绍了惠特曼的生平、思想和诗歌创作，以“平民诗人”相称。

7 月 20 日，《每周评论》第 31 号刊出寒星（即刘半农）的诗《羊肉店》，采用仿儿歌体，用江阴方言。全诗十二行，摘录最后八行如下：“低下头去看看地浪格血，/抬起头来望望铁勾浪！/羊肉店，羊肉香，/阿大阿二来买羊肚肠，/三个铜钱买仔半斤零八两，/回家去，你也夺，我也抢——/气坏仔阿大娘，打断仔阿大老子鸦片枪！/隔壁大娘来劝劝，贴上一根拐老杖！”

按：方言诗创作或仿作，后来成为刘半农诗歌创作的一大特色，在“五四”时期的诗人中，刘半农是一个先行者。

7 月，《中华教育界》第 8 卷第 1 期刊出陆费逵《小学校国语教授问题》，文章担心杂志教育书所载的口语文（也就是白话文），没有一定的标准与规则，将来不能统一。在文章中，作者涉及北京官话、南京官话、山西官话、湖北官话、浙江官话、江苏官话，以及夹杂了许多地方土语的官话。

按：胡适当时以北方方言的覆盖辽阔而自信地立论，说到白话的便利与统一。陆费逵此文则是另一种声音的代表，指出了北方方言内部的分歧其实是很明显的，有些到了不能互相听懂与明白的地步。这两种对立的意见，也差不多构成了在这一议题上诸多争论的框架范围。

9 月 11 日，《时事新报·学灯》刊出郭沫若的诗《抱和儿浴博多湾中》《鹭鸶》。

> ［**扩展**］民八以前我的诗，乃至任何文字，除抄示给几位亲密的朋友之外，是从没有发表过的。……我第一次看见的白话诗是康白情的《送许

德珩赴欧洲》(题名大意如此)，是民八的九月在《时事新报》的学灯栏上看见的。那诗真真正正是“白话”，是分行写出的“白话”，其中有“我们喊了出来，我们做得出去”那样的辞句，我看了也委实是吃了一惊。那样就是“白话诗”吗？我在心里怀疑着，但这怀疑却唤起了我的胆量。我便把我的旧作抄了两首去，一首就是《鹭鸶》，一首是《抱和儿在博多湾海浴》。①

10月10日，《星期评论》双十节“纪念号第五号”刊出胡适《谈新诗——八年来一件大事》，文章梳理了辛亥革命以来诗歌方面的变革，内容既有历史的描述，也有新体诗音节、新诗方法的探讨。

按：原文发表以后收录甚广，影响甚大。除收入胡适的《胡适文存》、《中国新文学大系·建设理论集》外，还收入1920年新诗社编辑出版的《新诗集》之类的诗选中。朱自清则称之为“差不多成为诗的创造和批评的金科玉律了”。②

1920年（中华民国九年）

1月，教育部通令全国学校一、二年级国文改用语体文（即白话文）。

同月，茅盾在《小说月报》第11卷第1号发表《小说新潮栏宣言》，开辟专栏，兼收新体诗及剧本，同载文言与白话作品。

3月，胡适的《尝试集》由上海亚东图书馆出版。

5月，陈独秀等在上海成立共产主义小组，后将《新青年》改为上海共产主义小组的机关刊物。

7月，直皖战争爆发。

11月，文学研究会由郑振铎等人发起筹备，次月讨论会章、征求会员，郑振铎、周作人等十二人联名作为发起人，该会于次年一月正式成立。

1月12日，北洋政府教育部训令全国各国民学校：“自本年秋季起，凡国民学校一、二年级，先改国文为语体文，以期收言文一致之效”。其中“读本宜取普通语体文，避用土语，并注重语法之程序。”另外，教育部还规定：一，

---

① 郭沫若：《我的作诗的经过》，《质文》第2卷第2期，1936年11月。

② 朱自清：《中国新文学大系·诗集·导言》，第2页。

两年内小学全部教科书将旧时文言文课本改为语体文。二，到 1922 年一律废止中学各年级用文言文编写的教科书。

> ［**扩展**］这个命令是几十年来第一件大事。他的影响和结果，我们现在很难预先计算。但我们可以说，这一道命令，把中国教育革新，至少提早了二十年。①

按：胡适同时也承认“国语的标准，绝不是教育部定得出来的”。而是先有了一种方言比较的通行最远，比较的产生了最多的活文学，可以采用作国语的中坚分子；这个中坚分子的方言，逐渐推行出去，随时吸收各地方言的特别贡献，同时便逐渐变换各地的土话：这便是国语的成立。

1 月，新诗社编辑部编辑的《新诗集》（第一编）由上海新诗社出版部出版，选录胡适《人力车夫》、刘半农《相隔一层纸》、周作人《两个扫雪的人》等诗 103 首，其中译诗 6 首，编排时分为“写实类”“写景类”“写意类”“写情类”四辑。书前有编者序《吾们为什么要印〈新诗集〉》，书后附录有胡适《我为什么要做白话诗》《谈新诗》和刘半农《诗的精神上之革新》等论文三篇。《吾们为什么要印〈新诗集〉》序言认为新诗的价值是“（1）合乎自然的音节，没有规律的束缚；（2）描写自然界和社会上各种真实的现象；（3）发表各个人正确的思想，没有‘因词害意’的弊病；（4）表抒各个人优美的情感。”序言还指出“现在做有韵的新诗，还没有一种韵书，所以吾们根据了国音，编纂有韵诗的押韵法，在第二编可以发表。”

2 月 2 日，北洋政府教育部根据国语统一筹备会议 1919 年 11 月 29 日通过的胡适等教授的《请颁行新式标点符号议案》，发布了采用新式标点的文件《教育部训令第五十三号》。“训令”的内容分为正文和附录两部分，附录即为 1919 年 11 月 29 日，由胡适、马裕藻、朱希祖、钱玄同、刘复、周作人等六人联名向教育部提出的《请颁行新式标点符号议案》，议案内容分为三部分：第一，释名，解释标点符号的含义，说明标点符号名称的由来。第二，标点符号的种类和用法，共分项说明 12 种符号的形式和用法。第三，理由，即“文字没有标点符号，便发生种种困难；有了符号的帮助，可使文字的效力格外完全，格外广大”。

---

① 胡适：《国语讲习所同学录序》，《胡适文存》，上海：亚东图书馆，1921 年，第 329 页。

2 月 12 日，《晨报》刊出陈独秀《我们为什么要做白话文》，文章称“白话文学是文学的德谟克拉西”，“文近于语，语近于文”，能达到言文一致的效果。

2 月 16 日，郭沫若致信宗白华，认为“原始人与幼儿对于一切的环境，只有些新鲜的感觉，从那种感觉发生出一种不可抵抗的情绪，从那种情绪表现成一种旋律的言语。这种言语的生成与诗的生成上是同一的；所以抒情诗中的妙品最是那些俗歌民谣。”

3 月，胡适的诗集《尝试集》由上海亚东图书馆出版，收《蝴蝶》《鸽子》《人力车夫》等诗作 46 首（组），分为两编并有附录《去国集》，书前有钱玄同《序》、作者《自序》，书后附录的《去国集》中有旧体诗词 21 首。胡适《自序》宣称印行此诗集有三个理由：第一，引起读者关注，作参考的材料；第二，供人研究批评；第三，实验的精神值得提倡。

按：此为中国白话新诗史出版的第一部个人新诗集。该诗集同年 9 月再版，增加《再版自序》和《纪梦》等诗 6 首。1922 年 10 月出至第四版，仍有较大增删：删去钱玄同《序》、初版和再版的《自序》，以及《一念》《人力车夫》等诗 19 首，同时增加《四版自序》等。此后诗集不断再版。

5 月 12 日，《时事新报·学灯》刊出胡适《致张东荪》一信，内容是反对胡怀琛替自己改诗一事，信中说：“我的《尝试集》出版不久，前天上海《神州日报》上已登有胡怀琛先生的长评。他这篇书评却也别致。他不但批评，还替我大大的改削了好几首诗，这种不收学费的改诗先生，我自然很感谢，但是我有一点意见，想借你的‘学灯’栏发表。”“我的意思以为改诗是很不容易的事，我自己的经验，诗只有诗人自己能改的，替人改诗至多能贡献一两个字，很不容易。为什么呢？因为诗人的‘烟士披里纯’是独一的，是个人的，是别人很难参预的。……我很希望大家切实批评我的诗，但我不希望别人替我改诗。”

5 月，叶伯和的诗集《诗歌集》由上海华东印刷所出版。分第一期、第二期、第三期，有诗类和歌类共 40 多首，也夹杂有别的作者的作品。前有穆济波序、曾孝谷序和叶伯和自序。

按：叶伯和是中国早期白话诗歌的先行者，从时间上看，叶伯和创作白话诗歌与胡适尝试白话诗属同一阶段。他创作的白话诗借助音乐的力量，在校园、民间传播。1914 年以前，叶伯和在日本留学期间，就在思考白话诗歌的创作。其自序曾说：“后来因为学唱歌，多读了点西洋诗，越想创造一种诗体，好翻译他。但是自己总还有点疑问：‘不用文言，白话可不可以拿来作诗呢?'”1922 年，叶伯和在成都创办了当时四川第一个新文学杂志《草堂》，不过，遗憾的是叶伯和在白话新诗史上一直被遮蔽，诗界对它知之甚少。

6 月 6 日，《星期评论》第 53 号刊出刘大白《卖布谣》（一）（二）。

8 月，许德邻编选的白话新诗选《分类白话诗选》由上海崇文书局出版。有许德邻《自序》和刘半农序，收录早期诗作甚多。

按：《分类白话诗选》出版六十余年之后，于 1988 年由人民文学出版社重排出版，系“中国现代文学作品原本选印”丛书之一。

9 月 12 日，《时事新报·学灯》刊出胡适《答胡怀琛》一文，重申两人各行其是即可，反对胡怀琛替自己改诗，也作自我辩护。另外，讨论到了押韵方式的变化等话题：“《尝试集》里的诗，除了《看花》一首之外，没有一首没有韵的”。

9 月，胡适《尝试集》再版，胡适在《再版自序》中谈自己在音节上的种种试验，认为“看他们三三两两，／回环来往，夷犹如意!”诗句中，“如字读我们徽州音，也与夷，犹，意，为双声。”

按：“如”的声母是“y”，胡适说是徽州音，也就是土音的双声现象，这是白话新诗史第一次指出“土音”与双声叠韵之间的关系。

11 月 21 日，《晨报副刊》刊出周作人（署名仲密）的《民众的诗歌》，文章指出“无论形式思想怎样的不能使我们满足，对于民众艺术内所表现的心理，我们不能不引起一种同情与体察。”

1921 年（中华民国十年）

1 月，文学研究会在北京成立，是主张“为人生的艺术”的现实主义文学流派，后以商务印书馆《小说月报》等为主要阵地。《小说月报》全面革新，沈雁冰任主编。

7 月，中国共产党第一次全国代表大会在上海举行，中国共产党正式成立。

本月，创造社在日本成立，主要成员有郭沫若、郁达夫、张资平、成仿吾、田汉等；倾向浪漫主义，初期具有唯美主义色彩。

8 月，郭沫若的新诗集《女神》由上海泰东图书局出版。

10 月，《晨报》第七版独立印行，改出四开单张，名《晨报副刊》，孙伏园主编。

1 月 10 日，《小说月报》第 12 卷 1 号刊出周作人《圣书与中国文学》，文章从精神和形式的两个层面分析《圣书》与中国新文学的内在关系，主要集中在以下几点：一、“现在的新诗及短篇小说，都是因了外国文学的感化而发生的”；二、《圣书》的译本，“在中国语及文学的改造上也必然可以得到许多帮助与便利”。

年初，胡适给陈独秀的私信曾经提及这一情况，任公（即梁启超，笔者注）有一篇大驳白话诗的文章，尚未发表，曾把稿子给我看，我逐条驳了，送还他，告诉他，“这些问题我们这三年中都讨论过了，我很不愿他来‘旧事重提’，势必又引起我们许多无谓的笔墨官司！”他才不发表了。

3 月 2 日，《民国日报·觉悟》刊出刘大白《田主来》一诗。

5 月 19 日，《民国日报·觉悟》刊出刘大白《诗韵问题》一文，与泳麟在信中讨论诗学过渡时代的一个现象。

5 月到 8 月，商务印书馆正式开办国语讲习所，共分两种，一种是师范班，一种是暑假班。师范班方毅为所长，学习期限从 5 月 1 日到 7 月 14 日，学员 60 余人，毕业共 56 人。暑假班 7 月 13 日开学，8 月 20 日为止，学员 540 余人，占籍 15 个省以上。学习科目有注音字母、发音学、会话、文法、教学法等，除授课外，还延请胡适、吴敬恒、黄炎培、马寅初等作国语讲座。

6 月 9 日，《晨报副刊》刊出周作人（署名子严）《新诗》，文章指出“你不见中国的诗坛上，差不多全是那改‘相思苦’的和那‘诗的什么主义’的先生们在那里执牛耳么？诗的改造，到现在实在只能说到了一半，语体诗的真正长处，还不曾有人将他完全的表示出来，因此根基并不十分稳固。”文章进而号召“革新的人非有十分坚持的力，不能到底取胜。新诗提倡已经五六年了，论理至少应该有一个会，或有一种杂志，专门研究这个问题的了。现在不但没有，反日见消沉下去，我恐怕他又要蹈前人的覆辙了。”

8 月，郭沫若的诗集《女神》由上海泰东图书局出版，为“创造社丛书”第一种，作品分为三辑，书前有《序诗》。

按：笔者曾在《郭沫若学刊》2008 年第 2 期发表《乐山方言与〈女神〉》一文，专门讨论《女神》中的乐山方言因素与特色、占据地位、具体表现等内容，涉及诗人的创作心理、语汇、方言语法等层面。[1]

---

① 此文后来收录进入选本《郭沫若研究文献汇要（1920—2008）》（卷六），上海：上海书店出版社，2012 年。

1922 年（中华民国十一年）

1 月，《诗》月刊在上海创刊，叶圣陶、朱自清、刘延陵等编辑，后改为文学研究会刊物。《学衡》杂志在南京创刊，东南大学吴宓、梅光迪、胡先骕等人主办，由上海中华书局出版发行。

2 月，北洋军阀政府教育部成立庚款兴学委员会。

4 月，第一次直奉战发爆发。

5 月，《创造季刊》在上海创刊，胡适主办的《努力周报》在北京创刊。

12 月，北京大学歌谣研究会主办的《歌谣》周刊创刊。

1 月 15 日，《诗》月刊在上海创刊，由中华书局出版。创刊号上登载有俞平伯、刘半农、徐玉诺、刘延陵、汪静之、朱自清等人的诗，以及俞平伯的诗论《诗底进化的还原论》等。《诗底进化的还原论》认为“诗底第三条件是所言者浅所感者深。言浅不但指着使用当代底语言，并且还要安排得明白晓畅。换句话说，我们愿意，盼望，使诗歌充分受着民众化”。“平民性是诗底主要素质”。

1 月，《学衡》创刊号刊出胡先骕《评〈尝试集〉》，文章指出：“今试一观此大名鼎鼎之文学革命家之著作。以一百七十二页之小册。自序他序目录已占去四十四页。旧式之诗词、复占去五十页。所余之七八十页之尝试集中。似诗非诗似词非词之新体诗复须除去四十四首。至胡君自序中所承认为真正之白话新诗者。仅有十四篇。而其中‘老洛伯’‘关不住了’‘希望’三诗尚为翻译之作。”

2 月 3 日，胡适在《致钱玄同》的私信中，曾提到一事：“我在一处讲演，曾说中国方言可分四大区。（1）东南区，最古，又最守旧，有九声至六声。（2）中区（镇江起，至湖北境上；南至长江南岸，北至淮河流域），较普通，有入声。（3）西部（湖北至四川，云，贵）无入声，但入声并入上平。（4）北部，最多变化，现尚在变化之中，北京变化尤激烈；无入声”

2 月 4 日，《晨报副刊》刊出周作人（署名式芬）《〈评尝试集〉匡谬》，驳斥了胡先骕一文对白话诗的批评。

［**扩展**］东南大学梅迪生等出的《学衡》几乎专是攻击我的。出版之后，《中华新报》（上海）有赞成的论调，《时事新报》有谩骂的批评，多

无价值。今天《晨报》有“式芬”的批评，颇有中肯的话，末段尤不错。（胡适 1922 年 2 月 4 日日记）

2 月 12 日，《晨报副刊》刊出周作人（署名仲密）《国粹与欧化》一文，认为在文学上“模仿都是奴隶，但影响却是可以的；国粹只是趣味的遗传，无所用其模仿，欧化是一种外缘，可以尽量的容受他的影响，当然不以模仿了事。”

3 月 22 日，《北京大学日刊》刊出刘复《国语问题中一个大争点》，此文作于 1921 年 10 月 20 日，作者当时在法国巴黎。文章讨论了京语与国音京调问题：一、统一国语，并不是要一切方言，独存一种国语。二、国语的标准也就是蓝青官话。作者实在不赞成京语，理由有以下几点：第一，在京语范围以内，自“内庭”以至天桥，言语有种种等级的不同。第二，既然说是京语，而且说是北京中等社会的语言，有教与学的困难。第三，中国国语已有的好根基，这根基便是我们现在笔下所写的白话文比较一致。第四，言语是变动的，不是固定的，京语会变动，永远没有完成的一天。而对于国音京调问题，则提出“国音乡调”取代之。

按：刘复此文发表时，文章末尾有钱玄同的附记，认为半农这篇文章的主张，“没有一句话不是极精当的。”“至于主张‘国音京调’的人，就是我的朋友黎劭西君。他这种主张，意在调和国语派和京语派。劭西君对于国语上的别的主张，我都绝对的赞成，独此一点，我是和半农的见解相同，不赞成劭西之说。”

3 月，康白情诗集《草儿》由上海亚东图书馆出版，前有康白情自序和俞平伯的序，俞平伯在序中谈到标点符号与诗的语法调子的关系，认为标点符号“不但是指示，有时还能改变诗底意思和调子。”

按：康白情的《草儿》在亚东图书馆出版，与亚东特殊的人事关系有关。陈独秀、胡适等人与亚东图书馆关系密切，特别是《尝试集》之后，亚东图书馆出版的一系列诗集，都与胡适有直接或间接的关系。比如《冬夜》《蕙的风》《渡河》《流云》，便是“五四”以后四五年之间亚东图书馆所推出的诗集。据胡适同月 10 日日记所载，便说“白情的诗，富于创作力，富于新鲜味儿，很可爱的。”

4 月 13 日，《晨报副刊》刊出周作人（署名仲密）的《歌谣》，此文论述了歌谣的界说、起源，对民歌的研究及民歌的分类。主要观点如下：一、研究民歌，着眼点是文艺的与历史的；二、文艺方面，歌谣可为新诗创作提供参考；三、民歌与新诗相同点在真挚与诚信上。

5月30日，据胡适日记所载：今日因与宣统帝约了去见他，故未上课。我在客室里坐时，见墙上挂着一幅南海招子庸的画竹拓本。此画极好，有一诗云：写竹应师竹，何须似古人？心眼手如一，下笔自通神。“招子庸即是用广州土话作《粤讴》的大诗人；此诗虽是论画，亦可见其人，可见其诗。”另外，几上又摆着白情的《草儿》，“他问起白情、平伯；还问及《诗》杂志，近来也试作新诗。他说他也赞成白话。”

6月2日，《晨报副刊》刊出周作人（署名仲密）的《丑的字句》，反对梁实秋一文论述到新诗中出现诸如洋楼、小火轮、革命、电报、小便等便认定是“丑不堪言”的诗句的观点，《丑的字句》一文发现日本诗歌中也有“畜生”、“小便”等词语之类的例子。“‘世界上的事物’都可以入诗，但其用法应该一任诗人之自由：我们不能规定什么字句不准入诗，也不能规定什么字句非用不可。”

按：针对周作人的反驳，梁实秋立马又写出再商榷文章《读仲密先生的〈丑的字句〉》，发表于6月25日的《晨报副刊》上。随后在此副刊上相关的讨论较多，依时间顺序举例如下：柏生《关于丑的字句的杂感》（6月27日），东峦《让我来掺说几句》（6月29日），梁实秋《让我来补充几句》（7月5日），虚生《诗中丑的字句的讨论》（7月12日），景超《一封论丑的字句的信》（7月15日）。

8月，湖畔诗人汪静之的诗集《蕙的风》由亚东图书馆出版，朱自清、胡适、刘延陵为诗集作序，周作人题写书名。胡适在序中称汪静之的“诗在解放一方面比我们做过旧诗的人更彻底的多。……静之就是这些少年诗人之中的最有希望一个。”

8月，徐玉诺的诗集《将来之花园》由商务印书馆出版，收录诗集95首，另有西谛的《卷头语》和叶绍钧的《玉诺的诗》。

9月10日，《东方杂志》第19卷17号刊出周作人《国语改造的意见》，提出以下意见：一、现代国语须是合古今中外的分子融合而成的一种中国语；二、建设这种现代的国语，须得就通用的普通语上加以改造，采纳古语、采纳方言、采纳新名词；三、实行的办法是“从国语学家方面，编著完备的语法修辞学与字典”，“从文学家方面……使国语因文艺的运用而渐臻完善”，“从教育家方面，实际的在中小学建立国语的基本。”

10月1日，《读书杂志》第2期刊出胡适《北京的平民文学》，作者认为歌谣具有“风诗”的文学意味；俗歌里有许多可以供新诗取法的风格与方法。

12 月 3 日，胡适作《歌谣的比较的研究法的一个例》，后来刊于《努力周报》第 31 期。文章认为歌谣研究可以用“比较的研究法”，即许多歌谣大同小异，“大同”的是母题，“小异”的是枝节，剥去枝节，仍旧可以找出母题。胡适举的例子有两个，一个母题是去丈人家看见未婚妻子的，一个母题是小姑出嫁后回娘家受嫂嫂的气而怨恨嫂嫂的。“小异”的枝节则可以看出歌谣作者对母题的把握，某地特殊的风俗、服饰、语言等特点。

12 月 17 日，《歌谣》周刊在北京创刊，北京大学歌谣研究会出版。创刊号有《歌谣周刊缘起》《发刊词》《民歌选录》《儿歌选录》等。《发刊词》提出：一、或为学术，或为文艺，是搜集歌谣的目的；二、研究歌谣，为民族的诗如何发展提供方法。

按：《歌谣》周刊主编依次是常惠、顾颉刚、魏建功、董作宾等人，主要是刊登歌谣作品和理论文章，附带介绍各地风俗、方言等。创刊后出版到 1925 年 6 月 28 日的第 97 号停刊；1936 年 4 月 4 日复刊，共出 53 期，分为第二卷与第三卷，终刊于 1937 年 6 月 26 日。

1923 年（中华民国十二年）

2 月，“二七惨案”爆发。

6 月，《晨报·文学旬刊》创刊，由文学研究会在北京的会员主办，王统照编辑。

7 月，创造社的《创造日》创刊，附《中华新报》发行，由郁达夫、成仿吾、邓均吾编辑。

10 月，中国社会主义青年团机关刊物《中国青年》在上海创刊。

12 月，孙中山发表《中国国民党改组宣言》，后在苏联与中国共产党的帮助下改组国民党。

2 月 24 日，《晨报·副刊》刊出徐志摩（署名志摩）的诗《一小幅的穷乐图》。

2 月，《申报》五十周年纪念刊《最近之五十年》刊出胡适《五十年来中国之文学》，文章认为在康梁的一班朋友中，在韵文方面曾有“诗界革命”的志愿，其中黄遵宪与康有为两个人的成绩最大。举代表说到黄遵宪时，黄的“我手写我口，古岂能拘牵？即今流俗语，我若登简编。五千年后人，惊为古斓斑”是诗界革命的一种宣言，其《山歌》受平民文学、民间文学的影响。

2月，李金发编成自己的第一部诗集《微雨》，共录诗作99首和一些译诗；编完《微雨》的两个月后，李金发又写成诗集《食客与凶年》。1923年春天，李金发将两种诗稿用挂号从柏林寄给周作人，“望他‘一经品题身价十倍’”，“两个多月果然得到周的复信，给我许多赞美的话，称这种诗是国内所无，别开生面的作品。”①

3月22日，《之江日报》刊出周作人《地方与文艺》，文章论述了地方与文艺的关系：一、文学因地域显出不同的风格；二、中国新兴文艺还有一点不足，太抽象化，执着于普遍的要求，没有表现出自己的个性，显得单调；三、从土里滋长出来的个性。文章还以浙江为例，指出“近来三百年的文艺界里可以看出有两种潮流”，即“飘逸与深刻”。

4月1日，《歌谣》周刊第12号刊出绍虞（即郭绍虞）《村歌俚谣在文艺上的价值》，文章认为：一、村歌俗谣是国民情调的表现；二、声韵无不调和；三、质实、朴素、逼真的手腕，不雕琢。

4月25日，《民国日报·觉悟》刊出陈望道《方言可取的一例》。“我说到方言完美，方言也可采用时，颇有人持反对论调。我认那种反对论调，大抵由于因陋就简的心理所酿成。他们以为这样进行，将来看书就繁难了。要不然，决无绝对禁止方言搀入文言中的理由。试举一例：如上海方言底‘要末……要末……’，据我愚见，就觉更无何种通用句式可代。……倘然绝对厌恶方言，便享不到这种便利了。当此国语文新兴的时候，正该虚心平气，仔细研究，慎重采用；如果因陋就简，总是不很有利于国语文前途的。”

6月10日，《创造周报》第5号刊出闻一多的诗评《女神之地方色彩》。批评《女神》地方色彩不足，有“过于欧化的毛病”，表现在两个方面：一是内容，二是语言，《女神》夹用了可以不用的西洋文字，连用典也是西方的多。

6月24日《歌谣》周刊第24号刊出刘半农辑录的《江阴船歌》共二十篇，其中五篇收入《瓦釜集》，原文和注释略有改动。这些船歌系刘半农1919年8月在家乡江阴抄录整理的。

7月，陆志韦的诗集《渡河》由亚东图书馆出版，收录《航海归来》《自负》等诗90首，有作者《自序》与《我的诗的躯壳》一文。作者有《自序》中说：“象我分析毫厘，甚至于吹毛求疵的人，无端要用感情的面目同世人相见，非但我的朋辈知交要闻而惊怪，也是我自己一二年前所梦想不到的。然而

---

① 李金发：《从周作人谈到“文人无行”》，《异国情调》，上海：商务印书馆，1941年，第34页。

我信我的白话诗不是毫无价值。其中有用做旧诗的手段所说不出来的话，又有现代做新诗而迎合一时心理的人所不屑说不敢说的话。”“所以我的做诗，不是职业，乃是极自由的工作。非但古人不能压制我，时人也不能威吓我。……我的诗必不能见好于现代的任何一派。已经有人评我是不中不西，非新非旧。然而我所以发表这本小册子，就为他一时不能见好于人。”

［**扩展**］余少年时写《渡河集》亦不自量力，押韵之处，国音，平水音，浙音，如野藤蔓草，纠缠不可名状。①

［**扩展**］第一个有意实验种种体制，想创新格律的，是陆志韦氏。他的《渡河》问世在十二年七月。他相信长短句是最能表情的做诗的利器；他主张舍平仄而采抑扬，主张“有节奏的自由诗”和“无韵体”。那时《国音新诗韵》还没出，他根据王璞氏的《京音字汇》，将北平音并为二十三韵。这种努力其实值得钦敬，他的诗也别有一种清淡风味；但也许时候不好吧，却被人忽略过去。②

9月，闻一多的诗集《红烛》由上海泰东图书局出版。

10月26日，《时事新报·学灯》“通讯”栏刊出记者致王以仁的信：“学灯决定对于新诗起一种甄别运动，因为新诗太滥了。吴稚晖先生新发明了一个‘白话打油诗’的名词，不妨即用这个名词来代表目下对于文学毫无学养而开口胡诌的新诗罢。”

11月4日，《歌谣》周刊第31号刊出周作人《歌谣与方言调查》一文，文章认为国语还未成熟，中国语体文的语汇太贫弱，除采用古文及外来语外，“采用方言也是同样重要的事情。”

12月1日，《中国青年》第7期刊发邓中夏《新诗人的棒喝》，文章批评了一些诗人脱离社会现实的浮夸风气。

12月5日，平民教育家陶知行回复胡自华信，主要内容是内地是否用土语教平民读书，陶行知是这样回答的：“先生问内地教平民千字课用国语还是用土语。内地有两种：一是说普通语的内地，一是说土语的内地，我们徽州六县简直是六国，说的话至少有六种土语，在徽州这种情形之下，除用土语教别无

① 陆志韦：《白话诗用韵管见》，《燕园集》，自印，1940年，第7页。

② 朱自清：《中国新文学大系·诗集·导言》，第6页。

办法。”①

12月17日，《歌谣纪念增刊》刊出何植三的《歌谣与新诗》一文，论文从真情流露层面探讨了诗与歌谣的关系，“我们研究歌谣，从文艺方面立论，当有很大的意义，尤其可以给诗人不少的参考和启示；不论什么样的文学作品，其形式虽不同——如诗歌散文戏剧以及其他——其间总有一个共同性质；文学原是感情的产物”，“歌谣与诗的共同性质：即是真情的流露，艺术的深刻”。

12月2日，《歌谣》周刊第35期刊出沈兼士《今后研究方言新趋势》一文，文章认为：“歌谣是一种方言的文学。……研究方言可以说是研究歌谣的第一步基础工夫。”

12月9日，《歌谣》周刊第36期刊出何植三《搜集歌谣的附带收获》，文章称搜集歌谣的目的一是为文艺，一是为民俗；其中从文艺的目的来看，既是研究诗史的参考，又可为新诗提供根据。

1924年（中华民国十三年）

1月，中国国民党第一次全国代表大会在广州举行，孙中山主持大会，并制定联俄、联共、扶助农工三大政策，重新解释三民主义，国共合作的统一战线正式建立。

4月，印度诗人泰戈尔来华访问，在北京、南京、上海等地讲学。

9月，第二次直奉战争爆发。

10月，直奉战争期间，直系第三军军长冯玉祥率部回京，包围总统府，囚禁曹锟，组织国民军，呼吁召开和平大会，并通电请孙中山北上，史称“北京政变”。

11月，《语丝》周刊在北京创刊，孙伏园、周作人等编辑。

12月，《京报副刊》在北京创刊，孙伏园主编；《现代评论》周刊在北京创刊，王世杰主编，主要撰稿人有胡适、陈西滢、徐志摩等。

1月26日，《晨报副刊》刊出志摩的诗《一条金色的光痕（硖石土白）》，有序，其中有这样一段话：“悲观是时代的时髦；怀疑是知识阶级的护照。我们宁可把人类看作一堆自私的肉欲，把人道贬入兽道，把宇宙看作一团的黑

---

① 陶行知：《行知书信集》，合肥：安徽人民出版社，1981年，第66页。

气，把天良与德性认做作伪与梦呓，把高尚的精神析成心理分析的动机……但我却也相信这愁云与惨雾并不是永久没有散开的日子，温暖的阳光也不是永远辞别了人间；真的，也许就在大雨泻的时候，你要是有耐心站在广场上望时，西边的云罅里也已经分明的透露着金色的光痕了！下面一首诗里的实事，有人看来也许便是一条金色的光痕——除了血色的一堆自私的肉欲，人们并不是没有更高尚的元素了！”

按：全诗主要是土白诗，前面有一诗节共七行用蓝青官话写成，带有介绍性质。徐志摩后来在《志摩的诗》再版中将这一诗节删除，变成纯土白诗。

［**扩展**］最近徐志摩先生的诗集里有一篇《一条金色的光痕》，是用硖石的土白作的，在今日的活文学中，要算是最成功的尝试。①

［**扩展**］徐志摩先生的诗和散文虽然繁密，“浓得化不开”，他却有意做白话。他竭力在摹效北平的口吻，有时是成功的，如《志摩的诗》中《太平景象》一诗。又如《金色的光痕》，摹效他家乡硖石的口吻，也是成功的。他的好处在那股活劲儿。有意用一个地方的活语言来做诗做文，他算是我们第一个人；至于他的情思不能为一般民众所了解，那是另一个问题，姑且不论。②

1 月，国语统一筹备会修改读音统一会所定的“国音”，改为以北京语音为标准音，俗称“新国音”。

按：1913 年所定的“国音”采取双重标准，南北兼顾，成为“一种没有人说的语言”。1921 年，黎锦熙主张把北京声调定为标准，提议废止国音中的入声。

本月，北京大学研究所国学门成立了“方言调查会”，是我国运用现代语言学方法调查汉语方言的第一个学术团体；当时的方言调查工作是和民间歌谣的研究联系在一起的。

按：当时研究方言，出于两个目的，一是与普通话比较，在比较中产生标

① 胡适：《〈吴歌甲集〉序》，《京报·国语周刊》第 17 期，1925 年 10 月。

② 朱自清：《论白话——读〈南北极〉与〈小彼得〉的感想》，《清华周刊》第 38 卷 4 期，1932 年 10 月。

准语；二是矫正方音，教授国语，需明白各地方音之差别。①

> ［**扩展**］汉语方言调查所提供的知识，对于了解古代文学作品和民间文学、地方戏曲以至部分现代作家的作品多少都会有帮助。众所周知，古今文学作品中掺杂方言口语的成分是屡见不鲜的。作家为了使作品更接近民间口语，更有生活气息，适当地运用一点群众喜闻乐见的方言土语成分，以达到增强作品表现力的目的，是无可非议的，它同滥用方言土语的不良倾向不能等同视之。鲁迅作品中用了一点浙江一带的吴语词汇，老舍作品中较多富有北京口语色彩的词语，便是明显的例子。……至于民间文学作品中的方言词语，那就更多了。适当了解一点方言的知识，作点方言调查，对于发掘和整理民间文学，并不是无补的。②

3 月，刘大白诗集《旧梦》由商务印书馆出版，列入《文学研究会丛书》之一，收录诗作甚多。前有《旧梦卷头自题》，周作人《序》、陈望道《序》、玄庐《题旧梦和旧梦以外》《旧梦付印自记》。周作人在《序》中称对此诗集特别感兴趣是其中的地方主义、乡土气味。

4 月 6 日，《歌谣》周刊第 49 号刊出董作宾《为方言进一解》，对“方言”的定义是“一国内各地方不同的语言，它的声音可以用音标表现出来，它的意义，一部分可以借汉字表现出来。”

按：学术界对方言的定义具有时代的变迁性，以上是 1920 年代的定义，现在通行的是这样的概念：“一种语言的地方变体。在语音、词汇、语法上各有其特点，是语言分化的结果。”③

本年，《学衡》第 32 期刊出曹慕管《论文学新旧之异》，从新学堂教育机制与青年学生所受教育出发，论证白话新诗之所以发生的内在原因，其立场是反对白话新诗。

11 月 25 日，《晨报 · 文学旬刊》刊出徐志摩（署名志摩）的诗《盖上几张油纸并序》。

---

① 参见《北京大学研究所国学门方言调查会成立纪事》，《晨报副刊》1924 年 2 月 12 日。

② 詹伯慧主编：《汉语方言及方言调查》，武汉：湖北教育出版社，1991 年，第 16—17 页。

③ 参见《辞海》，上海：上海辞书出版社，1979 年，第 3534 页。

1925 年（**中华民国十四年**）

2 月，《世界日报》在北京创刊，成舍我主编。

4 月，章士钊以司法总长兼教育总长身份，发表谈话“整顿学风”。章士钊曾与北京女子师大校长杨荫榆策划镇压女师大风潮。

5 月，上海工人学生举行示威游行，遭英国巡捕开枪屠杀，造成“五卅惨案”。

7 月，章士钊在北京重办《甲寅》周刊。

10 月，《晨报副刊》转由徐志摩主编，从此成为现代评论派的重要阵地。

12 月，段祺瑞改组国务院，教育总长章士钊辞职，易培基接任。

1 月 15 日，《晨报·文学旬刊》刊出徐志摩的诗《残诗一首》，后收入中华书局版《志摩的诗》时改题名为《残诗》。

2 月 21 日，《京报副刊》刊出刘半农《拟拟曲——1924 年 10 月 25 日，北京的两个车夫》，系京语诗。

3 月 30 日，《语丝》周刊第 20 期刊出刘复从巴黎写给周作人的《巴黎通信》。据信中称：“我出国后做的诗，大都已抄给你看了。没抄的是 1921 年做的方言诗歌数十首（仿江阴‘四句头山歌’），和 1923 年做的疯人的诗数十首，并 1922 年译的《十二个》。这些都只能回国后整理完了给你看。1923 年做的《看井》，我当作早已寄出了，却不料前几天才发现，夹在一本书里，今寄上。

去年一年可算没有做诗。有一首《面包和盐》，稿子不知道夹在那里去了。”

5 月 3 日，《歌谣》第 89 号刊出林语堂《关于中国方言的洋文论著目录》，文章指出近数十年最早对中国方言进行搜集与研究的，当属西洋教士。体现在两个方面，一是用各地方言翻译白话圣经；一是专为科学兴趣而展开的研究工作。文章进一步指出西洋传教士的这种搜集与研究“能用平正的眼光，绝无轻视土话的态度，以记录土语，土腔，说起来或者比我们中国人所著的许多方言考还有价值。”

5 月，臧亦蘧的诗集《弦响》由北京英华教育用品公司出版。收录《穿黄衣的警察》《夜过女师门外》《哀悼孙中山先生》《它是我最后的情人》等诗作 99 首。

> [**扩展**] 我第一次写新诗的时候，还不清楚什么是新诗。技巧、形式、主题连这些名词都很陌生，不必说它们的含义了。写，是为了好玩，为了受一位如果说是族叔不如说是朋友的“一石”（他的笔名）的怂恿和鼓舞。今天我可以这么说，我不遇见他，也许一辈子“遇”不见新诗。他是一个怪人，一个疯人，一个诗人。他写了十年的诗，然而十年的心血却是一张白纸！他在北平读书的时节，辛辛劳劳的把吃饭的钱硬省下来印书，自己宁肯叫肚皮挨饿，这样，他快乐，他安慰。……他“封”自己为中国一等诗人，和徐志摩、闻一多、郭沫若……并肩而立毫无愧色。他还不满足于此，他更想冲破国界，爬上世界的诗坛。他说，他有一个独特的风格：用土语白描。在当时，有悖于诗坛的风气，如果拿到现在来，也许被大家惊叹为新风格与民间气息呢。谁叫他早写了十五年？①

按：臧亦蘧（1903—1946），山东诸城人，臧克家的族叔，别号与笔名为“一石”。他幼时在家乡读私塾，1919 年去济南上高中，1922 年考入北平中国大学预科班学习，两年后辍学。经常写新诗，与臧克家、王统照关系密切，先后出版新诗集《弦响》（1925 年，北京英华教育用品公司）、《霜》（1931 年，自印）、《碎鞋诗集》（1932 年，自印）等，1991 年由臧克家编选出版《一石诗选》，是一个长期被白话新诗史所遗忘的诗人。

6 月 14 日，《国语周创》创刊，创刊号刊出钱玄同的《发刊词》，文章称：“我们相信这几年来的国语运动是中华民族起死回生的一味圣药，因为有了国语，全国国民才能彼此互通情愫，教育才能普及，人们底情感思想才能自由表达。”“唤醒民众，必须用民众的活语言和文艺，才能使他们真切地了解。”

7 月 5 日，《京报 · 国语周刊》第 4 期刊出钱玄同《通信》，文章称“配得上称为国语的只有两种：一种是民众底巧妙的圆熟的活语言，一种是天才底自由的生动的白话文”。这两者之间的关系为前者是后者的基础，活语言是国语得以成立的基础。

7 月 12 日，《京报 · 国语周刊》第 5 期刊出沈从文用湘西方言（镇筸土语）所作的歌谣体新诗《乡间的夏》，系一组长诗。

8 月，徐志摩的诗集《志摩的诗》出版，中华书局代印，线装本，收录《我有一个恋爱》等诗 55 首。此为作者第一部诗集，1928 年 8 月由新月书店

---

① 臧克家：《我的诗生活》，上海：读书出版社，1946 年，第 8—9 页。

重排出版。

［**扩展**］《志摩的诗》出版了，这本诗约略可以分成五类：散文诗、平民风格的诗、哲理诗、情诗、杂诗。……徐君的平民风格的诗自然是学的吉卜林（Kipling）的乖了。这些诗里面，除去几首胡适博士式的人力车诗不值得我们去讨论以外，另外都是些很有趣味的尝试。拿军营生活作题材的有《太平景象》，拿乡村生活作题材的有《一条金光的光痕》，拿爬穷生活作题材的有《一小幅的穷乐图》，还有《卡尔佛里》，用这种文体来写耶稣的就刑，《残诗》用这种文体来写清宫的封闭。另外有《盖上几张油纸》一首诗，虽是用的平民生活作题材，但却不是用的土白体写出来的。这些诗里虽然还没有完全成功的作品，但《盖上几张油纸》一诗的情调同《卡尔佛里》一诗的艺术也就卓尔不凡了。徐君的这些诗有两点特别的地方，一是取材平民的生活，一是采用土白的文体。取材平民生活的诗我们中国是早已有了，如《孤儿行》就是一个极好的例子；不过拿土白来作诗，在我们中国，除了民歌不能算数以外，倒是没有看见一个诗人这样作过。这种土白诗，在美国说来，吉卜林其实也不是创始的人，以前的淡尼生白朗宁就都作过这种诗，更早还有白恩士（Burns），那是顶有名的了。……徐君艺术上的第一个缺点要算土音入韵，这种用土音入韵的例子俯拾即是，实在数不胜数……徐君作土白诗作得太滑溜，不知不觉的也就拿土音来押韵了。①

［**扩展**］我想起的两种新诗代表作品是郭沫若先生的《女神》，和徐志摩先生的《志摩的诗》。《女神》很早就出版，《志摩的诗》去年秋印成单行本，放在一块几乎就可以包括了新诗的变迁。……《女神》里的诗几乎全是自由诗，很少体制的尝试。《志摩的诗》几乎全是体制的输入和试验。……他的平民风格的诗，尤其是土白诗，音节就很悦耳。②

按：1930 年代朱自清在清华大学讲授《中国新文学研究纲要》时，《志摩的诗》也是重点之一，占有较大的篇幅。朱自清在纲要中将徐志摩与闻一多的

① 朱湘：《评徐君〈志摩的诗〉》，《小说月报》第 17 卷第 1 号，1926 年 1 月。

② 陈西滢：《新文学运动以来的十部著作（下）》，《西滢闲话》，上海：新月书店，1928 年，第 341—343 页。

诗并列，其中徐志摩以《志摩的诗》为主，一共分为九个方面进行论述，分别是“爱与死”“灰色的人生”“理想与失望”“自然与儿童”“同情”“怀古”“许多韵体上的尝试”“土白诗”“想象，表现，与音乐”，其中“土白诗”是其中特色之一。①

8 月 30 日，《京报·国语周刊》第 12 期刊出狄舟《驳瞿宣颖君“文体说”》，文章称：“各地的土词方音，我们也极欢迎新文学家采用他，让他藉文学的势力而在国语中占得地盘，使国语一天一天地丰富起来。”

9 月 6 日，《京报·国语周刊》第 13 期，刊载一组《关于国语与方言》的文章，分别是周作人的《理想的国语》、俞平伯与钱玄同的《吴歌甲集序》。周作人一文认为“我们所要的是一种国语，以白话（口语）为基本，加入古文（词及成语，并不是成段的文章）方言及外来语，组织适宜，具有论理之精密与艺术之美。”俞平伯文章则认为“我有一信念，凡是真的文学，不但要使用活的言语来表现它，并应当采用真的活人的话语。……方言文学的存在——无论过去，现在，将来——我们决不能闭眼否认的，即使有人真厌恶它。”钱玄同在文章中则称：“方言底本身，它是一种独立的语言；方言文学的本身，它是一种独立的文学；它们的价值，是国语跟国语文学同等”，“总而言之，统而言之，我对于方言文学是极热烈的欢迎它的”。

9 月 20 日，《京报·国语周刊》第 15 期刊出沈从文用镇筸土语所作的歌谣体新诗《镇筸的歌》《初恋》。

9 月 26 日，刘半农、黎锦熙、钱玄同、林语堂、汪怡在赵元任家中聚会，由刘半农发起成立“数人会”，商定每月聚餐一次，讨论有关方言和语音问题。该会经过一年中 22 次聚会，议定了《国语罗马字拼音法式》。

9 月 28 日，《语丝》周刊第 46 期刊出刘半农《拟拟曲》京语诗。

10 月 4 日，《京报·国语周刊》第 17 期刊出胡适《〈吴歌甲集〉序》，胡适承认：“老实说罢，国语不过是最优胜的一种方言；今日的国语文学在多少年前都不过是方言的文学。正因为当时的人用方言作文学，敢用方言作文学，所以一千多年之中积下了不少的活文学，其中那最有普遍性的部分逐渐被公认为国语文学的基础。我们自然不应该仅仅抱着这一点历史上遗传下来的基础就满足了。国语的文学从方言的文学里出来，仍要向方言的文学里去寻他的新材料，新血液，新生命。”“最近徐志摩先生的诗集里有一篇《一条金色的光

① 朱自清：《中国新文学研究纲要》，《文艺论丛》第 14 辑，上海：上海文艺出版社，1982 年。

痕》，是用硖石的土白作的，在今日的活文学中，要算是最成功的尝试。……这是吴语的一个分支；凡懂得吴语的，都可以领略这诗里的神气。这是真正白话，这是真正活的语言。”

按：胡适在此文中，认为京语、吴语、粤语这三种方言文学影响最大。这一观念当然也是沿袭前人之说。

11 月，李金发的诗集《微雨》由北新书局出版，为“新潮社文艺丛书”之八，收录《弃妇》《里昂车中》等诗 100 首，附译诗 8 首，书前有作者《导言》。

［**扩展**］他的诗不缺乏想象力，但不知是创造新语言的心太切，还是母舌太生疏，句法过分欧化，教人像读着翻译；又夹杂着些文言里的叹词语助词，更加不像。①

12 月，张我军的诗集《乱都之恋》在台湾出版，由台湾民报各地批发处代售，收录《对月狂歌》等诗作 55 首，前有作者《序》。

1926 年（中华民国十五年）

1 月，在中国共产党和国民党左派的主持下，国民党第二次全国代表大会在广州召开。

3 月，北京各界群众天安门集会，抗议帝国主义侵犯我国主权的罪行，并赴段祺瑞执政府请愿，遭到残酷镇压，死伤 200 多人，造成“三・一八”惨案。

本月，蒋介石制造反革命的“中山舰事件”。

4 月，段祺瑞执政府被国民军驱逐倒台，直奉联军控制北京政权。

5 月，毛泽东主办的第六届全国农民运动讲习所在广州开学。

6 月，广州国民政府军事委员会任命蒋介石为北伐军总司令，准备北伐。次月正式出师北伐。

10 月，北伐军攻克武昌，北伐取得胜利。

1 月 3 日，《申报》刊出陈启天的《国家主义与国语运动》，文章指出“方

① 朱自清：《中国新文学大系・诗集・导言》，第 7—8 页。

言复杂，是中国统一的一个大障碍，国语运动的主要目的在免除这个障碍，另外造成一种统一的语言，使全国的人个个便于交谈，不因语言而发生隔膜。这种目的完全是国家主义的目的‘内求统一’相合，内求统一是个大目的，统一语言的目的，是从这个大目的的推演到特殊事项的一个小目的。”

1月10日，《小说月报》第17卷第1号刊出朱湘《评徐君〈志摩的诗〉》，朱湘在文章中把徐志摩写底层生活的诗归入“平民风格的诗”，这些诗有两点特别的地方，即“一是取材平民的生活，一是采用土白的文体。”并对土白作诗、土音入韵有所批评。

1月24日，《京报副刊》刊出周作人《国语文学谈》，文章核心观点如下：一、古文与白话文都是汉文的文章语；二、不认同纯用老百姓的白话作文；三、一种国语应当有两种语体，即口语与文章语。

3月15日，《语丝》周刊第70期刊出刘复《〈扬鞭集〉自序》。

4月1日，《晨报副刊·诗镌》创刊，共出11期终刊，终刊时间为同年6月10。第1号为“三月十八日血案的专号”，刊有闻一多的文章《文艺与爱国——纪念三月十八》和饶孟侃《天安门》、杨世恩《回来啦》、蹇先艾《回去》、闻一多《欺负着了》、志摩《梅雪争春》、刘梦苇《寄语死者》、于赓虞《不要闪开你明媚的双眼》等诗及朱湘的诗评《尝试集》，徐志摩在《诗刊弁言》中称：“要把创格的新诗当一件认真事情做。”“我们信我们自身灵性里以及周遭空气里多的是要求投胎的思想的灵魂，我们的责任是替它们搏造适当的躯壳，这就是诗文与各种美术的新格式与新音节的发见；我们信完美的形体是完美的精神唯一的表现”。

［**扩展**］《诗刊》谅已见到。北京之为诗者多矣！而余独有取于此数子者，皆以其注意形式，渐纳诗于艺术之轨。余之所谓形式者，form 也，而形式之最要部分为音节。①

［**扩展**］蹇先艾的《回去!》以“遵义土白”为副题，系用贵州遵义土白写成，全诗一共六节，每节四行。这首诗发表时后面还有方言词汇的“注”，一共八个，即“年生：年头；稿些啥子：做些什么；麻利点儿：快些；一帕啦：一群人；亥：还；兜：都；争回：这次；不欠：不惦记”。

① 系闻一多1926年4月15日致梁实秋、熊佛西信，引自《闻一多全集》(3)，朱自清等编，上海：开明书店，1948年，第41页。

开头两节是这样的："哥哥，走，收拾铺盖赶紧回去！/这乱糟糟的年生做人才难！/想计设方跑起来稿些啥子？/我们不是因为活得不耐烦。//哥哥，你麻俐点儿来看画报：/哎！这一帕啦整得来多惨道！/男人们精打光的滋牙瓣齿，/女客们只剩下破裤子一条。"此诗手法与徐志摩《一道金光的光痕》相仿。

［**扩展**］"我想如以《晨报》附刊的《诗镌》的出版（民国十五年四月）做一个关键将这十几年的新诗史分为前后两期，则段落最为显明，因为前期的新诗大都受胡适之的影响，后期则受《诗镌》的影响。"相比较之下，也有几个异点：一，前期的诗多说理写景，后期多抒情叙事；二，前期的诗受旧诗的影响多，后期的诗受西洋诗的影响多；三，前期多"自由体"，后期形式整齐，注意音节；四，前期小诗流行，后期长诗发达；五，前期的诗"清楚明白"，后期的较"朦胧"。①

4月5日，《语丝》周刊第73期刊出刘半农《重印〈何典〉序》，文章称："吴稚晖老先生屡次三番说，他做文章，乃是在小书摊上看见了一部小书得了个诀：这小书名叫《岂有此理》，书中开场两句，便是'放屁放屁，真正岂有此理！……于是我乃悉心静气，将此书一气读完。读完了将书中的笔墨与吴老丈的笔墨相比，是真一丝不差，驴头恰对马嘴。""一层是此书中善用俚言土语，甚至极土极粗的字眼，也全不避忌；在看的人却并不觉得它蠢俗讨厌，反觉得别有风趣。在吴文中，也恰恰是如此。""我今将此书标点重印，并将书中所用俚语标出又略加校注，以便读者。事毕。将我意略略写出。"

4月10日，《晨报副刊》刊出朱湘的诗评《郭君沫若的诗》。

4月19日，《语丝》周刊第75期刊出刘复《〈瓦釜集〉代自叙》。

4月22日，《晨报副刊·诗镌》第4号刊出饶孟侃的诗论《新诗的音节》。

4月24日，《晨报副刊》刊出朱湘的论文《我的读诗会》。文章称："我国的新诗，它如今正在胚胎的时期中。'工欲善其事，必先利其器'，所以现在的新诗应当特别用力在音节与外形两者之上，庶几可以造成一种完善的工具；完善的工具造成之后，新诗的兴盛才有希望。如今在新诗上努力的人，注意到音节的也不少。但是这些致力于音节的人怎样才能知道他们的某种音节上的试验是成功了，可以继续努力，某种音节上的努力是失败了，应当停止进行呢？读

① 余冠英：《新诗的前后两期》，《文学月刊》第2卷3期，1932年2月。

诗会！读诗会便是解决这个问题的方法。”

> ［**扩展**］不久以后，我却听见他的诵读了。他是用旧戏里丑角的某种道白的调子（我说不清这种调子什么戏里有）读的；那是一种很爽脆的然而很短促的调子。他读了自己的两首诗，都用的这种调子。①

按：在朱自清看来，朱湘诵读诗歌的调子，比较单调，不适合推广。

4 月，刘复（即刘半农）的诗集《瓦釜集》由北新书局出版。收《郎想姐来姐想郎》《摇一程来撑一程》《小小里横河一条带》等民歌体诗作 22 首，其中绝大部分均是 1920 年到 1921 年这两年中所作；每一首下面有若干对字词的读音、意义、谚语等方面的注解。比如第三歌（情歌）《郎想姐来姐想郎》便有以下注释：来，转语助词，其作用略同而字。勒浪 = 在（彼）。凡一片场一片地之片，均平读；一片纸一片面包之片，仍去读。仔 = 着。油火虫，或叠虫字，萤也。书前有周作人用绍兴方言作《题半农〈瓦釜集〉序歌》与作者《代自序》，书后有《后语》，并附周作人《中国民歌的价值》一文。

按：刘半农在《代自序》中言及做方言诗的缘由，是一年前读了戴季陶先生的诗《阿们》，和某君的《女工之歌》。并进而认为“我们要说谁某的话，就非用谁某的真实的语言与声调不可”。改文言为白话，已招非议，再改为用方言，肯定更是如此，这是刘半农的自知之明。原文于 1921 年 5 月 20 日作于伦敦，诗集也是那时编成，出版延缓了几年。

值得关注的还有周作人用绍兴方言写的序歌《题半农瓦釜集》，也可以说与刘半农的方言诗相映衬，序歌如下：“半农哥呀半农哥，/诺真唱得好山歌，/一唱唱得十来首，/诺格本事直头大。/我是个弗出山格水手，/同撑船人客差弗多，/头脑好唱鹦哥调，/我是只会听来弗会和。/我弗想同偌来扳子眼，/也用弗著我来吹法螺，/今朝轮到我做一篇小序，/岂不是坑死俺也么哥！/——倘若偌一定要我话一句，/我只好连连点头说‘好个，好个！’”

刘半农在《后语》中也回忆了当初创作的情形：“这一本小唱本出世，我在感谢替我看稿子的周启明先生之外，还有两个最亲爱的朋友，也应当致谢：一，是我妻蕙英夫人，我稿子里，有好多处在方言上不甚妥洽的，是她指正修改的；二，是我的女儿小蕙，我每做成一歌，便唱给她听，她总问，‘这是真的？是假的？’而且要求我接续着唱，不许停歇——没有这简单而有力的鼓励，

① 朱自清：《唱新诗等等》，《语丝》第 154 期，1927 年 10 月。

亦许这书竟做不成。”

［**扩展**］《瓦釜集》里的第七歌，魏猛克曾绘为连环图画，在《申报》刊登过，使他的民歌更能普遍的传布。可惜还不曾有人将他的歌配谱。说来可叹，这本书竟不曾再版，与他自己的《国外民歌译》以及知堂老人的《陀螺》遭受了同样的命运。但这里面确有许多好的拟江阴山歌，尤其是四句头的情歌。……别说是歌，这只有这一点方法，他可以使得他成为第一个用方言来写新诗的中国 Robert Burnss 了。①

［**扩展**］《瓦釜集》的前半据说是你用江阴方言做成的诗歌，后半《手攀杨柳望情哥词》，据说是你从舟夫口里写下来的。总之不管三七廿一，《瓦釜集》既是由你出名在印售，我读后要拍马屁，实只有你是罪有应得。原由如下：第一是你太不顾大学教授的身分，你公然写出印出这一大批不道德的淫词；第二是你故意提倡赤化，故意激动那些生就贱骨头的劳动者，去反抗那些神圣的残废式的资产阶级；第三是你有维持“打老婆的旧礼教”的功劳。至于除以上闲言之外，则“1. 你是在中国文学上用方言俚调作诗歌的第一人，同时也是第一个成功者。2. 你在江阴方言与‘四句头山歌’两重限制之下，而能很自如的写一些使人心动的情歌，使人苦笑的滑稽歌，使人不忍卒读的女工歌，使人潇然神往的车夜水歌，你的颇大的文艺天才，使我不得不承认是一个‘诗人’。3. 你集中最使我念了又念，念念不忘的是下面一些美的诗句……”②

5 月 6 日，《晨报副刊 · 诗镌》第 6 号刊出沈从文（署名小兵）的诗《还愿——拟楚辞之一》。

5 月 13 日，《晨报副刊 · 诗镌》第 7 号刊出闻一多的诗论《诗的格律》。

5 月 20 日，《晨报副刊 · 诗镌》第 8 号刊出饶孟侃的诗论《新诗话（一）土白入诗》，全文是总结当时同仁的音节尝试，对土白入诗是毫无保留地支持。核心内容有以下几点：一、土白诗在新诗里要占独立的位置；二、有些情绪与内容，非土白诗不能表现；三、土白诗最难做，是真诗人的检验标准；四、土

---

① 赵景深：《刘复诗歌三种〈扬鞭集〉中卷——〈瓦釜集〉——〈国外民歌译〉》，《人间世》第 1 卷第 10 期，1934 年 8 月。

② 渠门：《读〈瓦釜集〉以后捧半农先生》，《北新》周刊第 9 期，1926 年 10 月。

白诗既有纯土白诗，也有夹杂土白写成的诗。

6月3日，《晨报副刊·诗镌》第10号刊出徐志摩（署名南湖）的诗《大帅》（战歌之一）、《人变兽》（战歌之二）、《拿回吧，劳驾，先生》等诗。

6月，刘半农的诗集《扬鞭集》上卷由北新书局出版，书前有周作人《序》和作者《自序》。收录1917年到1920年创作的诗歌46首，如《相隔一层纸》《题小蕙周岁日造象》《学徒苦》《沸热》《拟儿歌（用江阴方言）》《铁匠》《三十初度》《教我如何不想她》等。周作人在《序》中说：半农“十年来只做诗，进境很是明了，这因为半农驾御得住口语，所以有这样的成功，大家只须看《扬鞭集》便可以知道这个情实。天下多诗人，我不想来肆口抑扬，不过就我所熟知的《新青年》时代的新诗作家说来，上边所说的话我相信是大抵确实的了。”刘半农则在《自序》中称：“我在诗的体裁上是最会翻新鲜花样的。当初的无韵诗，散文诗，后来的用方言拟民歌，拟‘拟曲’，都是我首先尝试。”

［**扩展**］“大约《扬鞭集》的诗可分为三类。第一类接着‘五四’以来的径路发展，用的是旧式诗词的音节，但排斥了富丽的词藻，略去了琐细的描写，而以淡素质朴之笔出之。……第二类完全采用方言。……他用江阴方言所拟的山歌、儿歌、用北京方言所作的人力车夫对话，无一不生动佳妙。……用北京方言发表在《新青年》上的则有《车毯》《隔着一层窗纸》等，《扬鞭集》则有《面包与盐》《拟拟曲》等等”。第三类为创作的新诗。“惟有第二类作品似乎是刘半农有意的试验，也是他最大的收获，因为言语学者不一定是诗人，诗人也未必即为言语学者，半农先生竟兼具这两项资格，又他对于老百姓粗野，天真，康健，淳朴的性格体会入微，所以能做到韩干画马神形俱化的地步。中国三千年文学史上拟民歌儿歌而能如此成功的，除了半农先生，我想找不出第二人了吧？”①

按：当时对刘半农方言诗创作大加赞扬的，非沈从文莫属。沈从文认为刘半农用江阴方言写方言山歌，成就是空前的。②

7月25日，《黎明》周刊第37期刊出刘大白《读〈评闻君一多的诗〉》，此文是针对朱湘在《小说月报》第17卷第5号刊出《评闻君一多的诗》所写

① 苏雪林：《〈扬鞭集〉读后感》，《人间世》第17期，1934年12月。

② 沈从文：《论刘半农〈扬鞭集〉》，《文艺月刊》第2卷第2期，1931年2月。

的辩驳文章，朱湘在文章中指责闻一多诗歌在用韵和修辞方面的缺点，并以书面上的韵为标准斥责闻一多用错了韵。刘大白则相反，认为："咱们要反对在纸面上已经死去了的死诗韵，咱们要用那活在口头上的活诗韵。在这个条件之下，自然最好用国音的韵。但是各处方音的韵，只消现在活在口头上的，也不能一律禁止。咱们如果搜集起民歌来，他们所用的韵，差不多大多数是方音的。咱们不承认民歌是现代的活诗篇便罢；要是承认的话，那么，用韵的条件便不能太严。所以咱们用韵的条件，只是要用现代的活诗韵，便是最好国音韵，其次方音韵。"而且，在刘大白看来，朱湘自己的诗也有押土音韵的。

10 月 30 日，《现代评论》第 4 卷第 99 期刊出浩徐的论文《新诗和读诗》。文章指出"我以为对于白话诗的不满意多半是由于读诗读法的不同。许多不赞成白话诗的人，也许是不知道读中国旧诗和读现今新诗两种读法的差异。假使能够用读新诗的读法去读新诗，也许他们的不满意可以消除一大半。"

10 月，刘半农的诗集《扬鞭集》中卷由北新书局出版，收 1921 年到 1925 年创作的诗歌 62 首（组）。与上卷相比，仿作山歌与方言诗歌更为突出。典型的用江阴方言拟作的诗歌有《山歌（用江阴方言）》九首（每首下面均有对字词读音与意思的注释）、《拟儿歌（用江阴方言）》四首、《秧歌》，以及用京语写的方言诗歌《面包与盐》《拟拟曲》二首等。

12 月，沈从文根据表弟印桂远收集来的山歌，在北京租住屋窄而霉小斋整理完成《箪人谣曲》，并在同年 12 月 27 日、29 日《晨报副刊》上以《谣曲选录》为名选刊过其中的一部分。其中一些山歌在他以后创作的《雨后》《萧萧》《长河》等小说中曾多次引用。

1927 年（中华民国十六年）

1 月，国民政府定武汉为首都。

4 月，蒋介石发动"四·一二"反革命政变，捕杀共产党员和革命群众。

8 月，在周恩来等领导下，国民革命军举行南昌起义。

9 月，国民党宁、沪、汉三方代表在南京召开国民党中央执监委员临时联席会议，成立国民党中央特别委员会。

同月，贺龙、叶挺的南昌起义部队到达汀州；毛泽东发动秋收武装起义，后率部队赴井冈山开辟革命根据地。

10 月，《语丝》周刊出到 154 期，被张作霖查禁，后由鲁迅在上海接编。

同月，大学院成立，蔡元培任院长。

4月15日、16日《大公报》刊出周作人《死文学与活文学》，认为“古文是死的，白话文是活的，是从比较来的。不见得古文都是死的，也有活的；不见得白话文都是活的，也有死的。”“国语古文得拿平等的眼光看他，不能断定所有古文都是死的，所有的白话文都是活的。白居易的诗，人人都说他好，好不好和文体没有多大关系，不过他自己写出来，人人都能了解。国语古文的区别，不是好不好死不死的问题，乃是便不便的问题。”“国语比较古文是发表意见的最新方法，最新利器。”

9月，徐志摩诗集《翡冷翠的一夜》由上海新月书店出版，共收录《翡冷翠的一夜》《再休怪我的脸沉》《大帅》（战歌之一）、《人变兽》（战歌之二）、《这年头活着不易》《庐山石工歌》《罪与罚》（一）（二）等兼顾创作与翻译等诗作43首，分为两辑编辑。

［**扩展**］再说用韵。不管是土白诗也好，国语诗也好，作者既然用了韵，这韵就得照规矩用。真的规矩极其简单，这规矩就是：作那种土白诗用那种土白韵，作国语诗用国语韵。徐君一面“压根儿”“这年头儿”的在那里像煞有介事的不单是作国语诗简直是作京兆土白诗了，但是作到一行的尽头，看官免不了打寒噤，因为在那里徐君用的是硖石土白韵。

真能像刘半农那样作一本不愧为土白文学的《瓦釜集》，我们是要很欢迎的。我个人以前曾经作文介绍过鲁迅的《呐喊》，以前曾经作文介绍过杨晦的戏剧，便是想提醒大家对地方文学与土白文学的注意，要作“压根儿”的京兆土白诗在外国饭店的跳舞场上决作不起来，作硖石土白诗的地方也决不是花园别墅。①

10月22日，《语丝》第154期刊出朱自清（署名佩弦）《唱新诗等等》，“皮黄既与新体诗无干，因此论现在的新诗的，才都向歌谣里寻找它的源头。在近几年里，歌谣的研究，已‘附庸蔚为大国’了。但歌谣的音乐太简单，词句也不免幼稚，拿它们做新诗参考则可，拿它们做新诗的源头，或模范，我以为是不够的。说最初的诗就是歌谣，或说一切诗渊源于歌谣，是不错的。但初期的诗直接出于歌谣，后来的便各有所因，歌谣只是远祖罢了。”“现在我要说

① 朱湘：《〈翡冷翠的一夜〉》，《中书集》，上海：生活书店，1934年，第396—397页。

唱新诗。将新诗谱为乐曲，并实地去唱，据我所知，直到目下，还只有赵元任先生一人。好几年前，他的《国语留声机片课本》中，便有了新诗的乐谱”。

三、史料与编年（1928—1936）

1928 年（中华民国十七年）

1 月，创造社、太阳社与鲁迅展开关于革命文学的论争。

3 月，新月社在上海创办《新月》月刊，由徐志摩、罗隆基、梁实秋等人编辑。

4 月，蒋桂冯阎几派新军阀与北方奉系军阀爆发战争。

6 月，中国共产党第六次全国代表大会在莫斯科召开。

10 月，国民党中央执行委员会通过《训政纲领》与《中华民国政府组织法》，决定采用立法、司法、行政、考试、监察“五院制”，蒋介石任主席。

12 月，张学良等通电全国，东北易帜，承认南京国民政府。

1 月，闻一多的诗集《死水》由新月书店出版，收录《忘掉她》《死水》《天安门》等诗 28 首。

8 月，《小说月报》第 19 卷第 8 号刊出戴望舒的《雨巷》《残花的泪》《静夜》《自家伤感》《夕阳下》《Fragmehts》诗 6 首。

9 月 1 日，浦江清访朱自清，此时朱自清刚到清华大学，谈及到朱自清拟开设的“歌谣”课。

［**扩展**］至佩弦处闲谈。佩弦方治歌谣学，向周作人处借得书数种在研读。①

11 月 28 日，《民俗》第 36 期刊出朱自清《〈粤东之风〉序》，又载《粤

---

① 浦江清：《清华园日记 西行日记》（增补本），北京：生活·读书·新知三联书店，1999 年，第 13 页。

东之风》，北新书局1936年版。《粤东之风》为清华历史系学生罗香林所搜集的广东客家歌谣集，朱自清此文从引用梁实秋与刘半农的话开始，分析了民间歌谣的价值和罗香林所录歌谣的特色，认为“严格地说，我以为在文艺方面，歌谣只可以‘供诗的变迁的研究’；我们将它看作原始的诗而加衡量，是最公平的办法。……歌谣的好处却有一桩，就是率真，就是自然。这个境界，是诗里所不易有；即有，也已加过一番烹炼，与此只相近而不相同。”同时，也认为在“念”过的歌谣里，北京的和客家的，艺术上比较要精美些，“分地之中，京语，吴语，粤语的最为重要，因为这三种方言，各有其特异之处，而产生的文学也很多。”

按：京语，吴语，粤语的方言文学重要，与胡适的观点相仿。可见，这也是当时诗界对方言文学版图的普遍意见。

11月，杨骚的诗集《受难者的短曲》由上海开明书店出版，收录《受难者的短曲》《流浪儿》《归途》等诗作20首。

1929年（中华民国十八年）

1月，国民党第190次中央常务会议通过《宣传品审查条例》。

同月，教育部成立国语统一筹备委员会。

3月，蒋介石集团与桂系军阀因争夺两湖地盘开战。

10月，国民党政府“令全国军政机关，一体严密查禁”进步书刊。

同月，蒋冯军阀混战。

1月6—17日，《华北日报副刊》第3—12号刊出鸟影（冯至）的组诗《北游》。

1月10日，沈从文与胡也频、丁玲主编的《红黑》月刊问世，在《释名》一文中，编者说明刊物取名为“红黑”，是“根据于湖南湘西的一句土语”，“红黑”在湘西土话中“便是‘横直’意思，从这句‘红黑都得吃饭’的土语感到切身之感，所以我们便把这‘红黑’作为本刊的名称”。

4月，戴望舒的诗集《我底记忆》由水沫书店出版，收录《夕阳下》《我底记忆》《断指》等诗26首，分为三辑。

5月，草川未雨的诗论著作《中国新诗坛的昨日今日和明日》由海音书局出版，一共分为《新诗坛的萌芽期》《草创时期》《进步时代》《将来的趋势》四章。

6月，冯瘦菊编著的诗论集《新诗和新诗人》由大东书局出版。全书分为《中国诗和欧洲诗的分类》《新诗产生的小史》《新诗人就是平民诗人》等15章。前有作者的《引言》，他认为："新诗产生了几年了，现在是否已经达到完全成功的目的，我确实不敢下断语。不过新诗是日日向着成功的方面发展演变；这是谁都承认的。然而，我们试看看现在的一般新诗人，除了极少数的几个之外，其余大多数的新诗人，所做出来的新诗，可怜还都是粗疏薄弱的幼稚作品，与摹仿雷同的单调作品哩！这固然是因为现在的一般新诗人，都不喜欢向情感的修养，艺术的训练等等实际上用功夫；而专门向欧化日化夸奇立异等方面去努力的弊病的缘故。但是一般新进的诗人，因为缺乏了一部详论新诗详论新诗人的精密丰美的巨著，而致无所适从；或者亦是其中一个重要的原因。所以，我现在是觉得在著作这一部新诗和新诗人的必要。"

8月，刘大白《白屋文话》由上海世界书局初版，收录各类长短文章18篇，附录数则。其中刘大白在《代五千万以上的学龄儿童感谢全国教育会议》一文中宣称："什么是文言？不过两千几百年前的死鬼们所打的鬼腔罢了；什么是文言文？不过两千几百年前的死鬼们打起鬼腔说鬼话的鬼话文罢了。至于秦汉以后的鬼话文，尤其是各个时代的活死人们（在口头上说人话，在纸面上说鬼话，就是活死人）学着以前的死鬼们底鬼腔说蓝青鬼话的蓝青鬼话文（鬼腔学得不道地，以致文运一代不如一代，就是蓝青鬼话文）罢了。咱们既然是现代的活人，当然应该讲现代的人话，读现代的人话书，写现代的人话文。"

在《文腔革命和国民革命底关系》一文中认为："文腔革命，就是今话革命，也就是人话革命。所谓今话或人话，就是普通称为白话的；而普通称为文言的，实在就是古话或鬼话。……至于白话，是现在的活人们在口头上所说的话，明明是现代的活人们底人话，也可以合古话相对而称为今代的今话。一般人底传统的观念，说起文言，往往就联想到它是文雅的，是文明的，是文人所用的；而白话不过是土白，是粗鄙的，是俚俗的。于是白话起来革文言底命，要推翻文言底宝座，就好象平民起来革贵族的命，要推翻贵族的宝座，是倒行逆施的，是大逆不道的。所以要做文腔革命的工作，非先把文言文'文言'两字底头衔革掉，显出它底真面目，叫它作古话或鬼话不可。我们人是现代的，应该用今话来做工具来写文章；我们是现代的人，应该用人话作工具来写文章。于是今话起来打倒古话，人话起来打倒鬼话，便是名正言顺的今话革命人话革命。"

9月，清华大学第一学期开学，有朱自清开设的选修课"歌谣"，编有讲义《歌谣发凡》和参考资料《歌谣》。《歌谣发凡》内收《歌谣释名》《歌谣

的起源与发展》《歌谣的分类》《歌谣的结构》四章，

按：朱自清 1931 年又增写了《歌谣的历史》和《歌谣的修辞》二章，讲义更名为《中国歌谣》，1957 年 9 月由作家出版社出版。

11 月，何植三的诗集《农家的草紫》由亚东图书馆出版，收录《何尔美夫人》《农家的草紫》《小学教师员的叹息》等诗 50 首，有周作人《周序》与作者《自序》。周作人在序言中肯定了何植三诗中的“乡土气”。

11 月，刘大白的诗集《卖布谣》由开明书店出版，收《劳动节歌》《卖布谣》《割麦插禾》《田主来》等诗 22 首，分为《卖布谣之群》与《新禽言之群》两辑。此一诗集系由刘大白第一部诗集《旧梦》中析出一部分，重新变更名称出版。

［**扩展**］善于以生动的口语入诗，诗句洗炼而又通俗明白，节奏明快，质朴平淡中包含着热烈激昂的感情，这是《卖布谣》等诗又一鲜明的艺术特色。《卖布谣》、《挂挂红灯》等诗以四言句为主，显得质朴自然；《收成好》、《田主来》用生动的口语写对话，显得生动活泼。这种富有民歌风味的土腔土调，对于充斥洋腔洋调的五四时期的新诗坛来说，无疑是一般新鲜的气息。①

1930 **年（中华民国十九年）**

1 月，《中学生》月刊在上海创刊，夏丏尊、叶圣陶主编，开明书店出版。

3 月，中国左翼作家联盟在上海成立。在“左联”领导下开展文艺大众化、通俗化的讨论。

4 月，阎锡山、冯玉祥、李宗仁联合反蒋，军阀混战开始。至同年 11 月结束，蒋介石取得胜利。

6 月，在国民党操纵下，潘公展、范争波、朱应鹏、王平陵、黄震遐等为代表的民族主义文艺运动者，在上海组织“前锋社”，发起“民族主义文学”运动。其刊物《前锋周报》同月创刊；10 月份又出版《前锋月刊》。

11 月，蒋介石调集军队，对中央苏区红军进行第一次“围剿”。

12 月，国民党政府颁布文化专制的《出版法》44 条。

---

① 何镇邦：《论刘大白诗歌创作中的两种倾向》，《新文学论丛》1983 年第 2 期。

3月2日，中国左翼作家联盟在上海成立。大会通过“左联”《纲领》，确定“目的在求新兴阶级的解放”，“反对一切对我们运动的压迫”。通过关于组织马克思主义文艺理论、国际文化、文艺大众化、漫画等四个研究会，建立左翼文艺的国际联系，创办联盟机关杂志等提案。左联秘书处下设诗歌研究委员会，成员有蒲风、杨骚、白曙、柳倩、关露等，负责人是穆木天、森堡（任钧）。

10月，《现代学生》创刊号刊出沈从文的论文《我们怎样去读新诗》，文章称：新诗应当分作三个时期研究，一、尝试时期（民国六年到十年或十一年）；二、创作时期（民国十一年到十五年）；三、沉默时期（民国十五年到十九年）。

12月，邵冠华的诗集《旅程》出版，收录《隔膜》《红色的夏天》《当我爬上悲哀的最高峰》等诗。

> ［**扩展**］还有郘（邵）冠华一本《旅程》，也是最近新诗中一种成绩，用了许多新的言语作为试验，却仿佛如蓬子的一本诗银铃一样，新的造句与北方普通言语的组织略远，读时便不甚方便，因此在读者情绪上发生了周折，证明“驾驭口语”这问题，不易解决，还可讨论。①

12月，刘大白诗集《卖布谣》由开明书店出版。

1931年（中华民国二十年）

2月，左联成员柔石、殷夫、冯铿、胡也频、李伟森等被国民党秘密杀害。

同月，国民党上海市党部宣传部召集各书店经理谈话，勒令即日烧毁一切进步书刊，未出版者须先审查。其他省市也陆续发生类似事件。

3月，《文艺新闻》在上海创刊，袁殊等主编，系综合性的文艺周刊。

5月，汪精卫等在广州成立“国民政府”，与南京“国民政府”对峙。

8月，长江下游发生特大水灾，受灾民众达一亿以上。

9月，日军突袭东北沈阳等地，“九一八”事变发生，东北守军在“不抵抗主义”政策下，放弃东北，日军在短短两三个月内战占领东北全境。

同时，左联的机关刊物《北斗》月刊创刊，丁玲主编，姚蓬子、沈起予

---

① 沈从文：《群鸦集附记》，《创作月刊》创刊号，1931年5月。

协编。

11 月，第一次全国工农兵代表大会在江西瑞金召开，宣布成立临时中央工农民主政府，毛泽东为主席。

12 月，鲁迅主编的左联刊物《十字街头》在上海创刊。

1 月 20 日，《诗刊》创办，上海新月书店发行，1932 年 7 月 30 日停刊，共出四期。创刊号上有诗作也有论文，梁实秋的《新诗的格调及其他》可为诗论代表，文章核心内容如下：一、外国文学影响是新文学运动的最大成因；二、新诗，实际就是中文写的外国诗；三、新诗运动最早的几年注重“白话”而不是“诗”。

2 月 15 日，《文艺月刊》第 2 卷第 2 号刊出沈从文诗论《论刘半农〈扬鞭集〉》。

5 月，瞿秋白在上海从事文艺领导、宣传工作，研究、宣传汉字改革问题，认为需要再来一次文学革命，主张“用现代人的普通话来写”。当时这一系列文章没有发表，后于瞿秋白遇害后收入 1938 年上海霞社出版的《乱弹及其他》一书。

按：瞿秋白受到共产国际与中共中央新上台的领导人王明的排挤，退出中共中央权力核心，开始在上海参加领导左翼文化运动。瞿秋白受中共中央委托，代管中央文化工作委员会，与鲁迅、冯雪峰、茅盾、阿英等来往密切，相关著述也由此开端。据茅盾《我走过的道路》介绍，4 月底在茅盾家避难时，大体同意茅盾所说的“左联”像政党、关门主义，不重视作家的创作活动等，提出要改进“左联”的工作；又提出要对“五四”以来的新文学运动，以及 1928 年以来的普罗文学运动进行研究和总结，吸取经验教训。

7 月 10 日，《新月》第 3 卷 5、6 期刊出胡适《评〈梦家诗集〉》，此为书信体文章，认为：“这一次我在船上读你的诗集和《诗刊》，深感觉新诗的发展很有希望，远非我们提倡新诗的人在十三四年前所能预料。我们当日深信这条路走得通，但不敢期望这条路竟在短时期走到。现在有了你们这一班新作家加入努力，我想新诗的成熟时期快到了。”

“你的诗里，有些句子的文法似有可疑之处，如《无题》之第五行：我把心口上的火压住灰，奔驰的妄想堵一道堡垒。你的本意是把火来压住灰吗？还是要给心口上的火盖上灰呢？

又如《丧歌》第五行：你走完穷困的世界每一条路。

《自己的歌》第六行，

一天重一天——肩上。

这都是外国文法，能避去最好。《叛誓》的末二行也是外国文法。"

7 月，瞿秋白写《罗马字的中国文还是肉麻字的中国文?》，认为"拼音制度的新中国文字应当完全脱离汉字的束缚，用罗马字母拼音，拼音的方法尽可能简单而有系统。"

8 月 15 日，《中国文学会月刊》第 1 卷 4 期刊出朱自清《论中国诗的出路》，文章篇幅比较长，指出新诗出路分为三期，诗体之变没有出自民间，而是外国影响；翻译在其中起了相当大的作用。中国语言受外国影响有三次，第一次是佛经的翻译，第二次是日本名词的输入；日本句法的采用，因为报章文学的应用而传播甚快。第三次则是新文学运动中白话文欧化的事，"这回的欧化起初是在句法上多，后来是在表现（怎样措辞）上多。无论如何，这回传播的快的广，比佛经翻译文体强多了。"另外，比如蜂子先生的《民间写真》，便屡屡提到："前《大公报》上有一位蜂子先生写了好些真正白话的诗，记载被人忘却的农村里小民的生活。那些诗有些像歌谣，又有些像大鼓调，充满了中国的而且乡土的气息。有人嫌它俗，但却不缺少诗味。可惜蜂子先生的作品久不见了，又没人继起的人。这种努力其实是值得的。"

按：蜂子先生的诗，朱自清在不同文章中提到过几次，在朱自清《真诗》一文中是这样说的：从新诗的发展来看，新诗本身接受歌谣的影响很少，白话诗的通俗化链条上，朱自清认为更值得重提的是十七年《大公报》上的几首《民间写真》，作者是蜂子先生，已经死了十多年。在全部抄录他的《赵老伯出口》之后，朱自清认为"可以算是'真诗'。其中四个'把'字句和一些七字句大概是唱本的影响，但全篇还是一般白话的成分多。本篇描写农民的生活具体而贴切；虽然无所谓农民大众的意识，却不愧'民间写真'的名目。作为通俗的白话诗，这是出色当行之作"。另有一次是在《论白话》一文中，"有一位署名'蜂子'的先生写过些真正的白话诗，登在前几年的《大公报》上。他将这些诗叫做'民间写真'，写的大概是农村腐败的情形和被压迫的老百姓。用的是干脆的北平话，押韵非常自然。可惜只登了没有几首，所以极少注意的人。"

9 月 20 日，《北斗》创刊号刊出瞿秋白《哑巴文学》，文章认为"'国语文学'的作品，却极大多数是可以看而不可以读的。""只看不听，只看不读，——所能够造出来的：不是文学的言语，而是哑巴的言语；这种文学也只是哑巴的文学。……因此，新文学界必须发起一种朗诵运动。朗诵之中能够听得懂的，方才是通顺的中国现代文写的作品！"

9月26日，中国文字拉丁化第一次代表大会在海参崴开幕，参加会议的有来自远东地区和东西伯利亚边区各地的代表87人，代表了远东地区各种不同观点的中国劳动者阶层。

9月28日，《文学导报》第5期刊出瞿秋白（署名史铁儿）长篇说唱诗《东洋人出兵——乱来腔》，一共十五节，前面附有介绍性文字："日本出兵满洲，国民党的政府军队的长官却赶紧逃命，叫做什么无抵抗，只剩得小百姓和兵士，给日本帝国主义屠杀。中国的国家，本来应当是我们几万万人穷人的国家，现在要亡在国民党手里了。……因此，在下编了一首歌，叫做《东洋人出兵》，说说这里面的道理。这首歌的调头是没有什么一定的，大家随口可以唱，所以叫做乱来腔。谁要唱曲子唱得好，请他编上谱子好了，欢迎大家翻印。欢迎大家来唱。欢迎大家来念。一人传百，百人传千。提醒几万万人的精神，齐心起来救国。底下写着上海话和北方话两种歌词，大家请便。"试举上海话的第一节如下："说起出兵满洲格东洋人，／先要问问为仔啥事情。／只为一班有钱格中国人，／生成狗肺搭狼心，／日日夜夜吃穷人，／吃得来头昏眼暗发热昏。／有仔刀，杀工人，／有仔枪，打农民，／等到日本出兵占勒东三省，／乌龟头末就缩缩进，／总司令末叫退兵，／国民党末叫镇静，／不过难为仔我伲小百姓，／真叫做，拿伲四万万人做人情。"

［**扩展**］文艺大众化的问题，他提的特别尖锐。他还写了上海话和北方话的长诗（他自题为乱来腔，即可随意唱的意思），《东洋人出兵》以及《上海打仗景致》（这是用的"无锡景致"的小调）等。他的这些大众化的作品以及他的几篇关于文艺大众化问题的论文，是在"九一八"和"一·二八"的时期写的。这些时期，上海人心愤激，革命运动高涨，而我们的文艺运动还局限于小资产阶级青年知识分子的小圈子里，远远落在现实的后面。当时的政治任务要求革命的和进步的的作家"立刻回转脸来向着群众，向群众去学习，同着群众一块儿奋斗"，用大众所熟悉、喜爱的形式来写作，然后可以夺取封建、买办资产阶级的反动文艺的阵地，这些反动文艺当时正以各种各样的形式在"玩弄群众，蒙蔽群众，恐吓群众"。自然，大众化的问题决不是仅仅配合临时的政治任务的问题，秋白同志在他的那几篇文章中也不是这样提的，我之所以把它作为从文艺同当前政治任务的密切结合上提出问题来的例子，是想说明这一个革命文艺运动的根本问题怎样地在每逢革命形势开展时便愈感其迫切，而秋白同志是善于抓住这样的时机来推进理论和实践的工作，对广大文艺界进行思想教

育的。①

按：本年十月初，左联和美术研究会把瞿秋白《东洋人出兵》编成连环画故事，由瞿秋白作文字说明。另外出版单行本，注明为“时事新唱本”。1932年初，阿英在《北斗》第2卷1期刊出《一九三一年文坛之回顾》，认为丁玲的《水》，楼适夷的《活路》，瞿秋白的《东洋人出兵》为1931年左翼文坛的优秀之作。

12月9日，胡适给徐志摩的书信中称：“实秋说‘新诗实际就是中文写的外国诗’，说我‘对于诗的基本观念大概是颇受外国文学的影响的’。对于后一句话，我自然不能否认。但我是有历史癖的人，我在中国文学史上得着一个基本观念，就是：中国文学有生气的时代多是勇于试验新体裁和新风格的时代；从大胆尝试退到模仿与拘守，文学便没有生气了，所以我当时用‘尝试’做诗集的名称，并在自序里再三说明这试验的态度。”

12月11日，“左联”机关刊物《十字街头》在上海创刊，第1、2期为半月刊，共出三期。由冯雪峰协助鲁迅编辑。发表通俗短文和歌谣，重视文艺的大众化。《十字街头》创刊号刊出鲁迅（署名阿二）的《好东西歌》《公民科歌》。

按：鲁迅这两首诗是以七言体为主的打油诗，双句押韵，诗风是嬉笑怒骂式的，讽刺国内政坛乱象，杂夹吴语方言语汇。

12月25日，《十字街头》第2期刊出鲁迅的《南京民谣》：“大家去谒灵，强盗装正经。静默十分钟，各自想拳经。”

1932年（中华民国二十一年）

1月，日军进入上海，驻沪十九路军奋起抗战，“一·二八”事变发生。

3月，伪满洲国在长春宣布成立，日本在东北扶持傀儡政权，溥仪为执政，郑孝胥任总理。

5月，国民党政府与日本政府签订丧权辱国的《淞沪停战协定》。

同时，《独立评论》在北平创刊，胡适、丁文江、傅斯年等创办。

9月，“中国诗歌会”在上海成立，杨骚、蒲风、穆木天等为发起人。同月，《论语》半月刊在上海创刊，林语堂、邵洵美主编，提倡幽默、闲适的小

① 茅盾：《纪念秋白同志，学习秋白同志》，《人民日报》1955年6月18日。

品文。

12 月，《申报 · 自由谈》副刊由黎烈文编辑。

同月，宋庆龄、蔡元培等发起中国民权保障同盟。

1 月 15 日，《十字街头》第 3 期刊出鲁迅《“言词争执”歌》《水灾即“建国”》。

3 月，《新月》月刊第 4 卷第 1 期刊出周作人《志摩纪念》，文章指出“自《志摩的诗》以至《猛虎集》，进步很是显然”。

按：周作人在文章中还认为徐志摩在散文语言方面具有很高的表现力，是以白话为基础，加入古文方言欧化种种成分而成。这也是周作人对国语理想状态的一贯看法。

4 月 25 日，《文学》第 1 卷第 1 期刊出瞿秋白（署名史铁儿）《普洛大众文化的现实问题》，文章认为“普洛大众文艺应当立刻实行，应当认真的解决一些现实的问题：第一，用什么话写。第二，写什么东西。第三，为着什么而写。第四，怎么样去写。第五，要干些什么。”其中，在提到“用什么话写”时，主张真正的用俗话写一切文章，不要五四式的非驴非马的“骡子话”；用“现在人的普通话来写——有特别必要的时候，还要用现在人的土话来写（方言文学）。无产阶级，在‘五方杂处’的大城市和工厂里，正在天天创造普通话，这必然的是各地方土话的互相让步，所谓‘官话’的软化。统一言语的任务也落到无产阶级身上。让绅商去维持满洲贵族旗人的十分道地的上等京话做‘国语’罢，让他们去讥笑蓝青官话罢。无产阶级自己的话，将要领导和接受一般智识分子现在口头上的俗话——从最普通的日常谈话到政治演讲，——使它形成现代的中国普通话。自然，照中国的现状，还会很久的保存着小城市和农村的各地方的土话，这在特殊必要的时候，也要用它来写的。”在第五点“要干些什么”部分，一是开始俗话文学革命运动；二是街头文学运动；三是工农通讯运动；四是自我批评的运动。

5 月 1 日，施蛰存等主编的《现代》杂志创刊，创刊号有施蛰存的《创刊宣言》、戴望舒的《过时》《印象》《前夜》《款步》《有赠》等诗。后来刊物发表诗作较多，每期均有。

按：施蛰存在新时期以后回忆了《现代》杂志上面诗歌的语言特点：一、不用韵；二、句子、段落的形式不整齐；三、混入一些古字或外语。①

① 施蛰存：《〈现代〉杂志忆》，《新文学史料》1981 年第 1 期。

6月10日，《文学月报》创刊号刊出鲁迅《论翻译》，系鲁迅与瞿秋白关于翻译的通信，鲁迅主张直译，“宁信而不顺”，在翻译语言上则认为：“大体看来，现在也还不能和口语——各处各种的土话——合一，只能成为一种特别的白话”，“没有法子，现在只好采说书而去其油滑，听闲谈而去其散漫，博取民众的口语而存其比较的大家能懂的字句，成为四不像的白话。这白话得是活的，活的缘故，就因为有些是从活的民众的口头取来，有些是要从此注入活的民众里面去。”

按：鲁迅反对太限于一处的方言，因为让人不明白，会引起歧义。比如京语“别闹”、“别说”之类，便不如用文言的“不要”，因为后者不会产生歧义，是清楚明白的。

同期，《文学月报》还刊出宋阳（瞿秋白）的《大众文艺的问题》一文，文章分为问题在哪里，用什么话写，写什么东西，前途是什么四个部分，在“用什么话写”这一部分中指出：大都市中新兴阶级的话便是普通话，是真正的现代中国语。就用普通话来写。“有必要的时候，还应当用某些地方的土话来写”。

按：止敬（茅盾）对宋阳所说的“普通话”进行了质疑，并亲自在上海这个大都市做了调查：“根据调查的结果，可以看出几个要点，即五方杂处的大都市的上海工人虽然各省人都有，然而他们‘通用语’的趋势都是‘上海土白化’；这是一。又各工人区域每因其何省人占最多而发生了以该多数人省分（份）的土话为主的‘通用话’；这是二。上海土白因而一天一天增加新的单字，新的句法；这是三。……上海各生活上工人所用的方言，除能移植少数单字到上海土白内，就很少独立发展成新‘普通话’的可能，反之，上海土白倒能影响他们，使改其原来乡音，从而产生一种‘半上海白’，使得上海白一天天在变化中；这是四。”“五方杂处的大都市如上海的新兴阶级的普通话还是一种上海白做骨子的‘南方话’。这原因是‘各省人’之流入上海生活经验工人社会毕竟是逐渐的……所以居于主位的上海本地话常居主位。上海以外的大都市中变有同样的情形。……即使在一地的新兴阶级有其‘普通话’，而在全国却没有。”①

［**扩展**］秋白早年对于中国旧文学是下过功夫的，对于词曲都很有研究，甚至也着迷过。但是正因为是在旧文学中钻研过来的，所以他对方块

① 止敬（茅盾）：《问题中的大众文艺》，《文学月报》第1卷2期，1932年7月。

的汉字以及旧文学的文腔，是深恶而痛恨之的。他首先提出了“大众语”问题，发表了卓越的主张；他又不遗余力地抨击那非驴非马的“五四文腔”，给写一个嘉名：骡子文学。……他自己也未尝不觉得“五四”以后十二年间的新文学不应估价太低，不过为了要给大众化这口号打出一条路来，就不惜矫枉过正。①

［**扩展**］在没有叙述到这次大众语讨论底内容以前，必须先追述一个大众语运动底前奏：这就是1930年关于“大众文艺用什么话写？”的讨论。那次的讨论虽然没有展开就中止了，但是它底意义却是不可抹杀的；它，可说是这次大众语讨论底先导，也可说是这次大众语运动底序曲。

那次讨论底开端，是宋阳先生在《文学月报》（1932年7月创刊，光华书局出版）第一期上发表了一篇《大众文艺的问题》；这论文底第二节就提出了“用什么话写”的问题。②

7月10日，《文学月报》第1卷第2期刊出瞿秋白《再论翻译——答鲁迅》一文，作者对鲁迅的观点既有赞同之处，也有不同意的地方，坚持自己“绝对用白话做本位来正确的翻译一切东西”的翻译原则与观点，并有进一步的发挥。“要创造新的表现方法，就必须顾到口头上‘能够说得出来’的条件。”“现在要开始一个新的文学革命，新的文字问题的斗争，就一定要打倒新式的林琴南主义。这就是要坚定的清楚的认定白话本位的原则。

新的言语应当是群众的言语——群众有可能了解和运用的言语。……我们在翻译的时候，输入新的表现法，目的就在于要使中国现代文更加精密，清楚和丰富。我们可以运用文言的来源：文言的字眼，成语，虚字眼等等，但是，必须要使这些字根，成语，虚字眼等等变成白话，口头上能够说得出来，而且的确能够增加白话文的精密，清楚，丰富的程度。如果不能够达到这个目的，那么，根本就无所谓新的表现法。同样，我们应当用这样的态度去采取外国文的字眼和句法。”

7月，《北斗》第2卷第3、4期合刊刊出《文学大众化专辑》，有周扬《关于文学的大众化》与郑伯奇、阳翰笙、田汉等人的论文，同时发表的还有陈望道、魏金枝、杜衡等十余人的“文学大众化问题征文”。

① 茅盾：《瞿秋白在文学上的贡献》，《人民日报》1949年6月18日。

② 文逸：《语文论战的现阶段》，上海：天马书店，1934年，第32—33页。

9月15日，《文学月报》第1卷3期刊出瞿秋白（署名宋阳）《再论大众文艺答止敬》，此文是对于止敬（茅盾）《问题中的大众文艺》（《文学月报》第1卷2期）质疑的回答，文章没有正面回答茅盾关于大都市“普通话”的形成与地位，不同意茅盾“技术是主，文字是末”的主张，坚持语言文字是大众化的“先决条件”。观点与自己原先文章大体相似。

9月，中国诗歌会在上海成立，发起人有杨骚、穆木天、任钧、蒲风等。该会为“左联”领导下的诗歌团体，先后在北平、广州、青岛与日本东京设立分会。该会以“推进新诗歌运动，致力中国民族解放，保障诗歌权利为宗旨”，贯彻“左联”文艺理论纲领，指出要“捉住现实”，提倡“大众歌调”。

10月24日，《清华周刊》第38卷4期刊出朱自清（署名佩弦）《论白话——读〈南北极〉与〈小彼得〉的感想》，文章回顾了胡适、周作人、陈西滢、徐志摩、蜂子、赵元任诸位先生用活的语言特别是北平话的尝试，评述了穆时英和张天翼所做的两个短篇小说集子中的语言特色，即两位作者“尽量采用活的北平话，念起来虎虎有生气”。“不妨尽量地采用活的北平话，和我们的国音现在采用北平话一样”，是作者的本意。另外也有些别的论述与此相关，比如由于翻译的作用，欧化开始出现。文章称：“周作人先生的‘直译’，实在创造了一种新白话，也可以说新文体。翻译方面学他的极多，象样的却极少；‘直译’到一点不能懂的有的是。其实这些只能叫做‘硬译’‘死译’，不是‘直译’。写作方面周先生的新白话可大大地流行，所谓‘欧化’的白话文的便是。这是在中文里掺进西文的语法；在相当的限度内，确能一新语言的面目。……流行既久，有些句法也就跑进口语里，但不多。周先生自己的散文不用说用这种新白话写；可是他不但欧化，还有点儿日化，象那些长长的软软的形容句子。学这种的人就几乎没有。因为欧化文的流行一半也靠着懂英文的多，容易得窍儿；懂日文的却太少了。”又比如“国语体（即胡适之，陈西滢诸先生的文体）是我们白话文的基调。欧化体和创造体曾经风靡一时；现在却差点儿势。用活的方言作文还只有几个人试验，没有成为风气；但成绩都还不坏。近年来可有一种新运动，向着另一方向去。这所谓旧瓶里装新酒。用时调，山歌，弹词，宣卷，鼓词等旧有的民间文艺的体裁来说新的东西。”

11月26日，周作人作《越谚·跋》，后收录于《苦雨斋序跋文》，作者认为地方谚语“以记录俗语为目的，有一语即记录一语”，其中“收录着好许多歌谣，完全照口头传说写下来的，这不但是歌谣研究的好资料，而且又是方言语法的好例。”

12月，瞿秋白完成《新中国文草案·绪言》，诸言称：“中国的几万万民众，差不多有极大多数是不识字的，即使识得几个字，也还有许多人仍旧不能够自由运用自己的言语和文字。这里，除开根本的原因，还有中国文字本身的困难：汉字的复杂和紊乱，以及文言或者假白话的不能够成为口头上的言语，以致（至）于文字和言语几乎完全分离。所以最彻底的文字革命是十分必要的了。”“实行这个任务的障碍，自然也有不少；单讲言语文字方面的困难，就是中国各地方言语的不统一。然而，第一，现在事实上中国人已经有了一种可以共同使用的文字，就是真正的白话文；问题只在于这种文字暂时还是用汉字写的，现在要把它改用拉丁字母写。第二，这种白话文的读音虽然各地方很不一致，然而文法上，字汇上，简直没有多大的原则上的差别，就在读音方面，也不过是大同小异罢了；问题正在于要改用拼音方法写出来，使得它能够有固定的大致相同的读音。这样，中国各地方公用的文字，就和各地方公用的言语，能够逐渐的达到‘一致’的目的。这种新式的中国文——采用拼音制度的中国文，就是代表‘普通话’（各地方公用的话）的文字，我们叫它‘新中国的普通话文’，简单的名称就是‘新中国文’。……‘新中国的普通话文’，将要是全中国公用的文字；而各地方的方言文将要是当地民众专用的文字。‘新中国文’是中国的‘主要的文字’，而新上海文，新北平文，新广州文等等，就可以做当地的‘辅助文字’。我们这个草案就是拟定‘新中国的普通话文’的一种尝试，希望能够经过详细的讨论和修改，而达到发动彻底的文字革命的目的。至于各地方的方言文草案，那还要等待各方面的建议呢！”

按：瞿秋白集多年心血，写成《新中国文草案》书稿，为 1950 年代的汉语拼音方案打下了基础。书稿现存有两稿遗稿，即初稿、订正稿，内容大体相同，后者更为系统完善一些。全书共分十个部分，分别是绪言，新中国文字母表，新中国文声母表，新中国文韵母表，拼音规则，书法大纲，文法规则，拼音和书法的说明，新中国文拼音表，汉音检音表。

本年，瞿秋白创作《上海打仗景致》、《英雄妙计献上海》等民谣说唱，当时没有发表，后来《上海打仗景致》公开发表于天津《文艺学习》第 1 卷第 6 期（1950 年 7 月 1 日），系仿《无锡景》调写成。

本年，陆志韦的诗集《渡河后集》自印出版。

1933 年（中华民国二十二年）

1 月，日军进攻山海关，进逼华北，平津告急。

2 月，《大晚报》在上海创刊，是国民党进行反革命文化的重要喉舌。

5 月，国民党政府建立北平政务整理委员会，以亲日派成员为委员长，并与日本签订卖国的《塘沽协定》。

7 月，大型文学月刊《文学》在上海创刊，郑振铎、傅东华等编辑。

10 月，蒋介石调集一百万大军对革命根据地进行第五次围剿，由于王明左倾路线的统治，第五次反围剿失利；中国工农红军被迫长征，进行转移。

11 月，福建事变发生，福建人民政府与中华苏维埃临时政府签订抗日停战协定。

1 月 1 日，《东方杂志》第 30 卷 1 号刊出朱光潜的《替诗的音律辩护》、俞平伯的《诗的歌与诵》等文。

2 月 11 日，《新诗歌》在上海创办，中国诗歌会编辑，初为旬刊，后为半月刊、月刊。共出 11 期，停刊时间为 1934 年 12 月 1 日。创刊号有本刊同人的《发刊诗》以及《关于写作新诗歌的一点意见》。《发刊诗》称："我们要捉住现实，歌唱新世纪的意识"；"我们要用俗言俚语，／把这种矛盾写成民谣小调鼓词儿歌，／我们要使我们的诗成为大众歌调，／我们自己也成为大众的一个。"《关于写作新诗歌的一点意见》则在诗的内容方面提出以下主张："（一）理解现制度下各阶级的人生，着重大众生活的描写；（二）有刺激性的，能够推动大众的；（三）有积极性的，表现斗争或组织群众的。"在诗的形式方面，提出要创造新形式，采用大众化的旧形式，采用歌谣的形式，并强调"要使人听得懂，最好能够歌唱"等。

5 月 11 日，《申报·自由谈》刊出茅盾（署名玄）《给他们看什么好呢?》，文章针对少年儿童读物"数量不多"，"译文偏于欧化"，少数甚至有害的现象，提出两点应急的办法：一、"热心儿童文学的朋友联合起来研究他们的译著何以不受儿童的热烈喜爱。"二、"选定比较'卫生'的材料，有计划的或编或译，但无论是编是译，千万不要文字太欧化。"

6 月 29 日《申报·自由谈》刊出鲁迅《"吃白相饭"》，"要将上海的所谓'白相'，改作普通话，只好是'玩耍'；至于'吃白相饭'，那恐怕还是用文言译作'不务正业，游荡为生'，对于外乡人可以比较的明白些。"

7 月 1 日，《文学》第 1 卷 1 期刊出朱自清（署名佩弦）《〈新诗歌〉旬刊》，该文对《新诗歌》旬刊第 1、2、4 期作了评论，着重论述了该刊所载诗歌在文艺大众化、诗歌大众化问题上的得失。"这个旬刊的目的在提倡一种新的诗歌运动；尤其努力的是诗歌的大众化。""这种歌虽不可唱而可诵。《新诗歌》里主张朗读，这种诗体是最相宜的。"

7月，臧克家的诗集《烙印》自印出版，收录《难民》《生活》《烙印》《老哥哥》《当炉女》等诗22首，前有闻一多《序》。

同月，陶行知的诗集《知行诗歌集》由上海儿童书局出版，收录《农夫歌》等诗作70余首。

11月9日《申报·自由谈》刊出鲁迅《古书中寻活字汇》，文章批评了施蛰存的观点，指出“古书中寻活字汇，是说得出，做不到的，他在那古书中，寻不出一个活字汇。”看古书，怎样分别那些字的死活呢？“大概只能以自己的懂不懂为标准”，“不看注，也有懂的，这就是活字汇。然而他怎会先就懂得的呢？这一定是曾经在别的书上看见过，或是到现在还在应用的字汇，所以他懂得。”

11月，《现代》第4卷第1期刊出施蛰存的诗论《又关于本刊中的诗》，文章称：“《现代》中的诗是诗。而且是纯然的现代的诗。它们是现代人在现代生活中所感受的现代的情绪，用现代的词藻排列成的现代的诗形。”

本年，刘半农编《初期白话诗稿》由北平星云堂书店影印，收入李大钊、沈尹默、周作人、胡适、陈衡哲、陈独秀、鲁迅等的白话诗26首。刘半农在《序》中称：“白话诗是‘古已有之’，最明显的如唐朝的王梵志和寒山拾得所做的诗，都是道地的白话。然而，这只是有人如此做，也有人对于这种的作品有相当的领会与欣赏而已。谈到正式提倡要用白话作诗，却不得不大书特书：这是民国六年中的事。从民国六年到现在，已整整过了15年。这15年中国内文艺界已经有了显著的变动和相当的进步，就把我们这班当初努力于文艺革新的人，一挤挤成三代以上的古人，这是我们应当于惭愧之余感觉到十二分的喜悦与安慰的；同时我以为用白话诗十五周年纪念的名义来印行这一部稿子，也不失为一种借口罢。”

1934年（中华民国二十三年）

1月，《文学季刊》在北平创刊，郑振铎、章靳以编辑。

2月，国民党开展“新生活运动”。

3月，伪满洲国实行帝制，溥仪在长春由执政改为“皇帝”，改年号为“康德”。

4月，《人间世》半月刊在上海创刊，林语堂、徐訏、陶亢德等编辑。

5月，国民党政府在上海成立图书杂志审查委员会。次月，南京政府公布《图书杂志审查办法》，规定所有出版物交付印刷前须先经审查委员会审查。

6 月，上海各报刊展开大众语问题的相关讨论。

8 月，上海良友图书公司拟议出版《中国新文学大系》，由赵家璧主编，编选从 1917 年到 1926 年 10 月间新文学运动的各类作品。

9 月，《太白》半月刊在上海创刊，陈望道主编。

10 月，红军八万余人分别从瑞金、长汀、宁化出发北上，开始长征进行战略转移。

同月，《水星》月刊在北平创刊，巴金、卞之琳主编。

1 月 4 日，瞿秋白调中央苏区工作，瞿秋白到瑞金后任中华苏维埃人民委员会委员，中央工农民主政府教育人民委员，领导了苏区文艺运动。

2 月 20 日，鲁迅给姚克信中，认为"歌，诗，词，曲，我以为原是民间物，文人取为己有，越做越难懂，弄得变成僵石，他们就又去取一样，又来慢慢地绞死它。""现在的白话诗，已有人掇用'选'字，或每句字必一定，写成一长方块，也就是这一类。"

3 月，臧克家的第一部诗集《烙印》由上海开明书店出版，闻一多作序。

按：1933 年 7 月，臧克家在闻一多的资助下曾自印出版。

4 月，蒲风的诗集《茫茫夜》由国际编译馆出版，收录诗作 25 首，有《自序》和于时夏、森堡《序》各一篇。杨骚参与了诗集的编辑工作，森堡在《序》中称，该诗集大部分诗作"都是取材于农村的生活和斗争的"，"换句话说，就是，《茫茫夜》的中心的同时也是主要题材，乃是农村生活的现实。作者在这些诗篇里头描绘了被压迫，被剥削的农民的痛苦和他们的斗争的情绪与生活；有时，还更进一步地刻画出变革后的新的农村的姿态。而且那些描绘和刻画还相当深刻与动人。这大概由于作者是个来自农村的子弟，而且还相当地认识农村生活的缘故吧。"

6 月 1 日，《新诗歌》第 2 卷第 1 期刊出穆木天《关于歌谣之创作》一文，文章认为新诗未能普遍到民间去，"是一种失败"；"新的诗歌应当是大众的娱乐，应当是大众的糕粮。诗歌是应当同音乐结合一起，而成为民众所歌唱的东西"。"歌谣的创作，总是我们的努力之主要的方向之一。"

6 月 18 日，《申报·自由谈》刊出陈子展《文言——白话——大众语》一文，文章认为文言白话的论战早已过去了，"现在我以为要提出的是比白话更进一步，提倡大众语文学"，"从前为了要补救文言的许多缺陷，不能不提倡白话，现在为了要纠正白话文学的许多缺点，不能不提倡大众语。""这里所谓大众语，包括大众说得出，听得懂，看得明白的语言文字。标准的大众语，似乎还得靠将来大众语文学家的作品来规定，最要紧的还得先看一看目前大众所受的教育程度是怎么样，并须想到将来大众该受怎样程度的教育。”“据我个人的愚见，大众语文学在诗歌小说戏曲三类，说听看三样都须顾到，尤其要注重听，叫人听得懂。因为诗歌朗读也好，唱奏也好，听得懂就是深入大众的一个必要的条件。”

6月19日，《申报·自由谈》刊出陈望道《关于大众语文学的建设》一文，文章除同意陈子展提出的大众语意见之外，还补充了一些：“子展先生只提出说，听，看三样来做标准，我想是不够的，写也一定要顾到。写的简便化，这几年来已经有许多人研究，也是一种进步的现象，将来研究文学的人似乎也不能不注意研究”，“建设大众语文学，必须实际接近大众，向大众去学语言的问题。单单躲在书房里头不同大众接近，或同大众接近不去注意他们的语言，都难以成就大众语文学作家。”

6月22日，《申报·自由谈》刊出乐嗣炳《从文白斗争到死活斗争》，就大众语提出以下努力的途径：“一，确认话文同源，话和文不可分离，话跟着社会意识的发展向前发展，文也该跟着话随时变动；同例，最近陈子展先生所说‘大众语文学在诗歌小说戏剧三类说听看三样都有顾到’的话，就不很妥当，为尊重大众利益起见，应当更正成‘一切文字都该话文合一’。二，确认普遍性最大的北平话作现代活语的基准，大众语的主要成分。三，承认‘文’可以合理地自动地吸收做新成分，补足话的缺点。四，为减轻大众写文的困难：（甲）把话写下来就算文，（乙）提倡简字，宽容别字。”

6月23日，《申报·自由谈》刊出胡愈之《关于大众语文》，认为“（一）‘大众语’应该解释作‘代表大众意识的语言。’‘大众语文’和五四时代所谓‘白话文’不同的地方，就是‘白话文’不一定是代表大众意识的。而大众语文即决不容许没落的社会意识，混进了城门。（二）‘大众语文’一定是接近口语的。但是绝对的‘文语合一’当在话的组织有相当进步的时候。（三）中国语言最后成为大众用的最理想的工具，必须废弃象形字，而成为拼音字。因此在目前语的连写，简笔字，国语音标，都值得提倡，因为这是促进中国语文拼音化大众化的一种步骤。”

6月24日，《中华日报》副刊刊出张庚《大众语的记录问题》一文。文章称：“方块字……实在记录不了大众语这丰富活跃的语言……创行了一种中国话拉丁化，推行也很广，而且出版了很多书报，这我们可以拿来研究的。”

按：张庚在国内最早提出用拉丁化新文字记录大众语的问题。

6月25日，《申报·自由谈》刊出叶圣陶《杂谈读书作文和大众语文学》，

“文学必须真能表达大众的意识，才配在社会中间尽交通情意的职分。自然，大众语文学须由大众的努力，才得建立起来，教育家，语言学家，文学家等等尤其要特别努力。”

6月26日，《申报·自由谈》刊出魏猛克《普通话与“大众语”》，作者认可宋阳先生在1932年提出的现代中国普通话，认为“采取有普遍性的，‘现代中国普通话’作为建设‘大众语’文学的基准，是可以的。作家在作品中尽量采用普通话，也未必不是文学接受大众的初步。完全用普通话写文章，将来也许要变成最简洁明朗的文章。

我对于采用土话的主张很怀疑，土话是原始的，没有进步性的语言。……一篇文章用许多看不懂的土话，即使加了注释，那效果与搬用成语和典故，又有什么分别么!”

6月27日，《申报·自由谈》刊出夏丏尊《先使白话文成话》，文章认为:“当时提倡白话文的人们有一句标语叫‘明白如话’。真的，只是‘如话’而已，还不到‘就是话’的程度。换句话说，白话文竟是‘不成话’的劳什子。”

白话文最大的缺点，就是语汇的贫乏。古文有古文的语汇，方言有方言的语汇，白话文既非古文，又不是方言，只是一种蓝青官话。从来古文中所用的辞类，大半被删去了，各地方言中特有的辞类也完全被淘汰了，结果，所留存的只是彼此通用的若干辞类。”而解决的办法则是第一步先要使它成话。“用词应尽量采取大众所使用的活语，在可能的范围以内尽量吸收方言。”

6月28日，《中华日报·动向》刊出胡绳《文言与新文言》，文章反对以北平话为大众语的基础与主要成分，“我们现在的确需要方言文学，要北平话的正如要吴语的广东福建话的一样。但‘确认’某一种方言为大众语的基准在事实上是做不到的。……固然除去方言文学，我们也要普通话的。但这普通话应当是在实际生活中创立起来的，而决不是已有方言中的任何一种。”

6月，《新诗歌》第2卷1期为“歌谣专号”，有蒲风《牧童的歌》、胡楣(关露)《哥哥》、温流《倒屎者的歌》、田间《坏傻瓜》等歌谣和木天的《关于歌谣之制作》、叶流的《略谈歌谣小调》等。

7月2日，《中华日报·动向》刊出司马疵《内容与形式》，认为“为了目前救急的办法，也只有在各地方用各地方的‘方言土语’。我们不能因为像张天翼先生‘奶奶雄’使一些地方的人不懂而怪‘方言土语’的不行，况且‘奶奶雄’也是表现大众的意思和情绪的一个词头，用得得法不见得就不懂，这又属于表现的问题了。……所以‘方言土语’这形式在目前是特别需要的。”

7 月 3 日，《申报 · 自由谈》刊出王任叔《关于大众语文学底建设》，强调实践的作用与意义，认为“在大众语文学建设过程中：落后大众意识和历史的进展间底冲突，是可用教育这一意义给予以统一。而现阶段非大众出身之作家们其所固有的便于运用的语言，和大众语间底矛盾，是可以实践给以统一的。而实践呢，是能统一一切问题中之矛盾的。”

7 月 4 日，《申报 · 自由谈》刊出陶行知《大众语文运动之路》，“大众语与大众文必须合一：在程度上合一，在需要上合一，在意识上合一。”“大众语必以一种活的语言为基础。中国四分之三的人能懂的活的语言便是滤过的北平话。北平话又最好听，好听，人就愿意学。因此，北平话实有成为大众语之主要成分之资格。但大众语应当胆量大。凡与大众前进生活有亲切关系之各地土语，甚至于外国话都可尽量吸收。”

7 月 15 日，《独立评论》第 109 号刊出胡适《所谓“中小学文言运动”》，对当时白话的教材有一个判断：“白话‘文学’的运动果然抬高了社会对白话的态度，因而促进了白话教科书的实现。但是在那个时代，白话的教材实在是太不够用了，实在是贫乏的可怜！中小学的教科书是两家大书店编的，里面的材料都是匆匆忙忙的搜集来的；白话作家太少了，选择的来源当然很缺乏；编撰教科书的人又大都是不大能做好白话文的，往往是南方作者勉强作白话；白话文学还没有标准，所以往往有不很妥帖的句子。但平心而论，民国十一年‘新学制’之下的国语教科书还经过了比较细心的编纂，谨慎的审查。民国十五六年的政治大革命以后，各家书店争着编纂时髦的教科书，竞争太激烈了，各家书店都没有细心考究的时间，所以编纂审查都更潦草了”。

按：胡适寄希望于第一流的白诗话，文，戏本，传记来做真正有功效有力量的国语教科书。这一观点也是一以贯之，看重文学作品，通过文学作品来推广国语。

7 月 25 日，《社会月报》编辑曹聚仁发出一封征求关于大众语的意见的信，引起各方面的关注与讨论，信中提出五个问题：一、大众语有没有划分新阶段，有没有提倡大众语的必要？二、白话文运动为什么会停滞下来？三、如何才能使白话文成为大众的工具？四、大众语文的建设，是先定国语逐渐消灭方言，还是先发展方言再融合成国语？五、大众语文的作品，用什么方式去写成？

7 月 29 日，《大公报 · 文艺副刊》刊出胡适《大众语在哪儿》，指出“大众语不是在白话文之外的一种特别语言文字，大众语只是一种技术，一种本领，只是那能够把白话做到最大多数人懂得的本领”。“现在许多空谈大众语的人，自己就不会说大众的话，不会做大众的文，偏要怪白话不大众化，这真是不会写字怪笔秃了。白话本来是大众的话，决没有不可以回到大众去的道理。时下文人做的文字所以不能大众化，只是因为他们从来就没有想到大众的存在。因为他们心里眼里全没有大众，所以他们乱用文言的成语套语，滥用许多不曾分析过的新名词；文法是不中不西的，语气是不文不白的；翻译是硬译，做文章是懒做。……这样嘴里有大众而心里从来不肯体贴大众的人，就是真肯‘到民间去’，他们也学不会说大众话的。”

7 月，《中学生》第 47 期刊出陈望道（署名南山）《这一次文言和白话的论战》，文章总结了近三年的文言和白话论战，认为“场面的广阔，论战的热烈，发展的快速，参加论战的人数的众多，都是五‘五四’时代那次论战以后的第一次”。整体阵营则共有三个，就是大众语，文言文，（旧）白话文。“大众语派主张纯白，文言文派主张纯文，旧白话文派，尤其是现在流行的语录体派，主张不文不白。”

8 月 1 日，《文学》第 3 卷第 2 号刊出茅盾（署名蕙）《对于所谓“文言复兴运动”的估价》，认为要使这次论战不是浪费的论争，必须把讨论的焦点定在这些方面：“一，文言和白话之争不是一个简简单单的文字问题，而是思想问题；在反对文言运动的时候，应该同时抨击那些穿了白话衣服的封建文艺。二，从种种不同的角度上倾向于‘复古’或‘逃避现实’的论调，应该给它严格的批评。三，大众语文学的建立问题不是纸上谈兵可以解决的，应该从实践中求解决，而实践的步骤也不能离开实际情况太远，方言文学和废汉字的主张在目前是‘太高’的要求。”

8 月 4 日，《社会月报》第 1 卷第 3 期刊出鲁迅《答曹聚仁先生信》，此为答复曹聚仁的信，信中提出五点意见：一，汉字和大众，是势不两立的。二，要推行大众语文，必须用罗马字拼音；写作之初，纯用其地的方言，但是，人们是要前进的，那时原有方言一定不够，就只好采用白话，欧字，甚而至于语法。但，在交通繁盛，言语混杂的地方，又有一种语文，是比较普通的东西，它已经采用着新字汇，我想，这就是‘大众语’的雏形，它的字汇和语法，即可以输进穷乡僻壤去。三，普及拉丁化，要在大众自掌教育的时候。四，在乡僻处启蒙的大众语，固然应该纯用方言，但一面仍然要改进。五，至于已有大众语雏形的地方，我以为大可以依此为根据而加以改进，太僻的土语，是不必要的。

8 月 15 日，《社会月报》第 1 卷 3 期刊出陈子展的诗论《大众语与诗歌》。

8 月 20 日，《申报·自由谈》刊出茅盾（署名仲元）《白话文的洗清和充实》，文章认为目前必须和提倡“土话”，“汉字拉丁化”等工作同时并进，应该“先使白话成话”。改良目前的白话文，“第一应该先来做一番‘清洗’的工夫。要剔除‘滥调’，避免不必要的欧化句法，和文言字眼。”第二就要设法“充实”现在的白话文。具体方法是到文言里去借些来；此外“我们还得采用‘方言’。例如广东话的‘顶刮刮’，上海话的‘像煞有介事’，北方话的‘压根儿’之类。过去有些文艺作品很采用了些‘方言’，但是采用的目的多半是为了加重那作品里的‘地方色彩’。现在我们的目的却是要用‘方言’来代替那些不得不借用的文言字眼。例如包含了‘舞弊中饱’，‘分肥’，‘沾光’等等意义的上海话‘揩油’，就是已经在笔头上用惯，比那些文言字眼神气得多。我们就要尽量采用这样的方言，我们并且还要采用一些特殊的方言，例如上海话的‘起码人’。这话所包含的意义，不但文言中找不出相当的字来，就是别处的方言里，恐怕也没有。”

8 月 23 日，《中华日报·动向》刊出胡绳《走上实践的路去——读了三篇用土话写的文章后》，文章说：“自然，何连高而二先生都是用汉字来写出土音的。然而单音的方块头汉字要拼出复杂的方言来，实是不可能的。我曾看见过一本苏州土语的圣经，读起来实在比读白话更难，因为单照字面的读音，你一定还得加一点推测工夫才能懂得。”

按：三篇用土话写的文章，指《中华日报·动向》1934 年 8 月 12 日所刊载何连的《狭路相逢》，16、19 日所刊载高而的《一封上海话的信》和《吃官司格人个日记》。

8 月 24 日，《申报·自由谈》刊出茅盾（署名仲元）《不要阉割的大众语》，文章指出提倡大众语的人中间“自然大多数是真心为了大众语作先锋，但也有不少是在那里替文言干那借刀杀人的勾当。——极端排斥新的口头语以及新的形式。他们表面上把大众语视为神圣，实际上是把它关在黑房子里不使它跟新的接触而得进步。新的大众语尚没产生，他们先想把它阉割了！”

8 月 24 日到 9 月 10 日，《申报·自由谈》连续刊出鲁迅十余则短论，总题为《门外文谈》，后与其它有关于语文改革的四篇文章辑为《门外文谈》一书，1935 年 9 月由上海天马书店出版。这一系列短论总的主题是关于大众语论争方面的，阐明了文字与文学的起源、发展与关系。关于语言的专化与普遍化一点上，主要论点如下：一、启蒙时期，各地方各写它的土话即可；二、各处的方言，要加以提炼，使他发达；三、方言专化后，还要普遍化。

按：鲁迅对方言与普通话的观点，是采取融合论，先使方言发达，专化，再加上普遍的语汇与语法，使它扩大流通起来，成为普通话。这有自然的因素，也有人工的努力。

8月25日，《中华日报·动向》刊出鲁迅《汉字和拉丁化》，据文章介绍鲁迅的经验，只要下工夫，土话文学作品都是可以懂的。比如《海上花列传》，就让鲁迅懂得了苏白。其中有困难，“困难的根，我以为就在汉字”。解决的方法是牺牲汉字，进行拉丁化。

9月2日，《新文字》月刊第2期刊出茅盾《关于新文字》一文，文章指出“要赶快地提高中国大众的文化，中国的汉字就必须废除。……汉字是‘古代封建社会的产物，特权阶级愚弄大众的工具，已经不适合于现在的时代’。这一个基本的认识，是非常重要的。”“最近八十年来，中国有些知识分子也感觉到汉字的学习太困难，成为‘普及教育’的障碍。所以他们也曾经想提倡简笔字，但是他们的眼光只限于‘学习’的简易上面，他们的立场，只是一种改良主义，所以是延续着汉字的寿命，并且维持着特权者的愚民政策的。”文章最后指出：“站在大众的立场上，只有废除汉字才是中国文字改革运动最正确的道路。”

9月15日，《社会月报》第1卷第4期刊出周作人《关于大众语问题的讨论发言》。

9月20日，《太白》半月刊在上海创办，陈望道主编，上海生活书店发行。傅东华、郑振铎、朱自清、黎烈文、陈望道、叶绍钧、郁达夫等人为编辑委员。该刊提倡现实主义的文学，曾开展过关于大众语的讨论。

按：《太白》杂志这个名称，是陈望道和鲁迅讨论决定的。鲁迅赞成用“太白”，含义有三个方面：一、比白话还要白的意思；二、笔画简单明了，易识易写；三、太白是“启明星”的别称，有隐喻义。①

同日，《太白》创刊第1卷第1期上刊出茅盾（署名曲子）《“买办心理”和“欧化”》，针对当时有人说欧化白话文是“买办心理”，文章认为此说不妥，实际上“买办心理”是“‘形而下’的一切是外国的好，欢迎它；‘形而上’的一切是我们的好，保守它。”

《太白》创刊号刊出陈望道《方言的记录》。“现在有一部分主张采用表音文字的，似乎都还站在十字街口，一面想纯粹用方言，一面又想普及各地。想把两路一脚走。所以提出的方案有三，没有一案离开方块字的，一案是‘海上花’式的，纯用方块字；一案是拉丁化的，旁注方块字；还有一案是蚕食残叶

① 参见陈望道：《关于鲁迅先生的片断回忆》，《文艺论丛》第1辑，1977年。

式的，两种字搀用。”

10 月 1 日，《文学》第 3 卷第 4 号刊出茅盾（署名江）《大众语运动的多面性》，认为“大众语运动自始就是一个多方面的广泛的文化运动。在思想方面是‘反封建’，在文学方面是‘白话文’的清洗和充实，在语言问题方面是‘新中国语’的要求（指将来的全国一致的语言），而在适应大众解放斗争过程中文化上的需要是汉字拉丁化。”“又如全国一致的‘新中国语’的一个主要的终极的目标，可是在目前事实上还没有这全国一致的语言的时候，用‘土话’来写作仍是目前的必要。”

10 月 13 日，《新生》周刊第 1 卷 36 期刊出鲁迅《中国语文的新生》，文章提倡汉字拉丁化，认为“倘要生存，首先就必须除去阻碍传布智力的结核：非语文和方块字。”

10 月 20 日，《太白》第 1 卷第 3 期刊出陈望道《文学和大众语》，文章称“文学是最肯把大众的口头语来书面化的，又是最肯就用大众的手头字来做书面化的工具的部门；据我看来，文学是大众语的亲家，并不是大众语的对头。对过有些地方用纯粹的口头语的是文学，将来纯粹行用拼音字，恐怕也还是要用文学来打头。”

10 月，臧克家的诗集《罪恶的黑手》，由上海生活书店出版，收录诗作 16 首，另有《序》。

同月，朱湘诗文集《中书集》由上海生活书店出版，一共分为四辑，其中第三辑为诗评，收录《评徐志摩的诗》《评闻君一多的诗》《尝试集》《郭君沫若的诗》《草儿》《刘梦苇新诗形式运动》等近十篇。

11 月 1 日，《文学》第 3 卷第 5 号刊出茅盾（署名子苏）《诗人与“夜”》，文章评论了林庚诗集《夜》与蒲风《茫茫夜》的部分诗作，指出蒲风诗作有些像“民歌”，“倘使《夜》的作者有其缠绵忧悒，则《茫茫夜》的作者是刚健而朴质”，在比较中，作者还指出两人生活经验、取材、气质、风格等方面的诸多不同。

11 月 12 日，《清华周刊》第 42 卷 3、4 合刊刊出朱自清（署名佩弦）《文言白话杂论》，认为“白话照现行的样子，也还不能做应用的利器，因为欧化过甚。近年来大家渐渐觉悟，反对欧化，议论纷纷。所谓欧化，最重要的是连串的形容词副词，被动句法，还有复牒形容句等。”同时指出白话将全面取代文言。

11 月，鲁迅致窦隐夫一信，认为：一、诗歌有眼看的和嘴唱的两种，但嘴唱的比眼看的要好，但中国的新诗则是眼看的为主。二、新诗先要有节调，押大致相近的韵，易记、顺口，唱得出来才行。

12 月，黎锦熙《国语运动史纲》由商务印书馆出版。

本年，关于大众语的讨论，曾有两本论文集出版，分别是任重编：《文言、白话、大众话论战集》，民众读物出版社；文逸编：《语文论战的现阶段》，天马书店出版。其中，任重所编一书，编者曾在《编校后记》中也论述了自己的观点，“我以为大众话应该分两种方式来写：一种是用纯粹的各地的方言土语——广州已有人试办过一种方言报，成绩很好；各地也有民间小书局出版的土话小书销行很广。第二种是用最浅近最通俗的白话，中间尽量采入已有普遍性的方言俗谚。——这一种方式的大众话是随便那一个地方的大众可以看懂，只要他们略为识些字。

大众话不能离开方言土语以及各种生产部门所有的术语，前者是农民及小市民大众所说的，后者是工人大众所说的；离开了工农以及小市民大众的话，而能另外创造一种大众话么？

也许有人恐怕方言土语以及专门术语太偏僻了，一地方的大众固能了解，但不能普遍地为全国大众所了解，这种顾虑是多余的；因为现代的交通日便，社交日繁，各地的方言土语以及专门术语日渐有由地方性而向普遍化□□趋势”。①

1935 年（中华民国二十四年）

1 月，中国共产党中央政治局扩大会议在贵州遵义召开，结束了王明“左”倾机会主义错误，确立了以毛泽东为代表的新中央领导，称为“遵义会议”。

6 月，国民党亲日派何应钦与日本华北驻军司令梅津美治郎签订《何梅协定》，出卖我国华北主权。

10 月，中央红军经过二万五千里长征胜利到达陕北。

12 月，“一二·九”爱国运动爆发，掀起抗日救国活动浪潮。同月，中共中央在瓦窑堡召开政治局会议，提出建立抗日民族统一战线的政策。

2 月 5 日，《太白》第 1 卷第 10 期刊出陈望道《接近口头语的方法》，文

---

① 参见任重编：《文言、白话、大众语论战集》，上海：民众读物出版社，1934 年，第 2 页。

章称用方块字记录方言，主要考虑语汇、语法、语格和语音四个方面的情况，“要写的文章完全符合口头语，必须这四个方面都符合口头语。这决不是方块字能够尽职。用方块字来写，决计写不出原来的语音。写成的语言全可以有方音同样数目的读法。”“要做上海话的读本，根本就要用记音文字来写。象《琼林》这样用方块字来写，总归没有多大用场。但用方块字写，也不是完全不能替接近口头语尽力。方块字能够尽力的是在（1）语汇，（2）语法，（3）语格三方面。”

按：这是陈望道读到《上海通》里《上海话琼林》这一篇文章的意见，《上海话琼林》里说：取乐曰“寻开心”，胡闹曰“撒烂污”。“哩耐”即“彼”之谓，“挨拉”乃“我”之称。笑谑名为“打棚”，游玩谓之“白相”。胡言乱语曰“瞎三话四”，不知羞耻曰“勿要面皮”。采取的方法是用方块字记录上海话，陈望道认为倘教广东福建人去读“寻开心”之类的话，仍旧不会还是一句上海话。

5 月，《文学》第 4 卷第 5 号刊出鲁迅《人生识字胡涂始》，文章认为白话文做到“明白如话”，就要“从活人的嘴上，采取有生命的词汇，搬到纸上来”。其次，复活文言语汇，把方言提炼，使之普遍化，也是一种方法。

9 月 10 日，《青年文化》第 2 卷第 5 期刊出鲁迅《关于新文字》，文章再次强调用拉丁化的新文字代替方块字的主张。

10 月 15 日，朱自清选编的《中国新文学大系·诗集》由上海良友图书印刷公司出版，为赵家璧主编的《中国新文学大系》之一种。书前有朱自清的《导言》和《编选凡例》《编选用诗集及期刊目录》《选诗杂记》以及《诗话》。《编选凡例》称：“本集所收，以抒情诗为主，也选叙事诗；拟作的歌谣不录。”

10 月，冯玉祥编选的《大众诗选》由大众诗选社出版，收录冯玉祥的《农民苦》、刘复的《铁匠》、刘大白的《卖布谣》等诗。

12 月，蒲风的长篇故事诗《六月流火》由东京黄飘霞发行，后面附有介绍《关于〈六月流火〉》。

1936 年（**中华民国二十五年**）

2 月，中国左翼作家联盟宣布解散。

8 月，中共中央决定放弃反蒋口号，采取逼蒋抗日的政策；呼吁停止内战，共同抗日。

10 月，《新诗》月刊在上海创刊，戴望舒主编。

12 月，西安事变发生，张学良、杨虎城扣留来西安督战的蒋介石，逼迫蒋介石接受停止内战一致抗日的主张。后和平解决，蒋介石接受停止内战、一致抗日的条件。

2 月，林庚的诗集《北平情歌》由风雨诗社出版，收录《秋日》等诗作近 60 首，前有《序曲》后有《自跋》。

3 月，卞之琳、何其芳、李广田诗集合集《汉园集》由商务印书馆出版，卞之琳编辑。该诗集共收录三人诗作 67 首，其中何其芳《燕泥集》16 首，李广田《行云集》17 首，卞之琳《数行集》34 首。

4 月 4 日，《歌谣》周刊第 2 卷 1 期刊出胡适《复刊词》，核心观点如下：一、歌谣在民俗学和方言研究上很重要，但最重要的是文学上的用途；二、新诗运动，忽略了民间歌唱，偏重了外国文学。三、在音节、语言上有大缺陷，民歌可以弥补。

4 月 18 日，《歌谣》周刊第 2 卷第 3 期刊出周作人《绍兴儿歌述略序》，在文中略述了搜集的经过："辛亥秋天我从东京回绍兴，开始搜集本地的儿歌童话，民国二年任县教育会长，利用会报作文鼓吹，可是没有效果，只有一个人寄来一首歌来，我自己陆续记了有二百则，还都是草稿，没有誊清过。六年四月来到北京大学，不久歌谣研究会成立，我也在内，我所有的也只是这册稿子。今年歌谣整理会复兴，我又把稿子拿出来，这回或有出版的希望。""笺注这一卷绍兴儿歌，大抵我的兴趣所在是这几方面，即一言语，二名物，三风俗。"

5 月 2 日，《歌谣》周刊第 2 卷第 5 期刊出魏建功《从如皋山歌与冯梦龙山歌见到采录歌谣应该注意的事》，文章认为：一、方言的写定与记录很关键，最低限度要会运用一套注音符号。二、山歌的组织会影响到新诗的建设。

5 月 30 日，《歌谣》周刊第 2 卷 9 期刊出梁实秋《歌谣与新诗》一文，作者论述到中国的歌谣运动与新诗的关系，认为新诗与其模仿外国诗歌，不如回过头来就教于民间的歌谣。其次，断言"歌谣是现成的有节奏有音韵的白话诗"。

6 月 28 日，《独立评论》刊出胡适给周作人的复信，信中称"我不期望在最近百年内可以废除汉字而采用一种拼音的新文字。我又深信，白话文已具有可以通行的客观条件，并且白话文的通行又是将来改用拼音文字的绝对必要条件，所以我们在二十年中用力的方向是提倡白话文，用汉字写白话的白话文。"

信中赞同周作人“语言要用‘非方言的一种较普通的白话’，文字还得用汉字”的主张。

7 月，中国诗歌会的蒲风、王亚平等在青岛创办《青岛诗歌》，创刊号上蒲风提出“新诗歌的斯达哈诺夫运动”的口号。“斯达哈诺夫运动”原是 20 世纪 30 年代苏联第二个五年计划期间，工农业战线上开展的一种旨在提高劳动生产率的社会主义竞赛的形式。蒲风提出这个口号，是因为在他看来，随着伟大时代的到来，中国诗坛已进入复兴期，有可能和有必要用多种形式组织发动更多诗人努力创作，以推动新诗歌的蓬勃发展。在质的方面，特别要求典型化与个性化；量的方面，提倡开展创作比赛运动。从 1936 年下半年到 1937 年夏，蒲风在《一九三六年的中国诗坛》《我为什么提出“新诗歌的斯达哈诺夫运动”》《九·一八后的中国诗坛》等文中，反复阐述了此项运动的内容与意义。

同月，田间的长篇叙事诗《中国，农村底故事》由诗人社出版，诗歌分为《饥饿》《扬子江上》《去》三部，表现出了中国农村的苦难。

11 月，艾青的诗集《大堰河》自费出版，收录诗作 9 首。

12 月 12 日，《救国时报》刊出萧三《中国的大众诗人——陶行知》，文章称：“陶行知先生屡次自己声明他不是诗人。人们都说，这是陶先生的谦虚。我却认为这正是陶先生之所以为真正的诗人。陶先生之所以别于其他‘诗人’的是，陶诗别有风格，非常通俗，大众化而又富有‘诗味’，读了令人兴起，令人深思，这正是我们时代和我们大众所需要的诗。”

四、史料与编年（1937—1948）

1937 年（中华民国二十六年）

2 月，中共中央致电国民党中央，提出实现两党重新合作抗日的五项要求和四项保证；国民党五届三中全会在南京召开，通过了接受这一提议的决议案。

5 月，中共中央在延安召开全国代表会议。

7 月，卢沟桥事变爆发，全国性抗日战争开始。中国共产党通电全国，号召全民族抗战。蒋介石在庐山发表谈话，宣布对日宣战。

8月，中国工农红军改编为国民革命军第八路军，于次月从陕西开赴山西抗日战场。

11月，日军占领上海，租界成为“孤岛”；次月，日军占领南京，国民政府迁都重庆。

1月1日，《文学》第8卷第1号刊出《新诗专号》，发表有茅盾《论初期白话诗》、朱自清的《新诗杂话》，以及石灵、朱光潜、穆木天等人的论文，王统照、臧克家等20余人的诗作，末尾附有《新诗集编目》。茅盾在文章中说“五四运动以前，在白话诗方面尽了开路先锋的责任的，除胡适之而外，有周作人、沈尹默、刘复、俞平伯、康白情诸位。这几位先生中，继续写白话诗比较久的，似乎只有俞平伯。”“而最会翻新鲜花样、试验体裁最勤，且以驾驭口语见长的，似乎非刘复莫属”。初期白话诗的好处有以下几点：第一是力求解放而不作怪炫奇；第二是注意句中字的音节的和谐；第三，它的最主要的精神：写实主义。同时以举例方式指出初期白话诗描写社会现象的不足，即是印象的、旁观的，同情的，所以缺乏深入的表现与热烈的情绪。朱自清的《新诗杂话》认为“从新诗运动开始，就有社会主义倾向的诗。旧诗里原有叙述民间疾苦的诗，并有人象白居易，主张只有这种诗才是诗。可是新诗人的立场不同，不是从上层往下看，是与劳苦的人站在一层而代他们说话——虽然只是理论上如此。这一面也有进步。初期新诗人大约对于劳苦的人实生活知道的太少，只凭着信仰的理论或主义发挥，所以不免是概念的，空架子，没力量。近年来乡村运动兴起，乡村的生活实相渐渐被人注意，这才有了有血有肉的以农村为题材的诗。臧克家先生可为代表。”

2月1日，《语文》第1卷第2期刊出茅盾《“通俗化”及其他》，文章认为“通俗化的紧要条件倒是尽量改用口语的句法；单避去了文言字便会损失掉言语的自然美，弄成生硬死板。其次，我以为‘通俗化”虽然不忌讳欧化的句法，可是也要看是怎样的欧化。”同时主张，作家们用各自的方言写成新文字的作品。“现在作家们的作品内逢到用‘土话’，也还没有用新文字来写呢！我以为这倒是起码的‘新的文字和文学结合的第一步’，不但马上可行，而且实际对于大众化有益。”

2月1日，《文学》第8卷第2号刊出茅盾《叙事诗的前途》，文章评价了臧克家与田间的诗，认为：“‘从抒情到叙事’，‘从短到长’，虽然表面上好象只是新诗的领域的开拓，可是在底层的新的文化运动的意义上，这简直可说是新诗的再解放和再革命。”

4 月 3 日，《歌谣》第 3 卷 1 期刊出朱自清《歌谣与诗》，文章分析了歌谣与诗的异同和对新诗创作的影响。“歌谣的文艺的价值在作为一种诗，供人作文学史的研究；供人欣赏，也供人摹仿——止于偶然摹仿，当作玩艺儿，却不能发展为新体，所以与创作新诗是无关的；又作为一种文体，供人利用来说教，那却兼具教育的价值了。”

6 月，《文学杂志》第 1 卷第 2 期刊出陆志韦的《杂样的五拍诗》，《编辑后记》中说：“陆志韦先生是新诗运动的先驱。这些年来初期新诗人们死的死，逃的逃。只有他还在猛勇奋斗。他在白话诗初起时便试验应用西方诗的音律技巧，《杂样的五拍诗》是长久试验之后的收获，虽然据他自己说，这几首诗倒不仅是‘技巧的’而是‘性灵的’。”

按：陆志韦后来在《再谈谈白话诗的用韵》一文中，有一个自我剖析：“近来我把《杂样的五拍诗》聚在一块儿，在《文学》发表了，我罚咒以后不再写那样的诗。一则因为太难写，虽然念诗人还只当是毫不经意，粗制滥造的东西。二则中国的所谓新人物，依然是老脾气。那怕连千家诗，唐诗三百首都没有见过的人，一说这东西是‘诗’，就得哼哼。一哼就把真正的白话诗哼毁了。”“现代既然连北平人的民歌都不讲究轻重音了，那末，轻重音恐怕不能当作白话诗的工具，至少不能是唯一的工具。不说轻重音，还有别的工具没有呢？我看只有用韵了。别的路子更不通。”在押韵方面，陆志韦则主张：“（一）白话诗得用方言的韵脚。”同时“千不怕，万不怕，就怕白话诗用平水韵”。①

11 月，《时调》半月刊在武汉创办，穆木天、蒋锡金主编，共出 5 期，1938 年 3 月 1 日终刊。编者《编余语》：“我们的工作，在这里展开的，将是：救亡歌曲的制作，国防诗歌的创作，通俗诗歌，朗诵诗歌，歌谣，民间俗曲的编撰。希望诗歌运动有好的展开，也想教诗歌工作者能在救亡运动中多尽些力。”

12 月 11 日，《时调》第 3 号刊出高兰《展开我们的朗诵诗歌》、锡金《朗诵去》等诗，冯乃超的诗论《关于诗歌朗诵》、穆木天诗论《诗歌朗读与大众化》等文章。穆木天在《诗歌朗读与大众化》中认为“必须在抗战的实践中，把诗歌朗读和诗歌大众化紧密地联系起来，这一种朗读工作，才真正能完成它

① 陆志韦：《再谈谈白话诗的用韵》，《创世曲》，燕京新诗社主编，1947 年，第 30 页。

的任务”，“诗歌朗读，是必须深入民众，使诗歌从诗歌作者的书斋里，到了街头，才行。这样一来，读什么，怎么读，谁读，对谁读，就成为问题了。……朗读诗的内容，应当切实于民众的生活，朗读诗的话语，应当是民众的口语，朗读诗的情感，应当是抗战总动员中的民众的感情。”

［**扩展**］特别是关于诗歌朗诵，《时调》曾经热烈地提倡，而且给与了很好的意见。第三期可以说是诗歌朗诵专号，高兰的诗《朗诵去》，清越如霜天晓角，而木天的短论《诗歌朗诵与诗歌大众化》也是要言不繁；他的结论说：“诗歌朗诵运动就是诗歌大众化的一个方式。并不是诗中，有朗诵诗与非朗诵诗之分，而是一切的诗，——不管是讽刺诗，还是叙事诗，——都应是朗诵的。今后，我们需要把朗诵诗的天地扩展开。特别要强调的，就是朗诵运动与大众运动的一致性。朗诵诗并不是诗的体裁，我们要作出各种体裁的诗，去拿着朗诵。”这一个意见是对的！近来有好多写诗歌的朋友讨论着“朗诵诗的作法”与“如何朗诵”一类的问题，都有认题未清之嫌。诗歌这东西，当其尚为民间的野生的艺术时，本来是“口头的”，它的变为“非朗诵”，是在承蒙骚人墨家赏识了以后。现在我们要还它个本色，所以诗歌朗诵运动就是诗歌大众化的一个方式。①

1938 年（中华民国二十七年）

1 月，北平伪“临时政府”举行就职典礼。

同月，中共中央长江局机关报《新华日报》在汉口创刊。后迁重庆出版。

3 月，中华全国文艺界抗敌协会在汉口成立。郭沫若、茅盾、老舍等 45 人被选为理事。随后全国各地纷纷建立分会。

4 月，《文艺阵地》在汉口创刊，茅盾任主编。

5 月，中华全国文艺界抗敌协会会刊《抗战文艺》在汉口创刊，蒋锡金任主编。

10 月，日军占领广州、武汉，中国抗日战争进入相持阶段。国民党政府迁往陪都重庆。

1 月 11 日，《新华日报》在武汉创刊，是抗日战争全面爆发之后中国共产

---

① 玄珠（茅盾）：《书报述评》，《文艺阵地》创刊号，1938 年 4 月。

党在国统区创办的唯一合法性报纸。《发刊词》宣称“本报愿将自己变成一切抗日的个人、集团、团体、党派的共同的喉舌；本报力求成为全国民众共同的呼声”。

按:《新华日报》创刊不到半年，因武汉告急而迁移到重庆，后于 1947 年 2 月 28 日被国民党封禁停办，从创办到查封，此报总共出版有 9 年多时间，共计出版了 3231 号。《新华日报》副刊先后有《团结》《文艺之页》《工人园地》等栏目，后整合为《新华副刊》，以仿效延安文艺整风为缘由，《新华日报》在副刊的定位上贯彻毛泽东的文艺思想与方针，深入而立体地对新华日报的副刊重新进行顶层设计，以战斗性、批判性、综合性见长。这一副刊自 1942 年 9 月 18 日始，一直延续到《新华日报》结束，差不多有四年半的时间，可以说是维持时间最长的副刊栏目。在《新华副刊》上发表的各类文艺作品也最为丰富，针对性、现实性、倾向性也更为明显，譬如对民族形式与民间文艺的重视，对农民、小市民、店员等底层百姓题材的倚重，对各类民间文艺形式的借鉴与民间语汇的采撷，也都是努力坚持、不断开掘，期望开花结果。正因如此，与此相关联的是方言入诗潮流，在曾在《新华副刊》上持久地热闹过，开过花，结过果。

> ［**扩展**］副刊，这也是新华日报的一个特色。主要是综合性文艺性的“副刊”，这个副刊从来没停办过，它的内容丰富多样……受到广大读者群众的欢迎。①

1 月 26 日，广州《救亡日报》刊出茅盾《这时代的诗歌》，文章称“以目前的成果而言，已有几个特点应当大书特书。第一是步步接近大众化。诗人们所咏叹者，是全民族的悲壮斗争，诗人们个人的情感已溶化于民族的伟大斗争情感之中。第二是并不注意于技巧而技巧自在其中。……最后第三，是抒情与叙事熔冶为一，不复能分。这又是我们这时代诗歌应有的特性。”

1 月 26 日，延安举办诗歌民歌演唱晚会。

> ［**扩展**］“一月廿六日那天晚上，我们这一群傻干苦干的爱好文艺的人大胆地举行了第一次的新诗朗诵会。为怕听众感觉枯燥，参（掺）进了许多演唱各地的民歌和小调的节目——也是为了指出诗歌大众化的路径之

① 熊复:《对于重庆新华日报的回忆》，《新闻战线》1959 年第 3 期。

一。这件事大概是中国的一个创举”，“我们一致承认：我们是失败了。发出三百张入场券，开始时会场坐满三分之二，陆陆续续散去，到末了仅剩不足一百人。这是近几月来延安最惨的一次晚会”。“毛主席一直坐到散会。”①

2月13日，《新华日报》刊出茅盾《关于大众文艺》，文章评价了《大众读物丛刊》中的《八百好汉死守闸北》等书，指出这一鼓词的作者赵景深在写新词时忽略了民间文艺的几个基本要素，一个缺点是缺少了主角，另一缺点是太死板地守着所有的报纸记载，不分宾主；由此而论及大众化中利用旧形式的问题。文章称：“利用旧形式是现在抗战文艺运动中一个重要的课题。但是这一课题的最正确的意义，应该不是活剥了形式过来，而是连它特有的技巧也学习之，变化之，且更精练之，而成为我的技巧。”“要办到这一步，先须科学的研究民间文艺，洞见了它的构成的要素与技巧的特长；这，民间文艺研究专家和演奏专家（所谓艺员）的合作，是不能缺少的。”“鼓词在北方民间，有绝大的势力，它是最好的武器，研究鼓词，创作新鼓词，应该首先列上我们的日程。其他各地方的民间文艺也要同样地注意。抗战文艺中如果没有民间文艺形式的作品，那就决不能深入广大的民间。我们早已说过要加强大众化了，然而假使不从民间文艺学习，消化它而再酿造它，那么，我们的所谓大众化始终不能圆满的。现在广东的诗人们已经在那里创作新粤讴，楚剧、湘剧也有人在新编；如果再从鼓词、川剧、江南一带的小调，乃至上海流行的所谓‘独脚戏’（或称滑稽剧）都研究而应用起来，这一种力量真个不小。我希望大家热烈地讨论这一问题，鼓起一种浓厚的空气来。”

2月16日，《七月》第9期刊出雪韦、沙可夫、柯仲平的诗论《关于诗歌朗诵：实验和批判》。

2月20日，西南联大从长沙出发，步行途经湖南、贵州、云南，4月28日到达昆明，总共在途中68天。

2月，高兰的《高兰朗诵诗集》由汉口大路书店出版，收录《是时候了，我的同胞》《起来吧！中华民族的儿女！》《展开我们的朗诵诗歌》等诗12首，前有穆木天《赠高兰》、陈纪滢《序高兰朗诵诗集》和作者《自序》。

3月9、10日，广州《救亡日报》连续刊出茅盾《文艺大众化问题》，文章认为：“我们现在十万火急地需要文艺来做发动民众的武器”，“大众化问

① 骆方：《诗歌民歌演唱晚会记》，《战地》第1卷3期，1938年4月。

题，简单地说，应该是两句话：一是文艺大众化起来，二是用各地大众的方言，大众的文艺形式（俗文学的形式）来写作品。”“用各地的方言以及民间的艺术形式来写作，也是文艺工作者目前的课题。所谓民间艺术形式，如大鼓词，楚剧，湘戏，说书，弹词，各种小调等都是。”值得注意的是，茅盾在文章中说到自己的日常口语和作品语言情况：“譬如兄弟是嘉兴人，讲话里面土音很多，大众不容易听懂，再加上话里的用语，话句的构造未免是文绉绉的，更不能接近工人大众和农民大众。”“兄弟写的小说，最初几年的作品欧化成分较多，近年来极力减少，有些地方不必要欧化的，都力求避免，句子也力求简单。然而我知道我的作品，大众读起来一定要皱眉头。”

3 月 16 日，《文艺月刊》战时特刊第 8 期刊出茅盾的《关于鼓词》，文章认为“鼓词实在是一种可以弦歌的叙事诗”，“在新鼓词中，我以为应当办到下列三点：（一）尽量减少文言字眼；（二）中间可以换韵，破除一韵到底的拘束；（三）短句长句可以成段的间隔使用，使形式活泼。”

3 月 27 日，中华全国文艺界抗敌协会在汉口召开成立会，通过了大会宣言，告全世界的文艺作家及致日本被压迫作家书。

3 月，蒲风的诗论集《现代中国诗坛》由诗歌出版社出版，共有《新诗与旧诗》《晚清的诗界革命》《五四到现在的中国诗坛鸟瞰》《九・一八后的中国诗坛》《几个诗人的研究》五章，有作者《后记》。

本月，冯玉祥的诗集《冯玉祥抗战诗歌选》由上海怒吼出版社出版，收录《补袜子》《抢机器》《老太太》等诗作 19 首。冯玉祥另一诗集《抗战诗歌集》由汉口三户图书印刷社出版，收录《吊佟赵》《反正》《上窑考试》等诗作 80 首，前有何容《序》、吴组缃《序》和作者《自序》。

4 月 15 日，蒲风的诗论集《抗战诗歌讲话》由诗歌出版社出版，收录有《现阶段的诗人任务》《关于前线上的诗歌写作》《现阶段的抒情诗》等诗论。

4 月 16 日，《文艺阵地》创刊号刊出茅盾（署名玄珠）《时调》，文章介绍了已出四期且停刊的《时调》，评价该杂志短小精悍，特别肯定它在关于诗歌的朗诵方面的贡献。认为“诗歌这东西，当其尚为民间的野生的艺术时，本来是‘口头的’，它的变为‘非朗诵’，是在承蒙骚人墨客赏识了以后。现在我们要还它个本色，所以诗歌朗诵运动就是诗歌大众化的一个方式。”

4 月 20 日，《战地》第 1 卷 3 期刊出穆木天《关于通俗文艺》，文章对比了歌咏、话剧、报告文学、诗歌不同文类的通俗化处境与出路，认为“大众文艺，同时，是一种地方文艺运动。地方形式，地方生活，地方语言，是会收到很好的地方的效果的。”

6月1日，《文艺阵地》第1卷第4期刊出茅盾《大众化与利用旧形式》和《利用旧形式的两个意义》（署名仲方），前者认为文艺大众化，应当研究如何利用旧形式的问题上，不必担心由此而产生的“危机”，因为事实上是：“二十年来旧形式只被新文学作者所否定，还没有被新文学所否定，更其没有被大众所否定。这是我们新文学作者的‘耻辱’，应该有勇气来承认的。”后者认为“翻旧出新”和“牵新合旧”，是利用“旧瓶装新酒”的两个意义。

6月，《社会学界》第十卷单行本刊出陆志韦的《汉语和中国思想正在怎样的转变》，由燕京大学社会学系出版，陆志韦在文章中认为“北平话永远不过是一种方言。将来的普通官话不会是北平话。我们在学校里，在商业上，也许能把北平的语音学会了；北平的声调可是学不会的。结果是南腔北调。上江官话和下江官话说的人多。吴语在商业上的势力很大。这些势力都会在将来的官话上占重要的位置。”

按：当时陆志韦卸任燕京大学校长不久，因战争年代条件所限，诗人致力于纯粹的语言音韵与语法研究。除了以上判断外，陆志韦认为闽语与粤语则不会如此。

7月1日，《文艺阵地》第1卷第6期刊出周文《唱本·地方文学的革新》一文，指出“在四川，能深入民间，抓住广大观众的是高腔戏；而最能抓住更广大的读众和听众的则是故事唱本。”“通常是七字句组成的，但也有十字句，（三，三，四）每两句一个韵脚。也有七字和十字句兼用的，更有在中间插一小段说白，带一种前后交代的性质。这就是它的形式”。“文字，完全是方言土语”。

8月7日，柯仲平、田间、林山、邵子南、高敏夫、史轮等以边区文协战歌社和西北战地服务团战地社的名义发起延安街头诗运动。

8月10日，《译报·语文周刊》第5期刊出陈望道《谈杂异体和大众化》，文章主要肯定杂异体的价值：“杂异是文体的生长过程中一种必不可免的现象。虽则它的本身是不调和，或者是不统一，有些迂回出乎常线，从文体向上向前的过程上看，不能不认它的本身便有当时不上不前的纯正文体以上的价值。”“我颇疑心大众化、通俗化的难得飞快进展，不一定是由于作家不会说民间的说话，而是由于作家始终不曾确认杂异体式在文体发展过程上的价值。因为不曾确认杂异文体在发展过程上的价值，于是各人的胸中好象老是横梗着一条无形的自己捆绑自己的规条：要写就得写道地的方言；要不然，就一句方言也不写。而要写道地的方言却又有些字眼有音没有字（这字是说汉字，若是拼音文字如拉丁化，那就只要有音就一定有字），勉强写出来也不见得当地人能够懂，别地人会得读。于是进既不能，停又不是，就在进停犹豫之中荒失了不该荒失的东西。”最后，作者认为“确认杂异文体的价值，我以为是促进大众化、通俗化的路程上应该留意的一个项目。”

8月15日，《新中华报》转载了《街头诗运动宣言》：宣言以无名氏的短诗“高山有好木／平地有好花／人家有好女／莫钱别想她”为例，说“这实在是一首最大众不过的大众诗——它是穷情尽理的，深刻而明朗，浅显而有含蓄的，它用了大众自己的言语，而又有大众的韵律。虽然很单调，但这正是大众中存在着的一种单调，是合于大众口味的。”同时，还宣称“在今天，因为抗战的需要，同时因为大城市已失去好几个，印刷、纸张更困难了，我们展开这一大众街头诗歌（包括墙头诗）运动，不用说，目的不但在利用诗歌作战斗的武器，同时也就是要使诗歌走到真正的大众化的道路上去；不但要有知识的人参加抗战的大众诗歌运动，更要引起大众中‘无名氏’也多多赶快来参加这个运动。”随后，延安战歌社和西北战地服务团在延安发起街头诗歌运动，把大量通俗易懂的诗歌贴在街头，写在街头，给大众看，给大众读，在当时产生了很大的影响。

10月1日到5日，《星岛日报》“星座副刊”连续刊出沈从文的长篇评论《谈朗诵诗》，文章回忆新诗史上自己所知道的朗诵活动，包括胡适、徐志摩、新月社、京派等人的各种尝试。“北平地方又有了一群新诗人和几个好事者，产生了一个读诗会。这个集会在北平后门慈慧殿三号朱光潜家中按时举行，参加的人实在不少。北大有梁宗岱、冯至、孙大雨、罗念生、周作人、叶公超、废名、卞之琳、何其芳诸先生，清华有朱自清、俞平伯、王了一、李健吾、林庚、曹葆华诸先生，此外尚有林徽因女士，周熙良先生等。这些人或曾在读诗会上作过有关于诗的谈话，或者曾把新诗、旧诗、外国诗当众诵过、读过、说过、哼过。大家兴致所集中的一件事，就是新诗在诵读上，究竟有无成功可能？新诗在诵读上已经得到多少成功？新诗究竟能否诵读？差不多集所有北方新诗作者和关心者于一处，这个集会可以说是极难得的。这个集会虽名为‘读诗会’，我们到末了却发现在诵读上最成功的倒是散文。……当时长于填词唱曲的俞平伯先生，最明中国语体文字性能的朱自清先生，善法文诗的梁宗岱、李健吾先生，习德文诗的冯至先生、对英文诗富有研究的叶公超、孙大雨、罗念生、周熙良、朱光潜、林徽因诸先生，都轮流读过些诗。朱周二先生且用安徽腔吟诵过几回新诗旧诗，俞先生还用浙江土腔，林徽因女士还用福建土腔同样读过一些诗。”“比读诗会稍后一点，以北大歌谣学会，燕大通俗读物编刊社，北平研究院历史语言系三个单位作中心，有个中国风谣学会。这团体，顾名思义，即可知是着力于民间诗歌的。集会时系在北平中南海北平研究院戏剧陈列馆，参加者有胡适之、顾颉刚、罗常培、容肇祖、常惠、佟晶心、吴世昌……诸先生，杨刚、徐芳、李素英诸女士。集会中有新诗民歌的诵读，以及将民间小曲用新式乐器作种种和声演奏试验。集会过后还共同到北平说书唱曲集中地的天桥，去考察现代技艺人表演各种口舌技艺的情形。并参观通俗读物编刊社所编鼓词唱本表演情形。当时这个组织，正准备一面征集调查，一面与说书人用某种形式合作，来大规模编制新抗日爱国适用于民间的小册子，可惜这个计划，因卢沟桥事变便中止了。”

10 月，柯仲平的诗集《边区自卫军》由战时知识社出版，收录《边区自卫军》、《游击队像猫头鹰》诗 2 首，前有作者《前记》。

［**扩展**］《边区自卫军》一诗“除去其中某些细节上还带有勉强的过于着迹的地方，在全体的基本的构成和谐和上说，这几乎是一篇民众自己天然地产生的民歌了”。“他的诗有生命的语言，是特别使他的诗的形象显出了生动和浮雕性的；这一点就更有意义，因为他的西北民歌的精语的适当选用，和以活的大众的口吻为准则的诗的用语的锻炼，不但使他的诗显出了特色，也暗示着我们能够从大众语掘发新诗的语言创造的源泉，而且这几乎是我们唯一的出路。他开始证明着以大众语为基础是能够创造出诗的，形象性的语言的，比我们现在上层社会所用的白话和直接地袭取来的外国诗的译语要更强。”①

11 月 25 日，“文协”举行诗歌座谈会，题为“我们对于抗战诗歌的意见”，到会的有厂民、老舍、方殷、何容、李华飞、梅林、长虹、蓬子、孟克、袁勃、鲜鱼羊、程铮等。记录稿刊于《抗战文艺》第 3 卷 3 期，1938 年 12 月 17 日。

12 月 15 日，“文协”举行诗歌座谈会，讨论题目为“抗战以来诗歌创作之检讨”，到会的有胡风、孟克、黄芝冈、程铮、沙蕾、厂民、袁勃、方殷、鲜鱼羊等。

12 月 16 日，《文艺阵地》第 2 卷第 5 期，刊出袁水拍的诗评《蒲风的“明信片诗”》，文章认为蒲风仍然能够做到语言的浅俗，“只要汰去一些咬文

① 孟辛（冯雪峰）：《论两个诗人及诗的精神和形式》，《文艺阵地》第 4 卷第 10 期，1940 年 3 月。

嚼字的渣滓，旧文言的残余老调，以及太生硬的句法。”

1939 年（中华民国二十八年）

1 月，国民党召开五届五中全会，决定“溶共、防共、限共、反共”的反动方针，通过了“整理党务”的决议案。

2 月，《文艺战线》月刊在延安创刊，周扬主编，系中华全国文艺界抗敌协会延安分会的机关刊物之一。

8 月，国民党政府修订《战时图书杂志原稿审查办法》，进行文化钳制。

9 月，德国进攻波兰，英国对德宣战，法国同日也对德宣战，第二次世界大战由此爆发。

1 月 10 日，“文协”举行扩大诗歌座谈会，到向思广、姚蓬子、袁勃、梅林、厂民、胡风、高兰、贺绿汀等诗人。讨论题目为“诗与歌的问题”，由胡风提出关于诗的报告《略观抗战以来的诗》、贺绿汀提出关于歌的报告。

1 月，艾青的诗集《北方》自费出版，收录《复活的土地》《雪落在中国的土地上》《北方》《我爱这土地》等诗 8 首。

1 月 15 日，重庆《时事新报・学灯》第 33 期刊出梁宗岱《谈“朗诵诗”》一文，文章指出“我们底‘朗诵诗人’目的既在群众效果和集体反响，把他们底作品极端散文化，极端语言化，所谓‘明白如话’，以迁就一般人底理解力，正是合理不过的事。大众化的诗所以称为‘朗诵诗’，这或者就是唯一的辩解，唯一的意义。但迁就尽管迁就。你所能做到的（如果真做得到的话），只是自己作品底‘明白浅显’和‘老妪都解’：这只是接近大众的初步或一个条件。大众之愿意听你底声音与否，以及老妪对你作品发生不发生兴趣，那又是另一回事。姑且撇下作品本身价值不提，我以为许多‘朗诵会’失败底真消息可以从这里渗透。观察告诉我们，最能引起群众底兴趣的只有二事：故事和歌曲，无论是集会或赴会，无论是已往或现代，大多数人都是为了听故事和听唱歌（还有听故事底变相的看热闹），也只有这二者才能吸引他们底注意，支持他们底精神到底。歌谣，说书，大鼓，尤其是旧戏，在旧社会里所以有这么大的魔力，就完全基于这点。能够欣赏抽象的陈述，接受纯粹情感的内容的，恐怕永远占极少数。我们底‘朗诵诗’一方面既不能有戏剧底内容（因为那便是戏剧或剧诗而不是‘朗诵诗’），另一方面又拼命脱离歌唱底源泉（节律和音韵），它对于民众的诉动力固可以计算，它底前途也就可以想象了。”①

2 月，《战歌》第 1 卷第 5 期刊出茅盾《大众化与“诗歌的斯泰哈诺夫运动”》，佩弦《谈诗歌朗诵》等文。

6 月 16 日，《文艺阵地》第 3 卷第 5 期刊出穆木天《建立民族革命的史诗的问题》，文章称：“我们要求建立民族革命的史诗！而那种民族革命的史诗，应当是大众化的，能够朗读的，有世界的进步的特色而又有民族的特质的，灿新的叙事诗的形式！”

11 月 16 日，《文艺战线》第 1 卷 5 号刊出大众诗人萧三的诗论《论诗歌的民族形式》，文章认为：一、诗歌的民族形式有两个泉源，一是正统的旧体诗词，二是民间的歌谣。

12 月 1 日，《文艺新潮》第 2 卷 2 期，刊出诗歌特辑，有锡金的《诗歌的口语化》诗论。

12 月 1 日，《文艺阵地》第 4 卷第 3 期刊出穆木天《关于抗战诗歌运动——对于抗战诗歌否定论者的常识的解答》，黄绳的《诗歌的语言》等文章。《诗歌的语言》批评了诗人在语言上的贫乏，缺少新鲜的艺术语言，大众的口头语等。

本年，蒲风以诗歌出版社名义在广东梅县出版客家方言叙事长诗《林肯·被压迫民族的救星》、客家方言体叙事诗《鲁西北的太阳》等。

1940 年（中华民国二十九年）

3 月，伪国民政府在南京成立，汪精卫自任代理主席。伪华北政务委员会成立，王克敏等宣誓就职。

8 月，八路军在华北地区发动百团大战。

9 月，德、意、日三国政府代表在柏林签订军事同盟条约。

2 月 15 日，延安《中国文化》创刊号发表毛泽东《新民主主义的政治与新民主主义的文化》（后改名为《新民主主义论》），文章指出“文字必须在一定条件下加以改革，言语必须接近民众。”同期还发表吴玉章《文学革命与文字革命》一文，提倡汉字拉丁化。

---

① 转引自高兰编：《诗的朗诵与朗诵的诗》，济南：山东大学出版社，1987 年，第 73 页。

3月24日，重庆《大公报》副刊《战线》刊出向林冰《论“民族形式”的中心源泉》，文章主张民间形式是民族形式的中心源泉，否认“五四”以来的新文艺。

4月21日，《文学月刊》就民族形式问题在重庆中苏文化协会举行座谈会，黄芝冈、叶以群、向林冰、光未然、胡绳、梅林、姚蓬子等出席，罗荪主持。座谈会纪录后表在《文学月刊》第1卷第5期（6月15日）“文艺的民族形式问题特辑”之上。

6月16日，《今日评论》第3卷24期刊出朱自清《文字改革问题》，文章分析了汉字拼音化存在的问题，认为不主张汉字拉丁化也有一番道理。

6月9日，《新华日报》在一心花园召开座谈会，讨论民族形式问题。以群、蓬子、黑丁、戈宝权、臧云远、葛一虹等18人参加，潘梓年主持。座谈会纪要发表于《新华日报》（7月4日）上。

6月25日，《中国文化》第1卷第4期刊出茅盾《关于〈新水浒〉——一部利用旧形式的长篇小说》，文章肯定了谷斯范的小说《新水浒》在通俗化这点上是成功的，用语、句法、结构，都是中国式的，没有欧化的气味。鉴于这部小说带有吴语方言味道，还涉及对方言文学的评价。认为“方言文学的发展与大众化之推进，两者有其辩证的关系”。

6月，柯仲平的长篇叙事诗《平汉路工人破坏大队的产生》由读书生活出版社出版，章节有《郑州车站》《等老刘》《小黑炭放哨》《老刘催名册》《团结起来》《破坏队产生》，前面附有作者《自序》和《前记》。

7月25日，《中国文化》第1卷第5期刊出茅盾《论如何学习文学的民族形式》，文章围绕着“如何学习文学的民族形式”，谈了两个方面的问题，一是“向中国民族的文学遗产去学习”，一是“向人民大众的生活去学习。”

9月1日，延安诗歌会会刊《新诗歌》创办，主持编务有萧三、刘御、公木、海棱等人，该刊致力于诗歌的大众化和民族化工作，提倡群众性的街头诗和朗诵诗，主要发表诗歌作品和诗潮运动等方面的文章。

1941年（中华民国三十年）

1月，皖南事变发生，国民党蒋介石集团反共摩擦加剧。

4月，《华商报》在香港创刊，夏衍任主编。

5月，中共中央机关报《解放日报》在延安创刊，秦邦宪任社长。

6月，德国撕毁《苏德互不侵犯条约》，向苏联进攻，苏联卫国战争开始。

8 月，冈村宁次指挥十万以上兵力，对晋察冀边区进行大扫荡。

12 月，日军偷袭珍珠港，太平洋战争爆发。国民党政府对日正式宣战。

同月，艾青、萧三等发起成立延安诗会。

1 月 5 日，《燕京文学》第 1 卷 4 期刊出陆志韦《杂样的五拍诗》。

本月，《文史杂志》第 1 期刊出老舍的诗《清涧——榆林》。

3 月 10 日，《学习生活》第 2 卷 3、4 期刊出艾青的诗论《我怎样写诗的?》，文章称："我常常努力着使我的诗里尽量地采取口语。……我以为诗人应该比散文家更化一些功夫在创造新的词汇上。我们应该把'语言的创造者'做为'诗人'的同义语。""语言的应该遵守的最高的规律是：纯朴，自然，和谐，简约与明确。"

4 月 20 日，任钧的诗集《后方小唱》由上海杂志公司出版，收录《没有姓名的姓名》《垃圾堆旁的合唱》等诗 25 首。

5 月 14 日，《晋察冀日报·晋察冀艺术》第 14 期刊出"诗专号"，有田间的诗论《怎样写街头诗》、孙犁的诗论《关于诗的言语》等。

5 月 30 日，中华全国文艺界抗敌协会在重庆举行首次诗人节，于右任、郭沫若、老舍等两百余人参加。

同日，《新华日报》刊出《诗人节缘起》，文章称："我们决定诗人节，是要效法屈原的精神，是要使诗歌成为民族的呼声，是要了解两千年来中国诗艺术已有的成就，把古人的艺术经验，作为新诗的创作途中的养料"。

6 月 16 日，《文艺月刊·战时特刊》第 11 年 6 月号刊出冯至的《十四行集》，有《旧梦》《郊外》《杜甫》《歌德》《梦》《别》六首。

> **［扩展］** 从历史上不朽的精神到无名的村童农妇，从远方的千古的名城到山坡上的飞虫小草，从个人的一小段生活到许多人共同的遭遇，凡是和我的生命发生深切的关连的，对于每件事情我都写出一首诗：有时一天写出两三首，有时写出半首便搁浅了，过了一个长久的时间才能续成。这样一共写了二十七首。①

按：《十四行集》是冯至的代表作，采取商籁体的格式，每首均为十四行，严格押韵。在这批格律体新诗中，方言入韵现象，如冯至《十四行集》中第

① 冯至：《十四行集·序》，上海：文化生活出版社，1949 年，第 2 页。

一、二、五、七、九、十九、二十等若干首，都普遍存在方言韵的例子。①

6月，艾青的长诗《火把》由烽火社出版。

［**扩展**］今年五月初，我写了《火把》，这可说是《向太阳》的姊妹篇。这是我有意识地采用口语的尝试，企图使自己对大众化问题给以实践的解释。②

9月，艾青的《诗论》由三户图书社出版，收录《诗论》、《诗的散文美》等诗论多篇。

11月16日，重庆各界人士为纪念郭沫若同志50寿辰和创作生活25周年，在“中苏文协”举行祝贺会。周恩来、冯玉祥等出席。

1942年（**中华民国三十一年**）

2月1日，毛泽东在延安中央党校开学典礼会上作《整顿党的作风》的报告。

2月8日，毛泽东在延安干部会上作《反对党八股》的演讲。

2月16日，《文聚》第1卷第1期刊出朱自清《新诗杂话》，收入《新诗杂话》时改为《抗战与诗》，认为抗战以来诗歌发展的趋势是散文化与民间化，其中“诗的民间化还有两个现象。一是复沓多，二是铺叙多。复沓是歌谣的生命。歌谣的组织整个儿靠复沓，韵并不是必然的。歌谣的单纯就建筑在复沓上，现在的诗多用复沓，却只取其接近歌谣，取其是民间熟悉的表现法，因而可以教诗和大众接近些。”

4月10日，《文艺阵地》第6卷4期刊出艾青《论抗战以来的中国新诗——〈朴素的歌〉序》。

5月2日，延安文艺座谈会召开，会议一共开了三次，毛泽东在会上发表了重要讲话。“讲话”分为引言和结论两个部分。一、引言部分论述了文艺是整个革命机器的一个组成部分，是有力的武器。涉及文艺工作者的立场问题，

---

① 参见王力：《汉语诗律学》（增订本），上海：上海教育出版社，1979年，第870—880页。

② 艾青：《为了胜利——三年来创作的一个报告》，《抗战文艺》第7卷1期，1941年1月。

态度问题，工作对象问题，工作问题和学习问题上。其中立场问题是在站在无产阶级和人民大众的立场；态度问题指歌颂和暴露；工作对象问题指文艺作品给谁看的问题，即工农兵及其干部；在工作中要认真学习群众的语言；学习问题是指学习马列主义和学习社会。二、结论部分：第一个问题是为什么人，即为工农兵服务；第二个问题是如何去服务，提高和普及相结合；第三个问题是文艺界统一战线问题上，文艺服务于政治；第四个问题是文艺界的斗争方法，是文艺批评，文艺批评有两个标准，一个是政治标准，一个是艺术标准，其中前者第一。

按：毛泽东的讲话内容博大精深，最具原创性。1943 年 10 月 19 日以《在延安文艺座谈会上的讲话》为题在延安《解放日报》发表。发表时间离当时座谈会有一年多时间，原因之一是“要等发表的机会”（胡乔木的看法），因为 1943 年 10 月 19 日是鲁迅逝世七周年。《在延安文艺座谈会上的讲话》公开发表以后，成为延安文艺思想的主要支柱，也成为当时整风运动的重要文件。它既在解放区传播，也在国统区传播。

本月，“诗歌丛刊”第一集《春草集》由文林出版社出版，王亚平、方殷、柳倩、高兰、郭沫若、臧云远任编委。刊出老舍等《关于新诗的用字和造句》座谈会发言纪录。

本月，卞之琳诗集《十年诗草》由明日社出版社，收录《古镇的梦》《断章》《距离的组织》等 70 多首诗，分为《音尘集》《音尘集外》《装饰集》《慰劳信集》四辑。前有作者《题记》。

> ［**扩展**］我写新体诗，基本上用口语，但是我也常常吸收文言词汇、文言句法（前期有一个阶段最多），解放后新时期也一度试引进个别方言，同时也常用大家也逐渐习惯了的欧化句法。①

本月，老舍的诗集《剑北篇》由文艺奖助金管理委员会出版部出版，为“抗战文艺丛书”第一种。

按：老舍写小说与写诗歌，都是用提炼了的北京话写作，在倡导普通话写作，进行汉语规范化之前，老舍是以京语为本色的。

> ［**扩展**］1946 年 3 月，他与曹禺应邀赴美讲学，滞留美国多年，直到

---

① 卞之琳：《雕虫纪历 · 自序》，北京：人民文学出版社，1984 年，第 1 页。

> 1949年年底归国。在美期间，曾有一文记录了他发展土语文学的主张。“老舍先生主张用土语来丰富白话文。国语在中国各种语言中是最没有力量的一种。许多国语不能表达的经验和情感，土语都可以充分的表达。用古文的词汇入于白话文，并能丰富新内容，反而流于呆板。各业都各有其技术语，这种技术语也是最能丰富内容的。所以应用土语及术语，是新文学在语言上的一条大路。”①

8月，《诗》第3卷3期刊出徐迟《〈最强音〉增订本跋》，文章称：“我已抛弃纯诗（PurePoetry），相信诗歌是人民的武器，我抛弃了印刷品诗，相信诗必须传达，朗诵，而朗诵并不在多幻想的主人的客厅。”

10月30日，《诗创作》第15期刊出茅盾《“诗论”管窥》，文章在论到当时新诗时认为“我们现在是用口语写作，所以从活的语言中，各地的方言中，摄取新的语汇，自是‘天经地义’的方法。技巧方面也有些地方可取法于民间歌谣。然而我们又应当承认：‘文’‘白’虽有别，中国语言之为单音体却未有变易，而且这些单音的字可因其平仄、因其‘双声’‘叠韵’而构成节奏之美，——这也是‘文’‘白’所同。古人在这些地方，恰就有过长期的研究和实践，获得许多宝贵的经验。现在写诗，句末押韵可以不拘，然而句中各字平仄的节奏仍不能不讲究”。

11月2日，《解放日报》刊出严辰的诗论《关于诗歌大众化》，文章称：“怎样才能大众化呀？这不只是诗歌创作一方面的一个问题，更重要的是诗歌工作者的生活、思想意识等的问题。必须我们先被大众所化，融合在大众中间，成为大众的一员，不再称大众为‘他们’，而骄傲地和他们一起称为‘我们’”。

11月15日，《国文杂志》第1卷3期刊出朱自清《论朗读》，“早期白话诗文大概免不了文言调，并渗入欧化调，纯粹口语成分极少。后来口语调渐渐赶掉了文言调，但欧化调也随着发展。近年运用纯粹口语——国语，北平话——的才多些，老舍先生是一位代表。……至于用口语写的白话诗，大家最容易想起的该是徐志摩先生的那些‘无韵体’的诗。作者觉得那些诗用的可以算是纯粹口语。作者曾在清华的诵读会里试说过他的《卡尔佛里》一首。一面是说不好，一面也许因为题材太生疏罢，失败了。但是还值得试别首，作者想。还有赵元任先生贺胡适之先生四十生日的诗，用的道地的北平话，很幽默

① 转引自舒乙：《老舍文学语言发展的六个阶段》，《语文建设》1994年第5期。

的，说起来该很好。徐先生还写过一首他的方言（硖石）诗，《一条金色的光痕》，是一个穷老婆子给另一个死了的穷老婆子向一位太太求帮衬的一番话。作者听过他的小同乡蒋慰堂先生说这首诗，觉得亲切有味。因此想起康白情先生的《一封未写完的信》那首诗，信文大部分用的是口语，有些是四川话，作者想若用四川腔去说，该很好。”

1943 **年（中华民国三十二年）**

2 月，延安举行盛大秧歌剧演出。

3 月，中共中央文委与中央组织部召集延安从事文艺工作的 50 多名党员开会，陈云、刘少奇、博古、何凯丰等在会上讲话，表示坚决贯彻《在延安文艺座谈会上的讲话》的精神，号召文艺工作者到群众中去。

9 月，意大利法西斯政府宣布无条件投降。

11 月，中、美、英三国首脑在埃及开罗举行会议，发表《开罗宣言》。

同时，中共中央宣传部做出《关于执行党的文艺政策的决定》。

1 月，臧克家的《我的诗生活》由重庆学习生活社出版。

同月，《文化杂志》第 3 卷 3 号刊出邵荃麟的《略论文学上的方言使用问题》，指出文学上使用方言问题与方言文学是两回事情，“前者是指一般文学创作上如何采用各地的方言，以加强其语言的生动性，和创造更有活力的文学言语；后者则是指用全部方言写成作品，使它在当地读者中间取得大众化的作用。”

按：邵荃麟将两者进行划分，重视文学创作上兼取各地方言的精华，使方言逐渐成为普遍运用的文学语言，是以发展文学语言的立场来看待这一方言问题的。

3 月 9 日，《解放日报》刊出艾青《吴满有》一诗，全诗共为九章，每一章的标题分别是：《写你在文化界的欢迎会上》《写你受苦的日子》《写你翻身》《写你勤耕种》《写你发起来了》《写你爱边区》《写你当了劳动英雄》《写你叫大家多生产》《写你的欢喜》。后有《吴满有 · 附记》，“一般地说，农民欢喜具体，欢喜与他直接相关的事，欢喜明快简短的句子，欢喜实实在在的内容”。

6 月，臧克家的《泥土的歌》由今日文艺社出版。收录诗作 50 多首。

8 月，桂林开明书店出版马文珍诗集《北望集》，前有朱自清《北平诗——〈北望集〉序》。“这本诗其实大部分是抗战的记录。马先生写着沦陷后的北平；出现在他诗里的有游击队，敌兵，苦难的民众，醉生梦死的汉奸。……沦陷后的北平是他亲见亲闻的，他更给我们许多生动的细节”。“平淡的语言却不至于将我们压住；让我们有机会想起整套的背景，不死钉在一点一线一面上。”

8 月，《新中华》复刊第 1 卷第 8 期刊出茅盾《论大众语》，文章认为大众语是“大众化”在形式方面的主要问题，但要坦白承认：“第一、通行全国的大众语，我们现时的确还没有；第二、现时各地大众的口语要作为文学的写作工具还十分不够。”“大众的口语（不问其为全国性或地方性的），和大众化的文学作品所用的文字，并不是完全一样的东西。文学作品的文字，不论它如何大众化，但终究是‘艺术的语言’，即是精炼过了大众口语。”“假使我们现在就来择定某一种方言作为大众语的基础，那也是对于大众语前途不利的做法。”“将来的大众语应当是在语法和语汇方面都包含了各方言的精华的一种新的南腔北调的话。”文章最后指出“各地的大众语是我们的老师，但同时我们必须作他们的工程师。……我们要向大众学习，但同时也要做大众的老师，这句话在文学大众化的整个过程中，我以为应当是句主要的口号。”

11 月 8 日，《解放日报》发表中宣部 7 日做出的《中共中央宣传部关于执行党的文艺政策的决定》，决定说：“毛泽东同志《在延安文艺座谈会上的讲话》规定了党对现阶段中国文艺运动的基本方向。”

11 月，袁水拍的诗集《冬天，冬天》由桂林远方书店出版，收录《往来》《女犯》《水齐到颈根的人们》《冬天，冬天》等诗 27 首，前有作者前记。在前记中，袁水拍认为“只有上承我们的民谣及活的旧诗歌的传统，横里面连结起广大的人民的诗歌才可以行远，才能为人民所承认拥为己有，才能有生命。也许这样的诗歌只是未来的事业，象泉水一样地从人民当中冒出来。在这种诗歌的面前，我们的诗人的作品将为之褪色吧？而目前那些民谣风的新诗歌（象前面提到的，新的山歌《两只鸡蛋》）正是未来的好诗的萌芽”。同时此文还介绍了他与徐迟讨论民谣的意见。“徐迟也是一个民谣的信奉者。他主张搜集民谣，歌唱它们，制作它们；附带要搜集各地的方言，学学它们不靠书本而能把话说得明白动人的人，（也许不靠书本才行）；他说从民谣到史诗是我们的诗歌的道路，我同意他。不过记得我们有过两次争论，关于民谣的限制的问题。因为如果把民谣仅仅作为一种诗歌的形式看，那么它是有限制的。它可以非常合适地反映了我们封建时代的两性生活和家庭生活的若干面，以及若干社会问题，但是对于目前以及将来的显然在变更中的时代和它的社会内容，复杂的经济生活和政治生活，随之而起的人的感情，作为形式，民谣是不能胜任的。我们需要民谣，正因为我们要抛弃它，我们宝贵这个民谣的传统（我们无法想象一个没有民谣传统的民族），同时要求另外创造一个新天地。”

本月，重庆商务印书馆出版王力的《中国现代语法》一书，前有朱自清《〈中国现代语法〉序》，收入《语文零拾》时改题为《中国语的特征在那里——序王力〈中国现代语法〉》。“本书所为现代语，以《红楼梦》为标准，而辅以《儿女英雄传》。这两部小说都用的纯粹北平话。虽然前者离现在已经二百多年，后者也有六七十年，可是现代北平语法还跟这两部书差不多，只是词汇变换得厉害罢了。这两部书是写的语言，同时也差不多是说的语言。”在语法方面，“新文学运动和新文化运动以来，中国语在加速的变化。这种变化，一般称为欧化，但称为现代化也许更确切些。这种变化虽然还只多见于写的语言——白话文，少见于说话的语言，但日子久了，说的语言自然会跟上来的。王先生在本书里特立专章讨论‘欧化的语法’，可见眼光远大。……中国语的欧化或现代化已经26年了，该有人清算一番，指出这条路子那些地方走通了，那些地方走不通，好教写作的人知道努力的方向，大家共同创造‘文学的国语’。”

12月21日，《当代评论》第4卷3期刊出朱自清《朗读与诗》，后收入《新诗杂话》改为《诵读与诗》，文章考察了古今诗与音乐、朗读的关系，分析了诗朗诵运动对诗歌发展所起的作用，指出认为“新诗的语言不是民间的语言，而是欧化或现代化的语言，因此朗读起来不容易顺口顺耳。固然白话文也有同样情形，但是文的篇幅大，不顺的地方容易掩藏，诗的篇幅小，和谐的朗读更是困难。”“诗到了朗读阶段才能有独立的自由的进展”“为己的朗读和为人的朗读却该同时并进，诗才能有独立的圆满的进展。”

12月，朱自清作《诗韵》，后收入《新诗杂话》，文章认为“现代的新诗作者，押韵并不查诗韵，只以自己的蓝青官话为据，又常平仄通押，倒是不谐而谐的多。不过‘谐韵‘也用得着。这里得提到教育部制定的《中华新韵》。这是一部标准的国音韵书，里面注明通韵；要谐，押本韵，要不谐，押通韵。有本韵书查查，比自己想韵方便得多。作方言诗自然可用方音押韵，也很新鲜别致的。”

本月，艾青的叙事长诗《吴满有》由新华书店出版，共9章，有作者《附记》，前有《编者的话——关于文艺的“新方向”》，后者称：“艾青的《吴满有》，被推作是朝着文艺的‘新方向’发展的东西，这是凡是读过《新华周刊》上解放日报社论的，都知道的了。”并进一步称《吴满有》“用了群众的语言，吴满有和其他劳动群众就都能够加以理解和欣赏。”

本月，赵树理小说集《李有才板话》由华北新华书店出版。

［**扩展**］“《李有才板话》是一部新形式的小说（这是和章回体的《吕梁英雄传》不同的）；然而这是大众化的作品。”其中提出了体现大众化的若干特点，包括“第三、书中人物的对话是活生生的口语，人物的动作也是农民型的”，“第五、在若干需要描写的地方（背景或人物）作者往往用了一段‘快板’，简洁，有力，而多风趣”。①

1944 年（民国三十三年）

2 月，解放区战场向日军发动局部反攻；延安举行秧歌队会演。

4 月，周扬编辑的《马克思主义与文艺》一书出版。

9 月，国民党元老、各党派领袖以及社会各界人士等集会，主张必须召开国是会议，成立联合政府。

10 月，中、美、英，以及苏、美、英分别在美国顿巴顿橡树园开会，商讨战后成立“联合国”机构。

1 月 1 日，重庆《新华日报》以整版篇幅，以《毛泽东同志对文艺问题的意见》为题，分为《文艺上的为群众和如何为群众的问题》《文艺的普及和提高》《文艺和政治》三篇独立的文章摘录刊出毛泽东《在延安文艺座谈会上的讲话》的核心论点，这是毛泽东“讲话”在国统区首次公开发表。

按：毛泽东《在延安文艺座谈会上的讲话》全文于 1943 年传到重庆后便交给《新华日报》，千方百计想在报纸上发表。当时《新华日报》采用“化整为零”的战术，采取摘录原文与概括的办法来“化”，同时和词句激烈的政论短评放在一起送检，以便能经过检查。这样三篇文章都通过了，再合在一起集中登出。②

1 月 1 日，《新文学》第 1 卷第 2 期刊出朱自清《真诗》，文章探讨了新诗与民歌的关系，“按照诗的发展的旧路，各体都出于歌谣，四言出于国风，小

---

① 茅盾：《关于〈李有才板话〉》，《群众》第 12 卷第 10 期，1946 年 9 月。

② 郑之东：《在艰苦斗争的日子里——回忆重庆新华日报的副刊》，《新闻业务》1963 年第 2 期。

雅，五、七言出于乐府诗。……但新诗不取法于歌谣，……这最主要的原因还是外国的影响；别的原因都只在这一个影响下发生作用。”“这是欧化，便不如说是现代化。”“现代化是不可避免的，现代化是新路，比旧路短得多，要‘迎头赶上人家’，非走这条路不可。”“新诗虽然不必取法于歌谣，却也不妨取法于歌谣，山歌长于譬喻，并且巧于复沓，都可学。童谣虽然不必尊为‘真诗’，但那‘自然流利’，有些诗也可斟酌的学；新诗虽说认真，却也不妨有不认真的时候。历来的新诗似乎太严肃了，不免单调些”。

3 月 21 日，《解放日报》刊出周扬《表现新的群众的时代——看了春节秧歌以后》，文章批评有些作者不熟悉老百姓的语言，“是知识分子的语言，用毛主席的话来说，就是‘学生腔’”。“更大的困难是语言。秧歌剧都是写的老百姓的事，而又是以方言演出的，语言成了一个首先需要解决的问题。采用方言是绝对必要的，我以为以边区老百姓生活为题材的秧歌剧必须用方言写和演”，“要做好秧歌除了向老百姓学习之外再没有别的办法”。

4 月 11 日，《解放日报》刊出周扬《马克思主义与文艺》序言，认为马克思主义作家要向群众语言学习，主要观点如下：一、在人物的对话中采用了民间口语，比初期革命文学有进步；二、在叙述描写没有意识到也运用群众语言；三、人物对话用土语方言，叙述描写是欧化语言，成为鲜明的对比，必须改变这一现状。

5 月 28 日，重庆文化界人士在郭沫若寓所聚会，听取从延安来重庆的何其芳、刘白羽报告贯彻《在延安文艺座谈会上的讲话》精神和延安文艺整风情况以及解放区文艺现状等。

8 月 26 日，《新华日报》发表中共中央宣传部《关于执行党的文艺政策的决定》，决定指出《在延安文艺座谈会上的讲话》是全党对现阶段中国文艺运动的基本方针。

10 月 22 日，重庆举办臧克家从事创作 15 周年纪念茶会。

11 月，冯文炳的诗论集《谈新诗》由新民印书馆出版。

12 月，臧克家的《十年诗选》由现代出版社出版，收《难民》《老哥哥》等诗 70 首。前有作者《序》。

本月，李广田的诗论集《诗的艺术》由开明书店出版，前有作者《序》。

本月，《诗前哨丛刊》第 2 辑《收获之歌》刊出沙鸥的诗《这黑荒的周家湾的夜呀》，晏明诗论《诗的语言》等。

1945 年（中华民国三十四年）

1 月，胡风在重庆创办《希望》月刊。

2 月，重庆、昆明等地文化界 300 余人联名发表“文化界时局进言”。

4 月，中国共产党第七次全国代表大会在延安召开，毛泽东作《论联合政府》的报告。

5 月，苏联红军攻克德国柏林。

7 月，苏、美、英三国首脑在波茨坦举行会议，发表《波茨坦公告》，促令日本投降。次月，苏联对日宣战。

8 月，日本宣布无条件投降。

9 月，西南新闻文化团体自动取消审查制度，不少报刊参加拒检运动。

1 月 3 日，《新华日报》刊出失名方言诗二首，分别有方言语汇的注脚一个和五个。

1 月 8 日，《新华日报》刊出艾青的《汪庭有和他的歌》，文章概述了木匠汪庭有悲惨的成长经历，以及他用民间歌谣的形式来表达对新生活热爱的情怀。

2 月，《时与潮文艺》第 4 卷 6 期刊出高兰的诗论《诗的朗诵与朗诵的诗》，全文甚长，分为诗的朗诵与朗诵的诗两个部分：在“诗的朗诵”部分中回顾了中西诗歌在朗诵方面的历史，提出了以下问题：为什么诗应该朗诵，究竟应该怎样朗诵；“朗诵的诗”部分则认为它的提出“便是基于这种时代的要求，是历史演进自然的趋势”，具体要具备以下条件：一、文字通俗化，二、要有韵律，三、热烈与现实的情感。①

本月，《诗文学》丛刊创办，邱晓崧、魏荒弩主编，共出 2 辑。刊有王亚平的诗论《论诗人思想情感的改造》。

本月，何其芳的诗集《预言》由文化生活出版社出版，收录《预言》《季候病》《云》等诗 30 余首。

　　［**扩展**］我的第一个诗集《预言》是这样编成的：那时原稿都不在手

① 转引自高兰编：《诗的朗诵与朗诵的诗》，济南：山东大学出版社，1987 年，第 1—26 页。

边，全部是凭记忆把它们默写了出来。凡是不能全篇默写出来的诗都没有收入。这也可以说明我当时对于写诗是多么入迷。①

4月14日，《新华日报》刊出失名（沙鸥）的《关于诗歌下乡》，编者在发表时有推荐语“（这篇文章，提供了一些经验，我们想发表可作到农村中去的参考，也可以讨论——编者）”。文章很长，是方言诗歌的重要论文，它侧重谈诗歌下乡的几个问题，一是内容方面，既要写农民相关的生活，诗人在思想情感上也要与农人结为一体。一篇诗要紧的是要有故事性。二是语言方面，“诗歌下乡”需要用地方语，即四川方言来写，而且四川不同地方的方言也有不同。三是方式，主要在农民家里进行朗诵活动，选择在农民一天休息时。

5月4日，《文哨》第1卷第1期刊出穆旦《活下去》、沙鸥方言叙事诗《化雪夜》和吴组缃的诗评《读〈十年诗选〉》。吴组缃此文是以书信方式写的，与诗人臧克家讨论了用字、用词方面的不足，其中有五点：（一）推敲太过，显出不自然；（二）所用之词太艰涩，太冷僻，念不顺口，听来不易懂得；（三）为要趁韵致用词不顺适；（四）于词义恐有未察者；（五）太生僻的土语，采用了，再加注子，在读者眼中即隔了一层，实在遗憾。

按：吴组缃这篇书信体诗论注意到了臧克家《十年诗选》方言加注或未加注的“两难”现象，选的例子有两首，一首是《温柔的逆旅》中所用的土语；一首是《秋》末句“‘拉大笆’的穷人”，没有加注，读者便不明白是什么意思。

6月，艾青的诗集《献给乡村的诗》由昆明北门出版社出版，收录《献给乡村的诗》《阳光在远处》《捉蛙者》《河》等诗17首，前有作者序。艾青在序中称：“新的农村，新的农民正在中国生长，这是值得中国的诗人们拭目注视的。我的这个集子，写的是旧的农村，用的是旧的感情。我们出身的阶级，给我很大的负累，使我至今还不可能用一个纯粹的农民的眼光看中国的农村。但是这个无限广阔的国家的无限丰富的农村生活——无论旧的还是新的——都要求着在新诗上有它的重要篇幅，我真是何等渴望能多多地读到纯粹的农民气息的诗啊！”

11月，沙鸥的诗集《农村的歌》由春草社出版，为“春草诗丛”第三种，收录诗作60余首。具体篇目如下：《收获期》《茶馆里》《收割》《检谷的》

---

① 何其芳：《写诗的经过》，《关于写诗和读诗》，北京：作家出版社，1956年，第94页。

《偷谷》《火烧天》《黄谷》《三年》《路途》《爸爸》《偷菜》《孤儿》《死》《生活》《堰塘》《雨》《陈大老爷》《女人》《外婆》《月夜》《黄错》《大公鸡》《保国民校》《上学》《死牛》《麦苗》《砍柴》《茅蓬蓬》《赶场》《赌摊》《算命》《汤锅》《茶馆》《烟馆》《不敷费》《泥土》《晒坝》《土地庙》《荒凉》《夜路》《赌博》《包头妹》《火炮》《讨饭》《拜年》《上坟》《小春》《猪》《溪边》《场上》《茶馆》《老妇》《临时参议员》《乡长》《大户的儿女》《父与子》《小粮户》《胜利》《席间》《赵老太爷》。

按：这是沙鸥的第一个诗集，是沙鸥从学习模仿艾青的诗歌，转到个人风格的表现。1944 年寒暑假，沙鸥去了川东农村，身历农民的非人生活，开始尝试用四川农民的语言来写诗，以“失名”或“佚名”发表在重庆不同报刊上，其中《新华日报》副刊的扶持最大。

> ［**扩展**］“这些诗最初是在《新华日报》发表，并引起广泛注意。四川方言诗在当时可以说是一种创新。”“用农民的语言写农民的苦难……自己的诗风也变化了。”①

> ［**扩展**］在沙鸥的带动与影响下，一批更年轻的四川诗人也写起四川方言诗来。一时间掀起了四川方言诗的热潮。沙鸥——方言诗；方言诗——沙鸥，几乎成为同义词。②

本年，光未然的《阿细的先鸡》由昆明北门出版社出版，系整理的云南阿细民族长诗。

1946 年（**中华民国三十五年**）

1 月，国共双方缔结《停战协定》。各抗日党派在重庆举行政治协商会议，会议通过《和平建国纲领》。

5 月，中共中央发布《关于土地问题的指示》。

同月，国民党政府还都南京。

---

① 沙鸥：《关于我写诗》，《沙鸥谈诗》，止庵编，北京：首都师范大学出版社，1996 年，第 92 页。

② 晏明：《飘飘何所似　天地一沙鸥（上）》，《新文学史料》2001 年第 2 期。

6 月，国民党军队大举围攻中原解放区，开始发动全面内战。

7 月，李公朴、闻一多被国民党特务在昆明暗杀。

11 月，蒋介石集团操纵的“伪国大”在南京开幕，次月闭幕，通过《中华民国宪法修正案》。

12 月，北平、天津、上海、南京等大城市爆发反美反蒋运动。

1 月 31 日，《文萃》第 17 期刊出黄药眠的诗论《论诗歌工作者的自我改造》。

4 月 17 日，华中文协召开诗歌座谈会，黄源主持，到会十余人。陆维扬报告苏北墙头诗运动；座谈会还讨论了诗歌方面问题，与会代表均认为应开展大众诗歌运动，诗歌必须和实际生活相结合。

4 月 20 日，《人民文艺》第 4 期刊出王亚平的诗论《农村诗及其发展方向》。

4 月 20 日，《中国诗坛》光复版第 3 期刊出茅盾《为诗人们打气》，文章在总结抗战八年中的文艺运动时，就诗歌而言则是诗人们大胆地作一切新的尝试：“大胆地作了朗诵运动，大胆地作了街头诗运动，大胆地采用了民谣的风格，大胆地写长诗，——数千行的叙事诗……他们的成就如何，此处姑置不论；但他们这种大胆地尝试、勇敢地创造的精神，我们一定要珍视，一定要赞美。”

按：茅盾对于抗战诗歌还有以下评定：即抗战诗歌运动是白话诗的再解放。

6 月 10 日，《文联》第 1 卷 7 期刊出袁水拍《通俗诗歌的创作》，文章称：抗战以来涌现的大量民谣，“反映着老百姓自己的生活，道出他们的痛苦和愤怒”，这些歌谣的内容超越旧时代的风俗习惯，跳出了无郎无姐不成歌的旧模式，表现了非常严肃的迫切的题材。诗人应该向人民学习民谣，“从这里可以发现一条人民诗歌的大路”。

6 月 25 日，边区文联举行群众翻身诗歌漫谈会。《歌唱人民的时代，创造翻身的史诗》是这样报道的：“在全区各地轰轰烈烈的群众运动中，群众不仅从政治上、经济上开始翻过身来，而且从封建思想枷锁中初步解放出来，反映群众自求解放的翻身诗歌，也应运而生，真正形成了一个‘群众翻身，自唱自乐’的时代。……会议由荒煤主持，在朗诵太岳等地的几首群众翻身诗歌后，即开始漫谈。大家对目前全区到处产生了群众翻身的诗歌，感到极大兴奋，孙副司令员于介绍太岳区群运中群众创作之诗歌情形后说：希望党政军民共同努力，来掀起一个群众翻身的诗歌创作运动。”

本月，任钧的诗论集《新诗话》由新中国出版社出版。

7 月 1 日，《诗激流》在重庆创刊，共出 2 期。第一期刊出野谷的方言诗《农村家畜篇》、沙鸥的方言诗《那个晓得夜有好深》等。

7 月，沙鸥的第二本诗集《化雪夜》由春草社出版，为“春草诗丛”二辑之一，收录《是谁逼死了他们》《化雪夜》《这里的日子莫有亮》《他自己宰错了手》《一个老故事》《寒夜·难挨的日子》等诗 6 首，有作者《序诗》和《后记》。

按：沙鸥的《化雪夜》与他的第一本方言诗集《农村的歌》不同，前者是叙事诗为主，后者以抒情诗为主。

8 月 15 日，《新华日报》刊出叶逸民《方言诗的创作问题》，作者在评论方言诗人沙鸥的作品时，强调“我觉得方言诗的问题，不是一个用方言土语的问题，而是一个深入到人民生活中，使诗歌成为人民大众自己的声音，自己的语言，反映广大人民各式各样的生活，诗歌大众化的问题。”

8 月 19 日，《新华日报》刊出邵子南《沙鸥的诗》，文章认为沙鸥的方言诗，诗风纯朴、笔触细腻，给人印象也特别深，其中“写得最动人的有农民与牛的关系”，“拉壮丁的悲剧，也写得最动人”。同时提出诗人“初用方言，大可大刀阔斧，不必太着重加工提炼。大刀阔斧的结果，也许成为别开生面的文字”。

8 月 26 日，《解放日报》副刊刊出周扬《论赵树理的创作》，文章称赵树理“在他的作品中那么熟练地丰富地运用了群众的语言，显示了他的口语化的卓越的能力；不但在人物对话上，而且在一般叙述的描写上，都是口语化的。……他的语言是群众的活的语言。”

8 月，《新文艺》第 3 期刊出定国的诗论《向群众学习诗歌，展开群众诗歌运动》。

9 月 22 至 24 日，《解放日报》刊出李季的叙事诗《王贵与李香香——三边民间革命历史故事》。9 月 22 日刊载时还刊登出解清（即黎辛）的短论《从〈王贵与李香香〉谈起》，在语言层面主要观点如下：一、形式自由、生动，运用民间的口语和形象来写作；二、大量借用了陕北民间“顺天游”。

9 月 28 日，《解放日报》刊出陆定一的文章《读了一首诗》，宣称：“比较来得更迟的，就是诗人。《王贵与李香香》，就是这样的新诗。用丰富的民间语汇来做诗，内容形式都好的，在外面有袁水拍先生，现在我们这里也有了。”

9 月 29 日，《群众》周刊第 12 卷 10 期刊出茅盾《关于〈李有才板话〉》，文章对《李有才板话》的大众化十分欣赏，对人物对话的口语化和“快板”本身也同样如此。

9 月，田间的叙事长诗《戎冠秀》由哈尔滨东北画报社出版。

10 月 2、3 日，《新华日报》在第一版刊出沙鸥方言诗集《化雪夜》的销售广告，广告称：“西南农村中之一切悲惨，榨取，与不合理，诗人用熟稔的方言暴露无遗，其中有农人对牛的情爱，有农人被地主及保甲逼死的惨景，有农人求生的求解放的苦斗。”

10 月 16 日，《新华日报》刊出小亚《对于诗的要求》，文章指出“在国民党统治区域里，我们不能要求每个诗人都为‘工农兵及其干部’而写作。”方言诗的创作必须要求“诗的艺术效能”，“诗的深沉与丰富，并请求一下艺术的表现”。

10 月 22 日，《华商报》刊出冻山粤语歌词《穷人有命啦》。

10 月，马凡陀的讽刺诗集《马凡陀的山歌》由生活书店出版，收录《民主与原子弹》《主人要辞职》《发票贴在印花上》等诗近百首。

[**扩展**] 马凡陀的山歌，有时采自由诗体，有时借山歌小调，有时仿陶行知和冯玉祥的形式，但均别出心裁。而以诗人的热情向现实的黑暗挑战，投以讽刺的刃，今日尚少与比肩者。本书是 1943 到 1945 年作品的结集，计 99 首。丁聪插图，装帧美观。①

11 月 7 日，《侨声报·学诗》第 9 期刊出薛汕的文章《口令的发展——“学习歌谣”的札记之二》。

11 月 15 日，《文艺春秋》第 3 卷 5 期刊出王亚平的诗论《论诗歌大众化的现实意义》。文章称：“最近，‘大众化’的重新提出，我想是应该有一种新的理解、深刻的意义的。它不但要求形式大众化，内容大众化，就是作者本人的生活也应该大众化。只有这样才能符合这个伟大丰富的民主内容，才能在各种形式的基础上创造出一种更被人民大众所欢喜的形式。”

本月，李季的长诗《王贵与李香香》由东北书店出版，有陆定一《读了一首诗——代序》。

本月，王希坚的诗集《翻身民歌》由山东新华书店出版，为“大众文库”之一。收录《送礼》《穷光棍娶妻》《二流子》《揭石板》等民歌体诗作 60

① 见《诗创造》第 1 辑，广告，1947 年 7 月。

多首。

12月1日，《人民时代》第2卷11期刊出芝青的诗评《“王贵与李香香”读后记》。

《太岳文化》第1卷3期刊出陈涌的诗论《佃户话和我们诗歌的创作》。

12月2日，《新生报》副刊《语言与文学》第7期刊出朱自清《周话》，收入《标准与尺度》一书改题为《诵读教学》，文章强调诵读教学对于纠正“过分欧化”和“夹杂方言”的弱点的作用。此文原是对黎锦熙时评的回应，针对黎氏“作文与说话失去了联系，文字和语言脱了节”，补求办法是“诵读教学”的意见，朱自清认为“失去联系”似乎指作文过分欧化，或者夹杂方言。过分欧化自然和语言脱节，夹杂方言是拿“纷歧的个别的语言”来搅动统一的国语，也就是和国语脱节。欧化是中国现代文化的一般动向，写作的欧化是跟一般文化配合着的。欧化自然难免有时候过分，但是这八九年来在写作方面的欧化似乎已经能够适可而止了。至于夹杂方言却和欧化问题不一样，从写作的本人看无论是否中学生，他的文字里夹些方言，恐怕倒觉得合拍些。在读者一面，只要方言用得适当，也会觉得新鲜或别致。这不能算脱节。我虽然赞成写北平话为标准语，却也欣赏纯方言或夹方言的写作。近些年来用四川话写作的颇有几位作家，夹杂四川话或西南官话的写作更多，有些很不错。这个丰富了我们的写的语言，国语似乎该来个门户开放政策，才能成其为国语。

12月12日，《文萃》第2年10期刊出洁泯的诗评《谈谈马凡陀的山歌》，文章一方面肯定山歌带给新诗“一个健壮与泼野的解放”，“把诗的胸襟大大的扩大了起来”；另一方面也批评马凡陀山歌缺乏“自己主观的创造力”，只是概念地了解通俗化的本质，基本上是“失败”的。

12月28日，《新华日报》刊出克劳德的《马凡陀的山歌》，文章认为“马凡陀的山歌是诗中的杂文，诗中的漫画”。

12月，上海商务印书馆出版刘兆吉搜集整理的《西南采风录》一书，前有闻一多、朱自清、黄钰生的序。朱自清序中说到北京大学歌谣研究会“目的确不是政治的，音乐的，而是文艺的，学术的。他们要将歌谣作为新诗的参考，要将歌谣作为民俗研究的一种张本。他（指刘兆吉——笔者注）将采集的歌谣分为六类。就中七言四句的‘情歌’最多。这就是西南流行的山歌，四百多首里有三分之一可以说是好诗。这中间不缺少新鲜的话句和特殊的地方色彩，读了都可以增扩我们自己。”

本年，鲁莽等著诗集《大众诗歌》由盐阜大众社出版，纪念《盐阜大众》三周年，是小调、歌谣、快板、新诗合集。

1947 年（中华民国三十六年）

2 月，台湾人民纷纷起义，反抗国民党的暴行，史称“二·二八”起义。

3 月，国民党军队大举进攻陕北解放区。中共中央撤退出延安。

7 月，中国人民解放军由战略防御转为进攻，国共双方实力发生变化。

9 月，中共中央制定《中国土地法大纲》，解放区开展土地改革运动。

1 月 1 日，《文萃》第 2 年第 12—13 期刊出金大均的诗评《诗工作的道路——洁泯“谈谈马凡陀的山歌”读后》。

同日，《华商报》刊出未署名的评论《从马凡陀的方向看》。文章肯定了马凡陀的诗歌，认为其“当然不是诗的唯一道路，却是一个正确方面”；并对之前文萃十期和九期上的批评进行辩护，认为批评家“忽视了大的好处，而强调了小的坏处，这不是好批评”，提出新诗一定要使人懂，不可孤芳自赏。“马凡陀过去写了不少知识分子看的诗，用力很多，他后来认为诗应该为更多的人懂，他采用了民歌，然而他并没有为民歌所困止，束缚住，当然，他对于接近大众接近市民，还嫌心有余而力不足，这与生活有关，因之也就多有侧面的讽刺，而正面的愤怒还不足，但如与人民的思想能够抓得紧是有前途的，新诗一定要使人懂。”

1 月 5 日，《文萃》第 2 年第 14 期刊出洁泯的诗论《再谈马凡陀的山歌》，文章认为马凡陀“太陶醉于民歌的形式，撒脱了作家所应该赋有的独特的创造力”；山歌的旧形式起了束缚作用。

1 月 25 日，《新华日报》副刊刊出默涵的诗论《关于马凡陀的山歌》，文章高度评价了马凡陀的创作，提出“马凡陀的山歌的方向”的说法，认为“马凡陀的山歌的方向，就是用了通俗的民间的语汇和歌谣的形式，来表现人民（在他主要是市民）所最关心的事物，来歌唱广大人民的感想和情绪，这是诗歌深入人民，和人民结合的方向。”

2 月 8 日，《新华日报》刊出沙鸥的《诗的一个去向——试论〈李有才板话〉中的诗》，文章视赵树理小说《李有才板话》中数则押韵的板话为诗歌佳作，称之为“中国作风，中国气派”。诗人的思想情感如何与人民大众结合，民间形式如何运用之类诗学问题，可以从中寻找到答案。

2 月 14 日，天津《大公报·文艺》津新第 62 期刊出李广田的书评《马凡陀的山歌》，认为“这正是今天的国风”，同时强调“这只是新诗的道路之一，却不是新诗惟一的道路”。

2 月 15 日，《新诗歌》月刊在上海创刊，薛汕、李凌、沙鸥编辑，联合编译社出版，自第 6 号改为丛刊，创刊号有罗泅《白居易颂》、柳倩《能忍耐吗，中国?》、沙鸥《母子遭殃》等诗作。

3 月 10 日，《作家杂志》第 2 期刊出李广田诗论《从一首歌谣谈起》。

3 月 10 日，郭沫若在上海大孚出版公司出版《行知诗歌集》的《校后记》中称陶行知是“一位伟大的人民诗人”。同月，陶行知的《行知诗歌集》由上海大孚出版公司出版。

3 月 15 日，《新诗歌》月刊第 2 号刊出野谷的《战士的信》、苏金伞《黄河又回来啦》、吕剑《花盆山》，沙鸥诗论《关于方言诗》。沙鸥的《关于方言诗》是一篇长文，文章首先认定方言诗“是一个大众化的问题”，“方言诗正是用群众的语言，使诗歌从知识分子的手中，还给广大的群众、与群众取得结合的开始。”主要分论点如下：一、这里的群众，主要是指农人，知识分子要以农人的利益为自己的利益，农人是绝对可能被我们理解的。二、文艺普及十分重要，不能认为方言诗是诗的水准的下落。三、方言诗不是诗歌最后的形式，它仅仅是完成诗歌大众化的一个必不可少的，过渡的阶段。四、在创作上应注意的一些事项，首先在内容上写农人实际的有一般性的有头有尾的生活；其次在形式上要篇章简短，排列整齐，与音节响亮，韵脚和谐，同样应得到重视了；最后是语言上要经过提炼加工，而不是堆放积方言土字。

4 月，《文艺生活》新第 13 期刊出周而复的诗评《王贵与李香香》。

5 月，《文艺生活》新第 14 期刊出黄药眠的诗论《由〈民主短简〉谈到政治讽刺诗》，文章称：“有人爱把黄宁婴和马凡陀相比，我觉得两相比较起来，马凡陀的诗多接触到大都市小市民的日常生活，充满着近代都市人的机智，用的词句比较口语化，歌谣化，但黄宁婴的诗，则多从政治着眼，立场、风格也还是一般智识份子的立场和风格。因此在普及化的意义上看，在其所影响的范围上看，还赶不上马凡陀的。”

本月，马适安辑录的民歌体诗选《揭石板集》由华北新华书店出版，系晋冀鲁豫边区文艺创作小丛书之四。

6 月 1 日，《文艺复兴》第 3 卷 4 期刊出“诗歌特辑”，有沙鸥的《农村小集》、沙蕾的《过程》，以及劳辛的诗论《“马凡陀的山歌”和臧克家的“宝贝儿”》。

6 月 2 日，《新生报 · 语言与文学》第 33 期刊出朱光潜的诗论《诵读与诗》（续）。

6 月 15 日，《新诗歌》丛刊第 5 号刊出沙鸥《逃兵林桂清》、苏金伞《鹁鸪鸟》等诗与吴视的诗论《在暗夜里——〈生命的零度〉读后》。

按：《新诗歌》由薛汕、李凌、沙鸥编辑，在杂志底页有春草社沪版新书《春草诗丛》广告，预告《化雪夜》（方言叙事诗），已出；《农村的歌》（方言抒情诗），已出；《林桂清》（方言叙事诗），已出；《指望来年》（方言诗）野谷著（待出）（但最后没有出版，笔者注）。另有“春草论丛”的广告：《文艺街头》，薛汕，已出；《关于方言诗》，沙鸥，待出（但最后没有出版，笔者注）；《艺文小记》，吴视，待出（但最后没有出版，笔者注）。另据“通信栏”，有“野谷在渝写方言诗甚勤”一说。

本月，苗培时辑录的《歌谣丛集》由韬奋书店出版。

7 月 21 日，《华商报》刊出朱自清的《论通俗化》，符公望的粤语诗《中国第二大堤》、吴华轩的木鱼调《工人之歌》，高基的粤语诗《叹壮丁》。朱自清的《论通俗化》从文体通俗化运动的演变历程和现状，分析通俗化已经开始向大众化转变，“文体通俗化运动起于清朝末年，一方面创了报章文体，一方面用白话印书办报，在一方面推行官话字母……五四运动加速了新文学运动的成功，白话真的成为正宗的文学用语。”“大众不能写作，写作的还只是些知识分子。于是乎先试验着从利用民间的旧形式下手，……知识分子还得和民众共同生活一个时期，多少打成一片，用起旧形式来，才能有血有肉。”“这里说新的语言，都尽量扬弃了民族形式的封建气氛，而采用了改变中的农民的活的口语，……这的确是在结束通俗化而开始了大众化。”

7 月 29 日，沙鸥的诗集《林桂清》由春草社出版，为“春草诗丛”之一。收录《晨雾》《瞎子》《村庄之冬》《池塘》《黄桷树》《望太平》《教我从那说起》《美国兵》《赵美珍的苦命》《逼债上吊》《母子遭殃》《红花》《逃兵林桂清》等诗 13 首，分为四辑。

8 月 30 日，《观察》第 3 卷 1 期刊出朱自清《论朗诵诗》，后收入《论雅俗共赏》。文章详细论述与比较了抗战前后的朗诵诗，“战前已经有诗歌朗诵，目的在乎试验新诗或白话诗音节，看看新诗是否有它自己的音节，不因袭旧诗而确又和白话散文不同的音节，并且看看新诗的音节怎样才算是好。这个朗诵运动虽然提倡了多年，可是并没有展开；新诗的音节是在一般写作和诵读里试验着。”“抗战以来的朗诵运动起于迫切的实际的需要——需要宣传，需要教育广大群众。……假如战前的诗歌朗诵运动可以说是艺术教育，这却是政治教育。”“朗诵诗是群众的诗，是集体的诗。写作者虽然是个人，可是他的出发点是群众，他只是群众的代言人。他的作品得在群众当中朗诵出来，得在群众的紧张的集中的氛围里成长。”

8 月，《文艺生活》新第 16 期刊出荃麟《读黄宁婴的诗》、方远《怎么看马凡陀》等论文。后者认为：“自马凡陀山歌出现之后，沉寂的中国诗坛，翻起了一阵令人注目的热浪。”并且总结了三点，第一，马凡陀的道路，我们认为是绝对正确的，这是一条接近人民的道路，但却不是唯一的道路。第二，马凡陀山歌是一种大胆的创造又是一种大胆的尝试；因为是创造，他应用了各种民间的形式，又苦心地创造了新的接近于民歌的形式；他摆脱了衰水拍的欧化作风，又摆脱了《冬天，冬天》的知识分子的苍凄的感情。第三，马凡陀时时刻刻都正视社会现象，关心市民的生活。

9 月，《文学杂志》第 2 卷 4 期刊出陆志韦《杂样的五拍诗》，一共 23 首。发表时前有一段说明性文字，诗人认为这些诗：“是节奏的尝试”，“我是用国语写的，你得用国语来念。不得已，只可以把重音圈出来”。

按：陆志韦的《杂样的五拍诗》在集拢来一起重刊时，曾先后发表过几首，这次是作者此组诗的定本。据诗人介绍，他听赵元任说，北平话的重音像英文，因此想套用英诗格式来用中国话（北平话）写，每一句诗圈出五个重音，每一首诗后面有一段文字介绍。另外，陆志韦说到新诗，用的最多的概念是“白话诗”。整体而言，他在新诗史上有点另类。朱自清倒是对他关注较多，在三四篇诗论中都有所提及。

10 月 10 日，《察哈尔日报》刊出张志民的长诗《王九诉苦》。

［**扩展**］“《王九诉苦》是我正式发表的第一篇诗。”“这首诗的写作时间，只有几天，酝酿的时间却相当长。由于生在农村，从小就见惯农民的苦难；在古典诗歌中，我也读过许多表现农民痛苦生活的诗篇。但如何用新诗的形式，来反映中国农民的生活，写出他们的形象呢?”“我作过几次尝试，都不很顺手。用旧形式写，把活人写死了；用自由体、学生腔，又觉得和所表现的内容，不那么协调，好像赶车老汉，披了件西装大氅；用民歌体，内容和形式，都比较统一，但这种形式，也并不像摆在盘子里的蒸馍，抓过来就能吃的。”“好的民歌，虽然也可以像诗一样，但两者之间，毕竟还不能划（画）等号。所谓‘民歌体’，只能是吸取民歌中有益的东西，不是对民歌的简单模仿。”①

---

① 张志民：《诗缘》，《诗说》，上海：上海文艺出版社，1986 年，第 7—8 页。

［**扩展**］大约在我学习写作同时，我便有意识地搜集民歌，还有谚语、歇后语、民间俗语等群众语汇，随身带有一个小本子，每听人们讲到这类东西，便记下来。①

10月，《文艺丛刊》第一辑《脚印》刊出茅盾《民间艺术形式和民主的诗人》，文章是这样总结的："抗战以前，我们的优秀的诗人已经吸取了歌谣的特点，使新诗歌放一异彩。在这上面，蒲风的成就，我们尤其不能忘记。抗战时期，由于柯仲平、田间等诗人的努力，运用民间形式遂蔚然成为风尚。最近，马凡陀的胎息于'吴歌'的新诗，也颇值得称赏。而一些青年诗人的'方言诗'亦往往有佳制；'方言诗'的格调也和民间歌谣有血脉相通之处。这一趋势，显示了我们的新诗正在大众化的路上快步前进。""特别值得注意的，却是解放区的民间艺人也早已在民间形式（不限于歌谣）中注入了新的血液。……这样的民间艺人，在陕北就有始作新秧歌（这还是'旧瓶装新酒'），并且又把秧歌（唱的）和跑故事（亦民间艺术，扮演故事，有动作而无歌唱）结合起来成为'秧歌戏'的刘志仁及其同道；就有改造自己、以其艺术服务于人民的李卜；就有歌颂着民主政权、反映了人民翻身后集体劳动的喜悦、表扬了人民斗争精神的'练子嘴'（急口令或快板）拓开科和说书韩起祥。在太行区就有板话（快板）李有才。得到解放的人民的创造人才也是很快地有了高度的发展的。"此文收入《茅盾文集》第10卷时改为《民间、民主诗人》。

同月，苏金伞的诗集《地层下》由星群出版公司出版，为"创造诗丛"之一，收录《眼睛都睡红了》《地层下》《国民身份证》等诗8首。前有臧克家《序》。

11月22日，香港《正报》第64期刊出符公望的文论《建立方言文腔的文学》，文章一开头不同意林洛和蓝玲两人的主张，该两位对方言文学的意见是不主张方言文学单独存在；广东方言地区的语言文字统一在浅近的白话文上；不承认民间流行广东方言的特殊字眼。符公望则相反，主张用纯广东方言，用方言腔调，相应的疑问便有三个：一、方言文腔的文学，是不是会破坏文字的统一？二、方言文腔的文学，是不是比白话文难懂？三、方言文腔建立后，文艺的流传是不是更难？符公望此文从正面一一进行了辩驳，为方言文腔进行了正名。

同月，香港《正报》第65期刊出林洛《普及工作的几点意见》，在文尾

① 张志民：《我与民间文学》，《诗说》，第25页。

涉及文艺的“地方化”与通俗写作时，提出文字书写是一个很困难的问题。接着，同一刊物上有人发表意见，蓝玲主张以浅近的文字来杂着提炼过的方言来写，孺子牛（即华嘉）主张纯用方言并直接提出“方言文学”的问题，引起不同阵营与立场的文化人参与，相关争论在港粤持续了数月之久。

按：当时主张纯用方言来写的主要有华嘉、楼栖、薛汕等人，多数人主张语言糅杂方式，杂用方言以显地方特色，在作品中影响较大的也是杂用方言去写的文学作品。

12 月 15 日，《华商报》刊出黄河流的《榕树上》，是一首粤语诗，写王保长死尸吊系在榕树上，人人经过时进行唾弃。全诗一共两段，第一段以一个老太婆的口吻来控诉，第二段以睇牛亚狗仔的口吻来咒骂。

12 月，朱自清的诗论集《新诗杂话》由作家书屋出版，收录有《新诗的进步》《解诗》《抗战与诗》《诗的趋势》等诗论 15 篇。

1948 年（中华民国三十七年）

3 月，国民党召开伪“行宪国大”，选举蒋介石、李宗仁为正副总统。

4 月，中国人民解放军收复延安。

8 月，国民党政府“改革币制”，发行伪金圆券，引起空前的通货膨胀。

9 月，中国人民解放军发动辽沈战役，至 11 月结束，东北全境解放。

11 月，中国人民解放军发动淮海战役。

12 月，中国人民解放军发动平津战役。

1 月 1 日，香港《正报》周刊第 69、70 期合刊刊出冯乃超、荃麟执笔的《方言问题论争总结》，全文甚长，分为三个部分，以问答方式进行。主要内容如下：第一部分讲方言文学问题的出发点、对象和中心。方言文学的提出，首先是为了文艺普及的需要；对象则是大多数文化水平低的工农兵，论争焦点是广东方言的记录。第二部分集中回答八个问题，分别是方言文学是否会破坏言语统一、白话文是否要破坏、用普通话夹一些方言写是否需要、方言文学流传是否有局限、方言文学是否投降于黄色文化、方言文学是否适用于看的文学、和瞿秋白的中国的普通话是否矛盾、普通话与方言的矛盾。第三部分是讨论方言文学争论中的偏见问题，一是乱搬教条，二是不深入研究问题。

按：发表时文章前面有编者按语，称“方言文艺问题，在本刊曾经展开过一个多月的论争。期间，许多从事文艺工作的朋友们，热烈地参加了讨论，也踊跃地提出了不少宝贵的意见，方言问题不但再次提起普及工作者们的注意，而且发现和指出对方言问题一些模糊的不正确的观点，从而在思想上建立正确的认识。这可说是这次论争的不小的收获”。

1月2日，《华北日报》副刊《俗文学》第27期刊出朱自清《歌谣里的重叠》，指出“歌谣以重叠为生命”。

1月10日，香港《正报》周刊第71期刊出符公望《从自己的作品谈起——我的方言诗歌创作的初步检讨》，认为自己的方言诗写作是用通俗的口语灌进口号的内容，毛病是内容空洞，不真实和缺乏感情。方言文艺不单是形式问题，主要是内容问题，要在思想感情上与工农大众打成一片，方言诗人要进行思想的自我改造，回到人民的生活和斗争中去。

1月15日，《华商报》刊出符公望《消灭广东文腔盲》，提倡粤语、粤语诗歌和方言文腔，认为文腔盲是比文盲更紧要更要消减的问题，而消减的办法就是建立方言文腔的文学，并且每个人都有权要求有一种同自己方言腔调一样的文学。

1月18日，《华北日报》副刊《文学》第4期刊出朱自清《诗与话》，文章着重分析了陆志韦一组白话诗《杂样的五拍诗》的得失。陆志韦的诗是用北平话写成的，用的老百姓的词汇更多，更道地了，可是说的话更是自己的话。文章认为“做诗如说话”的努力值得肯定，但不必局限于一种方言，因为方言的词汇和调子实在不够用，而应更加丰富一些。

1月26日，《文艺生活》海外版第1期刊出郭沫若《当前的文艺诸问题》，文章认为“方言文学的建立，的确可以和国语文学平行，而丰富国语文学。”

1月29日，香港《群众》总第53期刊出茅盾《杂谈方言文学》，文章主要围绕华南方言文学而展开，主要内容如下：一、华南方言文学的讨论，把方言文学的许多问题辩论清楚了。二、解放区文学作品的方言化取向，是一个刺激；香港市民作家的“书仔”畅销，是第二个刺激；时局的开展，是第三个刺激。三、“方言”化与“大众化”密切相关。四、“五四”以来的白话文学是北中国的方言文学。

1月31日，《人民日报》刊出新华社报道《部队政治工作新武器　华中创“枪杆诗”运动》。

2月，《新诗歌》丛刊第七辑《晴天一声雷》在香港出刊，刊有沙鸥《晴天一声雷》等诗，以及怀淑的诗论《广泛开展方言诗运动》。

3月1日，《大众文艺丛刊》第1辑刊出茅盾的《再谈“方言文学”》、“本刊同人·荃麟执笔”的《对于当前文艺运动的意见》、冯乃超的《战斗诗歌的方向》等文章。《再谈“方言文学”》在三个部分对应谈了三个问题：一、“方言文学”与白话文学；二、“方言文学”与文学大众化；三、大众化与民间形式。在第一部分，茅盾指出“白话文学就是方言文学”。第二部分强调文学大众化的地位与意义，认为农村语言天天在变化，内容天天在丰富，“今天新文学‘大众化’的‘语言’问题，应当从此时此地大众的口语——即天天在变革的方言入手。北方语系以外各地方语区域的文学工作者固然要把方言作为‘文学语言’来贯彻大众化，北方语系的文学工作者也要把他们的‘文学语言’更加方言化。”在第三部分，则肯定了解放区文艺作品的民间形式改造与运用方面的经验与意义，“新形式，改造过的旧形式或‘民间形式’，创造性的形式——这三种解放区的文艺形式有一个共同点，就是它们尽量采用各地人民的口语，方言文学的色彩都相当强烈。然而没有人读了它们以后会发生‘这是方言文学’的感想”。“解放区的文学无论就形式或就内容言，都是向大众化的路上跨了大大的一步。而在形式方面，它们是尽量采用当地人民的口语（方言），大胆采用旧形式和‘民间形式’，而又同时大胆把新的血液注入旧形式和‘民间形式’，他们教人民进步，同时又向人民学习，不超过群众，同时也不做群众的尾巴：——这都是值得我们取法的。”《对于当前文艺运动的意见》则提出相信群众创造的力量，“鼓励和提倡工农大众自己来写作，发掘旧的民间文艺中优美的作品，发展方言文艺，和群众一起来工作，向群众学习，和群众合作，把大众化工作和群众文艺组织工作配合起来，这才能收到更大的效果，仅仅靠知识分子单方面的努力，还是不够的。”《战斗诗歌的方向》则指出“由于《马凡陀的山歌》的出现，意见之多，批评的热烈，是《尝试集》以来所少见的。……毁誉之间，有着极大的距离。”

3 月 15 日，《中国诗坛丛刊》第 1 辑《最新哨》刊出郭沫若的《开拓新诗歌的路》、适夷的《诗与战斗》、冯乃超的《谈翻身诗歌》、林林的《关于诗腔》等文。郭沫若在《开拓新诗歌的路》中认为“不定型正是诗歌的一种新型”；在这个过渡时代，“今天的诗歌必然要以人民为本位，用人民的语言，写人民的意识，人民的情感，人民的要求，人民的行动”。开拓诗歌的方法有两种：“一种是启发人民的文艺活动，让人民自己写。由今天的工农兵自己写出来的诗，那才是诗歌矿坑里的真正的金矿银矿。……其次当然也就是近几年来的一个普遍号召：向人民学习。”冯乃超的《谈翻身诗歌》认为“农民开始用觉悟了的语言来说话了。……吐苦水，使深藏在农民心里的思想感情找到了适当的语言表达出来，因此，它解放了农民的语言，提高了农民的语言，翻身，挖根，搬石头，吐苦水，都是提高了的语言，这些农民的俚语，居然发挥了革命的作用，这是革命性质所决定的。”“这种为群众所需的诗歌，还是不要从形式的落伍，或者简单地因为是方言，就去反对它。这些是和农民结合着的，和历史结合着的，只是装束有点土里土气罢了。”林林的诗论《关于诗腔》中“诗腔”指诗的节奏韵律，大众化的诗歌是有诗腔的，新诗要“汲取中国的诗词歌赋，特别是民谣民歌以至俗曲的腔调，注意民歌民谣，多是侧重其内容的形象性与素朴美。”“凡是大众化的东西，必然是具有民族性，历史性和地方性的东西。”

3 月 21 日，《华商报》刊出沙鸥《方言诗应该有韵》，短评中对新诗一般没有韵的情况提出了不同的看法，新诗的主要接受对象是知识分子，但方言诗的主要接受对象是工农兵，是农民。“农民的生活中有没有诗的成分？是有的，这些诗就是他们喜闻乐见的民谣，儿歌，谜语，小词，……这些民间东西，这些民间诗歌与他们有很长久的历史，在春耕、锄草，或过年这些时间，他们不仅歌唱着，而且创造着。这些，除了是他们的思想情感，是方言这些特点之外，还有一个共同的特点是有韵。他们对于这些有韵的诗喜爱，而且习惯了。”“在华南，以香港为首，方言诗运动正在蓬勃开展，虽然诗人们都去摸索，还没有大批的把方言诗带到乡下去，在农民的面前受到考验，但我们重视农民的习惯，使方言诗下乡能顺利地受到普遍的欢迎，为着这，方言诗应该有韵”。

3 月 25 日，《文艺生活》海外版第 2 期（总 38 期）刊出静闻（即钟敬文）的长文《方言文学试论》，文章回顾了华南方言文学争论的过程，并从历史看的方言文学、方言文学与眼前政治要求、从艺术表现效果看的方言文学、对方言文学一些疑问的解答等几个方面进行了深入的论述，整体上持支持立场。

4 月 2 日，《华商报》刊出沙鸥《方言诗的朗诵》，文章指出由于具体生活的显著差异，城市的方言诗朗诵方式在农村并不适用，就乡下方言诗朗诵给出了四点应注意的问题及解决方案：一、朗诵的时间，“千万不能与他们劳作的事件冲突”，“在一天中以黄昏的时候最适宜”；二、朗诵的地点，“由于劳动的分散，集合较多的农民来开朗诵会是不可能的”，“因此个别农民家里是最好的地方”；三、朗诵的人，“这就必须是当地的熟人，……朗诵者是本地口音也有关系，使他们感到更亲切，而容易接受”；四、朗诵的访问，“这种经验的逐步总结，对于朗诵工作的开展，有决定的作用”。

4 月 10 日，《华商报》刊出冻山短评《农民的语言》，文章从若干例子说“农民所说的话是最真实而又最通俗的，同时又是最能反映现实的诗句”，因此呼吁大家“为了新诗的发展，我们更应取采民间的语言，向农民学习”。

4 月 19 日，《益世报·诗与文》第 27 期刊出蓝羽的诗论《论方言诗》。

5月4日，《时代日报》刊出茅盾《反帝、反封建、大众化——为“五四”文艺节作》，文章指出：“我们现在的文艺应当作为反帝反封建的思想斗争的一翼，配合全国的民主运动，彻底完成民族独立解放的伟大任务！”“二十多年来，我们仅是向大众化走而已，还没有做到真正大众化。”

同日，《华商报》刊出BOXAN《文学与语文问题》，华嘉《我对广东方言创作组的意见》。华嘉一文指出“在研究部的指导下，这半年来总算有了一点成绩，第一是参加广东方言创作组的朋友增加了，第二是广东方言文学的作品也多了，可活动似沉寂了一点”。

5月10日，《华商报》刊出姚理《方言文学的实质：方言文学问题管见之一》，文中称“运用方言来创作文学，是为了鲜明有力地反映人民的生活和斗争，唯有鲜明有力地反映人民的生活和斗争的文学，才能有广大的社会教育的意义，笔者认为，这是方言文学问题上应有的看法。”作者还纠正了关于方言文学低级的，没有建设性的，是地方版白话的错误见解，指出方言文学的实质是“从自然形态的文学艺术加工而成的观念形态的文学。”主要观点可总结为以下两点：一、方言文学是由自然形态的文学加工而成的，是在人民的语言上经过了或多或少的加工和提取而成的新语言，是文学的语言，并不是百分百的土话作品。二、方言文学的创作要照顾当时人民的文化水平，这种文学对人们的文化有普及和提高的作用。

5月11日，《华商报》刊出姚理《防止形式主义的偏向：方言文学问题管见之二》，失名《客家山歌》，《掌牛仔》（歌）。姚理一文围绕避免方言文学的形式主义偏向来指导创作，强调方言文学是从自然形态的文学艺术概括、升华、创造而成，并不是过去片面追求的语言加工。“不从客观实际出发的加工，一定走向形式主义”。作者认为在方言文学创作过程中，形式主义的偏向主要表现在以下三个方面，一、“离开革命文学所要求的内容来运用方言。这就是：以为无论写些什么，只要用方言来写，就是方言文学，这个看法发展起来，就可能得到凡方言即文学的结论。”二、“离开文学作品所应具有的特色来运用方言。这就是：以为只要把革命的政治内容放进一定的民间形式里面，就是方言文学。这个看法一有，就要产生新式标语口号，这样的文学，绝不是我们所要求的方言文学。”三、“离开表现真正人民的思想感情的原则来运用方言。这就是：以为凡是用方言来写人民生活的作品，就是方言文学。这个看法当然不错，这样的作品如果具有文学的特色，谁都会承认它是方言文学。不过，如果它所运用的方言，不是真正劳动人们的语言，那就不是真正的方言文学。”

5月12日，《华商报》刊出姚理《“新文艺”与方言文学：方言文学问题管见之三》，文章首先界定了方言文学，“为着表现新的内容，为着达到文艺的战斗任务，从人民的萌芽状态文艺的基础上提高的作品，它是方言文学；比较高级的文艺作品，如果仍是从自然形成的文学艺术加工而成的，它在实质上也是方言文学，这是我们的认识。”从这个层面上来说，方言文学涉及的面很广，于是有了‘非方言不文学’的观点，对于这个观点作者认识是不妥当的，“若认为‘非方言不文学’，那么就要把‘五四’以来的‘新文艺’加以否定，但‘五四’以来的‘新文艺’，无论如何是文学，‘五四’以来的文学运动和今日的人民文学运动有着历史的关联，不承认这个关系就是一种非科学的见解。”关于‘新文艺’，作者有两种看法：一、“‘五四’以来大部分作品，……都在不同程度上起了好的作用。我们还不满足于这些作品，是因为它不是真正的人民文学；它的内容还没有写出中国劳动人民的真实性格，它的形式还缺乏中国气派和中国作风，所以不能在广大人民的生活中生根。至于它是文学，它起过好作用，它在今天和明天是我们创作文学的借鉴资料：这是不容抹杀的。”二、“把‘五四’以来的白话文学也看作方言文学……这见解把方言文学地位确定了，把认北方语的白话文学为正统的错误观念纠正了，但这几句不免引起一些人的误解，以为现时一般新文艺也是一种方言文学……新文艺的语言是以北方语为基础的，但是新文艺一开头就只是在少数大城市发展，它的语言是城市知识分子的语言，并且保留些存在书本上而不是活在口头上的死的语言，因此不是真正从北方的民间语言出来的文学语言，那种欧化的句法和北方民间语言距离得远……所以它不是方言文学。”

5 月 15 日，《人民日报》刊出张志民的长诗《王九诉苦》与萧三的诗评《我读了一首好诗——介绍张志民的〈王九诉苦〉》，萧文称：“整篇长诗的手法，形式也非常好，既通俗、顺口，也极能感动人。”

同日，《文讯》第 8 卷第 5 期刊出朱自清的诗论《今天的诗——介绍何达的诗集〈我们开会〉》。

5 月 22 日，《华侨日报》刊出琳清《我也来谈方言诗》，文章面对“打开近来的一些文艺刊物，我们是随时可以读到若干方言诗作的”这一现状，认为“在今天，我们不特需要运用人民大众喜见乐闻的形式，而且还要改造形式，使得人民大众更加‘喜见乐闻’。

诗歌能够走到用方言来表现，已经算是跨出大胆前进的一步了，虽然有些作品，在跨出第一步的时候，还不免有点震危危，但，我以为大家要是肯虚心向人民学步，那么，将来是可以越走越稳健的。”

同日，《华侨日报》还刊出严肃之《取消“方言文艺”的称谓》，文章认为应该赶快取消“方言文艺”这一称谓，赶快纠正在名词上的一些错误；因为“某一地方的语言，才是人民的真正的‘正言’，而合所有各地的语言，融化而成的语言，也才是中国语言的‘正统’，那种语言，也才是‘国语’，我们在发展这一语言的过程中，要求不要自轻，——自称为‘方言文艺’，不要自偏——以为方言文艺是地方化的东西，这些观念，赶快抛弃”。

5 月 22 日、23 日，《华商报》刊出洛黎扬《谈民歌的鉴定・歌谣体创作——从〈愤怒的谣〉谈起》。作者论述了自己对于民歌的一些想法，主要从三个方面来谈：一、民歌的鉴定；二、关于创作的歌谣；三，一个编辑者应有的民主风度。

5 月 27 日，《华商报》刊出一行《方言文学的语言》，文中肯定了方言文学鲜明有力地反映人民生活斗争，提出写作方言文学时对于语言的运用要注意两点：一、如果是写劳苦大众这一阶层的生活，就要用这一阶层的语言来写，用知识分子或者市井流氓的语言，是不能够鲜明地反映这一阶层的精神和思想。二、在同一阶层中，由于生活的不同，所用的习惯用语也会有差别，这个也应当注意。

6 月 4 日，《周论》第 1 卷 21 期刊出朱自清《国语和普通话》，高屋建瓴地剖析了国语的发展，国语与北平话的优劣，普通话的长处。首先，针对有人说白话文贫气和俗气，朱自清认为“所谓贫气就是耍贫嘴，油腔滑调，不严肃。所谓俗气就是土气，这里指方言里的特殊的成分。……贫嘴的确无可取，可以说是‘低劣’。但是土气有时候倒显得活泼亲切。例如徐志摩先生是南方人，他的诗和散文却尽量的用北平话。北平话是国语，他可也用过自己的硖石话写诗，都达到活泼亲切的地步。至于老舍先生的作品，差不多全用干脆而流利的北平话写出，更是大家欣赏的。”“我们却觉得在新的变动的生活里北平话的确不够用，在语汇和语式方面都有这种情形。这在演讲和谈话里比在文艺写作里更见得出。现在多数人，特别是知识分子，不大热心于作为国语标准语的北平话，还只是强调那‘蓝青官话’、‘二八京腔’的普通话，正为了这个原故。”

按：在此文中，朱自清十分注意语言的融合与变化。认为抗战期间西南官话有很大的发展，北平话、上海话都影响与渗透了西南官话。

6 月 8 日，《华商报》刊出姚理《读〈女工阿兰〉》，系评方言诗作的短评，夸赞了《女工阿兰》这首广东方言诗有情感、有味道，经得起多次读和听。随后从正反两方面具体分析了诗中的句子形式与表达，总结“方言诗在发展中，必然有光明宽阔的前途。《女工阿兰》虽然有瑕可摘，但至少已是方言诗能有前途的具体例子之一”。

6 月 14 日，《华商报》刊出石余《我的浅见：关于方言文艺运动》，作者对方言文艺运动低落、沉寂的现状进行了反思，认为主要原因是“缺乏群众观点的认识”。“过去，由于许多方言文艺工作者，以为能有好的多量的作品，就可以推动这运动的发展，却忽略了群众工作在这运动中的重要，结果创作实践上是做到了，可是这些作品事实上对知识水准低下的工农们却依然是得不到什么实际的益处。”认为“过去所犯的错误在哪里呢？我以为主要是群众工作没有做好的缘故。”过去的方言文艺创作运动，“大家的工作都只限于创作方面，而作品也只在一些进步的刊物上发表，至于这许多作品能不能真真正正深入到落后群众中去，能不能得到普及的效果，大家是忽略的。”所以，“我们必须先诱导群众认识方言文艺的正确性，从而更鼓舞他们的情绪，使他们爱好它，同时也使他们知所选择的健康的方言文艺作品，和摒弃有毒的坊间黄色读物”。

6 月 15 日，《中国诗坛丛刊》第 2 辑《黑奴船》刊出黄药眠《论诗歌工作上的几个问题》、静闻《发扬“诗史”的精神》、黄绳《谈诗腔》等诗论；诗作有楼栖《复仇的火焰——长诗〈鸳鸯子〉之一》等诗。黄药眠《论诗歌工作上的几个问题》涉及以下几个问题：一、诗人的主观问题，以及自我思想改造；二、文艺政策与文艺批评，为什么要提倡大众文艺的问题；三、表现方法的问题。其中第三点分为以下几个问题分别讨论：一是今天的诗歌，既要提倡方言文学，同时以现有的国语为基础，补充它，丰富它，使它成为全国性的文学语言；二是诗歌的形象，性格和语言的问题。黄绳《谈诗腔》一文主要讲民间歌谣有腔调，是情感的基调，是诗的节奏，“要获得人民的情感，来创造我们的诗腔。”

6 月，《新诗歌》丛刊第九辑《血染红了华山》刊出戈阳《血染红了华山》、萧野《活捉杀人王》、沙鸥《送葬》等诗。

本月，马凡陀的诗集《马凡陀的山歌》（续集）由生活书店出版，收录《警察巡查到府上》《发疯的枪》《公务员呈请涨价》《万税》等诗 80 多首。

7 月 5 日，《华商报》刊出方麦潮州方言诗《长工行》，丹木的诗评《潮州方言诗和潮州腔》。丹木一文指出潮州方言诗成绩还不太好，“因为它没有潮州的诗腔，更没有潮州民间歌曲那种韵脚和谐的旋律。”举的例子有春草的《老四叹》《我是一个拖车佬》，萧野的《老剥皮》以及他自己的《抗征》。

8 月，《诗创造》第 2 年第 2 辑《土地篇》刊出庄稼的诗论《人民喜见乐闻的诗》。据文章介绍，在四川渠河一个小县城里，曾有一个数十人的文艺团体，聚在一起读过当时流行的大众诗，《马凡陀的山歌》《化雪夜》《吴满有》《王贵与李香香》等作品读的次数最多，《王贵与李香香》尤其受到欢迎。他们中还有人将这些诗朗诵给当地农民听，农民对马凡陀的山歌、沙鸥的方言诗、艾青的《吴满有》，都不太满意，却对《王贵与李香香》十分欢迎。一首西北方言的诗到西南乡间朗诵，居然能产生如此效果。据记录，朗诵者先把故事叙述一遍，对少数方言语汇略加解释，便能让四川农民听得津津有味。听众对故事本身，两个人物的命运，最为关心，听完一次还要求再朗诵一遍。

9月7日，《新生报》副刊《语言与文学》第100期刊出朱自清《论白话》。文章从陆志韦得学京油子的北平话主张开始，主张“文”力求近于口的“话”，另一方面“话”也尽量取得“文”中的优良品质。另外，作者最感兴趣的是英语的口语化或白话化动向，与无线电广播的发达与普及相关。

9月13日，《华美晚报》刊出唐湜的诗论《论〈中国新诗〉》，文章认为诗歌迎合农民落后意识与低级趣味，提出“农民文学”是不足取的。

10月，《诗创造》第2年第4辑《愤怒的匕首》刊出陈侣白《末一次歌唱》、袁鹰《天坍的时候》、江风《老太婆和一匹牲口》、吴晨笳《李无才快板》等诗。《编余小记》称：“至于本辑十余篇创作几乎全部都口语化了的。其中《老太婆和一匹牲口》已经刻画出了一个生动的形象，《手》和《枪》都是斩钉截铁的誓言，《李无才快板》自然还只是一种形式的摹仿，可是广大的农村里人民的欢乐和痛苦却为这些歌谣道出了。”

11月6日，《观察》第5卷第11期刊出王了一（王力）《漫谈方言文学》，文章宣称“倡国语，拥护方言”。认为国语“也是一种方言”，和其他方言一样。“凡不用母舌写下来的文学都可以说是不够善的。”

11月，《新诗歌》丛刊第10辑《颗颗送给子弟兵》刊出短诗选辑《颗颗送给子弟兵》和沙鸥《一个对比——关于袁可嘉及第二年度的“诗创造”》，芦荻《读“溃退”》等诗论，以及丁力《妈，我走了》、戈阳《仇恨的夜》等诗作。

本月，黄雨的诗集《残夜集》由新诗歌社出版，为“新诗歌丛书”之一，收录有《村景》《歌白毛女》等诗作。

12月22日，《华商报》刊出公刘《读黄雨的诗——评〈残夜集〉》，文中对方言诗集《残夜集》进行了高度评价，认为它是“华南诗壤上弥足珍贵的收获，是为数并不超过三两本以上的好作品”。作者就诗论诗，试着由作品看作者：“作者自己在整理这个集子的时候，大概也觉察出贯穿全书有一股感伤肃杀的气氛存在，所以他在后记中抱歉地说：‘我知道，现在故乡的人民，已经不是这个集子里的人民了。’”“作者在‘夜’中写夜，却依然有适当加以评论的地方。在‘夜’中，我们看出作者常常有对‘天亮’的憧憬和期待，并会以此激励人民，但却也往往在唱歌之余，仍然露出一点怀疑。”

参考文献

（按图书出版时间先后排序）

[1] 现代汉语规范问题学术会议秘书处．现代汉语规范问题学术会议文件汇编［M］．北京：科学出版社，1956.

[2] 郭沫若．沫若文集［M］．北京：人民文学出版社，1958.

[3] 王力．汉语诗律学（增订本）［M］．上海：上海教育出版社，1979.

[4] 陈原．语言与社会生活——社会语言学札记［M］．北京：生活·读书·新知三联书店，1980.

[5] 陈从周．徐志摩年谱［M］．上海：上海书店，1981.

[6] 陈望道．陈望道文集［M］．上海：上海人民出版社，1981.

[7] 方汉奇．中国近代报刊史［M］．太原：山西人民出版社，1981.

[8] 黄遵宪．人境庐诗草笺注［M］．上海：上海古籍出版社，1981.

[9] 梁德曼．四川方言与普通话［M］．成都：四川人民出版社，1982.

[10] 卞之琳．人与诗：忆旧说新［M］．北京：生活·读书·新知三联书店，1984.

[11] 胡风．胡风评论集（上中下）［M］．北京：人民文学出版社，1984，1985.

[12] 鲍晶．刘半农研究资料［M］．天津：天津人民出版社，1985.

[13] 郭绍虞．照隅室语言文字论集［M］．上海：上海古籍出版社，1985.

[14] 罗皑岚，等．二罗一柳忆朱湘［M］．北京：生活·读书·新知三联书店，1985.

[15] 曹伯言，季维龙．胡适年谱［M］．合肥：安徽教育出版社，1986.

[16] 苏珊·朗格. 情感与形式 [M]. 刘大基，等译，北京：中国社会科学出版社，1986.

[17] 高兰. 诗的朗诵与朗诵的诗 [M]. 济南：山东大学出版社，1987.

[18] 老舍. 老舍文集 [M]. 北京：人民文学出版社，1987.

[19] 曹顺庆. 中西比较诗学 [M]. 北京：北京出版社，1988.

[20] 林毓生. 中国传统的创造性转化 [M]. 北京：生活·读书·新知三联书店，1988.

[21] 陈金淦. 胡适研究资料 [M]. 北京：北京十月文艺出版社，1989.

[22] 骆寒超. 新诗创作论 [M]. 上海：上海文艺出版社，1990.

[23] 黄伯荣. 汉语方言语法类编 [M]. 青岛：青岛出版社，1991.

[24] 吕进. 中国现代诗学 [M]. 重庆：重庆出版社，1991.

[25] 齐如山. 北京土话 [M]. 北京：北京燕山出版社，1991.

[26] 倪海曙. 倪海曙语文论集 [M]. 上海：上海教育出版社，1991.

[27] 胡适. 胡适学术文集·新文学运动 [M]. 北京：中华书局，1993.

[28] 高名凯. 语言论 [M]. 北京：商务印书馆，1995.

[29] 崔荣昌. 四川方言与巴蜀文化 [M]. 成都：四川大学出版社，1996.

[30] 陈万雄. 五四新文化的源流 [M]. 北京：生活·读书·新知三联书店，1997.

[31] 阿伦·布洛克. 西方人文主义传统 [M]. 董乐山，译. 北京：生活·读书·新知三联书店，1997.

[32] 费锦昌. 中国语文现代化百年记事 [M]. 北京：语文出版社，1997.

[33] 甘海岚，等. 京味文学散论 [M]. 北京：北京燕山出版社，1997.

[34] 陈圣生. 现代诗学 [M]. 北京：社会科学文献出版社，1998.

[35] 戴昭铭. 规范语言学探索 [M]. 上海：上海三联书店，1998.

[36] 刘纳. 嬗变——辛亥革命时期至五四时期的中国文学 [M]. 北京：中国社会科学出版社，1998.

[37] 废名. 论新诗及其他 [M]. 沈阳：辽宁教育出版社，1998.

[38] 陈恩泉. 双语双方言与现代中国 [M]. 北京：北京语言文化大学出版社，1999.

[39] 顾颉刚，等. 吴歌·吴歌小史 [M]. 南京：江苏古籍出版社，1999.

[40] 黄开发. 人在旅途：周作人的思想和文体 [M]. 北京：人民文学出版社，1999.

[41] 李怡. 中国现代新诗与古典诗歌传统 [M]. 重庆：西南师范大学出

版社，1999.

［42］钱玄同. 钱玄同文集（第三卷）［M］. 北京：中国人民大学出版社，1999.

［43］赵元任. 语言问题［M］. 北京：商务印书馆，1999.

［44］陈惇，刘象愚. 穆木天文学评论选集［M］. 北京：北京师范大学出版社，2000.

［45］陈徒手. 人有病天知否：一九四九年后中国文坛纪实［M］. 北京：人民文学出版社. 2000.

［46］陈子展. 中国近代文学之变迁·最近三十年中国文学史［M］. 上海：上海古籍出版社，2000.

［47］江弱水. 卞之琳诗艺研究［M］. 合肥：安徽教育出版社，2000.

［48］冯胜利. 汉语韵律句法学［M］. 上海：上海教育出版社，2000.

［49］陈思和. 中国新文学整体观［M］. 上海：上海文艺出版社，2001.

［50］费尔迪南·德·索绪尔. 普通语言学教程［M］. 高名凯，译. 商务印书馆，2001.

［51］郭伏良. 新中国成立以来汉语词汇发展变化研究［M］. 保定：河北大学出版社，2001.

［52］郭绍虞. 中国历代文论选（一卷本）［M］. 上海：上海古籍出版社，2001.

［53］李如龙. 汉语方言学［M］. 北京：高等教育出版社，2001.

［54］李孝悌. 清末的下层社会启蒙运动：1901—1911［M］. 石家庄：河北教育出版社，2001.

［55］卞之琳，江弱水，青乔. 卞之琳文集［M］. 合肥：安徽教育出版社，2002.

［56］蓝棣之. 现代诗的情感与形式［M］. 北京：人民文学出版社，2002.

［57］吕叔湘. 吕叔湘文集［M］. 沈阳：辽宁教育出版社，2002.

［58］李锐. 网络时代的“方言”［M］. 沈阳：春风文艺出版社，2002.

［59］洪子诚. 问题与方法——中国当代文学史研究讲稿［M］. 北京：生活·读书·新知三联书店，2002.

［60］钱曾怡. 汉语方言研究的方法与实践［M］. 北京：商务印书馆，2002.

［61］潘颂德. 中国现代新诗理论批评史［M］. 上海：学林出版社，2002.

［62］爱德华·萨丕尔. 语言论［M］. 陆卓元，译. 北京：商务印书馆，2003.

［63］陈原. 语言和人［M］. 北京：商务印书馆，2003.

[64] 高玉. 现代汉语与中国现代文学 [M]. 北京：中国社会科学出版社，2003.

[65] 贺登崧. 汉语方言地理学 [M]. 上海：上海教育出版社，2003.

[66] 申小龙. 汉语与中国文化 [M]. 上海：复旦大学出版社，2003.

[67] 王光明. 现代汉诗的百年演变 [M]. 石家庄：河北人民出版社，2003.

[68] 陈平原. 现代学术史上的俗文学 [M]. 武汉：湖北教育出版社，2004.

[69] 邓程. 论新诗的出路——新诗诗论对传统的态度述析 [M]. 北京：中国社会科学出版社，2004.

[70] 海德格尔. 在通向语言的途中 [M]. 孙周兴，译. 北京：商务印书馆，2004.

[71] 罗常培. 语言与文化 [M]. 北京：北京出版社，2004.

[72] 于坚. 拒绝隐喻 [M]. 昆明：云南人民出版社，2004.

[73] 冯梦龙. 冯梦龙民歌集三种注解 [M]. 北京：中华书局，2005.

[74] 姜涛. "新诗集"与中国新诗的发生 [M]. 北京：北京大学出版社，2005.

[75] 廖才高. 汉字的过去与未来 [M]. 长沙：湖南大学出版社，2005.

[76] 李欧梵. 未完成的现代性 [M]. 北京：北京大学出版社，2005.

[77] 甘于恩. 七彩方言·方言与文化趣谈 [M]. 广州：华南理工大学出版社，2005.

[78] 夏晓虹，等. 文学语言与文章体式：从晚清到五四 [M]. 合肥：安徽教育出版社，2005.

[79] 曹而云. 白话文体与现代性：以胡适的白话文理论为个案 [M]. 上海：上海三联书店，2006.

[80] 李怡. 现代性；批判的批判 [M]. 北京：人民文学出版社，2006.

[81] 袁进. 中国文学的近代变革 [M]. 桂林：广西师范大学出版社，2006.

[82] 游汝杰. 地方戏曲音韵研究 [M]. 北京：商务印书馆，2006.

[83] 张卫中. 汉语与汉语文学 [M]. 北京：文化艺术出版社，2006.

[84] 周振鹤，游汝杰. 方言与中国文化 [M]. 上海：上海人民出版社，2006.

[85] 金宏宇. 新文学的版本批评 [M]. 武汉：武汉大学出版社，2007.

[86] 金汕. 当代北京语言史话 [M]. 北京：当代中国出版社，2007.

[87] 刘进才. 语言运动与中国现代文学 [M]. 北京：中华书局，2007.

[88] 孙玉石. 中国现代解诗学的理论与实践 [M]. 北京: 北京大学出版社, 2007.

[89] 徐时仪. 汉语白话发展史 [M]. 北京: 北京大学出版社, 2007.

[90] 董正宇. 方言视域中的文学湘军: 现代湘籍作家“泛方言写作”现象研究 [M]. 北京: 中国社会科学出版社, 2008.

[91] 贺阳. 现代汉语欧化语法现象研究 [M]. 北京: 商务印书馆, 2008.

[92] 刘继业. 新诗的大众化与纯诗化 [M]. 北京: 北京大学出版社, 2008.

[93] 奚密. 现代汉诗: 1917 年以来的理论与实践 [M]. 上海: 上海三联书店, 2008.

[94] 邓伟. 分裂建构: 清末民初文学语言新变研究 (1898—1917) [M]. 北京: 中国社会科学出版社, 2009.

[95] 郜元宝. 汉语别史 [M]. 济南: 山东教育出版社, 2010.

[96] 胡全章. 清末民初白话报刊研究 [M]. 北京: 中国社会科学出版社, 2011.

[97] 黎锦熙. 国语运动史纲 [M]. 北京: 商务印书馆, 2011.

[98] 陈仲义. 现代诗: 语言张力论 [M]. 武汉: 长江文艺出版社, 2012.

[99] 刘福春. 中国新诗编年史 [M]. 北京: 人民文学出版社, 2012.

后　记

夜深人静之际，终于在电脑上完成著作的最后定稿，我站起身来习惯性地在阳台上深深地吸了一口气，凝望着山城的远方。远远近近仍然都是高楼、灯火、车流，省城的夜仍然十分热闹喧嚣，虽然这热闹多半是属于别人的，而自己也习惯了平静、简单的生活。不知不觉，在西南这座城市我已生活了十多年，从而立之年跨过了不惑之年的门槛。人们都说远方有诗与风景，身边的生活又何尝不是如此。

时间悄然流逝，记忆却涌上心头。对于我而言，最为清晰的是方言入诗的相关资料收集与研究也已有十多年了。早在 2004 年开始在四川大学跟随李怡先生读博以来，这一思考便贯穿于学术研究的路径与方向之间，后来在 2011 年成功申请到国家社科基金课题《方言入诗的资料整理与研究》并及时结题，这一领域的困惑与彷徨一直盘绕在心上，日积月累的点滴心得与经验也逐渐为学界所知晓。回首过去的这段岁月，可以说是我人生中颇为重要的一个阶段。近几年来，我又投身于别的研究领域，包括普通话写作、现代小说、贵州本土文学等研究，估计这一趋势还将蔓延开去，出版这本书，预示着暂时将告一段落罢了。

非常感谢李怡、张中良两位先生的指引和扶持，将这本小书纳入“民国文学史论”这一套大规模的丛书之中。特别是我的导师李怡先生，我的大多数著作的出版，都是他亲自替我长远计划，给我压力和动力的情况下得以实现的，这一本书也同样如此。一旦想起这一切，心中仍是温暖如初！

项目早已完成，成果在增补完善之后也将顺利出版。此时此刻，我还要感谢家人的关心与支持，每当看到儿女慢慢成长，除了感到肩上的责任加重之外，亲情像山泉般涌出，给我无限的力量。最后，我还要感谢花城出版社的张瑛副编审，正是她的辛勤劳动，本书得以在学界亮相。

学术研究之路漫长而坎坷，一边是孤单、寂寞，一边是愉悦、丰盈，一路上幸亏有良师益友相随，有家人亲朋相伴，那就鼓足力量，一步一个脚印向前再出发吧。

颜同林

2018 年 8 月于贵阳